Æthersturm

Für Dina

1. Auflage 2014

ISBN 978-3-7641-7012-7

Textauszug auf Seite 400 aus *Arthur Rimbaud, Le Bateau ivre. Das trunkene Schiff. Übertragen von Paul Celan.* © Insel Verlag Frankfurt am Main und Leipzig 2008.
Coverillustration und Umschlaggestaltung: Maximilian Meinzold
unter Verwendung eines Motivs von 123RF Stock Photos/© Gino Santa Maria
Druck und Bindung: GGP Media GmbH, Pößneck
Das für dieses Buch verwendete Papier aus geprüfter nachhaltiger Forstwirtschaft lieferte Salzer Papier, St. Pölten.

www.ueberreuter.de

Susanne Gerdom

Æthersturm

ueberreuter

Vorspiel

Wien, im Juni des Jahres 1885

Jenös Geschichte beginnt einige Wochen
vor dem Fall des Zeitlosen Ordens,
der im Buch »Æthermagie« beschrieben wurde

1

Die Suche

Das Schlimmste war der Hunger. Er saß wie ein wütendes Tier in seinen Eingeweiden, nagte und biss, wühlte und gab keine Ruhe.

Jenö hockte auf dem Lumpenlager, hatte die Beine eng an den Leib gezogen und seine Arme darum verschränkt. Wenn er nicht bald etwas aß, würde er zu schwach sein, weiterzusuchen.

Er lehnte sich an die feuchte Mauer und schloss für einen Moment die Augen. Nur ein wenig ausruhen, dann konnte er wieder hinaufgehen und versuchen, etwas zu essen zu finden. Am Naschmarkt würde er sich wie immer mit zu vielen anderen um die Abfälle schlagen müssen, aber heute fehlte ihm die Kraft, um die Hinterhöfe der Caféhäuser und Esslokale nach etwas Genießbarem abzusuchen. Der Naschmarkt war von hier aus leicht zu erreichen, und Jenö musste einfach flink genug sein, um sich seinen Anteil zu sichern und damit schnell zu verschwinden.

Jenö richtete sich auf. Er schwankte, als er auf die Beine kam, und musste sich am groben Mauerwerk abstützen. Die Singende flatterte um seinen Kopf, und ihre zarten Flügel streiften seine Wange.

Jenö bückte sich noch einmal, um sein Bündel aufzuheben. Der Schwindel ließ das Gewölbe um ihn tanzen, und er musste warten, bis sein Blick wieder klar war und die Umgebung sich nicht mehr drehte wie ein Brummkreisel. »Auf«, rief er leise. »Wo sind die anderen?«

Neben seinem linken Fuß raschelte es in den Lumpen des Lagers. Eine Knollennase schob sich heraus, grobe Finger schoben den Unrat beiseite. »Hunger«, sagte die raspelige Bassstimme des Dunklen.

»Ich auch«, erwiderte Jenö. »Bleib hier, wenn du dich zu schwach fühlst, Brokk.«

Der Dunkle kroch heraus, hockte sich breit hin und schabte mit seinen dicken Fingern kräftig über den struppigen Kopf. Dunkelbraune Augen blinzelten zu Jenö auf. »Geh mit«, sagte er. »Lass dich nicht allein.«

Die Singende landete federleicht auf seiner Schulter. Er spürte ihre zarte Berührung an seinem Ohr. »Bring uns nach oben«, wisperte sie.

Jenö sah sich um. Das Licht war gelöscht, die Hitzige war sicherlich schon auf dem Weg ans Licht. Sie war die Unabhängigste der vier, die Stärkste und die Ungeduldigste. Jenö konnte die Spur ihrer Füße im Staub und Schmutz erkennen, sie schimmerten wie dunkle Glut.

Blieb noch der Fließer. Jenö beugte sich über den Krug und betrachtete die träge Bewegung in der dunklen Flüssigkeit. »Pass schön auf alles auf«, sagte er. »Wir sind bald zurück.«

Die Flüssigkeit gluckerte, ein kleiner Strudel wallte auf, dann lag die Oberfläche wieder glatt, still und ölschimmernd da.

Jenö duckte sich und kroch in den niedrigen Gang, wobei er darauf achtete, sich nicht an dem tief hängenden Stein den Schädel anzustoßen. Im Schacht richtete er sich auf und verschnaufte eine Weile. Seine Hosenbeine waren feucht und rochen nach dem Unrat, durch den er hatte kriechen müssen.

Er blickte empor. Die Steigeisen, die zum Kanalgitter hinaufführten, waren glitschig und rostig. Er konnte das kalte Eisen auf der Zunge schmecken und in seinen Schläfen pochen hören. Mit einem tiefen Atemzug wickelte er die Lumpen fest um seine Hände und biss die Zähne zusammen. Die schmutzstarrenden Stofffetzen schützten seine Finger bis zu einem gewissen Grad vor dem rostigen Eisen, aber angenehm war es dennoch nicht, daran emporzuklettern.

Jenö griff nach der ersten Sprosse und zog sich daran hoch. Er spürte, wie grobe Finger über seine Haut schabten, als der Dunkle sich an ihm festklammerte. Die Steigeisen ließen seine Finger und Handflächen brennen, und er beeilte sich, an ihnen nach oben zu turnen, bevor der Schmerz zu stark wurde.

Das Kanalgitter war aus Gusseisen und drückte wie ein Stein auf seine Schultern. Aber es war feine Handwerksarbeit, ordentlich und gut gefertigt, nicht wie diese grob zu Haken geschmiedeten, rauen Leitersprossen, und deshalb konnte er die Berührung sogar halbwegs ertragen. Jenö sammelte sich einen Atemzug lang unter dem Ausstieg, dann drückte er ihn mit einem kräftigen Ruck nach oben und zur Seite und schob sich aus der Öffnung aufs feuchte Pflaster.

Es regnete, ein feiner, dichter Sprühregen, der seine vor Anstrengung erhitzten Wangen kühlte. Jenö hob das Gesicht und ließ den Regen darauf tanzen.

»Wir sollten hier nicht stehen bleiben.« Der Dunkle stand neben ihm auf dem Pflaster, in sicherer Entfernung vom Kanalgitter, stemmte die kurzen Arme in die Seiten und sah sich wachsam um. Sie befanden sich in einem Hof, der rundum von hohen Mauern eingeschlossen war. Hoch über Jenös Kopf waren vergitterte Fenster zu sehen, die fest geschlossen waren. Abfalleimer und Stapel von alten Kisten gaben ihnen Schutz zur Straße hin, die durch das offen stehende Tor zu sehen war.

»Es kommt schon keiner«, erwiderte Jenö geistesabwesend und hob den Deckel von einer Mülltonne. Er hielt den Atem an. Der Gestank des faulenden, schimmligen, verrottenden Abfalls war zu schlimm, und das Eisen der Tonne gab noch ein scharfes, beißendes Aroma hinzu, das ihn würgen ließ.

Die Singende schwirrte hoch in die Luft und gab leise, fiepsende Töne von sich.

»Mach zu«, knurrte Brokk. »Den Gestank erträgt ja niemand, der noch eine Nase besitzt.«

Die nächsten Abfalltonnen waren nicht besser. Jenö gab ihnen einen Tritt und zog die Hosen hoch, die feucht an seinen Knien klebten. »Naschmarkt«, sagte er und wickelte die Lumpen von seinen Händen.

»Auf in den Kampf«, kommentierte Brokk und rieb sich die Hände. »Wo ist unser glänzendes Liebchen?«

Jenö steuerte zum Tor. Er musterte das feuchte Pflaster, der Regen tropfte ihm in den Nacken. »Zu nass«, murmelte er. »Keine Spuren. Aber ich habe das Gefühl, Kaskabel ist vorausgegangen.« Er deutete nach links, die Straße hinab.

Sie liefen schweigend dicht an den Hauswänden der Zeile entlang. Der Regen war ein Geschenk, die Passanten, die ihnen begegneten, zogen die Köpfe ein und stapften, ohne rechts und links zu schauen, mit gesenktem Blick geradeaus.

Auf der Straße rumpelten Pferdefuhrwerke vorbei. Jenö warf einen sehnsüchtigen Blick auf einen der Karren, der an einem Hindernis zu halten gezwungen war. Wenn er nur schnell genug war, konnte er sich auf den Wagen schwingen und ein Stück mitfahren. Aber dafür hätte er jetzt rennen und sich mit einem Klimmzug an der Seitenwand hochziehen müssen, und seine Kraft reichte gerade aus, um einen schlurfenden Schritt vor den anderen zu setzen.

»Wir brauchen ein neues Quartier«, flüsterte er, als die Pferde mit dumpfem Hufschlag wieder anzogen und das Fuhrwerk davonrollte. »Tibillibill, setzt du deine Suche fort?«

Die Singende hob sich still von seiner Schulter, wo sie sich ausgeruht hatte. Er konnte im Augenwinkel die silbrigen Kreise sehen, mit denen sie sich in die Luft hob. Er hatte wenig Hoffnung, dass sie fündig würde. Seit dem Beginn des Krieges waren die Menschen misstrauisch geworden, sie verschlossen ihre Keller und Schuppen und verriegelten ihre Hofeingänge, damit sich jemand wie er dort nicht einschleichen konnte. Ein Schuppen, warm und trocken und über der Erde, das wäre das Paradies!

»Der Laden in der Kleeblattgasse«, hörte er Brokk sagen. »Sollten wir es nicht dort einmal versuchen?«

Jenö schüttelte den Kopf. Es war nicht als Verneinung gedacht, er wollte nur das Wasser abschütteln, das in seine Augen lief. »Ich glaube nicht, dass es gut wäre, dorthin zu gehen«, sagte er dann aber trotzdem. »Du weißt, wem der Laden gehört.«

»Ich weiß es. Deswegen habe ich es ja vorgeschlagen.« Brokk klang eingeschnappt.

Jenö blieb stehen und sah zu dem Dunklen hinunter. »Wie verzweifelt sind wir?«, fragte er leise.

»Sehr verzweifelt«, erwiderte Brokk. »Sehr, mein Junge.«

Der Lärm, der vom Marktplatz herüberschallte, ließ sie langsamer werden. Jenö überflog den Markt mit Blicken. Die Mehrzahl der Stände wurde gerade abgebaut. Sehr gut. Dort drüben war der Stand mit Brot und Backwaren, dahinter die beiden großen Obst- und Gemüsestände. In der entgegengesetzten Ecke stritt gerade der Milch- und Käsehändler mit der Geflügelfrau.

Und überall in den Winkeln, Toreinfahrten, unter den Mauervorsprüngen und zwischen den hochgestapelten Kisten lauerten seine Konkurrenten auf all die Schätze, die gleich zertrampelt und aufgeweicht, zertreten und zermatscht, zerbrochen und halb ausgelaufen auf dem Pflaster zurückbleiben würden, bereit für die Brigade der Männer mit ihren Besen, Karren und Schaufeln. Aber was noch halbwegs essbar war, würde es nicht bis auf die Abfallkarren schaffen. Flinke, schmutzige Finger warteten darauf, das buckelige Kopfsteinpflaster bis in die kleinste Ritze zu säubern.

Jenö konnte die hungrigen Blicke spüren. Er fasste in seine Tasche und griff nach dem Beinmesser. Seine schartige Klinge ritzte ihm die Haut, und er fluchte leise, bevor er den Finger in den Mund steckte.

»Dort«, sagte Brokk ruhig. »Schau, der Brotkarren.« Er wartete nicht ab, was Jenö antwortete, sondern lief geduckt los und rannte in Zickzacklinien auf den Karren zu, der gerade zu kippen drohte, weil sein Rad über einen Randstein gerumpelt war. Der Fuhrmann schrie und schimpfte, drückte seine Schulter gegen die Seitenwand des Karrens. Hinten polterte eine Klappe auf, Brot und Tüten mit Backwerk fielen heraus und platzten auf dem Boden auseinander. Wecken rollten über das nasse Pflaster und plumpsten in den Rinnstein.

Johlend stürmten die Gassenjungen auf das Unglücksfahrzeug zu. Jenö, der seine Schwäche wacker ignorierte, war einer der Ersten am Unfallort. Er packte einen großen Brotlaib und stopfte eine Handvoll Wecken in die Jackentasche. Eine Faust traf seinen Rücken und ließ ihn vorwärtstaumeln.

»Geisterjunge«, schrie der Angreifer und setzte nach. »Engelsbrut! Mach dich fort, verschwinde, sonst schlag ich dir die Zähne ein. Ich prügele dich blutig, ich schlag dich to...« Seine Stimme hob sich zu einem schrillen Schrei, als Jenö sein Beinmesser schwang und dem Burschen einen langen, klaffenden Schnitt über die Wange zog. Der Junge taumelte zurück, hielt sich das blutende Gesicht und heulte auf.

»Weg hier«, hörte Jenö Brokks tiefe, ruhige Stimme. »Zügig. Rückzug. Halt das Brot fest.«

Jenö stand geduckt, das Messer gegen die zerlumpten Jungen gerichtet, die auf ihn zurückten, johlten, die Fäuste schwangen, Drohungen brüllten. Er ging langsam rückwärts und ließ die Heranrückenden nicht aus dem Blick.

Die erste verfaulte Rübe streifte seine Schulter, brachte ihn aber nicht ins Wanken. Einem Stein konnte er ausweichen, der heranfliegende halbe Kohlkopf wurde mit einer schnellen Handbewegung abgewehrt.

»Noch vier Schritte, dann hast du Rückendeckung«, hörte er Brokk sagen. »Lass dich nicht nach links in die Enge treiben. Rechts halten. Der nächste Einstieg ist in der Schleifmühlgasse.«

»Engelsbrut, du stirbst«, schrie der Junge mit der zerschnittenen Wange. Das Blut zog einen glänzenden Streifen durch den Schmutz auf seinem Gesicht, lief seinen Hals hinunter und tränkte das zerrissene Hemd. Der Junge wog einen dicken Pflasterstein in der Hand und bleckte mordlüstern die Zähne.

Jenö täuschte einen Ausfall vor, hieb mit dem Messer auf eine Hand ein, die ihn packen wollte, und warf sich dann in die entgegengesetzte Richtung herum. Hinter ihm war jetzt der Weg frei. Mit einem keuchenden Schrei spurtete er los. Brokks breite Füße klatschten auf das Pflaster, der Dunkle blieb dicht hinter ihm. Ein Stein pfiff an Jenös Ohr vorbei.

»Zu langsam«, schnaufte Jenö. Die Verfolger holten auf.

»Lauf«, keuchte Brokk. »Ich halte sie auf. Wäre die Hitzige doch hier …« Er beendete den Satz nicht, sondern blieb abrupt stehen, sah sich um und breitete die Arme aus.

Jenö lief langsamer weiter. Er bekam keine Luft mehr und sein Zwerchfell schmerzte. Immer noch umklammerte er sein Messer und den Brotlaib. Er warf einen Blick über die Schulter. Brokk stand noch immer dort, und um ihn schien sich die Luft verdichtet zu haben. Er verfügte nicht über genügend Kraft, um den Boden aufzureißen oder Steine aus den Hausmauern zu brechen. Aber es gelang ihm immerhin, die lockeren Pflastersteine über die gesamte Länge der Straße emporzuheben und damit eine Stolperfalle nach der anderen aufzubauen. Die ersten Verfolger der zerlumpten Bande, die ohne Blick nach unten hinter ihnen herjagten, kamen zu Fall, schlugen sich die Knie und Hände auf, und die Jungen, die hinter ihnen herdrängten, stolperten gegen die Gestürzten und fielen ebenfalls.

»Lauf weiter«, schrie Brokk. Er stand da, klein, dunkel und kompakt, und Jenö sah, dass seine Arme vor Anstrengung zitterten.

»Komm schon«, rief Jenö. »Das reicht doch.« Er drehte sich um und wollte losrennen, aber er prallte unsanft gegen einen Mann, der wie aus dem Boden gewachsen hinter ihm auftauchte und ihn festhielt.

»Hab ich dich«, sagte er.

Jenö zappelte und fluchte, trat und biss. Der Mann steckte ebenso wie er selbst in zerlumpten, stinkenden Kleidern. Jenö konnte den typischen Geruch der Kanalisation erkennen – wenn er die Zeit gehabt hätte, darüber nachzudenken, hätte er wahrscheinlich anhand des Geruchs sogar bestimmen können, an welcher Stelle des Kanalnetzes der Mann zu übernachten pflegte.

»Ich hab ihn«, rief der Mann noch einmal laut und triumphierend. Sein Griff um Jenös Kragen erwürgte den Jungen beinahe.

»Kommt und holt ihn euch. Verdammtes Engelsgeschmeiß.« Er schüttelte Jenö unsanft.

Jenö hustete und kämpfte um einen Atemzug. Verschwommen bekam er mit, dass der Mann in die Tasche griff und einen Gegenstand hervorzog. Die scharfe Ausdünstung von Metall ließ Jenös Augen tränen. Er wehrte sich stärker. Was auch immer der Mann da bei sich trug, es besaß Spuren von Silber. Eine Silberlegierung, von niedrigem Feingehalt, denn sonst wäre er schon bewusstlos geworden. Wahrscheinlich handelte es sich um einen dieser billigen Ringe aus Tibetsilber, die überall als Schutz gegen die Engel verkauft wurden. Wie lächerlich …

Jenö schrie und ging in die Knie, weil seine Beine plötzlich unter ihm nachgaben. Der Schmerz war ungeheuer. Ihm wurde schwarz vor Augen und er spürte, wie er mit dem Gesicht voran auf das Pflaster fiel.

Der Mann drückte hohnlachend den Ring gegen Jenös Schulter. »Krepier, Engelsbrut. Ein Schmarotzer weniger, der unseren mutigen Jungs das Essen stiehlt.«

Die Welt erlosch wie eine Ætherlampe.

•••

»… den Kerl angesengt, und er hat den verfluchten Ring fallen lassen. Dann hat Brokk den Jungen am Kragen zum Einstieg geschleift und hinuntergeworfen. Du kannst dir denken, dass es ihm jetzt nicht besonders gut geht.«

Die flirrende Stimme der Hitzigen brannte sich durch das Dröhnen in seinen Ohren und vertrieb einen Teil der Benommenheit. Jenö ächzte und schlug die Augen auf. Es war dunkel und roch nach dem Winkel, den er sich zur Heimat erkoren hatte. Brackiges Wasser, schimmlige Lumpen, gärender Unrat. Er war wieder in der Kanalisation, in Sicherheit.

Er schloss die Augen und spürte den Schmerzen nach, die seinen Körper vom Kopf bis zu den Füßen peinigten. Seine Schulter fühlte sich an, als stünde sie in hellen Flammen. Er hatte Abschürfungen und blaue Flecke und ganz sicherlich waren seine Rippen angeknackst. Vorsichtig hob er die Hand und betastete seinen Kopf. Beulen. Mehrere.

Jenö öffnete erneut die Augen und richtete sich auf. Er erwiderte die Blicke, die auf ihn gerichtet waren. »Was habt ihr mit mir angestellt?«, fragte er.

Drei Stimmen begannen gleichzeitig, auf ihn einzureden. Er stöhnte und hob die Hand. »Langsam. Autsch. Langsam. Was ist mit meiner Schulter passiert?«

Brokk sprang auf sein Knie und berührte erstaunlich sanft sein Handgelenk. »Silber«, sagte er. »Verfluchtes Silber, mein Junge.«

»Ich hab dem Kerl die Haare abgesengt und die Schwarte geschwärzt«, erklärte die Hitzige, die mit zufriedener Miene auf einem Mauervorsprung hockte. »Er hat gekreischt wie ein Mädchen, Jenö. Es hätte dir gefallen.«

Jenö war noch mit Brokks Worten beschäftigt. »Tibetsilber?«, fragte er und versuchte vergeblich, seine Schulter zu bewegen.

Der Dunkle zuckte die Achseln. »Keine Ahnung. Aber er sah aus wie ein Herumtreiber. War sicherlich nichts Wertvolleres.«

Der Fließer hob sich glucksend aus seinem Krug. Lange, bleiche Finger, zwischen denen sich zarte Schwimmhäute spannten, umklammerten den Rand des Gefäßes. Jenö erwiderte seinen feuchten Blick und seufzte. »Ich wollte dich nicht stören, Glormo. Aber wenn du etwas für mich tun kannst, dann danke ich dir.«

Der Fließer streckte schweigend die Hand aus. Sein breites zahnloses Maul mit den wulstigen Lippen öffnete sich hechelnd. Die Kiemenöffnungen an seinem Hals klafften weit auf. Jenö beeilte sich, die Hand des Fließers zu ergreifen. Glormo zog sich aus dem Krug und floss an Jenö empor. Er legte sich auf die schmerzende, gelähmte Schulter des Jungen und ließ die Nickhäute über seine riesigen, grünschillernden Augen gleiten.

»Ah«, machte Jenö erleichtert. Der Schmerz ließ nach.

»Wir sollten den Zauberer aufsuchen«, ließ sich die Hitzige vernehmen. Sie schnippte mit den Fingern und ließ die Füße wippen. Salamander konnten einfach nicht stillsitzen.

Jenö sah sich um. »Da war Brot«, sagte er unaufmerksam. Seit seine Schulter nicht mehr so sehr wehtat, meldete sich der Hunger wieder.

Brokk hielt ihm wortlos den Laib hin. Ein ordentliches Stück fehlte, aber es war immer noch eine gute Portion übrig. Jenö riss sich einen Brocken herunter und stopfte ihn in den Mund. Er fuhr sich kauend durch die Haare und kratzte dabei unsanft über eine der Beulen, was ihm einen Schmerzenslaut entlockte.

Der Fließer regte sich, streckte die Hände nach seinem Krug aus und gluckste eine Bitte. Jenö beugte sich vor, zog den Krug heran, und Glormo ließ sich mit einem leisen Platschen hineingleiten. Jenö bewegte wieder die Schulter und verzog das Gesicht. »Besser«, sagte er und atmete scharf ein. »Aber es tut immer noch ziemlich weh.«

»Verfluchtes Silber«, kommentierte Brokk düster. Er griff mit seiner breiten Hand nach dem Brot, das in Jenös Schoß lag, und brach ein Stück ab, das er sich ganz in den großen Mund stopfte.

Der Junge rieb sich über die Augen. Noch immer hallte das Echo des Silbers durch seinen Körper, ließ seine Nerven vibrieren und die Muskeln schmerzhaft zucken. »Heute Nacht«, sagte er und ignorierte den dumpfen Schmerz der Prellungen und Schürfwunden.

Jenö schlief, tief in sein Lumpenlager gegraben, zum ersten Mal seit langer Zeit, ohne dass ihn sein knurrender Magen an der Oberfläche des Schlafes hielt. Er träumte nicht. Seine Träume hatten ihn an dem Tag verlassen, an dem er zusehen musste, wie seine Mutter von den Menschen, die sie verfolgten, gefangen und getötet wurde.

Er erwachte wie immer mit einem Ruck und setzte sich gähnend auf. Er wollte sich strecken, erinnerte sich aber noch rechtzeitig daran, dass seine Schulter das kaum gutheißen würde, und beschränkte sich darauf, sich den Schlaf aus den Augen zu reiben.

»Die Sonne ist untergegangen«, hörte er Kaskabel rufen. »Auf die Beine, faule Bande.«

»Hrrrrmmm«, knurrte Brokk. »Mach nicht so einen Lärm, Liebchen.« Er wühlte sich neben Jenö aus dem Lumpenberg und gähnte so breit, dass man meinte, sein Kopf würde jeden Moment in der Mitte auseinanderfallen.

Jenö brach den Rest des Brotlaibs in zwei gerechte Teile und reichte dem Dunklen seinen Anteil. Sie aßen schweigend und langsam, kosteten jeden Bissen aus, pickten danach die herabgefallenen Krümel auf und aßen auch sie.

Jenö stand auf, nahm sein Bündel und sah sich wehmütig um. Aber was nutzte es? Die Strotter waren auf ihn aufmerksam geworden, und es war nur noch eine Frage der Zeit, bis sie ihn hier aufstöbern und verjagen würden. Wenn er Glück hatte. Sehr viel wahrscheinlicher würde er die Unterwelt in einem der Kanäle schwimmend verlassen – mit dem Gesicht nach unten. Und was würde dann aus seinen Gefährten werden?

Sie stritten sich kurz darüber, ob sie alle gehen sollten oder nur Jenö. Vor allem die Hitzige kämpfte darum, ihn zu begleiten. »Du gehst dort nicht ohne uns hin«, rief sie aus und stampfte mit dem Fuß auf, dass die Funken nur so stoben. »Wir lassen dich doch nicht alleine ins Verderben rennen. Wozu hast du uns denn, wenn nicht genau für eine solche Unternehmung?«

Jenö schüttelte den Kopf. Wenn es darauf ankam, konnte er nicht weniger stur sein als Kaskabel. »Es ist doch vollkommen sinnlos, uns alle in Gefahr zu bringen«, gab er zu bedenken. »Wenn ich dort wirklich in eine Falle stolpere, dann müsst ihr euch überlegen, wie ihr mich wieder rausholt.«

»Wenn du dann noch lebst«, sagte die Singende leise.

Jenö war zu hungrig und zu erschöpft, um sich weiter zu streiten. »Kompromiss«, sagte er. »Ich nehme Brokk mit. Er ist der Stärkste von uns.«

»Immer drängelt sich der Gnom vor«, murrte die Hitzige.

Brokk streckte schweigend den langen Arm aus und packte sie an der Kehle. Er drückte ihr die Luft ab, bis sie signalisierte, dass es ihr leidtat, und rieb sich dann mit einer nachlässigen Bewegung die Asche von den Fingern.

»Du hast vielleicht eine dicke Haut«, sagte Tibillibill bewundernd. »Ich wäre nur noch ein Aschehäufchen, wenn ich Bel so festhalten würde.«

»Du bist ja auch nur ein albernes Flatterding«, warf Kaskabel spöttisch ein. Sie rieb sich den Hals und warf dem Dunklen einen bösen Blick zu.

»Und du bist ein Glühwürmchen. Soll ich Glormo rufen, damit er dich ein bisschen löscht?«, schimpfte die Sylphe.

»Könntet ihr bitte aufhören, euch zu zanken?« Jenö rieb sich über die immer noch taube Schulter. Er stand auf. »Also, wir machen es so. Ich gehe mit Brokk, ihr beide passt auf Glormo auf.«

Das Wasser im Cholerakanal floss ruhig und lautlos neben ihnen her, gelegentlich schäumte etwas darin auf, strudelte glucksend und ging wieder unter.

Jenö lebte schon lange genug hier unten, um zu wissen, dass er auf der Hut sein musste. Überall hier in der Finsternis gab es Menschen: Lichtscheue, Ausreißer, Bettler und Diebe, Menschen ohne Familie, ohne Hoffnung, ohne Besitz und oft genug ohne Seele.

Aber nicht nur Menschen lebten in dieser Stadt der Dunkelheit, die unter der Stadt des Lichtes ihre ganz eigene Existenz führte.

Da waren auch solche wie er. Und wenn er sich schon davor fürchtete, den Menschen in die Arme zu laufen, die ihn unweigerlich jagen und verletzen, verstümmeln und töten würden, dann war seine Angst davor, den Engeln zu begegnen, sogar noch viel größer. Sie waren gemein, unglaublich bösartig gemein. Jemand wie er war für sie viel schlimmer noch als ein Mensch, eine Spottgeburt, ein Schandfleck, den es auszurotten galt.

Jenö war einmal einer Gruppe von Engeln in die Quere gekommen, als sie die unterirdischen Wege durch die Stadt kartographierten. Er wollte nicht wissen, wozu sie die Kanalisation erkundeten, aber er konnte es sich denken. Gelegentlich fand er eine Zeitung im Abfall, die nach Fisch oder Kartoffelschalen roch, und entzifferte das, was die Feuchtigkeit von der Druckerschwärze noch übrig gelassen hatte. Die Engel zogen gegen die Menschen. Dieser Zwist hatte ihm schon seine Mutter genommen. Trotzdem konnte Jenö es den Engeln nicht verdenken, obwohl er zwischen den Fronten steckte wie ein Hufeisen zwischen Hammer und Amboss.

»Wo sind deine Gedanken?«, holte Brokks tiefe Stimme ihn in die Gegenwart zurück. »Schick sie dahin zurück, wo sie hergekommen sind.«

Jenö nickte und holte tief Luft. »Danke«, sagte er.

Das letzte Stück des Weges führte sie durch ein Gewirr aus schmalen und niedrigen gemauerten Gängen, Treppen und Leitern hinauf und hinunter, durch ein riesiges Gewölbe, das einem Tanzsaal glich und dann durch das gefährliche Gebiet der Fischnasen.

Jenö beriet sich kurz mit Brokk. Die Männer verteidigten ihr Revier mit allen Mitteln. Dies hier war der »reiche« Bezirk des Untergrunds. Direkt über ihren Köpfen befanden sich die belebten Einkaufsstraßen des Stadtzentrums. In den Hinterhöfen und Gossen konnte man wahre Schätze finden, die weggeworfen, verloren, manchmal auch gestohlen worden waren. Die Strotter duldeten keine Fremden in ihrem Reich.

»Wir müssen quer durch«, sagte Brokk. Er zeichnete sich kreuzende Linien in den Schmutz. »Hier ist der Ausstieg. Wir sind ungefähr hier«, ein Punkt markierte beide Stellen. »Wenn wir diesen Luftschacht meiden und an dieser Kammer aufpassen, dass sie uns nicht erwischen, sind wir schon fast an unserem Ziel.«

Jenö prägte sich die Zeichnung ein und nickte. »Gut«, sagte er. »Los?«

Sie liefen in schnellem, gleichmäßigem Trab, alle Sinne gespannt nach außen gerichtet. Waren da Schritte? Stimmen? In den dunklen Gewölben hallte jedes Geräusch derart, dass man seinen Ursprung nicht feststellen konnte. Die finsteren Öffnungen, an denen sie vorbeikamen, gähnten sie mit Modergeruch und glucksenden Geräuschen an.

Jenö verließ sich auf seine Nase, seinen Tastsinn und sein Gehör, denn für seine Augen war es hier einfach zu dunkel. Erst ein gutes Stück weiter vorne würde es wieder Licht- und Luftschächte geben, die für eine diffuse Beleuchtung sorgten.

Stimmen. Vor ihnen. Sie hallten so verzerrt von den Mauern wider, dass Jenö nicht verstehen konnte, worüber die Männer sprachen. Wie viele waren es? Er meinte, drei verschiedene Sprecher unterscheiden zu können.

Brokk berührte seine Hüfte. »Vier«, hauchte er. »Sie entfernen sich. Rechts von uns.«

Sie warteten, bis die Schritte und Stimmen verhallt waren. Jenö stützte die Hände auf die Knie. »Ich habe Angst«, sagte er.

Brokk brummte beruhigend. »Bin bei dir«, sagte er. »Wir wissen doch nicht, was uns erwartet.«

»Nein, das wissen wir nicht.« Jenö richtete sich auf und ging weiter. Er dachte über ihr Ziel nach und über den Mann, auf den sie dort treffen würden. Von seiner Mutter wusste er, was die Engel sich über den Professor erzählten. Er war der große Böse, derjenige, der dafür gesorgt hatte, dass die Elementare versklavt werden konnten. Er hatte die Methode entdeckt, wie Menschen sich den Æther zunutze machen konnten – den Æther und das Silber –, um die Elementare einzufangen und sie zu zwingen, für die Menschen zu arbeiten.

Jenö warf einen schnellen Blick auf Brokk, der neben ihm herstapfte. Wenn er das Unglück gehabt hätte, einem der Jäger in die Hände zu fallen, dann wäre er jetzt in eins dieser Silbergefängnisse gesperrt und müsste für seine Peiniger schuften. Jenö wusste, welche Schmerzen es dem Dunklen schon bereitete, wenn er nur in die Nähe von kaltem Eisen kam. Eingesperrt in einen Silberkäfig würde er über kurz oder lang dahinsiechen und sterben.

»Bleib du hier, Brokk«, sagte er. »Es ist zu gefährlich. Wenn er dich einfängt …«

Der Dunkle schüttelte den Kopf. »Ich lasse dich nicht allein. Keine Diskussion.«

Jenö wusste, wann es zwecklos war. Er nickte knapp und legte einen Finger auf die Lippen, denn nun wartete der gefährlichste Teil ihrer Reise durch den Untergrund auf sie.

Sie durchquerten eine Serie von Kammern, die als Luftschächte dienten. Glücklicherweise weilten die Bewohner dieses Ortes um diese Tageszeit an der Oberfläche. In einer der Kammern trafen sie auf einen Mann, der in eine Decke gerollt in der Ecke lag, den Kopf auf dem Bündel mit seinen Habseligkeiten, und laut schnarchte. Jenö tastete sich auf Zehenspitzen an ihm vorbei und Brokk rümpfte die Nase. »Betrunken«, sagte er nicht besonders leise.

Den niedrigen Gang, der die Luftkammern mit dem Gewölbe verband, das ein Treffpunkt der Strotter war, durchquerte Jenö auf Händen und Füßen. Er steckte seinen Kopf durch den Torbogen und musterte das Gewölbe, durch dessen Mitte einer der Kanalarme floss. Auf der gegenüberliegenden Seite war eine Gruppe von zerlumpten Männern damit beschäftigt, ein Lagerfeuer in Gang zu bringen. Lautes Gezänk und raues Gelächter hallten zwischen den Wänden und Säulen, die die Decke des Gewölbes stützten.

Jenö zog den Kopf ein und flüsterte: »Wir rennen. Deckung ausnutzen. Sie sehen gerade nicht her.« Dann holte er tief Luft, senkte den Kopf und spurtete los.

Er hielt hinter der ersten Säule an und sah auf die andere Seite. Niemand hatte ihn bemerkt. Brokk rannte schon weiter, aber natürlich war die Gefahr nicht allzu groß, dass einer von den Männern überhaupt die Fähigkeit besaß, ihn zu sehen.

Noch zwei solcher Spurts, dann rettete Jenö sich in den gegenüberliegenden Eingang und lehnte sich keuchend an die kalte Wand. Er lauschte, aber die lauten Stimmen im Gewölbe klangen unverändert.

»Weiter, dort entlang«, flüsterte er und stieß sich von der Wand ab. »Wir sind beinahe da.«

Nach wenigen Metern gelangten sie an eine Wendeltreppe, die geradewegs nach oben in einen zylindrischen Aufbau führte. Aus diesem Turm konnten sie direkt auf die Straße treten.

Jenö lugte durch die vergitterte Öffnung der Tür und nickte. Er legte seine umwickelte Hand auf die Klinke und drückte die Tür auf.

Sie standen auf einem kleinen Platz, auf der Straße herrschte reger Verkehr, und der Lärm war wie ein kalter Guss, der Jenö traf und seine Müdigkeit und den nagenden Hunger für einen Moment vergessen ließ. Er drückte sich hinter einen Mauervorsprung und wartete, bis der Strom der Fahrzeuge, Reiter und Passanten eine Lücke aufwies. Dann gab er Brokk das Zeichen und sie rannten im Zickzack über die Straße. Niemand schenkte ihnen große Beachtung – wer achtete schon auf einen zerlumpten Gassenjungen in der Menge?

2

Der Zeitmesser

Die ruhige Seitenstraße, in die sie einbogen, war ein weitaus gefährlicheres Terrain als die Kanalisation. Jenö spürte die verwunderten und angewiderten Blicke, die ihn trafen. Er schob seine Kappe tief ins Gesicht, zog die Schultern hoch und senkte den Kopf. Niemand sieht mich, dachte er. Niemand beachtet mich. Ich bin nicht interessant.

Es schien zu funktionieren, denn sie gelangten unbehelligt bis zum Eingang des Hauses, das ihr Ziel war.

Jenö verharrte an der Tür und drückte das Gesicht gegen die Scheibe. Es war dunkel im Inneren des Ladens, niemand schien da zu sein. Die hohen Regale und die vielen Vitrinen und Schaukästen, Tische und Stellagen verhinderten aber einen freien Blick auf den gesamten Raum. Es half nichts, er musste eintreten und sich dem, was ihn dort erwartete, stellen.

Mit einem tiefen Atemzug schob er die Tür auf, lauschte dem melodischen Läuten der Glocken über seinem Kopf und trat ein.

Jenö schob sich zögernd durch den schmalen Gang, der zwischen zwei Regalen und einem Tisch frei war, und drang in den hinteren Teil des Geschäftes vor. »Hallo?«, sagte er halblaut. »Ist jemand hier?«

Hinter einer Theke aus dunklem, glänzendem Holz raschelte etwas. Jenö hörte ein Surren und Klacken, Klickern und Tippeln, und dann krabbelte ein seltsames Ding auf vielen kleinen Füßen über den Boden auf ihn zu. Er lachte und ging beiseite, um es in seinem Lauf nicht zu stören.

Das Spielzeug drehte surrend den Kopf, schien nach ihm zu suchen. Die glitzernden Glasaugen fixierten ihn. Ein Licht leuchtete an seiner Kopfseite auf, eine Scherenhand öffnete und schloss sich klickend, ein dünner Kupferdraht auf seinem Rücken wippte hin und her.

»Was ist das?« Brokk klang beunruhigt. Er kniete neben dem Spielzeug nieder und wollte es vorsichtig berühren, aber die Scherenhand schnappte nach ihm, und er zog fluchend den Finger zurück. Jenö grinste.

»Ein nettes Dingelchen, nicht wahr?«, sagte eine sanfte Stimme.

Jenö zuckte zusammen und Brokk sprang alarmiert auf die Füße.

Der Mann in dem altmodischen Anzug lächelte Jenö an. »Was kann ich für dich tun?«, fragte er. Der Kneifer auf seiner Nase spiegelte so, dass man seine Augen nicht erkennen konnte. Der Mann sah harmlos aus, er war nicht viel größer als Jenö und in seinem schütteren Haarkranz hingen ein paar Spinnweben.

»Professor Horatius Tiez?«, fragte Jenö vorsichtig. Man sollte niemanden voreilig nach seinem Aussehen beurteilen, das hatte er schon oft festgestellt. Wenn dies der Professor war, von dem seine Mutter ihm erzählt hatte …

Der Mann nahm den Kneifer ab und steckte ihn sorgfältig in eine Tasche. Seine Augen waren klar, klug und kalt. »Wer fragt mich das?«

Jenö schluckte. Er nahm seine Kappe ab und hob das Kinn. »Jenö Malkadiassohn«, sagte er.

Der Professor kniff die Augen zusammen und musterte ihn scharf. »Der verschollene Junge meiner lieben Freundin«, erwiderte er nachdenklich. »Wenn du kein begabter Lügner und Betrüger bist, dann könnte es stimmen. Dein Alter? Vierzehn, nein, fünfzehn? Und dein Gesicht – ja, ich erkenne Malkadias' Züge darin. Und du hast ganz und gar ihre Augen.« Er seufzte und zog ein Schnupftuch aus der Tasche, mit dem er sich über die Stirn und die Augen fuhr. »So hast du dich also endlich hierher getraut.« Er steckte das Schnupftuch ein und legte Jenö seine Hand auf den Arm. »Komm mit nach hinten. Ich schließe den Laden ab.« Sein Blick wanderte über den Boden, an dem Spielzeug vorbei, das mit zitterndem Draht und klickender Schere auf dem Boden verharrte.

Jenö gab Brokk mit den Augen ein Zeichen, dass er sich ruhig verhalten möge, als der Professor dem Dunklen schon zunickte.

»Du gehörst sicher zu ihm, Gnom? Dann folge uns.« Er sah den Schrecken in Jenös Gesicht und schüttelte mit leisem Tadel den Kopf. »Wo sind die anderen drei? Du solltest sie nicht trennen, junger Mann. Hat deine Mutter dir das nicht beigebracht?« Er griff nach einem klimpernden Schlüsselbund und wandte sich zur Tür, um sie abzuschließen.

»Man hat mich vor Ihnen gewarnt«, sagte Jenö.

Tiez hängte den Schlüsselbund an einen Haken hinter der Tür. »Hat man das?« Er zuckte die Achseln. »Du musst dich nicht vor mir fürchten, mein Junge. Ich bin so harmlos wie eine Napfschnecke.«

Brokk murmelte etwas.

Der Blick des Professors streifte ihn nachdenklich. »Ja, bitte?«

»Professor«, sagte Jenö hastig, »ich brauche Ihre Hilfe.«

Der Professor hob sichtlich verblüfft die Brauen.

»Wobei?«

Jenö erwiderte den Blick ebenso erstaunt. »Nun, wir – also meine Freunde und ich – verstecken uns in der Kanalisation, seit meine Mutter … seit sie …« Er räusperte sich, weil seine Kehle unvermittelt eng wurde.

»Oh«, sagte der Professor und kratzte sich am Kinn. »Das ist hervorragend.« Er erläuterte nicht, was genau er hervorragend fand, sondern bedeutete Jenö, ihm zu folgen.

»Was denkst du?«, flüsterte Jenö Brokk zu, während sie Professor Tiez durch einen mit Möbeln und Kram vollgestellten Gang folgten.

Der Dunkle hob die Achseln. »Sei vorsichtig«, murmelte er.

»Ja, Vorsicht«, ließ der Professor sich vernehmen, »hier steht überall etwas im Weg. Stoßt euch nicht die Beine.«

Jenö verdrehte die Augen. Der Professor hatte ausgezeichnete Ohren.

Eine Tür wurde geöffnet, die in einen strahlend hell erleuchteten Raum führte. Jenö schloss geblendet die Augen. Was war das dort an der Decke? Diese hellen, kalt leuchtenden Röhren? Sie schienen leise zu summen.

Tiez deutete auf einen Stuhl. »Setz dich. Hast du Durst? Hunger?«

Jenös Magen knurrte laut. Er senkte den Blick. »Nein danke.«

»Ah. Zwei Antworten, die entgegengesetzt lauten.« Der Professor lächelte und winkte ihm zu. »Warte, ich bin gleich zurück.« Er verließ das Zimmer durch eine andere Tür, die er fest hinter sich schloss.

Jenö sah sich um. Das Licht, das seinen Augen wehtat, beleuchtete den karg eingerichteten Raum bis in den letzten Winkel. Es schien sich um eine Werkstatt oder ein Laboratorium zu handeln, mit Metalltischen und zwei großen Waschbecken an den Wänden, Destillierapparaten, Glaskolben und -zylindern in allen Größen, Zangen und Lupen, einem Mikroskop und allen möglichen sorgfältig verschlossenen und beschrifteten Gefäßen. Jenö nahm ein paar davon auf, schüttelte sie und versuchte, die Etiketten zu lesen, aber er konnte die feine, eckige Schrift nicht entziffern.

Brokk knurrte unbehaglich und hielt sich so weit wie möglich von der Seite mit den Werkzeugen fern. Jenö spürte das Kribbeln, das durch all das bearbeitete Metall in der Luft war, wie die gespannte Atmosphäre vor einem Gewitter. Er leckte sich über die Lippen und kostete den salzig-beißenden Geschmack des Eisens.

»Wir sollten hier nicht bleiben«, sagte er. »Brokk …«

Der Dunkle war schon an der Tür. Jenö griff zur Klinke, fluchte leise und ließ sie schnell wieder los. »Was ist das? Ich habe nicht gesehen, dass er sie abgeschlossen hätte.« Auch die zweite Tür, durch die der Professor verschwunden war, ließ sich nicht öffnen. Sie saßen in der Falle.

Jenö umklammerte die beruhigende, hölzerne Lehne des Stuhls. »Ich bin so ein Idiot«, sagte er erbittert. »Wie ein vollkommener Trottel bin ich hier hereinmarschiert. Hab meinem Henker freundlich die Hand geschüttelt und mich von ihm einsperren lassen. Brokk, du warst schlecht beraten, mir zu folgen.«

»Jammer nicht rum«, sagte der Dunkle. »Gibt es hier irgendetwas, womit du die Tür aufbrechen kannst?« Er lehnte an der Wand und befühlte prüfend ihre Beschaffenheit. »Ich kann hier nichts ausrichten. Es ist Eisen in den Wänden.«

Jenö fröstelte. Deshalb das beklemmende Gefühl. Dieses Laboratorium war vor Elementaren abgeschirmt worden. Warum?

Er sah zur Decke, betrachtete blinzelnd die seltsamen, summenden Leuchtröhren. »Das sind keine Merkurlampen«, sagte er.

»Ganz recht, mein Junge.« Der Professor war so lautlos eingetreten, dass Jenö ihn nicht bemerkt hatte. Er trug ein Tablett in den Händen, auf dem ein Teller mit Butterbroten und eine Kanne mit Tee standen.

»Oh«, sagte Brokk unwillkürlich. Er war der einzige der vier, der auch essen musste, und er litt ebenso unter dem Hunger wie Jenö.

Der Professor sah sich unschlüssig um. Die Werkbank stand voller Geräte, einen Tisch gab es nicht, also stellte er das Tablett kurzerhand in eins der beiden Waschbecken. »Das ist nicht sehr bequem«, sagte er nachdenklich.

»Warum haben Sie uns hier eingesperrt?«, fragte Jenö. Er ignorierte das wütende Knurren seines Magens und die hungrigen Blicke des Dunklen.

»Habe ich das?« Der Professor sah aufrichtig erstaunt aus. Er rieb sich verlegen die Hände. »Es ist nicht sehr komfortabel hier. Wieso setzen wir uns nicht ins Wohnzimmer? All das kalte Eisen muss deinen Begleiter doch stören.«

Jenö starrte ihn verblüfft an. »Sie haben uns doch hierher gebracht.«

Der Professor runzelte leicht die Stirn. »Es war die erste Tür, an der wir vorüberkamen«, sagte er und schüttelte ärgerlich den Kopf. »Manchmal bin ich ein wenig durcheinander. Komm, junger Malkadiassohn. Wir wählen einen anderen Eingang.« Er nahm erneut das Tablett und öffnete mit dem Ellbogen die erste Tür. Sie war nicht verschlossen.

Jenö wechselte einen Blick mit Brokk, der schicksalsergeben die Schultern hob. Sie folgten dem Professor erneut durch den vollgestellten Gang, der in seinem weiteren Verlauf keinerlei Türen aufwies. Jenö hörte den Mann leise schimpfen: »Nun halt endlich still! Und der Tee wird auch kalt!«

Etwas schnappte und ein Licht fiel in den Gang. Eine Tür öffnete sich dort, wo gerade noch ein Regal gestanden hatte. Oder hatte Jenö sich das nur eingebildet? Er rieb sich über die Stirn.

Ein freundliches, altmodisches Wohnzimmer war das Letzte, was er an diesem seltsamen Ort erwartet hatte. Der Professor stieß einen erleichterten Seufzer aus, stellte das Tablett auf den Tisch und sagte: »Nehmt Platz und bedient euch.«

Jenö wollte erneut ablehnen, aber Brokk kletterte an ihm vorbei auf den Tisch und stopfte sich eins der dick belegten Brote in den Mund. Er stöhnte: »Gut« und griff nach einem zweiten.

Jenö schüttelte den Kopf, aber dann zuckte er die Achseln und beeilte sich, noch etwas von den Broten abzubekommen.

Der Professor setzte sich in einen abgewetzten Lehnsessel und polierte seinen Kneifer. »Wie lange bist du nun schon allein unterwegs?«

Jenö schluckte und wischte sich verlegen mit dem Ärmel über den Mund. »Weiß nicht.« Es war ihm peinlich, das zugeben zu müssen, aber das Leben in der Kanalisation verwischte die Zeit auf eine merkwürdige Art und Weise. Tag oder Nacht, Sommer oder Winter, es war immer gleich hell oder dunkel. Natürlich waren die Winter kälter. Im Herbst regnete es häufiger – oder war das der Frühling? Im Sommer führten die Kanäle weniger Wasser und es roch gelegentlich nicht so gut.

Jenö schüttelte den Kopf. Als er seine Wohnung in der Unterwelt bezogen hatte, war der Durchschlupf bequem und breit gewesen. Jetzt war er so eng, dass er manchmal befürchtete, stecken zu bleiben. »Sechs Jahre, schätze ich.«

Der Professor sah ihn reglos an. »Seit den Novemberunruhen?«

Jenö hatte den Begriff schon gehört, verband aber nichts damit. Er hob die Schultern. »Weiß nicht.«

»Es ist nicht wichtig.« Tiez seufzte und steckte den Kneifer auf die Nase. »Deine Mutter habe ich seit sechs Jahren nicht mehr gesehen, also könnte es stimmen. Hast du von deinem Vater nichts gehört?«

Jenö spuckte unwillkürlich aus. Dann spürte er, wie seine Wangen zu glühen begannen. »Entschuldigung«, sagte er und bückte sich, um mit der Hand über die Spucke zu wischen. »Ich bin nicht daran gewöhnt, in einem so schönen Zimmer …«

Der Professor sagte ungeduldig: »Lass nur. Das ist nicht wichtig.« Er beugte sich vor und schüttete Tee in drei dickwandige Becher.

Brokk, der aufgehört hatte, Brote in sich hineinzustopfen, griff nach einem der Becher und sagte: »Die Novemberunruhen waren es. Wir sind zwischen die Fronten geraten. Sie hat es noch geschafft, Jenö in Sicherheit zu bringen, aber sie selbst ist den Grauen Kadern in die Hände gefallen.«

Der Professor verzog schmerzlich das Gesicht. »Die Grauen. Ging es schnell?«

Brokk warf einen Seitenblick zu Jenö, der mit zusammengepressten Lippen auf den Boden starrte. »Ja«, bestätigte der Dunkle. »Sie haben sie an einer Laterne aufgeknüpft.«

Jenö stieß den Stuhl zurück und rannte hinaus. Die Tür knallte hinter ihm zu. Er stand im dunklen Gang und kämpfte mit den Tränen. Manchmal erschienen ihm die Vier so gefühllos und fremd, dass er sich vollkommen verlassen und einsam fühlte. Sie waren immer an seiner Seite, aber sie waren anders als er. Er war … sie waren … Er schlug mit der Faust gegen die Wand und schluckte einen Kloß hinunter.

»Na?«, sagte eine fremde Stimme hinter ihm. Sie klang freundlich und ein wenig befremdet. »Alles in Ordnung mit dir?«

Jenö wandte sich hastig um. Er hatte Tränen in den Augen und schämte sich dafür. »Hallo«, sagte er betont forsch. »Alles gut, danke. Ich hatte mich – ah – verschluckt.«

»So.« Der junge Mann musterte ihn neugierig. Er streckte die Hand aus. »Milan.«

»Jenö.« Er ergriff zögernd die Hand des anderen.

Der junge Mann beugte sich vor und musterte Jenös Gesicht neugierig und eingehend. »He, wenn ich nicht wüsste, dass die Kerle immer nach Rosen duften und nicht wie du nach Kanalisation, würde ich sagen, du bist ein Engel.« Er lachte.

Jenö hob das Kinn. »Geht dich nichts an«, erwiderte er schroff.

Milans Lachen erstarb. Er runzelte die Stirn. »He, ich wollte dir nicht zu nahe treten. Du bist wirklich einer? Na so was.« Er zuckte die Achseln. »Tut mir leid, wenn ich deine Leute beleidigt habe.«

»Mir nicht«, fauchte Jenö. Er drängte sich an dem jungen Mann vorbei und stapfte den Gang hinunter. Brokk würde den Ausgang schon finden. Er musste hier raus. Er brauchte frische Luft, Platz um sich herum. Am liebsten wäre er gerannt.

•••

Jenö lag zusammengekauert auf dem Boden und presste die Hände vor die Augen. Er lag und lauschte seinem Atem, der langsam wie die Dünung eines fremden Meeres heranrollte und wieder davonzog. Ein und aus. Hinauf und hinab. Sein Verstand trieb davon wie Eisschollen auf dem winterlichen Fluss oder wie ein Papierdrachen, dessen Leine gerissen war. Er war Stunden und Stunden in diesem schrecklichen Korridor herumgeirrt, hatte Türen geöffnet und wieder geschlossen, ständig auf der Suche nach dem Laden, durch den er hereingekommen war oder nach Brokk, nach dem Professor, nach irgendeiner lebenden Seele, die ihn aus diesem Albtraum befreien konnte.

Das leise Klicken von Schritten auf hartem Grund störte den langsamen Rhythmus seines Atems. Er lauschte. Klick-Tick-Klick-Tick … Es kam stetig näher. Hielt an.

Jenö hörte auf zu atmen und lauschte. Da war nichts, kein Atemgeräusch, kein Rascheln oder Hüsteln, keine Bewegung. Es war, als wäre derjenige, der sich ihm genähert hatte, verschwunden.

Jenö blinzelte durch die Wimpern. Ein starres, blinkendes Auge erwiderte seinen Blick reglos und ohne Leidenschaft. Am Rande seines Blickfelds sah Jenö etwas wippen. Er erinnerte sich. Die klickende Scherenhand. Die über den Boden tippelnden Kupferfüße. Das Spielzeug. Hinter der Ladentheke. Brokk hatte es berührt.

Langsam, unsicher, streckte Jenö die Hand aus und tippte gegen das blinkende Auge des Spielzeugs. Ein leises Surren erklang, dann drehte der vielbeinige kleine Apparat sich um und ticktackte davon. Jenö rappelte sich hastig auf und folgte dem Spielzeug, wobei er sich darauf konzentrierte, auf nichts anderes zu blicken als auf den wippenden Draht, die klickenden Füße, das blinkende Auge, so groß war seine Angst, seinen Führer wieder zu verlieren und erneut allein durch den endlosen, mit Gerümpel vollgestellten Gang mit den unendlich vielen Türen irren zu müssen.

Etwas stellte sich ihm in den Weg. Er riss unwillkürlich den Kopf hoch, hob die Hände und blieb stehen, stieß den angehaltenen Atem aus. Rechts und links von ihm waren Stellagen und Regale, die vollgestopft waren mit kaputtem Spielzeug, Büchern und Gerätschaften. Er konnte nicht erkennen, was ihn so erschreckt hatte. Aber als er sich wieder umdrehte, erkannte er, dass das Spielzeug verschwunden war. Er stand allein und mit schwirrendem Kopf in dem düsteren Gang.

Kurz entschlossen ging er weiter. Es hatte keinen Sinn, in Panik zu verfallen. Das Spielzeug war in diese Richtung gelaufen, also würde er es auch dort versuchen. Er wanderte an Bücherregalen und Schränken vorbei, an Tischen, auf denen sich Porzellan stapelte, an Vitrinen voller Uhren, die allesamt liefen, aber unterschiedliche Zeiten anzeigten, dann kam ein Stück Flur, dessen Wände vom Fußboden bis zur Decke mit Gemälden vollgehängt waren. Es gab keine Auswege aus diesem Gang, keine Türen, keine Abzweigungen.

Jenö wurde müde. Er blieb stehen, stemmte die Hände auf die Knie und schüttelte erschöpft den Kopf. »Hallo?«, rief er wie schon gefühlte tausend Male zuvor. »Ist hier jemand? Kann mich jemand hören?«

Seine Stimme erstickte in dem Wall aus aufgestapelten Koffern und Reisekisten, zwischen denen er stand. Er öffnete den Mund, um noch einmal zu rufen, aber stattdessen schloss er ihn entmutigt wieder.

Als eine Stimme seinen Namen rief, glaubte er zuerst an eine Einbildung. Dann schwirrte die Singende an ihm vorbei und landete auf seiner Schulter. »Jenö«, wiederholte sie und drückte sich an seine Wange. »Du bist wieder da. Oh, wie froh ich bin.« Ehe er sie fragen konnte, wie sie hier hergekommen war, erhob sie sich schon wieder in die Luft und flatterte den Gang hinunter. »Hier entlang«, rief sie. »Mir nach.«

Tibillibill führte ihn schnurstracks zu einer Tür, die sich wenige Schritte den Gang hinunter auf der linken Seite zwischen zwei Schränken versteckte.

Jenö drückte die Klinke herab und spürte, wie sein Herz klopfte.

»Jenö«, rief Brokk und sprang an ihm hoch wie ein kleiner Hund. »Du hast ihn gefunden, Tibilli! Jenö, es ist Jenö!«

Jenö sah sich benommen um. Dies war das Zimmer, aus dem er fortgelaufen war. Die Tür hatte zwar an eine andere Stelle des Ganges geführt, aber dies war dasselbe gemütliche, ein bisschen schäbige Wohnzimmer. »Wo kommst du her?«, fragte er die Sylphe. »Bist du uns gefolgt? Wie konntest du Glormo und Bel allein zurücklassen?«

»Hat sie doch nicht«, meldete sich Brokk zu Wort. Er hockte auf dem Tisch und sah verlegen drein. »Sie sind hier. Ich habe den Roten Milan zu ihnen geführt, und er hat sie …«

»Du hast was?« Jenö bemerkte, dass er schrie und zügelte sich. »Du hast was getan?«, fragte er ruhiger. »Brokk, bist du wahnsinnig geworden?«

Der Gnom machte ein störrisches Gesicht. »Wie lange hätte ich denn warten sollen? Sie haben sich schreckliche Sorgen um uns gemacht. Früher oder später wären sie von alleine gekommen, und was wäre dann mit dem Fließer geworden?«

Jenös Knie gaben nach. Er ließ sich in einen Sessel sinken und rieb sich über die Augen. »Ich bin ein paar Stunden weg und du machst dir gleich in die Hose?«

»Ein paar Stunden?« Brokk richtete sich empört auf. »Zwei Tage, Jenö. Du warst für zwei Tage spurlos verschwunden. Meister Tiez hat getan, was er konnte, um dich zu finden, aber erst, als der Schwarze Milan auf die Idee gekommen ist, den Schnüffler nach dir suchen zu lassen …«

»Warte«, unterbrach ihn Jenö. »Langsam.« Sein Kopf schwirrte, und die Müdigkeit machte es noch schwerer, Brokks wirren Worten zu folgen.

Die Tür sprang auf und der Professor trat ein. »Mein Junge«, sagte er mit deutlicher Erleichterung. »Deine Sylphe hat also nicht gelogen. Wie wunderbar. Wie ganz und gar wunderbar.« Ehe Jenö eine Bewegung machen konnte, hatte der alte Mann ihn in die Arme geschlossen und drückte ihn fest an sich. Er roch nach Mottenkugeln und Pfefferminzbonbons und nach etwas, das beißend und scharf war wie der Geruch von Silber.

Jenö befreite sich aus der Umarmung und verschränkte die Arme. »Ich verstehe nicht, was hier los ist«, sagte er. »Was ist mit dem Fließer?«

Brokk sprang vom Tisch. »Der Professor hat Glormo geholfen«, sagte er. »Komm mit. Er wird sich freuen, dass du wieder da bist.«

Jenö folgte dem Dunklen durch die niedrige Tür neben der Standuhr. Wieder ein Lagerraum voller Regale und Tische, Kisten und gestapelter Stühle. »Dort hinten«, zeigte Brokk und sprang über eine aus Kisten gebildete Treppe auf einen Schrank. Dahinter stand in einer Nische ein großes Aquarium, in dem der Fließer langsam seine Kreise zog.

Jenö rief seinen Namen und legte die Hände gegen das dicke Glas. Aus dem grünlichen Wasser stiegen Gasblasen empor und perlten an die Oberfläche. Über ihnen schwirrte Tibillibill in der Luft und sang leise und zufrieden vor sich hin. Glormo schwebte auf der Stelle und sah Jenö aus großen, goldgrün schillernden

Augen aufmerksam an. Seine Hände legten sich gegen die Scheibe, als wollte er durch das Glas Jenös Hände berühren, und seine Lippen verzogen sich zu einem breiten Lächeln.

Jenö betrachtete die zarten Kiemenschleier und die schillernde grünblaue Schuppenhaut des Fließers und lachte laut auf vor Erleichterung und Freude. »Du siehst so gut aus«, rief er. »So gesund und vollkommen bei Kräften – so habe ich dich schon so lange nicht mehr erlebt!«

Brokk hockte auf dem Rand des Wassertanks und ließ die Beine hineinbaumeln. »Der Professor hat uns in die Ætherkammer gesteckt«, sagte er. »Das war besser als Essen.«

Jenö erkannte das leise Zischen und Knistern, das sich näherte, und drehte sich um. »Kaskabel«, sagte er. »Du bist auch hier.«

»Was dachtest du denn? Dass ich allein in dem stinkigen Loch da unten bleibe?« Die Hitzige tat es Brokk gleich und setzte sich auf den Rand des Aquariums. Wo sie das Wasser berührte, stiegen kleine Dampfwölkchen auf.

Jenö betrachtete sie, als sähe er sie zum ersten Mal. »Bist du gewachsen?«, fragte er verblüfft.

Die Hitzige schüttelte das lodernde Haar und lachte, dass Funken sprühten. »Keinen Zentimeter. Aber ich fühle mich zwei Meter groß. Mindestens.« Ihre Finger schnippten einen rastlosen Takt.

Jenö legte den Kopf an das kühle Glas und blickte in Glormos Augen. »Er ist also nicht der böse Feind und wir können ihm vertrauen?«

Die vier antworteten nicht. Der Fließer senkte nachdenklich die Nickhaut über die Augen. Jenö hob den Kopf und sah Brokk und Kaskabel an. Tibillibill hörte auf zu singen und landete auf Jenös Hand.

»Beratung«, sagte Brokk.

Glormo schwamm mit zwei schnellen Bewegungen an die Oberfläche und steckte den Kopf aus dem Wasser. Er gluckste eine Frage.

»Wir wissen es nicht«, flüsterte die Singende. »Er ist freundlich zu uns gewesen. Und er hält niemanden gefangen. In seinen Lampen halten sich nur Freie auf.«

»Aber er ist verschlossen«, führte Kaskabel die Rede weiter. »Er hat in seiner Vergangenheit Böses getan. Dunkles. Verwerfliches.«

»Er redet nicht darüber«, setzte Brokk fort. »Wenn man ihn fragt, lenkt er ab. Er tut dann sehr geschäftig und sehr zerstreut, aber das ist alles nur eine Maske.«

»Wir wissen nicht, was sich hinter dieser Maske verbirgt.«

Glormo tauchte ins Becken zurück. Jenö nickte nachdenklich.

»Er war aber wirklich verzweifelt, dass du dich im Haus verloren hast«, setzte die Hitzige hinzu. »Er hat wie ein Verrückter nach dir gesucht. Und die beiden Milans sind gute Burschen. Glaube ich.«

»Du bist ja bloß verschossen in den Roten«, zog Tibillibill sie auf und flog mit einem Kreischen in die Höhe, als Kaskabel nach ihr schlug.

Jenö streckte die Beine aus und verschränkte die Arme. Sein Kopf war schwer und müde. »Wie lange soll ich fortgewesen sein, sagt ihr?«

»Zwei Tage. Genau genommen zwei Tage und eine Nacht«, erwiderte Brokk. Sein Blick war mitfühlend und er legte Jenö seine Hand auf die Schulter. »Du siehst aus, als könntest du ein weiches Bett vertragen. Erzähl uns morgen, wo du gewesen bist.«

»Da ist nicht viel zu erzählen«, murmelte Jenö. »Brokk, bring mich irgendwohin, wo ich schlafen kann.«

Das Bett war weich und duftete nach Lavendel. Jenö versank in den Kissen, zog sich die Steppdecke über den Kopf und seufzte vor Behagen. Ein richtiges Bett. Er hatte nicht gewagt, sich hineinzulegen, weil er selbst alles andere als lavendelduftend daherkam. So müde er auch war, hatte er sich zuerst gründlich abgeschrubbt – der Professor besaß ein richtiges Badezimmer mit fließendem Wasser, und er hatte sich den Luxus einer Badewanne ganz für sich alleine geleistet. Na gut, fast ganz für sich alleine, weil er nicht hatte mit ansehen können, wie Brokk auf dem Rand des Waschbeckens gehockt und mit sehnsüchtigem Blick auf das heiße Wasser geblickt hatte.

Und jetzt lag er in dieser kleinen Kammer, die nur wenig größer war als das Bett, das darin stand, und wartete darauf, dass der Schlaf zu ihm kam. Er war so müde und gleichzeitig so hellwach, dass es ihn am ganzen Leib kribbelte. Bilder tanzten durch sein Bewusstsein. Eine hochgewachsene, schlanke Frau mit Haaren wie Löwenzahnsamen, so weiß und zart, lächelte ihn an. Sie beugte sich zu ihm, um ihn zu küssen, und er konnte ihren zarten Duft riechen, der pudrig war und vanillesüß. Ihre Stimme war wie das Läuten von Glocken und der hohe Ton einer Flöte. Ihr Gesicht … ihr Gesicht? Er konnte sich nur an ihre Augen erinnern, aber nicht mehr an ihr Gesicht. Ihre Augen standen schräg und sie waren so pfefferminzgrün wie seine eigenen.

Jenö drehte sich auf den Bauch und drückte sein Gesicht in das Kissen, atmete den Lavendelduft. Wieso dachte er jetzt an sie? Er hatte all die Jahre in der Kanalisation keinen Gedanken an Malkadias verschwendet, weil er gewusst hatte, dass die Erinnerung ihn schwächen würde. Und kaum lag er in einem ordentlichen Zimmer und einem weichen, wohlriechenden Bett, fing er an, sich in sentimentalen Erinnerungen zu suhlen.

Jenö setzte sich auf, wischte fest über sein Gesicht und boxte das Kissen zurecht. »Ich schlafe jetzt«, sagte er laut.

Das leise Sirren von Tibillibills Flügeln ließ ihn verstummen. Er biss sich verlegen auf die Lippe.

»Jenö? Geht es dir gut?«

»Sehr gut«, erwiderte er rau. »Ich schlafe jetzt.«

Die Singende landete auf seinem Kopfkissen und ließ sich mit untergeschlagenen Beinen darauf nieder. »Soll ich dir etwas vorsingen?«, schlug sie vor.

»Ich bin kein kleines Kind mehr«, blaffte Jenö. Es tat ihm im gleichen Moment leid, denn er sah ihr verletztes Gesicht.

»Sei nicht böse«, bat er und berührte die Singende sacht mit den Fingerspitzen. »Ich habe schlechte Gedanken.«

Sie stützte das Kinn in die Hand. Ihr schwarzes Haar fiel ihr in die Augen und sie blinzelte durch seinen Vorhang hindurch. »Es ist das Haus«, flüsterte sie. »Seltsame Dinge gehen hier vor. Erinnerungen, die durch die Gänge treiben. Manchmal geht die Zeit schneller, dann wieder langsamer. Das Fliegen ist schwer hier, weil du nie weißt, ob du in eine Strömung gerätst, die dich in ein anderes Zeitalter trägt.« Ihre Augen waren weit aufgerissen und sie sah Jenö beschwörend an. »Wir sollten hier nicht bleiben. Lass uns gehen, gleich morgen.«

Jenö rollte sich auf den Rücken und sah zur Decke. »Die anderen finden es sehr nett hier«, sagte er beiläufig, aber sein Herz schlug ihm bis zum Hals. Er fühlte das Gleiche wie Tibillibill. Sie sollten hier nicht bleiben, es wäre nicht gut. Erinnerungen tropften wie zäher Sirup von den Wänden, und nicht alle Erinnerungen waren angenehm.

Die Singende beugte sich vor und hauchte ihm ins Ohr: »Hast du dem Professor in die Augen gesehen? Er ist ein Lügner. Er erzählt, dass er uns nichts Böses will, aber seine Augen sagen, dass er Pläne hat. Er hat Pläne mit uns, Jenö. Und das ist etwas, was mir Angst macht.«

Jenö nickte nachdenklich. Er hatte etwas Ähnliches beobachtet. Der Professor war freundlich, und Jenö glaubte ihm sogar, dass er ihnen nichts Böses wünschte. Aber es steckte mehr dahinter als reine Menschenfreundlichkeit, da hatte Tibillibill recht. Sie hielt sich immer ein wenig abseits, beobachtete, dachte nach, redete nicht viel. Wenn sie etwas sagte, dann hatte sie vorher gut darüber nachgedacht.

»Wir können nicht gehen«, sagte er. »Hier ist der Ort, den wir so lange gesucht haben, Tibilli. Ich werde den Professor bitten, uns nach Hause zu bringen. Bis dahin wird uns hier schon nichts passieren.«

»Ich passe auf uns auf«, versprach die Singende. »Jetzt schlaf aber, Jenö.« Ihre kleine, kühle Hand berührte seine Lider, und zugleich senkte sich der Schlummer schwer und dunkel auf Jenö herab und ließ für den Moment alle Sorgen verschwinden.

3

Der Engel

Jenö hatte nicht mehr so tief und ruhig geschlafen, seit er ein kleiner Junge an der Hand seiner Mutter gewesen war. Wann? Wo? Er konnte sich nicht erinnern. Nur noch undeutlich ließ sich aus der Erinnerung das Bild eines hellen, luftigen Zimmers heraufrufen, dessen große Fenster auf einen Garten hinausgingen, und in dem es immer zart nach Kräutern und Zitronen roch.

Er reckte sich wohlig und ließ die Augen geschlossen. Sie zu öffnen bedeutete, dass er in seinen endlosen, immer gleichen Tag mit Flucht, Hunger, Angst und Kälte zurückkehren musste.

Es duftete zart – nach Schokolade und frischen Pfannkuchen. Jenö schnupperte. Sein Magen knurrte begehrlich.

»Kommst du? Kommst du?« Brokk zappelte an der Tür herum. »Ich habe Hunger.«

Jenö lachte und rieb sich den Schlaf aus den Augen. »Du hast immer Hunger«, neckte er den Dunklen.

»Ja«, erwiderte Brokk kurz. Er trat gegen die Tür. »Nun komm schon.«

Jenö folgte seiner Nase, die ihn durch den endlosen Gang zu einer dunklen Küche leitete. Dort stand der Rote Milan mit umgebundener Stoffschürze an einem riesigen Ungetüm von Ætherherd, schwarz gebrannt, mit vielen Klappen und Schüben, und buk unter dem Zischen des Æthers dünne Pfannkuchen.

Auf einer Bank an dem zerkratzten Küchentisch saß mit hochgelegten Beinen sein Bruder, der Schwarze Milan, und las, während sich neben ihm auf der Bank noch andere Bücher stapelten.

Er blickte kurz auf, warf Jenö einen schrägen Blick zu, knurrte und las weiter.

Milan am Herd sah sich um und grinste. »Du hast eine gute Nase«, sagte er. »Setz dich. Die erste Portion ist fertig.«

Die Pfannkuchen waren heiß und ein wenig angebrannt und rochen köstlich. Jenö riss den ersten entzwei, pustete sich auf die Finger und gab Brokk die Hälfte ab.

Der Schwarze sah über sein Buch hinweg zu, wie Jenö und Brokk aßen. Er lächelte nicht. »Du bist ein Elementar«, sagte er nach einer Weile zu Brokk. »Ich wusste nicht, dass ihr esst.«

Brokk schluckte einen großen Bissen hinunter und trank einen Schluck Tee hinterher. »Ich bin ein Gnom«, erklärte er. »Wir müssen essen, sonst werden wir krank.«

»Hm«, machte der Schwarze. »Wusste ich nicht.« Wieder sah er auf sein Buch hinunter. »Haben alle Engel solche Begleiter wie ihn?«

Jenö runzelte die Stirn. »Mit wem redest du?«

»Mit dir, Engelchen.«

Jenö steckte sich das nächste Stück Pfannkuchen in den Mund, das er zuvor in Sirup getaucht hatte. Er kaute länger als nötig darauf herum. Der Schwarze klang unverhohlen feindselig.

»Lass ihn«, mischte sich nun der andere Milan ein. Er sah Jenö an und schüttelte sacht den Kopf. »Milan hat schlechte Laune. Er …«

»Halt's Maul«, fuhr sein Bruder ihn an. »Misch dich nicht immer in meine Angelegenheiten!«

Der Rote zuckte gleichmütig mit den Achseln und grinste. »Sag ich doch, schlecht gelaunt«, murmelte er gerade so laut, dass Jenö ihn hören konnte.

»Na, na«, erklang die Stimme des Professors, der gerade durch die Tür trat. Er wischte mit einem großen Schnupftuch über sein Gesicht und die hohe Stirn und räusperte sich mehrmals. Jenö dachte, dass Tiez müde und besorgt aussah, aber der Professor lächelte ihn an und tätschelte Brokk den Kopf. Der Gnom brummte zwar und duckte sich weg, aber er schien nicht beleidigt zu sein.

»Hast du gut geschlafen?« Tiez zog sich einen quietschenden Stuhl heran und griff nach der Teekanne. Milan – der Rote – stellte ihm einen Teller mit Pfannkuchen hin und band sich die Schürze ab.

Jenö nickte und lehnte sich abwartend zurück. Er spürte die verstohlenen Blicke des Schwarzen und bemühte sich, sie zu ignorieren. »Professor«, sagte er, »ich möchte Sie etwas fragen.«

»Nur zu, mein Junge.« Tiez schaute sich mit gerunzelter Stirn auf dem Tisch um, bestrich dann einen Pfannkuchen mit Marillenkompott und rollte ihn ordentlich zusammen.

»Woher kannten Sie meine Mutter?«

Der Professor schnitt seinen Pfannkuchen in schmale, gerollte Streifen. Er sah nicht von seinem Teller auf. »Das ist eine lange Geschichte, mein Junge. Sie kam hierher, weil sie dich unter Menschen aufwachsen lassen wollte. Ich habe ihr gesagt, dass sie einen Fehler macht, aber sie wollte nicht auf mich hören.«

Jenö verdaute das und nickte dann entschlossen. »Sie müssen mir helfen, meine Freunde und mich nach Hause zu bringen.«

Tiez musterte ihn schweigend. Sein Blick war so fern wie die Wolken am Himmel. Dann griff er nach der Zuckerdose, um seinen Tee zu süßen. »Du weißt aber, dass du im Land der Engel auf Dauer nicht leben kannst.«

Jenö hob die Schultern. »Ich weiß gar nichts«, sagte er hoffnungslos. »Meine Mutter hat mir noch nicht einmal erklärt, wie ich hinübergelange.«

Der Professor seufzte und warf den beiden Milans einen Blick zu. »Ihr beide habt doch sicher zu tun«, sagte er.

Der Schwarze Milan klappte sein Buch mit einem lauten Knall zu und stand auf. »Ich bin im Labor«, knurrte er, nahm seinen Stapel Bücher und ging.

Der Rote schob sich seelenruhig noch einen Pfannkuchen auf den Teller. »Ich könnte den Boojumfilter des Ætheroskaphs reinigen«, schlug er vor.

Tiez nickte geistesabwesend. »Tu das.«

Der Rote nickte und folgte seinem Bruder.

Jenö schob Brokk seinen Teller hin und sah den Professor an. »Warum kann ich dort nicht leben? Meine Mutter konnte es schließlich auch.«

Der Professor nippte an seinem Tee. Sein müder Blick belebte sich ein wenig. »Deine Mutter?«, sagte er. »Sie wollte, dass du als Mensch lebst. Wenn deine Gefährten auf die andere Seite gehen, bleibst du zurück.«

Jenö verschlug es den Atem. »Allein?«, fragte er heiser.

Tiez nickte. »Allein. Wie alle Menschen.«

Jenö sah Brokk an. Die Augen des Dunklen waren groß und voller Sorge. »Wusstest du das?«

Brokk schüttelte heftig den Kopf.

»Und ich kann ihnen nicht folgen?« Jenö presste die Hände ineinander. Beinahe sein halbes Leben lang hatte er in der Hoffnung gelebt, endlich, endlich in das helle, weite Land zu gelangen, aus dem seine Mutter stammte und von dem sie ihm immer erzählt hatte. »Ich glaube Ihnen nicht«, sagte er.

Tiez lächelte wehmütig. »Du bist ein guter Junge«, erwiderte er. »Aber du bist kein reinblütiger Engel. Du hättest kein gutes Leben dort, selbst wenn es dir gelingen würde, dich anzupassen.« Er fuhr mit dem Löffel über die Tischplatte, zeichnete die Maserung des zerkratzten Holzes nach. »Deine Gefährten haben dir geholfen, zu überleben. Nun kannst du sie freilassen.«

Jenö schwirrte der Kopf. »Ich will nicht ohne sie sein«, sagte er schließlich. »Ich bin kein Mensch. Statt mich weiter zu verkriechen wie eine Ratte, möchte ich lieber versuchen, in der Heimat meiner Mutter zu leben.« Er wechselte einen Blick mit Brokk. Der Dunkle nickte.

»Dein Vater ...«, sagte Tiez.

Jenö reckte das Kinn vor. »Ich will nichts von ihm wissen«, erklärte er eisig.

»Was hat Malkadias dir über ihn erzählt?«

Jenö schüttelte stur den Kopf. »Ich will nichts von ihm wissen«, wiederholte er. »Ich will auch nicht über ihn reden.« Er stand auf. »Ich vertraue Ihnen nicht.«

Tiez nickte gleichmütig. »Das ist dein gutes Recht.« Er lehnte sich zurück und rieb sich mit einer matten Geste über die Augen. »Du bist noch nicht alt genug, um die Seiten wechseln zu können. Du musst zuerst die körperlichen Fähigkeiten entwickeln, die dir den Wechsel ermöglichen. Damit das geschehen kann, solltest du dich regelmäßig darin üben, im Æther zu leben.«

Jenö wollte ihm nicht zuhören, aber er war wider Willen gefesselt von den Worten des Professors. »Im Æther leben?«, fragte er. »Wie soll ich das üben? Was bedeutet es überhaupt?«

Brokk gab ein kehliges Knurren von sich. »Sie meinen, er kann es nicht?«

Der Professor schüttelte mitleidig den Kopf. »So wenig wie ich oder ein anderer Mensch.« Er griff nach der Teekanne, um sich nachzuschenken.

»Beratung«, sagte Jenö grimmig zu Brokk. Der Dunkle nickte und lief voraus. Der Gang erschien Jenö gleichzeitig fremd und vertraut. Dieses Regal, aus dem ihn die Glasaugen ausgestopfter Merkwürdigkeiten anstarrten – hatte er es jemals zuvor zu Gesicht bekommen? Doch Brokk schien zu wissen, wohin er ihn führte. Seine großen, breiten Füße klatschten energisch auf den Boden. Jenö überließ sich seiner Führung und begann, seine Gedanken zu sortieren. Wieso glaubte der Professor, er könne auf der anderen Seite nicht leben? Jenös Mutter hätte es ihm doch sicherlich gesagt, wenn dem so wäre. Und Brokk hatte zwar überrascht gewirkt, aber der Einwand des Professors war ihm offenbar nicht abwegig erschienen. Und dann die Frage nach seinem Vater. Jenö musste an sich halten, um nicht wieder auszuspucken. Was glaubte Tiez denn, wie er gezeugt worden war? Kein Engel würde sich freiwillig mit einem Menschen einlassen. Jenö schreckte vor dem Gedanken zurück. Seine Mutter hatte niemals mit ihm über den Mann gesprochen, dem er seine Existenz verdankte. Zumindest konnte er sich nicht daran erinnern.

Brokk riss ihn aus seinen Gedanken, indem er gegen eine Tür trat. »Hier«, sagte er.

Jenö öffnete und sah sich dem Aquarium gegenüber, in dem Glormo seine stillen Kreise zog. »Wo sind die anderen?«

»Ich bin hier«, hörte er die Singende rufen. Sie saß auf einem Regal und winkte.

Jenö kniete sich vor Glormos Wasserbecken. Der Fließer erwiderte seinen Blick ernst. »Bevor Kaskabel hier ist, möchte ich nicht anfangen«, sagte Jenö leise. »Aber ihr könnt mir schon jetzt einen Rat geben. Können wir dem Professor vertrauen?«

Sie wechselten Blicke. Brokk seufzte und Tibillibill zuckte die Achseln. »Wir wissen es nicht, Jenö«, sagte Brokk schließlich.

Glormo zog sich über den Rand des Wasserbeckens und gluckste eine Bestätigung.

Mit einem leisen Zischen erschien die Hitzige zwischen ihnen wie ein Funke, der zu einem Feuer wird. Sie schüttelte ihr Haar und sah von einem zum anderen. »Was ist los? Beratung?«

»Ja«, erwiderte Jenö. »Ich bin unsicher, wie es mit uns weitergehen soll.« Er beugte sich vor und berichtete den dreien, die nicht dabei gewesen waren, von den Worten des Professors.

»Oh«, sagte Tibillibill, die sich als Erste wieder gefasst hatte. »Wenn er die Wahrheit sagt – wäre das ja schrecklich!« Ihre Augen waren weit aufgerissen und voller Angst. »Wir können doch nicht ohne dich sein!«

Jenö zog die Brauen zusammen. »Er sagt, ich solle euch freilassen«, gab er zurück. »Habt ihr denn das Gefühl, dass ich euch gefangen halte?«

Ein Sturm der Entrüstung antwortete ihm. Brokk klopfte mit seinen breiten Händen auf den Boden, Tibillibill schwirrte durch die Luft und stieß dabei spitze Laute der Empörung aus, die Hitzige fluchte lästerlich und Glormo schlug das Wasser in seinem Becken zu Schaum, dass es im ganzen Raum herumspritzte.

»Anscheinend nicht«, murmelte Jenö und seufzte. »Ich weiß nicht, was ich tun soll. Wenn ich dort drüben nicht leben kann, wie Tiez sagt, dann nütze ich uns nichts, wenn wir hinübergehen. Aber wir können doch auch nicht hierbleiben.«

»Und wenn er lügt?« Brokk hatte sich als Erster wieder beruhigt.

»Und wenn er die Wahrheit sagt?«

Die vier schweigen.

•••

Der Rote hockte neben ihm am Küchentisch und knackte Nüsse. »He«, sagte Milan. »He, schläfst du mit offenen Augen?«

Jenö blinzelte und nahm die Nusskerne, die der Rote ihm hinhielt. »Du wolltest mich etwas fragen«, sagte er. »Vorhin, als du hereinkamst.«

Milan aß mit nachdenklicher Miene eine Nuss. »Du könntest uns helfen«, sagte er. »Erzähl mir nicht, dass du dich nicht zu Tode langweilst.«

Jenö nickte abwartend. »Wobei helfen?«

Milan beugte sich mit lebhafter Geste vor. »Wir arbeiten unter der Anleitung des Professors an etwas wirklich Bahnbrechendem. Einer revolutionären neuen …« Er hielt inne und sah genervt auf. »Was ist denn?«

Sein Bruder lehnte in der Tür. Der Blick seiner verschatteten Augen flog über den Raum und landete auf Jenö. Dann sah er den Roten an. »Der Professor verlangt nach uns.«

Milan stand auf und bürstete die Schalen zu Boden. »Komm mit«, sagte er zu Jenö. »Wir können jede Hand und jeden Kopf brauchen.«

Sein Bruder knurrte missvergnügt. »Das ist wohl eine Entscheidung, die du nicht treffen kannst«, sagte er scharf.

»Und dich geht das einen feuchten Kehricht an.« Der Rote grinste breit und hielt Jenö die Hand hin, um ihn zur Tür zu ziehen. »Los, komm. Wir wollen den Professor doch nicht warten lassen.«

Tiez war nicht allein. Er stand mit einem groß gewachsenen, sehr schlanken Mann in einem schmal geschnittenen mantelähnlichen Gewand vor dem Arbeitstisch in einem der größeren Laboratorien und demonstrierte etwas an einer Apparatur, deren Zweck Jenö nicht kannte.

Der Fremde sah auf, als sie eintraten. Er fragte mit einer hohen, singenden Stimme: »Wer ist das, Zeitmeister?«

Der Professor blickte auf seine Gehilfen und Jenö, als wüsste er einen Moment lang nicht, wo er diese einordnen sollte. Dann hellte sich seine ratlose Miene auf und er erwiderte: »Das sind nur die jungen Männer, die mir zur Hand gehen.«

Der Fremde blickte starr in Jenös Augen. Der blinzelte verwundert. Er hatte sich geirrt. Trotz einer erstaunlichen Körpergröße und männlicher Kleidung war der Besucher ganz offensichtlich eine Frau. Sie trug ihr glattes silberblondes Haar zu einem Zopf geflochten, der ihr weit über den Rücken hing. Ihre blassblauen Augen mit den geschwungenen Augenbrauen standen weit auseinander in einem beinahe dreieckigen Gesicht mit einer schmalen Nase und einem kleinen, geschwungenen Mund. Das Kinn war spitz, die Wangenknochen hoch und der Knochenbau erschien fein und stark zugleich. Diese Fremde war keine Menschenfrau.

Jenö bemerkte jetzt erst, dass er zurückgewichen war, denn der Rote Milan hielt ihn eisern fest. »Bleib hier«, zischte er.

»Engel«, murmelte Jenö. Erkannten die anderen das denn nicht?

»Ja, sicher«, knurrte der Schwarze und machte einen Schritt nach vorn. Er deutete eine knappe Verbeugung an. »Belpharion«, sagte er. »Sie haben bereits früher unsere Bekanntschaft gemacht.«

Die Frau neigte höflich den Kopf. »Ich erinnere mich«, sagte sie und wandte sich wieder dem Professor zu. »Fahren Sie fort.«

Jenö betrachtete fasziniert ihre langen Hände, die aus den Ärmeln des hellen Gewandes ragten. Sie schienen länger und schmaler und mit größerer Beweglichkeit ausgestattet zu sein als menschliche Hände und sie erinnerten ihn schmerzlich an die Hände seiner Mutter.

Der Professor neigte sich wieder über den Apparat, drehte hier an einem Schalter, zog dort eine Feder auf, legte da einen Hebel um, drückte an einer anderen Stelle auf einen Knopf. Die Maschine knatterte und fauchte wie ein gereiztes Tier, spuckte und klirrte und stieß Dampfwölkchen aus.

»Was ist das?«, flüsterte Jenö.

Der Rote legte einen Finger auf die Lippen. »Später«, murmelte er. Alle betrachteten den fauchenden, knatternden Apparat. Funken sprühten, kleine blaue Entladungen knatterten durch die Luft, ein Glaskolben leuchtete grell auf.

»Funktioniert«, hörte Jenö den Roten murmeln. Er beschattete seine Augen und sein Gesicht erschien in dem Licht kalkweiß.

»Eine neuartige Ætherlampe?«, fragte Jenö. Er blinzelte durch die Wimpern, um den Salamander im Inneren des Kolbens zu entdecken, aber das Licht war viel zu hell und schmerzte in den Augen. Er erblickte einen flüchtigen Schatten, der über der Schulter des Engels schwebte und etwas Ähnliches neben dessen linkem Bein. In dem grellen Licht konnte er nun auch ein beinahe unsichtbares schimmerndes Ding erkennen, das sich um den Arm des Engels bis hinauf zu seiner Schulter wand. Was war das nur? Es erinnerte ihn an etwas Vertrautes. Unwillkürlich tastete Jenö nach seiner Schulter und erwartete, Glormo dort zu finden.

Der Engel legte eine Hand um den Glaskolben und schirmte das Licht dadurch etwas ab. Ihre Finger erschienen beinahe durchsichtig, Jenö konnte dunkel die Umrisse der Knochen darin erkennen.

»Das ist großartig«, sagte die Fremde. »Aber wir können es noch nicht nutzen, wenn ich Sie richtig verstanden habe?«

Der Professor räusperte sich mehrmals, und sein zerstreuter Gesichtsausdruck wich jener Miene von Konzentration und äußerster Wachsamkeit, die Jenö schon einmal an ihm beobachtet hatte. Die sonst so freundlich und ein wenig verschwommen blickenden Augen fixierten die Besucherin scharf und kalt. »Sie können den Archonten sagen, dass ich noch nicht in der Lage bin, dies hier in großem Maßstab zu produzieren«, sagte er. »Nach wie vor fehlt es am Zugang zu einer Energiequelle, die mehr als nur einen kleinen Haushalt versorgen könnte.«

Der Engel erwiderte seinen Blick mit grimmiger Miene. »Uns läuft die Zeit davon, Horatius.«

»Das tut mir leid, aber ich kann nichts daran ändern«, entgegnete Tiez. »Ich arbeite siebenundzwanzig Stunden jeden Tag an der Lösung, seit mehr als hundert Jahren. Mir fehlt immer noch das entscheidende Momentum. Menschen haben nicht die Kraft, die Spule für den Zeitumkehrer aufzuladen, die besitzen nur die Engel. Aber ihr Engel könnt nicht mit Silber und nur unter Schmerzen mit Kupfer arbeiten, und deshalb fehlt mir die Hand, die die Spulen für den Zeitumkehrer wickeln könnte. Ich habe immer noch keine Lösung für dieses Problem gefunden.«

Die Besucherin nickte knapp und wandte sich ab. »Ihre jungen Freunde sind verschwiegen?«

»Für meine Neffen lege ich die Hand ins Feuer«, sagte Tiez.

»Und der junge Mann dort?« Jenö fühlte sich von Blicken aufgespießt wie ein Insekt. »Wie ist dein Name?«

»Jenö Malkadiassohn«, erwiderte er.

Die blassblauen Augen des Engels weiteten sich einen erstaunten Moment lang. »Malkadiassohn.« Sie hob die Hand und berührte Jenös Wange mit ihren schmalen Fingern. »Du bist also der Bastard meiner toten Schwester«, sagte sie, und die Kälte in ihrer Stimme erschreckte Jenö beinahe ebenso wie der Sinn ihrer Worte. Ehe er etwas einwenden konnte, wandte der Engel sich ab. »Horatius, ich werde die Archonten erneut bitten, sich zu gedulden, aber Sie wissen, dass der Sturm auf Wien langsam unvermeidbar wird. All unsere Hoffnungen ruhen auf Ihnen.« Sie nahm einen weiten schwarzen Umhang von einer Stuhllehne und warf ihn sich über. Der schwarze Dreispitz mit einem Spitzenschleier und eine knochenweiße Halbmaske komplettierten die Vermummung. Jenö war zu erschüttert, um sich darüber zu wundern. Wenn sich die Engel so verkleideten, konnten sie unbehelligt durch die Straßen Wiens wandeln. War jetzt nicht die Zeit der sommerlichen Maskenbälle?

Tiez geleitete den Engel hinaus. Jenö spürte die Blicke der beiden Milans auf sich: Fragend, erstaunt, beinahe ehrfürchtig.

»Du bist Belpharions Neffe, hat er gesagt«, brach der Rote das Schweigen.

»Ihr seid die Neffen des Professors«, erwiderte Jenö matt. »Und wieso nennst du sie ›er‹?«

»Wen meinst du mit ›sie‹?«

Einen kurzen Augenblick lang sahen sie sich schweigend und verwirrt an. Dann schüttelte Jenö den Kopf. »Sei mir nicht böse, ich bin vollkommen durcheinander. Wenn das meine Tante ist …«

»Dein Onkel, meinst du.«

Wieder starrten sie sich an.

»Von wem redest du?«, fragte Jenö.

»Von Belpharion. Das ist der Engel, der gerade hier war.«

Jenö schüttelte den Kopf. »Wir sollten später darüber reden. Ich glaube, ich verstehe irgendetwas nicht.« Er sah zu dem Apparat hinüber, der leise schnaufend noch ein paar Wölkchen ausstieß. Ein Schwungrad drehte langsam eiernd aus, Zahnräder klackerten leise, das Licht verglomm.

»Er arbeitet für die Engel?«, fragte Jenö. »Das ist Verrat.«

»Der Professor arbeitet für niemanden«, erwiderte der Schwarze scharf. »Wenn du so etwas noch einmal sagst, verprügele ich dich – Belpharions Neffe hin oder her.«

»Niemand wird hier verprügelt«, sagte der Professor, der in diesem Moment wieder eintrat. »Roter, an die Arbeit. Du musst die Schnüffler fertigstellen.« Er sah den anderen Milan an. »Schwarzer, du wirst Major Nagy einen Brief überbringen. Ich muss sichergehen, dass er in die richtigen Hände gelangt. Komm nachher in mein Arbeitszimmer.« Sein Blick wanderte zu Jenö. »Wir sollten miteinander reden, mein Junge. Komm mit.«

Jenö ließ sich von Tiez durch den verwirrenden Gang leiten, bis zu einer Tür, die in das kleine Wohnzimmer führte. Jenö hatte aufgegeben, sich darüber zu wundern, wieso immer wieder andere Türen in anderen Teilen des Ganges sich zu Zimmern öffneten, die ihm vertraut waren. Er blieb neben dem großen Sofa stehen und verschränkte die Arme.

»Setz dich bitte. Stell deine Fragen.«

Jenö öffnete überrascht den Mund. »Ich …«, begann er und hielt inne. Schüttelte den Kopf. »Ich bin vollkommen verwirrt«, sagte er. »Professor, Sie sind ein Mensch, aber Sie helfen dem Feind. Warum?«

Tiez ließ sich mit einem kleinen Ächzlaut in seinen Lehnsessel sinken. Sein Gesicht war müde und nachdenklich. »Der Feind«, sagte er. »Wen bezeichnest du so?«

»Die Engel«, erwiderte Jenö heftig.

»Aber du selbst bist …«

»Ich bin kein Engel!«

Professor Tiez quittierte Jenös Antwort mit einem nachsichtigen Lächeln. »Nun gut. Weiter?«

»Stimmt es, was Belpharion sagte?«, stellte Jenö schließlich doch die Frage, die alle anderen Stimmen übertönte.

»Dass er dein Onkel ist?« Tiez seufzte leise. »Ja. Engel neigen nicht zur Lüge. Wenn sie eine Aussage treffen, kannst du ihre Wahrheit ruhig als gegeben hinnehmen.«

Jenö verdaute diese Antwort. »Onkel?«, sagte er dann. »Ich war mir sicher … ich dachte, der Engel sei eine Frau.«

Tiez legte den Kopf an die Rückenlehne seines Sessels und blickte zur Decke. »Nun«, begann er und dachte nach. »Es ist ein wenig schwierig zu erklären … Je nachdem, wie man es betrachtet, könnte man auch sagen, Belpharion sei deine Tante. Aber ich denke, dass er sich selbst eher als deinen Onkel bezeichnen würde. Pass auf, ich frage ihn, wenn ich ihn das nächste Mal sehe, in Ordnung?« Er lächelte Jenö an, der sich durch Tiez' Worte nur noch verwirrter fühlte. »Aber ich kann dir nicht versprechen, dass er mir auch antworten wird«, setzte der Professor hinzu.

»Mir schwirrt der Kopf«, erklärte Jenö. »Was wollen Sie von mir?«

Der Professor legte den Kopf schief und sah Jenö über seinen Kneifer hinweg an. »Was ich will … Du könntest mir helfen. Wie die Milans. Du hast gehört, dass Belpharion die Archonten um Geduld bitten will. Wir beide wollen letztlich den Frieden zwischen Engeln und Menschen erreichen.«

»Und dazu brauchen Sie das seltsame Licht?« Jenö schnaubte. »Sie haben den Engel belogen. Mit diesem Licht sind alle Ihre Labors ausgestattet.«

Tiez verzog den Mund. »Nun ja. Das ist richtig. Allerdings ist dazu immer noch der Einsatz von Elementaren nötig. Nicht mehr in den Lampen, aber zur Erzeugung der Energie, die sie leuchten lässt.« Er beugte sich vor und verschränkte die Hände vor den Knien. »Das ist mein größtes Problem, junger Mann. Wie kann ich die Elementare vollkommen aus ihrer Knechtschaft befreien, ohne dadurch die Welt in Kälte und Dunkelheit zu stürzen? Ich habe es bisher nicht lösen können. Kleine Durchbrüche sind mir gelungen, aber auf jeden Schritt vorwärts folgte unweigerlich der Rückschlag auf einer anderen Ebene.« Er blickte Jenö mit einem bittenden Ausdruck in den Augen an. »Dich hat mir die Vorsehung geschickt, Jenö Malkadiassohn. Du bist Mensch und Engel gleichzeitig. Du könntest die Dinge bewirken, an denen ich bisher immer gescheitert bin. Wenn du mir zur Seite stehst …«

Jenö hatte plötzlich genug. Seine Kehle war eng, er bekam kaum noch Luft. Er sprang auf und hob abwehrend die Hände. »Ich will Ihnen nicht helfen«, sagte er. »Ich will nur meine Gefährten holen und gehen. Halten Sie mich nicht auf.«

Der Professor quittierte Jenös Ausbruch mit einem resignierten Heben seiner Schultern. »Auch wenn ich deine Entscheidung zutiefst bedauere – ich werde dich zu nichts zwingen und dich auch nicht hier festhalten«, sagte er. »Versprich mir nur eins: Schlaf noch eine Nacht darüber. Wenn du morgen immer noch so denkst, dann werde ich dich ziehen lassen.«

Jenö nickte unbehaglich. Seine Heftigkeit tat ihm beinahe leid. Der Professor hatte sich ihm gegenüber freundlich gezeigt, er hatte ihm Unterschlupf gewährt und ihn verköstigt, er hatte dafür gesorgt, dass es Jenös Gefährten wohlerging und er hatte ihn zu nichts genötigt.

»Ich werde darüber nachdenken«, versprach er und meinte es ernst.

Tiez dankte ihm mit einem Nicken. »Dann geh jetzt, mein Junge«, sagte er. Sein Blick ruhte nachdenklich auf Jenö. Er erhob sich und öffnete seinen Sekretär, nahm Papier aus einem Fach, ein Tintenfass aus einem anderen und legte zerstreut eine Reihe von Briefumschlägen auf die Schreibunterlage, die er mit gerunzelter Stirn anblickte.

Jenö murmelte einen Abschiedsgruß, aber der Professor schien seine Anwesenheit bereits vergessen zu haben.

4

Der Korridor

Der Rote Milan beugte sich tief über die vielbeinige Apparatur, die vor ihm auf der Werkbank in einen Schraubstock eingespannt war. Er stocherte mit einer langen, schmalen Pinzette in den Drähten, Schrauben und Zahnrädern herum, die das Innere der Apparatur anscheinend vollkommen ausfüllten, und fluchte währenddessen ununterbrochen gedämpft vor sich hin.

Jenö zog sich einen der hohen, dreibeinigen Hocker heran und sah Milan zu, wie er stocherte, fluchte, endlich einen langen Kupferdraht aus der Apparatur zog und mit einer kleinen Zange den Draht abknipste.

Er schob die Lupenbrille auf die Stirn, rieb sich über die Augen und seufzte. »Jetzt noch die Muttern anziehen«, sagte er. »Die Dinger sind so winzig, dass ich dafür am liebsten die Finger deiner Sylphe hätte. Ist sie zufällig in der Nähe?«

Jenö verneinte. »Deshalb bin ich hier«, sagte er. »Ich brauche deine Hilfe, Roter. Wie finde ich mich in diesem eigenartigen Haus zurecht? Ich suche meine Gefährten.«

Milan runzelte die Stirn. »Zurechtfinden«, wiederholte er. »Das ist eine Aufgabe, an der schon andere gescheitert sind. Wie soll ich dir das erklären?« Er schob das Werkzeug beiseite und fischte ein Stückchen bekritzeltes Papier aus einer Schublade, das er kurz überflog. Dann drehte er den Zettel um und kramte einen zerkauten Bleistift aus der Hosentasche. »Schau, hier sind wir. Ungefähr.« Er zeichnete mit schnellen Strichen eine grobe Skizze auf den Zettel. »Das ist natürlich nur ein Anhaltspunkt. Du hast schon bemerkt, dass die Achse relativ stabil bleibt – das ist der lange Flur – aber die Räume, die von der Achse abgehen, ständig ihre Position verändern.« Er sah Jenö fragend an, der nickte.

»Die Achse hält das Haus und seine Räume an diesem Ort und in dieser Zeit. Im Großen und Ganzen jedenfalls. Der Professor hat beide Enden der Achse fest verankert, und zwar so, dass die Achse eine liegende Acht bildet.« Er zeichnete die verschlungene Figur auf den Zettel.

»Das ist die Lemniskate, das Zeichen für Unendlichkeit«, rief Jenö.

»Woher weißt du das?«, fragte Milan ehrlich interessiert.

»Meine Mutter trug eine Kette mit diesem Zeichen«, erwiderte Jenö. »Sie hat mir erklärt, was es bedeutet.« Er tastete unwillkürlich nach der Messingkette, die um seinen Hals lag.

Milans Augen weiteten sich. »Deine Mutter war ein Mitglied des zeitlosen Ordens?«

Jetzt war es Jenö, der verblüfft aussah. »Was für ein Orden?«

Der Rote schüttelte den Kopf. »Vergiss es. Ich dachte nur … Gut. Also, diese Lemniskate hat noch einen Dreh.« Er sah sich suchend um und fand eine Schere. Damit schnitt er aus dem vollgekrakelten Zettel einen langen Streifen, den er zu einem in sich verdrehten Ring formte. Er hielt die beiden losen Enden fest, steckte den vorhin abgeknipsten Draht hindurch, dass sie zusammenhielten, und hielt das Ganze Jenö vor die Nase. »Nimm den Stift«, sagte er. »Zieh eine Linie auf das Papier.«

Jenö gehorchte verwundert. Er setzte den Bleistift auf der zusammengesteckten Papier-Acht an und zeichnete eine Linie. Er fuhr über die gesamte Länge, drehte die Papierschlaufe auf dem Tisch um und um, wartete darauf, dass er das Ende des Papiers erreichte, und traf irgendwann wieder auf den Anfang seines Bleistiftstriches. Jenö legte den Stift beiseite und besah sich den Papierstreifen. Beide Seiten des Papiers trugen nun einen dicken fettig schwarzen Strich – aber er hatte nirgendwo dafür absetzen und neu anfangen müssen. Es war, als hätte der Papierstreifen nur noch eine einzige Seite, die nahtlos ineinandergriff.

»Na so was«, sagte Jenö. Er zog das Drahtstück heraus, glättete den Streifen und betrachtete ihn erneut. Zwei Seiten, wie jedes Papier. Auf der einen war ein Bleistiftstrich – und auf der anderen auch!

Jenö hob den Blick und sah Milan an. »Das ist Zauberei«, sagte er.

»Nein«, erwiderte Milan mit einem Lächeln, »das ist Wissenschaft. Aber es mutet wie Zauberei an, da gebe ich dir recht. Dieses Möbiusband aus Papier ist Spielerei. Der Professor hingegen hat den zentralen Korridor dieses Hauses zu einer Art Möbiusband geformt. Er ist endlos, aber nicht unendlich – und weil er das ist, verdreht sich in und um ihn die Zeit ebenfalls auf seltsame Weise.« Er nahm Jenö den Papierstreifen ab und zwirbelte ihn mit nachdenklicher Miene in seine vorherige Form zurück.

Jenö schwirrte der Kopf. »Ich verstehe kein Wort davon«, sagte er. »Mich interessiert im Moment eigentlich nur, wie ich meine Freunde wiederfinden kann.«

Milan zerknüllte das Möbiusband und stand auf. »Dann gehen wir sie doch einfach suchen.«

Jenö lachte und folgte ihm. »Ich renne schon seit Stunden durch diesen Korridor und öffne Türen«, sagte er. »Hast du eine Idee, wo wir anfangen könnten?«

Milan betrachtete gedankenverloren die Bücherregale, die rechts und links die Wände des Flurs bedeckten. Jenö warf einen kurzen Blick darauf und seufzte. Als er das Laboratorium betreten hatte, waren hier noch chinesische Porzellanfiguren und Puppen in wandhohen Vitrinen ausgestellt gewesen.

»Du musst mir etwas erklären«, sagte Milan. »Was verbindet dich mit deinen Gefährten?«

Jenö erwiderte den freundlichen und offenen Blick des jungen Mannes mit einem schnell dahinschmelzenden Rest Misstrauen. Es war schier unmöglich, dem Roten nicht sein Vertrauen zu schenken.

»Ich bin auf der anderen Seite geboren worden, wie ein richtiger Engel«, erklärte er widerwillig. »Meine Mutter war aber gezwungen, mit mir in eure Welt zu fliehen.« Ihm versagte die Stimme und er räusperte sich mehrmals. »Es ist womöglich zu kompliziert«, murmelte er. Was unter anderem daran lag, dass seine Erinnerungen so ungenau waren. Er war noch klein gewesen, als seine Mutter mit ihm auf die Menschenseite geflohen war. Von seinen Erinnerungen an die Seite der Engel war nicht viel mehr zurückgeblieben als ein allgemeiner Eindruck von Helligkeit und Wärme, Duft und sanften Stimmen. Er wusste noch, wie sehr ihn die Menschenwelt erschreckt hatte, die ihm als ein Ort von Lärm und Gestank, Schmutz, Dunkelheit und Kälte erschienen war.

Milan verschränkte die Arme vor der Brust. »Ich bin vielleicht begriffsstutzig«, sagte er mit freundlichem Lächeln, »aber ich bin gewillt, von dir zu lernen. Ich weiß nicht viel über die Engel.«

Jenö hob unglücklich die Schultern. »Die Engel sind mir gleichgültig«, sagte er. »Aber meine Freunde gehören nicht hierher.«

Milan nickte. »Das verstehe ich. Ich weiß, dass Elementare den Æther brauchen wie wir Luft und Sonne. Und ich weiß, dass die Akademie riesige Ætherkammern baut, um Soldaten für den Kampf gegen die Engel zu rüsten. Also könntest du es wohl lernen, dort zu leben.«

»J-ja«, erwiderte Jenö zögernd. »Ich weiß es nicht.« Er ging ein paar Schritte den Gang hinunter und starrte finster die Buchrücken an, als wären sie seine Feinde.

Milan kam an seine Seite und legte den Arm um Jenös Schulter. »Schau mal«, sagte er tröstend, »wenn du dort geboren bist, wirst du dort wohl auch leben können. Also zerbrich dir jetzt nicht den Kopf.« Eine Weile gingen sie schweigend nebeneinander her, beide tief in Gedanken versunken.

Jenö fühlte sich so einsam und verlassen wie kurz nach dem Tod seiner Mutter. Nein, es war sogar noch ein wenig schlimmer, denn damals hatte er Brokk und die anderen gehabt, die ihn getröstet und gewärmt hatten. Jetzt aber war er allein in diesem unheimlichen Haus. Er war bewusst noch nie länger als einen halben Tag von seinen Gefährten getrennt gewesen und machte sich

Sorgen. Er erinnerte sich daran, was mit den Gefährten seiner Mutter nach deren Tod geschehen war. Ein paar Tage lang waren sie vollkommen verwirrt und verloren an seiner Seite geblieben, stumm und verschreckt, dann hatten sie angefangen zu verblassen und waren dahingeschwunden wie Geister.

»Jeder Engel hat vier Elementare als Gefährten«, sagte er unvermittelt.

Seine Mutter hatte ihm eingeschärft, niemals mit einem Menschen darüber zu sprechen. Warum hatte er seinen Gedanken Milan gegenüber nun laut ausgesprochen?

»Warte«, sagte Milan und blieb stehen. »Ich habe bei keinem seiner Besuche gesehen, dass Belpharion einen Elementar bei sich hat. Schon gar nicht vier davon.«

»Sie waren da«, erwiderte Jenö matt. »Die Sylphe hat auf seiner Schulter gesessen, die Undine lag um seinen Arm und Nacken, der Gnom stand neben ihm und der Salamander zappelte irgendwo unter dem Tisch herum.« Er lächelte schwach. »Ich habe sie auch nicht auf den ersten Blick entdeckt. Die Elementare meiner Mutter waren ebenfalls sehr gut darin, sich zu verbergen, wenn sie nicht gesehen werden wollten.«

Er konnte förmlich sehen, wie Milan diese Informationen in einer Ecke seines Gedächtnisses verstaute. »Gehen wir deine Freunde suchen«, sagte er.

Die Bücherregale wichen einem Regiment von geschlossenen Schränken, in denen es tickte, summte und klackerte. Jenö sah seinen Begleiter fragend an, aber Milan starrte vor sich hin und schien in Gedanken an einem völlig anderen Ort zu weilen.

»Der Professor ist wirklich dein Onkel?«, fragte Jenö, als sie die tickenden Schränke hinter sich gelassen hatten. Jetzt säumten Regale mit zerlegten Apparaturen ihren Weg. Hier und da blinkte etwas rötlich in der Dunkelheit, die über den oberen Regalborden nistete, und der matte Schimmer von Messing und Kupfer zog den Blick an.

»Der Professor ist mein Onkel?«, wiederholte Milan, als hätte Jenö ihn gefragt, ob er mit dem Kaiser verwandt sei.

»Das hat er dem Engel erzählt«, erklärte Jenö geduldig.

Milans Blick belebte sich. »Ach, das«, erwiderte er. »Nun, das stimmt nicht wirklich. Der Schwarze und ich sind irgendwie mit dem Professor verwandt, aber es ist kompliziert.« Er grinste verlegen und blickte auf ein seltsames kleines Gerät, das er mit einem Lederriemen um sein Handgelenk geschnallt trug. Jenö beugte sich neugierig vor und erhaschte einen Blick auf einen zuckenden, sich drehenden Zeiger, der über eine Skala aus seltsamen Zeichen und Ziffern tanzte.

»Dort müsste ein Durchgang sein.« Milan wies auf eine Stelle im Schatten zwischen zwei Regalen. Und wirklich, als Jenö sich darauf konzentrierte, konnte er eine noch dunklere Öffnung erkennen.

»Dort entlang?«, fragte er zweifelnd.

Milan zuckte die Achseln. »So passend oder unpassend wie jeder andere Eingang«, sagte er fröhlich.

Die Türöffnung führte sie in einen schmalen Flur, von dem seinerseits Türen abgingen. Milan klopfte an die erste, wartete einen Moment und drückte dann die Klinke herunter.

»Überraschung«, murmelte er. Jenö blickte an ihm vorbei. Das Wohnzimmer des Professors lag vor ihm, allerdings von einer Ecke des Raumes aus gesehen, in der sich ganz sicher keine Tür befunden hatte, als er das letzte Mal in dem Zimmer gewesen war.

»Geh nicht durch«, warnte Milan. »Das ist keine der regulären Türen. Manchmal verändern sie sich in dem Moment, in dem man sie durchquert, und man landet wer weiß wo.« Er schloss die Tür sorgfältig und nahm die nächste in Angriff.

»Warum suchen wir hier?«, fragte Jenö, der sich recht einfältig vorkam.

»Irgendwo müssen wir ja anfangen.« Milan blickte über die Schulter und hob eine Braue. »Es ist vollkommen gleichgültig. Wenn wir finden sollen, was wir suchen, dann werden wir es finden – ganz gleich, an welcher Stelle wir danach suchen.«

Die Tür öffnete sich in das Ladengeschäft. »Ah«, sagte Milan, und er klang nicht unzufrieden. »Das passt gut, ich muss dort etwas besorgen. Komm mit, sonst verlieren wir uns.«

Jenö, den die Neugier gepackt hatte, öffnete noch schnell die Tür, neben der er stand. Sein Blick fiel auf eine Landschaft, die sich unter einem grauen Himmel erstreckte. Diffuses Licht ließ den Nebel, der über der Szenerie lag, gespenstisch leuchten. Dunkle, wintertote Bäume stachen ihre Astfinger in den Himmel und ein kalter Wind pfiff durch die Tür und zerzauste Jenös Haar. Er schluckte und warf die Tür zu.

»Kommst du?«, hörte er Milan rufen. Die Tür, durch die der Rote gegangen war, schloss sich langsam vor Jenös entsetztem Blick. Mit einem Satz vorwärts packte er die Türklinke und riss die Tür auf, um hindurchzustolpern. Er prallte hart gegen die Ladentheke und rieb sich die Hüfte.

»Hat dich was gebissen?«, fragte Milan und öffnete eine Vitrine. Er beugte sich vor und kramte darin herum.

Jenö verschnaufte und sah sich um. Seit er den Laden des Professors betreten hatte, war er nicht mehr hier im vorderen Teil gewesen – beinahe hatte er vergessen, dass dieses seltsame Haus auch ein Ladengeschäft war. Wenn er wollte, konnte er jetzt einfach dort durch die Tür gehen, dem Bimmeln der Glocke lauschen und hinaus auf die Straße treten. Von hier aus konnte er sehen, dass es regnete, und auf der gegenüberliegenden Straßenseite ging ein Mann mit schnellen Schritten vorüber, wobei er seinen steifen Hut zurechtrückte.

Jenö sah mit sehnsüchtigen Blicken hinaus. Warum blieb er noch hier? Er konnte einfach gehen, niemand würde ihn halten. Er machte ein paar Schritte auf die Ladentür zu, dann hielt er inne. Seine Freunde waren hier, irgendwo in den Tiefen des Hauses, in dem sich wie bei einer Zwiebel Schale um Schale um einen verborgenen Kern hüllte. Er würde sie niemals wiederfinden, wenn er jetzt floh.

Mit einem Seufzer wandte er sich ab, und sein Blick streifte den Namen auf der Ladentür. Er blinzelte kurz, aber das Wort stand immer noch dort, er hatte sich nicht geirrt. Er öffnete den

Mund, wollte Milan danach fragen, aber dann geschah etwas, womit er nicht gerechnet hatte, und was ihm seine Frage aus dem Kopf blies wie ein frischer Luftzug.

Jemand näherte sich der Ladentür, verdunkelte für einen Moment das einfallende Sonnenlicht und trat unter dem melodischen Klang der Türglocken ein.

Milan hob den Kopf und sah den Eintretenden ebenso erstaunt an wie Jenö. »Wir haben geschlossen«, sagte er. »Dachte ich zumindest.«

»Professor Tiez erwartet mich, Milan«, erwiderte eine dunkle Frauenstimme. Die Frau näherte sich, und das einfallende Sonnenlicht zauberte einen gleißenden Kranz um ihre Gestalt. Dann gelangte sie in den hinteren, schattigen Teil des Raumes, und Jenö konnte endlich Einzelheiten ihrer Erscheinung erkennen. Groß war sie und schlank, dabei aber weder zierlich noch zart. Sie hatte ein beinahe männlich kantiges Gesicht und bewegte sich mit einer Lässigkeit, die an die unbekümmerte Grazie eines Tieres erinnerte. Sie trug einen dunklen Herrenmantel über einem streng geschnittenen grauen Kostüm. Ein Herrenhut mit großer Krempe saß tief ins Gesicht gezogen etwas schräg auf dem kinnlangen dunklen Haar. Jenö ertappte sich dabei, dass er sie anstarrte, und senkte hastig den Blick.

»Ah«, sagte Milan und vollführte eine kleine Verbeugung, »entschuldigen Sie, Major. Ich hole den Professor.«

Die Frau nickte knapp und zog ein Zigarettenetui aus ihrer Tasche. Sie musterte Jenö, während sie es aufklappte, eine Zigarette wählte und sie in eine kurze Spitze aus dunklem Bernstein steckte. Sie nahm die Spitze zwischen die Lippen und holte ein Feuerzeug hervor. Jenö beobachtete sie fasziniert dabei, wie sie die Zigarette anzündete und einen dünnen Rauchfaden aus der Nase stieß. Er hatte noch nie gesehen, dass eine Frau rauchte und noch dazu eins der modernen Taschenfeuerzeuge benutzte.

»Und wer bist du?«, fragte sie ihn. »Auch ein Neffe?«

»Nein«, murmelte er. Was für eine Frage war das? Jeder konnte doch sehen, dass er Engelblut besaß.

Sie sah ihn immer noch an. Ihre Mundwinkel hoben sich zu einem amüsierten Lächeln. »Nein … und weiter?«

Jenö wurde der Notwendigkeit einer Antwort enthoben, denn nun eilte der Professor herbei, ein besorgtes Lächeln auf dem Gesicht und die Hand zum Gruß ausgestreckt. »Katalin, meine Liebe«, sagte er. »Was führt Sie hierher? Ist etwas geschehen? Kommen Sie, gehen wir hinein.«

Die große Frau ergriff seine Hand und folgte ihm, während sie mit gedämpfter Stimme ein paar Worte sagte. Dann schlug die Tür hinter ihnen zu und Jenö war allein.

Er wartete noch ein paar Minuten, ob Milan zurückkehren würde, was aber nicht geschah. »Dann suche ich eben alleine weiter«, sagte er und öffnete die Tür zum Lagerraum. Sein Zimmer war das dritte rechter Hand, falls alles noch an Ort und Stelle war. Vielleicht hatten sich seine Freunde ja inzwischen wieder eingefunden.

Er hörte Tibillibills feinen Gesang, als er die Tür öffnete, und stieß einen lauten Seufzer der Erleichterung aus. »Wo wart ihr nur?«, rief er und kniete nieder, um Brokk zu umarmen. Die rauen Finger des Gnoms kratzten über seinen Kopf.

»Meister Tiez hat uns gerufen«, sagte Kaskabel und spuckte gedankenverloren einen kleinen Strom Funken aus, die zischend auf der Wasseroberfläche von Glormos Aquarium erloschen. »Wir wären aber von selbst zurückgekommen.«

Jenö hob den Kopf und sah sie an. Ein Gefühl der Schwere machte sich in seinem Magen breit. »Zurückgekommen? Von wo?«

»Aus dem stillen Land«, flüsterte Brokk. Er hockte auf dem Boden und faltete die Hände um seine Knie. »Wir haben es gefunden, Jenö. Es ist schön dort.«

In Jenös Augen brannten Tränen. »Dann …«, sagte er und verstummte. Er senkte den Kopf und ließ die Tränen an seinen Wangen hinunterrinnen, ohne sie abzuwischen. »Dann geht. Ich bitte euch darum. Geht nach Hause.«

Brokks raue Finger berührten seine Wange und Tibillibill fächelte seine Stirn, als sie um ihn herumschwirrte. Keiner von ihnen sprach und das bleierne Gefühl kroch aus Jenös Magen und umklammerte sein Herz. Seine Tränen versiegten, während die Klammer sich fester und fester schloss und sein Herz panzerte. Er hob den Kopf und lächelte seine Freunde an. »Geht«, wiederholte er sanft. »Es ist gut.«

Brokks Augen sahen ihn unverwandt an. Der Gnom verzog den Mund zu einem Lächeln, das so breit war wie Glormos. Er schüttelte den Kopf. »Nicht ohne dich, Jenö.«

»Nicht ohne dich«, wiederholten die anderen.

»Lass uns von hier fortgehen.« Die Hitzige balancierte tänzelnd auf dem Rand des Aquariums. »Er kann uns nicht helfen oder er will es nicht. Wir haben uns erholt, das war gut.«

Jenö stützte nachdenklich das Kinn in die Hände. Einerseits war es gut, hier zu sein: keine Angst vor den Strottern, keine Kälte, genügend zu essen, ein Dach über dem Kopf, trockene Sachen, ein weiches Bett und jederzeit ein heißes Bad. Aber andererseits fühlte er sich ebenso eingesperrt wie seine Gefährten. Sogar Glormo, der still seine Kreise zog, nickte bestätigend zu Kaskabels Worten.

»Wir wären wieder auf uns allein gestellt«, wandte Jenö ein. »Unsere alte Wohnung ist zu klein geworden. Wir müssen uns im Strottergebiet ein neues Versteck suchen.«

»Das finden wir leicht«, erwiderte Kaskabel heftig. »Und die Singende und ich suchen derweil die Stadt ab. Überall werden Häuser verlassen, seit die Engelarmee gegen Wien zieht. Wir suchen uns ein schönes, trockenes Heim, in dem wir leben können. Ohne Strotter, bei Tageslicht, mit Platz für uns alle.«

Jenö seufzte sehnsüchtig. Brokk klammerte seine raue Hand um Jenös Knöchel und flüsterte: »Garten.« Seine Augen schimmerten feucht. Jenö beugte sich vor und strich über das dichte Haar des Gnoms.

»Ja, ein Garten wäre schön.« Jenö streckte sich und lachte. »Aber zuerst müssen wir das Problem lösen, wie wir Glormo wieder in seinen Krug bekommen.«

Alle hielten inne und sahen den Fließer an, der vor Schreck zu paddeln aufhörte und auf den Grund sank.

»Glormo, du bist riesig geworden«, sagte Kaskabel. »Wir müssen eine Wanne suchen, in der wir dich transportieren können. Oder eine Waschschüssel.«

Die Gefährten lachten und riefen durcheinander, überboten sich mit absurden Vorschlägen, während Glormo gegen die Glaswand des Aquariums patschte, Bläschen prustete und überaus empört mit den Augen rollte.

Jenö runzelte die Stirn. Das war allerdings ein Problem. Das große Wasserbecken konnten er und Brokk nicht tragen. Er beugte sich vor und flüsterte Brokk ins Ohr: »Wir brauchen einen Eimer.«

»Warte«, erwiderte der Gnom und zeigte auf das überschwappende Wasserbecken. Der Fließer zog sich über seinen Rand und landete mit einem feuchten Platscher auf dem Boden. Er hob den Kopf und glitt auf Jenö zu. Etwas war anders als sonst. Ein Schimmern umgab Glormo und zwischen seinen breiten Schwimmfüßen und dem Dielenboden war etwas Zähflüssiges, das ihn vor dem direkten Kontakt mit dem Holz schützte.

»Ah«, rief Tibillibill, die über Glormo ihre Kreise zog. »Æther.«

»Æther«, wiederholte Kaskabel und hielt für zwei Atemzüge vollkommen still. »Glormo, wo hast du das gelernt?«

Jetzt begriff auch Jenö, was das heißen sollte. Der Fließer hüllte sich in einen Mantel aus Æther, der sein flüssiges Element in einer dünnen Schicht um ihn schloss. Wie eine schimmernde Perle, wie eine zweite Haut, die ihn nahtlos umgab. Jenö atmete tief ein und wieder aus.

»Dann gehen wir«, entschied er. »Jetzt. Ehe wir es uns anders überlegen können.« Er kniete sich hin und sah in Glormos schillernde Augen. »Wenn wir Æther für euch brauchen, finden wir ihn in der Kanalisation«, sagte er. »Jetzt, wo wir wissen, dass ihr ihn braucht …«

Die vier umringten ihn, berührten ihn, sprachen alle gleichzeitig. »Wir sind vier«, sangen sie. »Wir sind eins.«

»Wir sind eins«, wiederholte Jenö und blinzelte Tränen aus seinen Wimpern.

Abteilung I

5

Die Hofburg

Mizzi – oder, mit allem gebührenden Respekt, Erzherzogin Marie-Louise Elisabeth Sophia von Lothringen, Tochter Seiner Kaiserlichen und Königlichen Apostolischen Majestät Ferdinand Maximilian, von Gottes Gnaden Kaiser von Österreich, König von Ungarn und Böhmen, von Dalmatien, Kroatien, Slawonien, Galizien, Lodomerien und Illyrien; König von Jerusalem etc.; Erzherzog von Österreich; Großherzog von Toskana und Krakau; Herzog von Lothringen, von Salzburg, Steyer, Kärnten, Krain und der Bukowina; Großfürst von Siebenbürgen, Markgraf von Mähren; Herzog von Ober- und Niederschlesien, von Modena, Parma, Piacenza und Guastalla, von Auschwitz und Zator, von Teschen, Friaul, Ragusa und Zara; Gefürsteter Graf von Habsburg und Tirol, von Kyburg, Görz und Gradisca; Fürst von Trient und Brixen; Markgraf von Ober- und Niederlausitz und in Istrien; Graf von Hohenems, Feldkirch, Bregenz, Sonnenberg etc.; Herr von Triest, von Cattaro und auf der Windischen Mark; Großwojwode der Wojwodschaft Serbien etc., etc. legte den Federhalter beiseite und streute Sand aus der Streusandbüchse über die feuchte Tinte des Schreibens. Sie wartete einen Augenblick, pustete den Sand dann fort und faltete das Papier sorgfältig, ehe sie den Adressaten darauf vermerkte und nach dem Siegellack griff.

»Goldenstern«, sagte sie zu ihrer geduldig wartenden Hofdame, »Seien Sie so gut, rufen S' mir den Zweiten Sekretär Felsenstein.« Sie drehte die Siegellackstange in der Kerzenflamme, bis sich Ruß und schmelzender Lack zu einem dicken Tropfen vereinten, den sie geschickt auf dem gefalteten Papier anbrachte. Das Petschaft lag vor ihr auf der Tischplatte, sein Griff war einer missmutig dreinschauenden Eule nachgebildet. Einen winzigen Moment zögerte die Prinzessin, während eine kleine steile Falte zwischen ihren Brauen erschien. Sie drehte an dem Siegelring an ihrem Finger, aber dann griff sie entschieden nach dem Petschaft auf dem Tisch und drückte es in den abkühlenden Lack. Zinnoberrot quoll er unter den Rändern des Petschafts hervor und als sie es abhob, zeigte sich im erstarrten Lack das Siegel ihrer Majestät Mathilde Eugenie Sophie, Kaiserin von Österreich und momentan verschollen.

»Nein, Mama weilt laut offiziellem Bulletin derzeit in den Bergen, um meinen Bruder bei seinem Sanatoriumsaufenthalt zu begleiten«, rief die Prinzessin sich halblaut zur Ordnung. Niemand zog das in Zweifel – außer ihr und der Jugendfreundin ihrer Mutter, Katalyn Nagy, Major im Dienste der hochgeheimen Vierten Abteilung des kaiserlichen Sicherheitsbureaus. Bis zum gestrigen Abend auf Betreiben des Evidenzbureaus inhaftiert und für die Exekution vorgesehen. Seit dem heutigen Morgen gejagt als Hochverräterin und flüchtige Gefangene.

Mizzi presste die Lippen zusammen und löschte die Kerzenflamme. Es war nur eine Frage der Zeit, bis man kommen und sie verhören würde. Vielleicht war es dumm von ihr gewesen, nach Felsenstein zu rufen, aber sie musste sich mit jemandem besprechen und es gab nur noch diese eine Person am Hof, der sie rückhaltlos vertraute. Jetzt war auch Katya unerreichbar von ihr getrennt und sie musste alleine mit den Geheimnissen, Ränken und Intrigen fertigwerden, die sich in immer dichterem Geflecht um den Hof spannten, sie in ihrem Netz fingen und darin zappeln ließen wie eine Fliege, die auf die Spinne wartete. Manchmal glaubte sie das Vibrieren zu spüren, mit dem das Verhängnis ihr nahte. Die Männer des Evidenzbureaus marschierten durch die Hofburg, als handelte es sich um ein schäbiges Heurigenlokal. Reichskriegsminister von Windesberg und sein Stab hatten sich eingenistet und entfernten nach und nach alle Hofbeamten von ihren Positionen, die auch nur entfernt im Ruch standen, der Kaiserin loyal gedient zu haben. Das Kriegsministerium hatte mittlerweile das Ruder des Staatsschiffes fest in der Hand und der Kaiser, ihr Vater, schien seine de facto-Entmachtung nicht nur zu dulden, sondern sogar zu begrüßen.

»Er hat Angst vor den Engeln«, sprach sie unwillkürlich laut aus, was sie bisher nur zu denken gewagt hatte. Das war der Grund, warum Kaiser Ferdinand Maximilian zuließ, von seinem Reichskriegsminister zum gekrönten Kasperl degradiert zu werden.

Mizzi ballte die Fäuste und spürte dem ohnmächtigen Zorn nach, der sie zu überwältigen drohte. Sie drängte ihn in eine Ecke ihres Bewusstseins, wo er sie nicht weiter ablenken konnte, und nahm eine schnelle Analyse ihrer Lage vor. Sie war isoliert. Ihre Mutter und ihr Bruder, der Kronprinz, nach dem im letzten Jahr auf ihn verübten Attentat nicht mehr als ein lächelnder Idiot, waren vom Erdboden verschwunden. Sie hoffte und betete, dass beide noch lebten – aber das würde doch nicht einmal von Windesberg fertigbringen, oder?

Das Sicherheitsbureau war aufgelöst worden. Katya, die Vertraute und Spionin der Kaiserin, untergetaucht. Mizzi biss sich auf die Lippe. Nun hatte sie niemanden mehr, der sie vor einer schnell anberaumten Vermählung schützen konnte. Dass dies geschehen würde, war offensichtlich. Der Thronfolger war untragbar geworden. Sie als einzige legitime Tochter des Kaisers musste nun schleunigst dafür sorgen, dass der Titel des Thronfolgers an einen männlichen Nachkommen des Kaisers gehen konnte – an ihren Sohn. Und dazu gehörte nun mal im ersten Schritt ein Gemahl.

»Ich will verdammt sein«, flüsterte sie und sprang auf. Sie ging mit schnellen Schritten zum Fenster, blickte hinaus, ohne etwas von der Außenwelt wahrzunehmen, wandte sich heftig ab und ging zu ihrem Schreibtisch zurück.

Schritte, die sich öffnende Tür, darin die straffe Gestalt ihrer Hofdame, gefolgt von einem unscheinbaren kleinen Mann mit schütterem Haar, der die Ärmelschoner hastig in die Rocktaschen geschoben hatte, aus denen sie ein Stückchen herauslugten, und mit einem Taschentuch an seinen tintenfleckigen Fingern herumrieb. Er blieb stehen und verneigte sich ehrerbietig, wobei sein Rücken ein leises Knackgeräusch hören ließ.

»Felsenstein, Er hat mich warten lassen«, sagte die Prinzessin hoheitsvoll und winkte ihrer Dame, sich zu entfernen. »Nehme Er dort am Tisch Platz, ich möchte Ihm ein Schreiben an meine Mutter diktieren.« Goldenstern zog eine pikierte Schnute, sank in einen angedeuteten Hofknicks und schloss lautlos die hohe Tür hinter sich.

Mizzi wartete, bis die Schritte der Hofdame sich entfernt hatten. Der Sekretär hatte sich weisungsgemäß einen Stuhl an den Tisch gezogen und das Tintenfass geöffnet. Er schob das Briefpapier über die Tischplatte und sah Mizzi über seinen Kneifer hinweg fragend an.

Sie eilte zum Tisch, ließ sich mit raschelnden Röcken auf den Stuhl ihm gegenüber sinken, beugte sich weit über die Platte und sah den Sekretär beschwörend an. »Gregor, erzählen Sie mir. Wie ist es gelaufen?«

Der Sekretär räusperte sich und nahm den Kneifer ab, um ihn am Ärmel zu polieren. »Die Unternehmung verlief vollkommen wie geplant, Kaiserliche Hoheit«, erwiderte er steif. »Ich habe den Brandsatz im ersten Stock deponieren können – die Schlösser im Vorderhaus wären für meinen Büroboten ein Kinderspiel gewesen, ich kann nicht verstehen, wie das Evidenzbureau in seiner eigenen Bastion derart nachlässig …«

»Gregor«, zischte Mizzi und kniff ihn in den Arm. »Weiter!«

Er setzte den Kneifer wieder auf die Nase und faltete die Hände auf dem Tisch. »Die Ablenkung hat dafür gesorgt, dass Major Nagy mithilfe des Schlüssels und der Dietriche, die sie von Ihnen erhalten hat, Kaiserliche Hoheit«, er verneigte sich im Sitzen, »aus der Gonzagabastei entfliehen konnte. Unser Fahrer hat sie sodann in die Kleeblattgasse chauffiert, wo sich ihre Spur allerdings verliert.«

Die Prinzessin presste die Hände ineinander. »Inwiefern verliert sich die Spur?«, fragte sie scharf. »Es ist doch gut, wenn sie nicht zu verfolgen ist, oder nicht?«

Der Sekretär nickte mehrmals zögernd. »Das ist hervorragend, Eure Hoheit«, erwiderte er. »Ich kenne Major Nagy hinreichend gut, um vermuten zu wollen, dass sie Zuflucht in der Kanalisation gesucht hat. Sie hat interessante Verbindungen dorthin. Ich habe meine Fühler bereits ausgestreckt, aber bisher ohne Erfolg.« Er lächelte schmal, womit sein Gesicht den Anschein des geistesabwesenden, harmlosen kleinen Federfuchsers verlor und einen Anflug seines wahren Scharfsinns und zynischen Humors verriet. »In der Kleeblattgasse ist zudem das Ladengeschäft eines gewissen Horatius Tiez beheimatet – ein sehr interessanter Kuriositätenladen, habe ich mir sagen lassen.« In seinen kurzsichtigen Augen blitzte ein scharfes Licht. »Ich könnte mir vorstellen, dass man uns dort Auskunft über Major Nagys derzeitigen Verbleib erteilen könnte.« Er pausierte und setzte in seiner peniblen Art hinzu: »Vorausgesetzt, es gelänge, den Ladenbesitzer zu einer solchen Auskunft zu überreden.«

Mizzi schnaufte leise durch die Nase. »Gut«, sagte sie. »Gut, dann … Ich brauche mir also keine Sorgen um Katya zu machen?«

»Nein, ich denke, das erübrigt sich.« Sein Gesichtsausdruck zeigte einen Anflug von Mitgefühl. Die Prinzessin kannte ihn mittlerweile gut genug, um sich von der trockenen Fassade nicht mehr täuschen zu lassen. Immerhin hatte sie viel Zeit an seiner Seite verbracht, in der er sie in die hohe Kunst der Urkundenfälschung eingeweiht und in der Handhabung eines Satzes Dietriche unterwiesen hatte. Sie war keine Meisterin im Knacken von Schlössern geworden, aber immerhin zeigte sie recht passable Ansätze, hatte er ihr versichert.

Mizzi lehnte sich zurück und rieb matt mit dem Handballen über ihre Augen, die trocken waren und brannten, als wäre etwas von dem Streusand hineingeraten. »Ich warte jede Minute darauf, dass sie mich zum Verhör holen«, sagte sie mit beinahe unhörbar leiser Stimme. »Mein unbefugter, nicht autorisierter Besuch in der Gonzagabastei kurz vor der Flucht der Inhaftierten dürfte von Windesbergs Misstrauen hinreichend erregt haben.«

Es war keine Frage und der Sekretär antwortete dementsprechend nicht darauf. Er hob die schmalen Schultern um eine Winzigkeit und ließ sie wieder sinken. »Ich vertraue fest auf die Geistesgegenwart Eurer Hoheit«, erwiderte er.

Die Prinzessin verzog den Mund. »Ihr Wort in Gottes Ohr.«

»Sie werden die Geschichte erzählen, die wir ausgeheckt haben«, sagte Felsenstein und zog das tintenfleckige Taschentuch aus seinem Ärmel, um damit ein paar Sandstäubchen vom Tisch zu wischen. Es war eine unbewusste Geste, die von Nervosität zeugte und seine Seelenruhe Lügen strafte. Mizzi holte Luft und zwang sich, die Hände ruhig zu halten. »Was, wenn sie es nicht tun?«

Der Sekretär faltete das Tüchlein penibel zusammen und steckte es wieder ein. »Niemand wird es wagen, Hand an Sie zu legen«, sagte er. »Was wollen sie Ihnen schon vorwerfen? Hochverrat? Gefangenenbefreiung? Das klänge mehr als lächerlich, Hoheit. Das Schlimmste, was passieren kann, ist Hausarrest.«

»Und in dem sitz ich grad schon«, erwiderte Mizzi bitter. »Wenn ich auch nur einen Fuß hinaussetze, hängt mir ein Geheimpolizist an den Hacken oder einer von Windesbergs Männern. Es ist ein Wunder, dass ich gestern unbemerkt hab ausfahren können.«

»Kein gar so großes Wunder«, bemerkte der Sekretär sanft.

Mizzi öffnete halb den Mund, um zu fragen, was er damit meinte, dann begriff sie und spitzte lächelnd die Lippen. »Was ist dem armen Mann zugestoßen?«

Felsenstein schüttelte den Kopf und erwiderte das Lächeln.

»Gut.« Die Prinzessin klatschte leise in die Hände. »Ich werde dem Verhör weiterhin gefasst entgegensehen und Sie danach unterrichten. Sorgen Sie bitte dafür, dass ich die Hofburg verlassen kann, Gregor. Ich möchte diesem Kuriositätenladen einen Besuch abstatten.« Sie fuhr sich mit einer schnellen, prüfenden Geste in die Haare. »Dienstmädchen?«

»Dienstmädchen sind immer gut.« Der Sekretär erhob sich mit einem Nicken. »Ich werde eine Kutsche in Bereitschaft halten.«

Mizzi nickte geistesabwesend und schob ihm den vorher versiegelten Brief hin. »Geben Sie das in die morgige Post.«

Der Sekretär verneigte sich knapp und verließ mit kurzen, schnellen Schritten den Salon.

•••

Es war Oberst Pelikan selbst, der um Audienz bat. Mizzi verspürte einen Anflug von Panik, der ihre Finger beben ließ, als sie ihre Zofe beiseiteschob und selbst Hand an ihre aufgesteckten Locken legte. »Ein bisschen Puder«, befahl sie und betrachtete prüfend die Röte, die ihr Gesicht überzog. Sie durfte auf keinen Fall erregt erscheinen. Kühl bis ans Herz, mit kaltem, klarem Verstand, das war das Gebot der Stunde.

»Goldenstern, ich möchte das Smaragdcollier und die große Diamantnadel tragen«, befahl sie. Erschlag ihn mit Pracht und Würde, schüchtere ihn mit deinen Titeln ein und hoffe darauf, dass es wirkt. Alle Heiligen, steht mir bei! Oberst Pelikan von Plauenwald, der Leiter des Evidenzbureaus, gefährlicher als eine auf die Stirn gerichtete Pistole!

»Hoheit, ist das der rechte Anlass für …«, wandte die Hofdame zaghaft ein, aber Mizzi fuhr ihr über den Mund.

»Machen Sie schon, Goldenstern, stehen Sie nicht herum wie ein Blumentopf. Das Kleid geht gerade so an, wenn ich den Samtmantel darüberwerfe. Den dunkelgrünen. Lissi, husch, hol ihn mir. Den schließe ich mit der Nadel. Wo ist mein großer Smaragdring, Goldenstern?«

Ihre Dame kniff die Lippen zusammen und lief aus dem Ankleidezimmer. Mizzi ließ es mit steigender Ungeduld über sich ergehen, dass die Zofe ihr Gesicht puderte, dann mit dem weichen Pinsel den Überschuss abbürstete und ihr aus dem Frisierumhang half. Sie kontrollierte ihr Gesicht erneut im Spiegel und seufzte resigniert. Blass wie der Tod, aber immerhin besser als rot wie ein Paradeiser. Normalerweise hatte Mizzi nicht viel für Gesichtsbemalung übrig, aber dies war ein Anlass, zu dem sie sich gerne hinter Schminke versteckte. »Lippenpomade«, sagte sie. »Und etwas Rot auf die Wangen, aber nicht zu viel.«

Sie ließ sich die Smaragde umlegen, schloss den Mantel mit der Diamantnadel und steckte noch zwei mit Diamantsplittern besetzte Kämme ins Haar. Das Diadem wäre des Guten zu viel gewesen, aber so war der Gesamteindruck zufriedenstellend, fand sie nach einem abschließenden Blick in den Spiegel.

Sie richtete ihren Ausschnitt – nicht zu viel zeigen, aber auch nicht zu wenig – und straffte die Schultern. »Ich bin bereit«, sagte sie. »Goldenstern, gehen wir.«

Der Oberst stand am Fenster des kleinen Audienzzimmers und blickte auf den Park. Mizzi rang einen Anflug von Ärger hinunter. Wie konnte er es wagen, hier drinnen schon auf sie zu warten, als wäre er der Hausherr und sie die Dienstbotin, die er für eine Gardinenpredigt herbeizitiert hatte?

»Oberst«, sagte sie kühl. »Sie haben es sich bereits bequem eingerichtet, wie ich sehe.«

Der Leiter des Evidenzbureaus drehte sich gemächlich zu ihr um und nahm ein wenig zu nachlässig Haltung an. »Kaiserliche Hoheit«, sagte er und neigte den Kopf um eine Winzigkeit – gerade genug, um nicht vollkommen unhöflich zu sein. Seine Augen blieben auf sie gerichtet, kalt und starr wie die einer Eidechse. Er trug Uniform, was ihr Sorgen bereitete. Normalerweise zog Oberst Pelikan von Plauenwald Zivil vor.

»Bitte, nehmen Sie Platz«, ergriff sie die Initiative und nickte Goldenstern zu, die ihr half, ihre Seidenrobe mit dem steifen Unterrock in dem großen Lehnstuhl am Fenster unterzubringen. Die Hofdame legte den Samtmantel in gefällige Falten und richtete mit einer geschickten Handbewegung die Säume des Rockes, dann trat sie mit gefalteten Händen in den Hintergrund und machte sich unsichtbar – eine schätzenswerte Eigenschaft der Gräfin.

Oberst Pelikan wartete mit steigender Ungeduld, dass die Verrichtungen ein Ende nahmen, und ließ sich dann auf einen erneuten Wink der Prinzessin steif auf der Kante eines Stuhls ihr gegenüber nieder. Er rückte das Monokel zurecht und legte die Hände auf dem Gehstock zusammen, den er statt eines Degens sogar dann zu tragen pflegte, wenn er wie heute in Uniform war. Man munkelte, dass sich darin ein Degen verbarg, den der Oberst auch ohne Skrupel zu benutzen pflegte.

»Kaiserliche Hoheit«, begann er – es klang in seiner ungeduldigen Sprechweise wie »Kairlchehoeit« – »Vergeben Sie mir, dass ich in einer heiklen, für Sie und mich unangenehmen Angelegenheit vorzusprechen gezwungen bin.« Er pausierte und wartete auf Mizzis Antwort. Sie hob müde die Hand und bedeutete ihm fortzufahren. Die gelangweilte Attitüde kostete sie Kraft, denn innerlich zitterten ihre Nerven vor Anspannung.

Er neigte nachdenklich den Kopf und musterte sie noch einen Moment länger. Er blinzelte nicht, was den durch das Monokel starrenden Eidechsenblick noch verstärkte. »Gut«, sagte er nach einer Weile schroff. »Kaiserliche Hoheit, ich muss Ihnen die Frage stellen, was Ihr Besuch bei der inhaftierten Frau Nagy zu bedeuten hatte.«

Die Prinzessin erwiderte seinen Blick so kalt, wie es ihr nur möglich war. »Was geht Sie das an, Oberst?«

Sie ließ keinen Zweifel daran, dass sie seine Frage für äußerst impertinent hielt.

Ein Anflug von Röte färbte seine Stirn. Zorn oder Verlegenheit? »Um Vergebung, Kaiserliche Hoheit«, sagte er. »Es gehört zu meinen Aufgaben, Dingen nachzugehen, die der Sicherheit des Reiches zuwiderlaufen könnten. Frau Nagy ist wegen Hoch- und Landesverrats inhaftiert worden und ihre Exekution war bereits anberaumt worden. Seine Kaiserliche Majestät legte allerhöchsten Wert darauf, dass die Gefahr für unser Vaterland, die von Frau Nagy …«

»Papperlapapp«, unterbrach ihn Mizzi unhöflich. »Hören Sie auf, zu schwätzen und meine Zeit zu verschwenden, Oberst. Sie und ich wissen, welche Farce Sie und Reichskriegsminister von Windesberg im Zusammenhang mit der Vierten Abteilung aufführen. Also verkaufen Sie mich *bitte* nicht für dumm!«

Das war nicht ganz das, was sie mit Gregor Felsenstein ausgearbeitet hatte, aber ihre Nerven vibrierten wie Harfensaiten. Das Verschwinden ihrer Mutter, die Auflösung aller Strukturen, die Gefahr, in der Katalin Nagy geschwebt hatte ... all das war ein wenig zu viel sogar für eine Prinzessin von kaiserlichem Geblüt, sagte sie sich entschuldigend.

Oberst Pelikan hob eine Braue und musterte sie mit einem Anflug von Verblüffung in den blassen Augen. »Ich bitte vielmals um Verzeihung«, sagte er steif. »Aber ich bin ein loyaler Diener des Reiches und seiner allerheiligsten Majestät, des Kaisers. Ich erfülle nichts als meine Pflicht, Kaiserliche Hoheit.«

»Tun Sie das, Oberst«, brauste die Prinzessin auf. »Ich stehe Ihrer Pflichterfüllung nicht im Wege. Allerdings sehe ich nicht, welcher Art mein Anteil daran sein sollte.«

»Das erläutere ich Ihnen gerne«, erwiderte Oberst Pelikan mit einer gewissen Schärfe in der Stimme. »Sie haben Frau Nagy mit einem Passierschein aufgesucht, der den Wachhabenden im Glauben ließ, Ihre Majestät, die Kaiserin, stünde vor ihm. Und einige wenige Stunden nach Ihrem Besuch gelang der Inhaftierten die Flucht aus der Bastion.« Er beugte sich vor und fixierte Mizzi, die in gespieltem Erstaunen die Augen aufriss und eine Hand vor den Mund schlug.

»Nein!«, sagte sie. »Das kann doch nicht Ihr Ernst sein, Oberst. Sie haben eine zum Tode verurteilte Hoch- und Landesverräterin entkommen lassen? Das zu hören dürfte meinen Vater nicht erfreut haben.«

Wieder kroch Röte in die hohe Stirn des Mannes. Er räusperte sich mehrmals und drehte den Hals, als wäre ihm sein steifer Kragen zu eng geworden. »Ich bitte, meine Frage zu beantworten«, sagte er.

»Sie haben mir keine Frage gestellt, Herr Oberst«, erwiderte Mizzi samtweich.

Seinem nach innen gekehrten Blick war anzusehen, dass er seine letzten Sätze Revue passieren ließ. Ein Muskel an seiner Wange begann zu zucken. »Was haben Sie von Frau Nagy gewollt?«, fragte er schroff.

Mizzi lächelte dünn. »Major Nagy ist eine Jugendfreundin Ihrer Majestät. Ich habe von ihrer misslichen Lage erfahren und bin als Vertreterin meiner Mutter, die derzeit ja nicht in Wien weilt, Herr Oberst …« Sie wartete auf ein Zeichen, dass ihr verraten würde, ob er in das Lügengespinst eingeweiht war, ob er womöglich den wahren Aufenthaltsort der Kaiserin kannte, aber Oberst Pelikans Miene blieb starr und ausdruckslos. Er wartete darauf, dass sie fortfuhr und die Prinzessin fügte mit sinkender Zuversicht hinzu: »Ich wollte ihr Trost zusprechen und fragen, ob ich etwas zur Hafterleichterung anordnen kann. Aber Major Nagy versicherte mir, dass dergleichen Anstrengungen nicht mehr vonnöten seien, und bat mich, meine Mutter von ihr zu grüßen und ihr für ihre Freundschaft zu danken.« Sie senkte den Blick und seufzte leise, ohne diese kleine Gemütsaufwallung vorspiegeln zu müssen. »Ich habe bei diesem Besuch den Eindruck gewonnen, dass Major Nagy mit dem Leben abgeschlossen hatte.« Sie blickte auf und musterte den Oberst ebenso starr und unfreundlich, wie er es mit ihr tat. »Ich habe mir erlaubt, ihr eine Schachtel Zigaretten zu überreichen. Das war alles, was sie von mir bekam. Und der Abschiedsgruß war alles, was ich von ihr mit hinausnahm. Mehr kann ich Ihnen nicht sagen.«

Mochte er nun damit anstellen, was er wollte. Mizzi war nicht gewillt, auch nur einen Fingerbreit von dieser Geschichte abzuweichen.

Oberst Pelikan nickte knapp. »Ich bitte darum, mich entfernen zu dürfen«, sagte er.

Mizzi gönnte ihm eine huldvolle Handbewegung und unterdrückte ein erleichtertes Aufatmen. Sie hielt sich so aufrecht, als trüge sie ein Stahlkorsett, und straffte die Schultern, während sie den Oberst nicht aus ihrem Blick entließ. Etwas an seiner Haltung, seiner Attitüde erregte ihren Argwohn.

Er stand auf und verneigte sich. Gräfin Goldenstern glitt an ihm vorbei, um ihn hinauszugeleiten, und als sie neben ihm war, vollführte er eine schnelle Bewegung mit der Schulter, eine Drehung des Arms und Strecken des Handgelenks. Das alles ging so fließend und geschwind vor sich, dass Mizzi erst begriff, was vor sich ging, als ihre Kammerfrau mit einem erstickten Seufzen zusammensank und sich auf ihrem Mieder ein dunkelroter Fleck auszubreiten begann.

Der Oberst hielt den blankgezogenen Degen vor sich und fixierte Mizzi ausdruckslos. »Ich bitte vielmals um Vergebung, Kaiserliche Hoheit«, sagte er, als hätte er eine Tasse Tee verschüttet. »Ich habe meine Order.«

Mizzi löste sich aus ihrer Starre und öffnete den Mund, um nach ihrer Leibwache zu rufen.

Oberst Pelikan schüttelte den Kopf. »Nein, das wäre sinnlos. Ihre Gardisten wurden abkommandiert.«

Die Prinzessin verschränkte ihre bebenden Hände ineinander und vermied es, einen erneuten Blick in das bleiche Gesicht ihrer toten Hofdame zu werfen. »Worauf läuft dies hinaus, Oberst?«, fragte sie beherrscht, obwohl ihre Stimme schwankte. »Planen Sie einen Staatsstreich? Oder wollen Sie mich ebenfalls meucheln?«

»Kaiserliche Hoheit!« Oberst Pelikan klang ehrlich schockiert. »Ich bin ein treuer Diener seiner Kaiserlichen Majestät und des Reiches!«

Mizzi konnte ihr Auflachen nicht unterdrücken, und es klang in ihren Ohren so ängstlich und erschreckt, wie sie sich fühlte. »Treue Diener ermorden keine Kammerfrauen, Oberst.«

»Gräfin Goldenstern wurde des Verrats überführt«, erwiderte er stoisch. »Ihr Tod dient allein Ihrer Sicherheit, Kaiserliche Hoheit.«

Mizzi stand auf und wunderte sich darüber, dass ihre Knie nicht zitterten. »Oberst Pelikan«, sagte sie leise, »selbst wenn dem so wäre, hätte Gräfin Goldenstern ein ordentliches Gerichtsverfahren zugestanden. Stattdessen haben Sie eigenmächtig …«

Der Oberst ließ den Degen zurück in seine harmlose Hülle gleiten. Rote Tropfen sprühten auf den Teppich. »Wir befinden uns im Krieg, Hoheit«, sagte er knapp. »Seine Kaiserliche Majestät hat mich ermächtigt, alles zu Ihrer Sicherheit Nötige anzuordnen und durchzuführen. Darf ich bitten?«

Zähneknirschend ergriff Mizzi seinen dargebotenen Arm und folgte ihm hinaus.

•••

»Schutzhaft!« Mizzi stürmte durch ihr Ankleidezimmer, warf in ohnmächtiger Wut eine Puderdose gegen den Spiegel des Toilettentisches und riss die Tür zu ihrem Salon auf. »Nur zu Ihrer Sicherheit, Kaiserliche Hoheit!« Sie griff nach einem der zierlichen Stühle, um ihn gegen das Fenster zu schmettern, aber der riesenhafte Schweizergardist, der bei ihrem explosiven Eintreten in ihren Weg getreten war, nahm ihr voller Respekt, aber nachdrücklich das Möbelstück ab und stellte es an seinen Platz zurück.

Mizzi fauchte ihn an und hob die Hand, aber der Gardist zuckte mit keiner Wimper. Er salutierte und nahm seine Position vor der Tür wieder ein. »Lass Er mich augenblicklich hinaus!«, forderte die Prinzessin, wie schon ungefähr ein halbes Hundert Mal zuvor an diesem und am gestrigen Tag und an den beiden Tagen davor. Er antwortete mit einem bedauernden Zucken seiner Mundwinkel und ersparte sich damit die erneute ausgesprochene Weigerung, ihrem Befehl Folge zu leisten.

Die Prinzessin presste die Lippen zusammen und verschränkte die Arme vor der Brust. »Dann hole Er mir sofort Seinen Vorgesetzten herbei!«

Auch das wurde mit einem bedauernden Hackenschlagen verneint.

Mizzi wandte sich ab und widerstand dem undamenhaften Impuls, gegen einen Tisch zu treten. Natürlich war es sinnlos, mit dem Gardisten zu streiten oder sich über ihn aufzuregen. Er hatte die Order, sie hier in ihren Gemächern festzuhalten. Zu ihrem

Schutz, denn in der Hofburg liefen ja Heerscharen von Meuchelmördern, Attentätern und verkleideten Engeln herum.

Sie seufzte, mit einem Mal so erschöpft, als hätte sie eine dieser endlosen Audienzen hinter sich, und sank in ein Fauteuil. Ihre Finger spielten mit einer Tassel, während sie grübelnd die Lippe zwischen die Zähne zog. Oberst Pelikan hatte sie an jenem Tag hierher eskortiert, zwei Soldaten standen vor den geschlossenen Türen des äußeren Gemaches, einer wachte hier bei ihr im Salon, und sie hatte draußen vor den verriegelten Fenstern ebenfalls Gardisten patrouillieren sehen. Wahrscheinlich sollte sie dankbar dafür sein, dass das Evidenzbureau keine weiter reichenden Befugnisse besaß, was die Mitglieder der Kaiserlichen Familie anging, sonst hätte Pelikan sie wahrscheinlich gleich in eine der Bastionen bringen lassen, um sie dort einzukerkern. Denn alle schönen Worte beiseitegelassen: Man hatte sie inhaftiert. Und dahinter steckte mit Sicherheit niemand anderes als Reichskriegsminister von Windesberg.

Mizzi steckte den Daumennagel zwischen die Zähne und biss fest darauf. Warum hatte Oberst Pelikan ihre Hofdame erstochen, noch dazu vor ihren Augen? Die Beiläufigkeit, mit der dieser Mord geschehen war, machte sie immer noch schaudern. Natürlich stand es außer Frage, dass die Gräfin eine Hochverräterin gewesen sein sollte. Der Gedanke war so lächerlich, dass Mizzi keinen Augenblick des Zweifels daran verschwendete.

Also blieb nur ein Zweck: Der Mord hatte sie einschüchtern sollen. Mizzi gestand es sich nur ungern ein, aber das war gelungen. Sie fühlte sich so schwach, wehrlos und zitterig wie noch nie in ihrem ganzen Leben. Dies war das erste Mal gewesen, dass jemand vor ihren Augen eines gewaltsamen Todes gestorben war. Wenn sie die Augen schloss, sah sie den brechenden Blick, das hervorquellende Blut, die Todesblässe im Gesicht der Sterbenden. Mizzi schlug die Hand vor den Mund, um einen gequälten Aufschrei zu ersticken. Das durfte nicht geschehen! Oberst Pelikan durfte ihr auf keinen Fall den Schneid abkaufen. Zu viel hing davon ab, dass sie stark blieb und sich frei bewegen konnte.

Nun, zumindest Letzteres konnte sie zurzeit nicht. Mizzi stand auf und ging zum Fenster. Wenn sie sich vorbeugte, konnte sie die Gardisten sehen, die an beiden Enden des Weges postiert waren. Natürlich könnte sie versuchen, quer über die Rasenfläche bis zu der hohen Buchsbaumhecke am anderen Ende zu gelangen, aber am helllichten Tage wäre sie bei ihrer Flucht so auffällig wie ein Pfau im Schweinestall.

Also bei Nacht, dachte sie und sah sich eilig um, ob der Gardist an ihrer Tür womöglich etwas von ihren Gedanken mitbekommen hatte. Dann musste sie lachen. Wie absurd diese gesamte Situation war.

Sie sank wieder in das Fauteuil und griff nach einem Buch, das sie schon lange nicht mehr in der Hand gehabt hatte und das ihr nun in ihrer einsamen Haft eine tröstliche Begleitung war. »Märchen-Almanach auf das Jahr 1828 für Söhne und Töchter gebildeter Stände«, las sie halblaut und fuhr mit dem Daumen über den goldgeprägten Titel. Ihr Lesezeichen steckte in der Erzählung vom Kalten Herz, in der sie nun fortfuhr zu lesen.

Der Tumult vor ihrer Tür drang nur langsam in ihr Bewusstsein, das sich mit Peter, seiner Lisbeth und dem Glasmännlein beschäftigte. Sie hob gestört den Kopf und wollte um Ruhe bitten, als der Gardist schon die Tür öffnete und hinaussah. Sie hörte ihn rufen, dann schwoll der Stimmenlärm an. »Lasst mich passieren, ihr Riesentölpel«, schrie jemand mit stockender und stolpernder Zunge. »Geht m-mir aus dem Weg, ihr kostümierten Brüllaffen. Ich – hupp – ich muss einen B…, einen B…, einen – hoppla – Brief überbringen!«

»Hör schon auf, du bist besoffen, Mann«, erwiderte einer der Gardisten streng. »Geh, schlaf deinen Rausch aus. Randalier hier nicht herum, du störst ihre Kaiserliche Hoheit.«

Der Betrunkene krakeelte ungerührt weiter. Mizzi blinzelte mehrmals, als sie endgültig wieder im Hier und Jetzt anlangte. Sie legte das Buch achtlos beiseite und sprang auf, um zur Tür zu laufen. »Was geht hier vor?«, fragte sie atemlos. »Soldat, lass Er mich sehen!« Sie schob sich an ihm vorbei, tauchte unter seinem

Arm weg und betrachtete halb verdutzt, halb vergnügt das Bild, das sich ihr bot. Ein ältliches Männchen in derangierter Kleidung rang verbissen mit zwei baumlangen Gardisten, trat um sich, stieß unartikulierte Laute aus und drohte mit sich überschlagender Stimme: »Ich reiche Beschwerde ein!«, und »Gleich übergebe ich mich!« Die letzte Warnung zeigte sogar Wirkung, denn einer der beiden Gardisten nahm hastig Abstand und der andere lockerte seinen Griff. Das Männchen nutzte die Gelegenheit, es entwischte den beiden Soldaten und schlingerte mit erstaunlichem Tempo auf Mizzi zu. »Kaiserliche Hoheit«, lallte der kleine Mann, »Hoheit, ich habe ein …« Ein unglaublicher Schluckauf erschütterte ihn und zwang ihn, zu pausieren, ehe er fortfuhr: »… ein Schreiben, das dringend … hupp!« Seine zitternde Hand streckte ihr einen versiegelten Brief entgegen.

»Was für ein zuverlässiger, aufopfernder Bote«, hörte sie einen der Gardisten lästern, während der Soldat, der neben ihr aufragte, mit seinem langen Arm das Männchen auf Abstand hielt und ihm den Brief abnahm. Er warf einen Blick auf das Siegel und schluckte, als er das Schreiben an Mizzi weitergab.

»Danke«, sagte sie und nahm ihn entgegen. Das dicke Papier knisterte. Sie hatte die Handschrift des Kaisers erkannt und brannte vor Neugier auf den Inhalt des Umschlages. Aber bevor sie ihn öffnete, wollte sie sichergehen, dass Felsenstein schleunigst den Schauplatz verließ, denn diese Aufführung hier vor ihren Gemächern musste unweigerlich Konsequenzen für ihn nach sich ziehen. »Geleitet den Mann in sein Quartier«, befahl sie. »Ich kenne ihn, er ist einer der Sekretäre. Tut ihm nichts, er hat ja nichts angestellt.«

»Er hat vor Ihren Gemächern randaliert, Kaiserliche Hoheit«, wandte der jüngere der beiden Gardisten ein, die Gregor Felsenstein nun rechts und links derart untergehakt hatten, dass seine Füße kaum noch den Boden berührten. Sein Kopf schwankte haltlos von einer zur anderen Seite.

»Wir haben Anweisung, betrunkene Personen bis zu ihrer Aburteilung in eine Zelle zu stecken«, setzte der andere hinzu.

»Ich wünsche, dass der Mann in sein Quartier gebracht wird«, wiederholte Mizzi energisch. »Er ist Zivilist, kein Soldat! Ich werde persönlich seine Vorgesetzten informieren, damit man ihm ins Gewissen redet oder ihn, wenn es sein muss, aus den Diensten seiner Majestät entlässt.«

Die beiden blickten sich unschlüssig an, dann nickte der Ältere knapp und deutete mit seiner freien Hand ein Salutieren an. »Zu Befehl, Kaiserliche Hoheit.«

Mizzi sah ihnen nach, wie sie Felsenstein mit sich schleiften, und erlaubte sich ein kleines Ausschnaufen. Gregor hatte sich zu sehr exponiert, um ihr diesen Umschlag zu überbringen. Hiernach würde es schwierig für ihn werden, so unauffällig und farblos in der Schar der Sekretäre unterzutauchen, wie es ihm bisher immer gelungen war.

Sie lächelte dem Gardisten zu, der hinter ihr die Tür schloss, und winkte mit dem Umschlag. »Seine Kaiserliche Majestät«, sagte sie. »Ich bitte um diskreten Abstand, Gardist.«

Die Erwähnung ihres kaiserlichen Vaters genügte, um den Soldaten erbleichen und auf Abstand gehen zu lassen. Er machte Anstalten, mit der Tür zu verschmelzen. Mizzi nickte ihm huldvoll zu und schritt durch den Salon zu ihrem Sekretär am Fenster. Dort ließ sie sich nieder, wandte dem Gardisten den Rücken zu und griff nach dem Brieföffner, mit dem sie das Wachssiegel löste. In dem dicken Umschlag fühlte sie etwas Hartes und als sie den gefalteten Papierbogen vorsichtig herauszog, konnte sie die Metallhaken deutlich ertasten. Sie schüttelte sie heraus und ließ sie in ihren Ausschnitt gleiten, wo sie kalt und hart zwischen den Stäben ihres Korsetts hängen blieben. Dietriche. Sie hätte Felsenstein geküsst, wenn er in ihrer Nähe gewesen wäre.

Mit einem Lächeln entfaltete sie den Briefbogen und las: *»Marie-Louise, ich erlaube mir, Ihnen die Stunde zwischen zwei und drei Uhr für einen Versuch mit der Tür zum Korridor zu empfehlen. Ich werde mich derweil um besagte Kutsche kümmern. Die Kleider bringt Ihnen das Mädchen.«* Gezeichnet war das Schreiben mit der schwungvollen Unterschrift ihres Vaters.

Mizzis Lächeln wurde breiter. Gregor Felsenstein hatte ihr beigebracht, die Unterschrift des Kaisers zu fälschen, aber sie hatte es auch nach langem Üben nicht zu seiner Meisterschaft gebracht, die schwungvollen Schnörkel zu imitieren, die in dieser Vollendung wahrhaftig ihren kaiserlichen Vater höchstderoselbst über ihren Urheber zu täuschen in der Lage gewesen wären.

Sie faltete das Schreiben zusammen und steckte es zu den Dietrichen. Nun musste sie nur noch wach bleiben, bis die nächtliche Stunde und Gregor Felsenstein ihr halfen, ihrem Arrest zu entkommen.

6

Das Wrack

Kato erwachte von ihrem eigenen Schrei, aber als sie die Augen aufschlug, endete ihr Albtraum nicht. Sie lag in lichtloser Finsternis, blind und wehrlos wie ein neugeborenes Kätzchen, und Tonnen von Steinen und Erde lasteten auf ihr, als wäre sie von einer Lawine verschüttet worden. Ihr Herz schlug rasend schnell, sie hörte ihren hechelnden Atem. Sie war gerannt, tagelang, mit immer müder werdenden Beinen, durch die Finsternis der Hölle. Hinter sich hatte sie die Stimmen ihrer Verfolger gehört, ihr Lachen, ihre Rufe. Sie wollten sie zurückbringen ins Brünnlfeld, sie an die Zappelapparatur anschließen, in den Schneewittchensarg sperren, ihr die Brille aufsetzen, bis sie so schwachsinnig und gefügig war wie Moroni.

Aber das war nicht das Schreckliche gewesen, das sie zum Schreien gebracht hatte. Geschrien hatte sie erst, als dieses Wesen vor ihr erschienen war, dieses Monstrum, diese grauenvolle Spottgeburt. Schimmernd wie ein Wasserspiegel, über den tausende sinnverwirrender Bilder hinwegtanzten, menschlich von Gestalt, aber ohne das warme, atmende Fleisch, ohne Haut und ohne Substanz, dennoch körperlich, gesichtslos, aber mit einem Gesicht, das Feuer und Wolken zeigte, Wolfszähne und Schweineschnauzen, Katzenaugen und züngelnde Schlangen, Mauern und Laub, Wellen und Geröll, Hände und Pfoten, Winter und Frühling, Berge, Tiefsee, Sterne, Schnee, eine Ziegenherde, jagende Hunde …

Das Wesen streckte die Hände aus und rief sie mit sanfter Stimme: »Komm zu mir, meine Kato. Umarme mich, mein Kind.«

Und dann berührte sie das Monster mit seinen kalten Händen und Kato hatte geschrien und war erwacht.

Sie setzte sich auf und rieb sich heftig mit den Handballen über die Augen. Die Träume, in denen sie aus der Landesirrenanstalt floh, einen stummen Riesen an ihrer Seite, nichts als Dunkelheit vor sich, quälten sie beinahe jede Nacht. Und wenn es nicht dieser Traum war, dann war es der, in dem sie auf einen Tisch geschnallt war und bewegungsunfähig und voller Panik miterleben musste, wie ein Mann in einem weißen Kittel ihr den Kopf aufsägte und das Gehirn aus ihrem Schädel zog. Oder der Traum, in dem sie durch die düsteren Gänge des Roten Hauses irrte, auf der Suche nach der Tür, hinter der ihr sterbender Vater eingesperrt lag.

Sie schüttelte sich und stellte die Füße auf die splittrigen Bohlen, die den Boden ihres Zimmerchens bildeten. Ein Holzboden war Luxus hier unten in der Kanalisation. Solche Vergünstigungen erhielt nur der Haushalt des Oberpani Kalk, des Königs der Strotter. Er war ihr Gastgeber, seit sie den Orden der Zeitlosen hinter sich gelassen hatten.

Der Boden war kühl und Späne stachen in ihre Fußsohlen. Der kleine Schmerz weckte sie vollends aus der Umklammerung ihrer Träume. Kato fröstelte, wäre gerne wieder unter ihre warme Decke geflüchtet, aber sie wusste, dass der Schlaf in dieser Nacht nicht mehr zu ihr zurückkehren würde. Seit ihrer Flucht vor den Ärzten des Brünnlfeldes und den Soldaten, die das Ordenshaus angegriffen hatten, hatte sie kaum ruhigen Schlaf gefunden. Die Dunkelheit, die in der Unterwelt herrschte, und die Ungewissheit, was nun mit ihnen geschehen würde, ließen ihre Nerven nicht zur Ruhe kommen. Sie mussten den Zeitmeister finden, aber niemand wusste, wo er sich verborgen hielt, ob er noch lebte, ob er gefangen war.

Aber das Schlimmste war der Zustand ihrer Mutter. Seit ihrem Unfall mit dem Ætherleck schritt die schreckliche Transformation unaufhaltsam voran. Die Milans zermürbten sich mit Vorwürfen, denn durch ihre Unachtsamkeit war das Ætherleck überhaupt erst entstanden – aber was nützten Selbstvorwürfe und Grübeleien, nichts davon half Katalin Nagy, wieder zu einem normalen, gesunden Menschen zu werden.

Ein Bodenbrett knarrte und riss sie aus ihren Grübeleien, jemand tappte durch die Dunkelheit auf sie zu. »Kato?«, sagte ein tiefer Bass. »Hast du wieder geträumt?«

Ihr Lager senkte sich unter dem Gewicht, das sich darauf niederließ. Sie hörte das Knirschen der Streben, die das roh gezimmerte Bett zusammenhielten. Mit einem Mal froh darüber, dass es so dunkel war, weil sie dann so tun konnte, als wäre sie ein Kind und könnte sich in die tröstende Umarmung flüchten, schmiegte sie sich an ihn und schniefte leise.

Sein schwerer Arm legte sich um ihre Schultern und drückte sie fest an einen massigen Körper. Er strahlte Wärme aus wie ein Ofen. »Der gleiche Traum?«, fragte er.

»Immer«, flüsterte Kato. »Shenja, ich habe solche Angst um Mama!«

Er sagte nichts, streichelte nur mit seiner großen, sanften Hand über ihren Kopf und ihre Schulter. Kato kämpfte mit den Tränen, aber sie wollte ihm nicht das Herz noch schwerer machen. Immerhin litt er nicht weniger als sie, ängstigte sich keinen Deut weniger um Katya.

»Warum schläfst du nicht?«, fragte sie und wischte sich mit dem Zipfel ihrer Decke über die Augen.

Er bewegte sich leicht, und sie blickte zu ihm auf, versuchte seine Miene zu erkennen. Sein Gesicht war ein großer, heller Fleck in der Dunkelheit.

Als er sie mit Grünwalds Hilfe aus der Irrenanstalt befreit hatte, waren seine Haare noch so kurz geschoren gewesen, dass sie wie ein kaum sichtbarer Flaum seinen Schädel bedeckten, aber mittlerweile hatten sie nachzuwachsen begonnen und lagen dunkel und dicht auf seinem Kopf und umrahmten als schmaler Bart sein Kinn. Er erinnerte sie mittlerweile kaum noch an Moroni, den schwachsinnigen ehemaligen Patienten und Handlanger, als den sie ihn kennengelernt hatte. Seine Augen waren hell und wach, seine Haltung straff, er sprach vernünftig und klug – und nur manchmal noch litt er unter seinen schlechten Tagen, an denen er sich »neblig im Kopf« fühlte, wie er es nannte.

Kato wartete, dass er auf ihre Frage antwortete, aber als er schwieg, nahm sie seine Hand und fragte leise: »Wegen Mama?«

Er seufzte leise. »Nein und ja«, antwortete er. »Katyas Zustand beängstigt mich zutiefst und ich leide darunter, dass ich nichts tun kann, um ihr zu helfen. Aber dass ich nicht schlafe ...« Ein tiefer, stöhnender Atemzug hob seine Brust. »Das Brünnlfeld«, sagte er mit erstickter Stimme. »Meine Träume sind nicht freundlicher als deine, Kato.«

Sie presste ihre Finger um seine große Hand zusammen, erschreckt und voller Mitgefühl. Was mochten die Ungeheuer alles mit ihm angestellt haben? Professor Charcot. Dr. Rados. Die Ärzte hatten Jewgenij viel länger in ihrer Gewalt gehabt, ihn weitaus schlimmer gequält, als sie es mit Kato getan hatten.

»Ich hasse sie«, sagte sie aus tiefstem Herzen.

Jewgenij erwiderte den Druck ihrer Hand. »Ich werde sie töten, beide. Dein Hass gilt wandelnden Toten.« Seine Stimme klang kalt und leidenschaftslos, beinahe, als wäre er selbst ein Toter, der von jenseits des Grabes zu ihr sprach. Er ließ ihre Hand los und stand auf, blickte auf sie hinab. Sie konnte seine Augen nicht erkennen, aber seine Haltung, die Schultern hochgezogen, als müsste er sich vor einem Schlag schützen, ließ sie erneut ans Brünnlfeld denken. »Was wohl Grünwald nun macht?«, fragte sie gedankenlos. Und im gleichen Atemzug durchfuhr sie ein kalter Schreck. »Ich wollte nicht ...«, sagte sie, »... ich habe nicht ... Shenja, vergib mir!«

Seine massige Gestalt stand so starr und still, als wäre er zu einem Standbild geworden.

Dann streifte sein Flüstern ihr Ohr wie der Hauch einer verlorenen Seele: »Grünwald ist kein Verräter.«

Kato schüttelte stumm den Kopf. Nein, sie wollte es auch nicht glauben. Aber alle Zeichen sprachen dafür, und selbst ihre Mutter, eine enge Freundin und Vertraute Josip Grünwalds, betrachtete den Verrat des Paters Guardianus als eine Tatsache.

Jewgenij drehte sich ohne ein weiteres Wort um und ging hinaus. Kato legte sich wieder hin und zog die Decke über den Kopf, aber der Schlaf wollte nicht zu ihr kommen. Sie war so hellwach, als wäre es lichter Mittag. Sie warf die Decke von sich und sprang auf. Während sie in ihre Kleider schlüpfte, rief sie leise nach ihren Gefährten. Es wäre schön gewesen, Fallas Ruhe, Calanders sprühende Lebendigkeit, Gnurrs Stärke und Dirbadisalabadons Klarheit in der Nähe zu wissen.

Aber die Elementarwesen waren fort, schon seit einigen Tagen. Belpharion hatte sie mit sich genommen, damit sie sich im stillen Land erholen konnten. Ætherwesen waren nicht dafür geschaffen, längere Zeit ohne Unterbrechung in der Welt der Menschen zu verweilen. Aber Kato vermisste ihre Gefährten in solchen Nächten mehr als Licht, Luft und Sonne.

Sie schnürte ihre Stiefel und stampfte fest mit dem Fuß auf. Immer noch trug sie Männerkleidung, obwohl die Frauen der Strotterfamilie, bei der sie nun lebte, das mit Befremden und Missfallen sahen. Mädchen hatten sich wie Mädchen zu kleiden und Männer wie Männer.

Kato war es egal, ob die Strotter über sie tuschelten. Bei dem, was sie zu tun hatte, störten Röcke und geschnürte Taillen, und Knöpfstiefelchen mit Absätzen gaben keinen guten Halt, wenn man auf und in einem Ætheroskaph-Wrack herumklettern musste. Sie brauchte Bewegungsfreiheit, und die verliehen nun mal nur Hosen und Jacken, wie sie die Männer trugen.

Sie schob den Vorhang beiseite und blickte auf das Sammelsurium aus Hütten, Verschlägen, überdachten Baracken, Gerümpelhalden und zwischen all dem Zeug verteilten offenen Feuern, das die »Unterburg« der Strotter darstellte. Hier residierte der Oberpani Kalk mit seiner weitverzweigten Sippschaft, von hier aus wurde das zerstrittene Volk der Strotter regiert, hier war der einzige Ort der Wiener Kanalisation, an dem alle Strotterfamilien Frieden zu halten hatten. Die Wachen des Königs entwaffneten jeden, der das

Gebiet betrat, und wer es wagte, hier Händel zu suchen, der wurde am Kragen gepackt und in das nächste Ætherleck gestopft.

Eine grauenhafte Strafe. Kato schauderte. Oberpani Kalk begegnete ihr immer ausgesucht freundlich und höflich, er verfügte über wahrhaft königliche Manieren – aber sein Volk regierte er mit eiserner, durchaus auch grausamer Hand. Und die Strotter, so rau und unzivilisiert sie auch erschienen, respektierten ihren König darum nicht weniger als die Bewohner der »Oberstadt« – so nannten die Strotter das überirdische Wien – ihren Kaiser.

Sie stemmte die Hände in die Hüften und machte einen tiefen Atemzug. Die Luft hier unten war immerzu stickig und ein wenig schal. Und es gab niemals Tageslicht. Anfangs hatte sie geglaubt, sich daran gewöhnen zu können, aber mittlerweile zuckten ihre Nerven vor Verlangen nach frischer Luft und einem weiten Blick, dem Himmel, der sich hoch über ihren Kopf spannte, Sonne und Wind und Regen.

Sie seufzte und zog die Schultern hoch, wappnete sich gegen die Blicke, die sie unweigerlich treffen würden. Es gab hier unten keinen Rhythmus von Tag und Nacht wie in der Oberstadt. Man schlief, wenn man müde war, aß, wenn der Magen knurrte und scherte sich nicht darum, welche Tageszeit es an der Oberfläche sein mochte. Kato fiel es noch schwer, sich daran zu gewöhnen. Für sie war jetzt die Zeit zwischen Mitternacht und Morgen, auch wenn ihre Sinne dies durch keine Wahrnehmung beweisen konnten.

Die Milans hatten ihr erzählt, dass es Orte in der Kanalisation gab, die näher an der Oberfläche lagen und in denen es Licht von draußen gab. Dort war das Leben ähnlicher demjenigen, wie es Kato gewöhnt war. Aber hier, tief im Bauch der Unterwelt, lebte man wie in den Eingeweiden eines Berges, und die Menschen glichen Höhlenbewohnern, Zwergen und Trollen.

Sie stapfte an den Feuerstellen vorbei, von denen aus Schwaden an Kochdünsten durch die Luft zogen. Frauen rührten in Kesseln, schoben Brotlaibe auf heiße Steine, wendeten Bratenstücke. Ein Strottermädchen, zerlumpt und anmutig, lächelte ihr zu und bot ihr einen zerbeulten dampfenden Becher an. Kato nahm ihn mit einem dankbaren Kopfnicken entgegen und nippte, während sie weiterging, an dem bitteren, starken Getränk. Geröstete Eckern, Zichorienwurzel, was auch immer ... dies war weder Kaffee noch Tee oder gar Schokolade, aber es war zumindest heiß und belebend.

Sie umrundete das zentrale Lager und betrat das Gebiet der Werkstätten, in denen Dinge repariert und gebaut wurden. Hier waren keine Frauen mehr zu sehen, hier regierten die Männer. Es roch nicht mehr nach Gebackenem oder gesottenem Fleisch, sondern nach Maschinenöl und heißem Metall. Kato genoss das beißende Aromengemisch. Hier fühlte sie sich zu Hause, so seltsam das auch klingen mochte.

In den vergangenen Wochen hatte sie zu ihrer eigenen Überraschung und unter dem staunenden Blick der Milan-Brüder ihr Talent für Physik und Mechanik und ein erstaunlich feines Gefühl und geschicktes Händchen für die Reparatur von Maschinen und Gerätschaften entdeckt. Die anfänglich scheelen Blicke der Strotter, dass ein Mädchen in Männerkleidern zwischen ihnen herumlief, Metallteile schleppte, schweißte und mit Werkzeugen hantierte, hatten sich mittlerweile gelegt und sogar der raue Ton, der keinerlei Rücksicht auf ein zartes Frauengemüt nahm, war in dieses Areal zurückgekehrt. Kato störte sich nicht daran. Sie hörte einfach nicht hin, wenn die Anspielungen allzu derb, die Flüche ungehörig wurden. Oder, besser gesagt: Sie gab vor, nicht hinzuhören, während sie in Wirklichkeit die Ohren spitzte und sich so viel wie möglich von dem merkte, was da zwischen den Männern hin- und herflog. Sie hatte mittlerweile einiges vom Rotwelsch gelernt, das ihr noch vor wenigen Wochen so seltsam und fremd wie eine Sprache aus einer anderen Welt erschienen war.

Kato durchquerte mit schnellen Schritten das unratübersäte Gelände und hielt auf den »Hangar« zu – so nannten die Milans den Schuppen, in dem das havarierte Ætheroskaph stand. Eine Gruppe starker Männer mit Handwagen hatte es von seiner Absturzstelle geborgen und hierher gebracht.

»Wäre es nicht angebrachter, diesen Schuppen ›Werft‹ zu nennen?«, fragte Kato und lehnte sich an den Torpfosten. Sie trank den erkaltenden Kaffee bis auf den letzten Schluck, den sie in den Staub kippte, eine Art Trankopfer für den Gott der Ætherschiffe. »Das Ætheroskaph ist schließlich kein Luftschiff.«

Ein roter Schopf tauchte aus einer verbeulten Luke auf und insektenähnliche Augen starrten sie glitzernd an. »Æther gleicht weit eher der Luft als dem Ozean«, wandte der Rote Milan ein.

»Aber das Ætheroskaph hatte Segel, ein Ruder, Seitenruder …«, zählte Kato auf und griff nach dem geborstenen Rand des aufgerissenen Rumpfes.

»Ruder und Seitenruder besitzt ein Luftschiff ebenfalls«, ertönte eine dumpfe Stimme tief aus dem Bauch des Gefährts. Etwas rumpelte und schepperte metallisch klirrend zu Boden. »Wer reicht mir den Schraubenschlüssel?«

Kato hob den Schlüssel auf und schob sich durch den langen Riss im Bauch des Ætherschiffs ins Innere. Es war dunkel, aber ein bläulich flammendes Salamanderlicht erhellte den Teil des Rumpfes, in dem der Schwarze Milan über der zerstörten Maschine brütete. Er hockte da, seine langen Glieder unbequem zusammengefaltet, und stocherte mit einer schmalen Zange in einem Wust aus zerstörten Verdrahtungen, geborstenen Schaltern und verkohlten Dichtungen herum. Der Feuerteufel, der ihm Licht und bei Bedarf auch Hitze für Lötverbindungen lieferte, saß mit baumelnden Beinen auf einem gerissenen Schott und pfiff leise vor sich hin.

Kato legte den Schraubenschlüssel in Milans suchende Hand und kniete sich neben ihn, um ihm zuzusehen. Er war ein Künstler, wenn es darum ging, Maschinen zum Leben zu erwecken. Es war, als schmiegten sich verbogene Teile von selbst in seine Hand, kröchen kleine Schrauben unter seinen Fingern wie winzige Käfer in ihre Löcher, schraubten sich Muttern von selbst auf ihre Plätze, verbänden sich Verdrahtungen freiwillig miteinander, wenn er sie nur anblickte.

Kato seufzte zufrieden und begnügte sich eine Stunde lang

damit, ihm stumme Handlangerdienste zu leisten. Endlich schob er die Lupenbrille auf die Stirn, rieb sich über die Augen und gähnte. »Dieser verfluchte Boojumfilter«, sagte er. »Ich fürchte, die Reparatur übersteigt meine Fähigkeiten, Roter.« Sein Blick wanderte zu Kato und er blinzelte überrascht. »Ach, du bist es. Was treibst du mitten in der Nacht im Hangar?«

Kato zuckte die Achseln. »Konnte nicht schlafen«, sagte sie. Sie ignorierte den bohrenden Blick seiner dunkelblauen Augen. »Was kann ich tun?«

Milan setzte sich auf die Fersen und faltete die Hände um seine Knie. »Deine Mutter?«

Kato biss die Zähne zusammen. »Auch.« Sie hatte keine Lust, ihm von ihren Albträumen zu erzählen.

Sein Blick wurde weich, aber er ersparte es ihr, sich gegen sein Mitgefühl wehren zu müssen. »Du könntest diese Teile sortieren«, sagte er nüchtern und wies auf eine Kiste, in der in einem wilden Durcheinander alle möglichen Instrumente, Federn, Zeiger, Hebel und Kolben lagerten. »Ich brauche alles, was noch heil ist, hier.«

Kato widmete sich schweigend der Sortierarbeit. Gelegentlich bat sie den Salamander, der Garabass hieß, seinen Platz zu verlassen und ein Teil stärker anzuleuchten, bevor sie entschied, ob es noch brauchbar war oder nicht, ansonsten ging ihre Arbeit still vor sich.

Draußen hämmerte der Rote Milan an einer verbogenen Strebe herum und stritt lautstark mit jemandem, der ihm nicht minder wortgewandt und laut Kontra bot. Kato lauschte zerstreut, während sie eine nur leicht verbogene Feder mit der Zange glatt zog.

»Diesen Schrotthaufen wollt ihr reparieren?«, rief die fremde Stimme. »Ich hole ein paar Männer zur Demontage, Milan Milvus. Das gibt noch ein hübsches Sümmchen an Schrottwert …«

»Halt die Klappe, Luca«, schrie der Rote zurück. »Statt dumm daherzuschwatzen, hilf mir lieber. Kommst du an die Seilverbindung?«

Eine Weile blieb es ruhig, nur ein Rumpeln und Stöhnen drang von draußen herein. Kato legte die Feder zu den brauchbaren Teilen und nahm eine Handvoll Schrauben und Muttern, die sie säuberlich sortierte. Die Guten ins Töpfchen …

»Zieh fester!«, riss der Schrei des Roten sie aus ihrer Versunkenheit. »Ist das alles, was du bringst? Du hast nicht mehr Kraft als ein Hühnchen!«

Ein Fluch von ausgesuchter Deutlichkeit antwortete ihm. Kato legte die Hand auf ihre plötzlich glühende Wange und verbarg ihr Lächeln vor dem Schwarzen, der mit gerunzelter Stirn aufblickte. »Was ist da draußen los?«, fragte er gereizt und hob die Stimme: »Roter, was treibst du da?«

Ein Gesicht blickte durch die abgeplatzte Verkleidung über ihren Köpfen. Schmal, dunkel, mit blitzenden schwarzen Augen unter einem dunklen Lockenkopf. Der Junge trug einen silbernen Ring im Ohrläppchen und hatte eine glimmende Zigarette zwischen die Lippen geklemmt. Er kniff die Augen zusammen, weil Rauch in sein Gesicht stieg, und musterte Kato lange und nicht sonderlich freundlich. »Du bist ja ein Mädchen«, sagte er mit einer rauen Stimme. »Wieso trägst du solche Kleider?«

Kato streckte sich, so gut das in dem beengten Raum ging, und drückte eine Hand in ihren schmerzenden Rücken. »Kato«, sagte sie kühl. »Katharina von Mayenburg. Mit wem habe ich das Vergnügen?«

Der Junge grinste und schwang sich geschmeidig zu ihnen ins Innere. Er spie den Zigarettenstummel achtlos auf den Boden, während er breitbeinig dastand, die Hände in die Seiten gestemmt, und Kato frech musterte. »Die Baronesse«, sagte er und neigte den Kopf zur Seite. Sein Gesichtsausdruck war spöttisch.

Kato erwiderte den Blick, ohne zu blinzeln. Sie konnte ihm auf Augenhöhe begegnen, denn der Junge war kaum größer als sie, schlank und geschmeidig wie eine Katze. Sie hob das Kinn. »Und?«, fragte sie scharf. »Wie ist dein Name?«

»Das ist Luca«, sagte Milan hinter ihrem Rücken. Er kam an ihre Seite und wischte sich die Hände an einem Lappen ab, bevor er dem Jungen seine Rechte zum Gruß hinstreckte. »Grüß dich. Seit wann bist du wieder da?«

Der Junge entließ Kato aus seiner Aufmerksamkeit. Er zog die Schultern hoch und lehnte sich gegen eine Verstrebung. »Seit wann dürft ihr euch hier wieder blicken lassen? Mein Vater hatte euch doch verboten, auch nur einen Fuß auf Strottergebiet zu setzen, wenn euch euer Leben lieb ist.«

»Die Umstände haben sich verändert«, antwortete Milan nicht minder kühl. Er schob eine Kiste mit dem Fuß zurecht und setzte sich darauf. »Wir befinden uns im Krieg und da sind Mechaniker wie der Rote und ich überaus nützlich, Luca.«

Kato betrachtete den jungen Strotter. Im Profil zeigte er die scharfe Nase und das starke Kinn des Strotterkönigs. Es bestand kein Zweifel, wer der Vater war, von dem er da sprach.

»Mir soll es gleich sein«, sagte Luca und begann, sich eine Zigarette zu drehen. »Ich hab nie was gegen euch gehabt, das weißt du.«

»Schon klar«, erwiderte Milan und nahm die Zigarette an, die der junge Strotter ihm reichte. Lucas Blick wanderte zu Kato und er hob fragend eine Braue.

»Ich nicht, danke«, sagte sie hastig.

»Komm, gehen wir hinaus.« Milan erhob sich und stieß dabei mit dem Kopf gegen eine geborstene Platte, die von der Decke herabhing. »Ich muss mich mal ausstrecken, ich bin schon ganz krumm.«

Kato sah den beiden jungen Männern nach und beugte sich wieder über ihre Kiste. Das Gemurmel der Stimmen draußen störte nach einer Weile ihre Konzentration. Sie warf eine Handvoll unidentifizierbarer Metallteile zurück auf den Haufen und kletterte durch den Riss in der Seitenwand ins Freie.

Der Rote Milan lehnte an der Hülle des Ætherschiffs und starrte finster vor sich hin. Kato gesellte sich zu ihm und verschränkte die Arme vor der Brust. Sie folgte seinem Blick. Der Schwarze Milan und der junge Strotter standen ein paar Schritte entfernt dicht voreinander und schienen in eine intensive Diskussion verwickelt zu sein. Ihre Köpfe berührten sich fast, der Rauch ihrer Zigaretten vermischte sich über ihnen zu einem einzigen

Faden. So, wie sie dastanden, mussten sie den Atem des anderen von seinen Lippen trinken. Der Anblick hatte etwas so Intimes, dass Kato davor zurückzuckte und hastig die Augen abwendete.

»Luca …«, sagte sie, ohne genau zu wissen, wie sie den Satz vollenden wollte. »Luca und der Schwarze …«

Der Rote stieß schnaubend Luft durch die Nase. »Bevor Lucas Vater uns verbannt hat, waren die beiden ein Kopf und ein Hintern, ja.«

Kato hustete erschreckt. Sie sollte sich allmählich an die gelegentlich drastische Ausdrucksweise der Strotter gewöhnt haben, aber anscheinend war sie immer noch zu überraschen. »Aha«, sagte sie, um etwas zu sagen. »Warum seid ihr eigentlich verbannt worden?«

Der Rote kaute missmutig auf seiner Lippe und fuhr sich mit den Fingern durch die Haare. Die Frage schien ihn zu verärgern.

Kato legte ihre Hand auf seinen Arm und sagte: »Lass. Es geht mich nichts an.« Ihr Blick wanderte wieder zu seinem Zwillingsbruder. Sie spürte einen Stich und tat das Gefühl gleich darauf ärgerlich ab. Wie albern von ihr. Sie hatten eine Aufgabe, sie hatten wahrhaftig genügend Sorgen. Die Engel standen vor Wien, der Zeitlose Orden war angegriffen worden und hatte sich unerreichbar verschanzt, Horatius Tiez war verschwunden, sein labyrinthisches Haus war in einem Zeitwirbel verschlungen worden, als der endlose Korridor kollabierte, ihre Mutter wurde nach und nach von dem Ætherleck verschlungen, das zuerst nur ihre Hand gefressen hatte … Kato schluckte und ballte die Fäuste. Das alles und noch viel mehr bedrohte sie und jeden, den sie liebte, und sie machte sich Gedanken darüber, dass ein Junge, den sie kaum kannte, mit dem Sohn des Strotterkönigs zu poussieren schien?

»He«, riss der Rote Milan sie aus ihren zornigen Gedanken. Er stupste sie sacht in die Seite. »Was ist los? Du siehst den Schwarzen an, als wolltest du ihn ins nächste Ætherleck werfen.«

»Ach, Milan!«, sagte sie heftig und konnte ihren Blick nicht von dem Anblick wenden, der ihr so unerklärliche Schmerzen bereitete. Der Schwarze hatte seine Hand neben dem Kopf des kleineren Luca gegen das Schott gestemmt, die andere lag auf der Schulter des jungen Strotters. Er beugte sich über Luca und redete unterdrückt, aber sichtlich voller Leidenschaft auf ihn ein.

Luca hielt die glimmende Zigarette in der Hand und blickte mit zusammengekniffenen Augen zum Schwarzen Milan auf. Seine Lippen öffneten sich halb, dann hörte Kato sein Lachen, das weich war und glucksend wie das eines Mädchens.

Sie wandte sich ab und schlug dem Roten Milan auf den Rücken. »Ich sehe nach meiner Mutter«, sagte sie schroff. »Wenn ihr mich braucht, holt mich.« Sie steckte die Hände in die Taschen und stiefelte davon, die Schultern hochgezogen und den Blick fest auf den Boden vor ihren Füßen gerichtet.

»Kato«, hörte sie den Roten rufen, »he, warte doch …«

•••

Katalin saß in grauem Rock und Bluse aufrecht in ihrem Bett, hatte ein Holzbrett gegen ihre aufgestellten Knie gelehnt und schrieb auf diesem improvisierten Schreibpult, blätterte gelegentlich in einem Buch, das neben ihr auf dem Bett lag, schrieb dann weiter. Zwischen ihren dunklen, geraden Brauen stand eine kleine Falte und ihr Mund formte eine strenge, beinahe bittere Linie. Blass war sie, fand Kato besorgt. Blasser als gestern? Ihr dunkles Haar lag wie eine Gewitterwolke über ihrer Stirn und die behandschuhte Hand, mit der sie nach der Zigarette tastete, die neben ihr in einem Blechnapf verqualmte, war unsicher und zögerte, bevor sie nach mehreren Versuchen den Napf berührte.

»Mama?«, sagte Kato, weil sie es ungehörig fand, ihre Mutter weiter unbemerkt anzustarren.

Katalin Nagy blickte auf und lächelte. Die Falte zwischen ihren Brauen verschwand nicht, aber der Mund bog sich zu einer lächelnden, weichen Linie nach oben. Sie ließ die Zigarette achtlos in den Napf zurückfallen und streckte die Hand aus. Kato ergriff sie, vorsichtig, als umfasste sie ein zartes Gebilde aus Glas oder einen jungen Vogel, und unterdrückte das Schaudern, das sie jedes

Mal überkam, wenn sie die Hand ihrer Mutter berühren musste. Der Handschuh aus weichem Leder schirmte das Gefühl zwar weitgehend ab, das sie beim Kontakt empfing – es war weitaus weniger schlimm als die Berührung des unbedeckten Gliedes – aber das, was an Eindrücken übrig blieb, reichte, um ihr nächtliche Albträume zu bescheren.

Kato sah den bedauernden Ausdruck, der über Katyas Gesicht huschte. Natürlich hatte ihre Mutter ihr Zurückzucken bemerkt. Kato biss die Zähne zusammen und griff fester nach der behandschuhten Hand, um sie zu drücken. Sie erwiderte den mitfühlenden Blick ihrer Mutter und schüttelte sacht den Kopf. »*Mir* geht es gut.«

Katalin Nagy nickte leicht und die zarten Fältchen in ihren Augenwinkeln vertieften sich. »Mir auch. Aber du siehst müde aus, mein Kleines. Hast du wieder nicht schlafen können?«

Kato ließ sich auf den Hocker am Fußende des Bettes fallen und fuhr mit beiden Händen durch ihre Haare. Sie waren nachgewachsen und schon wieder mehr als kinnlang, aber noch immer sah sie aus wie ein Junge und hatte sich mittlerweile selbst so an ihren Anblick gewöhnt, dass sie sich kaum noch daran erinnern konnte, wie es sich angefühlt hatte, mit Zöpfen und Flechtfrisuren, im Korsett und in Röcken herumzulaufen. Sie streckte die Beine lang aus und betrachtete die zerschrammten Spitzen ihrer Stiefel. »Es ist in Ordnung«, wiegelte sie ab. »Ich glaube, dieses unterirdische Leben macht mich nervös. Und dass wir nicht wissen, was mit Meister Tiez ist und wer den Orden verraten hat …« Sie verschluckte, was sie in ihrer Müdigkeit beinahe laut ausgesprochen hätte: ob Josip Grünwald wirklich der Verräter war, für den ihn alle hielten. Das war die Frage, die sie wohl alle am schlimmsten quälte: Katalin, deren enger Freund der Pater Guardianus über lange Jahre gewesen war; Jewgenij, der seinem Pfleger während der schrecklichen Monate in der Anstalt so innig vertraut hatte wie einem Vater, mehr noch als sich selbst; Kato, die ihn nur kurz gekannt hatte und dennoch immer wieder im Traum seine graugrünen Augen sah, den festen Druck seiner Hand spürte und das Gefühl des Friedens und tiefen Vertrauens, das Josip Grünwald ihr in der schlimmsten Zeit ihres Lebens hatte einflößen können.

Sie seufzte unwillkürlich und blickte auf in die kummervollen Augen ihrer Mutter. Katya wusste, worüber sie nachgedacht hatte, das war ihr deutlich anzusehen. »Mama«, sagte sie und schüttelte den Kopf, wie um eine Fliege abzuwehren, »du darfst dir keine bösen Gedanken machen. Das schadet dir nur.« Sie widerstand dem Impuls, ihre Mutter zu umarmen. Die Emanationen, die sie bei einer solchen Umarmung überfluteten, waren kaum auszuhalten.

Auch Katalin hatte sich zu ihr geneigt und kreuzte nun hastig die Arme vor der Brust. Ein Flimmern, wie Hitze über einem Feuer oder das Schimmern von Nebel über einer stillen Wasserfläche, schien für Augenblicke ihre Gestalt verschwimmen zu lassen. Kato blinzelte, um die Erscheinung zu vertreiben.

Katalin senkte den Blick auf das Schreiben in ihrem Schoß. »Wie gehen die Reparaturarbeiten voran?«, fragte sie nüchtern.

»Gut, wenn auch langsamer, als Milan gehofft hat«, erwiderte Kato ebenso sachlich. »Er macht sich Sorgen wegen des Boojumfilters, aber der Antrieb ist ansonsten funktionsbereit, muss allerdings noch sauber kalibriert werden, was ein paar Tage in Anspruch nimmt. Die Außenhülle ist nach wie vor beschädigt, der Rote sagt aber, dass sie das innerhalb eines oder zweier Tage reparieren können, falls ein paar Strotter mithelfen.«

»Ich werde den Oberpani darum bitten«, sagte Katya und ließ ihren Federhalter zwischen den Fingern kreisen. Sie musterte Kato eindringlich. »Was bedrückt dich, mein Herz?«

Kato wich ihrem Blick aus. »Nichts«, sagte sie. »Wusstest du, dass der Oberpani einen Sohn hat?«

In Katalins Augen blitzte etwas auf, eine Regung, die Kato nicht recht zu deuten wusste. »Luca ist wieder im Lande?«

Kato schluckte die Kröte herunter, die bei diesem Namen ihre Kehle hinaufzukriechen drohte. »Ja. Er hat sich mit dem Schwarzen unterhalten. Sie sind wohl sehr gut miteinander befreundet.« Ihre Stimme war rau und sie räusperte sich.

Katalin schraubte ihren Füllfederhalter zu und schob das Schreibbrett von ihren Beinen. Sie drehte sich und stellte mit einer mühsam erscheinenden Bewegung ihre Füße auf den Boden. Kato sprang erschreckt auf und bot ihrer Mutter den Arm zur Stütze, aber Katalin wehrte ab. »Meine Schuhe«, sagte sie mit angestrengt klingender Stimme.

Kato griff nach den Stiefeln, die abgetreten und bequem aussahen, und half Katya, sie anzuziehen. »Was hast du vor?«, fragte sie.

»Ich möchte das Ætherschiff besichtigen«, erwiderte ihre Mutter.

»Wegen Luca?« Oder wegen ihres Kummers, weil der Schwarze so offensichtliches Interesse an dem Sohn des Strotterkönigs gezeigt und ihr selbst so wenig Aufmerksamkeit geschenkt hatte? Kato schob das Kinn vor. »Männer sind so dumm«, sagte sie.

Katya lachte unterdrückt. »Ja, manchmal schon.« Sie wehrte Katos Hand dieses Mal nicht ab, sondern ließ sich von ihr aufhelfen.

Kato blieb an ihrer Seite und bot ihre Schulter als Stütze an, aber Katya verzichtete darauf. Sie ließ sich von Kato die Tür öffnen und als sie ins Freie traten, waren ihre Schritte schon beinahe wieder so fest und sicher wie vor zwei Wochen, als die Erscheinung noch nicht auf ihr linkes Bein übergegriffen hatte. Katya blieb kurz stehen und sah sich um. »Ich bin viel zu selten außerhalb meines Zimmers«, sagte sie leise, wie zu sich selbst. »Es tut gut, sich ein wenig zu bewegen.«

Sie wanderten langsam durch das übervölkerte Gelände. Der »Palast« des Strotterkönigs war eine von Leben wimmelnde Ansiedlung, in der Katalin sich erstaunlich gut auszukennen schien. Sie schlug zweimal eine Abkürzung ein, die Kato unbekannt war und die sie sich für künftige Wege merken wollte.

»Warst du oft hier?«, fragte Kato.

Katya sah sich flüchtig um und schüttelte den Kopf. »Zwei- oder dreimal«, sagte sie. »Ich habe ein recht gutes topografisches Gedächtnis.«

Offensichtlich war dem so, denn Katya führte sie auf dem kürzesten Weg zum Hangar, den Kato je gegangen war.

Aus dem Schuppen erklang blechernes Hämmern.

Kato wollte auf die offene Luke des Ætheroskaphs zusteuern, aber ihre Mutter hielt sie fest. »Kind«, sagte sie leise, »häng dein Herz nicht zu fest an ihn, hörst du?« Der Griff ihrer Hand prickelte unangenehm durch Katos Arm.

Kato nickte knapp. Es wäre kindisch gewesen, so zu tun, als verstünde sie ihre Mutter nicht. Katalin und sie waren lange getrennt gewesen, aber manchmal war es ihr, als könnte sie lesen, was ihre Mutter dachte und fühlte, und umgekehrt …

Katalin ließ sie nicht los. »Hat er dir Hoffnungen gemacht?«

Kato schnappte nach Luft. Dies war offensichtlich keiner dieser magischen Momente. »Aber nein«, sagte sie laut. »Er weiß doch gar nicht – Mama! Bitte!«

Katalin lachte kurz und trocken auf. »Entschuldige. Es ist ein wenig zu spät, die sorgende Mutter herauszukehren. Ich hoffe, du verzeihst mir.«

Kato schüttelte den Kopf und lächelte. »Schon gut. Du hast dich einen Moment lang wie meine Stief… – wie Ada angehört.«

Adelaïde, die zweite Frau ihres Vaters. Kato verharrte und dachte mit einem Anflug von Schuldgefühlen an sie. Ihre Stiefmutter war immer freundlich zu ihr gewesen – wie musste es sie erschreckt haben, nach Hause zurückzukehren und sowohl ihren Gatten als auch dessen Tochter entführt zu sehen. Ob man ihr mitgeteilt hatte, wohin man Kato gebracht hatte? Ob sie nun glaubte, der Freiherr wäre tot und sie selbst Witwe? Der Nervenarzt ihres Vaters, Dr. Rados, ein enger Freund Adelaïdes, war einer der Drahtzieher in diesem Ränkespiel gewesen. Er hatte Kato ins Brünnlfeld einliefern lassen, wo sie den Experimenten seines Mentors hilflos ausgeliefert gewesen war, bis der angebliche Pfleger Grünwald sie mithilfe von Jewgenij befreit hatte und sie zum Zeitlosen Orden hatte fliehen können.

Kato schüttelte die trüben Gedanken ab und lächelte Katalin voller Liebe an. Dort in der unterirdischen Ordensburg hatte sie ihre Mutter wiedergefunden, die sie jahrelang für tot gehalten hatte. Das allein war es wert, all diese Angst und diese Schmerzen erlitten zu haben.

»Danke, Mama«, sagte sie und beugte sich vor, um Katya auf die Wange zu küssen. »Ich passe auf mich auf.« Sie wandte sich ab und blickte am Ætherschiff empor. »Milan«, rief sie, »ich bin wieder hier!«

Das Hämmern hörte auf. »Hast du was zu essen mitgebracht?«, erscholl eine dumpfe Stimme. Kurz darauf klapperte ein Stück der Verkleidung auf den Boden und der Rote Milan schob sich durch das neu entstandene Loch. »Verflixt«, sagte er und kratzte sich den Kopf. »Das habe ich wohl vergessen zu schweißen.« Er sah auf und ein Lächeln hellte seine betrübte Miene auf. »Major Nagy! Geht es Ihnen besser?«

Katalin hinkte langsam auf ihn zu. »Milan Milvus«, sagte sie herzlich. »Mir geht es gut, danke. Wie geht die Reparatur voran? Wann ist das Schiff reisebereit?«

Eine kleine Wolke zog über Milans Gesicht. »Es geht voran«, antwortete er mit deutlich gedämpfter Laune. »Aber nicht so schnell, wie es erforderlich wäre, leider. Ich weiß, wie sehr die Zeit drängt, Major.«

»Einfach nur Katya«, erwiderte Katos Mutter geistesabwesend. »Meine Abteilung wurde aufgelöst.«

Auch ihren Rang hatte man ihr genommen. Kato dachte mit Schaudern an die Geschichte, wie ihre Mutter inhaftiert und wegen Hochverrats zum Tode verurteilt worden war und nur wenige Stunden vor der angesetzten Hinrichtung durch das beherzte Eingreifen der kaiserlichen Prinzessin aus der Gonzagabastei hatte entkommen können.

»Major Nagy«, riss eine andere Stimme sie aus ihren Gedanken. Der Schwarze Milan turnte geschmeidig über einen Haufen aufgetürmter Metallteile und eilte auf sie zu, während er sich die Hände an seinem ölfleckigen Hemd abwischte. Kato sah in sein Gesicht und ihr Herz zog sich zusammen. Wie hatte es passieren können, dass sie sich ausgerechnet in ihn …

Sie rief sich stumm zur Ordnung. Katharina von Mayenburg war kein dummes Kammerzoferl, das sich in Herzeleid und Liebeswahn erging. Milan Milvus, der Schwarze Milan, war ein unhöflicher, grober Kerl, der sie bei jeder Gelegenheit beleidigt und beschimpft und sein Desinteresse an ihr überdeutlich gezeigt hatte. Wie würdelos wäre es, ihm nun nachzuheulen und schöne Augen zu machen, wenn er doch so gar nicht an ihr …

»Kato«, sagte er und sah sie mit seinen tiefen blauen Augen an, dass es ihr ganz anders wurde. »Ich habe mich schon gefragt, wo du bist. Hilfst du mir gleich bei der Justierung der Seitenruder?«

»J-ja, natürlich«, stammelte sie und legte den Handrücken gegen ihre Wange, die verräterisch heiß geworden war. Sie wich dem lächelnden Blick ihrer Mutter aus und starrte angelegentlich auf den Haufen Schrott, über den Milan gerade hinweggestiegen war. »Was macht der Boojumfilter?«

Beide Milan-Brüder knurrten wortlos. Dann wies der Schwarze mit einer einladenden Handbewegung auf das Wrack und sagte: »Möchten Sie eine Besichtigung, Major … Katya?«

Kato wollte mit einer erschrockenen Handbewegung ablehnen, aber ihre Mutter sagte: »Gerne!«, und reichte Milan ihre freie Hand. Er half ihr über den Wall aus Geräten, Instrumenten, Schottelementen und Werkzeug und stützte sie, während sie zum Ætheroskaph hinkte. Kato sah den Roten hilflos an, dann zuckte sie die Achseln und folgte ihrer Mutter.

»Die Beschädigungen der Außenhülle sehen zwar schlimm aus, aber sie bereiten uns kein Kopfzerbrechen«, hörte sie Milan erklären, während sie sich den beiden näherte. Ihre Mutter stand vor dem Schiff, den Kopf in den Nacken gelegt, und starrte den Riss an, der das Metall der Außenhülle fast in der gesamten Höhe durchtrennte. »Das war der Zusammenstoß, der uns aus dem Æther katapultiert hat«, sagte der Rote und kam an ihre Seite. »Glücklicherweise waren wir schon fast am Ziel, als wir havarierten.«

»Ist das Wrack geplündert worden, wie ihr befürchtet habt?« Katalin begann das Schiff zu umrunden, die beiden Milans in ihrem Schlepptau.

»Ja, aber der Oberpani hat dafür gesorgt, dass fast alles Beutegut zurückgegeben wurde.« Der Schwarze drückte vorsorglich einen Träger in die Höhe und hob die Verdrahtungen, die von ihm herabhingen, damit Katya darunter hergehen konnte.

»Wo liegt euer Hauptproblem?«

»Der Boojumfilter«, sagte der Schwarze mit Grabesstimme. Es schien ihn persönlich zu ärgern. »Das ist der komplexeste Teil des Navigationssystems und gleichzeitig beinahe der einzige, auf den wir nicht verzichten können. Bisher habe ich nur mit Meister Tiez gemeinsam an ihm gearbeitet – und mir fehlen Teile und Instrumente aus seiner Werkstatt.«

Katalin blieb stehen. »Und die Werkstatt ist mitsamt dem endlosen Korridor und dem ganzen Haus ins Nichts gestürzt.«

Beide Milans schwiegen und sahen sich an. Kato fühlte eine Gänsehaut über ihre Arme kriechen.

»Nein«, antwortete schließlich der Rote. »Nein, wenn das Haus vollständig kollabiert wäre, dann gäbe es keine Stadt mehr.«

»Wahrscheinlich gäbe es hier gar nichts mehr«, warf der Schwarze ein. »Meister Tiez war sich nicht sicher, aber ein Kollabieren des endlosen Korridors hätte eigentlich dafür sorgen müssen, dass ein riesiges Ætherleck entsteht, das die gesamte Stadt, womöglich die gesamte Erde auffrisst.« Er beugte sich nieder und kritzelte mit einem abgerissenen Stück Metall Formeln in den Staub, während er weitersprach: »Meister Tiez hat also eine Sicherung konstruiert, die die kollabierende Materie wie in einem riesigen Trichter auffängt. Durch die nachrutschende Masse verstopft das dünne Trichterende und damit kommt der Zerfall zum Stoppen.« Er blickte auf, eine Haarsträhne kitzelte seine Nase und seine Augen blitzten. »Wir waren niemals ganz sicher, ob das funktionieren würde. Er wäre begeistert, wenn er es sehen könnte!«

»Das wäre er sicher.« Katalin legte die Hand auf die narbige Schiffswand. »Ich möchte hinein, bitte.«

Mit vereinten Kräften gelang es den Zwillingen, sie ins Schiff zu heben. Kato kletterte hinterher und beobachtete, wie ihre Mutter das Innere des Wracks inspizierte. »Das war das Ruder?«, sagte sie und deutete auf eine wirre Masse von Holz, Hebeln, Drähten und Seilen.

Die Milans erklärten, zeigten, rollten Pläne auf und wieder zusammen. Kato hockte sich auf eine Kiste und beobachtete ihre Mutter. Katalins blasses Gesicht hatte ein wenig Farbe bekommen und der matte Ausdruck ihrer Augen hatte sich belebt. Sie stellte Fragen, berührte zerborstene Instrumente, deutete auf Teile, die von den Wänden hingen, und nach und nach verstand Kato, dass ihre Mutter dieses Ætherschiff gekannt hatte, bevor es zum Wrack geworden war. Dass sie selbst damit gereist war, zusammen mit den Milans, auf der letzten, verhängnisvollen Fahrt des Schiffes.

»Das hast du mir nie erzählt«, sagte sie atemlos. »Und ihr beide auch nicht!«

Drei verblüffte Gesichter wandten sich ihr zu. »Aber natürlich haben wir das«, protestierte der Rote. »Wir sind mit dem Ætheroskaph aus dem kollabierenden Korridor entkommen, zusammen mit deiner Mutter.«

»Ich habe dir doch erzählt, dass ich auf der Suche nach Horatius Tiez war, nachdem ich aus der Bastei geflohen bin«, sagte ihre Mutter mit leisem Vorwurf.

Ja, das hatte sie. »Aber du hast mir zu erzählen vergessen, was dann geschah …« Kato schüttelte den Kopf. »Ich weiß so vieles von dir noch nicht.«

Katalin sah sie schweigend, mit einem solch herzzerreißenden Ausdruck des Bedauerns an, dass Kato den Blick abwenden musste. »Es wird wieder funktionieren«, sagte sie entschlossen. »Und wir werden damit Meister Tiez finden und er wird dir helfen, Mama.«

Katalin berührte sie sacht an der Schulter. »Das wird er, ganz sicher, mein Liebling.«

Kato wandte sich heftig ab und widmete sich der Aufgabe, zerrissene Drähte zusammenzulöten. Ihre Augen brannten. Katalin hatte so hoffnungslos geklungen, so ganz und gar müde und traurig.

Sie hörte das Gemurmel der Stimmen hinter sich, der Rote erklärte irgendetwas, ihre Mutter lachte. Als etwas ihren Arm berührte, fuhr sie heftig zusammen. Sie blickte auf und sah das Gesicht des Schwarzen Milan dicht neben sich. Er hockte an ihrer Seite und seine Hand lag warm und fest auf ihrem Arm. »Wir schaffen das«, sagte er leise.

Kato erwiderte den Blick seiner dunkelblauen Augen. Sie presste die Lippen aufeinander. »Sicher«, sagte sie schroff. »He, hör auf zu glotzen, es wird kalt!«

Der Salamander, der ihr bei der Arbeit half, senkte hastig den Kopf und blies einen Feuerstrom über die Lötstelle.

Milan blieb an ihrer Seite und sah ihr zu. »Warum bist du so wütend?«, fragte er.

Kato zuckte die Achseln. »Wenn deine Mutter von einem Ætherleck aufgefressen würde, wärst du auch wütend.«

Er seufzte. »Auf mich, Kato.«

Sie sah ihn nicht an. »Ich bin nicht wütend auf dich«, sagte sie zornig.

Milan begann zu lachen, nach einer Weile stimmte sie ein. Es tat gut, sie hatte schon lange nicht mehr richtig gelacht.

Die Zugangsleiter, die nie jemand benutzte, rumpelte gegen die Außenhülle. »Milan Milvus?«, rief die Stimme des Strotterkönigs, er klang unwillig. »Seid ihr dort drinnen?«

»Ja, Oberpani«, antwortete der Rote und sah seinen Bruder mit einem Ausdruck komischer Verzweiflung an. »Wir sind hier und Major … Frau Nagy und ihre Tochter auch.«

Männerstimmen, die leise miteinander sprachen, dann rumpelte es wieder, und der weißhaarige Kopf des Strotterkönigs schob sich durch die aufgerissene Luke. Jemand half ihm wohl, die Leiter zu erklimmen.

Der Rote sprang vor und stützte Pani Kalk, der sich mit einer Hand nur schwer über den Rand der Luke schwingen konnte. Der Strotterkönig dankte ihm geistesabwesend, während sein Blick über das Innere des Ætheroskaphs glitt. »Erstaunlich«, sagte er. »Wann ist dieses erstaunliche Gefährt wieder einsatzfähig?«

Die beiden Milans stürzten sich in Erklärungen.

Katalin lehnte an einem Schott und hatte die Augen geschlossen. Kato nahm ihre Hand. »Soll ich dich nach Hause bringen, Mama?«

Ihre Mutter schüttelte den Kopf, ohne die Augen zu öffnen. »Shenja ist unten, ich habe seine Stimme gehört.«

Kato lächelte unwillkürlich. Sie schob ihre Hand unter Katalins Arm und stützte sie. »Pani Kalk«, sagte Katalin, »bitte entschuldigen Sie mich. Ich bin ein wenig angegriffen.«

Der Strotterkönig drehte sich zu ihr um und streckte die Hand aus. Wie immer war der leere Ärmel seines Rockes so hochgesteckt, dass er nicht störte. »Katalin«, sagte er gedämpft, »wie geht es Ihnen?«

»Ich darf mich nicht beklagen«, erwiderte sie mit einem leisen Lachen. »Aber ich hätte Ihr Angebot annehmen sollen, Emmerich. Wenn Ihr Leibarzt meine Hand amputiert hätte, wäre ich jetzt wohl besser dran.«

Der Strotterkönig nickte bedauernd. »Das ist wohl wahr, Katalin. Aber ich hoffe und vertraue darauf, dass diese jungen Taugenichtse es schaffen, das Wrack wieder in Gang zu bringen und den Zeitmeister zu finden.« Er sah die Milan-Brüder strafend an. »Ihr wisst, dass daran eure Begnadigung geknüpft ist. Strengt euch an!« Er beugte sich zu Katja und fuhr leise fort: »Belpharion ist ebenfalls auf der Suche nach Ihrer Heilung, Katalin. Sie müssen nur durchhalten.«

Katos Mutter nickte und hob die Braue. »Das werde ich, soweit es in meiner Macht liegt.«

•••

Kato hatte sich unbemerkt aus dem Schiff gestohlen und wartete nun mit dem riesigen Jewgenij darauf, dass der Oberpani seine Audienz beendete. »Shenja«, sagte sie gedankenverloren, »was glaubst du? Schaffen wir es noch rechtzeitig?«

Der Riese holte tief Luft und breitete die Arme aus. »Es wird eng«, sagte er. »Sie wird jeden Tag ein wenig schwächer.« Er trat gegen einen verrosteten Eisenträger, der leise seufzend zu Boden fiel. »Die Brüder kommen nicht allzu schnell voran«, setzte er grollend hinzu.

»Das Schiff war beinahe vollständig zerstört«, wandte sie ein. »Und der Schwarze glaubt, dass sie den Antrieb jetzt beinahe wieder komplett repariert haben. Bis auf diesen seltsamen Filter.«

»Woher wollen sie den bekommen?«

»Aus Meister Tiez' Werkstatt«, antwortete der Rote, der gerade durch das Loch im Rumpf kletterte. »Der Oberpani hat uns die Erlaubnis erteilt, dort nach den Teilen zu suchen, die uns fehlen.«

Kato schlug die Hand vor den Mund. »Aber dort ist doch nichts mehr«, sagte sie.

»Wenn dort nichts mehr sein sollte, werden wir das Ætheroskaph nie mehr starten können«, sagte der Rote bedrückt. »Also hilf uns, daran zu glauben, dass wir die Teile dort finden, die wir benötigen.«

Kato schluckte und spürte den harten Griff Shenjas auf ihrer Schulter. »Ich gehe mit euch«, sagte sie.

»Baronesse, das können Wir nicht verantworten«, sagte der Oberpani mit milder Strenge. Er war mit Hilfe des Schwarzen Milan aus dem Schiff geklettert und zog nun mit einer Hand seinen verschlissenen Rock gerade.

Kato richtete sich auf und reckte das Kinn. »Ihr könnt es mir nicht verbieten, Majestät«, erwiderte sie höflich, aber fest. »Ich gehöre nicht zu Euren Untertanen.«

»Ich spreche nicht als Ihr Souverän, sondern in loco parentis, Baronesse.« Der Strotterkönig, so schmal und gebrechlich er mit seinem fehlenden Arm auch wirkte, strahlte dennoch eine große Kraft und Autorität aus, der sich sogar die trotzigen Milan-Brüder ohne Zögern beugten. Katos Knie begannen zu beben, aber sie hielt seinem klaren, gebieterischen Blick stand. »Bei allem Respekt, Eure Majestät, aber in loco parentis könnt Ihr nicht sprechen. Meine Mutter …«

»Ihr Vater ist zurzeit unerreichbar, Fräulein von Mayenburg.«

Er sprach mild, aber mit deutlicher Strenge. »Solange dies der Fall ist, und Ihre Frau Mutter sich in solch angegriffenem Zustand befindet …«

»Um Vergebung«, unterbrach ihn ein grollender Bass. Alle fuhren zusammen und Kato unterdrückte ein Auflachen. Shenja, so riesig und massiv er auch war, verfügte über die Fähigkeit, sich nahezu unsichtbar zu machen. Er stand wie ein Felsen, unbeirrbar und still, und man vergaß, dass er da war.

»Um Vergebung«, sagte er also, und der Strotterkönig hob den Kopf und starrte ihn eisig an. Niemand unterbrach Emmerich Kalk, den Oberpani der Strotter!

Jewgenij lächelte sanftmütig auf ihn hinunter. Seine große Hand ruhte immer noch auf Katos Schulter, aber der Klammergriff hatte sich in einen sanften Druck verwandelt. »Ich denke, dass ich für meine Stieftochter sprechen darf«, fuhr er fort.

Der Oberpani hustete kurz. »Ich wüsste nicht, dass Sie und Major Nagy verheiratet wären.«

Der Riese lächelte immer noch. »Ich wüsste nicht, dass Ihr und die verstorbene Pania Lujza verheiratet gewesen wären, Oberpani.«

Emmerich Kalk zuckte mit den Lidern. Dann hob er die Hand und ließ sie in einer resignierenden Geste wieder sinken. »Sprechen Sie also, Jewgenij Danilowitsch.«

Der Druck der großen Hand auf Katos Schulter verfestigte sich, dann ließ Shenja sie los. »Es ist in meinem Sinne, dass Kato die Milvus-Brüder begleitet«, sagte er.

Kato riss die Augen auf, aber kein Laut verließ ihre Lippen. Shenja sprach für sie, damit sie auf eine gefährliche Mission gehen durfte? Sie blickte zu ihm auf und sah, dass er weder den Oberpani noch sie ansah. Er blickte an ihm vorbei in Katalins Gesicht. Ihre Mutter stand neben der Leiter, bleich wie der Tod, aber ihre Augen waren voller Leben und lachten ihr zu.

»Mama«, sagte Kato verblüfft. Die zweite Frau ihres Vaters hätte niemals im Leben erlaubt, dass Kato auf eine gefährliche Mission ging. Ada hätte es wahrscheinlich schon der Ohnmacht nahe gebracht, wenn ihre Stieftochter den Wunsch geäußert hätte, allein und ohne zumindest einen Diener an ihrer Seite den Kuriositätenladen des Herrn Tiez aufzusuchen.

»Du bist meine Katharina«, sagte Katalin Nagy mit schwacher, aber durchaus energischer Stimme. »Ich weiß, dass du Mut und Klugheit besitzt. Geh mit den Männern und pass auf, dass sie keine Dummheiten machen.«

Der Oberpani gab ein Geräusch zwischen Husten und Lachen von sich. »Katalin, Sie sind originell.« Er fixierte Kato und strich dabei nachdenklich über sein glatt rasiertes Kinn. »Ich bin immer noch der Meinung, dass ein junges Mädchen auf einer solchen Mission nichts zu suchen hat. Aber Sie und Ihre Mutter sind hier nur zu Gast und ich kann Ihnen keine Befehle erteilen. Gehen Sie also, Baronesse. Und kehren Sie zurück – das *ist* ein Befehl!«

Kato sank in einen formvollendeten Hofknicks. »Ich verspreche es Euch, Eure Majestät.«

Der Strotter nickte huldvoll, aber seine Augen lächelten. Der Rote Milan knuffte seinen Bruder in die Seite und grinste Kato an.

»Bringen Sie jetzt Major Nagy nach Hause, Jewgenij Danilowitsch«, wandte sich der Oberpani an Shenja. »Solange Sie hier auf meinem Gebiet weilen, habe ich immerhin soweit das Sagen. Können wir uns darauf einigen?«

Der Riese deutete eine Verneigung an. »Ich gehorche mit Freude, Majestät.« Er ging zu Katalin und nahm ihren Arm.

»Das bezweifle ich«, murmelte der Strotter und rieb sich über die Nase. Er wirkte amüsiert. Sein Blick streifte die Milans und Kato und er nickte knapp. »Ihr brecht am besten nach Sonnenuntergang auf. Das Kriegsministerium hat eine Ausgangssperre ausgerufen, also seid vorsichtig, wem ihr vor die Füße lauft. Und ihr seid mir für die Sicherheit von Fräulein von Mayenburg verantwortlich, Milvus-Brüder!«

Der Rote salutierte und der Schwarze neigte den Kopf. »Mit unserem Leben, Oberpani«, sagte er ernst.

7

Die Flucht

So seltsam es auch war, niemand schien sich daran zu stoßen, dass Gräfin Goldenstern aus diesem Leben entschwunden war. Wie jeden Abend wäre Mizzis erste Hofdame zu dieser Stunde gekommen, um ihr aufzuwarten, aber heute war es erneut die stille Baronin von Kien, die den Schlaftrunk servierte und die Zofen dabei beaufsichtigte, wie sie das Bad bereiteten und die Garderobe für die Nacht zurechtlegten. Während eine der Zofen ihr die Haare kämmte, um sie danach zu flechten, blätterte Mizzi unaufmerksam durch die Korrespondenz, die am nächsten Tag zu erledigen war, und nippte an der heißen Schokolade.

»Lesen Sie mir etwas vor, von Kien«, sagte sie und gab der Zofe einen Klaps auf die Finger. »Du ziepst, Martha. Gib doch acht!«

Die Zofe knickste und lief rot an.

Gräfin Goldenstern hatte schon nicht zu den begnadeten Vorleserinnen gezählt, aber die Baronin von Kien unterbot die Darbietungen ihrer ermordeten Vorgängerin noch um Längen. Leiernd und völlig ohne Ausdruck las sie die ersten Strophen von »Le Bateau ivre« herunter:

»Comme je descendais des Fleuves impassibles,
Je ne me sentis plus guidé par les haleurs:
Des Peaux-Rouges criards les avaient pris pour cibles,
Les ayant cloués nus aux poteaux de couleurs.

J'étais insoucieux de tous les équipages,
Porteur de blés flamands ou de cotons anglais.
Quand avec mes haleurs ont fini ces tapages,
Les Fleuves m'ont laissé descendre où je voulais.«*

Sie holte Luft und Mizzi rief: »Oh, um Himmels willen, lassen Sie es gut sein, von Kien. Ich habe heute doch keine Lust auf Rimbaud.« Sie zerrte an dem kratzigen Spitzenkragen ihres Nachtgewandes, mit einem Mal so zornig, dass sie am liebsten etwas zerschlagen hätte. Wie konnte dieser Mensch es wagen, vor ihren Augen ihre Hofdame zu ermorden? Wie konnte er es wagen, sie in ihre Gemächer einzusperren wie ein unbotmäßiges Dienstmädchen? Sogar die Tapetentür hatte man verriegelt, die ihr damals bei ihrem Zusammentreffen mit Kato so gute Dienste geleistet hatte. Es war unerhört! »*O que ma quille éclate! O que j'aille à la mer!*«, flüsterte sie halblaut. Ja, so fühlte sie sich, mit gebrochenem Kiel auf einem schwarzen Meer, das sie langsam, unaufhörlich in die Tiefe zog.

»Kaiserliche Hoheit?« Die zarte Stimme der Baronin ließ sie aufblicken.

»Baronin«, sagte sie matt. »Danke. Ich benötige Sie heute nicht mehr.« Sie wartete, bis die knicksende Zofe und die leichtfüßig schwebende Hofdame die Tür hinter sich geschlossen hatten, dann sprang sie auf und holte das Bündel aus der Truhe, das ein Dienstmädchen kurz vor dem Abendessen gebracht hatte. Mizzi schlug den umhüllenden Stoff beiseite und breitete die Kleider auf ihrem Bett aus. Einfach waren sie, in dunklen Erdfarben – die Kleider eines Küchenmädchens oder einer Magd. Mizzi rieb den groben Wollstoff zwischen den Fingern und seufzte leise. Das würde schrecklich kratzen, aber es blieb ihr wohl nichts anderes übrig. Das Zofenkostüm, das sie zum Maskenball getragen hatte, war immer noch zu auffällig, um darin in der Nacht herumzuschleichen.

---

* Übersetzung siehe Seite 400.

Erzherzogin Marie-Louise Elisabeth Sophia von Lothringen seufzte tief und begann sich anzukleiden. Allein. Ohne die Hilfe einer Zofe oder Hofdame. Ihre Finger, die so geschickt mit dem Dietrich umzugehen wussten, so flink mit der Sticknadel, so feinfühlig mit zartem Porzellan oder dünnen Buchseiten, kämpften wie ungelenke, ausgestopfte Puppenfinger mit den Haken und Ösen, Verschnürungen und Knöpfen der ungewohnten Kleidung.

Endlich steckte sie einigermaßen ordentlich in Unterkleid, Mieder, Bluse, Taille und Rock, band die Schürze und das Kopftuch und legte das derbe wollene Umschlagtuch um die Schultern. Sie sah in den Spiegel und zog das Kopftuch tief in die Stirn. Lachend stemmte sie die Hände in die Seiten und drehte sich nach rechts und links. »Ein veritables Bauerntrampel«, sagte sie vergnügt und legte den Kopf schief, schlug die Augen nieder und lispelte ein zaghaftes: »Befehl'n kaiserli' Hoheit, i bin halt noch nit recht lang in kaiserli'n Dienst.« Sie knickste tief und kicherte.

Ihr Blick fiel auf ihre seidenbestrumpften Füße. »Da muss noch etwas geschehen«, sagte sie. »Wie konnte ich nur die Schuh vergessen?«

Sie setzte sich auf die Kante ihres Bettes und zog erst ein Paar Wollstrümpfe und dann die halbhohen Schnürstiefel an.

Dann hockte sie eine Weile nur da, mit einem Mal so müde und entmutigt, als hätte der Wechsel der Kleider ihr gleichzeitig alle Kraft und Zuversicht genommen. Wo sollte sie hingehen? Sie konnte doch nicht wieder hierher zurückkehren, an den Ort, an dem sie sich so fremd fühlte, seit ihre Mutter verschwunden war. Sie hatte niemanden, dem sie sich anvertrauen konnte.

Aber noch weniger als hierzubleiben konnte sie weglaufen. Sie war die Erzherzogin Marie-Louise, die einzige Tochter des Kaisers – und nachdem ihr Bruder, der Kronprinz, durch ein Attentat seiner geistigen Kräfte beraubt worden war, war sie höchstwahrscheinlich die Thronfolgerin des Kaisers. Ihr kaiserlicher Vater konnte dem Gedanken, eine Frau würde ihm auf dem Thron nachfolgen, nichts abgewinnen – aber Mizzi wusste, dass ihm früher oder später keine andere Wahl bleiben würde. Deshalb sollte sie auch so bald wie möglich verheiratet werden. Mizzi schüttelte sich unwillkürlich. Ohne die schützende Hand ihrer Mutter stand ihr ein Schicksal bevor, vor dem es sie grauste. An einen Mann verheiratet zu werden, den sie nicht kannte, allein, weil er die passende Besetzung für den nächsten Kaiser abgab … Sie würde wie ihre Mutter in einer Ehe gefangen sein, in der es keine Liebe, nicht einmal Zuneigung gab, womöglich ebenfalls mit einem Mann, der wesentlich älter war als sie. Wie schrecklich musste es sein, das Bett mit so jemandem zu teilen, ihm Kinder zu gebären und ihm zu gehorchen, bis er – oder sie selbst – starb.

Mizzi schüttelte die trüben Gedanken ab und sprang auf. Es galt. Sie musste ihre Mutter wiederfinden und dabei konnte ihr nur eine helfen: Katalin Nagy, Major der durch das Kriegsministerium aufgelösten Vierten Abteilung, vormalige Baronin von Mayenburg, Katos Mutter. Wo auch immer Katalin sich versteckte, Mizzi musste sie finden.

Es war noch zu früh. Sie konnte das geschäftige Summen des kaiserlichen Haushaltes hören, der sich langsam auf die Nachtruhe vorbereitete. Schritte eilten durch die Gänge, Kannen klirrten, das heiße Wasser für die abendlichen Verrichtungen wurde herumgetragen.

Mizzi knetete ihre Hände, zu unruhig, um sich ein Buch zu nehmen, zu sehr in Sorge, sie könnte einschlafen, wenn sie sich auf ihr Bett legte. So ging sie hin und her und zählte die Glockenschläge vom Steffl, die aus der Ferne herangetragen wurden. Mitternacht. Die Vorhänge bauschten sich leicht im kühlen Nachtwind. In den Gängen der Hofburg kehrte Ruhe ein.

Ihre Augen brannten und die Lider waren schwer. Wenn sie sich in ihren kratzigen Kleidern aufs Bett legte, würde sie doch sicherlich nicht einschlafen können, noch dazu, wo ihre Nerven vor Anspannung zitterten wie Käferfühler.

Sie legte sich steif ausgestreckt hin, faltete die Hände auf der Brust und befahl sich, wach zu bleiben, woraufhin ihre Lider flatterten, herabsanken und sie schneller eingeschlafen war, als ein Atemzug brauchte, durch ihre Nase zu strömen.

Der Klang der Turmglocke ließ sie hochfahren. Voller Angst lauschte sie dem verhallenden Ton nach. Wie oft hatte die Glocke geschlagen? Zweimal? Oder gar schon drei- oder viermal? Sie sprang auf und lief zur Tür, legte das Ohr daran und lauschte. Es war totenstill. Auch durch das Fenster drang kein Geräusch herein, es war, als wäre alle Welt auf einen Schlag gestorben oder in einen tausendjährigen Zauberschlaf gefallen.

Mizzi zog mit bebenden Fingern die Dietriche hervor und machte sich ans Werk. Wenn sie zu spät war, war alles verloren, aber sie wollte diese Gelegenheit zumindest nicht ungenutzt verstreichen lassen. Natürlich könnte sie sich einfach wieder auskleiden, unter ihre Decken schlüpfen und in den nächsten Tag hineinschlafen, aber das würde auch bedeuten, dass sie sich in alles fügen musste, was dem Kriegsministerium und ihrem Vater für sie einfiel.

Der Haken fand den Widerstand und mit einem leisen Klicken öffnete sich das Schloss.

Sie zog die Tür hinter sich zu und lächelte. Der breite Gang war leer und dunkel. Sie beugte sich vor und steckte den Dietrich erneut ins Schloss, fummelte ein wenig herum und lauschte dem leisen Schnappen, mit dem sich die Tür wieder verschloss. »Und nun viel Vergnügen beim Rätselraten«, flüsterte sie und schob die Dietriche in ihre Schürzentasche.

Der Weg durch diesen Flügel der Hofburg war der gefährlichste Teil ihrer Flucht. Ein einfaches Dienstmädchen hatte hier nichts verloren. Wenn sie aufgegriffen wurde, dann konnte sie froh sein, wenn man sie erkannte.

Mizzi ging schnell, horchte auf Schritte, versuchte in dem ungewohnt klobigen Schuhwerk nicht zu laut aufzutreten. Sie hielt den Kopf gesenkt, blinzelte aber unter dem Rand ihres Kopftuches hervor, um eventuell auftauchende Personen rechtzeitig auszumachen. Sie hatte Glück, niemand außer ihr war um diese Nachtzeit – wie spät es wohl sein mochte? – in diesem Bereich der Hofburg unterwegs.

Sie gelangte in den Teil der Hofburg, der vor allem dem Militär vorbehalten war. Vielleicht wäre es einfacher gewesen, sich durch den Wirtschaftsflügel davonzuschleichen – aber das hätte einen Umweg bedeutet, der die Gefahr vergrößerte, ertappt und enttarnt zu werden. Für Soldaten und Gardisten war sie nur eins der vielen Dienstmädchen, gesichtslos und anonym. Warum sollte man so jemanden genauer ansehen?

Sie gelangte zu einer der Treppen, die in die weitläufigen Kellerräume der Burg hinabführten. Einen Moment lang verharrte sie und lauschte. Jemand nahte von hinten, sie hörte Schritte und Stimmen. Dort kamen Männer auf sie zu, sie unterhielten sich gedämpft miteinander.

Mizzi sah sich hastig um, aber ausgerechnet auf diesem Stück des Ganges gab es keine Möglichkeit, sich in einer Nische zu verstecken, hinter einem Vorhang zu verschwinden oder sich durch eine Tür zu retten. Also huschte sie ein paar Stufen die Treppe hinab und drückte sich in der Dunkelheit eng an die Wand. Wenn das Glück ihr hold blieb, kam nicht ausgerechnet jetzt jemand von unten herauf – und die Männer wollten zu den Diensträumen der Garde, nicht in den Keller.

Die Schritte kamen näher. Eine Stimme, die Mizzi unbekannt war, sagte gerade: »… und darüber hinaus müsste dafür gesorgt werden, dass diese Verlautbarung von beiden Seiten unterschrieben wird, ehe uns die Engel zu sehr unter Druck setzen. Die Gesandten der Serenissima bestehen darauf, dass Seine Kaiserliche Majestät den ersten Schritt tut.«

»Was er nur tun will, wenn zunächst klar ist, welches seiner Kinder als Thronfolger infrage kommt.« Der zweite Sprecher lachte kurz und trocken auf.

Mizzi presste die Hand vor den Mund. Diese Stimme kannte sie, sie gehörte Reichskriegsminister von Windesberg. Sie drückte sich noch enger an die Wand und zwang sich dazu, ruhig zu atmen, obwohl ihr Herz bis zum Hals schlug und ihre Kehle so eng war, dass jeder Atemzug schmerzte.

Geht weiter, dachte sie. *Um Gottes willen – geht weiter!*

Ihr Stoßgebet blieb unerhört. Die Männer blieben vor dem Treppenaufgang stehen und Mizzi hörte, wie der Reichskriegsminister seinen Begleiter um Feuer bat. Kurz darauf hörte sie das leise Paffen, mit dem eine Pfeife angeraucht wurde, und roch den verglimmenden Tabak. Nun mussten sie doch weitergehen!

»Wie schätzen Sie die Erzherzogin ein, Franz?«, setzte von Windesberg die Unterhaltung fort. Mizzi spitzte die Ohren.

»Sie ist widerspenstig.« Das war Oberst Pelikan. »Ich denke aber, dass wir sie zur Kooperation bewegen können, wenn wir ihr dafür einen Anreiz bieten. Sie ist intelligent, aber immer noch eine Frau. Man kann sie lenken.«

Mizzi biss grimmig die Zähne zusammen. Wenn es nach ihr ginge, würde »die Frau« ihm schon zeigen, was sie an Widerspenstigkeit und Intelligenz aufzubieten in der Lage war.

»Welchen Anreiz stellen Sie sich vor?«

Mizzi hielt den Atem an. Ja, was stellte er sich vor, dieser arrogante, aufgeblasene ... Mörder?

»Wenn ihre Mutter sich ein wenig zugänglicher zeigen würde ...«, sagte der Oberst seufzend.

»Franz, wir drehen uns im Kreis.« Von Windesberg paffte ein paar Züge. »Gut«, sagte er dann energisch. »Pejić, Sie sorgen dafür, dass die Herren Doctores sich sputen. Ich brauche in den nächsten Tagen eine bindende Zu- oder eben Absage, was den geistigen Zustand des Kronprinzen betrifft. Wenn Rados und sein Herrchen es nicht schaffen, ihn in absehbarer Zeit in unserem Sinne herzurichten, dann werden wir diesen Teil unserer Pläne endgültig fallen lassen und uns auf die Erzherzogin konzentrieren. Und auf ihre kaiserliche Frau Mutter, denn diese beiden bekommen wir nur gemeinsam.«

»Der präsumptive Gemahl Ihrer Kaiserlichen Hoheit gehört uns«, bemerkte der unbekannte Sprecher. »Sobald die Erzherzogin vermählt ist ...«

»Der Kaiser besteht auf eine Einverständniserklärung seiner Gemahlin«, unterbrach ihn Oberst Pelikan schroff. »Eine Marotte des alten Mannes. Normalerweise gibt er keinen Pfifferling auf die Meinung Ihrer Kaiserlichen Majestät.« Die Männer lachten und Mizzi unterdrückte ein erbittertes Stöhnen. Wie despektierlich sprachen diese Lakaien von ihr und ihren kaiserlichen Eltern? Wie konnten sie es wagen, Ränke zu schmieden und zu intrigieren, wenn doch die Engel bereits vor Wien standen und drohten, die Stadt einzunehmen? Und was sollte das heißen »der präsumptive Gemahl Ihrer Kaiserlichen Hoheit gehört uns«? Ihr Zukünftiger stand also bereits fest und war einer dieser gewissenlosen Verräter? Und diese Männer wussten, wo ihre Mutter sich aufhielt? Sie ballte die Fäuste und dachte wie rasend nach. Einer von ihnen konnte sie zur Kaiserin führen. Nicht Pelikan, nicht von Windesberg, aber dieser Pejić. Sie kannte den Namen, benötigte aber einige Sekunden, bis sie ihn einordnen konnte. Das war der Mann, der Katalin Nagys rechte Hand im Sicherheitsbureau gewesen war. Er hatte sie verraten und gehörte seitdem zu von Windesbergs Stab. Jetzt sprach er, sie erkannte den harten Akzent des Transleithaniers.

»Ich werde Doktor Rados instruieren«, sagte er. »Wie sehen meine Anweisungen bezüglich Ihrer Kaiserlichen Majestät aus, Herr Reichsminister?«

Mizzi knirschte mit den Zähnen. Ihre Mutter, die sie seit Wochen so schmerzlich vermisste! Nicht in der Kur, sondern irgendwo hier in der Stadt, festgehalten von diesen Männern auf Weisung des Kaisers. Oder zumindest mit seiner stillschweigenden Billigung.

»Später, Pejić. Nicht hier in aller Öffentlichkeit.« Von Windesbergs Stimme wurde leiser und entfernte sich, mit ihm die Schritte seiner Begleiter. Mizzi lief die Treppe hinauf und steckte den Kopf vorsichtig um die Ecke. Drei Männer gingen nebeneinander auf das Ende des Ganges zu, ihre Stimmen, ihr leises Gelächter verklangen. Mizzi entließ den angehaltenen Atem. Sie musste Pejić im Blick behalten, denn der würde sie unweigerlich zu ihrer Mutter führen.

Sie schob sich in den Gang und machte sich an die Verfolgung. Wenn Oberst Pelikan sie sah, wenn der Reichsminister sie erkannte, wäre alles vergebens.

Sie folgte den Schritten, die vor ihr langsam verhallten. An einer Gangkreuzung blieb sie unschlüssig stehen. Rechts ging es zu den Quartieren der Garde, links wieder tiefer hinein in die Burg, geradeaus würde sie früher oder später zu einem der unzähligen Nebeneingänge gelangen. Dort musste sie hin, wenn sie die auf sie wartende Kutsche erreichen wollte …

Sie wandte sich kurz entschlossen nach rechts. In einem der Räume des Offiziersstabs musste von Windesberg mit Pejić sprechen. Sie würde ihn abfangen und seiner Spur folgen, wenn er die Hofburg verließ.

Mizzi ging leise und schnell dicht an der Wand entlang. Im Militärtrakt herrschte immer Betrieb, Tag und Nacht, aber hier waren Dienstmädchen zumindest kein ungewöhnlicher Anblick. Sie hörte erneut die Schritte und Stimmen der Männer, die sie verfolgte, und wurde langsamer, zog ihr Tuch tief in die Stirn und senkte den Kopf, während ein böser Gedanke sie zu drücken begann. Sie hatte einen Fehler gemacht. Sollte sich Pejić mit der Kutsche oder zu Pferd auf den Weg machen, würde es ihr nicht gelingen, ihn zu verfolgen. Sie hätte dem ursprünglichen Plan folgen und lieber Felsenstein zu einem späteren Zeitpunkt auf Pejićs Fährte setzen sollen, wenn sie selbst in Sicherheit war. Aber dazu war es jetzt wahrscheinlich zu spät. Mit neuer Entschlossenheit richtete sie sich auf und horchte. Die Stimmen entfernten sich stetig, sie musste zusehen, den Anschluss nicht zu verlieren!

Sie folgte dem leisen Gemurmel durch die schlecht beleuchteten, verschlungenen Gänge, bis sie um eine Ecke bog und die Männer verloren hatte. Vor ihr lag ein kurzes Gangstück, das an einer Tür endete, die zum Hof führen musste, wenn sie sich nicht irrte.

Mit einem enttäuschten Stöhnen wandte sie sich um und ging zurück zur letzten Kreuzung. Wo hatte sie die Fährte verloren?

Sie horchte, aber bis auf ein entferntes, betrunken klingendes Grölen war es still.

»Pech gehabt«, murmelte sie und drehte sich erneut um die eigene Achse. Nun blieb ihr immer noch der Versuch, Felsensteins wartende Kutsche zu erwischen. Sie ging mit energischen Schritten los, in Gedanken immer noch bei der gerade verpassten Gelegenheit, den Aufenthaltsort ihrer Mutter herauszufinden.

Mit einem kleinen Aufschrei prallte sie gegen einen Mann, der wie aus dem Boden gewachsen plötzlich in ihrem Weg stand. Er hielt sie mit kräftigem Griff an den Oberarmen fest und bewahrte sie so vor einem Sturz, aber auch, als sie wieder festen Stand hatte, ließ er sie nicht los. Seine flinken Augen musterten sie scharf und ausdruckslos. »Wohin so eilig mitten in der Nacht?«, fragte er. Pejić. Der Verräter.

Mizzi bemühte sich um einen harmlosen, wiewohl erschreckten Ausdruck und versuchte einen Knicks, was daran scheiterte, dass die Hände des ziegenbärtigen Transleithaniers noch immer ihre Arme umklammerten. »Gnä' Herr«, murmelte sie und schlug die Augen nieder. »Pardon. I hab Ihna net g'sehn.«

Sein Griff lockerte sich nicht. »Mädchen, du solltest dich nicht hier herumtreiben«, sagte er mit sanftem Tadel. Er hatte eine angenehme Stimme, fand Mizzi, auch wenn er blass und streng aussah und ein skrupelloser Intrigant und Opportunist war, der sein Fähnchen sehr eilig nach dem günstigsten Wind gehängt hatte.

»Es wird nicht wieder …«, flüsterte sie, und: »lassen S' mich aus, i bitt' …«

Er tat ihr den Gefallen nicht. Sein Blick durchbohrte sie förmlich. Mizzi hielt den Kopf gesenkt. Er kannte sie nicht, er konnte sie nicht erkennen, nicht in dieser Verkleidung. »Lassen S' mich aus«, wiederholte sie. »I hab nix Unrechts getan, gnädiger Herr.«

»Es ist gefährlich, sich hier nachts herumzutreiben«, sagte er leise. »Zu viele Augen, zu viele Ohren.« Er lockerte seinen Griff und verlagerte ihn auf Mizzis Schulter. Mit sanftem, aber unerbittlichem Druck schob er sie in Richtung der Tür. »Draußen wartet jemand, hoffe ich? Der dich sicher von hier fortbringt?«

Mizzis Gedanken rasten. »J-ja«, erwiderte sie zögerlich. »Ich hoff' es.« Sie warf ihm einen Seitenblick zu. Seine Miene war ernst, beinahe besorgt. »Können S' mir sagen, was die Uhr ist, gnädiger Herr?«

Ohne stehen zu bleiben, zog er eine Uhr aus der Tasche und warf einen flüchtigen Blick darauf. »Gleich halb drei Uhr in der Früh«, sagte er und schüttelte den Kopf. »Wartet wirklich jemand auf dich?«

»Ja«, rief sie erleichtert, so erleichtert, dass ein Lächeln seine Mundwinkel hob. »Ich werde abgeholt, danke sehr.«

Er öffnete ihr die Tür ins Freie und ließ sie hindurchgehen. »Passen Sie auf sich auf, Hoheit«, sagte er so leise, dass sie es beinahe überhört hätte. Sie fuhr mit einem erschreckten Laut herum, aber die Tür war bereits fest geschlossen, und auch als sie daran rüttelte, wollte sie sich nicht wieder öffnen lassen.

•••

Die Kutsche wartete ein Stück vom Tor entfernt unter einer Kastanie, deren dicht belaubte Krone die Straße und das wartende Gefährt in tiefste Mitternachtsschwärze hüllte. Das leise Scharren von Hufen und ein gedämpftes Schnauben verrieten Mizzi, dass dort ein Pferd stand, und als sie beinahe mit der Nase daran stieß, erkannte sie endlich auch die schwarze Kabine des Coupés. Sie atmete erleichtert aus und rief leise nach Felsenstein.

Niemand antwortete. Mizzi fröstelte. Wie unheimlich waren diese schwarze Kutsche und das still dastehende Pferd zu einer Nachtstunde, in der sogar der Wind zu schlafen schien. Als wäre es eine Gespensterkutsche, mit der die Toten ins Jenseits gebracht wurden.

Kurz entschlossen hob sie die Hand und öffnete den Verschlag. Drinnen war es finster wie in einem Kohlensack. Sie tastete herum, stieß auf Polster, eine Decke, einen verschlossenen Korb. »Gregor?«, fragte sie halblaut. »Sitzt du auf dem Bock?«

Keine Antwort. Der Kutschbock war ebenso leer wie das Innere des Coupés. Sie war allein mit dem Pferd und der leeren Kutsche.

Mizzi stieg aus und ging um das Gefährt herum. Sie fürchtete sich davor, das zu finden, was die unbemannte Kutsche höchstwahrscheinlich zu bedeuten hatte: dass Felsenstein irgendwo hier in seinem Blute lag.

Aber ihre Furcht bewahrheitete sich nicht. Nirgends war eine Leiche oder ein Sterbender zu sehen, keine Spur deutete darauf hin, dass dem Sekretär etwas Gewaltsames zugestoßen war. Er war einfach nur nicht da.

Mizzi kaute unschlüssig auf ihrem Daumennagel herum. Nicht mehr allzu lange und die Sonne ging auf. Sie durfte nicht riskieren, hier von jemandem erkannt zu werden. Wenn sie in die Kutsche stieg und dort wartete, blieb das Risiko, dass eine Patrouille sich das im Dunstkreis der Hofburg abgestellte Gefährt näher ansehen würde. Die Grauen Kader hatten schon früher versucht, Bomben auf diese Weise in der Nähe von Militäreinrichtungen und offiziellen Gebäuden zu verstecken. Seit die Leukoi Wien einkesselten, nahm die Zahl der Anschläge zu. Flüchtlinge strömten in die Stadt, Güter des täglichen Bedarfs wurden knapp – auch wenn man in der Hofburg davon nicht viel zu spüren bekam –, die Menschen hatten Angst. Noch lag Wien nicht unter Beschuss, aber das war nur noch eine Frage der Zeit.

Mizzi stieg erneut in die Kutsche und öffnete den Korb. Darin herumtastend fand sie einen weiten Mantel mit Kapuze, eine kleine Pistole, eine Geldbörse und einen Briefumschlag. Mizzi nahm alles an sich, warf den Mantel um und stieg aus. Ohne sich noch einmal umzusehen, ging sie schnell, aber nicht zu hastig davon. Ihr Nacken kribbelte, als würde jemand sie beobachten, aber sie ließ sich davon nicht beirren. Niemand lief ihr hinterher, niemand rief oder hielt sie fest. Das einzige Geräusch, das sie vernahm, war das dumpfe Pochen der eigenen Absätze, das von den Hausmauern widerhallte.

Der Brief knisterte in der Tasche ihres Umhangs. Sie hielt die Pistole fest umklammert und atmete tief und langsam. Was mochte Felsenstein zugestoßen sein? Er hätte sie niemals im Stich gelassen. Aber warum hatte er einen Brief geschrieben? Hatte er geahnt, dass etwas geschehen würde – was auch immer es war –, das nun dazu geführt hatte, dass sie allein und ohne jeden Plan, wohin sie sich wenden und was sie beginnen sollte, durch die nächtlichen Straßen der großen Stadt Wien irrte?

Sie ging unbeirrt weiter. Zum ersten Mal in ihrem Leben war sie wirklich allein unterwegs. Noch niemals zuvor hatte sie sich zu Fuß durch die Stadt bewegt. Sie war es nicht gewöhnt, lange Strecken zu laufen, und als die Stadt erwachte und die Morgendämmerung ihre Dächer in rosiges Licht tauchte, schmerzten ihre Füße und müden Beine so sehr, dass sie sich gegen eine Mauer lehnen musste. »Oh«, jammerte sie und massierte ihre Waden durch den Stoff ihrer Röcke, was ein recht sinnloses Unterfangen war.

Mizzi sah sich um und kämpfte einen Anfall von Trostlosigkeit nieder. Wo auch immer sie jetzt war, dieser Teil der Stadt war ihr unbekannt. Die Gasse, in der sie stand, war eng und schmutzig. Sie war hungrig und müde, so müde, dass sie sich am liebsten auf einer der Türschwellen zusammengerollt und ihre Augen geschlossen hätte.

Der Duft von frisch gebackenem Brot weckte ihre Lebensgeister wieder. Sie folgte ihrer Nase und stand wenig später vor einer Bäckerei, durch deren geöffnete Tür die wohlriechenden Schwaden zogen. Mizzi betrat den Laden und stand vor der Auslage, in der Wecken und Brotlaibe, hagelzuckerbestreute Zöpfe und Zimtschnecken darauf warteten, in Papier geschlagen und davongetragen zu werden.

Mizzi grüßte und ließ sich von der mehlüberstäubten, rotgesichtigen Bäckersfrau zwei Wecken und eine Zimtschnecke einpacken, die sie mit einer der Münzen aus ihrer Geldbörse bezahlte.

Frisch gestärkt marschierte sie weiter und suchte nach einem Platz, an dem sie in Ruhe und unbeobachtet Gregors Brief lesen konnte. Weiter voraus sah sie die Tische und Stühle eines kleinen

Schanigartens, in dem so früh am Tag noch niemand Platz genommen hatte. Sie blieb neben einem der Tische stehen und rief nach einem Gruß durch die offene Tür in das Kaffeehaus hinein: »Ist's möglich, heraußen eine Melange zu bekommen?«

Die zustimmende Antwort erscholl in einem fröhlichen Ton und wenig später kam eine dralle junge Frau und stellte die Schale mit heißem Kaffee gekrönt von einer schaumigen Milchhaube vor Mizzi hin, die sich mittlerweile an einen der blank gescheuerten Tische gesetzt hatte. Sie dankte, seufzte vor Wonne und packte die Zimtschnecke aus, in die sie hineinbiss, bevor sie den Briefumschlag öffnete.

»Mein liebes Kind«, las sie in Gregor Felsensteins säuberlicher Kurrentschrift, »ich wurde aufgehalten. Bitte suche Fräulein Pepi in der Essiggasse 5 (Souterrain) auf, sie wird dir weiterhelfen. In Liebe, dein Onkel.«

Mizzi trank einen Schluck Kaffee und runzelte die Stirn. Sie hatte keine Ahnung, was Felsenstein aufgehalten hatte, aber dies hier war zumindest ein Ausblick – entweder erwartete er selbst sie in der Essiggasse bei besagtem Fräulein Pepi oder sie würde dort eine andere Nachricht vorfinden.

Sie aß die Zimtschnecke auf, die übrigens köstlich schmeckte, pickte sorgsam die heruntergefallenen Krümel mit dem angefeuchteten Zeigefinger auf, um auch sie zu verspeisen und trank ihre Melange aus. Dann leckte sie sich mit klammheimlicher Freude den Milchschaum von der Oberlippe – etwas, wofür sie von ihrer Mutter zu Recht gerügt worden wäre – und stand auf, um die Zeche zu bezahlen und nach dem Weg in die Essiggasse zu fragen.

Es war zu ihrer Erleichterung nicht weit dorthin, sie hatte sich offensichtlich von der Hofburg aus im Kreis bewegt. Nach einigen stramm gegangenen Minuten stand sie in der engen Gasse, die dunkel im dämmernden Morgenlicht vor ihr lag. Die schmalbrüstigen Häuser wirkten abweisend und düster. Mizzi trat in die Düsternis und suchte nach der genannten Hausnummer. Ein paar Stufen hinab zur Tür, dort klopfte sie und rief leise: »Fräulein Pepi? Gregor schickt mich.«

Sie hörte Rumoren von drinnen, ein Poltern, ein Klappern, dann schlurfende Schritte und eine Stimme, die »I kum ja, i kum ja«, ausrief. Sie klang nicht sehr freundlich, eher enerviert. Die Tür flog auf und eine kleine, stämmige alte Frau starrte Mizzi aus wässrigen Augen an. »Wos?«, bellte sie.

Mizzi machte einen halben Schritt rückwärts. »Fräulein Pepi?«, fragte sie. »Ich wurde hierher geschickt …«

Die alte Frau ließ sie nicht ausreden. Sie stemmte die Hände in die Hüften und ließ eine wahre Kanonade an Beschimpfungen auf Mizzi niederprasseln, die erschreckt den Kopf einzog. Mit einem abschließenden: »Schleich di, Mistbruat, gschnudelte!«, knallte die Frau die Tür vor ihrer Nase zu.

Mizzi stieg wie betäubt die halbe Treppe zur Straße wieder hoch. Sie blickte auf die Hausnummer, schüttelte den Kopf. Das war das richtige Haus. Warum hatte Gregor Felsenstein sie zu dieser schrecklichen alten Frau geschickt?

Sie holte den Brief hervor und las ihn noch einmal durch, ohne dadurch klüger zu werden. Was sollte sie jetzt beginnen? Sie stand wie bestellt und nicht abgeholt in dieser engen Gasse, in die kaum ein Lichtstrahl fiel, und war so müde, dass ihre Beine sich ganz weich und zittrig anfühlten. Einige Atemzüge lang lehnte sie sich gegen die Hausmauer und dachte ernsthaft darüber nach, in die Hofburg zurückzukehren.

Dann schüttelte sie den Moment der Schwäche ab und richtete sich auf. Sie wusste nun nicht mehr, wohin sie sich wenden sollte, aber sie war fest entschlossen, einen Platz zu finden, an dem sie unterkommen und nachdenken konnte. Was war mit Felsenstein geschehen? Und: Wo wurde ihre Mutter festgehalten? Das zumindest würde sie herausfinden, wenn es ihr gelang, Pejić auf den Fersen zu bleiben. Heute war es sicher zu spät, aber an einem der nächsten Tage …

Sie keuchte erschreckt auf, als eine Hand ihren Ellbogen packte. So tief in Gedanken, wie sie gewesen war, hatte sie nicht bemerkt, dass sich ihr jemand genähert hatte. Der junge Mann, der sie nun angrinste, war ihr vollkommen unbekannt. Er trug eine speckige, tief in die Stirn gezogene Kappe, unter der eine Fülle dunkler Locken hervorquoll, für die jedes Mädchen seine Seele verpfändet hätte. Das galt auch für die blitzenden schwarzen Augen mit den langen Wimpern und das strahlende Lächeln. Der Junge tippte mit zwei Fingern seiner freien Hand an den Schirm seiner Kappe und blinzelte ihr dabei frech zu. »Fräulein Mizzi?«, fragte er.

Mizzi schnappte nach Luft, um den Burschen herunterzuputzen. »Lass Er mich augenblicklich los«, zischte sie.

Er blieb unbeirrt an ihrer Seite, die Hand immer noch fest um ihren Arm gelegt. »Ihr Onkel schickt mich.« Sein Lächeln wurde noch ein wenig breiter. »Er hat Sie gut beschrieben, ich hätte Sie überall sofort erkannt.« Sein Tonfall hatte bei aller Unverschämtheit etwas durchaus Charmantes.

Mizzi räusperte sich mehrmals. »Mein … Onkel«, sagte sie. »Onkel … Gregor?«

Der Bursche nickte und ließ ihren Arm los. »Ihre … Tante erwartet Sie ebenfalls sehnlichst«, sagte er und steckte die Hände in die Taschen seiner ausgebeulten Jacke. Er war nicht gerade ein Ausbund an Eleganz, seine Kleider waren geflickt und die Hose, die er trug, schlotterte um seine Hüften und war an den Beinen hochgekrempelt. Sie hatte offenbar einem größeren und dickeren Mann gehört. Auch die Jacke passte nur ungefähr. Mizzi registrierte all das nur beiläufig, weil sie damit beschäftigt war, das Rätsel zu lösen, das er ihr aufgegeben hatte. Ohne es zu merken, hatte sie sich in Bewegung gesetzt und folgte ihm, der pfeifend voranschlenderte.

»Tante«, sagte sie tastend. »Ich habe keine … oh.« Sie blieb stehen und brachte ihn so dazu, ebenfalls innezuhalten. »Oh, sag Er nicht … heißt meine ›Tante‹ vielleicht Katalin?«

Er nickte mit gespielt gleichgültiger Miene. »Das wird wohl so sein«, sagte er und hob die Schultern.

Mizzi wurden die Knie nun wirklich weich. Sie holte zitternd Luft. »Wo?«

Er deutete unbestimmt nach vorne. »Dort hinten ist der nächste Turm«, sagte er. »Übrigens, ich heiße Luca.« Wieder das charmante Lächeln. »Mein Vater freut sich, Sie kennenzulernen, Fräulein Mizzi. Sie und ich sind sozusagen … Kollegen.« Mit diesen kryptischen Worten setzte er seinen Weg fort.

Mizzi folgte ihm wie betäubt. Gregor Felsenstein und Katalin Nagy erwarteten sie in einem Turm? Und wer konnte wohl der Vater dieses abgerissen aussehenden jungen Mannes sein?

»Hier geht es weiter«, störte die Stimme des Jungen sie in ihren Gedanken. Er stand vor einer der großen Säulen, die Mizzi schon früher einmal von der Kutsche aus gesehen hatte. Das waren Lüftungstürme, hatte eine der Hofdamen behauptet. Durch sie wurde die schlechte Luft aus der Kanalisation geleitet, damit die giftigen Gase dort unten sich nicht zu gefährlichen Wolken zusammenballen konnten, die sich entzünden und alles in die Luft jagen würden wie eine Bombe.

Sie sah fasziniert zu, wie der Junge an der Säule herumhantierte und eine Tür darin öffnete, die vorher nicht zu sehen gewesen war. Hinter der Öffnung war es dunkel und Mizzi glaubte, Wasser schwappen zu hören. Sie riss die Augen weit auf und wich unwillkürlich einen Schritt zurück. »Da hinunter?«, rief sie aus. »Dort ist nur Unrat und giftige Luft!«

Der junge Mann, Luca, lachte herzlich und griff wieder nach ihrem Arm. »Kommen Sie, Fräulein Mizzi«, sagte er und zog sie mit sich. »Keine Sorge. Dort unten gibt es viel mehr als nur Unrat.«

8

Der Wächter

Jenö schlang die Arme um seinen Leib und blickte hoffnungslos auf die Tür der Gastwirtschaft, der gegenüber er seit dem Mittag hockte. Er war beinahe zu schwach, um weiterzugehen. Sein Magen hatte aufgehört zu knurren und schmerzte nun dumpf und bohrend zugleich. Jenö legte die Stirn auf seine Knie und schloss die Augen. Ihm schwindelte.

Eine große, warme Hand berührte seinen Ellbogen. »Jenö«, hörte er Brokk flüstern. Dann schob sich ein Kanten altbackenes Brot in seine Finger.

Jenö blickte das Brot an, das hart war und rissig wie altes Holz. »Hast du auch etwas gegessen?«, fragte er matt.

Der Gnom hockte sich neben ihn, die großen Hände auf den Knien. »Ich bin nicht so schrecklich hungrig«, sagte er.

Jenö lutschte an dem Brot, um es aufzuweichen. »Du lügst«, sagte er undeutlich. Er packte den Kanten und riss daran herum, um ihn in zwei Stücke zu teilen. »Ich will das nicht, wenn du nicht auch etwas isst.«

Brokk protestierte halbherzig, aber als Jenö nicht nachließ, nahm er ihm schließlich das Brot ab und riss es entzwei. »Danke«, sagte er und stopfte sich seinen Anteil ganz in den Mund.

Jenö kaute auf dem Stück herum, das er mit Mühe abgebissen hatte, und runzelte die Stirn. »Wir müssen zurück zu Professor Tiez«, sagte er, nachdem er den Bissen heruntergeschluckt hatte. »Das ist kein Leben, was wir führen, Brokk. Vielleicht tun wir doch besser daran, ihm zu helfen und uns von ihm helfen zu lassen.« Es war nicht mehr wie früher. Die Engel standen vor Wien, überall patrouillierten Soldaten und nahmen jeden fest, der ihnen verdächtig erschien. Jenö traute sich kaum noch an die Oberfläche, aber nur hier gab es die Hoffnung auf etwas zu essen für ihn und Brokk.

Der Gnom wischte sich über den Mund und leckte Krumen von seiner Hand. »Ich bin deiner Meinung.«

Jenö nickte und stand auf. Dieses winzige Stück Brot hatte ausgereicht, ihm neue Kraft zu geben. »Gehen wir.« Er wartete, bis Brokk sich erhoben hatte, und sah sich um. Tibillibill zog über ihnen ihre Kreise, Kaskabel stöberte irgendwo herum. Den Fließer hatten sie unten beim Kanal gelassen, er genoss es, durch das trübe Wasser zu gleiten, ohne sich dabei vom Unrat stören zu lassen.

»Holen wir Glormo«, sagte Brokk und zeigte auf den nächsten Turm. Der Gnom wirkte erleichtert. Jenö wusste, dass seine Gefährten sich um ihn sorgten und dass Brokk unter dem ständigen Hunger nicht weniger litt als er, aber sie hatten ihm kein einziges Mal Vorwürfe gemacht, dass er sie aus dem Haus des Zeitmeisters wieder in die Unwirtlichkeit der Kanalisation geführt hatte. Aber jetzt sah Jenö, wie zuversichtlich und vergnügt Brokk voranstapfte. Der Anblick versetzte ihm einen Stich mitten ins Herz. Sie waren so tapfer und standen so unverbrüchlich zu ihm. Er hatte eine Verantwortung seinen Gefährten gegenüber. Wenn das bedeutete, dass er mit ihnen zu Meister Tiez zurückkehren musste, dann würde er das frohen Herzens tun.

Sie stiegen die gewendelte Treppe in die Unterwelt hinunter und Brokk, dessen Füße laut durch einige Pfützen klatschten, rief nach Glormo. Nur einige Augenblicke später wand sich der Fließer an Jenös Bein empor und glitt hinauf zu seiner Schulter. Jenö erklärte ihm und der Singenden ihr Ziel. Tibillibill nickte beifällig und klatschte in die Hände. »Ich hole Kaskabel«, sagte sie und schwirrte davon.

Ein Stück weit gingen sie durch die Kanalisation, bis sie den der Kleeblattgasse nächstgelegenen Ausstieg erreichten. Jenös Hände brannten vom Eisen der Steigleiter, aber er biss die Zähne zusammen und jammerte nicht, obwohl ihm schwindelig war und sein leerer Magen grollend protestierte.

Die Straße war menschenleer, ein leichter Nieselregen hatte eingesetzt und überzog das unebene Pflaster mit einem feuchten Schimmer. Jenö zog den Kopf zwischen die Schultern und eilte mit gesenktem Blick dicht an den Häuserwänden entlang, bis er die Hand an die Ladentür legen konnte. Drinnen war kein Licht, aber das war nicht ungewöhnlich. Die verschnörkelte Schrift auf dem Schaufenster glänzte wie echtes Gold »Curiosa und Kramasuri«.

Jenö atmete tief und erleichtert durch und trat ein. Die Glocke über der Tür bimmelte und verstummte, als er die Tür hinter sich schloss. »Meister Tiez«, rief er in den dunklen Laden. »Milan Milvus? Ich bin es, Jenö.«

Niemand antwortete ihm. Es war so still, als wäre der Laden in der Nacht gestorben und läge nun als Leiche vor ihm, die Regale wie ausgestreckte Arme, die Theke das starre Rückgrat, die Türen ins Innere des Hauses leere, dunkle Augenhöhlen.

Jenö schüttelte das unheimliche Bild ab und wandte sich zu der Tür hinter der Theke. Die Singende hatte sich auf seiner freien Schulter niedergelassen und berührte seinen Hals mit ihren kühlen Fingern. »Hörst du das?«, fragte sie flüsternd.

»Ich gehe nachsehen«, zischelte Kaskabel. Sie dämpfte das Licht, das von ihr ausging, und sprang über die Theke. »Passt auf, hier liegt Zeug herum«, hörte Jenö sie gedämpft rufen, dann verschwand ihr Funkeln in der Finsternis des Gangs.

Jenö folgte ihr, langsam und vorsichtig sich vorantastend, denn das schwache Licht, das vom regnerischen Abendhimmel in den Laden fiel, reichte kaum aus, um mehr als große Hindernisse zu erkennen. Hinter der Theke war es beinahe schon stockfinster und er konnte nur mit Mühe erkennen, wovor die Hitzige ihn gewarnt hatte. Jemand hatte dort allerlei alte Kleidungsstücke in einem Haufen gesammelt, der an das Nest eines seltsamen, großen Tieres erinnerte. Von den Lumpen stieg ein strenger, muffig-modriger Geruch auf, der an Keller und stehendes Wasser erinnerte. Kalter Zigarettenrauch hing über der Theke, was Jenö verwundert schnuppern ließ. Die Milanbrüder durften hier im Laden nicht rauchen, das hatte der Professor ihnen sehr streng verboten. Zu viel, was in Brand geraten konnte, wenn man nicht sehr achtsam war, hatte er gesagt, und dass Achtsamkeit nicht zu den stärksten Seiten der Brüder Milvus gehörte.

Jenö tastete sich weiter. »Kaskabel?«, rief er. »Hast du den Professor gefunden?«

Von weit hinten ertönte eine unverständliche Antwort, die wie ein Warnruf klang. Brokk zupfte an Jenös Hose. »Bleib stehen«, sagte er ruhig. »Hier stimmt etwas nicht. Ich kann es fühlen.«

Jenö erstarrte. Nicht nur Brokk fühlte etwas. Dort vorne im Korridor befand sich etwas, das an all seinen Sinnen zerrte und saugte wie ein großes, offenes, atmendes Maul. Er hörte ein Seufzen und Mahlen, ein Summen, Schlürfen und Stöhnen, das nicht menschlichen Ursprungs sein konnte. Eine Maschine? Aber welcher Apparat gab solche Laute von sich?

»Was ist das nur?«, fragte er halblaut.

»Etwas Schlimmes«, erwiderte der Fließer dicht an seinem Ohr. »Etwas sehr, sehr Böses. Alles zerbricht.« Er glitt von Jenös Schulter und floss neben Brokk her in den Korridor hinein und die Singende flog über ihren Köpfen und gab aufgeregte kleine Laute von sich.

Jenö wollte ihnen folgen, da packte eine Hand seinen Arm und hielt ihn wie ein Schraubstock fest. »Halt«, sagte eine Stimme, die er nicht kannte. »Bleib stehen, wenn dir dein Leben lieb ist, Junge.«

Der gleiche Geruch wie von dem Kleidernest hinter der Theke hüllte Jenö ein. Kalter Rauch, alter Schweiß und Moder. Er fuhr davor zurück, aber die Hand hielt ihn unerbittlich fest. Jenö sah den Mann an, dem die Hand gehörte. Ein großer Mann, breit, kräftig. Nicht mehr jung. Er hatte eine kreisrunde Glatze, die von ergrauendem Haar umkränzt war, und einen struppigen, graudurchschossenen Bart. Eine schiefe Nase, die sicher einmal gebrochen gewesen war. Helle Augen von undefinierbarer Farbe. Der kräftige Körper steckte in einem zerschlissenen Armeemantel, dessen Taschen ausgebeult und eingerissen waren, die Ärmelstulpen hingen traurig herab, die Schulterklappen waren ausgerissen. Ein Deserteur, dachte Jenö. Er wehrte sich nicht und sah dem Mann in die Augen. »Lassen Sie mich bitte gehen«, sagte er demütig. »Ich werde niemandem verraten, dass Sie hier ... wo ist der Professor?«

Der Mann legte den Kopf nachdenklich auf die Seite. »Ja, wo ist der Professor ...«, erwiderte er. »Das ist eine der Fragen, die mir zurzeit auf den Nägeln brennen. Die andere lautet: Was ist hier geschehen?« Er seufzte und kratzte sich mit der freien Hand am Kinn. Seine Nägel waren lang und schmutzig, aber als er sprach, sah Jenö seine Zähne. Er hatte erwartet, dass sie braun und schwarz, wenn nicht gar ausgefallen sein würden, wie er es von den meisten Strottern kannte, aber dieser Vagabund oder Deserteur besaß ein kräftiges weißes Gebiss. Jenö erwiderte seinen Blick voller Unbehagen. Der Mann war ihm unheimlich und er schien ganz und gar nicht gewillt zu sein, ihn gehen zu lassen.

»Bitte«, sagte er noch einmal und drehte sein Handgelenk, das wie in einer Eisenschelle im Griff der breiten Hand lag. »Ich habe Ihnen nichts getan.« Sein Versuch, sich loszureißen, wurde vollends dadurch vereitelt, dass seine Knie weich wurden. Hunger und der mangelnde Schlaf forderten ihren Tribut, in seinem Kopf begann sich alles zu drehen.

Der Mann legte erstaunlich sanft eine Hand unter Jenös Ellbogen und stützte ihn. »Du hast Hunger, hm?« Er half Jenö, sich auf dem Lumpenlager niederzulassen und kramte dann eine Weile in einem speckigen Tornister herum. Jenö schloss die Augen. Er war ohnehin zu schwach, um wegzulaufen, also musste er abwarten, was dieser Vagabund – oder Deserteur? – mit ihm vorhatte.

Er musste eingeschlafen sein, denn als er die Augen wieder aufschlug, stand ein dampfender Napf mit Suppe neben ihm auf dem Boden. Auf dem Napf lag eine dick mit Käse belegte Scheibe Brot. Jenö hörte sich selbst stöhnen, dann griff er nach dem

Brot und begann die Suppe zu löffeln. Sie war dick und würzig und schmeckte himmlischer als alles, was er je gegessen hatte. Er stöhnte wieder und musste sich zwingen, Brokks Anteil der Suppe im Napf zu lassen. Auch das Brot aß er nur zur Hälfte, dann wischte er sich Mund und Kinn ab und blickte sich suchend um. Die Suppe war heiß gewesen, also war der Deserteur irgendwo in der Nähe.

»Schmeckt es dir nicht?« Der Mann war so leise hinter ihm aufgetaucht, dass Jenö ihn nicht gehört hatte. Er fuhr zusammen, aber es gelang ihm, die kostbare Suppe nicht zu verschütten.

»Doch, ich … danke. Sie haben mir das Leben gerettet.«

Der Mann ging neben ihm in die Hocke und sah ihn prüfend an. »Du bist ein Engelbastard, nicht wahr?«

Jenö kniff die Lippen zusammen und nickte. »Jenö Malkadiassohn«, stellte er sich steif vor.

Der Deserteur nickte wieder auf diese nachdenkliche Weise. Er zog eine kleine Flasche aus seiner Manteltasche, zog den Korken mit den Zähnen heraus und bot sie Jenö an, der schaudernd ablehnte. Der Mann spuckte den Korken in seine Hand und trank. »Schwere Zeiten für einen Engelbastard«, stellte er nüchtern fest. »Warum isst du nicht auf?«

Jenö spürte das Zupfen an seinem Ärmel. Brokk war wieder da und er hatte Hunger. »Ich verwahre es mir für später, wenn ich darf«, sagte er.

Der Mann blickte auf irritierende Art an ihm vorbei, als betrachtete er den Gnom. Er lächelte. Dann lehnte er sich gegen die Theke, zog eine Pfeife aus der Tasche und begann sie zu stopfen. »Gib es ihm schon«, sagte er, während er den Tabak paffend in Brand setzte. »Er sieht genauso hungrig aus wie du. Wenn ich gewusst hätte, dass du nicht allein bist, hätte ich dir eine größere Portion gegeben.«

Jenö schwieg verblüfft und schob Brokk den Napf und die halbe Brotscheibe hin. Der Gnom aß wie ein Verhungernder, ließ dabei aber den Mann nicht aus dem Blick. »Dort drinnen ist alles ganz falsch«, sagte er und wischte den Napf aus. »Kaskabel sucht einen Weg durch das Verschlungene und die Singende und Glormo versuchen, den Professor zu finden …«

»Er ist fort«, warf der Deserteur ein und paffte ein blaues Wölkchen in die Luft. »Er und die Jungen. Es ist niemand mehr hier, außer den Wesen, die den Korridor bewohnen.« Er beugte sich vor und erwiderte Brokks scharfen Blick. »Josip«, sagte er. »Ich passe auf, dass niemand in die Schleife fällt.« Er streckte die Hand aus und der Gnom ergriff sie. »Brokk«, sagte er.

»Erfreut, deine Bekanntschaft zu machen, Brokk«, sagte Josip und seine Augen verschwanden in einem Netz aus kleinen und tiefen Falten.

Jenö ertappte sich dabei, dass er lächelte und sich entspannte. »Wohin sind sie gegangen?«, fragte er und lehnte sich wie der Deserteur gegen die Theke.

Josip zuckte die Achseln. »Ich kam her und es sah so aus.« Er machte eine Bewegung, die den Laden und das dahinter umfasste. »Der Zeitkorridor ist kollabiert. Schlimmstenfalls sind sie dort irgendwo gefangen oder irren herum. Wenn jemand den Ausgang findet, dann der Zeitmeister.« Er zog die Brauen zusammen und biss fest auf das Mundstück seiner Pfeife. »Ich habe vorne ein wenig herumgestochert, aber die Zeit gehorcht mir nicht. Ich stehe wohl wieder einmal auf der schwarzen Liste.« Er lachte kurz und humorlos auf.

»Es ist nicht gleichmäßig«, sagte Brokk und sammelte Krümel von seinem Schoß, um sie zu essen. »Ich spüre Verwerfungen, die sich bis in die Stadt erstrecken.« Er kratzte sich an seinem breiten Fuß.

Der Deserteur seufzte und beugte sich vor. Er holte ein Messer und einen angeschnittenen Laib Brot aus seinem Tornister, beides sorgsam in ein Tuch gewickelt. Während er von dem Brotlaib eine fingerdicke Scheibe herunterschnitt und sie dem Gnom reichte, sagte er: »Ich weiß. Es ist besorgniserregend, aber ich kann nichts dagegen unternehmen, das kann nur der Professor. Hoffentlich.«

Sie schwiegen. Der Deserteur rauchte und Brokk und Jenö kauten. Jenö beobachtete Josip. Der Mann war ihm unheimlich, bei aller Freundlichkeit hatte er etwas Unerbittliches, eine Härte, die Jenö erschreckte. »Wie haben Sie die Suppe gekocht?«, fragte er, um etwas zu sagen. »Die Küche ist doch auch dort hinten irgendwo in dem Korridor.«

Der Deserteur erwiderte seinen Blick und lächelte schwach. »Ich habe ein Feuer gemacht«, sagte er. »Im Korridor kann so etwas nicht mehr viel Schaden anrichten.« Er klopfte seine Pfeife aus und streckte sich. »Warum suchst du den Professor?«

Jenö legte das Kinn in die Hände und hob die Schultern. Er fühlte sich so verlassen wie seit dem Tod seiner Mutter nicht mehr. »Ich wohne gelegentlich bei ihm«, sagte er ausweichend. »Aber das ist ja nun vorbei. Ich werde also ...«, er machte Anstalten sich zu erheben, aber der Mann hielt ihn zurück.

»Lauf nicht weg«, sagte er streng. »Deine Gefährten sind irgendwo dort hinten und dein Gnom hier sieht genauso erschöpft aus wie du. Schlaft. Ich passe auf euch auf.«

Jenö wollte widersprechen, aber Brokk grub sich schon mit einem wohligen Grunzen in das Lumpenlager, bis nur noch seine Knollennase und ein Zeh herausschauten. Jenö wäre lieber geflüchtet – fort von diesem Mann und diesem Ort, die beide seltsame, ungute Gefühle in ihm auslösten. Widerstrebend gab er nach – und wenn er ehrlich war, war er zu müde, um noch irgendwohin zu gehen, und draußen war es bereits dunkel. Er murmelte einen Dank und ließ sich neben Brokk auf dem Lager nieder. Seine Augen fielen zu, kaum, dass er seinen Kopf auf eine zusammengerollte Jacke gebettet hatte. Er fühlte noch, dass der Mann eine Decke über ihn breitete, dann war er eingeschlafen.

•••

Stimmen drangen in sein schläfriges Bewusstsein. Er erkannte die Singende und Kaskabel, das tiefe Brummen des Gnoms, gelegentlich einen sanften Einwurf des Fließers und lächelte. Sie waren in ihrem alten Zuhause in der Kanalisation und die Gefährten unterhielten sich über die Exkursionen, die sie heute unternehmen wollten. Er war hungrig, aber es war nicht der beißende, reißende Wolfshunger, der ihn die letzten Wochen beinahe ständig begleitet hatte, sondern nur ein dumpfes, leeres Gefühl, das er längst gelernt hatte zu ignorieren.

Er dehnte und streckte sich und blieb noch eine Weile mit geschlossenen Augen liegen.

»Die Verwerfung dort drinnen berührt den Æther«, sagte die Hitzige in einem Ton, der Sorge und Faszination gleichermaßen ausdrückte. »Wir beide könnten ganz leicht hindurch und ins stille Land gelangen, Tibillibill. Für Glormo und Brokk müssten wir einen anderen Weg finden, aber …«

»Und euer Freund?«, fragte eine Männerstimme.

Jenö ließ die Stimme in sein schlafbenommenes Gedächtnis sinken und durchforstete seine Erinnerungen. Er kannte diese Stimme. Aber wem gehörte sie?

»Er kann nicht mitkommen, Wächter«, sagte Kaskabel und stieß ein erbittertes Zischen aus, das, wie Jenö wusste, von einem glitzernden Strom kleiner Funken begleitet war. »Aber wir könnten kurz hinübergehen und dann wieder herkommen.«

»Seid ihr sicher, dass ihr den Rückweg finden werdet?«

Mit einem Schlag war Jenö hellwach und wusste, wo er war. Er schlug die Augen auf und sah den Mann und seine vier Gefährten. Glormo saß auf Josips Schoß, Tibillibill auf seiner Schulter, Brokk lehnte sich an sein Bein und Kaskabel lief mit nervösen kleinen Schritten vor ihm auf und ab. Ein kurzer, heißer Stich der Eifersucht, gefolgt von einem dumpfen Angstgefühl verfinsterte Jenös Gemüt. Wie konnten seine Freunde, das Einzige, was er an Familie noch besaß, so vertraulich mit einem verdächtigen Fremden wie diesem umgehen?

Der Mann blickte auf, als hätte er einen Ruf vernommen und sah Jenö an. Sein Blick war klar und kalt und seine Miene so verschlossen wie eine torlose Mauer. Jenö erwiderte den Blick nicht minder kühl. Er setzte sich auf und fuhr mit den Fingern durch seine schlafzerzausten Haare, um sie zu glätten. »Sie passen also auf, dass niemand den Laden betritt«, sagte er.

Josip beugte sich vor, als hätte er Schmerzen. »Nicht ganz«, erwiderte er, und die Sanftheit seiner Stimme strafte den steinernen Gesichtsausdruck Lügen. »Geh zur Tür, junger Engel. Schau hinaus.«

Jenö zögerte, dann gehorchte er der Anweisung. Er schob sich hinter der Theke vor und ging an den vollgestopften Regalen entlang durch das dämmrige Ladengeschäft bis zur Tür, auf der die spiegelverkehrten Buchstaben den Namen des Zeitmeisters bildeten. Es war ein heller Morgen, das Sonnenlicht glitzerte auf den Fassaden, fing sich in den Fensterscheiben und warf Reflexe über das holprige Pflaster. Karren rumpelten über die Straße, Dienstmädchen mit Körben am Arm eilten vorüber, dann blieb vor der Tür eine Frau mit zwei Kindern stehen. Sie putzte dem kleineren mit einem großen Tuch die Nase, während das andere gelangweilt dastand und direkt in Jenös Gesicht sah. Jenö winkte ihm zu, aber der Blick des Jungen glitt an ihm ab wie Wasser an einem Stein.

»Klopf an die Scheibe«, hörte er Josips sanfte Stimme. Jenö runzelte die Stirn, aber wieder tat er, was der Mann ihm befahl. Er trommelte mit den Fingern gegen die Scheibe und erwartete, dass das Kind sich nun wieder zu ihm umdrehen würde, aber die drei reagierten nicht auf sein Trommeln und Klopfen. Die Mutter steckte das Tuch ein und sprach mit den beiden Kindern. Jenö konnte sehen, wie ihre Lippen sich bewegten, auch wenn er nicht hören konnte, was sie sagte. Überhaupt drang von draußen kein Laut zu ihm herein, es war, als wären alle Geräusche gestorben und nur die Bilder übrig geblieben.

Er sah der Mutter mit den beiden Jungen nach, wie sie davongingen, und legte dabei die Hände gegen die Fensterscheibe. Sie war so kalt, dass er glaubte, seine Haut würde daran festkleben. Er drehte sich zu Josip um und fragte: »Was hat das zu bedeuten?«

»Sie sehen diesen Laden nicht«, sagte der Mann und lehnte sich gegen die Theke. »Keiner von denen, die hier vorbeigehen, ahnt, dass hier einmal ein Laden war, dass es eine Tür gibt, durch die man eintreten könnte, dass hier etwas Ungewöhnliches vor sich geht, das er nicht verstehen würde.« Er lachte kurz und trocken. »Ich habe einen großen Schrecken bekommen, als du gestern zur Tür hereingekommen bist, glaube mir. Dies ist nicht die Seite, die ich im Blick behalte.« Er lachte wieder und sein Lachen ging in ein ebenso trockenes Husten über. Jenö fand, dass der Mann erschreckend aussah, bleich, eher sogar grau, mit Schatten unter den Augen und den Wangenknochen, die das kräftige Gesicht ausgezehrt wirken ließen wie das eines Todkranken. War er gestern Nacht nicht stark und robust gewesen, mit straffer Haltung wie ein Soldat und breiten, geraden Schultern? Es war, als hätte ihn über Nacht eine tödliche Krankheit bis auf die Knochen ausgesogen und geschwächt. Seine Augen, kalte Steine in dunklen Höhlen, brannten mit eisigem Feuer, die straff gespannte Haut über den Schädelknochen ließ sein Gesicht wie einen Totenkopf erscheinen. Josip beugte sich vor und fixierte Jenö mit diesem starren Blick, der den Jungen an seinen Platz bannte wie ein Zauberspruch. Es sah so aus, als wollte er etwas sagen, aber aus dem geöffneten Mund entwich nur ein leises Seufzen, während aus den Augen blutige Tränen quollen. Sein Körper wand sich in Agonie, er stand in kalten, blauen Flammen, während er sich krümmte und die Arme nach Jenö ausstreckte. Einer seiner Finger berührte Jenö an der Wange, kalt und heiß zugleich, und der Junge keuchte und warf sich zurück gegen die Glasscheibe der Ladentür. Der Bann war gebrochen.

»Was hast du?«, fragte Josip und griff beunruhigt nach Jenös Arm, um den Taumelnden zu stützen.

»Sie«, stammelte Jenö, »Sie sollten nicht hierbleiben. Es tötet Sie.«

9

Der Strotterprinz

Mizzi wechselte während des Weges durch die unheimliche Unterwelt Wiens kein Wort mehr mit ihrem Begleiter. Sie war viel zu sehr damit beschäftigt, zu sehen, zu staunen und sich zu fragen, ob es wirklich solch eine Welt unter der Welt, die sie kannte, gab – oder ob sie alles nur träumte.

»Ich wusste das nicht«, sagte sie irgendwann leise, mehr zu sich selbst als zu ihrem Cicerone. »Wie lange gibt es das alles hier schon?«

Der Junge hob die Schultern. »Schon lange«, sagte er vage. »Seit ich lebe. Und seit mein Vater lebt und mein Großvater.« Er runzelte die Stirn. »Wir halten nicht viel von Geschichtsschreibung, Prinzessin.«

»Das ist nicht die korrekte Anrede, Kerl!«, fuhr Mizzi ihn an. Ihre Nerven lagen zu sehr blank, als dass sie diese saloppe Anrede einfach so hätte durchgehen lassen mögen.

Luca lachte, was sich sehr sanft und beinahe mädchenhaft anhörte. »Ich bitte Eure Kaiserliche Hoheit vielmals um Vergebung«, sagte er spöttisch, »aber Ihr befindet Euch auf Strottergebiet und hier herrschen andere Sitten, als Ihr es von der Hofburg gewöhnt seid.«

Mizzi blieb stehen und legte matt eine Hand über die Augen. Das beständige Plätschern und Tröpfeln, die Dunkelheit, die nur hier und da durch diffuse Lichtflecken und Spiegelungen in Wasseroberflächen unterbrochen wurde, die dumpfe Luft, die Enge, das Gefühl, lebendig begraben zu sein, dazu die Müdigkeit und ein beklemmendes Gefühl der Hoffnungslosigkeit und der Verlorenheit – das alles stürmte mit Macht auf sie ein und drückte ihre Schultern nieder. »Wie haltet ihr nur diese Dunkelheit aus?«, flüsterte sie.

Die Hand, die ihren Ellbogen berührte, war rau, aber ihr Griff erstaunlich sanft. Mizzi wollte sich gegen die unziemliche Berührung verwahren, aber dann siegte die Mattigkeit und das Gefühl der Einsamkeit über jeden Standesdünkel. »Schon gut«, sagte sie und straffte die Schultern. »Ein Moment der Schwäche. Gehen wir weiter.«

Wieder liefen sie durch die trübe Dunkelheit. Eine lange Strecke ging es an einem Kanal entlang, in dem dunkles, stilles Wasser schnell dahinfloss. Mizzi hatte erwartet, dass es nach Unrat und Fäkalien riechen würde, aber die Luft war, wenn auch ein wenig muffig, doch nicht viel schlechter als die oben in der Stadt an einem trüben Tag.

»Wo bringst du mich hin?«, fragte sie nach einer Weile und blieb stehen, um ihre Waden durch den dicken Stoff ihres Rocks zu massieren. Sie war es nicht gewohnt, so lange auf den Beinen zu sein, und ihre Füße waren schwer und brannten.

Luca schaute mit erkennbarer Unruhe über seine Schulter. »Nicht mehr weit, Prinzessin«, sagte er. »Aber wir sollten hier nicht rasten. Das ist Haklergebiet und die sind seit dem Vorfall am unteren Wienkanal nicht mehr königstreu.«

Mizzi schleppte sich weiter neben ihm her, während sie sich bemühte, seine Worte zu begreifen. »Nicht königstreu?«, fragte sie atemlos. »Wie das? Hier, mitten in Wien? Was sind das, Aufrührer? Graue Kader? Anarchisten? Anhänger der Engel?«

Luca spuckte aus. »Nichts davon«, sagte er verächtlich. »Einfach nur eine Familie, die keine Lust mehr hat, dem Oberpani Tribut zu zahlen. Mein Vater wird sie zur Räson bringen, sobald die Oberirdischen ihren verdammten Krieg beendet haben und hier wieder Ruhe einkehrt.«

Mizzis Kopf schwirrte. »Die Oberirdischen, das sind wir?«

»Sie, Ihre Familie, alle, die oben im Licht leben.« Der Junge griff in eine geflickte Jackentasche und zog ein Lederbeutelchen heraus. »Zigarette, Prinzessin?«

»Oh, ja!«, sagte Mizzi aus tiefstem Herzen. Sie hatte sich mittlerweile daran gewöhnt, den kratzigen Rauch zu inhalieren und es verschaffte ihr gelegentlich sogar ein – wenn auch illusorisches – Gefühl der Ruhe, das sie im Moment nur zu gut brauchen konnte.

Sie blieben stehen. Luca drehte schnell und geschickt etwas Tabak in bräunliches Papier und reichte ihr das krumme Stäbchen. Er fertigte eine zweite Zigarette, die er sich selbst zwischen die Lippen steckte, und fischte ein Sturmfeuerzeug aus dem Beutelchen. Er gab sich und ihr Feuer und inhalierte tief und gierig. »Verdammt«, sagte er und stieß dabei eine Rauchwolke aus. »Verdammt.«

»Ja«, bestätigte Mizzi und setzte dann ein zaghaftes, aber aus tiefstem Herzen kommendes »Verdammt« hinzu.

Luca lächelte sie an und nickte wie ein weiser alter Mann. »Sie haben es auch nicht gerade leicht, was, Prinzessin?«

»Nenn mich nicht so«, sagte Mizzi. »Meinetwegen sag Mizzi und du zu mir. Ich bin hier unten wohl so wenig eine Prinzessin wie du.«

Luca verschluckte sich an dem Rauch seiner Zigarette und hustete eine Weile vor sich hin. Dann wischte er sich die Tränen aus den Augen, warf den glimmenden Stummel von sich und sagte: »Gehen wir lieber weiter, Fräulein Mizzi. Eh sie uns erwischen und ich sie am End noch für dich verprügeln muss.« Er grinste wieder und wies mit einer schwungvollen Handbewegung die Richtung.

Als sie die große Ansammlung von Hütten, Schuppen und Lagerfeuern erreichten, die Luca ein wenig großspurig als die »Unterburg« bezeichnete, war Mizzi so erschöpft, dass sie kaum noch einen Fuß vor den anderen setzen konnte. Sie schlurfte mit hängenden Schultern neben dem Jungen her und wies für das letzte Stück des Weges nicht einmal mehr seinen stützenden Arm zurück. Sie bemerkte am Rande ihrer Aufmerksamkeit, dass man sie angaffte. Menschen. Frauen, Kinder, einige Männer. Alle waren zerlumpt, nicht sonderlich sauber, sie rochen nach dem Holzfeuer und Küchendünsten, nach Moder und Abfällen, nach Schimmel und altem Schweiß. Mizzi legte eine Hand vor Mund und Nase und senkte den Kopf.

»He, Luca«, hörte sie jemanden rufen. »Der Oberpani hat nach dir geschickt.«

»Bin schon auf dem Weg«, erwiderte ihr Begleiter. »Sag Marja, sie soll dem Fräulein hier etwas zu essen bringen.«

Er schob Mizzi sanft und unerbittlich voran. »Ich würd dir gerne eine Pause gönnen«, murmelte er, »aber wenn der Oberpani ruft, dann springt man besser. Er kann ganz schön ungemütlich werden.«

»Ist schon gut«, erwiderte Mizzi. »Der Oberpani – das ist euer Anführer?«

»Könnte man so sagen.« Luca gluckste. »Er ist unser König, Fräulein Mizzi.«

»König«, wiederholte sie ungläubig. »Na, aber – ihr habt doch einen König. Mein Vater ...«

»... hat hier unten nichts zu sagen«, unterbrach Luca sie. »Ich frag mich, ob er überhaupt weiß, dass wir hier leben.« Er lächelte nicht mehr, sondern sah grimmig drein.

»Nun«, sagte Mizzi, »ich denke, schon. Es gibt wohl nicht viel, was Seine Majestät nicht weiß.«

»Das denkst du.« Luca schüttelte den Kopf, dass seine Locken tanzten. »Da sind wir.« Er hob die Hand und klopfte an den Türstock eines Hauses, das weniger baufällig und zusammengesunken wirkte als all die Hütten, die es umringten. »Luca und Begleitung«, rief er laut.

Zwei stämmige, finster blickende Männer, die mit ihren umgegürteten Dolchen und modernen Repetierflinten in den Händen wie eine Parodie der kaiserlichen Gardesoldaten wirkten, gaben den Eingang frei. Einer von ihnen folgte ihnen auf dem Weg durch den düsteren Gang, der in einer von Petroleumlampen erhellten Kammer endete. Nirgendwo gab es Elementare zu sehen, was Mizzi zum jetzigen Zeitpunkt sehr erleichterte. Es war schon im normalen Tagesablauf zu schwer für sie, die gequälten Wesen ständig ignorieren zu müssen – hier unten hätte die Anstrengung sie wahrscheinlich zerrissen.

»Ich bringe das Fräulein Mizzi«, sagte ihr Begleiter zu einem älteren Mann, der jetzt mit aufmerksamer Miene durch die Tür am anderen Ende der Kammer trat. Der Mann sah sie scharf, aber nicht unfreundlich an und nickte. »Wartet hier«, sagte er und ging wieder hinaus.

Mizzi hörte Stimmengemurmel von drinnen, dann Schritte und die laute Aufforderung: »Tretet ein.«

Luca legte ihr die Hand auf die Schulter und schob sie voran ins Zimmer, während die Wache zurückblieb.

Mizzi blinzelte verblüfft. Was auch immer sie erwartet hatte – dies hier war es nicht. Sie fand sich in einem geräumigen, nüchtern eingerichteten Arbeitszimmer ohne Fenster, an dessen Ende ein Kaminfeuer brannte. Es war behaglich erleuchtet und angenehm warm, und auf einem kleinen Tisch in der Nähe des Feuers wartete ein Imbiss. Der Anblick des Tellers und der Karaffe Wein, die daneben stand, und ihr darob knurrender Magen lenkten sie für einige Atemzüge von dem Mann ab, der hinter einem Schreibtisch saß und mit einem Füllfederhalter in ein ledergebundenes Buch schrieb.

Dann hob der Mann den Kopf und sah sie an, und sie stand wie gebannt unter seiner Musterung. Das musste der Strotterkönig sein. Die zwingende Autorität, die von seiner Person ausging, erinnerte sie an ihren Vater zu den Zeiten, da ihr Bruder noch gesund gewesen und der Engelkrieg weit entfernt in Transleithanien stattgefunden hatte.

Sie neigte den Kopf um eine Winzigkeit. »Ihr seid der Oberpani«, sagte sie.

Ein schmales Lächeln spielte um seine Lippen. Er nahm die Brille ab und schob sie in seine Westentasche, dann stand er auf. Jetzt erst sah sie, dass sein rechter Arm knapp über dem Ellbogen endete. »Ihr seid Erzherzogin Marie-Louise von Lothringen, einzige Tochter des Kaisers«, konstatierte er im gleichen Tonfall wie sie. »Emmerich Kalk, kaiserliche Hoheit. Zu Euren Diensten.« Er vollführte eine geschmeidige Verbeugung, die Mizzi mit einem huldvollen Neigen ihres Kopfes beantwortete. Sie hörte, wie Luca scharf die Luft durch die Zähne sog.

Der Oberpani ignorierte den Jungen und wies auf den vorbereiteten Imbiss. »Sie müssen hungrig sein, Hoheit. Wollen Sie sich stärken, während wir uns unterhalten?« Er warf Luca einen Blick zu. »Du kannst gehen, Luca.«

Der Junge wollte sichtlich protestieren, dann hob er die Schultern, denn der Blick des Strotterkönigs zeigte aufflammenden Zorn. »Ich dachte, ich könnte bei eurer Besprechung anwesend sein«, sagte er trotzig. »Immerhin habe ich Fräulein Mizzi hierher geleitet.«

»Fräulein Mizzi«, sagte der Oberpani verblüfft. »Wie kommst du dazu …«

»Ich habe ihn darum gebeten«, sagte Mizzi hastig. »Immerhin stolpere ich hier wie ein verloren gegangenes Küchenmädchen durch die Kanalisation. Es kam mir unpassend vor, mich in dieser Aufmachung allzu zeremoniell betiteln zu lassen. Und Luca hat mich immerhin gerettet, als ich durch Wien irrte.« Sie lächelte Luca zu, der mit ernster Miene den Kopf senkte.

»Nun gut«, sagte der Strotterkönig ungeduldig. »Nehmen Sie Platz, Hoheit. Oder, wenn es Ihnen lieber ist, ›Fräulein Mizzi‹.« Er gab Luca einen Wink mit dem Kopf und der Junge sprang herbei, um Mizzi den Stuhl zurechtzuschieben.

»Von mir aus, dann bleib«, sagte Emmerich Kalk ungnädig zu ihm und ließ sich in dem Sessel nieder, der am Kamin stand. Er streckte die Beine aus und seufzte. »Es war ein langer Tag – auch für mich. Aber ich freue mich, dass Sie heil und gesund hier bei uns angelangt sind. Wir hegten schon Befürchtungen …«

»Wo ist der Sekretär Felsenstein?«, unterbrach Mizzi ihn nicht sonderlich höflich. Sie griff nach der Scheibe Brot, die auf dem Teller lag, und riss sie in zwei Stücke. Es war grobes graues Brot, nicht das feine Weißbrot, das sie gewöhnt war, aber sie war so hungrig wie ein Wolf und hätte wohl alles gegessen, solange es sich nicht bewegte.

Der Oberpani sah sie mit leicht geneigtem Kopf an. »Gregor Felsenstein erholt sich von einer Schussverletzung in seiner Schulter«, erklärte er in nüchternem Tonfall. »Ich denke aber, dass er sich freuen wird, Sie wohlbehalten hier bei uns zu sehen. Wenn es Ihnen recht ist, wird Luca Sie gleich noch zu ihm bringen.«

Mizzi legte das Brot unangerührt zurück. Ihre Hand zitterte. »Angeschossen?«, fragte sie und war froh, dass ihre Stimme ruhiger war als ihre Hand. »Von wem? Wie schlimm ist es?«

Emmerich Kalk nahm seinen Armstumpf in die Hand und schabte sacht mit den Fingern darüber. »Gardisten. Mein Leibarzt hat die Kugel entfernt und das Fieber geht seit gestern wieder herunter. Ich denke …«

»Moment«, unterbrach ihn Mizzi verwirrt. »Seit wann ist Gregor denn hier?« Sie blickte von Kalk zu Luca. Die beiden sahen sich an. »Seit fünf oder sechs Tagen«, sagte Luca zögernd. »Oder irre ich mich?« Der Oberpani schüttelte den Kopf.

Mizzi schob den Stuhl zurück. »Jemand hat Sie hereingelegt«, sagte sie. »Wer auch immer das ist – es kann nicht Gregor Felsenstein sein. Mit ihm habe ich gestern noch gesprochen. In der Hofburg.«

Wieder sahen die beiden Strotter sich an. »Ich kenne den Zweiten Sekretär Felsenstein«, sagte der Oberpani langsam. Er beugte sich vor und stützte seine Hand aufs Knie. »Er kam vor fünf Tagen hierher und avisierte uns Ihre Ankunft. Luca hat oben am Treffpunkt fünf Nächte lang auf Sie gewartet, kaiserliche Hoheit.«

»Das kann nicht sein«, sagte Mizzi verwirrt. Sie rieb sich über die Stirn und die Augen. »Ich bin so durcheinander, ich weiß kaum noch, wie ich heiße.«

»Lassen wir das jetzt«, sagte der Strotterkönig energisch. »Es ist nicht wichtig. Sie werden Felsenstein selbst gegenüberstehen und damit werden sich alle Zweifel erübrigen. Und nun: Was kann ich für Sie tun?«

Mizzi holte tief Luft und griff nach dem Glas Wein. Sie nippte daran und stellte es wieder ab, denn ihr Magen war leer und sie wollte einen klaren Kopf behalten. »Majestät«, sagte sie, und ein winziges Lächeln des Strotters belohnte sie dafür, »ich bitte Euch in aller Form um Asyl und um Eure Hilfe, meine Mutter aus den Händen der Militärs zu befreien. Ich befürchte, dass das Kaiserreich soeben einen Putsch erlebt.«

Luca murmelte: »Ich hab es dir gesagt, Vater.«

Mizzi wandte kurz den Kopf und sah den Jungen an. Natürlich, er war eindeutig der Sohn dieses Mannes. Sie nickte nachdenklich. »Prinz Luca?«

Der Junge lachte auf und hob abwehrend die Hände. »Nein, ganz und gar nicht«, sagte er und lachte wieder.

»Bitte!«, warf der Strotterkönig tadelnd ein. »Kaiserliche Hoheit, das Asyl sei Ihnen gewährt. Ihr steht unter Unserem Schutz, solange Ihr ihn in Anspruch zu nehmen wünscht.« Er seufzte und lehnte sich zurück. »Was den zweiten Teil betrifft – Fräulein Mizzi, Ihre Mutter ist angeblich verreist. Ich habe bisher nicht herausfinden können, wo sie sich aufhält.«

»Warum haben Sie danach … ah.« Mizzi winkte ab. »Major Nagy steckt natürlich dahinter.«

»Ganz recht.« Emmerich Kalk betrachtete mit sorgenvoller Miene die Finger seiner Hand. »Ich fürchte, dass ich Ihnen nicht helfen kann. Und – mit allerhöchstem Respekt – meine Männer sind nicht ausgerüstet, um einen Militärputsch in der Oberstadt verhindern zu können.«

Mizzi griff erneut nach dem Brot und brach ein Stückchen davon ab, um es in den Mund zu stecken. »Nein, natürlich nicht. Dazu brauchen wir die Kaiserin. Und jemand muss von Windesberg ausschalten, denn er ist der Kopf des Putsches. Er und sein Intimus, Oberst Pelikan von Plauenwald.«

Der Strotterkönig spuckte aus und Luca ließ einen Fluch hören. Mizzi sah sie erstaunt an. Der Oberpani hob entschuldigend die Hand. »Eine kleine private Fehde«, sagte er. »Oberst Pelikan schuldet mir ein Leben.«

»Uns, Vater«, warf Luca ein. Das schmale Gesicht des jungen Mannes war hart und böse geworden. »Er hat Karol getötet, meinen Bruder«, sagte er, zu Mizzi gewandt. »Deswegen haben wir dieses ganze Theater … ach, das ist zu kompliziert.« Er wandte sich heftig ab.

»Ja, mein Kind«, sagte der Oberpani erstaunlich sanft. »Ja, deshalb. Es tut mir leid.« Er wandte sich wieder an Mizzi. »Sie sind die Thronerbin Ihres Vaters, Hoheit?«

»Ja und nein«, erwiderte sie zögernd. »Mein Bruder …«

»Ich weiß von Ihrem Bruder«, unterbrach er sie schroff. »Deshalb meine Frage. Sind Sie die Thronfolgerin?«

Mizzi presste die Lippen zusammen. »Keine Frau würde jemals im Reich meines Vaters offiziell zur Thronerbin ernannt werden, nicht solange er lebt – und mit ihm der gesamte Kronrat. Mein zukünftiger Gemahl wird die Krone erben.«

Die beiden Strotter wechselten einen resignierten Blick. »Siehst du?«, sagte Emmerich Kalk zu seinem Sohn. »Nicht nur bei uns ist es so.«

Der Junge zuckte die Achseln und sah Mizzi mit einem Ausdruck des tiefsten Mitgefühls an. »Aber du glaubst, dass deine Mutter etwas tun kann?«, fragte er.

»Ja«, sagte Mizzi entschieden. »Mein Vater hört auf sie, auch wenn er das niemals zugeben würde. Sie ist viel jünger als er, aber auch klüger – und viel klüger als all seine schlechten Ratgeber, dieser windige Reichskriegsminister vielleicht einmal ausgenommen. Von Windesberg ist ein gerissener, eiskalter Hund.«

»So ist er mir geschildert worden, ja.« Der Strotterkönig biss nachdenklich auf seinen Daumenknöchel. »Gut, wir müssen also Ihre Mutter ausfindig machen. Das wird schwie…«

»Ich weiß, wer uns verraten kann, wo sie ist«, fiel ihm Mizzi ins Wort. »Ich bin dem Mann begegnet, als ich aus der Hofburg geflohen bin. Er hat mich erkannt, aber er hat mich nicht verraten.«

»Wer ist es? Kennen Sie seinen Namen?« Emmerich Kalk hatte sich aufgerichtet und bedeutete seinem Sohn, ihm sein Schreibzeug zu bringen.

»Natürlich kenne ich seinen Namen. Es ist dieser Transleithanier, der vor der Auflösung der Vierten Abteilung Major Nagys Stab angehört hat.«

Der Oberpani ließ die Hand sinken und fiel mit verblüffter Miene zurück in seinen Sessel. »Drago Pejić?«

»Ja. Er gehört nun zu von Windesbergs Männern.« Mizzi reckte das Kinn. »Ein Opportunist, ein Verräter. Er weiß, wo sie meine Mutter festhalten.«

»So.« Der Strotterkönig nickte nachdenklich. »Das ist natürlich praktisch.« Er stand unvermittelt auf. »Kommen Sie. Ich wollte Katya heute eigentlich nicht mehr stören, aber diese Nachricht wird sie brennend interessieren.«

•••

Sie durchquerten ein Areal mit Bretterbuden und brennenden Kochfeuern. Mizzi musste an sich halten, um nicht den Hals zu recken und zu gaffen wie ein Küchenmädchen – dann sagte sie sich, dass sie schließlich genauso gewandet war und es schwerlich auffallen würde, wenn sie es tat. Also sah sie sich gründlich um. »Es leben viele Menschen hier unten«, sagte sie halblaut zu sich selbst.

Der junge Strotter, der dicht an ihrer Seite ging, schob die Hände in die Taschen und senkte das Kinn. »Wir waren immer schon viele, aber es sind noch mehr geworden in den letzten Monaten.«

»Seit die Engel vor Wien stehen.« Mizzi erwiderte seinen Blick. Er hatte die schönsten langen Wimpern, die sie je an einem Mann gesehen hatte. Beneidenswert. Sie räusperte sich kurz und energisch.

»Seither, ja. Alle, die bisher oben gelebt haben – unter den Brücken, in den Auen, aus den Vororten hinter dem Linienwall und dem Wienerwald – kommen jetzt herunter, in die Sicherheit. Mein Vater macht sich große Sorgen deswegen. Wir können sie nicht alle ernähren.«

Mizzi blieb stehen. »Das alles sind Menschen ohne Wohnung?«, fragte sie erschüttert.

Wieder hob Luca die Schultern. »Ohne Wohnung, ohne Arbeit, ohne Geld. Zigeuner und Vagabunden, Flüchtlinge, Deserteure, Graue Kader, Sträflinge ... wir wissen kaum, was wir mit ihnen machen sollen. Die Strotterfamilien sind fest gefügte Gemeinschaften. Sie schicken die Fremden hierher in die Unterburg, damit wir sie aufnehmen. Ein paar der Familien, die Königstreuen, helfen uns. Aber die anderen haben die Arme verschränkt und warten ab, ob der Oberpani mit seiner Familie unter der Last zusammenbricht.« Er biss die Zähne voller Grimm zusammen.

Mizzi legte ihm die Hand auf den Arm. »Wenn wir meine Mutter befreit haben, dann wird sie euch helfen«, versprach sie.

Er nickte und murmelte einen halbherzigen Dank. Sie konnte ihm ansehen, dass er ihr nicht glaubte.

Schweigend gingen sie weiter. Der Oberpani konnte kaum zwei Schritte tun, ohne dass ihn jemand ansprach, sich bei ihm über irgendetwas beklagte, ihn um etwas bat, einfach nur sein Gehör finden wollte, um das Herz auszuschütten. Emmerich Kalk blieb dann stehen, antwortete und hörte geduldig zu, schabte dabei mit zunehmender Gereiztheit über seinem lederumwickelten Armstumpf, ließ aber keinen der Bittsteller unfreundlich abfahren. Mizzi sah ihn mit noch einmal neuem Respekt an. So zerlumpt all diese Menschen auch waren und so wenig das alles hier an die Pracht und die behäbige Bürgerlichkeit der Oberstadt erinnerte – dennoch war Oberpani Kalk in den Augen der Menschen hier ein wahrer König und seine Untertanen nicht weniger ganz normale Menschen mit ihren alltäglichen Sorgen und Kümmernissen wie die Bewohner des oberirdischen Wien.

»Hat er Hilfe?«, fragte sie flüsternd. »Einen Kronrat, Berater ...?«

»Ja«, gab Luca zurück. »Aber seine Hauptleute sind in der Kanalisation unterwegs und sorgen für Ordnung und Ruhe.« Er seufzte. »Und da naht auch schon die nächste Komplikation ...«

Mizzi folgte seinem Blick und riss die Augen auf. Ein Vermummter in einem weiten schwarzen Mantel mit wallendem Kragen, einem tief ins Gesicht gezogenen Dreispitz, an dem ein schwarzer Spitzenschleier befestigt war, und einer ausdruckslosen weißen Maske vor dem Gesicht trat auf den Oberpani zu und richtete das Wort an ihn. Die Menschen, die Emmerich Kalk bisher umringt hatten, stoben auseinander.

»Ein venezianischer Gesandter«, hauchte Mizzi und verbarg sich hinter Luca. »Ich möchte nicht, dass er mich sieht. Was treiben die Gesandten der Serenissima hier bei euch?«

Luca blickte mit emporgezogenen Brauen über seine Schulter. »Die Serenissima«, flötete er. Dann lachte er sein anziehendes Lachen und griff nach Mizzis Hand. »Komm, Fräulein Mizzi. Unser Besucher wird meinen Vater sicherlich zu Major Nagy begleiten wollen. Gehen wir schon vor.«

Mizzi ließ sich von ihm weiterziehen. Sie warf noch einen Blick zurück und sah, wie der Venezianer dem kleineren Strotter seine behandschuhte Hand auf die Schulter legte und mit seinem eleganten Gehstock, der in dieser Umgebung absurd und deplatziert wirkte, ungeduldig gegen sein verhülltes Bein klopfte. Oberpani Kalk ließ mit kaum verhohlener Gereiztheit seinen weißen Zopf durch die Finger gleiten und sagte etwas zu dem Gesandten, was diesem ein unterdrücktes Lachen entlockte.

»Du kennst den Gesandten?«, fragte Mizzi.

»Ja, natürlich«, erwiderte der junge Strotter und hob wieder auf diese charakteristische Art seine Schultern, die sein Unbehagen anzeigte. »Er ist ein Freund der Majorin.«

»Major Nagy ist mit einem Venezianer befreundet?« Mizzi schüttelte befremdet den Kopf. Es war kaum vorstellbar, dass die Päpstlichen und Katalin Nagy irgendwelche gemeinsamen Interessen verbinden sollten. Die Serenissima pflegte keinen Kontakt mit Andersgläubigen. Dass sie im Angesicht der Bedrohung durch die Engel nun Verhandlungen mit dem Kaiserreich führten, die gemeinsame Aktionen gegen den Feind zum Inhalt hatten, stand auf einem völlig anderen Blatt. Niemals hätte ein Venezianer sich im Beisein eines Andersgläubigen seiner Maske, seiner Verhüllung oder auch nur seiner Handschuhe entledigt, so groß war die Angst, allein durch die Berührung oder den Atem besudelt zu werden und seines Seelenheils verlustig zu gehen.

Luca grinste schief. »Major Nagy wird dir sicher alles erklären, Fräulein Mizzi.«

Gefolgt von dem Strotterkönig und seinem unheimlichen Begleiter erreichten sie eine Behausung, die ebenso schief und baufällig aussah wie alle anderen, die sie passiert hatten. Luca klopfte an den Türstock und rief: »Major, sind Sie auf? Mein Vater möchte Sie sprechen. Und wir bringen Besuch.«

»Einen Moment«, erklang Katalin Nagys tiefe, ein wenig heisere Stimme von drinnen. »Ich bin nicht für königlichen Besuch gekleidet. Shenja, hilf mir bitte.«

Inzwischen waren der Strotterkönig und sein Begleiter ebenfalls bei ihnen angelangt und warteten geduldig, während von drinnen ein Rumpeln und das Schaben von Stuhlbeinen erklangen. Dann ertönten schwere Schritte und ein wahrer Riese von Mann schob den Türvorhang aus Sackleinen beiseite und blickte auf sie herab. »Major Nagy lässt bitten«, sagte er, während sein helläugiger Blick über die Wartenden glitt. Als er den Venezianer ansah, erhellte ein Lächeln seine Züge. »Wie schön«, sagte er. »Katya hat dich vermisst.«

»Ich bleibe nun bei euch«, erwiderte eine glockenklare Stimme, die von der Maske gedämpft wurde.

»Gehen Sie nur hinein, Pani Kalk.« Der Riese gab ihnen den Weg frei. »Katya erwartet Sie.«

Sie betraten das dumpfe Innere des Verschlages. Mizzi tat einen freudigen Ausruf, als sie Katya erblickte, die mit hochgelegtem Bein auf einem gepolsterten Stuhl saß. Katya runzelte schwach die Stirn und machte dann Anstalten, aufzustehen, woran sie der schnell vorspringende Venezianer hinderte. Sie war blass und dünn, als wäre sie krank oder verletzt.

»Marie-Louise«, rief Katya aus. »Mizzi! Sie haben es geschafft. Gregor hat sich solche Sorgen gemacht!« Sie breitete die Arme aus und Mizzi, jeden Standesunterschied vergessend, fiel ihr um den Hals.

Die Empfindungen, die sie überfielen, waren vielfältig, verwirrend und größtenteils unangenehm. Ein Kribbeln, ein Zucken, ein scharfes Stechen, als hätte sie in Brennnesseln und Disteln gefasst. Sie ließ Katya mit einem Laut des Erschreckens los und sah, wie das blasse Gesicht sich teilnahmsvoll verzog. »Kind, das wusste ich nicht«, sagte Katya und schob sie von sich weg. »Sie sind also eine Sensitive, wie Ihre Mutter.« Sie rieb sich über die Augen. »Sie sind wohlbehalten hier angekommen, das ist die Hauptsache. Nun können wir überlegen, wie wir die Suche nach Sophie ausweiten, ohne Sie damit in Gefahr zu bringen.« Sie wandte den Kopf und sah den Strotterkönig fragend an. »Emmerich, deswegen allein – so erfreulich es auch ist – sind Sie wohl kaum mitgekommen. Was führt Sie zu mir?«

Der Oberpani ließ sich auf einer umgedrehten Teekiste nieder, um mit Katja auf Augenhöhe zu sein. Mizzi beobachtete, wie der Riese, der sie in Empfang genommen hatte, sich hinter Major Nagys Stuhl stellte und beide Hände schützend auf ihre Schultern legte. Sein großes Gesicht war ausdruckslos, aber die hellen Augen fixierten wachsam den Strotterkönig.

»Unser Gast hat eine Neuigkeit mitgebracht«, sagte Emmerich Kalk. »Sie betrifft den Aufenthaltsort der Kaiserin. Fräulein Mizzi, wenn Sie selbst berichten wollen, was Sie mir schon erzählt haben …?«

Mizzi wiederholte die Schilderung ihrer Begegnung mit Drago Pejić und war sich der gespannten Aufmerksamkeit der beiden Menschen vor ihr bewusst: Katya lauschte mit in die Hand gestütztem Kinn und der Mann, der hinter ihr stand, beugte sich ein wenig vor und trank förmlich die Worte von Mizzis Lippen.

Als die Prinzessin geendet hatte, herrschte einige Atemzüge lang Stille. Dann seufzte Katya und verdrehte den Kopf, um den großen Mann anzusehen. »Ich bin beruhigt, dass er noch lebt«, sagte sie.

Der Riese nickte und lächelte leicht. »Drago ist eine gerissene Ratte«, erwiderte er. »Ich wusste, dass er es schaffen würde.«

Mizzi räusperte sich angelegentlich. »Darf ich erfahren …?«, fragte sie.

Katalin Nagy nickte und schloss die Augen. Die Erschöpfung war ihr deutlich anzusehen. »Shenja«, sagte sie.

Der Riese massierte sanft ihre Schultern, während er knapp und präzise von Drago Pejićs Rolle als Maulwurf im Stab des Kriegsministers berichtete.

»Also deshalb hat er mich nicht aufgehalten«, sagte Mizzi und schüttelte den Kopf. »Er muss sehr mutig sein. Oder wahnsinnig. Das Spiel, das er da spielt …«

»Mutig«, sagte Katya, ohne die Augen zu öffnen. »Emmerich, danke, dass Sie mir diese Neuigkeiten gebracht haben. Belpharion, nun du. Hast du etwas erreichen können?«

Der venezianische Gesandte, der still neben Mizzi gewartet hatte, beugte sich vor und nahm Katyas Hand – die behandschuhte, wie Mizzi sah. Er drückte sie und schüttelte den Kopf. »Leider bringe ich keine guten Neuigkeiten«, sagte er mit seiner klaren, hohen Stimme, die durch die Maske ein wenig gedämpft wurde.

»Zieh diese Vermummung aus, lieber Freund«, sagte Katya ungeduldig und öffnete die Augen. »Ich glaube nicht, dass die Erzherzogin dich verraten wird.« Ein Blick traf Mizzi, die sich wachsam aufrichtete.

»Sie sind gar kein Venezianer«, sagte sie, als der Verhüllte seinen Dreispitz abnahm und dann nach seiner Maske griff. »Sie sind … oh.« Es verschlug ihr die Worte, als die Maske mit einem dumpfen Laut auf dem Tisch landete. Der Engel lächelte.

»Nein, kaiserliche Hoheit«, sagte er. »Ich bin allerdings kein Venezianer.«

Mizzi öffnete den Mund und schloss ihn wieder. Ihre Gedanken flitzten durcheinander wie kleine Fische. »Gehe ich recht in der Annahme«, sagte sie mit einer Stimme, die ihr selbst fremd vorkam, »dass sich kein einziger venezianischer Gesandter in unserer Stadt aufhält?«

Der Engel und Katya wechselten einen schnellen Blick und der Oberpani lachte. »Sie ist schnell«, sagte er.

»Sie gleicht in allem ihrer Mutter«, erwiderte Katya mit einem Seufzen, der in ein Lachen überging.

Mizzi achtete nicht auf sie. Sie ging alle Implikationen dieser neuen Erkenntnis durch. Das also war der Grund dafür, warum die Leukoi – die Engel – so ungehindert hatten auf Wien marschieren können. Jeder Schritt, jeder Zug der Kaiserlichen war ausspioniert und verraten worden. »Wie konnte von Windesberg auf diese Scharade nur hereinfallen?«, fragte sie niemand Bestimmten.

»Er hat gesehen, was er sehen wollte, wie alle anderen auch: Eine starke verbündete Macht, die ihm die Engel an seiner Flanke vom Hals hält.« Emmerich Kalk lachte wieder und es klang zornig.

»Die Archonten haben als erste Gesandte zwei Menschen eingesetzt«, erklärte der Engel, der immer noch Katyas Hand hielt. Seine Berührung schien ihr Kraft zu geben, denn ihre Wangen waren nicht mehr ganz so totenblass und sie hatte sich aufgerichtet.

»Menschen, die für die Leukoi arbeiten?« Mizzi sah ihn skeptisch an. Sie hatte noch nie einen Engel aus der Nähe gesehen und fand seinen Anblick weniger erschreckend oder abstoßend, als sie erwartet hatte.

Der Engel wiegte den Kopf, was weder ja noch nein bedeutete. »Genau genommen sind es Mischlinge«, sagte er mit einem Hauch von Abscheu in der Stimme. »Die Menschen haben sie gejagt, also sind sie zu uns gekommen und wir haben sie aufgenommen. Das hat sich letztlich als nützlich erwiesen.«

Mizzi nahm auch diese Information in ihr Gedächtnis auf. Die Existenz von solchen Kindern, die aus einer Verbindung zwischen Menschen und Engeln entstanden waren, war ein Umstand, den ihre Lehrer immer vehement geleugnet hatten. Etwas zu vehement für ihren Geschmack. Nun, sie hatte keinerlei Veranlassung, das Wort des Leukos anzuzweifeln.

»Kann uns irgendetwas davon helfen, meine Mutter zu befreien?«, fragte sie.

»Möglicherweise.« Der Strotterkönig rieb wieder über seinen Armstumpf und Mizzi fragte sich, ob die Verletzung, die alt zu sein schien, ihm immer noch Schmerzen bereitete. »Ich werde jemanden ausschicken, der mit Pejić Kontakt aufnehmen kann, ohne aufzufallen. Ich denke, dass er in seiner vorherigen Beschäftigung auch mit Spitzeln zu tun hatte?«

Katya nickte. »Jede Polizeibehörde arbeitet mit Spitzeln. Das könnte funktionieren, Emmerich. Aber seien Sie überaus vorsichtig, dass er damit nicht in Gefahr gerät, enttarnt zu werden.«

»Selbstverständlich«, erwiderte der Strotterkönig ein wenig ungehalten. »Der zweite Punkt …«

»Horatius Tiez«, sagte Katya. Auf ihrer Stirn standen kleine Schweißperlen. »Emmerich, mir bleibt nicht mehr viel Zeit. Meine Hoffnung, dass Belpharion zumindest einen Aufschub bewirken könnte, hat sich zerschlagen. Ich brauche die Hilfe des Zeitmeisters – bald!«

10

Die Expedition

Der rote Milan lugte durch das Absperrgitter. »Der Weg ist frei«, flüsterte er. »Aber irgendwas stimmt mit dem Laden nicht. Ich habe Licht gesehen.«

Kato blickte über seine Schulter. Sie war müde, durchnässt von dem Platzregen, der sie vor einer halben Stunde überrascht hatte, und machte sich Sorgen über das Ziel ihrer Reise. Wäre es nicht doch besser gewesen, wenn sie Shenja mitgenommen hätten?

Der schwarze Milan drückte sich an ihr vorbei und schob das Gitter auf. »Ganz gleich, wer sich dort herumtreibt«, sagte er kurz, »wir müssen hinein!«

Sie kletterten aus dem Schacht und rannten über die Straße, auf der große Pfützen von dem Wolkenbruch zeugten, der über Wien niedergegangen war. Das Licht, das Kato ebenfalls durch die Ladentür hatte schimmern sehen, war erloschen. Die große Glasscheibe des Schaufensters spiegelte das Licht einer Laterne wider – wahrscheinlich war es diese Spiegelung gewesen, die sie genarrt hatte.

Der Schwarze war als Erster an der Ladentür. Er drückte gegen den Knauf und wandte sich überrascht zu ihnen um. »Es ist offen!« Er drückte die Tür weit auf. Kato hörte das Bimmeln der Glöckchen, dann rannte sie hinter dem Roten her ins Innere des Ladens. Beim Überschreiten der Schwelle ergriff sie ein kurzer, heftiger Schwindel, der aber genauso schnell verschwand, wie er aufgetaucht war.

Der Schwarze schloss die Tür und legte den Finger auf die Lippen. Seine Miene war konzentriert und grimmig.

»Wenn jemand hier ist, haben wir uns ihm ohnehin angekündigt«, flüsterte der Rote. Er wies auf den dunklen, stillen Gang zwischen den Regalen. Im Hintergrund war die wuchtige Theke zu sehen, ein schwarzer Wall, der den Raum teilte. Der Rote deutete mit den Fingern, dass sie sich aufteilen und von beiden Seiten hinter die Theke dringen sollten. Wenn dort wirklich jemand lauerte, würden sie ihn so vielleicht überrumpeln können.

Sie folgte dem Schwarzen, der leise voranpirschte. Auf der anderen Seite machte der Rote Lärm, er stieß gegen die Regale, knurrte, lachte und schimpfte und gab sich den Anschein, allein, angeheitert und vollkommen unbekümmert zu sein.

Sie erreichten die Theke und glitten lautlos hinter ihre Abschirmung. Ein Lager aus Lumpen war dort aufgeschichtet, daneben lag ein abgeschabter Armeetornister, und auf einer Kiste waren die Reste einer frugalen Mahlzeit zu sehen – trockene Brotrinden, die Überreste von Äpfeln, ein Messer und ein zerbeulter Blechnapf. Jemand hatte es sich hier einigermaßen wohnlich eingerichtet – aber wo war der Eigentümer dieses armseligen Besitzes?

»Ein Deserteur?«, flüsterte Milan.

Dann hörten sie Tumult von der anderen Seite der Theke. Anscheinend hatte der Rote den Eindringling aufgestöbert. Ein Knurren, Keuchen und Stöhnen, ein Füßescharren und das Geräusch dumpfer Schläge rissen den Schwarzen aus seiner geduckten Haltung. Er fluchte, griff nach dem Messer und sprang mit einem Satz über die Theke. Kato sah sich hastig um, dann wühlte sie in dem Tornister nach einer Waffe. Ihre Finger stießen auf kaltes Eisen und sie zog einen schweren Armeerevolver heraus. Ohne sich zu vergewissern, ob er geladen und schussbereit war, lief sie damit um die Theke und auf das Getümmel der Kämpfenden zu.

Ein großer Mann in einem langen Mantel rang auf dem Boden mit dem Roten, während der Schwarze um sie herumtänzelte, offensichtlich unschlüssig, ob er mit dem Messer auf den Mann einstechen sollte. Er versuchte, den Mann von seinem Bruder herunterzuzerren, aber der war offensichtlich stärker und schwerer als die beiden Milans. Er hielt den Roten unten und drückte ihm die Luft ab.

»Lass ihn los«, schrie Kato und zielte mit dem Revolver auf seinen Hinterkopf. »Ich schieße!«

Die Szene erstarrte. Der Mann hielt den Roten immer noch umklammert, aber sein Kopf drehte sich, bis er sie im Augenwinkel fixieren konnte. Kato sah den struppigen grauen Bart und leckte sich über die Lippen. »Ich schieße wirklich«, sagte sie ruhiger. »Geh von ihm weg und heb die Hände.«

»Ist das meine Waffe?«, fragte der Mann und Belustigung schwang in seiner Stimme mit. »Dann wird sie Ihnen nicht viel nützen, Fräulein Kato.«

Kato stand starr, die Hand mit dem Revolver ausgestreckt, und sah den Mann an. Ein grauer Haarkranz umrahmte eine kreisrunde kahle Stelle auf seinem Schädel. Er hatte eine schiefe Nase, die wohl einmal gebrochen gewesen war. Seine graugrünen Augen musterten sie mit einer Heiterkeit, die der Lage kaum angemessen schien. Nun ließ er den Roten endgültig los und drehte sich mit ausgestreckten Händen zu ihr um. »Ich freue mich, Sie wohlauf zu sehen«, sagte er.

»Grünwald?«, flüsterte Kato. »Sind Sie es wirklich?«

Der Rote hustete und rieb sich die Kehle, während er langsam aufstand. »Der abtrünnige Pater – der Verräter?«, fragte er heiser.

»Der Verräter«, bestätigte Josip Grünwald mit einem Lächeln, das eher ein Zähnefletschen war. Er stand mit ausgestreckten Händen da und sah von einem zum anderen. »Und was wollt ihr nun anfangen?«, fragte er in gemütlichem Plauderton. »Mich gleich ohne großes Aufhebens exekutieren? Oder an die Polizei ausliefern?«

Die Milans blickten sich an. »Wir könnten ihn zum Oberpani bringen«, sagte der Rote zögernd.

»Wir sollten ihn fesseln«, bestätigte der Schwarze.

Kato wandte den Blick nicht von Grünwalds Gesicht ab. Sie las Schmerzen und Trauer darin und gleichzeitig eine große Gelassenheit. »Wartet«, sagte sie. »Ich denke nicht, dass wir ihn fesseln müssen.« Sie hatte an seinen Verrat nie glauben wollen, ebenso wenig wie Shenja. Sie hatte Grünwald im Brünnlfeld erlebt, er hatte ihr dort ebenso beigestanden, wie er Shenja geholfen hatte. »Grünwald«, sagte sie, »geben Sie mir Ihr Wort, dass Sie nicht weglaufen werden? Und dass Sie uns in die Kanalisation folgen, wenn wir hier das erledigt haben, wozu wir gekommen sind?«

»Kato«, murmelte der Schwarze, »du gehst ein großes Risiko ein.«

Josip Grünwald neigte bedauernd den Kopf. »Ich verspreche, dass ich euch nicht weglaufen werde«, sagte er. »Und ich lasse euch tun, was auch immer ihr tun wollt. Aber ich kann nicht mit euch gehen. Mein Platz ist hier.«

Kato hielt stumme Rücksprache mit den Milvus-Brüdern. Dann zuckte der Schwarze die Achseln. »Wir haben Ihr Wort, dass Sie hierbleiben«, sagte er. »Auch wenn das Wort eines Verräters nicht viel zählt – es ist mir schließlich gleichgültig, ob Sie fliehen oder bleiben. Sie haben den Orden verraten und werden dafür zur Rechenschaft gezogen werden. Aber jetzt gibt es Wichtigeres zu tun.« Er wandte den Kopf wie ein Hund, der Witterung aufnimmt. »Der Korridor ist nicht noch weiter kollabiert, denke ich. Wir werden also versuchen, durch die Trümmer die Werkstatt zu erreichen und dann …« Er verstummte, als Josip Grünwald sich jäh vorbeugte und seinen Arm ergriff.

»Ihr könnt dort nicht hineingehen«, sagte der ehemalige Pater Guardianus eindringlich. »Es ist zu gefährlich.«

Der Schwarze hielt unerschrocken seinem Blick stand. »Ich denke nicht, dass Sie uns Vorschriften machen können. Und ich weiß, dass es gefährlich ist. Aber wir haben keine Wahl.«

»Du verstehst nicht«, rief Grünwald aus. »Du wirst dort getötet werden, ehe du begreifst, was dich angegriffen hat.« Er sah die Zwillinge beschwörend an. »Der Zusammenbruch des Korridors hat Pfade geöffnet, die besser verschlossen geblieben wären. Die Wesen, die sich dort herumtreiben, töten euch mit einem Atemhauch. Und das ist es nicht allein: Die Zeit ist aus dem Gefüge geraten. Wenn ihr in eine dieser Verwerfungen geratet, zerreißt es euch in kleine Stücke.«

»Oh«, sagte der Schwarze und wurde blass. »Das ist nicht gut.«

Josip Grünwald nickte grimmig. »Keiner von uns kann daran etwas ändern. Der Zeitmeister ist der Einzige, dem ich dieses Werk zutrauen würde.« Er zog die Brauen zusammen und senkte den Kopf.

Kato berührte seine Hand, um seine Aufmerksamkeit zu bekommen. »Was bedeutet das?«, fragte sie ruhig.

»Für die Stadt? Für die Menschen? Für die gesamte Welt, das Gefüge der Zeit, den Stoff, der die Realität zusammenhält?« Grünwald lachte humorlos auf. »Das Ende, Fräulein Kato.«

Die Milans steckten die Köpfe zusammen und beratschlagten in unterdrücktem Flüsterton. Dann hob der Rote den Kopf und sagte: »Wir werden es riskieren müssen. Wir brauchen die Teile für den Boojumfilter. Das Ætheroskaph ist unsere einzige Hoffnung, wenn wir den Professor wiederfinden wollen.«

•••

Grünwald hatte sie dazu gebracht, sich erst einmal mit ihm zu beraten. »Wenn ich euch nicht davon abhalten kann, dort hineinzugehen, dann will ich wenigstens, dass ihr genau wisst, was ihr tut«, hatte er mit grimmigem Humor gesagt.

Sie saßen auf Kisten und schlürften heißen Tee. Die Milans hatten einen kräftigen Schuss aus Grünwalds Flachmann nicht abgelehnt, nur Kato trank den Tee pur. Sie umklammerte den Becher und wärmte ihre Finger daran, während sie Grünwalds ruhigen Erklärungen lauschte. Heute vermisste sie ihre Gefährten noch mehr als gewöhnlich. Ohne die Elementare fühlte sie sich verloren und beinahe so verkrüppelt, als fehlte ihr ein Arm oder ein Auge. Sie seufzte unhörbar und wandte ihre Aufmerksamkeit wieder den Männern zu, die nah beieinander hockten und auf eine rohe Skizze blickten, die Grünwald mit einem Bleistiftstummel auf eine ausgerissene Buchseite gekritzelt hatte.

»Die Werkstatt müsste also ungefähr hier gestrandet sein«, sagte der Schwarze gerade und deutete auf eine Stelle in der Skizze. »Das heißt, wir müssen an dem Treibgut vorbei, das aus dem hinteren Lagerraum stammt.«

»Und an der kompletten Kücheneinrichtung«, warf der Rote ein. »Wir sollten davon mitnehmen, was wir packen können.« Er lachte.

»Ich habe Teile davon schon aufgesammelt«, sagte Grünwald. »Einige Vorräte, Kochgeschirr, Feuerholz.«

Etwas schepperte im hinteren Teil des Ladens und die Milans fuhren hoch. »Wer ist da?«, fragte der Schwarze scharf.

»Niemand, der euch etwas angeht«, sagte Josip Grünwald und er klang müde. »Ein Junge, den ich aufgelesen habe. Lasst ihn in Ruhe, macht ihm keine Angst.«

Ehe einer der Milans etwas sagen oder tun konnte, rief eine Stimme: »Milan Milvus! Roter, Schwarzer! Habt ihr den Professor gefunden?« Kato sah nicht weniger verblüfft aus als die Zwillinge, als nun ein schlaksiger, hellhaariger Junge um die Ecke geschossen kam und dem Roten beinahe um den Hals fiel.

»Jenö«, sagte der Rote und klopfte dem Jungen auf die Schultern. »Mensch, wir haben uns Sorgen gemacht. Wo warst du?«

Der Junge lachte und schüttelte sich wie ein junger Hund. »Hier und da. Und als ich zurückkam, war alles fort.« Sein Blick streifte Kato und er kniff die Augen zusammen. »Wer ist das?«

Kato starrte ihn an. Auf seiner Schulter saß ein Hydorwesen und jetzt kam auch ein Gnom um die Ecke getappt und klammerte seine große Hand um das Bein des Jungen. Der sah aus wie ein Engel, jedenfalls beinahe.

»Bist du ein Leukos?«, fragte sie.

Der Junge kniff die Lippen zusammen. »Nein«, sagte er knapp und wandte sich ab, um sie demonstrativ zu ignorieren. »Wo wart ihr, als der Korridor zusammengebrochen ist? Josip sagt, dass das niemand überlebt haben konnte, der dabei gewesen ist.«

Die Milans berichteten ihm abwechselnd von ihrer Flucht mit dem Ætheroskaph und der Junge lauschte gebannt.

Kato beachtete die jungen Männer nicht weiter, sie beobachtete Grünwald, der geduldig auf seinem Lumpenlager hockte und darauf wartete, dass das Gespräch endete. Seine großen Hände, die wie alles an ihm nicht allzu sauber aussahen, ruhten still in seinem Schoß, und er hatte die Lider halb gesenkt. Er schien zu dösen, aber Kato konnte die Spannung in seinen Schultern und in der Haltung seines Kopfes erkennen. Er lauschte, aber nicht auf die Stimmen der Milans. Kato erinnerte sich daran, wie seine Freundlichkeit und sein Beistand ihr die Schreckenszeit im Brünnlfeld erleichtert hatten. Er hatte verhindert, dass ihr ein Folterinstrument durchs Auge ins Gehirn getrieben wurde, er hatte ihr schließlich geholfen, zu fliehen. Und er hatte sich um Jewgenij gekümmert, der lange Zeit nicht gewusst hatte, wer er selbst war und auf Grünwalds Beistand so bitter angewiesen war …

Als hätte er ihre Gedanken gespürt, hob Grünwald den Blick und sah sie an. »Wie geht es Moroni?«, fragte er. Moroni – der Name, unter dem Jewgenij sich ins Irrenhaus hatte einschleusen lassen.

»Gut«, erwiderte sie. »Er hat inzwischen mehr gute als schlechte Tage. Aber er vermisst Sie.«

Seine Augenlider zuckten. »Ich denke oft an ihn.«

Sie konnte sehen, dass er noch nach jemand anderem fragen wollte, und sie ahnte, dass es ihre Mutter war. Aber er nickte nur mehrmals leicht, hob die Schultern und senkte den Kopf.

»Wie gehen wir also vor?«, fragte der Schwarze und klopfte mit dem Fingerknöchel auf den Plan. »Ich denke, wenn wir diese Passage hier heil hinter uns gebracht haben, müssten wir problemlos durch die Nebentür in die Werkstatt gelangen können.«

Grünwald beugte sich wieder vor und machte zwei energische, dicke Bleistiftstriche quer durch ein Verbindungsnetz aus dünnen Linien. »Dort müsst ihr durch«, sagte er. »Und das schafft ihr nicht ohne meine Hilfe.«

Die Milans sahen sich eine Weile schweigend an. Kato kannte mittlerweile ihre Methode der stummen Verständigung und konnte beinahe fühlen, was sie sich mitteilten. Da war Misstrauen, aber auch Sorge. Der Korridor war zu einem unwegsamen Gelände geworden, wo es von Fußangeln und verborgenen Fallen nur so wimmelte. Sie waren auf Grünwalds Hilfe angewiesen, ob er nun ein Verräter war oder nicht.

»Gut«, sagte der Schwarze schließlich. »Danke. Was müssen wir beachten?«

Es dauerte noch eine ganze Weile, bis die Milans für ihre Expedition gerüstet waren. Grünwald bestand darauf, dass sie Wasserflaschen mitnahmen und sich mit Gurten sicherten, und verteilte dann eine Reihe von Waffen: kurze Schwerter, eine kleine Axt, Pistolen, eine morgensternähnliche Konstruktion mit mehreren Stachelkugeln an einer kurzen Kette. Wie er erklärte, war es schwierig, innerhalb des Korridors etwas zu werfen oder abzuschießen, weil die Geschosse kaum jemals einem geraden Kurs folgten. Die Pistolen waren nur für den Einsatz in allernächster Nähe gedacht und sollten am besten gar nicht abgefeuert werden.

»Welcher Art sind die Wesen, die uns dort erwarten?«, fragte der Rote, dessen Gesicht deutlich blasser war als noch vor einer Stunde.

»Ich kann es euch nicht sagen.« Grünwald kontrollierte die Schnallen, mit denen die Brustgurte fixiert waren. »Es ist jedes Mal etwas anderes. Falls ihr die Blendgranaten verwendet, warnt euch gegenseitig und wendet die Augen ab. Die Dinger sind teuflisch grell.«

Die Milans sahen sich an und nickten. Der Rote schob die Schutzbrille mit den getönten Gläsern über seine Augen und der Schwarze zurrte den Kinnriemen seiner Lederkappe fest. »Wir sind bereit«, sagte er. Sein Blick flog zu Kato und ein Lächeln umspielte seine Mundwinkel. »Wir kommen heil wieder«, versprach er. »Mit dem Boojumfilter.«

Kato nickte, ohne das Lächeln zu erwidern. »Darauf baue ich«, antwortete sie. Sie überprüfte die Sicherungshaken, die die Rettungsleine hielten. Daran würden die Milans sich zurückhangeln können, wenn sie die Orientierung verlieren sollten. Die Haken saßen fest, aber Kato wickelte die Leine dennoch zusätzlich zweimal um ihren Oberarm, ehe sie sie in die Hand nahm. Sicherheitshalber. Sie brauchte ihre Hände möglicherweise, um Grünwalds schweren Armeerevolver abzufeuern. Dieses Mal war er geladen und auch schon entsichert. Wenn sie ihn benutzen musste, was der Himmel verhüten mochte, dann musste es schnell gehen.

»Jenö, kannst du die Singende und Kaskabel rufen? Sie sollen den beiden helfen, den Weg zu finden.«

Der junge Halbengel nickte ernst und beugte sich zu seinem Gnom hinab. Die beiden wisperten miteinander. Kato beobachtete sie mit einem Anflug von Neid.

Grünwald sah sie fragend an. »Wo haben Sie Ihre Gefährten gelassen, Fräulein Kato?«

Sie stemmte ihren Fuß gegen eine Kiste. »Sie sind mit Belpharion ins stille Land gegangen. Er sagte, sie brauchten eine Ruhepause.«

Der ehemalige Pater Guardianus nickte mitfühlend. Jenö, der ihre Worte gehört hatte, riss den Kopf hoch und starrte sie mit weiten, hellen Augen an. »Belpharion?«, fragte er. Sie konnte Zorn in seinem Gesicht sehen, Misstrauen, Trauer. »Was hast du mit Belpharion zu schaffen, Mädchen?«

»Kato«, sagte sie friedlich. Der Junge war ein Bündel von Wut und Schmerz. Sie konnte es ihm nicht übel nehmen, dass er sich ihr gegenüber so schroff und unhöflich zeigte. Es musste schrecklich sein, als Engelbastard leben zu müssen, gehasst und verachtet von beiden Seiten. Wer wohl die Eltern des Jungen waren? Ob sie ihn absichtlich alleingelassen hatten, damit er auf der Straße starb?

»Sag schon«, fuhr er sie an. Sein Gnom umklammerte die Wade des Jungen und fixierte sie mit großen, feuchten, dunkelbraunen Augen. Er erinnerte sie so schmerzlich an Gnurr …

»Belpharion ist ein Freund meiner Mutter«, begann sie, vorsichtig, weil sie nicht wusste, was sie erzählen durfte. Immerhin war er ein Engel, ein Feind … »Er hilft mir und meinen Gefährten …«

»*Du* willst Gefährten haben, du Mensch?« Jenö lachte verächtlich, wandte sich ab. »Lügnerin.«

»Später«, mahnte Grünwald. »Lasst uns beginnen. Ich spüre, dass eine Welle naht, wir wollen vorher fertig werden.«

Die Milans überprüften ein letztes Mal ihre Ausrüstung und klatschten sich dann stumm auf die Schultern. »Wünsch uns Glück«, sagte der Rote. Er schwitzte unter seiner Lederhaube und der schweren Weste, die er trug. Es war nicht nur die Wärme, die ihn schwitzen ließ, aber er bemühte sich um ein Lächeln. Der Schwarze blickte nur grimmig auf die Türöffnung, hinter der es Unheil verkündend donnerte.

Kato legte den Revolver achtsam auf die Kiste, dann nahm sie den Roten bei den Schultern und küsste ihn auf den Mund. »Ich wünsche dir Glück«, sagte sie streng. »Komm heil zurück und bring den Boojumfilter mit.«

Der Schwarze schoss einen wütenden Blick auf sie ab. Er zerrte an der Leine, die sein Geschirr mit dem seines Bruders verband, und knurrte: »Hör auf rumzuschäkern, konzentrier dich gefälligst.«

»Gehen wir«, erwiderte der Rote friedlich. Er zwinkerte Kato zu, ohne dass sein Bruder es sehen konnte, und schob den Schwarzen auf die Türöffnung zu. »Also, auf drei.«

Kato wickelte die Sicherungsleine noch einmal fester um ihren Arm und nahm den Revolver auf, um ihn erneut zu überprüfen. Ihre Hände zitterten.

Grünwald folgte den beiden jungen Männern und sprach leise mit ihnen, wobei er jedem eine Hand auf die Schulter legte. Dann gab er ihnen einen ermutigenden Klaps, ergriff mit jeweils einer Hand eins der beiden Seile, die an den Geschirren der Zwillinge befestigt waren, wand sie sich um Hüfte und Arme und sagte: »Los!«

Kato sah das rote Funkeln, mit dem ein Feuerteufelchen über den Köpfen der Milans voranflog – sicher einer der Elementare, die zu Jenö gehörten.

Die Milans schritten durch die Tür und gingen nebeneinander

ein Stück des Korridors entlang. Dann, nach ein paar Metern, blieben sie stehen. Auch das flimmernde Licht über ihren Köpfen verharrte. Grünwald gab ein leises Seufzen von sich.

Kato kniff die Augen zusammen, sie konnte nicht erkennen, warum die beiden nicht weitergingen. »Was ist los?«, rief sie, aber es kam keine Antwort. Nur die Sicherungsleine in ihrer Hand begann zu rucken und zu zucken, immer heftiger. Sie starrte die beiden Milans an, aber es gab keinen Grund, warum die Leine sich so seltsam verhalten sollte.

Der Zug wurde unangenehm stark. Kato sah sich zu Grünwald um, in dessen Händen ebenfalls die Seilenden zuckten, und nicht nur das: Sie rollten sich langsam ab. »Gib Leine«, sagte er knapp.

Kato schüttelte den Kopf – warum sollte sie Leine geben, wenn doch die beiden Milans wie angewurzelt dort ein paar Meter entfernt standen und ins Dunkel glotzten? Aber sie tat, was er sagte, denn die Leine schnitt schmerzhaft in ihre Finger. Fasziniert sah sie zu, wie die Leine anfing, sich abzurollen und in den Korridor glitt, als wäre sie lebendig.

»Was geht da vor sich?«, fragte sie Grünwald, der sich gegen die Seile stemmte, als segelte er ein Schiff im Sturm. Kato sah eine Weile verblüfft zu, dann blickte sie wieder die still dastehenden Zwillinge an. Im gleichen Moment erzitterten deren Körper, die Umrisse verschwammen und mit einem leisen Ploppen, wie dem Geräusch, mit dem ein Korken aus dem Flaschenhals gleitet, waren beide verschwunden.

Kato konnte immer noch den Korridor sehen: Ein Stück Boden, die Wände, die Decke, bis alles in der Dunkelheit verschwamm. Die Zwillinge hätten ebenfalls noch zu sehen sein müssen, aber da war – nichts. Die Rettungsleine hing wie abgeschnitten in der Luft, ebenso die beiden Seile, die Grünwald straff gespannt hielt. Er stemmte die Beine in den Boden und breitete die Arme weit aus, um im Türrahmen Halt zu finden. Etwas oder jemand schien zu versuchen, ihn in den Korridor zu ziehen.

Kato wollte ihm zu Hilfe eilen, aber er schüttelte heftig den Kopf. »Bleib, wo du bist«, keuchte er. »Halt die Augen offen. Sie werden dich noch brauchen.« Dann schwieg er und trotzte dem Zug, der auf den Seilen lastete und der ihm schier die Arme auszureißen drohte.

Kato kämpfte mit der Sicherungsleine, die bockte und tanzte wie eine Drachenschnur, und bemühte sich dabei, den Revolver nicht zu verlieren. Bei jedem Blick, den sie zu Grünwald hinüberwarf, war er ein wenig näher an die Türöffnung gezogen worden. Sein Atem ging laut, sein Brustkorb pumpte und die Sehnen an seinem Hals traten hervor. Er bleckte die Zähne vor Anstrengung. Es war deutlich, dass er nicht mehr allzu lange würde durchhalten können. Und was geschah dann? Würde er in den leeren Korridor hineingesogen, der so harmlos und still vor ihren Augen lag? Würde er dort erstarren, wie die Zwillinge, und dann verschwinden?

Kato schauderte und blickte wieder in den dämmrigen Gang. Die dicke Rolle der Sicherungsleine, die zu ihren Füßen gelegen hatte, war zu einem losen Ende geschmolzen, das zusehends kürzer wurde. Was würde geschehen, wenn das letzte Stück durch ihre Finger glitt?

Ein rötlicher Schleier legte sich über die Wände und den Boden des Korridors, wie Feuerschein oder eine dünne Schicht Blut. Kato blinzelte heftig, aber die Erscheinung blieb. Das Leuchten wurde stärker, der Rotton zu einem tiefen Purpur. Mit einem hässlichen Geräusch tauchte ein Riss mitten in der Luft auf und entließ einen bläulichen Blitz, der Kato für die Dauer einiger Atemzüge blendete. Sie blinzelte gegen das rot-schwarze Nachbild an und konzentrierte sich darauf, die Sicherungsleine festzuhalten.

»Granate«, keuchte Grünwald. »Sie kommen zurück.«

Wirklich wurde die Sicherungsleine in Katos Hand schlaff. Sie begann hastig, sie aufzuwickeln. Möglicherweise war dies die einzige Spur, die die Zwillinge zu ihrem Ziel führte.

Etwas drang durch den Riss, eine dunkle, brodelnde Masse, die siedendem Öl glich und einen scharfen Geruch nach Hitze und Metall aussandte. Die amorphe Masse streckte Pseudopodien aus, die über den Boden auf sie zukrochen. Kato japste erschreckt und machte einen Satz zurück. Sie hob den Revolver und zielte auf die Masse, zögerte jedoch, abzudrücken. Was sollten Kugeln hier ausrichten können?

Grünwald, dessen Arme mittlerweile so stark zitterten, dass er kaum noch in der Lage war, die Seile festzuhalten, ging neben ihr langsam in die Knie. Eins seiner Beine rutschte durch die Türöffnung und verschwand bis zum Knöchel in der teerigen Dunkelheit. »Schieß«, schrie er erstickt. »Um der Ewigen Zeit willen ... Schieß!« Sein Knie wurde verschluckt und er schrie wieder, aber seine Hände umklammerten weiter die Seile, die tief in seine Arme einschnitten. Blut rann über seine Finger.

Kato hob den Revolver, den sie erschreckt hatte sinken lassen, und schoss zweimal in das Zentrum des dunklen Wesens. Der starke Rückstoß kugelte ihr beinahe die Schulter aus. Sie stabilisierte ihr Handgelenk mit der anderen Hand, atmete tief ein und leerte die Trommel in die dunkle Masse. Vier Schüsse, dann klickte der Schlagbolzen auf die leere Kammer. Kato holte aus und warf den Revolver mit aller Kraft den Kugeln hinterher.

Mit einem schmatzenden Geräusch versank die Waffe in der schwarzen, sich windenden und ausbeulenden Masse. Das Wesen – oder was auch immer es war – stoppte seine Vorwärtsbewegung. Einen Moment lang zitterte die teerige Substanz in der Türöffnung, beulte sich, wallte vor und zurück; dann schoben die Ausläufer sich in den Leib des Dings und die Masse begann sich schnell zurückzuziehen.

Wieder gab es ein Geräusch, ein Saugen und Schlürfen und einen leisen Knall. Die Wände, Boden und Decke des Korridors erzitterten, verdoppelten sich, schoben sich übereinander, vereinten sich erneut. Kato schluckte, weil ihr bei dem Anblick übel wurde.

Als das Bild sich beruhigt hatte, standen von einem Wimpernschlag zum nächsten die Milans vor ihr. Sie trugen eine feuergeschwärzte Kiste zwischen sich und schleppten sich so erschöpft voran, als wären sie seit Tagen ohne Pause auf den Beinen gewesen. Der Rote sah sie an und begann zu lachen. »Schwarzer, wir haben es geschafft«, rief er und boxte seinem Bruder mit der freien Hand gegen die Brust. »Wir haben es geschafft!« Er strahlte übers ganze Gesicht, das schmutzig war und hohlwangig, mit eingesunkenen Augen.

Kato winkte ihm zu und sah den Schwarzen an, über dessen Stirn sich eine Schnittwunde zog. Eine Schnittwunde, die bereits zu verheilen begann!

Die Zwillinge zerrten die Kiste durch die Türöffnung und klopften sich und Kato mit einer solchen Erleichterung auf die Schultern, dass es beinahe komisch war. Sie redeten beide gleichzeitig, und Kato versuchte, das Gesagte auseinanderzubasteln und wieder zu etwas Sinnvollem zusammenzusetzen. »Ich sterbe vor Hunger«, sagte der Rote und der Schwarze sagte gleichzeitig etwas von »ewig nicht mehr geschlafen«, was der Rote mit »ich schlafe bis zum nächsten Sommer« übertrumpfte, worauf der Schwarze sich vorbeugte, kräftig ausspuckte und »ein frisches Bier wäre so toll« stöhnte, was wiederum von seinem Bruder mit »heiße Suppe. Heißer Tee. Ein heißes Bad« beantwortet wurde.

Kato schwirrte der Kopf. »Was …«, begann sie, aber dann ließ ein dumpfes Stöhnen sie alles andere vergessen. Sie fuhr herum, schubste dabei den Roten unsanft beiseite und ließ sich neben Grünwald auf die Knie fallen, der zu ihrem heißen Erschrecken immer noch am Boden lag. »Helft mir«, rief sie. Sie berührte Grünwalds Schulter und sagte seinen Namen. Er stöhnte. Anscheinend war er nur halb bei Bewusstsein.

»Was ist passiert?«, fragte der Schwarze und hob den angesengt aussehenden Mantelsaum vorsichtig hoch. »Und wann ist es passiert?«

Kato berichtete von der schwarzen Substanz, die Grünwalds Bein verschluckt hatte. Der Rote würgte. Er sah, was Kato nicht sehen konnte, weil sie neben Grünwalds Kopf kniete. »Verdammt«, fluchte der Schwarze. »Er ist in eine Unschärfe geraten. Wie habt ihr sie aufgelöst?«

»Ich habe darauf geschossen.« Kato schob sich vorwärts, um einen Blick auf das zu werfen, was die beiden Milans so beunruhigte. »Das hat aber nichts bewirkt. Dann habe ich den Revolver nach ihm geworfen.«

»Das war schwer und groß genug, Unschärfen mögen kein Eisen. Es lokalisiert sie. Das ist ein Glück, sonst wäre er jetzt tot. Oder was auch immer passiert, wenn man in eine Unschärfe gesogen wird.« Der Schwarze hatte sein Messer gezogen und schnitt das auf, was von Grünwalds Hosenbein übrig war, soweit der Stoff nicht mit Grünwalds Bein verschmolzen war. Kato starrte das Bein an. »Großer Gott«, flüsterte sie, von Abscheu geschüttelt. Das Fleisch schien geradezu geschmolzen zu sein, es hatte sich teilweise mit dem groben Hosenstoff zu einer Masse verbunden, die riesige Wunde war mit dunklen Blasen übersät, zwischen denen dunkelrotes Fleisch und weiße Knochen hervorschauten. Es waren keine Brandblasen, Fleisch und Haut schienen nicht verbrannt zu sein, sondern eher …

»Kollabiert«, sagte der Rote und half seinem Bruder, die Verletzung so gut wie möglich freizulegen. »Ich habe keine Ahnung, wie man so etwas behandeln kann, Schwarzer.«

»Ich verbinde es. Der Zusammenbruch sollte im Prinzip gestoppt worden sein, als die Unschärfe in sich zusammengefallen ist.« Der Schwarze deutete auf Grünwalds Tornister, ohne von dem verletzten Bein aufzusehen. »Schau nach, was du an Verbandszeug findest, Kato.«

Kato durchwühlte den Tornister, während die Milans beratschlagten, was zu tun sei. »Wenn wir den Zustand zurückführen könnten«, sagte der Rote. »Die Wahrscheinlichkeitswolke zurückverfolgen bis zu dem Moment, wo sie …«

»Das funktioniert so nicht«, unterbrach ihn der Schwarze. »Das Feld ist kollabiert, diese Wahrscheinlichkeit ist zur Realität geworden. Um das umzukehren, müsstest du schon eine Zeitmaschine bauen.« Er schnitt den letzten Stofffetzen säuberlich ab und lehnte sich zurück, die Hände auf den Knien. »Sind Sie bei Bewusstsein?«, fragte er laut.

Kato konnte Grünwalds Gesicht sehen. Seine Augen waren nur einen Spaltbreit geöffnet, dahinter war das Weiße zu erkennen. »Ich glaube nicht«, sagte sie. Sie stand auf und reichte dem Schwarzen einen Kasten mit Verbandszeug und Alkohol.

»Gut.« Der Schwarze nahm Mulltücher und Verbände heraus, schraubte ein Fläschchen auf und roch daran, nickte. »Kann nicht schaden, es zu reinigen.« Er goss einen großzügigen Schluck auf die riesige Wunde. Grünwald zuckte und stöhnte, aber er wachte nicht auf.

Um sich von dem grausigen Anblick des verletzten Beines abzulenken, betrachtete Kato seine Hände, die von den Seilen aufgeschürft, blutig und aufgerissen waren. »Verbindet die Hände auch«, sagte sie ruhig. »Und was können wir gegen seine Schmerzen unternehmen?«

»Wir müssen jemanden zu ihm bringen, der ihn richtig versorgt«, erwiderte der Rote, der seinem Bruder assistierte. Seine Stirn war sorgenvoll gekraust. »Das hier ist nur Flickwerk. Pani Kalks Leibarzt könnte sicherlich mehr für ihn tun. Er hat Erfahrung mit Ætherleck-Verletzungen …«

»Er wird ihm das Bein abnehmen müssen«, unterbrach ihn der Schwarze schroff. »Das wird nicht von alleine heilen. Erinnerst du dich, was der Professor uns über die Unschärfe erzählt hat?«

Der Rote senkte den Kopf. »Ohne ihn wären wir dort drin geblieben«, sagte er leise. »Wir haben zweimal den Weg verloren, aber er hat uns mit den Zügeln wieder auf die richtige Bahn gelenkt.«

Kato seufzte und legte ihre Hand auf Grünwalds Stirn. »Er fühlt sich kalt an«, sagte sie. »Wir sollten ihn zudecken.«

»Das kann Jenö übernehmen«, sagte der Schwarze. »Hilf mir mal hier, Kato, kannst du das festhalten?«

»Wo ist Jenö?«, fragte der Rote beunruhigt.

Die Stille, die seiner Frage folgte, dröhnte wie eine Glocke. »Ich habe ihn nicht mehr gesehen, seit ihr losgegangen seid«, sagte Kato. »Sein Feuerwesen hat euch geleitet, wo ist es?«

Der Schwarze ließ sich auf die Hacken sinken, seine blutigen Hände baumelten vor den Knien. »Es hat uns ungefähr einen halben Tag lang begleitet, dann sind wir das erste Mal beinahe in eine Verwerfung gestolpert und kurz darauf war es fort. Hast du es später noch mal gesehen, Roter?«

»Nein«, erwiderte sein Bruder. »Wir haben doch ein paar Stunden zwischen den Küchenutensilien geschlafen und es hat im Topfschrank gesessen, daran kann ich mich noch gut erinnern. Danach war es weg.«

Kato sah von einem zum anderen. »Ein halber Tag? Ein paar Stunden geschlafen? Ihr wart keine halbe Stunde fort!« Ihr Blick fiel auf die verheilende Schnittwunde auf Milans Stirn und sie schüttelte den Kopf. »Das ist seltsam.«

»Später«, sagte der Schwarze müde. »Wenn der Professor hier wäre, dann könnte er das alles erklären. Aber wir sind schließlich hier, um ihn wiederzufinden. Jetzt müssen wir uns um das Naheliegende kümmern. Wo ist der Junge?«

Kato hob die Schultern. »Ich habe nicht mehr auf ihn geachtet.«

Der Rote deckte Grünwald mit einer nicht sonderlich sauberen Decke zu und wischte dann seine Hände an der Hose ab. »Für den Moment muss es so gehen«, sagte er. »Wenn Jenö wieder weggelaufen ist, dann können wir es nicht ändern. Wir sollten jetzt gehen und Hilfe holen.«

»Und wir müssen den Boojumfilter zum Ætheroskaph transportieren.« Der Schwarze konnte nicht weitersprechen, weil ein gewaltiges Gähnen seine Kiefer aufsperrte.

Kato schob ein zusammengerolltes Lumpenbündel unter Grünwalds Kopf und stand auf. »Ihr beide legt euch schlafen«, sagte sie. »Ihr fallt sonst um vor Erschöpfung. Ich gehe und hole jemanden, der sich um den Pater kümmert.«

»Du kannst niemanden …«, wieder unterbrach ein Gähnen Milans Rede. »Er ist ein Verräter, sie würden ihn töten.«

»Ich hole jemanden, der ihn mit seinem Leben schützen wird«, sagte Kato leise. »Schlaft euch aus. Ihr habt euch hervorragend geschlagen.«

Abteilung II

11

Das Labyrinth

Es war so dunkel, dass er sich den Weg ertasten musste. Kaskabel, die Einzige, die ihm ein bisschen Licht hätte geben können, war irgendwo weit voraus und begleitete die Milan-Zwillinge. Jenö hoffte, dass sie danach wieder zu ihm zurückfinden würde, aber er war guten Mutes, was das betraf. Kaskabel hatte sich jetzt schon ein paar Tage mit den Gegebenheiten des Labyrinths vertraut gemacht. Sie würde ihn finden.

Er tastete sich schrittchenweise weiter. Seltsamerweise verspürte er keinerlei Furcht, obwohl die Vorbereitungen, die die Milan-Zwillinge für ihr Vordringen in das Labyrinth auf Grünwalds Rat hin getroffen hatten, durchaus geeignet gewesen wären, Furcht und Schrecken zu verbreiten.

Jenö verharrte und lauschte. Das beständige dumpfe Stöhnen, das den ersten Teil seines Weges begleitet hatte, war verstummt. Jetzt hörte er das Geräusch von tröpfelndem Wasser, untermalt von einem rhythmischen Wummern, das den Boden unter seinen Füßen vibrieren ließ. Seine tastenden Finger trafen nur auf die glatte Wand zu seiner Linken, rechts von ihm gähnte eine Leere, aus der ein stetiger kalter Hauch ihn anwehte. Vor ihm war Dunkelheit, hinter ihm, weit in der Ferne, glomm ein schwaches Licht. Dort kam er her. Und wo er hinwollte, wusste er nicht genau. Aber Kaskabel hatte ihm gesagt, dass dies der Weg war. Der Weg, der ihn aus der Menschenwelt führen würde. Das stille Land. Er würde dort nicht für immer bleiben können, aber wenigstens einmal wollte er es sehen, mit eigenen Augen.

Das Mädchen hatte behauptet, Gefährten zu haben wie er. Woher wusste sie davon? Sie kannte auch Belpharion und die Zwillinge, und der Wächter hatte sie wie etwas Besonderes behandelt. Jenö verzog die Lippen. Sie war gekleidet wie ein Strotter, aber benommen hatte sie sich wie eine feine Dame. Solche kannte er, sie hatten ihn von ihren Hinterhöfen verjagt und Diener und Hunde auf ihn gehetzt, nur weil er nach Abfällen gesucht hatte oder nach einem trockenen Schlafplatz in einem Schuppen oder Unterstand, in dem Kaminholz lagerte. Er hatte gelernt, die Menschen zu hassen.

Und die Engel nicht minder.

Das Wummern wich einem tiefen Pulsieren, kaum noch zu hören, aber umso stärker zu fühlen. Es tröpfelte nicht mehr, jetzt war es ein singendes Jaulen, leise, aber durchdringend. Jenö war versucht, sich die Ohren zuzuhalten, obwohl er wusste, dass das nichts nützen würde. Er biss die Zähne aufeinander und ging weiter voran. »Brokk?«, flüsterte er, denn Kaskabel hatte ihn davor gewarnt, die Bewohner des Labyrinths auf sich aufmerksam zu machen. »Brokk, bist du da irgendwo?«

Glormo regte sich auf seiner Schulter. »Vor uns«, hauchte er.

Einen Moment später fühlte Jenö die vertraute raue Berührung an seiner Wade. »Wir sollten pausieren«, murmelte Brokk. »Vor uns wartet eine Erscheinung, die Eindringlingen nicht wohlgesonnen ist.«

Es roch mit einem Mal durchdringend nach verbranntem Kautschuk. Jenö erstarrte, hielt die Luft an. Etwas bewegte sich durch die Dunkelheit, glitt langsam näher. Es schimmerte grünlich, und während Jenö es wachsam im Auge behielt, wechselte seine Farbe über ein kränkliches Blau in ein dunkles Violett, verharrte einen Moment lang auf der Stelle und entfernte sich dann wieder, erneut die Farbe wechselnd. Rot, ein loderndes Orange, das blasse Gelb einer unreifen Zitrone, Grün – verschwunden.

»Was war das?«, fragte Jenö, nachdem er einige Atemzüge lang gewartet hatte, ob die Erscheinung zurückkehren würde.

»Keine Ahnung«, erwiderte der Gnom und setzte sich in Bewegung. »Aber es hat einen Bücherschrank geschluckt, als es auf uns zukam.«

Jenö folgte Brokk, der sich stetig seinen Weg durch die weglose Finsternis bahnte. Die Elementare fanden sich mittlerweile im Labyrinth zurecht, hatte die Singende ihm gestern Nacht ins Ohr geflüstert. Vielleicht hätte er den Zwillingen helfen sollen, das zu finden, was auch immer sie suchten – aber er hatte Kaskabel mit ihnen geschickt und das war doch sicherlich Hilfe genug gewesen? Er wollte nicht warten, bis sie zurückkehrten. Er hatte lang genug gewartet. Sie verfolgten Menschenziele, er aber war kein Mensch. Er war Jenö Malkadiassohn.

Also ging er weiter, obwohl seine Beine schwer wurden und die ewige Dunkelheit seine Zuversicht zu unterhöhlen begann. Er hatte sich vor all den grauenvollen Wesenheiten und tödlichen Fallen gefürchtet, die auf ihn warteten – aber diese endlose Monotonie erschien ihm mittlerweile beinahe noch beängstigender.

»Ihr wisst aber doch, wohin ihr mich führt?«, fragte er die Singende. Sie zog Achten über seinem Kopf, lauter liegende Achten – die Lemniskate, das Zeichen für Unendlichkeit. Auch das ängstigte ihn. Auf ewig hier durch die Dunkelheit zu stolpern …

»Dort kommt Kaskabel«, antwortete Tibillibill in beruhigend nüchternem Ton.

Ein paar Wimpernschläge später sah auch Jenö das flimmernde Lichtlein, das schnurgerade auf ihn zuflog. Dann schwirrte das Feuerwesen gemeinsam mit der Singenden um ihn herum und die hellen Stimmen der beiden Elementare verwoben sich zu einem vertrauten Wispern, Lachen und Plappern, das seine Befürchtungen zerstieben ließ. Es war dunkel, ja, aber Dunkelheit war er schließlich gewöhnt. Nichts daran war beängstigend.

Vor ihm grollte es tief und hallend und echote von den unsichtbaren Wänden wider. Jenö blieb wie angewurzelt stehen. »Was war das?«

»Eins dieser Wesen, vor dem der Wächter die Zwillinge gewarnt hat«, erwiderte Kaskabel. »Es hat ziemlich viele Zähne. Bleib ruhig stehen, dann geht es vielleicht weg.«

»Vielleicht« war kein sehr ermutigendes Wort in diesem Zusammenhang. Jenö biss die Zähne zusammen. Er spürte, dass der Besitzer der Stimme näher kam. Ein dumpfer Hauch wehte ihn an, er roch nach Fäulnis und Rost, Moder und Essig. Jenö legte die Hände vor Mund und Nase und riss die Augen weit auf. Er wollte sehen, was da auf ihn zukam, aber Kaskabel hatte ihn verlassen – wahrscheinlich, um das Ding abzulenken. Jenö hielt den Atem an und stand so still, wie er nur konnte, obwohl seine Knie zu zittern begannen. Der Gestank wurde stärker. Ein mattes Glühen, dunkelorange wie ein schmutziges Feuer, näherte sich. Es umwaberte eine massige, vielbeinige Gestalt, die schwerfällig, aber dennoch schnell und beinahe lautlos auf sie zukam. Das Glühen verstärkte sich, der stinkende Hauch umwehte Jenö wie ein stetig wehender Wind und dann ertönte die Stimme erneut, aber dieses Mal war es kein dumpfes Grollen mehr, sondern ein ohrenbetäubend lautes grässliches Heulen.

Jenö fuhr herum und rannte. Er hörte einen verblüfften Aufschrei und dann Brokks laut patschende Füße, aber seine Panik ließ ihn noch schneller laufen. Er prallte gegen vorstehende Hindernisse und sprang einmal aus einer Vorahnung heraus über einen Gegenstand, der in seinem Weg lag, aber wunderbarerweise stürzte er weder noch verletzte er sich ernstlich bei einem seiner Zusammenstöße. Schrammen und blaue Flecke würde er allerdings morgen haben, jede Menge davon. Wenn er morgen noch erleben durfte.

Der Boden unter seinen Füßen dröhnte hohl und klapperte ein paar Schritte später wie Knochen. Jenö rannte weiter. In seinem Nacken kitzelte der stinkende Hauch aus dem Rachen des Ungeheuers. Er glaubte, die Berührung scharfer Zähne zu spüren und rannte mit einem schluchzenden Schrei noch schneller. Sein Atem ging wie eine Dampfmaschine, deren Kessel kurz vor der Explosion stand. Seine Arme pumpten, seine Füße schlugen auf den Boden, der jetzt metallisch und glatt erschien. Das Klacken seiner Schritte verwandelte sich in einen harten Trommelwirbel. Ein kurzes, heftiges Gefühl des Schwindels, das Trommeln verwandelte sich in ein hartes Klicken und die Kälte von Stein unter den Füßen. Echos hallten von gefliesten Wänden wider. Weit hinter ihm verklangen das Brüllen des Ungeheuers und die ängstlichen Rufe seiner Gefährten. Die Luft war abgestanden, es roch nach Reinigungsmitteln und darunter nach Abfall und Fäkalien. Es war immer noch dunkel, aber in der Ferne schimmerte Licht durch das Milchglasfenster in einer Tür. Etwas schepperte blechern, eine Klingel ertönte, Stimmen murmelten. Eine Frau oder ein Kind schrie kurz und schrill und verstummte gleich wieder. Wasser plätscherte und Schritte polterten über eine Treppe. Räder quietschten, Teller klapperten, jemand lachte.

Jenö stand starr. Seine Finger ertasteten rissigen Putz und glatte Farbe. Er stand auf einem Boden aus gesprungenen und schadhaften Fliesen. Ein langer Gang schälte sich aus der Dunkelheit, Türen an beiden Seiten. Der Geruch nach Reinigungsmitteln und noch etwas anderem, scharf und süßlich, rief unangenehme Erinnerungen wach. Er glaubte, diesen Geruch zu kennen und er hasste ihn.

»Jenö«, rief Brokk. Seine breiten Füße platschten über den Steinboden. »Jenö, das ist der falsche Weg!«

»Oh-oh«, murmelte Glormo, der sich die ganze Zeit stumm an Jenös Schulter geklammert hatte. »Wo sind wir?«

»Das ist nicht das stille Land«, wisperte die Singende und landete auf Jenös anderer Schulter.

»Wir müssen zurück«, flüsterte Kaskabel und ließ einen Funkenschauer auf dem Boden verglühen. »Dies ist ein ganz und gar böser Ort, ich kann es fühlen.« Sie sprang in der Luft auf und ab und drehte sich wie ein Kreisel um die eigene Achse. »Wir müssen zurück, wir müssen den Eingang ins Labyrinth finden. Hier dürfen wir nicht bleiben!«

»Wo sind wir denn?«, hauchte Jenö und wich an die Wand zurück. Die alltäglichen Geräusche, die in der Dunkelheit der Nacht so bedrohlich wirkten, schlossen sich um ihn wie Gitterstäbe.

»Ich weiß es nicht«, erwiderte Brokk und berührte Jenös Bein, als wollte er ihm Mut machen. »Aber ich glaube, wir sollten uns schleunigst ein Versteck suchen. Da kommt jemand.«

•••

Es war eine Besenkammer, in die Kaskabel sie führte. Ein ganz und gar prosaischer, ungefährlicher, nicht im Mindesten bedrohlich wirkender Raum voller Eimer, Kehrschaufeln, Besen, Wischmopps, Seifenstücke, Flaschen mit Politur, Lappen und kleiner Wagen, auf denen all das transportiert werden konnte. Jenö zog sich in die Nische zwischen zwei Regalen zurück, polsterte den harten Boden mit Scheuertüchern und Wischlappen und schob dann einen der Wagen so vor die Nische, dass er sie zur Tür hin abschirmte. »Jetzt können wir nur hoffen, dass niemand heute Nacht anfangen will, den Gang zu putzen«, murmelte er und schob sich einen Packen fadenscheiniger Handtücher und einen verschossenen, ehemals grauen Kittel unter den Kopf. »Was ist das nur für ein Ort?«

»Ein riesig großes Haus«, meldete die Singende, die einen Rundflug unternommen hatte. »Viele, viele Zimmer und Säle. Seltsame Geräte. Betten und Menschen, die in den Betten liegen und schlafen, aber nicht alle. Manche sind daran festgebunden und manche nicht. Andere Menschen laufen über die Flure, sie tragen weiße und graue Kittel und schieben Wagen mit Zeug herum. Und es gibt Soldaten, viele, viele.« Sie landete auf dem Regal und schüttelte sich. »Es werden jede Menge von uns hier festgehalten«, berichtete sie bedrückt. »Jede, jede Menge.«

Die anderen schwiegen betroffen. »Was können wir tun?«, fragte Jenö flüsternd.

»Wir dürfen uns vor allem nicht erwischen lassen«, sagte Brokk praktisch.

»Und jetzt sollten wir schlafen«, murmelte Glormo. »Wir sind alle müde bis zum Umfallen. Morgen suchen wir einen Weg hinaus und dann überlegen wir, was wir für die anderen tun können.«

»Vielleicht finden wir jemanden, der uns hilft«, überlegte Jenö. »Wir könnten durch das Labyrinth zurück zum Laden gehen und Grünwald fragen. Oder die Zwillinge.«

»Ja, das machen wir.« Kaskabel gähnte und fand einen Schlafplatz, den sie nicht ansengen konnte. Tibillibill rollte sich neben Brokk zusammen und Glormo ließ sich auf Jenös Bauch gleiten. »Morgen muss ich ein Bad haben«, sagte er leise. »Die Ætherschicht wird dünn und ich trockne aus.«

Jenö legte seine Hand auf den Kopf des Fließers. »Du wirst Wasser bekommen«, sagte er und seufzte. »Wir schaffen das alles schon.«

»Das werden wir.« Brokk schmiegte sich an seine Seite. »Aber jetzt schlaf.«

Jenö lag noch eine Weile wach und lauschte den Geräuschen, die das Haus erfüllten. Die Bewohner dieser Einrichtung schienen keinen Schlaf zu kennen, denn es wurde nicht still auf den Gängen. Was war das nur für ein Haus? Wahrscheinlich eine Kaserne, wegen der vielen Soldaten. Aber wer waren dann die anderen Menschen?

Jenö gab das Grübeln auf und rollte sich wie die Singende zusammen. Es war gleichgültig, wo er jetzt war, denn er war nicht am Ziel seiner Reise. Aber wenn Elementare in großer Zahl hier festgehalten wurden, konnte er nicht die Augen verschließen und weitergehen. Er musste sich darum kümmern, dass sie befreit wurden.

Morgen. Morgen würde er einen Weg finden.

Und mit diesem Gedanken schlief er endlich ein.

12

Die Anstalt

Jenö hatte gehofft, dass irgendwann in diesem großen, seltsamen Haus endlich Ruhe einkehren würde, damit er sich umsehen konnte. Aber anscheinend war dies eine Einrichtung, in der rund um die Uhr Betrieb herrschte. Wie lang hatte die Nacht eigentlich gedauert? Er war spät am Abend in das Labyrinth des Korridors eingetaucht und seinem Gefühl zufolge stundenlang darin herumgewandert. Nun war es wieder Nacht – dieselbe? Die nächste? Aber auch während der dunklen Stunden wurde es nicht ruhiger. Er fand mühsam in einen kurzen, unerquicklichen Schlummer, aus dem er mit einem zerschlagenen Gefühl aufwachte. Am liebsten hätte er sich erneut zusammengerollt und seine brennenden Augen geschlossen, aber sein Magen knurrte mittlerweile bedrohlich und Glormo brauchte eine Wanne mit Wasser. Also rappelte Jenö sich auf, strich mit beiden Händen seine Haare glatt, zog die speckige Kappe fest darüber und gähnte. »Billi«, murmelte er, »mach die Vorhut. Finde heraus, ob wir irgendwo Wasser und etwas zu essen bekommen und wie wir hier herauskommen.« Er überlegte, während die Singende sich in die Luft erhob. »Wir sollten den Eingang zum Korridor wiederfinden«, sagte er widerwillig. Nichts wollte er weniger als erneut in dieses düstere Labyrinth einzutauchen, aber wenn er mit seinen Gefährten das stille Land erreichen wollte, blieb dies wohl ihre einzige Möglichkeit. Und auch, wenn sie Hilfe für die Elementare suchten, fiel ihm kein anderer Weg ein. Sie sollten also am besten diesen Ort hier als Zwischenstopp auf ihrem Weg nutzen. Sie brauchten Essen und Wasser. Diese Besenkammer war ein guter Zufluchtsort, von hier aus konnten sie das Haus weiter erkunden und den Eingang zum Labyrinth wiederfinden.

Er öffnete die Tür einen Spaltbreit, damit die Singende hinauskonnte.

»Ich gehe mit ihr«, wisperte Kaskabel, die schwer stillsitzen konnte, und flitzte hinterher.

Eine Weile kniete Jenö hinter der Tür und bohrte seinen Daumennagel in eine bröckelige Stelle in der Wand. Dann sprang er kurz entschlossen auf die Füße. Nicht nur Kaskabel hasste es, untätig zu sein. »Komm«, sagte er zu Brokk, »wir versuchen unser Glück.« Er zog den Kittel über, der ihm als Kopfkissen gedient hatte, schnappte sich einen Eimer und tat Lappen und eine Scheuerbürste hinein. »Sehen wir uns mal um.«

Niemand beachtete ihn. Er schlurfte mit gesenktem Kopf, seinen Eimer gegen die Wade schlenkernd, die gefliesten Gänge entlang und spitzte die Ohren. Die Geräusche in diesem Haus waren beunruhigend und zerrten an seinen Nerven. Klappern und Laufen, Stimmen und wortlose Schreie, das Rattern der Wagen, die von hier nach da geschoben wurden, und das Quietschen ihrer Räder, Stiefelabsätze, die auf steinerne Stufen knallten, die lauten, hallenden Stimmen der Soldaten, dann wieder der dünne, hoffnungslose Schrei eines Kindes oder das Jammern einer männlichen Stimme. Der Geruch nach Angst, Schmerz und Reinigungsmitteln war beinahe noch schlimmer. Wo waren sie nur gelandet?

Jenö blieb an einem Treppenaufgang stehen und wischte sich mit dem Ärmel über die Stirn. Er war hungrig und Brokk sicherlich auch. »Wo sind die Elementare, von denen die Singende berichtet hat?«, wisperte er.

Brokk hob den Kopf und sog die Luft ein. Seine Nasenflügel bebten. »Wir müssen hinunter«, sagte er. »Ich rieche Æther.«

Jenö blickte sich ratlos um. Er war nur an Treppen vorübergekommen, die hinauf führten. Sie schienen sich im untersten

Geschoss des Hauses zu befinden. Die Scheiben der hohen Fenster bestanden allesamt aus einem milchigen Glas, das zwar Licht hereinließ, aber keinen Blick hinaus gestattete.

»Wo geht es hinunter?«, fragte er ohne große Hoffnung.

Knallende, hallende Schritte und laute Stimmen ließen ihn zusammenzucken. Von oben nahte eine Gruppe von Männern.

Jenö packte seinen Eimer und drückte sich in eine Türnische. Es war zu spät, um davonzulaufen, der Gang war nach beiden Seiten zu weit einzusehen. Also erstarrte er flach an die Türfüllung gedrückt und hoffte darauf, dass die Männer den anderen Weg nehmen würden.

Die Gruppe erreichte den letzten Absatz. Jenö hörte, wie einer von ihnen gereizt sagte: »Warum geht es denn nicht voran? Sie haben uns versichert, dass es nur noch eine Frage von Tagen sein würde, bis wir die Waffe einsetzen können. Die Engel haben Wien mittlerweile in der Zange. Wollen Sie uns hier warten lassen, bis die Archonten die Hofburg besetzt und den Kaiser in seinen eigenen Kerker geworfen haben?«

Die Männer standen nun am Fuß der Treppe und stritten leise und hitzig weiter. Jenö hielt den Atem an und lauschte. Die Engel waren so nah? Was bedeutete das für ihn?

»Wir stehen dicht vor einem epochalen Durchbruch«, erwiderte eine ruhige, professionelle Gelassenheit ausstrahlende Stimme. »Haben Sie noch ein wenig Geduld, Herr Oberst. Man kann bei einem so verwirrten Patienten keine exakten Voraussagen machen, aber ich darf Ihnen versichern, dass die Fortschritte, die er in den letzten Tagen gemacht hat, äußerst vielversprechend sind.«

»Professor Charcot«, sagte der erste Sprecher, dessen mühsam gezügelter Grimm seine Stimme heiser klingen ließ, »Sie versprechen uns das jetzt schon seit zwei Wochen. Der Reichskriegsminister wird ungeduldig. Der Zusammenbruch unseres Mitarbeiters geschah zu einem wirklich ungünstigen Zeitpunkt.«

»Ich bitte Sie, meine Herren«, sagte ein dritter. »Wir sollten doch unseren hochwohlgeborenen Gast nicht länger warten lassen.«

»Sie haben recht, Pejić«, erwiderte der erste. Geräusche von Schritten zeigten an, dass die Männer ihren Weg fortsetzten. »Herr Professor, ich möchte, dass Sie mich nach der Audienz zu Ihrem Patienten bringen. Ich will mit eigenen Augen sehen, was er …«

Die Stimmen verklangen murmelnd. Jenö wagte es, sich aus der Türöffnung in den Gang zu schieben und ihnen hinterherzusehen. Ein hochgewachsener Mann in Uniform, ein schmaler Mann in einem dunklen Mantel, ein kleinerer, dessen weißer Haarkranz wie eine Aureole leuchtete, in einem weißen Kittel. Sie gingen rasch, bogen in einen kreuzenden Korridor ein und waren verschwunden.

Ehe Jenö darüber nachdachte, welcher Gefahr er sich aussetzte, lief er leise hinter den Männern her.

Der Gang, in den sie eingebogen waren, war kurz und türenlos und endete an einem offenen Schrank. Niemand war darin. Jenö sah sich verblüfft um. Wenn er nicht mit eigenen Augen gesehen hätte, dass sie hier hineingegangen waren, wäre er umgekehrt – aber das Rätsel, wie sich drei ausgewachsene Männer in Luft auflösen konnten, zog ihn unwiderstehlich zu der dunklen Öffnung, die scheinbar in einen schrankähnlichen kleinen Raum führte. Auch dieser Raum war leer. Während Jenö noch hineinblickte, senkte sich der Boden des Schrankes vor seinen ungläubigen Augen. Er sah, wie er langsam, langsam tiefer sank, unter das Niveau des Bodens, auf dem Jenö stand. Ein Schatten fiel auf seine Schultern und Hände. Die Decke des Schrankes senkte sich im gleichen Tempo herab, wie der Boden vor seinem Blick in die Tiefe verschwand!

Jenö unterdrückte ein Lachen und zog hastig den Kopf aus der sich stetig verkleinernden Öffnung. Dies war kein Schrank, es war ein Transportmittel, das in ein tiefer gelegenes Geschoss führte.

Er sah sich hastig um. »Sollen wir?«, flüsterte er.

Glormo gab ein saugendes Geräusch von sich. »Æther«, sagte er sehnsüchtig. »Dort unten.«

»Er hat recht.« Brokk lehnte sich gegen den Rahmen des seltsamen Transportschranks und schnupperte.

Die nächste Plattform sank ihnen entgegen. Jenö packte seinen Eimer und machte einen beherzten Schritt hinein. »Was ist mit Billi und Kaskabel?«

»Sie werden uns finden«, sagte Brokk und folgte ihm mit einem Sprung. »Dort unten gibt es Æther.«

Die hölzerne Kabine versank ins Dunkle und Jenö hörte nur noch das Rattern und Ächzen der Seile und Zahnräder, die ihn in Bewegung hielten. Irgendwo im Dunkeln, verborgen hinter Holz und Steinen, mussten Elementare gefangen sein, die dafür sorgten, dass die Kabine sich bewegte. Jenö umklammerte den Griff seines Eimers. »Wir finden sie und wir befreien sie«, sagte er leise. »Irgendwie. Wir werden es schaffen.«

•••

Jenö sprang aus der Kabine und sah sich um. Was auch immer er erwartet hatte, es war nicht dieser ganz gewöhnliche, hell geflieste und beleuchtete Gang gewesen. Hier unten sah es nicht einen Deut anders aus als im Stockwerk darüber, abgesehen davon, dass es hier keine Fenster gab, nur Türen.

Jenö blickte zur Decke. Hell und kalt strahlende Merkurlampen sorgten dafür, dass es keine Schatten und dunklen Winkel gab, in denen er sich hätte verbergen können. Er seufzte und zog seine Kappe noch einmal tiefer in die Stirn. Dann würde er sich eben auf sein Glück verlassen müssen.

Auch hier unten waren Menschen unterwegs, schoben Wagen, trugen Wäschestapel und Geräte, zogen Rollständer mit daran baumelnden Flaschen hinter sich her, eilten geschäftig von hier nach dort. Das leise Murmeln der Stimmen und das Klirren und dumpfe Poltern von Dingen, die gegeneinanderschlugen, erschien dennoch gedämpfter als im oberen Teil des Hauses.

Jenö ging mit demonstrativer Zielstrebigkeit voran und lauschte auf die leisen Hinweise, die Glormo ihm zuflüsterte. Brokk hatte sich in den Eimer gehangelt und duckte sich unter den Lappen, der über seinem Rand hing. Jenö konnte seine Knollennase sehen, die gelegentlich darunter hervorschnüffelte.

»Rechts«, flüsterte Glormo und schmiegte sich eng an Jenös Hals. »Hier sind Menschen, die uns sehen können, Jenö. Wir müssen vorsichtig sein!«

Jenö folgte den Anweisungen des Fließers und ließ sich mit einer Gruppe von Graukitteln in den rechten Seitengang treiben. Die Männer, denen er gefolgt war, hatte er nicht wieder zu Gesicht bekommen, aber das war ihm auch ganz recht. Hier zwischen den anderen Menschen in Kitteln verschmolz er mit der Umgebung beinahe so unauffällig, wie er es in der Kanalisation gelernt hatte.

Er ging voran und ließ seine Blicke wandern. Inzwischen hatte er begriffen, was dies für ein Gebäude war: Es musste sich um ein Krankenhaus handeln. Davon hatte er gehört, wenn auch noch nie am eigenen Leib erfahren, wie es in einer solchen Einrichtung zuging. Aber niemand nahm von ihm Notiz, der Kittel und sein Eimer schienen ihm die Berechtigung zu verschaffen, sich hier aufzuhalten.

Er bog nach der gemurmelten Anweisung des Fließers ein weiteres Mal in einen querlaufenden Gang ein. Türen, lauter Türen. Seine Schritte hallten erschreckend laut von den Wänden wider. Wo waren plötzlich all die anderen Menschen geblieben? Jenö setzte seine Füße so leise wie möglich auf und ging dicht an der Wand entlang.

Vor ihm sprang eine Tür auf und ein Mann in einem weißen Kittel sah ihn an. Darunter schauten graue Hosenbeine hervor. Der Mann hatte einen graublonden Spitzbart und hielt eine Taschenuhr in der Hand. Sein Blick war alles andere als freundlich. »He, du da«, sagte er scharf. »Lauf, hol mir den Oberpfleger Kruse. Und dann wisch das hier auf.« Er wies mit einer weiträumigen Geste auf den Boden hinter sich, auf dem eine Lache bräunlicher Flüssigkeit zu sehen war. Fußabdrücke führten von der Lache zu dem Mann im Kittel.

Jenö zog den Kopf tief zwischen die Schultern und murmelte: »Ja, sofort.«

»Ich bin hier, Herr Doktor.« Ein untersetzter Mann in weißer Kleidung keuchte heran. »Professor Charcot hat mich …«

»Schon gut, hören Sie auf zu schwatzen, fixieren Sie meine Patientin.« Der Arzt drehte sich weg.

»Junge, steh nicht herum und glotze, mach sauber«, befahl der Pfleger und schob Jenö in den Raum. »Du bist neu, hm? Dort ist das Wasser.« Er zeigte auf ein großes Becken in der Ecke, aber Jenö konnte seinen Blick nicht von der Frau lösen, die auf einer schmalen Liege mit Rollen darunter lag. Sie warf unruhig den Kopf hin und her, auf ihren Lippen stand Schaum und ihre Augen rollten heftig in den Höhlen. Man hatte ihren Kopf rasiert und nun befestigte der Pfleger einen Ledergurt um ihre Stirn, der ihren Kopf auf der Liege festhielt. Sie gab leise Wimmerlaute von sich und ihre Finger krallten sich ins Leere. Der Pfleger zurrte die Ledergurte um ihre Brust, den Bauch und die Beine fester und kurbelte dann die Liege mit einem Hebel hoch, bis die Frau aufrecht stand. Sie keuchte und öffnete den Mund, um zu schreien, aber mit einem geübten Griff steckte der Pfleger ihr einen Knebel zwischen die Zähne. Der Schrei erstickte in einem Gurgeln.

»Fertig, Herr Doktor«, sagte der Pfleger und wischte die Hände am Kittel ab.

Jenö beeilte sich, den Eimer unter den Wasserhahn zu stellen, denn der Pfleger warf ihm einen bösen Blick zu. »Warte«, wisperte er Glormo zu, der sehnsüchtig auf seiner Schulter hin- und herrutschte. »Ich muss erst den Boden säubern.« Er hob den schwappenden Eimer aus dem Becken und begann damit, die säuerlich riechende Lache aufzuwischen. Aus dem Augenwinkel beobachtete er die beiden Männer. Warum hatten sie die Frau so an dieses Gestell gefesselt? Sie machte keinen gefährlichen Eindruck, wirkte eher ein wenig verwirrt und sehr ängstlich.

»Protokollieren Sie, Kruse«, befahl der Spitzbärtige. »Ich injiziere 266 nun eine Einheit des Katalysators.« Er beugte sich vor und stach mit einer langen Nadel in den Hals der Frau. Ihre

Augen rollten mit einem Ausdruck höchster Panik zur Seite, als wollte sie sehen, was er tat. Er drückte den Kolben der Injektionsnadel langsam hinunter, zog die Nadel wieder heraus und warf sie in eine Blechschale. Dann blickte er auf seine Uhr. »Eine Minute«, sagte er. Sein Blick glitt zu Jenö, der sich tief über seine Wurzelbürste beugte und hingebungsvoll auf dem mittlerweile blitzblanken Fliesenboden herumschrubbte.

Er schielte nach der Frau, deren Atem laut und stöhnend ging. Der Pfleger beugte sich über sie und wischte ihr den Schaum aus den Mundwinkeln. »Brav, 266«, sagte er. »Sehr brav. Sei ruhig, dir wird nichts geschehen. Es tut nicht weh.«

»Abstand, Kruse«, befahl der Arzt. »Protokollieren Sie: Ich stelle die Intensität des Beschusses auf Stufe zwei, nachdem die erste Stufe keine anhaltende Wirkung gezeitigt hat. Außerdem erhöhe ich die Einwirkungsdauer auf sechs Sekunden. Ich beginne mit dem linken Arm.« Er hob ein Gerät, das aussah wie ein kleines Teleskop und legte das eine Ende an sein Auge. Mit dem Gerät visierte er die Frau an, die trotz ihrer Fesseln versuchte, dem starrenden Auge des Dings auszuweichen. Panische Laute entrangen sich ihrer Kehle und drangen dumpf durch den Knebel in ihrem Mund.

Jenö hatte den Eimer ausgeleert und mit frischem Wasser für den Fließer gefüllt. Er wich unwillkürlich zurück und dabei schlug der Eimer gegen das Becken. Der Spitzbärtige ließ das Gerät sinken und fuhr herum. »Was war das?«, fragte er scharf.

»Der Junge«, erwiderte der Oberpfleger hastig und ließ seinen Bleistift fallen. »Was drückst du dich hier noch herum? Alles ist sauber, mach, dass du an deine Arbeit kommst!« Seine Stimme klang grob, aber er zwinkerte Jenö zu und wies mit dem Kinn zur Tür. »Lauf schon. Melde dich im Pflegerzimmer, wenn du nicht weißt, was du tun sollst.«

»Können wir dann fortfahren, Kruse?«, fragte der Arzt eisig. Der Pfleger hob seinen Stift auf und beugte sich eifrig über den Notizblock.

Jenö schloss mit einem letzten Blick auf die gefesselte Frau die Tür hinter sich. Er sah sich um, ob ihn jemand beobachtete, stellte leise den Eimer ab und legte das Ohr an die Tür. Aber sosehr er sich auch anstrengte, er hörte keinen Laut von drinnen. Anscheinend waren die Türen in diesem Krankenhaus zu dick, um an ihnen zu lauschen.

»Fort«, drängte Brokk, der sich dicht an seinem Bein gehalten hatte. »Nur fort von hier. Lass uns den Æther finden und dann ganz schnell wieder verschwinden. Es ist mir nicht geheuer.«

Glormo gluckste eine wortlose Zustimmung und ließ sich über Jenös Arm in das saubere Wasser des Eimers gleiten. Es platschte leise.

»Suchen wir den Æther«, stimmte Jenö zu. »Wo lang?«

»Dort«, zeigte Brokk. Seine Nase zuckte aufgeregt. »Es ist ganz in der Nähe.«

13

Die Zeitverzerrung

Es war das erste Mal, dass Kato ohne einen ortskundigen Begleiter die Kanalisation durchquert hatte. Sie erreichte das äußere Lager – den Ring aus Hütten und offenen Feuern, der die Gebäude der Unterburg wie ein Gürtel umschloss – und bemerkte jetzt erst, welche Anspannung sie auf ihrem Weg begleitet hatte. Einen Moment lang erlaubte sie sich den Luxus, ihre Hände auf die Knie zu stützen und tief durchzuatmen. Nun kam der schwierige Teil ihrer Mission, sie musste den König davon überzeugen, ihr seinen Leibarzt mitzugeben. Dabei durfte sie aber keinesfalls verlauten lassen, für wen die medizinische Hilfe bestimmt war. Es war so sicher wie der nächste Sonnenaufgang, dass Pani Kalk den verräterischen Pater Guardianus lieber tot als gefangen und lieber in Ketten als frei sehen wollte.

Kato blickte sich um. Sie hatte jedes Zeitgefühl verloren, aber sie musste zwei Tage und eine Nacht fort gewesen sein. Am besten suchte sie zuerst ihre Mutter auf, Katalin würde ihr weiterhelfen können.

Katya saß wie immer in ihrem Zimmer und rauchte, während sie las. Oder las, während sie rauchte. Sie blickte auf und runzelte die Stirn. »Was ist passiert? Wieso bist du zurückgekommen?«

Kato erwiderte den fragenden Blick verblüfft. »Ich hatte nicht vor, dortzubleiben«, sagte sie. »Die Milans haben den Filter, aber sie haben mich vorgeschickt, weil wir Hilfe brauchen.«

Katya legte das Buch beiseite und richtete sich auf. Ihre Stirnfalten vertieften sich. »Kind, ihr seid vor zwei Stunden aufgebrochen«, sagte sie geduldig. »Das reicht gerade, um zum Laden und wieder zurück zu laufen.«

Katos Knie gaben nach und sie ließ sich auf einen Hocker sinken. »Mama, geht es dir gut?«, fragte sie.

Katalin fixierte sie streng. »Mir geht es ausgezeichnet«, sagte sie gereizt. »Würdest du mir also bitte erklären …«

Die Tür klappte und Jewgenij trat ein. »Shenja«, rief Kato erleichtert. »Gut, dass du kommst. Ich brauche … wir brauchen Hilfe. Es hat einen Verletzten gegeben und …«

Der riesige Mann sah sie ebenso erstaunt an wie vorhin ihre Mutter. »Wieso bist du schon zurück?«

Kato war sprachlos. Sie legte die Hände vors Gesicht und sammelte sich. »Hört bitte zu«, sagte sie dann eindringlich. »Ich bin gestern mit den Milans losgezogen. Wir haben den Laden betreten und sind auf … auf einen Deserteur oder so was gestoßen, der dort Unterschlupf gefunden hat. Er hat uns geholfen, als die Milans in den Korridor gegangen sind. Sie haben den Boojumfilter dort herausgeholt und …« Kato unterbrach sich und riss die Augen auf. »Sie haben erzählt, dass sie tagelang dort drinnen herumgeirrt sind«, flüsterte sie. »Dabei waren sie keine Stunde fort …«

Ihre Mutter legte die gesunde Hand wie zum Schutz auf ihren verbundenen Arm. »Zeitverwerfungen«, sagte sie. »Horatius hatte gehofft, dass so etwas nicht existieren kann. Er hat aber immer betont, dass es unerlässlich sei, den Korridor zu beschützen, um gar nicht erst herausfinden zu müssen, ob Zeitverzerrungen wirklich möglich sind.« Sie blickte auf ihre gesunde Hand nieder. »Wenn ich mich recht entsinne, sprach er von den Belastungen, die das Gewebe der Realität durch einen Zusammenbruch des Korridors ausgesetzt sein würde. Ich habe nicht mehr darüber nachgedacht, es ist zu viel geschehen, was wichtiger erschien.« Sie rieb sich mit einer müden Geste über die Nasenwurzel. »Jemand muss es reparieren.«

Kato klammerte die Hände ineinander. »Wer ist dazu in der Lage?«

Katya hob in einer resignierten Antwort die Achseln. »Horatius«, sagte sie. »Das ist eine Aufgabe für den Zeitmeister, Kato. Keiner von uns weiß, wie der endlose Korridor beschaffen ist. Der Einzige, der tiefer in dieses Mysterium eingedrungen ist, war Josip Grünwald.«

Kato biss sich auf die Lippe. »Wir müssen uns beeilen«, sagte sie. »Wenn ich nur zwei Stunden fort war, im Laden aber zwei Tage vergangen sind, dann ist es womöglich jetzt schon zu spät. Ich darf nicht länger hierbleiben. Mama, wir brauchen den Leibarzt des Königs. Würdest du Pani Kalk darum bitten, dass er mich begleitet?«

Katya schüttelte den Kopf. »Der Oberpani ist kurz nach euch mit seinem Stab aufgebrochen, um eine der rebellierenden Familien zur Räson zu bringen. Was ist geschehen, ist einer der Milans verletzt?«

Kato sank in sich zusammen. »Nein«, flüsterte sie. »Der – der Mann, der uns geholfen hat. Er ist sehr schwer verletzt worden. Ich hatte gehofft ...«

Katya richtete sich auf. »Shenja«, sagte sie. »Lauf.«

Der Riese drehte sich ohne ein Wort um und stürmte durch die Tür. Katya nahm Katos Hand und drückte sie. »Er ist gut«, sagte sie eindringlich. »Ohne ihn wäre ich mehr als einmal gestorben. Er holt Instrumente und Verbandszeug. Welcher Art sind die Verletzungen?«

Kato erklärte stammelnd, was Grünwald zugestoßen war. Katya stöhnte mitfühlend und rieb fest über ihren verletzten Arm. »Das klingt böse«, sagte sie. »Bist du ausgeruht genug, um Jewgenij zu begleiten oder soll er alleine gehen?«

Kato stand auf. »Ich werde mitgehen«, sagte sie. Einen Moment lang blickte sie unschlüssig in das Gesicht ihrer Mutter. Sollte sie ihr verraten, dass Josip Grünwald der Mann war, der verletzt im Laden lag? Aber Kato hatte den Klang noch im Ohr, mit dem Katya seinen Namen ausgesprochen hatte. Es war besser, ihre Mutter nicht weiter aufzuregen, entschied sie. Wenn Josip Grünwald sterben sollte, wäre es gleichgültig, ob er es gewesen war, der ihnen geholfen hatte, oder wirklich nur ein namenloser Deserteur.

•••

Es war ein seltsames Déjà-vu-Gefühl, erneut neben Shenja her durch die Unterwelt zu laufen. Kato hätte es beinahe genossen, wären da nicht die Sorge um Grünwald und ihre Unruhe wegen der unerbittlich verstreichenden Zeit gewesen. Sie liefen nebeneinander her, jeder in seine Gedanken vertieft.

»Shenja«, brach Kato das Schweigen, als sie sich dem Ausstieg näherten, »ich habe Mama vorhin etwas Wichtiges verschwiegen und habe Angst, dass sie es mir verübeln wird, sobald sie es erfährt.«

Der riesige Mann wandte ihr das Gesicht zu. »Warum hast du es ihr verschwiegen?«

Es war typisch für Jewgenij, dachte Kato, diese Frage zu stellen. Jeder andere hätte wissen wollen, WAS sie verschwiegen hatte. Nicht Shenja.

Sie nickte und schenkte ihm ein Lächeln. »Ich habe Angst um sie«, sagte sie unumwunden. »Es geht ihr schlechter, auch wenn sie sich alle Mühe gibt, uns das nicht merken zu lassen. Ich wollte sie nicht obendrein mit etwas belasten, das ihr Kummer machen würde.« Sie überlegte und fügte hinzu: »Kummer oder Sorge. Sie hätte das Gefühl gehabt, etwas tun zu müssen.«

Jewgenij senkte nachdenklich die Lider. »Womöglich hast du richtig gehandelt«, sagte er nach einer Weile. »Ich kann es dir nicht sagen.«

Erneut schwiegen sie. Sie brachten den Ausstieg hinter sich und die kurze Strecke zum Laden. Kato öffnete die Tür und fühlte erneut einen kurzen, heftigen Schwindel, als sie über die Schwelle trat. Das musste die Zeitverwerfung sein, die sich derart bemerkbar machte.

Es war dämmrig zwischen den Regalen. Kato hörte das Geräusch eines Hammers auf Metall, dann zwei Stimmen, die sich halblaut stritten. »Milan Milvus«, rief sie, »ich bin zurück.«

»Endlich«, ertönte es von hinten. »Du hast dir Zeit gelassen.«

Kato sah zu Jewgenij auf und zögerte. »Komm«, sagte sie dann.

Die Zwillinge hatten aufgeräumt. Im hinteren Teil des Ladens waren Regale so zusammengeschoben worden, dass sie einen kleinen Raum abtrennten, in dem ein ordentliches Feldbett stand. Der Mann, der darauf lag, atmete, wie Kato erleichtert beim Näherkommen feststellte. Sie blieb ein paar Schritte entfernt stehen und wartete, bis der Rote an ihrer Seite war. »Kein Arzt?«, fragte er.

»Shenja kann vielleicht etwas für ihn tun«, erwiderte Kato flüsternd. »Wie lange war ich fort?«

»Ungefähr zwei Tage«, erwiderte der Schwarze, der sich jetzt auch zu ihnen gesellte. Er sah müde aus. »Er hat es uns erklärt. Die Zeit läuft hier schneller als draußen.«

»Ich weiß«, sagte Kato. Sie verschränkte die Arme vor der Brust. »Wie geht es ihm?«

»Ich lebe noch«, erwiderte Grünwald. Er hob den Kopf und stützte sich auf die Ellbogen. Sein Blick fiel auf Jewgenij und er lächelte. Sein Gesicht war eingefallen und grau wie das eines Sterbenden. »Shenja.«

Jewgenij kniete neben dem Feldbett nieder. »Josip«, sagte er leise und nahm die Hand, die sich ihm entgegenstreckte. »Das war es also, was Kato uns nicht verraten wollte.« Er drückte Grünwalds Hand und erwiderte sein Lächeln. »Es ist schön, dich zu sehen«, sagte er. »Was fehlt dir?«

Grünwald ächzte leise, als er seine Haltung veränderte. Er schob die Decke von seinen Beinen und ließ sich wieder auf den Rücken sinken. »Gleich«, murmelte er und legte einen Arm über die Augen. »Einen Moment nur …«

Kato betrachtete voller Unbehagen das fleckige, rötlich und gelblich durchweichte Handtuch, das über Josips Bein gebreitet lag.

»Ich mache das.« Der Rote schob sich zwischen Kato und Jewgenij und hob mit einer schnellen, reißenden Bewegung das

Handtuch ab. Er warf es in die Ecke und stemmte die Hände in die Hüften, während er mit gerunzelter Stirn auf das Bein hinabblickte. Jewgenij atmete scharf ein.

»Du musst es abnehmen, 329«, sagte Josip, ohne seine Haltung zu verändern. Seine Stimme klang dumpf und müde. »Kannst du das?«

Jewgenij beugte sich vor. »Haben wir Licht?«, fragte er mit flacher Stimme. »Was ist passiert?«

Die Milans erklärten, was sie von dieser Art der Verletzung wussten – es war nicht viel. Kato starrte auf das, was einmal ein Bein gewesen war und jetzt eine Masse aus … ja, aus was? – war, die unbeweglich auf der Unterlage aus fleckigem Stoff ruhte. Es roch nicht gut, aber der Geruch hatte nichts Organisches, sondern erinnerte an Metall, verkohltes Holz und das scharfe Aroma von Blitzen. Die Flüssigkeit, die das verwundete Glied absonderte, war gelblich-rot, glich aber weder Eiter noch Blut oder einer anderen Wundflüssigkeit. Sie war dickflüssig und zog sich wie zäher Leim oder Harz. An manchen Stellen war sie kristallisiert und schien so fest wie Stein.

Während Kato das Bein anstarrte, schien es sich unter der dunkel marmorierten Oberfläche zu bewegen. Eine Welle lief darüber hinweg und Josip stöhnte. Seine Finger krampften sich um die dünne Decke, die über ihn gebreitet war.

»Du musst zuerst etwas gegen die Schmerzen bekommen«, sagte Jewgenij und öffnete seine Tasche. »Ich habe Morphium …«

Grünwald hob mühsam die Hand und umfasste Jewgenijs Handgelenk. »329 – nein!« Eine zweite Welle durchlief das verletzte Bein. Grünwald bog den Rücken durch und biss die Zähne so fest zusammen, dass Kato sie knirschen hörte. Sein Griff um Jewgenijs Handgelenk verstärkte sich im Krampf.

Die Welle verlief sich. Josip sackte zusammen und stieß den Atem aus. Der Rote Milan beugte sich vor und tupfte mit einem Tuch den Schweiß von seinem Gesicht.

»Nein, Shenja«, wiederholte Josip gepresst. »Ich habe keine

Schmerzen, nur während dieser Anfälle. Es ist gleich vorüber, dann kann ich …« Wieder kam eine Welle, wieder bäumte er sich auf und dieses Mal löste sich ein Schrei von seinen Lippen.

Kato wich zurück und griff nach dem Arm des Schwarzen. »Kann man denn nicht irgendetwas für ihn tun?«, fragte sie eindringlich.

Der Schwarze zuckte die Achseln und legte einen Arm um ihre Schultern. Es war tröstlich, seine Wärme zu spüren. Kato seufzte und lehnte sich an ihn.

Die Welle verebbte und eine Weile war nur der stöhnende Atem des Kranken zu hören.

»Wäre es nicht dennoch klug, dir Morphium zu geben?«, fragte Jewgenij. Seine ruhige Stimme besänftigte Katos Angst.

Grünwald schüttelte den Kopf. Er hatte die Augen geschlossen und lag still da, nur seine Brust hob und senkte sich unter schweren Atemzügen. »Ich muss bei klarem Verstand bleiben«, sagte er nach einer Weile. »Es ist gut, gleich ist alles wieder gut.«

Der Schwarze beugte sich ein wenig vor. »Die Wunde ist nicht schmerzempfindlich«, erklärte er. »Wir haben alles Mögliche daran getestet, auf seinen Wunsch. Es ist wie Holz oder Stein. Keine Empfindung.«

»Außer während dieser Erscheinung, die wir gerade beobachtet haben«, mutmaßte Jewgenij. Er verschränkte die Hände und legte sie vor seinen Mund. Seine Blicke wanderten über das verletzte Bein. »Eine Wahrscheinlichkeitsverzerrung hast du das genannt?«

»Ja«, antwortete Josip an der Stelle des Schwarzen Milan. »Es ist unumkehrbar und schreitet voran, wenn auch sehr langsam. Ich werde daran sterben, wenn das Bein nicht amputiert wird.«

»Mama«, sagte Kato unwillkürlich.

Alle sahen sie an. Kato schauderte. »Das, was meine Mutter befallen hat«, sagte sie. »Es hat Ähnlichkeit mit dem hier, obwohl es anders aussieht. Es frisst sie langsam auf.«

Josip schüttelte bedächtig den Kopf. »Nein«, sagte er. »Nein, das ist etwas vollkommen anderes.« Er runzelte die Stirn. »Allerdings …« Er schwieg und sie konnte sehen, dass er konzentriert nachdachte.

»Wenn wir eine Ætherkanone …«, begann der Rote, und der Schwarze fiel ihm ins Wort: »Es wäre einen Versuch wert.«

»Was hätten wir dadurch gewonnen?« Der Rote hockte sich neben das Feldbett und fuhr mit den Händen durch seine Haare. Sein Gesicht war schmal und angespannt. »Er würde vom Æther verschluckt, das rettet ihm nicht das Leben, es verlängert die Qual vielleicht nur um ein paar Tage.« Er fing Katos Blick auf und zog die Schultern hoch. »Entschuldige«, sagte er leise.

Kato nickte mit angespanntem Kiefer. Sie hätte am liebsten laut geschrien, aber wem hätte das genutzt? Also ließ sie ihren Atem in einem langen Schnaufen entweichen und beugte sich vor. »Was ist das für eine Masse?«, fragte sie und zeigte auf das harzige Sekret.

»Fass es an«, sagte Grünwald und richtete sich mit Jewgenijs Hilfe auf. Sein eingefallenes Gesicht mit den tief in ihren Höhlen liegenden Augen ließ ihn wie einen uralten Mann erscheinen. »Es tut mir nicht weh.«

Kato zögerte, dann berührte sie das Bein vorsichtig mit den Fingerspitzen. Es war kalt wie Stein und beinahe genauso hart, und einige der Stellen, an denen das Sekret noch weich war, klebten wie Leim. Sie rieb die Finger aneinander und suchte Josips Blick. »Wenn wir dich hier rausbringen«, sagte sie langsam, »dann würde sich das doch womöglich verlangsamen, oder?«

Der Schwarze Milan nickte grimmig. »Womöglich würde es aufhören«, sagte er.

»Aber dann sollten wir doch …«

»Nein.« Grünwald sah jeden von ihnen an, fest, unnachgiebig. »Ich kann diesen Ort nicht verlassen. Findet euch damit ab.«

Jewgenij, der neben dem Lager gehockt hatte, ohne etwas zu tun oder zu sagen, seufzte und legte seine Hand auf Grünwalds Schulter. »Josip«, sagte er leise, »ich kann dich auch gegen deinen Willen von hier fortbringen. Du kannst nicht von mir verlangen, dass ich dich sterben lasse.«

Josip umklammerte das Handgelenk des riesigen Mannes. »Das kann ich und das werde ich, wenn du dich weigerst, mein Bein zu amputieren, 329!«

»Wenn ich das täte, müsste ich dich vorher betäuben.«

»Nein.«

Jewgenij ließ seine Schultern sinken. Kato beobachtete ihn voller Sorge. »Ich werde es tun«, sagte er.

Josip schloss die Augen. »Gut.« Sein Gesicht entspannte sich.

Jewgenij drehte sich zu den Milans um. »Ich brauche Licht und eine saubere Arbeitsfläche. Heißes Wasser. Viele saubere Tücher.«

Der Rote nickte und ging hinaus. Der Schwarze kaute auf seiner Lippe. »Ein Wort, Shenja«, sagte er und deutete auf die improvisierte Tür des kleinen Raumes.

Kato folgte den beiden. Sie hörte, wie der Schwarze leise sagte: »Wir könnten versuchen, eine Ætherkanone einzusetzen. Wenn wir den Fokus eng genug stellen, würde ein sauberer Schnitt entstehen, der die Wunde gleichzeitig schließt.«

»Geht das?«, fragte Jewgenij.

Der Schwarze hob ein wenig unsicher die Schultern. »Für den Professor wäre es ein Leichtes«, erwiderte er. »Ich weiß theoretisch, worauf es ankommt, aber ich bin nicht völlig sicher, ob ich die Kanone entsprechend umbauen kann.«

»Ich könnte ihn betäuben und von hier wegbringen«, sagte Jewgenij. »Das würde uns Zeit verschaffen.«

Der Schwarze schüttelte den Kopf. »Er darf den Laden nicht verlassen, das habe ich mittlerweile begriffen. Er hält die Wesen dort drinnen.«

Kato schnappte erschreckt nach Luft. »Wesen wie das, was uns angegriffen hat?«

»Dieses und noch eine ganze Reihe mehr.« Der Schwarze sah sich unruhig um. »Ich bin jedes Mal in Sorge, wenn er bewusstlos wird. Einer von uns hält immer Wache am Korridoreingang, aber wir wissen nicht, ob unsere Waffen überhaupt etwas ausrichten können.«

»Was können wir tun?«, fragte Kato.

Jewgenij knetete seine großen Hände. Er blickte über den Schwarzen hinweg zum Korridor. »Ich bleibe hier bei Josip«, sagte er geistesabwesend. »Er kann mir vielleicht erklären, was ich zu tun habe. Milan, wenn du es dir zutraust, die Ætherkanone umzubauen, dann tu es jetzt. Und dann müsst ihr den Professor finden, und zwar schnell!«

14

Der Patient

Jenö vertraute darauf, dass seine Elementare ihn zum richtigen Ort bringen würden. Er hatte bisher keinen anderen Zugang zu den Kellerräumen gefunden als die Transportkabine, über die er dieses Geschoss betreten hatte. Wenn er von hier fortwollte, musste es wahrscheinlich auch wieder über diesen Weg geschehen.

Das Gute war: Niemand nahm Notiz von ihm. Er hatte seinen Eimer und das Putzzeug auf einen der vielen kleinen Wagen gepackt, den er nun unbehelligt durch die Gänge schob. Das Wasser im Eimer schwappte gelegentlich über, weil Glormo sich bewegte, und Brokk hockte auf einer der Streben, die die Beine miteinander verbanden und rief von Zeit zu Zeit eine knappe Anweisung herauf. »Links«, sagte er. »Wieder rechts. Wir sind ganz nah dran.«

»Warte«, flüsterte Tibillibill in Jenös Ohr. »Da kommt jemand hinter uns her.«

Eine Gruppe von Männern, nahezu im Gleichschritt. Jenö drückte sich mit seinem Wägelchen an die Wand, um sie vorbeizulassen. Es waren die Männer, denen er hierher gefolgt war. Sie schwiegen. Jenö senkte den Kopf, als sie ihn passierten. Der kleinste, ein dunkler Mann mit Bart und flinken schwarzen Augen, sah ihn an und nickte leicht.

Dann waren sie vorbei. Sie gingen zu einer der Türen und der Weißhaarige zog einen Schlüsselbund hervor, schloss auf und sagte: »Seien Sie bitte behutsam, meine Herren. Er ist sehr verwirrt und ängstlich.« Er drückte die Tür auf.

Jenö konnte nicht widerstehen, er schlich hinter den Männern her. Durch die offen stehende Tür konnte er ihre Rücken sehen und er hörte die Stimme des Weißhaarigen, der beruhigend auf jemanden einsprach.

Es platschte leise, dann kletterte Glormo an Jenös Bein hoch und zog sich auf seine Schulter. »Sei vorsichtig«, sagte er.

»Æther. Dort«, murmelte Brokk.

»In diesem Zimmer?« Jenö riss die Augen auf. »Da können wir nicht hinein!«

Die Tür wurde weit aufgerissen und der Weißhaarige starrte Jenö ins Gesicht. Er zog die Brauen zusammen und winkte ungeduldig. »Du kommst gerade recht, Junge. Wo hast du dein Putzzeug?«

Jenö stammelte etwas und zeigte auf seinen Wagen. Wieder winkte der Weißhaarige und kehrte ins Zimmer zurück. »Das war unartig von Ihnen«, hörte Jenö ihn sagen. »Sie dürfen das gute Essen nicht auf den Boden werfen. Sehr unartig. Sie wollen doch nicht, dass wir Sie bestrafen müssen, 485?«

Jemand jammerte wortlos. Jenö schob seinen Wagen ganz ins Zimmer und sah sich suchend um. Es war ein erstaunlich großer Raum voller Tische, Apparaturen und Regale, eine Werkstatt oder ein Labor. Neben einem mannshohen Tank mit gläserner Abdeckung lag ein Napf umgekehrt auf dem Boden in einer unappetitlich aussehenden Lache aus dünnflüssigem Brei. Jenö hob den Eimer von seinem Wagen und begann seine Säuberungsaktion. Hinter ihm redete immer noch der Weißhaarige.

»Sie müssen wissen, meine Herren, dass Ihr ehemaliger Mitarbeiter, unser Patient, zwar offensichtlich verwirrt und *non compos mentis* ist, aber sein Verstand dennoch brillant funktioniert. Haben Sie seine Weiterentwicklung der Ætherwaffe testen können?«

Der große Mann in Uniform nickte knapp. »Beeindruckend«, sagte er. »Dass ein Irrer …«

»Bitte«, sagte der Weißhaarige sanft. »Wir benutzen dieses Wort nicht, Oberst Pelikan.«

Der Soldat zuckte gleichgültig die Achseln. »Kann ich mit ihm sprechen?«

»Seien Sie behutsam«, erwiderte der Weißhaarige. »Er ist sehr schreckhaft und ich möchte ihn in dieser Woche keiner Krampftherapie mehr unterwerfen müssen. Er ist nicht mehr der Jüngste …«

»Bitte«, ließ sich eine zitternde Stimme hören, »bitte, Professor Charcot, keine Zappelbehandlung! Ich flehe Sie an!«

Jenö fiel der schmutzige Putzlumpen aus der Hand. Er hob den Kopf und beugte sich zurück, bis er den alten Mann sehen konnte, der zwischen den drei Besuchern stand, gekrümmt, mit gesenktem Kopf und flehend ausgestreckten Händen. Jenö starrte ihn an. Der Mann trug die gleiche ausgeblichen graue Kleidung wie viele der Menschen, die Jenö hier unten gesehen hatte. Menschen, die an Liegen gefesselt waren, oder von bulligen Männern in weißen Kleidern durch die Gänge geschoben wurden …

Jenö hob die Hand an den Mund und biss fest auf seinen Daumenknöchel. Er wollte sich nicht durch den Ausruf verraten, der in seiner Kehle nach oben drängte.

»Keine Angst, mein Lieber«, sagte Charcot begütigend und legte dem alten Mann eine Hand auf die Schulter. Der zuckte zusammen und stieß einen brüchigen Jammerlaut aus.

»Bitte nicht!«, flehte er. Er hob die Hand und wischte mit fahriger Geste über sein Gesicht, wobei er seinen Kneifer verschob, der komisch schief auf seiner Nase sitzen blieb.

»Was möchten Sie von unserem Freund wissen, Oberst Pelikan?«, wandte Charcot sich an den Soldaten.

»Ich möchte wissen, wie weit er mit seiner Arbeit an besagtem Projekt ist«, knurrte der Oberst. Er schien sich unwohl zu fühlen.

»Das sogenannte Projekt Exterminus«, warf der Dunkelhaarige mit spöttisch verzogenem Mund ein. Der Soldat warf ihm einen unwirschen Blick zu. Er spielte mit dem Stock, den er in der linken Hand trug, als wollte er ihn dem Schwarzhaarigen überziehen. »Danke, Pejić«, sagte er scharf. »Also, Professor? Wie weit ist Ihr Patient mit seiner Arbeit?«

Der Dunkelhaarige hatte sich einen Schritt von der Gruppe entfernt und drehte nun einen Gegenstand in den Händen, der auf einem Tisch voller Werkzeug und Diazotypien gelegen hatte. Sein Blick ruhte auf Jenö, der sich hastig niederbeugte und mit der Scheuerbürste über den Boden fuhr.

»Es ist sauber, Junge«, sagte der Dunkle leise. »Ich würde an deiner Stelle jetzt hinausgehen.«

Jenö zog den Kopf zwischen die Schultern, sammelte seine Utensilien ein und schob den Wagen aus dem Zimmer. Sein Herz trommelte gegen seine Rippen. Er lief den Gang entlang und rettete sich hinter einen Schrank, in dessen Schutz er sich an die Wand lehnte. »Der Professor«, sagte er. »Was macht er hier? Er ist hier eingesperrt!«

Glormo gluckste und streichelte mit seiner glatten Handfläche über Jenös Hals.

Brokk zog sich auf den Wagen und blickte sich um. »Wir müssen ihn befreien«, knurrte er. »Ihn und die anderen. Hast du die Lampe gesehen? Und die Apparate, an denen der Professor arbeitet?«

Jenö nickte schwach. Überall in dem Zimmer hatten Silberkäfige gestanden, in die Elementare eingesperrt waren.

»In dem Tank war Æther«, sagte Glormo sehnsüchtig.

»Sie werden ihn dort wieder einschließen.« Jenö ließ sich an der Wand in die Hocke sinken und legte die Stirn in die Hände. »Warum ist er hier? Er wirkte so … anders als früher. So … ängstlich, schwach und verwirrt.«

Seine Gefährten schwiegen. Tibillibill kreiste nervös über seinem Kopf und Kaskabel sprang von einem Bein aufs andere und sprühte kleine Funkenschauer. »Was jetzt?«, murmelte Jenö. »Wir müssen dort hinein, aber dazu werden wir einen Schlüssel brauchen.«

Die Tür des Zimmers öffnete sich und Jenö hörte die Stimmen der Männer und das Klimpern des Schlüsselbundes. Er reckte den Hals und sah, wie der Weißhaarige – Professor Charcot – die Tür abschloss und den Schlüsselbund danach in die Tasche seines

Kittels steckte. Die drei Männer blieben in ein Gespräch vertieft vor der Tür stehen.

»Billi«, flüsterte Jenö, »klau den Schlüsselbund.«

Die Singende stieg ohne zu zögern hoch in die Luft und schoss davon.

»Eisen«, gab Brokk zu bedenken.

»Lauf hinterher. Wenn sie ihn fallen lässt, fang ihn auf und schieb ihn aus dem Weg.«

»Das klappt nie«, murmelte Brokk und rannte los, gefolgt von Kaskabel, die einen feurigen Schweif hinter sich herzog.

Jenö kauerte sich tief in die Hocke, damit ihn kein versehentlicher Blick traf, und beobachtete, wie Tibillibill den Professor erreichte, über seiner ausgebeulten Kitteltasche stoppte und sich im Sturzflug hineinfallen ließ. Zwei Atemzüge später tauchte der Schlüsselbund über dem Rand der Tasche auf, zitterte, kippte und fiel schließlich hinunter, während die Singende hilflos zappelnd an ihm hing und versuchte, seinen Sturz abzubremsen. Jenö verzog das Gesicht. Er kannte den Schmerz am eigenen Leib, den kaltes Eisen den Elementaren zufügte, auch wenn die Berührung für sie zwar unangenehm, aber nicht weiter gefährlich war.

Tibillibill schaffte es, sich und den Schlüsselbund kurz vor dem Boden abzufangen und in eine flache Kurve zu ziehen. Schwerfällig flatternd entfernte sie sich von den Männern, die nichts von ihrem Manöver bemerkt hatten. Erst kurz vor dem Schrank, hinter dem Jenö kauerte, verließ sie die Kraft und der Schlüssel glitt klimpernd aus ihren Händen. Mit einem beherzten Sprung warf sich Brokk vor und fing ihn auf. Es klirrte gedämpft. Brokk lag starr auf dem Bauch und rührte sich nicht. Jenö hielt die Luft an. Das Gespräch verstummte, der Oberst sah sich um. Dann zuckte er mit den Achseln und klopfte kurz und energisch mit seinem Stock auf den Boden. »Ich würde jetzt gerne noch die Probanden sehen, ehe ich mich auf den Rückweg mache«, sagte er laut.

Der weißhaarige Professor nickte ein wenig resigniert und wies den Gang hinunter – glücklicherweise in die entgegengesetzte

Richtung. Jenö verharrte reglos, bis die Schritte der Männer in der Ferne verhallt waren.

Er beugte sich vor und nahm Brokk den Schlüssel ab. Der Gnom kam auf die Beine, rieb sich die Hände und maulte unterdrückt. Jenö schenkte ihm kein Gehör. Er packte die Griffe seines Wägelchens und schob es im Eiltempo zur Tür des verschlossenen Zimmers. »Da kommt jemand«, flüsterte Kaskabel, die neben ihm auf- und abhüpfte.

Jenö nickte verbissen und probierte die Schlüssel durch. Der fünfte passte ins Schloss und ließ sich mit ein wenig Widerstand drehen. Jenö drückte die Klinke hinab, aber das Schloss sperrte.

»Schnell!«, drängte Tibillibill, die zum Gangende geflogen war und nun im rasenden Flug zurückkehrte. »Männer in Kitteln!«

Jenö begann zu schwitzen. Er zog den Schlüssel ein Stück heraus, stieß ihn erneut ins Schloss und drehte. Die Klinke ließ sich hinunterdrücken. Er keuchte, zog den Schlüssel ab und öffnete die Tür, schob den Wagen hindurch, ohne darauf zu achten, ob er damit irgendwo anstieß, und drückte die Tür hinter sich zu. Schwer atmend stand er da und wischte sich fahrig über die Stirn.

Horatius Tiez stand vor einem schrankhohen Apparat, einen Lötkolben wie eine Waffe auf Jenö gerichtet, und starrte ihn an. Jenö blinzelte unsicher. Wie verwirrt mochte der Professor sein? Was, wenn er um Hilfe schrie?

»Jenö. Du kommst mir wie gerufen«, sagte der Professor und ließ den Lötkolben sinken. Er drehte sich um und sagte halblaut: »Entwarnung.«

Zwei Salamander sprangen hinter dem Apparat hervor und ein Pneumawesen flog aus dem Eimer, der unter dem Tisch stand. Zwischen dem Æthertank und der Wand schob sich ein Hyle-Gnom ans Licht und grinste Brokk breit an.

Jenö schnappte nach Luft. »Professor«, rief er. »Sie sind gar nicht verrückt?«

Tiez schob den Zwicker zurecht und kratzte sich am Kopf. »Wie man es nimmt«, erwiderte er sehr ernsthaft. »Von Zeit zu Zeit habe ich das Gefühl, dass sich mein Verstand verabschiedet, aber du musst wissen, dass das alles hier ausgesprochen anstrengend und irritierend ist. Immerhin muss ich immer noch den Korridor zusammenhalten.« Er seufzte und zog ein Taschentuch hervor, in das er sich lautstark schneuzte. »Diese Zappelbehandlungen sind lästig und insgesamt nicht gerade förderlich«, fügte er in ärgerlichem Tonfall hinzu. »Aber genug jetzt. Du brauchst ein Versteck.« Er sah sich um, als erwartete er, das Gewünschte vor sich auftauchen zu sehen. »Wie bist du hereingekommen?«, fragte er gedankenverloren.

»Durch die T… – Billi hat dem Weißhaarigen seine Schlüssel gestohlen.«

Der abwesende Blick des Professors klärte sich zu kalter Schärfe. »Schließ ab und dann gib ihn mir«, forderte er und streckte die Hand aus. Jenö tat es und warf Tiez den Schlüsselbund mit einiger Erleichterung zu. Er rieb sich die Hände, bis das Kribbeln aufhörte.

Der Professor nickte und brummte zufrieden. Er zog einen Füllfederhalter aus seiner Kitteltasche und richtete ihn auf den Schlüsselbund. Es roch scharf nach Æther, aber nichts passierte. Jenö beobachtete gebannt, wie Tiez weit ausholte und den Schlüsselbund gegen die Tür warf. Mit einem leisen Klappern sauste der Schlüsselbund durch die Luft und mitten durch die Tür. Etwas später klirrte er draußen zu Boden. »Donnerwetter«, sagte Jenö beeindruckt. »Aber jetzt sitzen wir hier fest.«

Der Professor betrachtete zufrieden den »Federhalter« und steckte ihn wieder ein. »Mitnichten«, erwiderte er und wandte sich zum Tisch. »Kriech unter den Tisch, wenn jemand kommt. Das Türschloss hat eine Sicherung, die uns genug Zeit verschafft. Morgens, wenn sie hier sauber machen, verstecke ich dich im Tank«, fügte er hinzu. »Du bist ein Halbengel. Wenn ich die Konzentration des Æthers herabsetze, müsstest du darin eine Weile atmen können. Vielleicht nicht auf Anhieb, aber nach und nach …«

Jenö zuckte zurück. »Sie sind aber ganz sicher, dass Sie nicht verrückt sind, oder?«

Der Professor kicherte und wies auf einen Schemel. »Setz dich«, sagte er. »Ich bin gleich für dich da.« Er kehrte zurück zu dem Apparat, an dem er wohl gerade gearbeitet hatte, als Jenö hereingeplatzt war, und betrachtete eine Blaupause. »Licht«, sagte er.

Einer der Salamander setzte sich dicht neben seine Hand auf einen kleinen Abstelltisch und betrachtete gelangweilt das Tun des Professors. Jenö fühlte, wie alle Anspannung von ihm wich. Es war so normal, beinahe als säße er wieder in der vollgestopften Werkstatt des Professors, während sich nebenan die Zwillinge stritten.

»Wenn du gerade nichts zu tun hast«, sagte Tiez geistesabwesend, »dann öffne doch bitte die Käfige. Ich muss die Elementare auswechseln. Quinquidar, gib Jenö die Handschuhe.«

Jenö fing das Paar brandlöchriger Handschuhe auf, das eine Sylphe ihm zuwarf, und zog es über. Er begann damit, die überall in der Werkstatt verteilten Silberkäfige zu öffnen und so die darin gefangenen Elementare zu befreien. Die Sylphen und Plasmateufel sprangen aus ihren Gefängnissen und stiegen wie winzige Vögel in die Luft. Zwei Gnome und eine Undine ließen sich ohne Umstände auf den Boden fallen und verschnauften dort. Jenö betrachtete sie mitleidig. Er wusste, dass die Berührung von reinem Silber einem Elementargeist schreckliche Schmerzen bereitete. Wie grausam musste es sein, in einem Käfig daraus gefangen zu sein!

»Haltet euch bereit«, sagte der Professor, ohne aufzublicken. »Gleich kommt der Wärter mit dem Abendbrot. Bis dahin müssen alle Käfige wieder geschlossen sein, Jenö.«

Leises Murren ertönte, gefolgt von geschäftigem Gewese. Jenö sah voller Verblüffung, wie jeder der Käfige von einem anderen Elementargeist besetzt wurde. Er riss sich aus seiner Erstarrung und beeilte sich, die Käfige zu schließen, auch wenn es ihm beinahe körperliche Schmerzen bereitete.

»Professor …«, sagte er leise, aber der alte Mann unterbrach ihn mit einem scharfen Laut. »Unter den Tisch«, befahl Tiez. Jenö gehorchte, ohne nachzudenken. Mit einem Sprung war er hinter dem Tisch und zog sich unter seine Platte. Auf der einen, der Tür zugewandten Seite stand der Professor und auf der anderen versperrten ein Hocker und eine eisenbeschlagene Kiste die Sicht. Es musste mit dem Teufel zugehen, wenn jemand ihn hier zufällig entdeckte, aber Jenö brach trotzdem der Schweiß aus. Und sein Wagen mit den Putzutensilien – er stand mitten im Zimmer!

Geräusche verrieten ihm, dass dieser Umstand dem Professor nicht entgangen war. Räder quietschten über den Boden, dann raschelte Stoff.

Das Türschloss knackte mehrmals und eine Männerstimme fluchte unterdrückt. Dann erklangen Schritte und der Mann sagte mürrisch: »Dein Abendessen, 485. Nicht wieder unters Bett werfen, hörst du? Sonst müssen wir dich anbinden und füttern.«

Weiße Hosen erschienen neben Jenös angewinkeltem Bein. Er starrte darauf wie auf eine Schlange. Der Pfleger trug abgewetzte Schuhe mit schiefen Absätzen, die Säume seiner Hose waren ausgefranst und schmuddelig. Geschirr klapperte über Jenös Kopf auf die Tischplatte. »Hast du mich verstanden?«, insistierte der Mann.

»Ja, Pfleger«, antwortete der Professor mit leiser, ängstlicher Stimme. »Ich esse alles auf.«

»Brav, 485. Ich komme nachher und kontrolliere das.«

Die abgetretenen Schuhe entfernten sich, dann klirrte der Schlüsselbund. »Dieses Schloss«, hörte Jenö den Pfleger murmeln. »Muss mal geölt werden.« Die Tür knallte zu.

Einen Moment blieb alles ruhig. Dann knarrte die Tischplatte und des Professors Gesicht senkte sich zu Jenö unter den Tisch. Tiez lächelte. »Hast du Hunger?«

15

Die Operation

Kato half den Zwillingen dabei, die benötigten Teile und Instrumente für den Umbau der Ætherkanone aus dem Korridor zu holen. Es hatte sie wenig überrascht, dass der Rote die verpönte Waffe immer noch in seinem Bündel mit sich trug. Dieses Gerät war schuld daran, dass ihre Mutter langsam dahinschwand, aber Kato konnte den Brüdern deswegen nicht gram sein. Sie hatten es nicht gewollt, es war ein dummer Unfall gewesen.

Ihre Ausflüge in den Korridor unternahmen sie abwechselnd und kurz, sie gingen niemals weiter als bis zu den schwebenden Küchengeräten und suchten lieber länger in all dem Treibgut herum, bis sie etwas Brauchbares gefunden hatten. Das Zusammentreffen mit dem Monstrum, das die Zwillinge so harmlos als »Unschärfe« bezeichneten, hatte sie alle zutiefst erschreckt, auch wenn sie es nicht eingestehen mochten.

Jewgenij wachte stoisch an Grünwalds Lager. Die beiden Männer sprachen leise miteinander, wenn Josip sich kräftig genug dafür fühlte. Kato konnte nicht hören, worüber sie redeten, aber sie sah Jewgenijs friedlichen Gesichtsausdruck, der jedes bisschen seiner sonstigen Anspannung und Besorgtheit verloren hatte, und war zufrieden.

Am Morgen hatten die Zwillinge unter den wachsamen Augen Shenjas und Katos endlich das ersehnte letzte Teilstück für den Umbau gefunden. Sie hockten nun an dem improvisierten Arbeitstisch und fluchten und lachten und warfen sich Schrauben an den Kopf.

Kato sah ihnen eine Weile zu, dann gesellte sie sich wieder zu den Männern. Jewgenij nahm ihre Hand, als sie sich neben ihn hockte, und drückte sie fest. »Bald«, sagte er.

Kato wusste, dass er sich ebenso um Katya sorgte wie sie, aber es war immerhin eine Beruhigung, dass die Zeit draußen nur im Schneckentempo weiterlief, während sie sich hier in der Nähe des Korridors aufhielten. Der Zustand ihrer Mutter würde sich nur unwesentlich verschlechtert haben, wenn sie zurückkehrten.

Josip Grünwald schien zu dösen. Er hatte einige schlimme Anfälle hinter sich und endlich eingewilligt, dass Jewgenij ihm eine kleine Dosis Morphium injizierte. Jewgenij hatte ihn am Morgen rasiert und sein Haar ordentlich geschnitten und jetzt glich er wieder mehr seinem alten Selbst. Dem des Wärters oder dem des Paters Guardianus?, fragte sich Kato und verbannte den Gedanken als irrelevant gleich wieder aus ihrem Bewusstsein. Grünwald war Grünwald.

Sie bemerkte, dass der ehemalige Pater sie beobachtete. »Worüber denkst du nach?«, fragte er träge.

»Warum du den Orden verraten hast«, sagte Kato unverblümt. »Alle sagen, dass du es gewesen bist.«

»Beinahe alle«, murmelte Jewgenij. Er streckte sich unbehaglich. »Aber da alle wissen, dass ich dir hörig bin, weil du mir eine Gehirnwäsche verpasst hast, und ich außerdem halb verrückt bin, wird meine Meinung nicht allzu wichtig genommen«, fügte er gallig hinzu.

Kato behielt Josip im Blick. Seine Miene war ausdruckslos und die graugrünen Augen, die sie nachdenklich fixierten, zeigten keine erkennbare Gefühlsregung. »Der Verrat?«, fragte er nach einer Weile. »Irgendjemand muss es ja gewesen sein. Warum nicht ich?«

Kato sah ihn ungläubig an. »Warum hättest du das tun sollen?«

Er legte den Kopf zurück, seine Lider senkten sich und schlossen sie aus. »Es wurde zu langweilig«, murmelte er.

»Josip!«, sagte Jewgenij und schüttelte den Kopf.

»Mama ist davon überzeugt, dass du es warst.« Kato ließ nicht locker. Es musste doch möglich sein, ihm eine Reaktion zu entlocken, mit der sie etwas anfangen konnte!

»Natürlich. Eine kluge Frau, deine Mutter.« Die Lider hoben sich nicht.

Kato wechselte einen hilflosen Blick mit Jewgenij, der resigniert die Achseln zuckte. Sie wusste nicht, was sie denken sollte. Bis vor ein paar Tagen war sie der Meinung gewesen, dass Jewgenij recht hatte und Josip unschuldig war, dass man ihn verleumdete und zu Unrecht des Verrats an seinem Orden bezichtigte. Aber nun war sie sich nicht mehr so sicher. Er leugnete es ja nicht einmal. Es schien ihm sogar vollkommen gleichgültig zu sein. Aber warum? Warum hätte er das tun sollen?

Sie stand auf und ging hinaus, um den Milans bei ihrer Arbeit zuzusehen. Sie fühlte sich überflüssig.

Der Schwarze blickte kurz auf, als sie an den Tisch trat, und nickte. »Reich mir die Zange«, sagte er und streckte die Hand aus, während sein Blick sich schon wieder in die Eingeweide der halb zerlegten Waffe senkte. Der Rote grinste und ließ seinen Schraubenzieher fallen. »Ich mache Pause«, verkündete er und verschwand zwischen den Regalen, wo sich die Zwillinge ein Deckenlager eingerichtet hatten.

Eine selige halbe Stunde stand sie neben dem Schwarzen und reichte Werkzeuge an, lötete kleine Drähte zusammen, schraubte winzige Muttern auf winzige Schrauben und freute sich an dem Anblick der geschickten Finger, die neben ihr arbeiteten. »Glaubst du, es wird funktionieren?«, fragte sie, und Milan knurrte wortlos, denn zwischen seinen Lippen klemmte ein Draht, dessen anderes Ende er mit einer Zange fixierte.

Endlich schob er die Lupenbrille auf die Stirn, rieb sich die Augen und stöhnte. »Fertig«, sagte er. »Schraubst du die Klappe auf? Ich kann meine Finger nicht mehr bewegen.«

Kato nickte und beugte sich über die Waffe. Das war keine schwierige Aufgabe, aber sie vollzog sie mit der gleichen Konzentration wie alles andere. Wer in Kleinigkeiten schlampig arbeitete, der schlampte auch bei wichtigen Dingen, hatte Milan einmal gesagt, und sie hatte es sich gemerkt. Wenn Milan geschlampt hätte, dann würde diese Waffe Grünwald womöglich noch mehr schaden, als die Unschärfe es getan hatte.

Milan hatte die Beine hochgelegt und die Augen geschlossen. »Wenn du fertig bist …«, sagte er.

»Bin ich. Hier.« Sie legte die Ætherkanone in seine Hand. Seine Finger schlossen sich fest darum.

»Beten wir, dass es funktioniert«, sagte er leise. Er schwang die Beine auf den Boden und stand auf. »Roter«, rief er. »Es geht los!«

Kato folgte ihm in das abgetrennte Zimmerchen. Sie verspürte ein unruhiges Ziehen in der Magengegend. Jewgenij sah ihnen entgegen und seine Miene zeigte große Unruhe.

»Glaubt ihr, dass es klappen wird?«, fragte er und räumte den Platz an der Seite. Er stellte sich neben Grünwalds Kopf und legte eine Hand auf seine Schulter.

Josip öffnete die Augen und holte tief Luft. Kato konnte sehen, dass er Angst hatte. »Gib mir etwas zu trinken, Shenja«, bat er.

»Es wird funktionieren«, sagte der Rote mit großer Zuversicht. »Milan hat alles perfekt zusammengebaut. Es kann gar nicht schiefgehen!«

»Dein Wort in Gottes Ohr«, murmelte der Schwarze so leise, dass nur Kato ihn hören konnte. Lauter fügte er hinzu: »Nimm die Decke ab, Roter. Und dreh das Licht so, dass es den Oberschenkel beleuchtet.«

Jewgenij war blass. Er beugte sich vor, hob die Decke von Josips Bein und faltete sie sorgfältig zusammen. »Verbandszeug, etwas zum Desinfizieren und die Instrumente liegen dort bereit«, sagte er mit gepresster Stimme. »Falls etwas schiefgeht, müssen wir sofort abbinden. Ich habe den Gurt hier, Kato, du musst mir dann helfen.«

Grünwald stemmte sich auf die Ellbogen. »Macht schnell«, bat er. »Ich fühle die nächste Welle kommen.«

»Sollen wir warten?« Milan baute das Stativ für die Kanone auf.

»Nein, tut es jetzt.« Josip atmete flach und hastig.

»Beiß hier drauf.« Jewgenij hielt ihm einen flachen Lederriemen hin. Die Blicke der beiden trafen sich und Josip lächelte schwach. »Einmal mit umgekehrten Rollen, hm? Das habe ich wohl verdient.« Er nahm den Riemen und schob ihn zwischen seine Zähne. Dann ließ er sich zurücksinken und legte den Unterarm über die Augen. »Macht schnell«, wiederholte er.

»Fertig.« Der Schwarze richtete das Stativ aus und visierte Josips Bein an. Schwarz und orange schimmernd, marmoriert wie Stein oder versteinertes Holz, ruhte es auf der Liege. Es schien nicht zu einem menschlichen Körper zu gehören. Seine Form, verkrümmt und verdreht, glich einem verkohlten Baumstamm.

Die Milans sahen sich an. »Jetzt«, sagte der Schwarze und der Rote nickte.

Kato hielt die Luft an, als der scharfe Æthergeruch die Luft erfüllte. Es summte leise und ein sanftes Glühen umspielte den Lauf der Kanone. Dann ertönte ein leiser, dennoch durchdringender Knall. Ein Blitz, grünlich und irisierend, zuckte von der Mündung zu der Stelle an Josips Bein, wo das mineralische Schwarz in gerötetes Fleisch überging. Der Blitz fuhr hinein und Josip schrie erstickt. Einen Augenblick lang überzog ein intensives grünes Leuchten das veränderte Glied. Kato glaubte, Josips unversehrtes Bein zu erkennen, das Knie, die Wade, den Fuß … aber dann erlosch das Glühen und wieder lag der tote Ast, das steinerne Etwas auf der Liege. Eine Welle ging darüber hinweg und erfasste Josips Körper. Er stöhnte tief und schmerzvoll und bäumte sich heftig auf. Jewgenij griff hastig zu und bewahrte ihn so davor, von der Liege zu fallen.

»Die Justierung stimmt noch nicht«, sagte der Schwarze. »Wenn ich den Ausfallwinkel verbreitere und gleichzeitig die Intensität um einen oder zwei Striche erhöhe …«

»Er steht das nicht durch«, wandte Jewgenij ein. »Willst du ihn umbringen? Es funktioniert nicht.«

»Er soll es probieren.« Grünwald atmete stöhnend ein und wieder aus, als die nächste Welle ihn erfasste, und grub seine Zähne tief in den Ledergurt.

Kato sah mit Grauen, dass die Metamorphose seines Beines sich auszudehnen begann und den schmalen Streifen blasser Haut oberhalb um weitere Zentimeter schrumpfen ließ. »Lass es ihn versuchen«, beschwor sie Jewgenij. »Worauf willst du sonst warten?«

Die Milans schraubten schon schweigend an der Kanone herum. Der Schwarze gab leise Anweisungen und der Rote richtete die Kanone erneut aus. »Ich warte, bis der Krampf vorüber ist«, sagte der Schwarze. »Ich muss genau zielen.«

Die nächste Welle verebbte. Kato hielt Jewgenijs Hand fest umklammert.

»Schaut nicht direkt hinein«, befahl der Schwarze. »Halt es absolut ruhig, Roter.« Er drückte auf den Auslöser und erneut brannte der scharfe Æthergeruch in Nase und Kehle. Kato hustete und senkte die Lider, bis sie nur noch durch die Wimpern blinzelte.

Der Blitz war gleißend hell und von einem intensiven Blaugrün, das alles im Zimmer in ein unwirkliches Licht tauchte und scharfe Schlagschatten auf die Wand zauberte. Die Lichterscheinung schnitt wie ein Messer durch das verwandelte Bein, trennte es vom Rumpf und verharrte. Dann breitete sich der blendende Glanz aus, umfasste das Bein und hüllte es in eine dichte blaugrüne Wolke. Wieder meinte Kato, seine ursprüngliche Beschaffenheit erkennen zu können. Der Fuß drehte sich, die Zehen zuckten, Muskeln spannten sich wie im Krampf. Das Licht wurde heller und greller und Kato musste die Augen schließen und sogar die Hände davorlegen. Sie glaubte, die Knochen ihrer Finger durch die geschlossenen Lider sehen zu können. Einer der Milans tat einen erschreckten Ausruf, dann verstummte er.

Einen Moment lang herrschte eine tödliche, angstvolle Stille. Katos Augen schmerzten. Sie ließ langsam die Hände sinken und blinzelte. Geisterhafte rötliche Schemen tanzten vor ihren Augen.

»Der Rückstoß hat mir beinahe die Schulter ausgerenkt«, hörte sie den Roten sagen. »Lebst du noch, Milan?«

»Ich bin noch in einem Stück, mehr kann ich nicht sagen«, erwiderte der Schwarze. Seine Stimme kam von unten, er schien auf dem Boden zu sitzen.

»Grünwald, ist alles in Ordnung?«, fragte Kato und tastete umher. Es war stockfinster – oder sie war blind.

»Ich …«, hörte sie den Pater sagen, »ich …« Er verstummte.

Etwas kratzte und das Licht einer Kerze erhellte die Dunkelheit. »Die Petroleumlampe ist zerbrochen«, sagte Jewgenij. »Wie dumm, dass deine Elementare sich immer noch im stillen Land herumtreiben, Kato.«

»Ich suche eine andere Lampe.« Der Rote drängte sich an Kato vorbei.

Sie beugte sich über Grünwald. Das Kerzenlicht spiegelte sich in seinen Augen, die weit geöffnet ins Leere blickten. Er atmete.

»Er lebt«, stellte Jewgenij fest. »Zumindest das.« Er schwenkte die Kerze tiefer. »Ich rieche Blut.« Er hielt inne und starrte stumm auf Grünwalds Bein.

Kato holte tief Luft. Schimmernd, grünlich, gespensterhaft lag das Bein vor ihrem Blick. Wo es an das gesunde Fleisch grenzte, erschien die Linie in einem irisierenden Blauviolett. Es war vollkommen, Wade und Knie, Zehen und Schienbein … aber durchsichtig wie kostbares Glas oder gefrorenes Wasser.

»Das ist wunderschön und schrecklich«, flüsterte Kato. »Ob es ihm noch Schmerzen bereitet?«

Der Schwarze hatte sich aufgerappelt und stand nun neben ihr. Sie konnte sehen, dass er eine Platzwunde über dem Auge hatte, die stark blutete. Er zog ein Tuch aus der Tasche und presste es auf seine Braue, während er das Ergebnis seines Experimentes begutachtete. »Das ist nicht das, was ich erwartet habe«, murmelte er. »Es sollte das Bein amputieren, nicht in Glas verwandeln.« Er streckte vorsichtig die Hand aus und tippte gegen den Oberschenkel. Seine Finger versanken in dem grünlichen Schein.

»Kein Glas«, flüsterte Kato.

»Nebel. Gas. Licht. Ich spüre keinen Widerstand.« Milan zog die Hand zurück und wischte sie reflexhaft an seiner Hose ab.

Der Rote trat ein und brachte Licht mit sich. Er stellte die Lampe auf dem kleinen Tisch ab und drehte sich um. »Na bitte, hat doch geklappt«, sagte er zufrieden.

Die anderen waren starr vor Staunen. Mit dem Licht war die Geistererscheinung verschwunden. Grünwald lag still auf seinem Lager, ein Bein von sich gestreckt, das andere zwei Handbreit über dem Knie amputiert. Der Stumpf sah aus, als wäre dort nie ein Bein gewesen. Kato blinzelte. Schimmerte die Haut des Stumpfes grünlich-bläulich oder war das ein Nachbild?

Grünwald regte sich. Seine Brust hob sich zu einem tiefen Atemzug und seine Augenlider schlossen sich, um sich danach flatternd wieder zu öffnen. Jewgenij beugte sich vor und breitete hastig die Decke über den Beinstumpf.

»Wo ist das abgetrennte Glied?«, fragte der Rote flüsternd. Der Schwarze zuckte stumm die Achseln und drückte weiter das Tuch gegen seine Stirn.

»Wie geht es dir?«, fragte Jewgenij, über Grünwald gebeugt. Der sah sich um, als erwachte er aus einem langen, tiefen Schlaf voller böser Träume. »Gut«, sagte er mit rauer Stimme. »Sehr gut. Etwas schwach, aber … keine Schmerzen.«

Kato atmete erleichtert aus.

Grünwald bewegte sich vorsichtig und stieß ein kleines, überraschtes Lachen aus. »Meine Zehen«, sagte er mit geradezu kindlichem Staunen. »Ich habe meine Zehen wieder. Ich spüre sie, ich kann sie bewegen!«

Kato wechselte einen stummen Blick mit dem Schwarzen, der mitleidig die Achseln zuckte. Jewgenij legte Grünwald seine Hand auf die Stirn. »Wie schön«, sagte er besänftigend. »Ich bin so froh, dass es dir besser geht. Jetzt solltest du schlafen, Josip.«

»Schlafen.« Der ehemalige Pater nickte matt. »Das Gefühl kehrt zurück«, murmelte er. »Ich kann das Knie anziehen, sieh nur.«

Nichts bewegte sich unter der Decke. Sie lag flach auf dem Lager, dort war kein Bein mehr, nur noch ein leerer Platz. Kato schauderte und drängte sich an den Schwarzen Milan, der stumm seine freie Hand um ihre Schultern legte. »Wir sollten uns alle schlafen legen«, sagte er nüchtern. »Morgen brechen Milan und ich zur Unterburg auf, wir müssen den Professor finden.«

•••

Als sie aus der abgeteilten Kammer wieder in den dunklen Laden traten, bemerkte Kato, wie sehr ihre Beine zitterten. »Shenja sollte sich um deine Wunde kümmern«, sagte sie.

Der Schwarze ließ die Hand sinken und inspizierte das blutbefleckte Tuch. »Es hat schon aufgehört«, sagte er.

»Das ist ein langer Schnitt. Besser, ihn zu nähen.« Sie ahnte seine wegwerfende Handbewegung, aber ihre Aufmerksamkeit wurde von etwas anderem gefesselt. »Ist es die Dunkelheit, die mir etwas vorgaukelt?«, fragte sie.

Der Schwarze antwortete nicht. Nach einer Weile spürte sie seine Hand auf der Schulter, beinahe als suche er bei ihr nach Halt. »Nein«, wisperte er. »Nein, du siehst das, was ich auch sehe.«

»Es ist größer geworden«, ergänzte Kato, während es in ihrem Magen grummelte. »Als wären die Regale auseinander gewichen. Der Weg zum Korridor ist beinahe dreimal so lang wie vorher. Ich kann die äußeren Wände gar nicht mehr sehen.«

Milans Finger drückten sich in ihre Schulter. »Das habe ich verursacht«, sagte er. »Die Ætherkanone. Sie hat nicht so funktioniert, wie ich es mir gedacht hatte. Der Korridor bricht zusammen und dehnt sich dabei aus. Er wird uns alle verschlingen. Ich bin ein Lehrling, kein Meister, Kato.«

Seine Stimme klang so bedrückt und kleinlaut, dass sie sich impulsiv zu ihm drehte und ihn umarmte. »Du hast Grünwalds Leben gerettet«, sagte sie eindringlich. »Was auch immer hier draußen passiert, hat womöglich gar nichts damit zu tun. Grünwald sagt, dass er hier Wache halten muss, damit der Korridor nicht zusammenbricht. Aber er ist schwer verletzt worden und war immer wieder bewusstlos. Wahrscheinlich ist dies das Ergebnis seiner Schwäche und hat nichts mit dir zu tun.«

Er erwiderte nichts, sondern legte seine Arme um ihre Taille und zog sie an sich. Kato hob den Kopf und begegnete seinen Lippen. Wie sehr sie sich das gewünscht hatte, begriff sie jetzt erst und dennoch war da ein kleiner, bitterer Beigeschmack, eine Stimme, die flüsterte: »Er küsst dich nur, weil er sich ängstlich und einsam fühlt. Er braucht jemanden, der ihn tröstet. Du bist zufällig gerade da …« Dann schalt sie sich ein dummes, närrisches Ding und erwiderte seinen Kuss.

Eine Weile klammerten sie sich aneinander, dann löste sich Kato aus seiner Umarmung und sagte sanft: »Geh jetzt, lass den Schnitt nähen, Schwarzer. Du wirst deine heldenhafte Narbe behalten, aber sie wird wenigstens nicht so grauslich ausfallen, dass du damit künftig kleine Mädchen erschrecken kannst.«

»Das wäre doch ein erstrebenswertes Ziel«, erwiderte er ernsthaft. Sie sah das Funkeln in seinen Augen und lächelte ihn an. »Das würde dir also gefallen, du großer, böser Schurke?«

Wieder zog er sie an sich. Sein Atem kitzelte an ihrem Ohr. »Es würde mir vollkommen genügen, wenn du dich nicht erschreckst«, raunte er. »Alle anderen Mädchen interessieren mich nicht.«

Wieder dieser kleine, scharfe Schmerz. Luca war kein Mädchen, also log er noch nicht einmal.

Sie schob ihn weg und zwang sich zu einer ruhigen Antwort, obwohl sie ihn am liebsten angeschrien hätte. »Lass dich von Jewgenij verarzten, Milan. Und dann sollten wir alle schlafen. Wir müssen das Ætheroskaph so schnell wie möglich in Gang bekommen.« Ehe uns all das hier verschluckt …

Er nickte und kehrte zurück in das kleine Zimmer. Kato blieb allein im dunklen Laden, der sich so erschreckend verwandelt hatte. Sie schlang sich die Arme um die Brust. Wenn die Ausdehnung so bis zum Morgen voranschritt, dann würden sie den Weg zur Tür nicht mehr an einem Tag schaffen. Und währenddessen ging die Ausdehnung weiter vor sich, sodass sie am Tag darauf *noch* weiter würden gehen müssen, um den Ausgang zu finden. Und weiter. Und weiter. Selbst, wenn draußen die Zeit beinahe stillstand, würden sie hier drinnen eine Ewigkeit verbringen, altern, sterben, während sie auf dem Weg zur Tür waren.

Kato fuhr herum und lief zu Jewgenij, der unter leisen Flüchen beim Licht einer Petroleumlampe den Schnitt in Milans Stirn nähte. »Wir dürfen keine Stunde länger bleiben«, sagte sie. »Wir müssen sofort aufbrechen.«

Der Rote hatte das Stativ abgebaut und kniete nun auf dem Boden, um die Einzelteile der geborstenen Ætherkanone aufzulesen. Er musterte jedes Teil, warf die unbrauchbar gewordenen fort, steckte die unbeschädigten in einen Beutel. Er blickte auf, blinzelte müde. »Was?«, fragte er. »Aufbrechen? Jetzt?« Ein Gähnen verschluckte das letzte Wort.

Kato achtete nicht auf ihn. Sie beugte sich über den schlafenden Grünwald und legte die Hand an seine Wange, befühlte seine Stirn. »Können wir ihn transportieren, was meinst du, Shenja?«

»Nein«, erwiderte Jewgenij knapp. Er beendete seine Flickarbeit und legte die Nadel auf den Tisch. »Du hast dich tapfer gehalten, mein Junge«, sagte er.

Milan verzog den Mund. »Hab schon Schlimmeres erlebt.« Er stand auf und stemmte die Hände in die Seiten. Mit gesenktem Kopf dachte er nach. »Kato hat recht«, sagte er dann. »Ich habe nicht weit genug gedacht. Wir dürfen nicht hier bleiben.«

»Milan«, protestierte der Rote. »Wir sind seit zwanzig Stunden auf den Beinen. Was schadet es, ein paar Stunden zu schlafen? Draußen läuft doch die Zeit nicht weg.«

»Draußen nicht, aber hier drinnen umso mehr.« Der Schwarze schilderte knapp, was sie im Laden gesehen hatten.

»Was bedeutet das?«, fragte Jewgenij. Er hatte sich wieder neben Grünwalds Feldbett gesetzt, seine großen Hände ruhten still auf seinen Knien.

»Das bedeutet, dass wir in ein paar Stunden womöglich nicht mehr in der Lage sein werden, die Tür nach draußen zu erreichen«, erklärte Kato. »Wir müssen alles packen, was wir an Ersatzteilen und Werkzeugen mitnehmen wollen, den Boojumfilter und Grünwald. Schaffen wir das?« Sie sah Jewgenij an. »Kannst du ihn tragen?«

Er nickte und schüttelte gleich darauf den Kopf. »Josip wird es nicht zulassen. Er glaubt, dass er hierbleiben muss, um die Welt vor dem zu beschützen, was im Korridor sein Unwesen treibt.«

»Das kann er doch ohnehin nicht. Nicht in seinem Zustand.« Kato wandte sich zu den Zwillingen. »Packt alles zusammen, was wir mitnehmen müssen. Sucht nach einem Transportmittel. Ein Karren, irgendetwas mit Rädern oder meinetwegen Kufen. Wir müssen Kraft sparen und Shenja wird genügend damit zu tun haben, Grünwald von hier wegzubringen. Packt auch Wasserflaschen und Proviant ein, der Weg zur Tür ist lang geworden.«

»Ja, Chefin«, murmelte der Rote und grinste schief. Er stieß seinem Bruder den Ellbogen in die Seite. »Hör auf, sie anzustarren wie eine Heiligenerscheinung. Sie kommandiert uns genauso herum wie Major Nagy.«

Der Schwarze nickte, ohne das Grinsen seines Bruders zu erwidern. Sein Blick ruhte ernst auf Kato. »Wir packen alles Nötige zusammen«, bestätigte er. »Sorg du dafür, dass Grünwald transportfähig ist.« Er schob den gähnenden Roten aus der Kammer. »Wir brauchen Licht«, hörte Kato ihn noch sagen.

Jewgenij hatte Grünwalds schlaffe Hand zwischen seine Hände genommen und rieb sie gedankenverloren. »Ich werde ihn an mir festbinden«, sagte er. »Seine Hände vor meiner Brust, ein Gürtel um ihn und meine Hüften, dann kann ich versuchen, ihn huckepack zu nehmen.«

Kato fröstelte. Es würde schwierig werden, den kranken, einbeinigen Mann zu transportieren. Jewgenij war ein Hüne, aber auch Grünwald war groß und breit gebaut. »Eine Trage?«, schlug sie vor. »Eine, die wir hinter uns herziehen können?«

»Der Boojumfilter ist riesig und schwer. Die Brüder werden alle Hände voll zu tun haben, die Ersatzteile und den Filter zu schleppen. Du kannst den Proviant und das Wasser nehmen, am besten in Josips Tornister. Dann kann ich ihn selbst tragen.« Jewgenij stand auf und reckte sich ächzend. »Ich hole seinen Mantel und noch eine Decke«, sagte er und ging hinaus.

Kato ließ sich auf den Hocker fallen, um sich einen Moment

auszuruhen. Sie war nicht weniger müde als der Rote. Nur einen Moment die Augen schließen …

•••

Sie musste eingeschlafen sein, denn als sie die Augen wieder öffnete, war es dunkel im Zimmer. Jemand war wohl hereingekommen und hatte die Lampe mitgenommen. Sie blinzelte und starrte eine Weile gedankenlos ins Leere.

Ein grüner Schimmer am Rande ihres Sichtfeldes narrte sie. Wenn sie ihn fixierte, war er fort, aber im Augenwinkel glomm er so deutlich, dass es sie ganz und gar rasend machte. Sie schnaufte erbost und tastete mit der Hand danach, ohne den Blick direkt daraufzurichten. Ihre Finger stießen auf die grobe Wolle der Decke, die über Grünwald gebreitet lag. Darunter ertastete sie die Liege. Sie zog die Hand zurück und schüttelte sie unwillkürlich, denn ihre Finger kribbelten unangenehm.

Grünwald murmelte etwas. Er bewegte sich unruhig.

Licht fiel ins Dunkel, Jewgenij trug die Lampe herein. »Die Zwillinge sind bereit«, sagte er und stellte die Lampe ab. Er blickte sorgenvoll auf Grünwald herunter. »Ich muss ihn wecken«, sagte er.

»Ich bin wach«, entgegnete Josip, immer noch mit geschlossenen Augen. »Ihr brecht auf?«

»Der Korridor bläht sich auf«, erklärte Kato nach einem schnellen Blickwechsel mit Jewgenij. »Wir gehen und wir nehmen dich mit.«

Grünwald schwieg. »Nein«, sagte er dann. »Ich muss hierbleiben.«

»Wenn du hierbleibst, kannst du nie wieder hinaus.« Kato kniete sich neben sein Lager und nahm seine Hand. »Du bist schwer verletzt und brauchst Pflege. Wir haben alles besprochen, Shenja trägt dich.«

»Nein.« Seine Erwiderung war schroff, aber er drückte sanft Katos Hand, bevor er sie losließ und sich aufrichtete. Er drehte sich zur Seite und stellte sein Bein auf den Boden. »Ah«, sagte er und lächelte.

Kato wandte den Blick hastig vom Anblick des Beinstumpfs, der ein kleines Stück über den Rand der Liege ragte. »Wir brauchen eine Krücke«, sagte sie.

»Warum?« Grünwald musterte sie mit so offensichtlicher Verblüffung, dass Kato schwieg. Sie sah Jewgenij an, der die Achseln zuckte.

»Josip«, sagte er begütigend, »du bist immer noch durcheinander. Leg dich wieder hin, ich …« Er brach mitten im Satz mit offenem Mund ab. Kato keuchte und schlug die Hand vor den Mund. Grünwald schob sich ein wenig wackelig von der Liege und stand vor ihnen.

»Es geht«, sagte er. »Ich bin schwach wie ein Säugling, aber das wird schon vergehen, wenn ich etwas zwischen die Zähne bekomme. Ich bin hungrig wie ein Wolf.« Er machte zwei, drei Schritte von der Liege weg in den Raum. Kato schrie leise auf und wandte den Blick ab. »Das ist unmöglich«, sagte sie erstickt.

Grünwald stand auf zwei Beinen. Er fiel nicht um, er hüpfte nicht – was er eigentlich hätte tun müssen –, er ging und stand ganz normal, wie jeder Mensch mit zwei gesunden Beinen. Nur dass dort, wo sein linkes Bein hätte sein müssen, *nichts* war. Katos Augen zeigten ihr etwas, was nicht sein konnte und ihr Bewusstsein protestierte heftig dagegen. Sie drehte sich weg und würgte.

»Was hast du?«, fragte Grünwald betroffen.

Jewgenij atmete tief durch und nahm Grünwalds Arm, als wollte er ihn stützen. »Das ist schwer zu erklären, Josip. Es geht dir gut?«

»Hervorragend.« Er sah an sich herunter und verzog das Gesicht. »Eine weniger zerfetzte Hose wäre gut, immerhin ist eine junge Dame anwesend. Shenja, würdest du bitte nachsehen, ob sich in meinen Habseligkeiten noch ein Ersatz findet?«

Kato zwang sich, ihren Blick auf sein Gesicht zu konzentrieren. »Grünwald«, sagte sie eindringlich, »lassen wir deinen Unfall und alles andere bitte kurz beiseite. Du darfst nicht hierbleiben.«

Er machte einen Schritt auf sie zu, und Kato blickte starr in seine Augen. »Ich kann diesen Ort nicht verlassen«, sagte er und nahm ihre Hände. »Es ehrt dich, dass du dir Sorgen um mein Wohl machst, obwohl du mich für einen Verräter und ehrlosen Schurken halten musst.«

Kato schüttelte wortlos den Kopf. Es erschien ihr mittlerweile so unwesentlich, was Grünwald getan oder auch nicht getan hatte. Wenn er Schuld auf sich geladen hatte, dann hatte er sie in ihren Augen inzwischen doppelt und dreifach gesühnt.

»Ich werde Shenja bitten, dich auch gegen deinen Widerstand von hier fortzubringen«, sagte sie fest.

Grünwald sah sie verblüfft an, dann lachte er und drückte erneut ihre Hände. »Du bist ein wunderbares Mädchen«, sagte er. »Und ich erkenne deine Mutter in dir. Katya hätte genau das Gleiche gesagt.« Er ließ sie los und schüttelte immer noch lächelnd den Kopf. »Du kannst es Jewgenij befehlen, aber ich werde es ihm verbieten. Willst du ihn in diese Lage bringen?« Seine Miene wurde ernst. »Doch du hast verdient, dass ich es dir erkläre. Dieser Platz hier ist ein Brückenkopf und eine letzte Bastion gleichermaßen. Der Korridor wird nur noch durch den Zeitmeister zusammengehalten und ich sorge an diesem Ende dafür, dass das, was auseinanderbricht, im Zaum gehalten wird. Mein Unfall hat mich daran gehindert, meine Pflicht zu tun, aber nun bin ich wieder diensttauglich. Wenn ihr mich von hier fortbrächtet, würde das, was von innen nach außen drängt, ungehindert über die Stadt hineinbrechen. Es wäre das Ende deiner Welt, Katharina von Mayenburg. Das Ende des Lebens, wie du es kennst. Das Chaos würde herrschen und wo das Chaos herrscht, ist kein Platz mehr für menschliches Leben.« Er wandte sich ab und rieb mit einer gedankenverlorenen Geste über seine Augen und sein Kinn.

Kato schluckte. »Professor Tiez lebt also noch?«, fragte sie. »Weißt du, wo wir ihn finden?«

Er hob die Schultern. »Er lebt sicherlich noch, denn der Korridor ist noch nicht vollständig kollabiert. Aber er scheint Mühe zu haben, möglicherweise ist er krank. Einige Male sind große

Erschütterungen durch den Korridor gelaufen und ich habe jedes Mal befürchtet, dass sie seinen Tod vermelden.« Er straffte die Schultern. »Wie auch immer. Beeilt euch, ihn zu finden und ich werde hier meinen Dienst tun. Und nein, Katharina von Mayenburg, ich war niemals ein Verräter und werde es auch niemals sein.« Seine Stimme nahm einen metallischen Klang an und es war ein unerbittlicher Zug um seinen Mund, der sie unwillkürlich zurückweichen ließ. Vor ihr stand nicht der heruntergekommene Deserteur, nicht der schwer verletzte Kranke, nicht der zupackende Oberpfleger – vor ihr stand der strenge Mönch, der über diesen Ort wachte, wie er über den Orden der Zeitlosen gewacht hatte.

Kato neigte den Kopf. »Ich gehorche, Pater Guardianus«, sagte sie. »Aber mein Herz blutet.«

Er hob die Hand und zeichnete die Lemniskate auf ihre Stirn. »Geh mit dem Segen der Ewigen Zeit«, sagte er leise. »Leb wohl, mein Kind.«

Kato fand sich im Laden wieder, bis ins Mark ihrer Knochen erschüttert. »Wir gehen«, sagte sie zu Jewgenij, der Grünwald eine abgetragene Hose hineinreichte und nun stumm neben dem Regal stand, das den kleinen Raum abtrennte. »Er bleibt hier und wacht über den Korridor.«

Jewgenijs Augen weiteten sich und verengten sich wieder. Er schüttelte mit zusammengepressten Lippen den Kopf. »Dann bleibe ich auch.«

»Das kannst du nicht!« Kato blieb beim Blick in sein starres Gesicht beinahe das Herz stehen. »Shenja. Denk an Mama!«

Er senkte den Kopf, sah mit einem Mal fremd und böse aus. »Sie braucht mich nicht«, sagte er. »Grünwald schon.«

Kato konnte nicht glauben, was sie hörte. »Shenja«, beschwor sie ihn, »Mama stirbt langsam an dieser Ætherkrankheit. Willst du ihr das wirklich antun, dass du sie jetzt verlässt wegen … wegen …«, ihre Stimme brach. Sie konnte es nicht fassen, dass er Katya das wirklich antun wollte. Was ging in ihm vor?

Er blickte über ihren Kopf hinweg. »Ich habe heute keinen guten Tag«, sagte er mit flacher Stimme.

Kato schauderte. Sie wandte sich Hilfe suchend um, denn hinter ihr war Grünwald aus dem Zimmerchen getreten. Er hatte die Hose angezogen, was den gruseligen Anblick des fehlenden und dennoch vorhandenen Beins ein wenig abmilderte.

»Jewgenij will bei dir bleiben«, sagte sie.

Grünwald presste in einer kurzen Aufwallung die Lippen zusammen. »Du darfst Katya in ihrem Kampf nicht alleinlassen«, sagte er dann erstaunlich sanft. »Geh, bring die jungen Leute sicher zurück in die Unterburg. Ich brauche deine Hilfe nicht, 329.«

Schmerz stand in Jewgenijs Augen. »Du schickst mich fort?«

Der ehemalige Pater Guardianus legte seine Hand auf Jewgenijs Schulter und zeichnete wie vorher bei Kato die liegende Acht auf dessen Stirn. »Die Ewige Zeit schirme und behüte dich«, sagte er. »Begleite deine Schützlinge und sorge für deine Frau. Ich werde das hier ohne deinen Beistand meistern.«

Jewgenij senkte den Kopf. »Ich gehorche, Josip, auch wenn ich kein Mitglied deines Ordens bin.«

»Das bin ich wohl selbst nicht mehr.« Grünwald lächelte schief. »Nun macht euch auf den Weg, ehe euch die Raum-Zeitverzerrung hier einschließt.« Er wandte sich um und ließ sie stehen.

Kato griff stumm nach Jewgenijs Hand und zog ihn mit sich. Grünwald hatte recht, es wäre unklug, noch länger hier zu verweilen.

Die Zwillinge standen vor der Theke, die mittlerweile verloren mitten in der sich stetig nach allen Seiten ausweitenden Ladenfläche stand. Zwischen sich hatten sie ihr Gepäck aufgestapelt: Die Kiste mit Boojumfilter, Werkzeug, mechanischen Teilen und all dem, was sie an Nützlichem aus dem Treibgut hatten fischen können. Der Schwarze hatte die Riemen eines Tornisters ums Handgelenk geschlungen und hielt eine flackernde Lampe in der anderen Hand. Seine gerunzelte Stirn glättete sich, als er Jewegenij und Kato sah.

»Gut«, sagte er erleichtert. »Wir waren nicht ganz sicher ...« Er verschluckte den Rest.

»Gib mir den Tornister«, sagte Jewgenij mit leblos klingender Stimme und zog die Riemen über seine breiten Schultern. Dann packte er einen der Kistengriffe und wartete, bis der Rote sich bückte und den anderen nahm.

Kato wandte sich noch einmal nach dem kleinen Zimmerchen um. Das Licht schimmerte zwischen den Regalen hindurch, aber von Grünwald war nichts mehr zu sehen.

»Brechen wir auf«, sagte sie. »Die Zeit drängt.«

16

Die Beratung

Mizzi saß neben Katyas Bett und las – oder vielmehr, sie gab vor, zu lesen, während ihre Gedanken in alle möglichen Richtungen sprangen. Immer noch saß sie hier unten in der ewigen Dämmerung fest, atmete den Geruch von Kochfeuern und glaubte den Druck der Stadt zu spüren, die auf ihnen lastete. Sie war so überaus angespannt, dass ihre Gliedmaßen kribbelten und ihr Herz pochte. Wie lange wollte sie hier noch warten – und worauf? Dort oben im Licht ging der Krieg weiter, regierten die Militärs, blickte die Bevölkerung zur Hofburg und wartete darauf, dass der Kaiser etwas sagte oder tat. Aber ihr Vater schwieg. Er schwieg, seit ihre Mutter fort war. Mizzi wusste nicht, ob der Kaiser etwas mit dem Verschwinden seiner Gemahlin zu tun hatte oder ob er ebenso davon überrumpelt worden war wie seine Tochter. Aber so oder so: Mizzi wollte herausfinden, wo Kaiserin Sophie festgehalten wurde, und das konnte sie nicht, wenn sie sich hier unten in der Kanalisation versteckte wie eine verängstigte Ratte.

»Worüber grübeln Sie nach, Marie-Louise?«, fragte Katya schläfrig.

Mizzi blickte auf und sah in das blasse Gesicht auf dem Kissen. Sie beugte sich vor und reichte Katya den Becher, den ein Strottermädchen kurz vorher gebracht hatte. »Trinken Sie das«, sagte sie. »Der Leibarzt verspricht sich eine Verbesserung Ihrer Konstitution durch diese Kräuter.«

Katya verzog das Gesicht und richtete sich auf. Sie zog die Beine an und fuhr sich mit einem Gähnen übers Haar. »Danke«, sagte sie und nahm Mizzi widerstrebend die Tasse ab. »Noch so ein scheußlicher Trank, der nicht mehr bewirkt, als meine Eingeweide zum Gurgeln zu bringen.« Sie schnitt eine Grimasse und stürzte den Tee hinunter. Mizzi verkniff sich ein Lächeln und bewahrte ihre teilnahmsvolle Miene.

Katya schüttelte sich und reichte ihr den geleerten Becher zurück. »Sie sollten nicht als meine Zofe fungieren, Hoheit«, sagte sie mit leisem Tadel. »Wenn Ihre Mutter hier wäre …«

»… täte sie das Gleiche für Sie«, gab Mizzi zurück und beugte sich vor, um die herabgerutschte Decke über Katyas Beine zu breiten.

Katya nickte dankbar und lehnte sich matt zurück. »Also? Worüber denken Sie nach?«

»Worüber soll ich nachdenken?«, gab Mizzi gereizt zurück. »Meine Mutter schmachtet in elender Gefangenschaft, Katya. Ich will, dass sie befreit wird, und zwar möglichst noch bevor die Engel Wien einnehmen.«

»Was nach Ihrer Einschätzung geschehen wird«, folgerte Katya. Ihr Blick glitt über Mizzis Gesicht, suchte nach etwas.

»Ja«, entgegnete Mizzi schroff. »Es wird geschehen. Die Kaiserliche Armee ist nicht dazu ausgerüstet, sich länger gegen die überlegenen Waffen und die zahlenmäßige Übermacht der Engel zu behaupten. Sie werden den Engeln Verluste zufügen, schwere Verluste, ja. Aber am Ende werden sie überrannt werden. Und dann gnade uns allen Gott«, fügte sie leise hinzu.

»Die Unterhändler der Leukoi sind auf dem Weg«, gab Katya zu bedenken. »Wenn die oberste Heeresleitung sich auf die Verhandlungen einlässt, dann werden wir sehr schnell einen Waffenstillstand erreichen. Und dann ist der Frieden nicht mehr weit.«

Mizzi lachte. »Sie wollen mich beruhigen, Katya, und das ist sehr liebenswürdig von Ihnen. Aber ich bin kein dummes Kind. Die Unterhändler spielen mit ihrem Leben. Reichskriegsminister von Windesberg wird auf keine der Forderungen eingehen. Wie könnte er das auch? Wenn wir uns einverstanden erklären, die Elementare freizulassen, steht das Reich ohne Licht, Wärme und Antriebsenergie für seine Maschinen da. Von Windesberg würde schneller an der nächsten Laterne baumeln, als er seinen Namen unter einen Waffenstillstandspakt setzen kann. Und mein Vater und die Unterhändler hingen rechts und links neben ihm.« Sie lachte wieder, bitter. »Katya, verstehen Sie mich recht: Ich bin eine Sensitive. Ich kann sehen, wie sehr die Elementarwesen in ihrer Sklaverei leiden. Aber ich sehe auch, dass wir über keinerlei Alternativen dazu verfügen.«

Katya schloss die Augen und ließ die Schultern sinken. »Horatius war auf einem Weg, das zu ändern«, sagte sie tonlos. »Wo auch immer er nun ist, auch wenn er noch lebt – dieser Weg zum Frieden ist uns nun verschlossen.« Sie rieb mit dem Daumen über ihre Augen, und Mizzi konnte erkennen, dass sie bis ins Mark erschüttert war. »Noch etwas habe ich eben erst erfahren«, fuhr Katya fort. »Heute hat sich mit den neu angekommenen Flüchtlingen aus dem unteren Wiental ein Mann eingefunden, mit dessen Überleben keiner von uns mehr zu rechnen gewagt hatte.«

Mizzi horchte auf. So erfreulich das klang, so bitter war der Unterton, der diese Worte begleitete. »Ein Bekannter?«, fragte sie.

Katyas Brust hob sich in einem schweren Atemzug. »Ein sehr guter alter Freund von mir«, bestätigte sie. »Man hatte uns von seiner Ermordung berichtet, aber wie es scheint, hat er sich vor seinen Attentätern in Sicherheit bringen und für einige Wochen untertauchen können.« Wieder verzogen sich ihre Lippen, als hätte sie etwas sehr Bitteres geschmeckt.

»Ich weiß nicht, ob Sie davon in Kenntnis gesetzt worden sind, dass der leitende Staatsanwalt Strauss ermordet worden sein soll«, fuhr Katya mühsam fort. »In seiner Wohnung, von unbekannter Hand.«

Mizzi nickte ratlos. »Ja, ich erinnere mich. Man sprach darüber, eine der Hofdamen hat es einer anderen erzählt. Es hieß, das sei ein Racheakt eines Totschlägers gewesen, den er ins Gefängnis gebracht hat.«

Katya lachte kurz und trocken. »Samuel hat einige schwere Jungs hinter Gitter gebracht, nicht wenige davon mit meiner

Hilfe. Aber nein, es war kein Racheakt. Der Hohe Rat des Zeitlosen Ordens sollte so ausgeschaltet werden. Samuel war ein hochrangiges Mitglied des Rates.«

»Wie auch Sie«, folgerte Mizzi. Ein scharfer Blick traf sie, dann nickte Katya.

»Es ist ja nun irrelevant«, erwiderte sie müde. »Der Zeitlose Orden ist seines Oberhauptes und des größten Teils seiner Räte beraubt, schwer angeschlagen, aber in Sicherheit.«

»Was bedrückt Sie dann so sehr?«, fragte Mizzi. »Es ist doch eine frohe Nachricht, dass Ihr Freund lebt.«

Katya lächelte schwach. »Ja, das ist es allerdings«, sagte sie mit großer Wärme. »Samuel war einer meiner engsten Freunde, bevor die Umstände und unsere Aufgaben uns voneinander entfernt haben. Aber wir haben uns dennoch nie aus den Augen verloren und die wenige Zeit, die wir miteinander verbringen konnten, sehr genossen.« Das Lächeln schwand zuerst aus ihren Augen, bevor es auch die Lippen verließ. »Er hat uns bestätigt, was ich immer noch mit einem Rest von Hoffnung nicht habe für wahr halten wollen.« Sie versank in stummes Brüten, aus dem Mizzi sie nicht zu reißen wagte, obwohl es ihr auf der Seele brannte, zu erfahren, was denn der totgeglaubte und so unerwartet wiederauferstandene Staatsanwalt zu berichten gehabt hatte. Was auch immer die schlechte Nachricht in der guten war, sie würden es jetzt noch nicht erfahren.

Ein Klopfen ließ Mizzi aufschrecken. »Wer ist dort?«, fragte sie mit einem Blick auf Katya, die immer noch mit geschlossenen Augen dasaß.

»Ich bin's«, erklang Lucas Stimme. »Es gibt Neuigkeiten.« Katya nickte wortlos und Mizzi rief den jungen Strotter herein.

Er trat ein und brachte einen Schwall erstaunlich frischer Luft mit. Seine Wangen waren gerötet und seine Augen blitzten wie schwarze Edelsteine. Er verbeugte sich tief vor den beiden Frauen und schwenkte einen imaginären Federhut. »Befindet Ihr Euch wohl, edle Damen?«, fragte er.

»Hör auf herumzualbern, Luca«, mahnte Katya, aber sie lächelte zum ersten Mal seit dem Morgen. Mizzi schenkte dem Strotterprinzen ein von Herzen kommendes Lächeln. Sie war dankbar für den frischen Wind, den er hereingebracht hatte – in der Realität und im übertragenen Sinne. »Was gibt es denn Neues?«, fragte sie.

Luca zog sich ohne Umstände einen Hocker heran. »Felsenstein hat eine Botschaft erhalten«, sagte er. »Mein Vater hat gerade davon erfahren und wollte, dass ich Sie informiere und in einer halben Stunde zu einer Besprechung bitte.« Er setzte sich aufrecht und genoss die gespannte Aufmerksamkeit, die Mizzi und auch Katya ihm nun schenkten. Er zog gemächlich einen Tabaksbeutel aus der Jackentasche und begann sich eine Zigarette zu drehen.

»Luca!«, mahnte Katya. Er grinste sie breit an und reichte ihr die fertige Zigarette, ehe er Mizzi fragend ansah. Die Prinzessin lehnte mit einem bedauernden Achselzucken ab. Katya hatte ihr das eine oder andere strenge Wort zu dieser Angewohnheit gesagt und dabei deutlich zu verstehen gegeben, dass sie im Namen der Kaiserin zu Mizzi sprach, sozusagen an Mutters statt.

»Also …?«, ermunterte Katya den jungen Mann, nachdem er ihr Feuer gegeben hatte.

»Also.« Luca blies einen Rauchring zur Decke. »So wie es aussieht, ist uns endlich der Aufenthaltsort Ihrer Kaiserlichen Majestät zur Kenntnis gelangt.«

Mizzi schrie auf. Sie sprang auf die Füße und legte ihre Hände um Lucas Kehle. »Ich bringe dich um, wenn du mich jetzt zappeln lässt, Bursche!«, drohte sie.

Luca hustete erschreckt. »Kaiserliche Hoheit, ich möcht schon bitten«, sagte er rau und griff nach ihren Handgelenken. Die Berührung jagte warme Schauder durch ihren Körper. Sie schnappte erschreckt nach Luft und ließ ihn los, als hätte sie sich verbrannt. Ihre Wangen brannten. »Nun …«, stammelte sie, »nun, ich bitte Sie, Prinz. Spannen Sie mich nicht auf die Folter!«

Sein Lächeln wärmte ihr Herz. »Wie könnte ich«, erwiderte er leise. Als wären sie alleine, standen sie und blickten sich an.

»Kinder«, mahnte Katya sanft. Mizzi fuhr zusammen und wich mit einem drängenden Gefühl der Schuld von ihm zurück. »Ich habe mich überrumpeln lassen«, sagte sie betreten. »Ich bitte um Vergebung. Meine Contenance so zu verlieren ist unverzeihlich.«

»Setzen Sie sich, Marie-Louise. Echauffieren Sie sich nicht weiter. Luca wird uns nun sicherlich in kurzen, klaren Worten berichten, was er weiß.« Katyas nüchterne Worte ließen die seltsam aufgeheizte Atmosphäre spürbar abkühlen. Mizzi folgte dankbar der Anweisung und mied Lucas Blick, während sie ihren Rock glatt strich.

»Nun?«, forderte Katya den jungen Strotter auf.

Luca fuhr sich mit einer graziösen Geste durch die Haare. »Im Brünnlfeld«, sagte er knapp. »Ihre Kaiserliche Majestät und Seine Kaiserliche Hoheit, der Kronprinz, befinden sich unserem Informanten gemäß beide in der k.u.k. Landesirrenanstalt am Brünnlfeld.«

•••

Der Strotterkönig stützte sich breit auf den großen Tisch, der aus Kisten und Brettern zusammengehauen war, und blickte auf Papiere und Karten, die dort ausgebreitet lagen. Sein weißes Haar schimmerte im Schein der Petroleumlampen.

Um den Tisch standen seine beiden engsten Vertrauten und der Zweite Sekretär Felsenstein, der immer noch einen Arm in der Schlinge trug, eine böse Schmarre auf der Stirn hatte und insgesamt noch ein wenig blasser und schmächtiger wirkte als gewöhnlich. Über seine sorgenvolle Miene huschte ein Lächeln, als er Mizzi eintreten sah, und er nickte ihr zu. Sie erwiderte den stummen Gruß nicht weniger warm, denn sie hatte den kleinen Sekretär in den letzten Wochen herzlich lieb gewonnen. Er war hinter seiner harmlosen Fassade ein gerissener, mit allen Wassern gewaschener Schurke und das imponierte ihr mehr, als sie selbst gedacht hätte.

Luca half Katya sich in einem Sessel niederzulassen, dessen Lehnen so abgewetzt waren, dass das blanke Holz und ein wenig Füllmaterial hervorschauten.

»Meine Damen«, sagte der Strotterkönig und hob den Kopf, »es hat sich etwas Neues ergeben.«

»Geht es um meine Mutter?«

Der Oberpani nickte und lächelte schwach. »Um Kaiserin Sophie, um Ihren Bruder und – wie wir jetzt erfahren haben – auch um unseren verschwundenen Professor Tiez.« Er reichte Mizzi und Katya ein Schreiben, das sie Wange an Wange überflogen. Es stammte von Drago Pejić, Katyas Maulwurf im Stab des Kriegsministers.

»Damit dürften wir nun endgültig wissen, wo wir unsere Anstrengungen hinlenken müssen«, murmelte Katya.

»Das Brünnlfeld ist abgesichert, gesperrt und bewacht wie der Kronschatz«, erwiderte Mizzi und las den Brief ein zweites Mal. »Wieso hat Ihr Mann uns das hier jetzt erst zur Kenntnis gebracht? Ganz offenbar ist er doch schon seit Längerem darüber im Bilde.«

»Er stand unter dauernder Beobachtung«, erwiderte Katya. »Ein Schreiben verfrüht an mich herauszuschmuggeln hätte seine Enttarnung bedeuten können. Zudem war sein Kontakt in der Hofburg unser lieber Gregor, der ja zwischenzeitig nicht mehr zum Dienst erschienen ist.«

Mizzi nickte gedankenschwer. »Nun, immerhin«, sagte sie. »Immerhin.«

Sie beobachtete, wie der Strotterkönig sich zu seinen beiden Vertrauten wandte und in gedämpftem Ton mit ihnen zu sprechen begann. Sie sprachen zu leise, als dass sie etwas von ihrem Gespräch hätte auffangen können. Einer der Berater des Königs hob den Kopf und klatschte kurz und energisch in die Hände. »Können wir dann bitte anfangen?«, rief er.

Emmerich Kalk sah aus, als hätte er in den letzten Wochen nicht allzu viel Schlaf bekommen. Er blickte Katya an, als er sprach: »Wir werden nicht umhinkommen, uns des Problems anzunehmen, Major Nagy. Es besteht kein Zweifel mehr daran, dass Professor Tiez in dieser Anstalt festgehalten wird, ebenso die Kaiserin und der Kronprinz.« Er verzog leicht das Gesicht. »Wie wir allerdings bewerkstelligen sollen, dort einzudringen und die Gefangenen zu befreien, ist etwas, worüber ich mit meinen Hauptleuten noch im Streit liege. Die Strotterfamilien unterhalten keine militärischen Einheiten, wie Sie wissen.«

»Ich denke, dass uns das auch wenig nützen würde.« Katya richtete sich mit Mühe auf. »Das Brünnlfeld wird gut gesichert. Wir könnten allenfalls die Leukoi um Hilfe bitten …«

»Unmöglich«, rief einer der Berater des Königs, »vollkommen ausgeschlossen. Die Engel sind der Feind!«

Katya lächelte schwach. »Das ist die Frage«, sagte sie. »Der Zeitlose Orden hat das nicht ganz so pauschal sehen wollen. Solange die Menschen darauf bestehen, die Elementarwesen zu versklaven, stehen uns die Engel nicht freundlich gegenüber, aber es liegt allein an uns, das zu ändern.«

Die Tür öffnete sich und Belpharion trat ein. Der Leukos wirkte ungewöhnlich erschüttert. »Ich bitte um Vergebung«, sagte er zum Oberpani. »Ich habe mich mit dem Staatsanwalt unterhalten. Er ist geschwächt, aber Ihr Leibarzt meinte, dass ein wenig Schlaf und ein paar regelmäßige Mahlzeiten seine Wiederherstellung gewährleisten sollten.«

Der König nickte knapp. »Was haben Sie von ihm erfahren?«, fragte er.

Belpharions Miene blieb starr. »Er hat bestätigt, was wir vermutet haben«, erwiderte er knapp.

»Das heißt?«, fragte Mizzi. Luca schüttelte den Kopf. Sein Vater sah die Prinzessin ausdruckslos an.

»Das heißt, dass der vormalige Pater Guardianus des Zeitlosen Ordens, Josip Grünwald, den Orden und seine Schutzbefohlenen an das Kriegsministerium verraten und verkauft hat. Im Zuge dessen wurden Mitglieder des Rates ermordet und das Ordenshaus angegriffen.«

Mizzi nickte wortlos. Sie kannte den Mann nicht, aber sie hatte mittlerweile begriffen, dass Katya unter seinem Verrat beinahe genauso litt wie unter der Ætherverletzung, die sie langsam tötete.

»Nun gut. Das tut jetzt nichts zur Sache.« Der König rieb sich erschöpft über die Augen. »Wir werden uns mit dem Verräter beschäftigen, wenn wir ihn festgesetzt haben. Ich gehe davon aus, dass er sich ebenfalls immer noch im Brünnlfeld aufhält.«

»Das ist naheliegend«, warf einer seiner Berater ein. »Er arbeitete dort zum Zeitpunkt ...«

»Ja, danke«, unterbrach ihn der Oberpani. »Er wurde gesehen, als die Kaiserlichen und diese monströsen Soldaten die Ordensburg stürmten.« Wieder rieb er sich über die Augen. »Wir werden also davon ausgehen müssen, dass das Brünnlfeld nicht nur von kaiserlichen Soldaten, sondern ebenfalls von den dort gezüchteten Riesen verteidigt wird.«

Felsenstein räusperte sich. Der König richtete seinen Blick auf den kleinen Sekretär und nickte fragend.

»Majestät«, sagte dieser, »ich bin nicht vollständig mit den Strukturen Ihres Reiches vertraut, aber mir scheint, Sie haben keine ausreichenden Kapazitäten, um eine schwer befestigte Stellung anzugreifen. Noch dazu brauchen Sie alle Hände, um der Lage hier unten Herr zu werden.«

Der Oberpani nickte resigniert. Felsenstein fuhr fort: »Ich schlage vor, dass wir unser Vorgehen der Strategie folgen lassen, mit der Major Nagy und ich zwei unserer – hmmm – Botschaftsmitarbeiter bei der Hohen Pforte haben befreien können.«

Mizzi riss die Augen auf. Die Kaiserin hatte Katya sogar ins Osmanische Reich entsandt? Es war ungewöhnlich und gefährlich, dort Frauen einzusetzen, denn der Sultan war bekannt dafür, dass er einem schönen, unverhüllten Gesicht nicht widerstehen konnte. Etliche Ehefrauen oder Töchter von Gesandten oder Botschaftsmitarbeitern in Konstantinopel waren verschwunden und nie wieder aufgetaucht, und man munkelte, dass sie im Sultanspalast hinter verriegelten Türen und von Eunuchen bewacht zu des Sultans Vergnügen dienten.

»Ihr habt Spione befreit?«, entfuhr es ihr.

Ein amüsierter Blick Felsensteins traf sie. »Wir nennen das nicht so, Kaiserliche Hoheit«, sagte er milde. »Spionage ist so ein unschöner Begriff.«

Mizzi erwiderte seinen Blick zunächst kühl, aber dann neigte sie lächelnd den Kopf. »Ich verfüge über wenig Erfahrung in Ihrem Metier, Gregor. Aber danke für die Aufklärung.« Sie bat den Strotterkönig mit einem Blick um Erlaubnis und fuhr dann fort: »Darf ich fragen, wie Ihnen diese Befreiungsaktion gelungen ist?«

Gregor Felsenstein faltete die Hände vor dem Bauch und runzelte die Stirn. »Das können wir hier nicht genauso anwenden. Wir haben eine kleine Operntruppe in den Palast eingeschleust. Der Sultan liebt italienische Opern.«

Mizzis Blick flog zu Katya, die versonnen lächelte. Natürlich, das hatte ihre Mutter ihr einmal erzählt: Katalin Nagy war ein gefeierter Stern am Opernhimmel gewesen, als Sophia sie für Spiona… Aufklärungsmissionen rekrutiert hatte, und Jewgenij war damals ihr Partner auf der Bühne und bei allen gefährlichen Missionen dahinter gewesen.

»Gut, das fällt aus«, sagte Emmerich Kalk. »Ich glaube kaum, dass von Windesberg uns Aufführungen für die Insassen erlauben wird.«

Gedämpftes Gelächter, die angespannte Stimmung wurde etwas gelöster.

»Meine Herren, meine Damen: Lassen Sie uns nachdenken, wie wir jemanden dort einschleusen können«, rief der Strotterkönig zur Ordnung. »Es ist bedauerlich, dass Jewgenij Danilowitsch nicht hier ist, der die Anlage besser kennt als die meisten.« Er seufzte und trank einen Schluck aus der Tasse, die neben seinem Ellbogen stand.

»Es gab einen Zugang durch die Kanalisation«, sagte Katya. »Wissen wir, ob der noch besteht?«

Pani Kalk beugte sich zur Seite und lauschte, was der jüngere seiner beiden Berater ihm flüsternd mitteilte. »Danke«, sagte er, »das habe ich befürchtet. Nein, dieser Zugang wurde verschlossen.«

Katya nickte, sie hatte offensichtlich nichts anderes erwartet. »Oberirdisch ist das Gelände kaum unauffällig zu betreten«, sagte sie. »Ich war mehrmals dort und es liegt vollkommen offen nach allen Seiten hin. Die Fenster der unteren Geschosse sind schwer vergittert, die der oberen nicht, aber die Fassade ist ohne gesehen zu werden nicht zu erklimmen.«

»Wie werden Waren angeliefert?«

Der ältere der beiden Berater zückte ein Notizbuch und begann zu referieren. Händler, Lieferanten, Kontrollen.

Handwerker? Wenn sie von außerhalb gerufen wurden, erfolgte eine strenge Leibesvisitation. Wahrscheinlich wurden Reparaturen im Haus nur unter militärischer Aufsicht durchgeführt.

»Wissen wir überhaupt, in welchem Gebäudeteil meine Mutter festgehalten wird?«, warf Mizzi ein.

Ja, das war der Fall, diese Information hatte Pejić übermittelt, allerdings mit der Einschränkung, dass die Kaiserin von Zeit zu Zeit verlegt wurde – wahrscheinlich, um das Risiko einer Entdeckung und Befreiung zu minimieren.

»Dazu kommt, dass die unterirdisch gelegenen Teile der Einrichtung nicht über Treppen zu erreichen sind«, fuhr der jüngere Berater fort und inspizierte seine Notizen. »Jewgenij Danilowitsch konnte uns die Ein- und Ausgänge zwar auf einem Plan des Hauses markieren, aber seine Beschreibung hat klar gezeigt, dass sie ohne große Schwierigkeiten zu verteidigen sind.« Er blickte auf und schüttelte den Kopf. »Die Aufzüge können von einer zentralen Stelle im Kellergeschoss sowie von den Haupteingängen aus stillgelegt werden. Damit wäre das Kellergeschoss nicht mehr zu betreten.«

»Es gibt also keinen Weg hinein«, schloss der Strotterkönig. »Die einzige Möglichkeit besteht in einem Sturmangriff, für den uns die Truppen fehlen. Belpharion?«

Der Engel, der so still am Ende des Tisches gestanden hatte, dass Mizzi – und den überraschten Blicken nach zu urteilen auch die meisten anderen – seine Anwesenheit beinahe vergessen hatte, beugte sich ein wenig vor, sodass sein weißblondes Haar im Lampenlicht aufleuchtete. »Wir können keine Hilfe von den Archonten erwarten«, sagte er und hob entschuldigend die Hände. »Ich vertrete eine Minderheitenmeinung im Archontat«, erklärte er. »Und da ich der Jüngste im Kollegium bin …«

Katya richtete sich aus ihrer zusammengesunkenen Haltung auf. »Seit wann bist du einer der Achtzehn?«, fragte sie.

Belpharion neigte mit ernster Miene den Kopf. »Zu kurz, um schon eine nennenswerte Gruppe hinter mir versammelt zu haben. Vergib mir, dass ich dich nicht sofort in Kenntnis gesetzt habe. Ich war zu sehr mit anderen Dingen beschäftigt.«

Mizzi räusperte sich ungeduldig. »Ich bitte Sie, meine Herren, Katalin, kommen wir doch bitte zurück zum eigentlichen Punkt. Sehen Sie eine Möglichkeit, meine Mutter zu befreien oder nicht?«

Schweigen. Gesenkte Köpfe, nachdenkliche Mienen. Dann schüttelte der Strotterkönig den Kopf und wechselte einen Blick mit dem Leukos. Der hob ein winziges Stück die Schultern und verneinte ebenfalls.

»Danke«, sagte Mizzi und schob ihren Stuhl zurück. »Lassen Sie mich wissen, wenn Sie diesbezüglich eine Lösung gefunden haben.« Sie nickte steif in die Runde und verließ den Raum.

•••

Mizzi stand am Rande des Ringes aus Kochfeuern und improvisierten Lagern, blickte auf die Flüchtlinge und Gestrandeten und kaute auf ihrer Lippe.

Leichte Schritte ließen sie aufhorchen. Die schlanke Gestalt des Strotterprinzen gesellte sich an ihre Seite. Eine Weile standen sie beide schweigend in der Dunkelheit.

»Es gibt also keinen Weg, sie dort herauszuholen«, sagte Mizzi.

Luca hob die Schultern. »Seit einigen Wochen steht das Brünnlfeld unter strengster militärischer Aufsicht und wird komplett nach außen abgeschirmt«, erwiderte er. »Dieser Pejić – so war doch sein Name, richtig? – kann aber Botschaften hinein- und hinausschmuggeln. Das ist doch schon etwas, Fräulein Mizzi.«

»Was denkst du, kann ich deinen Vater davon überzeugen, dennoch eine Befreiungsaktion zu versuchen?«

Luca antwortete nicht sofort. Er steckte die Hände in die Hosentaschen und hob den Kopf, um witternd die Luft einzuziehen. »Es wird bald kälter werden«, sagte er. »Dann ist es hier unten nicht mehr sehr gemütlich, Fräulein Mizzi. Der Zustrom der Flüchtlinge macht uns Sorgen. Wir können schon bald nicht mehr alle versorgen. Mein Vater hat angeordnet, die Vorratskammern, die für solche Notzeiten angelegt wurden, zu sichern und rund um die Uhr zu bewachen.«

Mizzi senkte den Kopf. »Er hat keine Männer, die er zu einem Sturm auf das Brünnlfeld abkommandieren könnte.«

Luca musterte sie teilnahmsvoll. »Mein Vater unterhält keine Armee«, sagte er. »Noch nicht mal eine Garde. Wir sind nicht der Kaiserliche Hof, Fräulein Mizzi.«

»Ach, hör auf, mich mit ›Fräulein Mizzi‹ zu titulieren!«, rief die Prinzessin aus. »Ich nenn dich doch auch nicht ›junger Herr Luca‹!« Sie wandte sich ab und verschränkte die Arme vor der Brust. »Ich werde einen Weg finden«, sagte sie beherrscht. »Felsenstein ist so weit wieder hergestellt, er wird mich begleiten.«

Luca berührte vorsichtig ihren Ellbogen. »Sie werden nicht alleine dorthin gehen, Fräu… – Mizzi. Das wird mein Vater nicht erlauben.«

Sie fuhr auf. »Dein Vater kann mir nichts erlauben oder verbieten«, fauchte sie. »Ich bin ihm für seine Gastfreundschaft dankbar, aber er hat keine Weisungsbefugnis, was mich betrifft.«

Luca neigte im unausgesprochenen Widerspruch den Kopf. »Das mag sein.« Er schwieg. Seine Finger spielten mit etwas, das er in der Tasche trug. Gedankenverloren zog er einen glatten Stein hervor, den er zwischen den Fingern tanzen ließ. »Ich gehe mit Ihnen«, sagte er unvermittelt.

Mizzi war einen Moment lang um Worte verlegen. »Das ist sehr freundlich von dir«, erwiderte sie dann steif. »Ich denke aber nicht, dass es ratsam wäre, deinen Vater derart vor den Kopf zu stoßen.«

Lucas Miene verschloss sich. »Ich schätze, das ist meine Entscheidung«, sagte er schroff.

Sie schwiegen. Mizzi dachte an Katya und fröstelte. »Ich wollte, ich könnte Katalin helfen«, wisperte sie.

»Das kann wohl niemand.« Luca blickte mit schmal zusammengekniffenen Augen an ihr vorbei in die flackernde Dunkelheit. »Wir erleben gelegentlich solche Unfälle. Es wäre barmherziger, ihr eine Pistole an den Kopf zu drücken.« Er steckte eine Zigarette zwischen seine Lippen und neigte den Kopf schräg, um sie zu entzünden. Mit einer dünnen Rauchfahne, die seinem Mund entwich, fuhr er fort: »Sie ist Offizier. Wahrscheinlich wird sie diesen Weg früher oder später selbst wählen. Solange sie noch den Abzug betätigen kann.«

»Luca!« Mizzi stockte der Atem vor so viel gefühlloser Kälte.

Der junge Strotter sah sie an. Der Zigarettenrauch ließ ihn blinzeln. »Wir sind im Krieg, Kaiserliche Hoheit.«

Mizzi verschränkte die Arme und blickte beiseite. »Ja, es ist Krieg«, bestätigte sie tonlos.

Sie schwiegen, Luca rauchte und starrte wie Mizzi auf den Ring aus Feuern und Hütten. Sein Gesicht wirkte sehr jung und ohne den Spott, der sonst in seinen Augen schimmerte, beinahe verletzlich. Mizzi musterte ihn verstohlen. Sie hatte bisher wenig Kontakt zu gleichaltrigen männlichen Wesen gehabt, wenn man von den gelegentlichen Besuchen ihrer Vettern und entfernten Verwandten absah. Am besten kannte sie noch den Herzog von Sachsen-Coburg und Gotha, der als einer der Heiratskandidaten für sie infrage kam. Ein netter Junge, hübsch anzusehen, nicht besonders klug, ein begeisterter Jäger. Sie besaßen nicht mehr gemeinsamen Gesprächsstoff als für eine knappe halbe Stunde, danach pflegten sie sich anzuschweigen. Es hatte Mizzi immer gegraust, sich ein Leben an seiner Seite vorzustellen, aber immerhin war er freundlich und schien sie zu verehren. Wenn sie sich dagegen ansah, wie der Kaiser mit seiner Gemahlin verkehrte: Eisige Kälte und eine Distanz, die sie schaudern machte. Ihr Vater schätzte gelegentlich den klugen Rat seiner Gemahlin, aber es war recht deutlich zu spüren, dass die beiden sich im Grunde ihres Herzens nicht sonderlich gut leiden konnten. Was für ein Leben musste das sein, an einen Mann gebunden, der mehr ein Amt als ein lebendiger Mensch war, und zu wissen, dass nur der Tod, der eigene oder der des Ehemanns, den Weg durch diese endlose Wüstenei der Ehe beenden würde.

Mizzi blinzelte ein paar Tränen weg, die plötzlich in ihre Augen schossen. Sie fühlte sich so einsam, dass ihr Herz ein einziger, schwerer und kalter Klumpen aus Stein zu sein schien. Wie gerne hätte sie sich jetzt in die Arme ihrer Mutter geworfen, die immer Zeit und ein aufmunterndes Wort für ihre Tochter gefunden hatte.

Sie straffte die Schultern und reckte das Kinn. Wie jämmerlich sie war. Ihre Mutter war gefangen und konnte sich in niemandes Arme werfen, sie musste stark sein und sich um den Kronprinzen kümmern, dessen geistige Verfassung seit dem Attentat mehr als labil war. Mizzi hatte kein Recht, sich gehen zu lassen und in Selbstmitleid zu versinken. Sie war die Tochter der Kaiserin Sophia, sie hatte Rückgrat und Haltung zu zeigen.

Wieder streifte ihr Blick den jungen Strotterprinzen, der mit verlorenem Blick in die Ferne starrte. Die Zigarette zwischen seinen schlanken Fingern verglomm in rötlicher Glut. Wie traurig er aussah. Was wohl in seinem Kopf vorging, das sein Gesicht so verdüsterte und Schatten über seine Augen warf?

Er wandte den Kopf, als hätte er ihren Blick gespürt, und sah sie ernst an. Dann bogen sich seine Lippen zu einem Lächeln, das in Mizzis Herz eine warme Flamme auflodern ließ. Sie spürte, dass die Hitze in ihre Wangen zu steigen drohte, und wandte hastig das Gesicht ab. Seine Aufmerksamkeit kitzelte wie eine zarte Berührung. Einige tiefe Atemzüge halfen ihr, sich zu fassen. Was war es nur an Luca, das sie so sehr durcheinanderbrachte?

Sie berührte ihr Gesicht, fand es kühl und präsentabel und wandte sich ihm wieder zu.

Luca nickte, als hätte sie etwas zu ihm gesagt. Er warf die glimmende Kippe weg und bot Mizzi seinen Arm. »Gehen wir wieder hinein?«

17

Die Nachtwanderung

Sie marschierten nun schon seit einer gefühlten Ewigkeit und die Ladentür war immer noch nicht in Sicht gekommen. Kato hockte auf der Kiste und blies sich auf die Finger. Sie hatte für ein paar Minuten den Roten abgelöst, weil er sich dringend erleichtern musste, und es abgelehnt, dass an ihrer Stelle der Schwarze übernahm, der gerade für einen Moment seinen schmerzenden Arm entspannte. Die Kiste war wirklich mörderisch schwer.

Kato warf Jewgenij einen Blick zu, der die ganze Zeit klaglos vorangestapft war, den Kistengriff nur losließ, wenn einer der Milans eine Pause einforderte oder mit dem anderen tauschte, und ansonsten schwieg und schleppte. Sie hatte bemerkt, dass er versuchte, den größeren Teil der Last zu übernehmen, was einigermaßen schwierig war. Sein Angebot, die Kiste allein zu tragen, hatten die Zwillinge im empörten Chor abgelehnt. Jewgenij hatte die Achseln gezuckt und nichts dazu gesagt. Kato fand, dass er bedrückt aussah. Sie suchte seinen Blick, um ihm zuzulächeln, aber er erwiderte das Lächeln nicht.

Es ging weiter. Der Rote packte den Griff und hob an. Kato schulterte den Tornister und blickte nach vorne und zu den Seiten. Sie begann sich an das seltsam schummrige Zwielicht zu gewöhnen, in dem sie sich bewegten. Was ihre Nerven zum Flattern brachte, war der Umstand, dass sich am Rande ihres Blickfelds ständig etwas zu bewegen schien. Sie musste sich beherrschen, um nicht andauernd den Kopf zu drehen und nach etwas Ausschau zu halten, das gar nicht existierte.

»Das ist die Verzerrung«, sagte der Schwarze müde. Er blinzelte mehrmals heftig. »Ich weiß nicht, ob wir es noch bis zur Tür schaffen. Wenn die Verzerrung schneller wächst, als wir uns voranbewegen können, dann werden wir schließlich auf der Stelle laufen.«

»Tun wir das nicht schon?« Kato sah das Regal mit Porzellanfiguren an, neben dem sie schon eine ganze Weile hergingen. Es war nicht so, dass das Regal sich bewegte, sondern eher, als würden sie selbst stillstehen. Aber sie spürte ihre Muskeln, die Schmerzen in ihren Beinen und mittlerweile auch den Schultern, die drückenden Schuhe, sie sah den Schweiß auf Jewgenijs Stirn und hörte den schweren Atem der beiden Zwillinge. Sie gingen voran. Konstant und nicht besonders langsam.

Die Pausen wurden häufiger. Kato hockte zusammengesunken neben der Kiste, rieb ihre schmerzenden Füße und Waden und kämpfte gegen den Nebel der Erschöpfung an, der sie mittlerweile umfing. Die Zwillinge steckten flüsternd die Köpfe zusammen und Jewgenij sah Kato an. Er nickte ihr aufmunternd zu, dann beugte er sich zum Schwarzen und sagte etwas. Kato war zu müde, um aufzustehen und sich zu ihnen zu gesellen. Sie trank einen Schluck warmes Wasser aus der Feldflasche, dann lehnte sie sich zurück und schloss die Augen.

Die Wärme einer Berührung weckte sie aus dem Dämmerschlaf. Es war der Schwarze, der dicht neben ihr saß und seinen Arm um ihre Schulter gelegt hatte. »Wir müssen weiter«, murmelte er. Sein Atem strich über ihre Wange und der besorgte Blick seiner dunkelblauen Augen musterte ihr Gesicht.

Kato nickte, rang sich ein Lächeln ab und wollte aufstehen, aber der Schwarze hielt sie zurück. »Der Rote und ich übernehmen die Kiste«, sagte er. »Und gib mir den Tornister.«

Kato wehrte seine Hand ab. »Ich kann das tragen.«

Seine Hand strich sacht über ihre Wange. »Ja«, sagte er. »Du bist stark, mutig und stur.« Er lächelte.

Kato griff nach seiner Hand und drückte sie gegen ihr Gesicht. »Nicht so stark, wie ich gerne wäre«, erwiderte sie zornig. »Ich bin nicht ans Laufen gewöhnt. Ihr beide anscheinend schon.«

»Wir sind viel zu Fuß unterwegs gewesen in unserem Leben, ja.« Er zuckte die Achseln. »Wir haben für den Oberpani die anderen Familien ausspioniert, bevor wir ihm von der Fahne gegangen sind. Das war vor allem Laufarbeit.«

Kato sah ihn aufmerksam an. Die Zwillinge erzählten nie von ihrer Vergangenheit. Wenn, dann redeten sie über Professor Tiez und was er für sie getan hatte. Er hatte zwei heimatlosen Jungen ein Zuhause und eine Aufgabe gegeben. Warum die beiden aus dem Strottergebiet geflüchtet waren, wusste sie nicht.

Der Schwarze sah an ihr vorbei und legte dazu den Kopf in den Nacken. Kato spürte, dass Jewgenij hinter ihr stand. Sie verdrehte den Hals und blickte zu ihm empor. Er ragte hinter ihr auf wie ein drohender Felsen. »Shenja, was …«, begann sie, dann blieb ihre Frage in einem Aufschrei stecken. Der riesige Mann beugte sich zu ihr hinab, packte sie ohne viel Federlesens und schwang sie auf seine Schultern. »Das kennst du doch«, sagte er. Lachen grollte tief in seiner Brust. »Halt dich fest, Söhnchen. Dieses Mal hole ich mir wenigstens keine nasse Wäsche.«

Kato protestierte, aber ihr Protest fand kein Gehör. Die Zwillinge hoben die Kiste an und Jewgenij schaukelte Kato durch die verschwommene Umgebung. Das Regal mit den Porzellanfiguren wurde durch einen Bücherschrank abgelöst. Kato, deren Kopf bei jedem der Schritte ihres Trägers müde wippte, las die Titel auf den Buchrücken, betrachtete die abblätternden Prägungen aus Silber und Gold, die angestoßenen Kanten, überlegte, welche der Bücher sie gelesen hatte und welche sie sich gerne ansehen würde … Sie streckte die Hand aus, um nach einem Buch zu greifen, aber ein warnender Ausruf ließ sie innehalten.

»Fass lieber nichts an«, rief der Schwarze. »Es könnte deine temporale Verankerung beeinflussen.«

Kato zog hastig die Hand zurück. Was auch immer das war, es klang gefährlich.

Das sanfte Schaukeln der stetigen Bewegung wiegte sie in einen Halbschlaf, durch den nur wenige Eindrücke in ihr Bewusstsein sickerten. Halblaute Gespräche, eine gelegentliche kurze Pause, in der die Zwillinge ihre Arme ausschüttelten und Jewgenij geduldig wie ein Lastelefant neben ihnen stand, bevor es weiterging.

Irgendwann unterbrach ein Ruf die endlose Eintönigkeit: »Ich sehe die Tür!«

Kato öffnete die Augen und blinzelte, um ihre Sicht zu klären. Ja, ohne Zweifel: Ein Stück voraus leuchtete Tageslicht durch die Verglasung einer Tür. Der Rote zeigte nach vorne und grinste wie ein Idiot, sein Bruder hob die Hand und klatschte ihn ab.

»Lass mich runter«, bat Kato und strampelte. »Ich bin ausgeruht, das letzte Stück kann ich gut laufen.«

Jewgenij half ihr zurück auf den Boden und streckte sich. Sein Blick war düster. Kato drückte seinen Ellbogen. »Danke für deine Mühe«, sagte sie.

Er senkte den Blick zu ihr und lächelte schwach. »Das war keine Mühe«, erwiderte er. »Komm, laufen wir.« Er ging zu den Milans, schob den Roten beiseite, wehrte den Schwarzen ab und griff sich die Kiste. Er hob sie gegen die Brust und stiefelte los.

»He!«, rief der Schwarze, zuckte dann mit den Schultern und beeilte sich, den Anschluss nicht zu verlieren.

Sie schritten schnell aus, der Anblick ihres Ziels verlieh ihren Füßen Flügel. Endlich, dachte Kato. Endlich. Endlich.

Ein Anflug des Bedauerns und der Sorge trübte ihre Freude. Grünwald, der ganz allein dort in den Tiefen des sich ausdehnenden Korridors gefangen war, mit seinem seltsam transformierten Bein und ohne die Hoffnung, jemals wieder eine andere Menschenseele zu Gesicht zu bekommen … er würde von einem dieser Phänomene verschlungen werden oder verhungern, verdursten, im Wahnsinn enden. Wie hatten sie ihn nur zurücklassen können?

Sie wusste, dass Jewgenij dieselben Gedanken umtrieben und dass er sich noch viel größere Vorwürfe machte als sie. »Wir hatten keine Wahl«, sagte sie leise zu ihm. »Wir müssen den Professor finden, er ist unsere einzige Hoffnung.«

Jewgenij nickte schroff. »Sicherlich«, erwiderte er, aber seine Miene und seine Stimme sagten das Gegenteil.

Es dauerte noch eine scheinbare Endlosigkeit, bis der Schwarze die Hand auf die Türklinke legte und »Endlich!« rief. Er schwankte vor Erschöpfung, aber sein Gesicht zeigte nichts als Erleichterung. Sie alle waren sich nicht sicher gewesen, ob sie ihr Ziel erreichen würden oder auf ewig durch diesen Laden hätten laufen müssen, gefangen wie in zähem Harz, das langsam um sie herum zu Bernstein erstarrte.

»Warte«, hielt Jewgenijs tiefe Stimme den Schwarzen davon ab, die Tür zu öffnen. »Wenn wir über die Schwelle treten, sind wir wieder in der Zeit angekommen. Wir sollten die Gelegenheit nutzen und uns hier ein wenig ausruhen.«

Das war vernünftig. Kato unterdrückte ein Gähnen und sagte: »Wie verhindern wir, dass sich während unserer Pause die Tür wieder entfernt?«

»Bindet euch an die Kiste und diese an der Klinke fest.« Jewgenij grinste humorlos.

Die Milans wechselten einen Blick, dann nickte der Rote zögernd. »Das müsste funktionieren.«

»Gut«, sagte der Schwarze. »Ruhen wir uns aus, ehe wir in die Kanalisation zurückkehren.« Er löste einen Riemen, der die Kiste verschlossen hielt, und begann, ihn um seinen Knöchel und das Bein seines Bruders zu knoten. »Im Tornister sind zwei Stricke«, sagte er. »Damit binden wir die Kiste fest. Haben wir noch einen Gürtel oder so etwas, um dich und Kato zu sichern?« Er sah Jewgenij fragend an.

Der Riese wich einen halben Schritt zurück und hob eine Hand. Kato überlief es eiskalt. Noch ehe er den Mund öffnete, wusste sie, was er sagen wollte. »Nein«, sagte sie. »Bitte, nein!«

Er sah sie voller Mitgefühl an. »Doch«, sagte er sanft. »Es muss sein, Kato. Du weißt es.«

Sie wandte den Blick ab, konnte den Schmerz in seiner Miene nicht ertragen.

»Was denn?«, fragte der Schwarze scharf. »Was hast du vor?«

»Er geht zurück«, murmelte Kato.

Die Zwillinge blickten von ihr zu Jewgenij. Kato sah, wie die

Erkenntnis dämmerte. »Du kehrst zu Grünwald zurück?«, fragte der Rote.

Jewgenij nickte und machte einen Schritt rückwärts in die verschwommene Dämmerung des Ladens. »Ich kann ihn dort nicht allein lassen«, sagte er ruhig. »Er wird sterben.«

»Aber du lässt Mama im Stich«, sagte sie.

Jewgenij neigte den Kopf und seufzte. »Josip braucht mich jetzt dringender.«

»Shenja«, sagte Kato beschwörend, »ist das nicht etwas völlig anderes?«

Er sah sie reglos an. »Ja«, sagte er nach einer Weile. »Es ist etwas völlig anderes.« Er wandte sich ab. »Grüß sie von mir«, sagte er gepresst. »Ich hoffe, dass wir uns wiedersehen.«

»Shenja!« Kato streckte die Hand nach ihm aus. »Du weißt doch noch nicht einmal, ob du es zu ihm schaffst. Du bist müde. Der Weg wird immer länger. Du wirst irgendwo stecken bleiben. Damit hilfst du ihm auch nicht! Und Mama wird vor Kummer sterben, wenn du nicht zu ihr zurückkehrst.«

Jewgenijs Gesicht verzerrte sich zu einer Grimasse der Qual.

Eine Hand legte sich auf ihre Schulter. »Lass ihn gehen«, sagte der Schwarze ruhig. »Der Rote und ich haben es geahnt, Kato. Sein Herz bricht, wenn du ihn zwingst, mit uns zu gehen. Und das könntest du tun, das wissen wir alle.«

Kato wandte sich heftig ab und verschränkte die Arme vor der Brust. In ihr kämpften die widerstreitendsten Gefühle. Sie verstand Jewgenijs Entscheidung, das war das Schlimmste daran. Der Gedanke an den einsamen Grünwald in dieser grauenhaften Umgebung schnitt wie mit Messern durch ihr Herz. Sie hätten ihn dort nicht zurücklassen dürfen, sie hätten ihn zwingen müssen, mitzukommen.

Aber Katya … ihr müdes, blasses Gesicht erschien vor Katos innerem Auge. Sie würde sich nicht darüber beklagen, dass Jewgenij sie verlassen hatte. Sie würde still leiden, aber sie würde es verst…

Kato riss die Augen auf und biss sich auf die Lippe. Katya war davon überzeugt, dass Josip Grünwald den Orden verraten hatte. Sie würde es *nicht* verstehen, dass Shenja ihm beistand. »Oh«, sagte sie leise.

Der Schwarze zog sie in eine feste Umarmung. »Lass ihn gehen«, flüsterte er ihr ins Ohr. »Je länger er wartet …«

Kato blinzelte Tränen fort und nickte stumm. Sie kannte Jewgenij mittlerweile gut genug, um zu wissen, dass er gehen würde, auch wenn sie ihn noch so bat, es nicht zu tun. Aber es würde ihn beinahe umbringen.

»Gut«, sagte sie erstickt. Sie fuhr mit beiden Händen über ihre Augen. »Geh zu ihm, Shenja. Ich werde es Mama erklären, irgendwie.«

Seine Schultern sanken herab. »Danke«, sagte er beinahe unhörbar.

»Beeile dich«, drängte der Rote, der unruhig in den Laden blickte. »Du hast eine winzige Chance, es noch zu schaffen, wenn du schnell gehst.«

Jewgenij nickte knapp und wandte sich um. »Warte«, rief der Schwarze. Er packte den Tornister und warf ihn Jewgenij zu. »Wir können uns versorgen, du nicht.«

Wieder nickte der Riese, dann wandte er sich wortlos ab und ging mit weit ausgreifenden Schritten davon. Schon nach wenigen Augenblicken verschmolz sein Anblick mit der umgebenden Dämmerung, dann war er fort.

Kato schluchzte auf und wehrte die tröstende Hand des Schwarzen wütend ab. »Lass mich«, fauchte sie. »Lass mich einfach!«

Sie duldete es, dass der Rote ihr das Ende des Riemens ums Handgelenk band, und kauerte sich neben die Zwillinge auf den Boden. Ihre Augen brannten und ihr Herz schmerzte, als würde es zerbrechen. Sie lauschte dem ruhigen Atem der Zwillinge und ließ sich davon besänftigen. Dann nahte der Schlaf, legte sich über sie wie eine schwere, dunkle Decke und erlöste sie für ein paar Stunden von ihrem Kummer.

Abteilung III

18

Der Professor

Sie entwickelten eine gewisse Routine. Wenn der Pfleger mit dem Essen kam, ließ Jenö seine Arbeit fallen und verschwand unter dem Tisch oder hinter seinem mit Kisten und Gegenständen vollbeladenen Karren, der mittlerweile offen im Raum stand, als hätte er schon immer dort gestanden.

Tiez hatte ein paar Mal versucht, Jenö im Æthertank zu verstecken – dort ruhten sich auch seine Gefährten aus –, aber Jenö hielt es immer nur für wenige Minuten im Æther aus, dann brannten seine Lungen, feurige Kreise drehten sich vor seinen Augen und er hustete sich die Lunge aus dem Leib, wenn der Professor ihn herauszog. Wenn das Zimmer gesäubert wurde (was nicht allzu häufig vorkam), versteckte sich Jenö also oben auf dem Regal mit den zerlegten Apparaturen. Dort lag er auf dem obersten Bord, unter einer zerschlissenen Decke, und wartete, bis das Geklapper, Geplatsche und Gerumpel aufhörte und die Tür sich wieder schloss.

Der Pfleger, der das Essen austeilte, schob seinen Wagen aus der Tür und schloss ab. Mit dem Klicken des Schlüssels und dem Knall der Riegel schob sich Jenö aus seinem Versteck und gesellte sich zu Meister Tiez an die Werkbank. »Eintopf«, sagte der Professor und schob Jenö seinen Napf hin. »Iss, Junge. Ich bin nicht hungrig.«

Jenö musterte Tiez besorgt. Der kleine Mann war abgemagert, seine Kleider schlotterten ihm um den Leib. »Sie sehen so aus, als sollten Sie dringend etwas essen«, sagte er und schob den Napf zurück. »Ich verhungere nicht, Professor. Heute Nacht gehe ich los und besorge uns Proviant.«

Tiez nahm seinen Zwicker von der Nase und strich sich über das schüttere Haar. Er sah müde aus. »Mein lieber Junge«, sagte er, »ich bekomme keinen Bissen herunter. Es ist sehr freundlich von dir, wenn du dich um mich sorgst, aber ein bisschen Fasten bringt mich nicht um. Glaube mir.« Er gähnte und setzte den Zwicker wieder auf. »Es hält den Kopf klar«, setzte er hinzu, bevor er einen Schraubendreher und eine Zange aus dem Gewirr auf dem Tisch nahm und sich wieder in das komplizierte Innenleben der Apparatur vertiefte, an der er Tag und Nacht arbeitete.

Jenö gab auf und löffelte den Eintopf, wenn auch mit schlechtem Gewissen. Aber sein Magen knurrte und die Mahlzeiten der letzten Wochen waren alles andere als üppig ausgefallen.

»Erzählen Sie bitte weiter?«, fragte er, als er den Teller mit einer trockenen, dünnen Brotscheibe auswischte. »Sie haben also für den Ururgroßvater des jetzigen Kaisers als Hofalchemist gearbeitet. Was haben Sie da gemacht?«

Tiez runzelte die Stirn, löste eine winzige Mutter und legte sie sorgfältig auf ein zusammengefaltetes Papier. Dann begann er, einen dünnen Draht in eine kaum sichtbare Öse zu fädeln. »Hofalchemist«, sagte er. »Das war eine Position zwischen Taschenspieler und Arzt. Ich hatte ein gut ausgestattetes Laboratorium und die Aufgabe, nach dem Stein der Weisen zu suchen. Ewiges Leben und unendlicher Reichtum, verstehst du?«

Jenö pulte sich ein Stück steinharte Brotrinde aus den Zähnen und nickte. Er glaubte den Geschichten des alten Mannes, obwohl sie vollkommen irrsinnig klangen. Aber unter all dem verrückten Zeug lag ein Geschmack von Wahrheit, der immer stärker wurde, je mehr der Professor von seinem Leben erzählte. Von seinem *langen* Leben!

»Die damalige Hofburg war noch ein ganzes Stück kleiner, weniger prächtig und sehr viel wehrhafter als heute«, fuhr der Professor fort, während er eine dünne Pinzette aufnahm und eine Lupe in sein Auge klemmte. »Es war zugig, kalt und düster, vor allem im Winter. Ich hätte meinen linken Fuß für eine anständige, starke Lampe gegeben und musste mich doch mit Kerzen und Öllampen behelfen. Da habe ich angefangen, nach einer Methode zu forschen, wie man das Sonnenlicht imitieren kann.«

Er beugte sich tief über seine Arbeit und bat geistesabwesend: »Gib mir hier Licht, Kaskabel.«

Jenö grinste und erwiderte den resignierten Blick seines Feuerwesens. Er nickte ihr aufmunternd zu. »So haben Sie also die Elementare entdeckt?«, fragte er.

Tiez schwieg. Seine Lippen wurden schmal und er umklammerte die Pinzette, die anfing, in seinen Fingern zu zittern und zu schwanken. »So ist es geschehen und so habe ich eine große Schuld auf mich geladen«, sagte er nach einer Weile gepresst. »Weil ich überheblich und verblendet war, leiden abertausende Wesen in einer Sklaverei, die ihnen unsägliche Schmerzen zufügt. Weil ich gierig und rücksichtslos war, sterben die Engel nun aus. Weil ich nur an unser eigenes Wohlbefinden gedacht habe, herrscht Krieg zwischen Engeln und Menschen. Ja, mein Junge, so habe ich die Elementare entdeckt und so nahm das Unheil seinen Lauf. Ich suche nun schon seit Jahrzehnten nach einem Ausweg und ich werde darüber verrückt vor Schmerz und Schuld. Hybris, mein Junge. Hüte dich vor Hybris.« Er verstummte und beugte sich tief über seine Arbeit.

Jenö schwieg, weil er nicht wusste, was er darauf antworten sollte. Der Krieg der Leukoi gegen die Menschen war unvermeidlich gewesen. Seine Mutter hatte ihm erzählt, dass die Menschen in die Welt der Engel eingedrungen waren, indem sie eine Methode gefunden hatten, die Elementare zu versklaven. Bis dahin hatten beide Sphären nebeneinander existiert, ohne sich zu berühren. Menschen und Engel waren niemals miteinander in Berührung gekommen und es hatte auch keine Veranlassung zu freundschaftlichen oder feindlichen Kontakten bestanden.

Aber dann begann die Welt der Leukoi langsam auszubluten. Es hatte lange, lange gedauert, bis die Engel begriffen, dass das unerklärliche Dahinschwinden der Elementare kein natürliches

Phänomen war, sondern dass die Menschenwelt dahintersteckte. Der unersättliche Hunger nach Energie und Wärme, der immer neuen Nachschub forderte, saugte die Welt der Leukoi aus wie eine Spinne ihr Opfer.

Die Archonten, eine Regierung der Engel, die in Krisenzeiten einberufen wurde, hatte daraufhin beschlossen, dem Treiben der Menschen ein Ende zu setzen und die gefangenen Elementare mit Gewalt zu befreien. Und so kam es, dass Engel- und Menschenwelt ihre Sphären zu vermischen begannen. So kam der Krieg über die Welt und so entstanden auch die ersten »Kuckuckskinder« – solche Mischlinge von Engeln und Menschen wie Jenö.

Er dehnte unbehaglich die Schultern und sah sich um. Es ging ihm zunehmend auf die Nerven, hier eingesperrt zu sein, auch wenn Tiez ihm kleine Arbeiten gab und ihm versicherte, dass diese ungemein wichtig seien. Seit Stunden wickelte er Kupferdraht in engen Windungen auf kleine Spulen und Tiez bestand darauf, dass er währenddessen nicht redete, sondern sich allein auf das konzentrierte, was er tat.

Jenö ließ die Spule sinken, krümmte und öffnete seine müden Finger und fragte: »Wollen Sie nicht von hier weg?«

Der Professor blickte auf, vages Erstaunen im Gesicht. »Weg? Aber warum? Ich habe hier alles, was ich brauche.« Er rieb sich über den Nacken und drehte den Kopf hin und her. »Es ist ein wenig anstrengend, den Korridor von dieser Seite aufrechtzuerhalten und ich fürchte, dass die Stabilität der Schleife Stück für Stück entgleitet. Aber solange Grünwald von der anderen Seite her darauf aufpasst, bin ich nicht beunruhigt.« Er knipste mit der Zange ein herausstehendes Drahtende ab und fügte hinzu: »Wenn der Korridor kollabiert, werden wir alle sterben, fürchte ich. Aber ich glaube, dass ich das verhindern kann.«

Sein Mund klappte zu und Jenö wusste, dass er für die nächste Zeit keine Unterhaltung mehr erwarten durfte. Er griff nach dem Kupferdraht und wickelte weiter. Das Gefühl, eingesperrt zu sein, wurde übermächtig. »Brokk, weißt du, wo der Schlüssel ist?«, flüsterte er.

Der Gnom hob und senkte die buschigen Brauen und seine Knollennase zuckte. »In seiner linken Jackentasche«, flüsterte er und warf bedeutungsvolle Blicke auf den Professor.

Jenö wandte den Kopf. Er grinste. Es wäre so einfach, den Schlüssel aus dieser Tasche zu stehlen. Der Professor war vollkommen in sein Tun versunken, er würde es nicht einmal mitbekommen, wenn neben ihm eine Blaskapelle aufspielen würde.

»Tür«, sagte der Professor scharf.

Jenö reagierte, ohne nachzudenken. Er hechtete unter den Tisch und kauerte sich im tiefsten Schatten zusammen.

Der Riegel schnappte, die Tür schlug auf, feste Schritte näherten sich. »Lieber Herr Professor Tiez«, sagte eine joviale Stimme, »wie geht es uns heute?«

Es klapperte, Stuhlbeine scharrten über den Boden, Stoff rieb über Holz. »Den linken Ärmel, wenn ich bitten darf«, fuhr die Stimme fort, ohne eine Antwort auf die Frage abzuwarten. »Und wenn ich einmal kurz in die Augen leuchten dürfte? Danke schön.«

Jenö biss sich auf den Daumen. Das war die Stimme des Weißhaarigen, der diese Anstalt leitete, wie er mittlerweile wusste.

»Sie sehen abgespannt aus«, sagte der Weißhaarige. »Schlafen Sie gut? Man sagte mir, dass Sie mittlerweile etwas regelmäßiger essen, das ist hervorragend.«

Tiez murmelte etwas, er klang matt und klagend, wie immer, wenn er mit einem der Ärzte sprach. Jenö konnte seine Worte nicht verstehen, nur die tröstend-aufmunternde Antwort des Arztes: »Aber machen Sie sich doch darüber keine Gedanken, mein lieber Freund. Kommen Sie mit Ihrem kleinen Zeitvertreib voran?« Die Stuhlbeine rückten etwas näher an den Tisch. »Wir alle sind sehr gespannt, was Ihnen dazu einfällt, lieber Herr Tiez.«

Wieder murmelte der Professor etwas. Jenö verstand: »… brauche mehr Zeit und besseres Licht« und »… wenn ich nur Hilfe hätte …« Er ruckelte auf seinem Stuhl vom Tisch weg und machte wohl eine Bewegung, die verschiedene kleine Teile zu Boden fegte. »Kein Licht, keine Hilfe«, sagte er laut und ärgerlich. »Schlechtes Essen, eine verschlossene Tür, unfreundlich, sehr unfreundlich. Licht und jemand, der mir hilft, und frische Luft. Ich kann das hier nicht … ich will, dass …« Sein Gestammel ging in ein unartikuliertes Heulen über, der Stuhl rutschte hart über die Fliesen und fiel um, Geräusche eines Handgemenges, der Ausruf eines Mannes, schnelle Schritte, ein Paar weiße Hosenbeine tauchte dicht vor Jenös schreckstarrem Blick auf, dann hörte er nur noch Keuchen, ein unterdrücktes Stöhnen und einen schmerzlichen Ausruf.

»Ich habe ihn«, sagte eine fremde Stimme. »Soll ich ihn in die Jacke stecken, Herr Professor?«

»Nein, nein«, erwiderte der Weißhaarige atemlos. »Nein, lassen Sie, er ist ja schon wieder friedlich. Holen Sie die Ætherbatterie, Jansen.«

Türklappen. Beruhigendes Murmeln. »Gleich wird es Ihnen besser gehen. Sie sind erregt, lieber Herr Tiez. Aber wir helfen Ihnen.«

Einen Moment lang war es still, dann sagte der Weißhaarige: »Wollten Sie mir nicht erzählen, was Sie so sehr bedrückt und aufregt?«

Jenö klammerte die Hände um das Tischbein. Er wäre am liebsten hinausgerannt. Was ging hier vor? Warum war der Professor so verwirrt?

»Aufregt«, wiederholte Tiez mit dumpfer Stimme. »Ja. Aufregt. Mein Kopf. Alles ist schwer und durcheinander.«

»Ich weiß.« Der Arzt klang mitfühlend. »Wir werden dafür sorgen, dass Sie wieder ganz gesund werden, Herr Tiez. Wenn Sie schön bei der Sache bleiben, wenn sie das kleine Spielzeug fertigstellen, dann geht es Ihnen bald wieder gut, Sie werden sehen.«

»Spielzeug fertigstellen«, wiederholte Tiez. »Licht. Ich brauche Licht und einen Gehilfen.«

»Das bekommen Sie alles, mein Lieber. Ah.« Der Stuhl rückte, der Arzt stand auf und entfernte sich vom Tisch. Die Tür wurde geöffnet, etwas rollte quietschend herein. »Sehen Sie, Herr Tiez, hier ist schon unser kleiner Apparat, der Ihnen immer so guttut.« Er gab leise Anweisungen. Etwas klapperte und der Pfleger knurrte ungeduldig.

»Legen Sie sich hierher. Ja, so ist es recht.« Quietschen, das Knarren von Sprungfedern, Wasser plätscherte, etwas klirrte blechern.

»Ich brauche einen Jungen«, sagte der Professor klar und deutlich und sehr bestimmt. »Hier sind viele Jungen, sie schieben Wagen durch die Gänge. Einen von ihnen. Nicht zu alt, dann sind sie widerborstig. Nicht zu jung, dann verstehen sie nicht, was ich von ihnen will. Da war ein Junge, neulich. Den will ich.«

»Ja, lieber Herr Tiez, den sollen Sie haben.« Der Arzt klang abwesend. »Pfleger Jansen wird sich darum kümmern.«

»Sehr wohl, Professor Charcot.«

»Schicken Sie unsere jüngeren Reinigungs- und Hilfskräfte hierher, er soll sich einen der Jungen aussuchen.«

Ein Ratschen, dann ein scharfes Einatmen. »Jetzt das Leder, Herr Tiez. Öffnen Sie den Mund. So ist es brav. Schön zubeißen. Jansen, der Riemen um die Stirn ist nicht eng genug.«

Jenö hielt es nicht mehr aus. Was auch immer da in der anderen Ecke des Zimmers vorging, er wollte sehen, was es war. Er schob sich so leise und vorsichtig wie möglich zur vorderen Kante und warf einen Blick auf die Männer, die um die schmale Liege standen. Professor Tiez lag darauf, mit Gurten gefesselt, und seine Finger krallten sich um den Rand der Liege. Jenö konnte sein Gesicht nicht sehen, aber die Anspannung in seinem Körper war deutlich. Die Männer wandten Jenö den Rücken zu, also riskierte er es, ein Stück weiter unter dem Tisch hervorzukriechen. Von hier aus konnte er sehen, dass Tiez mit dünnen Drähten an der kastenförmigen Apparatur befestigt war, die neben der Liege stand. Anzeigen glommen grünlich, eine rote Lampe blinkte langsam. Die Drähte führten zu den Lederbändern, die den Kopf des Professors umspannten. Was war das nur?

»Die Spannung reicht«, sagte der Pfleger, der ein Instrument an dem Kasten im Blick behielt. Seine Hand lag um einen gabelförmigen Hebel.

»Dann geben Sie ihm zehn«, erwiderte der Arzt und blickte auf eine Taschenuhr. »Eins …«

Der Pfleger legte den Hebel um. Es gab einen leisen Knall, die Anzeigen leuchteten auf, die Drähte begannen zu summen und bläulich zu glühen. Es roch verschmort.

Der Arzt zählte langsam weiter. Jenö blickte starr vor Schreck auf Professor Tiez, der sich in den Gurten aufbäumte. Er schien schreien zu wollen, aber seine Zähne gruben sich tief in das Stück Leder, das er im Mund hatte. Das blaue Glühen wurde stärker, heller, greller. Tiez stieß kleine, schrille Laute aus. Jenö hielt sich den Mund zu, damit er nicht vor Entsetzen aufschrie. Das grelle blaue Licht brach aus den Augen des Professors, glänzte hinter dem Leder in seinem Mund, ließ den weißen Haarkranz bläulich erstrahlen, schien sogar seine Hände zum Leuchten zu bringen.

»… zehn«, sagte der Arzt.

Der Pfleger schob den Hebel hinauf, das Licht erlosch, Tiez fiel wie eine Lumpenpuppe auf das Lager zurück und wurde dabei von Zuckungen geschüttelt, die nach und nach aufhörten, bis nur noch sein pfeifender Atem zeigte, dass er lebte.

•••

Eine leise Stimme weckte ihn aus einem unruhigen, leichten Schlummer. Er fuhr hoch und blinzelte die Verwirrung fort, die ihn umfangen hielt. Nach zwei tiefen Atemzügen wusste er wieder, wo und wer er war, und setzte sich auf.

»Jenö«, wiederholte die Stimme. »Wach auf, mein Junge. Du musst wach sein, wenn sie kommen.«

Jenö drehte sich auf den Bauch, stemmte sich auf die Ellbogen und kroch unter dem Tisch hervor. Professor Tiez lag auf dem Rücken auf seiner schmalen Liege, er blickte empor in das schummrige Zwielicht, das nachts in dem Zimmer herrschte. Die Nachtbeleuchtung wurde nicht von Salamandern erzeugt, sondern von einer grünlichen Chemikalie, die tagsüber Licht aufnahm, um es abends abzugeben. Wenigstens nachts waren die armen Wesen in diesem Zimmer nicht in ihre Silberkäfige gepfercht.

Jenö rubbelte sich übers Gesicht und gähnte.

»Jenö?«, drängte die leise Stimme. Sie gehörte dem Professor, der immer noch reglos ausgestreckt dalag. Kein Glied regte sich an seinem Körper, die Augen blickten weit geöffnet starr zur Decke, seine Brust hob sich langsam und kaum merklich unter flachen Atemzügen. Er sah aus wie jemand, auf dem ein Bann lag, oder den eine schlimme Krankheit nah an den Tod gebracht hatte. Trotzdem war es seine Stimme, die Jenö geweckt hatte, und als er sich dem Lager näherte und über Professor Tiez beugte, sah er, dass dessen Lippen sich bewegten. »Jenö«, sagte Tiez wieder. Sein Blick ging durch Jenö hindurch, er blinzelte nicht und er schien auch nichts zu sehen. Dies war ein gespenstischer Anblick.

»Ja, Professor«, sagte Jenö und schluckte. »Was ist mit Ihnen? Sind Sie krank?«

Kein Muskel zuckte in dem blassen Gesicht. Nur die Lippen bewegten sich wie unter einem sachten Atemhauch. »Du musst bereit sein«, sagte die Stimme. »Wenn sie kommen, stell dich dazu. Sie werden es nicht bemerken, wenn du deine Mütze aufziehst.«

Jenö kniete neben dem niedrigen Lager und griff nach der kalten Hand des Professors. »Was haben sie mit Ihnen gemacht?«, fragte er zornig. »Was soll ich tun? Kann ich nichts tun, um Ihnen zu helfen?«

Ein Atemzug, etwas tiefer als die vorherigen, hob die Decke, unter der Tiez ruhte. »Es ist gut«, sagte die Stimme. »Ich bin nicht hier, Jenö. Fürchte dich nicht. Wenn sie kommen, werde ich zurück sein.«

Jenö schauderte und wich zurück. Er hatte es nicht wahrhaben wollen, aber Professor Tiez war nicht zu Unrecht in dieser schrecklichen Anstalt eingesperrt. Er war verrückt, so irre wie ein singender Käse.

»Jenö?«

»Ja, Professor«, antwortete er zitternd. »Ich werde aufpassen.«

19

Der Kuss

»Sie sind zurück.« Luca lehnte am Türrahmen und blickte ins Zimmer. Er hatte die Daumen in die Hosentaschen gehakt und seine Finger trommelten unruhig gegen seine Beine.

Mizzi gab den Kampf mit Nadel und Faden auf, mit denen sie einen herabhängenden Rocksaum flicken wollte. Sie bemerkte den belustigten Blick, den Luca ihrem mangelhaften Flickwerk schenkte, und sagte spitz: »Kannst du es besser?«

Er grinste und zog sich einen Hocker heran, wobei er auffordernd seine Hand ausstreckte. Mizzi sah verblüfft zu, wie er den Faden geschickt einfädelte und zu nähen begann, als hätte er es bei einem Schneider gelernt: Schnell und akkurat.

»Wer ist zurück?«, fragte sie geistesabwesend, während sie seinen flinken Fingern zusah.

»Die Zwillinge und das Mädchen. Sie bringen die Ersatzteile für das Ætheroskaph.« Luca biss den Faden durch. »Sie waren einen Tag fort, behaupten aber, es habe viel länger gedauert. Eine richtig verrückte Geschichte.« Er zuckte die Achseln. »Wenn das Ætherschiff repariert ist, werden sie damit den Professor suchen.«

Mizzi kniff die Lippen zusammen. »Das Schicksal meiner Mutter und meines Bruders interessiert offensichtlich niemanden hier.«

»Wir werden sie dort herausholen. Das verspreche ich dir.«

Mizzi sah ihn forschend an. Er hatte sie geduzt, aber es störte sie nicht – ganz und gar nicht! »Wie kannst du das versprechen?«, fragte sie.

»Ich werde mit den Zwillingen gehen und während sie den Professor suchen, suche ich nach deiner Mutter.«

»Ist das Ætherschiff groß genug für alle?«

Luca runzelte die Stirn. »Nein«, gab er widerstrebend zu. »Aber wenn es darum geht, zu fliehen, werden schon alle hineinpassen, die mitwollen.« Er grinste schief. »Vielleicht lassen wir die Milans gleich da, sie machen ohnehin nur Ärger.«

Mizzi lachte gegen ihren Willen auf und wurde mit einem Lächeln aus pechschwarzen Augen belohnt.

»Luca, bist du da?«, rief draußen eine Jungenstimme. »Der Oberpani sucht dich.«

Luca nickte resigniert. »Kommst du mit?«

Mizzi hatte schon ihr Schultertuch gegriffen und warf es sich um. »Wie geht es dem Staatsanwalt?« Sie musste lange Schritte machen, um mit dem jungen Strotter mithalten zu können.

»Der Arzt meinte, dass wir ihn genauer befragen können, sobald er aufgewacht ist. Ihm fehlte nicht viel außer ein paar Mahlzeiten und Schlaf.«

Mizzi dachte nach, während sie Luca folgte. Der Staatsanwalt war ein Mitglied des Zeitlosen Ordens, einer seiner Räte. Der Orden war angegriffen worden, weil sein Oberster ihn verraten hatte. Beide, sowohl der Staatsanwalt als auch der verräterische Pater Guardianus, waren enge Freunde von Katalin Nagy gewesen. Das Ganze belastete Katya noch zusätzlich zu ihrer Ætherverletzung. Wenn nun die Zwillinge den Professor zu befreien suchten, dann war die Wahrscheinlichkeit groß, dass sie dort auch Josip Grünwald begegneten, den der Strotterkönig nur zu gerne in die Finger bekommen wollte.

»Luca, was plant dein Vater?«, fragte sie. »Will er die Zwillinge wirklich alleine auf diese gefährliche Mission schicken?«

Luca warf ihr einen Seitenblick zu. »Sie sind die Einzigen, die das Ætheroskaph navigieren können.«

Mizzi kaute auf der Antwort herum. »Ich würde eine solche Mission niemals in die Hände von zwei jungen Männern geben«, sagte sie heftig. »Noch dazu solch unzuverlässige Exemplare.«

Luca blieb stehen und sah sich um. Sie standen zwischen dem Kanal und dem Flüchtlingslager. Es war dämmrig, das mehrfach gespiegelte Licht der Außenwelt reflektierte im schwarzen, ölig aussehenden Wasser, das leise gegen die gemauerten Wände gluckste.

»Mizzi«, sagte Luca leise, »die Milvus-Brüder sind keine üblen Burschen. Sie haben nur etwas mehr von der Welt sehen wollen als diese ewige Dunkelheit hier unten. Sie wollten lernen und weiterkommen und dafür haben sie die Unterwelt verlassen. Die Familien sehen so etwas nicht gerne. Mein Vater war gezwungen, sie dafür zu ächten, aber ich weiß, dass er eigentlich ganz anders darüber denkt, auch wenn er das nie laut äußern würde. Die Familien haben ihren Kodex, gegen den noch nicht einmal der Oberpani ungestraft verstoßen darf.«

Mizzi musterte ihn verblüfft. Solch eine eindringliche, beinahe leidenschaftliche Rede hatte sie von ihm noch nie gehört. Er pflegte sonst eine ironische, distanzierte Attitüde, aber die hatte ihn für dieses Plädoyer verlassen. Er wirkte regelrecht betroffen.

»Du scheinst sie zu mögen«, sagte sie.

Luca senkte den Blick und spuckte aus. »Gehen wir weiter«, sagte er schroff. Er rammte die Hände in die Taschen seiner Jacke und stiefelte wortlos voran.

Mizzi folgte ihm nachdenklich. Sie kannte die Milvus-Zwillinge nicht, aber Katya hatte ihr von ihnen erzählt und das hatte ihr den Eindruck vermittelt, dass die beiden jungen Männer hitzköpfig, gedankenlos und leichtsinnig waren – aber auch kreativ und erfinderisch. Katya hatte sogar erlaubt, dass ihre Tochter die beiden begleitete. Mizzi schüttelte den Kopf. Ob ihre eigene Mutter auch so entschieden hätte? Wahrscheinlich nicht.

»Kato ist auch zurück?«, fragte sie.

Luca blickte über die Schulter. »Ja, ich denke schon«, sagte er verwundert. »Du kennst das Mädchen?« Er sagte es in seltsam abfälligem Ton.

Mizzi lächelte unwillkürlich. »O ja«, erwiderte sie. »Ich freue mich darauf, sie wiederzusehen.«

Luca nickte mit verkniffener Miene. »Jeder scheint sie zu mögen«, sagte er.

Mizzi sah ihn fragend an, aber er hatte sich schon wieder abgewandt. »Was hast du gegen sie?«

»Sie ist eine Baronesse.«

Mizzi wartete, ob dieser kurzen Aussage noch eine Erläuterung folgte, aber die blieb aus. »Ja, und?« Sie schüttelte den Kopf. »Ich bin …«

Luca blieb so abrupt stehen, dass sie ihm in die Hacken trat und sich an seinen Schultern festhalten musste, um nicht zu fallen.

»Du bist die Erzherzogin Marie-Louise von Lothringen«, sagte er bitter. »Ich weiß. Es ist mir so bewusst wie ein Stein im Schuh.«

Mizzi hielt ihn fest. Die Muskeln in seinem Arm spannten sich unter ihrem Griff. »Luca«, sagte sie eindringlich, »du und ich, wir wissen beide, dass das hier keine Zukunft haben kann. Wenn alles vorüber ist, kehre ich in die Hofburg zurück.«

Jetzt hatte sie es ausgesprochen. Ihr wurde heiß und kalt. Luca drehte sich mit offener Verblüffung zu ihr um. Sein Blick tastete ihr Gesicht ab, sie konnte ihn beinahe wie eine Liebkosung spüren.

»Mizzi«, sagte er und seine Stimme klang brüchig, »Mizzi, du weißt gar nicht, was du da sagst.«

Sie hielt seinem Blick stand. »Nein«, erwiderte sie. »Und doch … Ich habe das noch nie zuvor gespürt, aber ich weiß, was es ist.« Sie hob wütend das Kinn. »Ich werde zurückkehren und meinen dummen Vetter heiraten oder irgendeinen anderen dieser Hohlköpfe, weil das meine Pflicht ist. In meiner Welt gibt es keinen Platz für eine Kaiserin.«

Luca biss sich auf die Lippe. »Und in meiner Welt gibt es keinen Platz für eine Oberpanja«, erwiderte er leise.

Mizzi lächelte. »Dann ist es doch gut, dass dein Vater einen Sohn hat«, sagte sie. »Ich dagegen …« Sie seufzte. »Luca, meine Welt steht Kopf. Es gibt Momente, in denen ich mir wünschte, ich müsste nicht zurückkehren in die Hofburg. Ich könnte hierbleiben oder weggehen, ganz wie es mir beliebt. Meine eigene Herrin, nicht die Gefangene eines Zeremoniells, einer ellenlangen Titelreihe, einer Aufgabe, die nicht die meine ist. Ich tauge nicht zur Gemahlin.«

Luca tastete nach ihrer Hand, während sein Blick immer noch auf ihrem Gesicht verweilte. »Mizzi, ich muss dir etwas sagen«, begann er.

Sie zog ihre Hand weg. »Nein, Luca«, sagte sie sanft. »Nein, das musst du nicht und das solltest du nicht. Es hat keinen Sinn. Ich werde zurückkehren und lernen, eine Gemahlin und Kaiserin zu sein. Und du bleibst hier und beerbst deinen Vater und wirst ein gerechter und starker Oberpani. Das ist der Lauf der Welt.«

»Ich pfeife auf den Lauf der Welt«, entgegnete Luca. Er machte einen Schritt auf sie zu, fasste ihre Schultern und zog sie in eine heftige Umarmung. Mizzi keuchte und wollte sich befreien, aber dann war da etwas in ihr, das nachgab und diese Umarmung erwidern wollte. Sie legte den Kopf an seine Schulter und genoss das Gefühl, für einen Augenblick, in dem die Zeit stillstand, nur ›die Mizzi‹ zu sein, die drückende Last der Verpflichtungen und Regeln abzustreifen und nichts zu denken, nichts zu fühlen außer dieser Umarmung.

»Du musst etwas über mich wissen.« Lucas warmer, süßer Atem strich über ihre Wange. »Es ist wichtig. Du wirst mich deswegen vielleicht hassen, deshalb fürchte ich mich …«

Mizzi hob die Hand und legte sie auf seine Lippen. »Lass«, wisperte sie. »Ich will es nicht wissen. Wir sind hier und alles ist so, wie es sein soll. Perfekt. Lass die Welt den Atem anhalten, lass mich …« Sie konnte nicht weiterreden, weil er ihre Hand nahm, auf seine Wange legte und sich zu ihr beugte, um sie zu küssen.

Es war ihr erster Kuss und sie genoss ihn wie einen exquisiten Schluck Wein, eine seltene Delikatesse, eine Melodie, die sie zum Weinen und zum Lachen brachte. Er schaltete für einen seligen Augenblick die Welt aus, löschte jedes Licht bis auf das, das in ihrem Inneren brannte, reduzierte alles Gefühl auf das, was der Kuss in ihr weckte, ließ sie zusammenschrumpfen auf Fühlen und Schmecken, ließ sie wachsen, bis sie die ganze Welt umfassen wollte …

Dann kehrte die Realität zurück und veranlasste Mizzi, sich aus der Umarmung zu lösen und Luca von sich zu schieben. Sie strich ihr Haar zurück, das sich aus dem Zopf gelöst hatte, berührte dabei ihre erhitzte Stirn und die glühenden Wangen und bemühte sich darum, Haltung zu zeigen. Contenance. Das hier war nie geschehen. Es zerriss ihr das Herz, aber sie durfte nicht daran festhalten.

»Gehen wir weiter?«, fragte sie heiser und wich seinem Blick aus.

•••

Das Gelände, auf dem das Ætheroskaph repariert wurde, hatte Mizzi noch nie betreten. Dies war das Territorium der Männer und sie wusste, dass solche Territorien misstrauisch bewacht wurden. Frauen hatten hier nichts zu suchen, das sagte jeder Blick, der sie traf.

Umso überraschter war sie, als sie neben dem Rumpf des havarierten Schiffes eine vertraute Gestalt entdeckte, die Hände in die Seiten gestemmt und den Kopf in den Nacken gelegt, um einen langen Riss in der Hülle des Schiffes zu inspizieren.

»Kato!«, rief sie und begann zu laufen.

Das Mädchen fuhr herum und blickte verblüfft in ihre Richtung. Dann erhellte Erkennen die misstrauische Miene, Kato lachte und breitete die Arme aus. »Mizzi!«

Ohne jedes Zögern, ohne einen Gedanken an Standesunterschiede oder die Umstände, unter denen sie sich begegneten, lagen Mizzi und die Baronesse sich in den Armen. »Ich freue mich so«, sagte Kato. »Ich dachte, sie hätten dich auch eingesperrt, nachdem du meine Mutter befreit hast. Danke.«

Mizzi wischte sich über die Augen und hob forsch das Kinn.

»Du musst mir nicht danken«, sagte sie. »Aber du kannst dich bei mir revanchieren.«

Kato nickte. »Das habe ich auch schon gedacht.« Ihre sorgenvoll gerunzelte Stirn glättete sich, sie lachte. »Immerhin habe ich ein wenig Ortskenntnis.«

Mizzi schluckte verblüfft. Natürlich, Katya hatte es ihr erzählt, aber es war so viel Sonderbares und Schreckliches vorgefallen, dass sie diesen Teil ganz vergessen hatte. »Du warst im Brünnlfeld«, sagte sie. »Ja, natürlich. Du warst dort.« Sie schauderte und drückte Kato noch einmal an sich. »Du armes Ding!«

Kato zuckte gleichmütig die Achseln. »Ich denke nicht mehr oft daran.« Sie drehte sich zum Ætherschiff um und legte ihre Hand auf das Metall. »Das hier wird uns hoffentlich dorthin bringen, wo deine Mutter ist. Und der Professor.«

Mizzi musterte sie. Alles, was vor einigen Wochen noch kindlich und weich an der Baronesse gewesen war, hatte sich zu klaren, strengen Linien verhärtet. Kato sah ihrer Mutter so ähnlich, dass es beinahe lächerlich erschien. Das Gesicht hatte kantige Formen bekommen, und auch ihre Bewegungen waren weniger weich und ganz und gar nicht mehr mädchenhaft zu nennen. Sie trug die Männerkleidung, als wäre sie darin aufgewachsen. Mizzis Blick flog von Kato zu Luca. Er musterte die Baronesse, als wäre sie ein bösartiges kleines Tier, das jeden Moment auf ihn losgehen und ihn beißen konnte.

Zu ihrer Überraschung erwiderte Kato den Blick nicht minder feindselig. »Luca«, grüßte Kato kühl und wandte sich ab. »Roter? Braucht ihr Hilfe?«

Aus dem Bauch des Schiffes erklang eine dumpfe Antwort, die wie »Batterie« klang, gefolgt von einem lauten Hämmern. Kato kniete sich neben eine riesige Kiste und wühlte darin herum. »Das Kästchen mit den blauen Drähten?«, schrie sie.

Eine undeutliche Bestätigung. Kato nahm das zigarrenkistengroße Kästchen und winkte Mizzi zu. »Willst du es dir ansehen?«

»Deine Mutter ist auf dem Weg hierher, Baronesse«, warf Luca ein. Er klang unverkennbar höhnisch.

»Danke«, sagte Kato, ohne sich zu ihm umzudrehen. »Hier, ich helfe dir hoch.«

Mizzi wollte die angebotene Hand ergreifen, aber Luca schoss vor und schubste Kato unsanft beiseite. »Ich helfe der Prinzessin«, fauchte er.

Kato starrte ihn wütend an. »Spiel dich nicht auf, Strotter«, gab sie leise zurück.

»Das wollte ich gerade sagen«, knurrte er. Sie standen voreinander wie raufiustige Köter, die Nackenhaare gesträubt, die Zähne gefletscht.

»Kato, die Batterie!«, löste ein lauter Ruf die Spannung. Kato riss den Kopf hoch und wandte Luca schroff den Rücken zu. »Ich komme, Schwarzer!« Sie klemmte das Kästchen unter ihren Arm und erklomm geschickt die Leiter, die ins Innere des Schiffes führte.

•••

Es war beinahe zu eng, um sich umzudrehen. Zwischen Trägern und Verstrebungen, Seilzügen und kreuz und quer laufenden Drähten, Armaturen und Konsolen, Hebeln und aus den Wänden ragenden Klampen standen Kisten und Gerätschaften, lagen Werkzeuge und Apparaturen und aus geöffneten Wandverkleidungen quollen Drähte und mechanische Teile.

Mizzi sah Kato nach, die sich geschickt durch das Chaos schlängelte und dem Schwarzen, der über Kopf hängend halb in einer Bodenluke verschwand, die Batterie reichte.

»Wie sollen hier mehr als zwei Menschen hineinpassen?«, fragte sie flüsternd.

»Wir räumen auf, ehe wir starten«, antwortete eine fröhliche Stimme hinter ihr. Mizzi fuhr erschreckt zusammen. Sie hatte nicht bemerkt, dass der Rote hinter ihnen aus einer anderen Bodenluke geklettert war. Er hockte jetzt auf ihrem Rand, ließ die Beine baumeln und wischte seine ölverschmierten Hände an einem Lappen ab.

»Das ist sehr beeindruckend«, sagte sie hoheitsvoll, um ihr Zusammenzucken zu überspielen. »Wann ist das Schiff startbereit?«

»Heute Abend, wenn alles klappt, sonst morgen«, ertönte die dumpfe Antwort aus der anderen Luke.

»Ich werde mit euch gehen«, rief Mizzi.

Stille antwortete ihr. Dann zog sich der Schwarze Milan aus seiner unbequemen Lage in die Höhe, schüttelte das dunkle Haar aus der Stirn und sah sie erstaunlich mitfühlend an. »Kaiserliche Hoheit ...«, begann er, aber Mizzi fiel ihm gleich ins Wort: »Wenn mich hier unten jemand so tituliert, weiß ich, dass er mir etwas verbieten will. Nein, Milan Milvus. Du bist nicht in der Position, mir Vorschriften machen zu können. Ich komme mit euch.«

Der Rote beugte sich zu seinem Bruder und raunte ihm etwas zu. Beide blickten grimmig drein.

»Mizzi«, sagte Kato und legte einen Schraubenschlüssel beiseite, »der Platz reicht nicht für uns alle. Wir müssen zuerst den Professor befreien, dann können wir zurück...«

»Halt den Mund, Baronesse«, fuhr Luca dazwischen. Er zog kampflustig den Kopf zwischen die Schultern und hob die Fäuste. »Halt einfach deinen Mund. Du hast hier nichts zu sagen.«

Kato knurrte wie ein Hund und hob ebenfalls die Fäuste. »Komm her, wenn du ein paar Zähne verlieren willst. Ich hab im Brünnlfeld ziemlich gemeine Tricks gelernt.«

Mizzi blickte sprachlos von einem zur anderen. Die Zwillinge stießen unisono einen tiefen Seufzer aus und standen auf. Der Rote packte Lucas Schulter und der Schwarze hielt Kato fest.

»Seid friedlich«, sagte der Schwarze. »Luca, du kannst doch hier keinen Kampf vom Zaun brechen.«

»Und ob ich das kann.« Luca schüttelte den Roten ab und hob erneut die Fäuste. »Komm, Baronesse. Zeig mir deine Tricks.«

»Lass mich los«, sagte Kato zum Schwarzen. »Er ist die ganze Zeit darauf aus, sich mit mir zu streiten. Ich habe keine Angst vor ihm.« Ihr Gesicht war blass und zornig.

»Du willst dich doch nicht ernsthaft mit Luca prügeln?«, entfuhr es Mizzi. Sie sah von Kato zu Luca – beide ungefähr gleich groß, ähnlich gebaut, aber doch eben ein Mann und eine Frau!

»Sie kann ja jemanden an ihrer Stelle kämpfen lassen«, knurrte Luca. Sein herausfordernder Blick traf Milan, der immer noch Kato festhielt. »Schwarzer, was ist mit dir? Spielst du den Kavalier für deine Schöne?«

Der Schwarze wurde blass. Sein Kiefer begann zu mahlen. »Du forderst es heraus, Luca«, sagte er gepresst.

Luca lachte böse und pfiff höhnisch durch die Zähne. »Hast du Angst davor, dir eine Abreibung zu holen?«

Mizzi holte tief Luft. Sie begann zu begreifen. Aus seltsamen Gründen schien Luca eifersüchtig zu sein. Auf Kato, die offensichtlich dem Schwarzen Milan zugetan war – und umgekehrt.

»Bitte«, sagte sie laut. »Ich halte es für dumm und ausgemacht kindisch, wenn ihr euch hier prügelt. Luca! Wenn dir irgendetwas an mir gelegen ist, dann machst du deinen Frieden mit Kato!«

Er schien sie nicht zu hören. Mit vorgeschobenem Kinn fauchte er Kato an: »Er gehört dir nicht, Baronesse. Du bist doch viel zu fein, um mit einem Strotter anzubandeln. Du wirst von hier weggehen und er wird leiden, weil du ihn fallen gelassen hast. Das lasse ich nicht zu!«

Alle starrten den Strotterprinzen an. Er wurde abwechselnd rot und blass.

»Luca«, sagte der Schwarze erstaunlich sanft und streckte die Hand aus. »Es ist gut. Du musst dich nicht um mich sorgen.«

Kato stand starr, die Augen weit aufgerissen. Sie hatte ihre Fäuste sinken lassen und schüttelte nun langsam den Kopf. »Du bist so ein Idiot, Luca«, sagte sie. »Warum denkst du, dass du Milan vor mir beschützen musst? Ich weiß, dass ihr befreundet seid. Ich nehme dir doch nichts weg. Es ist doch etwas völlig anderes, was ich für ihn empfinde …« Ihre Stimme verklang und ihre Augen verengten sich misstrauisch. »Es *ist* doch etwas anderes – oder?«

Luca ließ die Schultern sinken. Aller Zorn schien aus ihm herauszufließen. »Ach, verflucht«, sagte er müde.

Der Schwarze stand zwischen ihnen und sah von Kato zu Luca. »Bitte«, sagte er scharf. »Es ist der falsche Zeitpunkt für solche Eifersuchtsdramen. Luca, ich hätte etwas anderes von dir erwartet. Wir waren uns doch einig …«

»Steck es dir sonst wohin, Schwarzer«, sagte der junge Strotter und wandte sich ab, um seine Faust gegen ein Schott zu schlagen. Er blieb eine Weile so stehen, die Schultern angespannt und den Kopf gesenkt. »Es tut mir leid, Prinzessin«, sagte er so leise, dass nur Mizzi, die in seiner Nähe stand, ihn verstehen konnte. »Das ist eine alte Geschichte und ich habe nicht gewusst, dass sie noch immer wehtut.«

Er wandte sich heftig ab und kletterte aus dem Schiff.

»Was war das?«, fragte Mizzi erschüttert.

Die Zwillinge warfen sich einen Blick zu, den sie nicht deuten konnte. »Nichts«, sagte der Rote.

»Nein, nichts«, wiederholte der Schwarze und wich den Blicken der beiden Mädchen aus. »Es ist unwichtig. Gehen wir zurück an die Arbeit. Kato, deine Mutter wollte herkommen. Weißt du schon, was du ihr erzählst?«

Mizzi horchte auf. Kato wirkte bedrückt und das lag nicht nur an der gerade stattgefundenen Szene.

»Ja«, sagte Kato zögernd. »Ich denke, ich werde ihr die Wahrheit sagen.«

»Hältst du das für klug?« Der Rote ließ seine Zange sinken, mit der er Drähte durchknipste.

»Sie merkt, wenn ich lüge.« Kato seufzte und sah Mizzi entschuldigend an. »Wir haben Jewgenij zurücklassen müssen.«

»Jewgenij?« Mizzi hob fragend die Brauen, dann fiel ihr ein, dass sie den Namen kannte. »Kommissär Sorokin, der Partner deiner Mutter?«

»Ja.«

»Er ist derjenige, der das Brünnlfeld besser kennt als jeder andere hier, richtig?« Mizzi schüttelte den Kopf und zügelte den Zorn, der in ihr aufbrodelte. »Wie konntet ihr ihn zurücklassen? Er ist *wichtig*!«

»Es war seine Entscheidung.« Die ruhige Stimme des Roten sorgte dafür, dass Mizzi ihre Aufwallung niederkämpfte. »Was hätten wir tun sollen – ihn niederschlagen und mit uns schleifen?«

»Vielleicht wäre das das Beste gewesen«, murmelte Kato. Sie bückte sich seufzend und nahm den Schraubenschlüssel wieder auf. »Ich befestige weiter die Backbord-Abdeckung, in Ordnung?«

Die Zwillinge kehrten zu ihren Tätigkeiten zurück. Es hämmerte und schepperte und klirrte in dem kleinen, engen Raum aus Metall, dass Mizzi die Ohren dröhnten. Sie fühlte sich überflüssig und war es auch. Und das war kein Gefühl, das sie kannte oder gar goutierte.

Sie kletterte ins Freie und sah sich nach Luca um. So aufgebracht, wie er aus dem Schiff gestürmt war, war er bestimmt längst auf und davon.

Zu ihrer Überraschung stand er neben einem Feuer, an dem ein Schmied mit seinen Werkzeugen hantierte. Er hatte die Hände in die Taschen gesteckt und den Kopf gesenkt und schien das Tun des Mannes interessiert zu beobachten.

Mizzi kletterte ohne Hilfe die schwankende Leiter hinab und ging zu dem jungen Strotter. Sie blieb an seiner Seite stehen. Luca nahm keine Notiz von ihr, aber er drehte sich ein wenig zu ihr hin.

»Alles wieder gut?«, fragte sie leise.

Der Schmied legte ein hellorange glühendes Stück Eisen auf seinen Amboss und begann zu hämmern. Unter seinen Schlägen streckte sich das Metall, wurde flach und länger. Es war so laut, dass Mizzi Lucas Antwort nicht hören konnte, obwohl sie sah, dass seine Lippen sich bewegten.

»Gehen wir woanders hin«, schrie sie und nahm seine Hand, um ihn mit sich zu ziehen. Er folgte ihr ohne Widerstand.

Sie gingen eine Weile, bis sie das Licht und den Lärm hinter sich gelassen hatten und an einem der stillen Kanäle angelangt waren, von denen der Untergrund durchzogen war. Ratten raschelten in der Dunkelheit, Wasser gluckste, es roch brackig und schwach nach Verwesung und Fäulnis.

Mizzi blieb am Rand des Kanals stehen und blickte hinab in

das dunkle Wasser. »Wie haltet ihr das aus?«, fragte sie. »Man kann nicht unterscheiden, ob Tag oder Nacht ist, Sommer oder Winter. Wenn über uns die Stadt zerstört würde – würde man das hier unten überhaupt bemerken?«

Er wandte langsam den Kopf, zögernd, als wäre er betäubt. »Ja«, sagte er. »Es würde weniger Unrat bei uns angeschwemmt.«

»Danke«, erwiderte Mizzi kühl.

Luca schluckte und blinzelte mehrmals schnell. »Oh, nein«, sagte er. »Nein, so habe ich das nicht gemeint, Prinzessin.« Er wandte sich ihr voll zu und griff nach ihren Händen, die sie ihm widerstrebend überließ.

»Ich habe dich gekränkt«, sagte er. Seine Augen waren dunkle Löcher in dem hellen Fleck seines Gesichtes. Winzige Lichter spiegelten sich darin und verliehen ihnen Leben. »Ich weiß nicht, was über mich gekommen ist. Der Schwarze und ich ...«, er zögerte, suchte nach Worten. Mizzi beobachtete ihn aufmerksam. Er hatte ein klares Gesicht mit hohen Wangenknochen und einem schönen, festen Kinn. Sein Mund war fein geschnitten, die Lippen voll, aber nicht unmännlich, seine Stirn war hoch und besaß einen willensstarken Schwung zu den Schläfen, deren Haut zart und bläulich durchscheinend war. Jede adlige Familie in Wien hätte diesen jungen Mann als einen der ihren ausgeben können, ohne dass es aufgefallen wäre.

»Luca«, sagte sie, wollte nicht, dass er sich weiter quälte, aber er hob die Hand und legte zart einen Finger auf ihre Lippen. »Wir sind gemeinsam aufgewachsen«, sagte er und sein Blick richtete sich nach innen. »Die Zwillinge hatten keinen Vater mehr und ich keine Mutter. Mein Vater hat sie aufgenommen. Wir waren wie Geschwister.«

»Du liebst den Schwarzen«, sagte Mizzi. Es auszusprechen tat ihr erstaunlich weh.

Luca riss die Augen weit auf. »Ich ...«, stammelte er. »Ich – nein, Prinzessin. Das mag einmal der Fall gewesen sein, bevor er fortging. Aber jetzt sind wir nur noch Freunde. Geschwister, wenn auch nicht von einem Blut.«

Mizzi wandte den Kopf ab und suchte Halt in dem Blick auf das vorbeifließende Wasser. Sie rang um Fassung. »Das ist wider jede Natur«, sagte sie. »Du weißt, was die Kirche dazu sagt. Seine Heiligkeit, der Patriarch …«

Luca stieß einen gotteslästerlichen Fluch aus, der Mizzi so sehr erschreckte, dass sie zurückwich.

Luca fasste sich und streckte ihr erneut die Hand entgegen. »Ich bitte dich um Vergebung«, sagte er. »Aber der Patriarch und seine Kirche bezeichnet schon so etwas wie die Baronesse als widernatürlich. Sie trägt Männerkleider. Und sie ist eine Sensitive.«

Mizzi seufzte und verschränkte die Arme vor der Brust. »Ich weiß«, sagte sie. »Sensitive sehen Dämonen und Geister von gottlosen Wesen und bestehen darauf, dass diese keine Hirngespinste, sondern lebende Wesenheiten sind, was gegen das heilige Wort Gottes verstößt.« Sie runzelte die Stirn. »Ich habe in der Bibel danach gesucht, aber nirgendwo steht etwas über Elementare.«

»Die Leukoi sind gottlose Wesen«, sagte Luca. »Und sie erschufen wiederum die Elementare. So sagt der Patriarch.«

Mizzi nickte und rieb voller Unbehagen über ihre Arme. »Du willst also sagen, dass der Patriarch sich irrt.«

»So könnte man es ausdrücken.« Luca stieß höhnisch Luft durch die Nase. »Es gibt nicht viele hier unten, die auf den alten Mann mit seinem langen Bart hören. Wahrscheinlich wären auch wir Strotter für ihn gottlose Wesen, weil wir unter der Erde leben statt auf ihr. Wenn er denn geruhen würde, von unserer Existenz Notiz zu nehmen.«

Mizzi sah ihn scharf an. »Du lenkst ab, Luca.«

Er hob die Schultern und wandte sich ab. »Wir müssen zurückgehen. Mein Vater will heute entscheiden, wer die Rettungsmission anführt.«

»Du?«, fragte Mizzi.

Luca sah sie verblüfft an. »Ganz sicher nicht ich«, erwiderte er. »Major Nagy, denke ich. Wenn sie sich kräftig genug fühlt.«

20

Der Zeuge

Das Ætheroskaph erzitterte unter der Wucht der Hammerschläge. Kato hatte sich ins Freie gerettet, weil sie um ihr Gehör fürchtete. Sie stand ein Stück vom Schiff entfernt und trank den heißen Tee, den der Schmied ihr freundlicherweise aus seiner Kanne ausgeschenkt hatte.

Während sie so dastand und über die Auseinandersetzung mit Luca nachdachte, was ihr lieber war, als über die bevorstehende Auseinandersetzung mit ihrer Mutter zu grübeln, stieß sie etwas in Kniehöhe an und gleichzeitig stupste etwas anderes gegen ihre Schulter und ein drittes surrte funkensprühend um ihren Kopf.

Kato ließ beinahe den Becher fallen, als sie sah, wer sie da angestoßen hatte. »Gnurr«, rief sie. »Dirbadisalabadon! Und Calander! Ihr seid zurück!«

»Falla kommt hinter uns, sie ist so langsam wie eine Nacktschnecke.« Die Gnomin hüpfte auf ihren großen Füßen herum und klatschte in die Hände, dass es knallte. »Kato, wir haben dich so sehr vermisst!«

»Und ich euch!« Kato beugte sich hinunter, um Gnurr zu berühren, fasste gleichzeitig nach der Sylphe auf ihrer Schulter und lachte, während ihr Tränen über die Wangen liefen. »Ihr seid gewachsen!«

»Wir sind Greif und Hydra und Harpyie gewesen«, rief Falla atemlos, die jetzt herangeplatscht kam. Die Ætherschicht, die ihren Körper umhüllte, schimmerte wie Quecksilber. »Und wir durften den Drachen versuchen. Er ist schwer, Kato!«

»Drache und Wasserschlange«, setzte Calander eifrig hinzu. Er sprühte Funken und kleine Blitze vor Aufregung. »Die riesengroße Wasserschlange, die auch Feuer spucken kann.«

»Die Hydra hat mehrere Köpfe«, mischte sich Dirbadisalabadon ein. »Das war schwer, richtig schwer!«

»Und als Nächstes dürfen wir die Chimäre meistern«, rief Gnurr. »Dabei habe ich den schwierigsten Part.«

»Nein, ich!« – »Du? Das ist doch dummes Zeug!« – »Ach, das denkst du!« – »Fliegende Ratte!« – »Schneckenschleim!« – »Matschgesicht!«

Kato hob die Hände. »Streitet euch nicht. Und redet nicht alle durcheinander, bitte«, sagte sie lachend. »Also seid ihr nur zu Besuch hier?«

»Ich nehme deine Gefährten in ein paar Tagen wieder mit zurück.« Belpharion war leise herangekommen und stand nun neben Kato. »Wie weit sind die Zwillinge mit der Reparatur?«

Kato wandte ihre Aufmerksamkeit von ihren zankenden Gefährten ab und dem Leukos zu. »Der Boojumfilter ist eingebaut und muss nur noch justiert werden, damit beschäftigt sich der Schwarze. Ich war dabei, die Verkleidungen zu montieren. Wir haben noch einen kleinen Riss in der Außenhülle entdeckt, darum kümmert sich der Rote gerade.« Sie lächelte, obwohl die innere Anspannung ihre Mundwinkel zittern ließ. »Wir sind wahrscheinlich heute Abend bereit zum Start.«

Belpharion legte schweigend seine Hand auf ihre Schulter. Er musterte sie eindringlich. »Was ist geschehen?«, fragte er leise.

Kato beobachtete Calander, der inzwischen auf dem Amboss des Schmiedes hockte und sich damit vergnügte, das abkühlende Eisenstück erneut anzuheizen. Der Salamander war eine gute Handbreit gewachsen. Wenn die Transformationen, die ihre Gefährten im stillen Land trainierten, dieses Wachstum hervorriefen, dann war es wohl nur noch eine Frage der Zeit, bis sie so groß waren wie Kinder … und dann? So groß wie erwachsene Menschen? Es war ein irritierender, aber auch herzerwärmender Gedanke, vielleicht einst auf Augenhöhe mit ihnen sprechen zu können.

»Was geschehen ist?« Kato erwiderte Belpharions Blick, der ihr Innerstes zu durchleuchten schien. »Shenja ist im Laden geblieben.«

Belpharion, der ihr Zögern bemerkte, fragte sanft: »Warum?«

Kato wich seinem Blick nicht aus. »Der Korridor«, sagte sie. »Er wird sozusagen mit Draht, Spucke und Gebeten zusammengehalten. Auf der einen Seite von Professor Tiez, auf der anderen von … einem seiner Freunde. Der ist verletzt worden, als er uns half, den Boojumfilter aus dem Korridor zu bergen. Shenja wollte ihn nicht allein, möglicherweise sterbend, dort zurücklassen.«

»Ein Freund«, wiederholte Belpharion. Das Licht des Schmiedefeuers ließ sein weißes Haar rötlich schimmern. Sein Blick wurde bohrend. »Du kannst mir sicherlich den Namen des Freundes sagen.«

Kato senkte für einen unschlüssigen Augenblick die Lider, dann sah sie den Leukos wieder an. »Nein«, erwiderte sie fest.

Belpharion nickte nachdenklich. »Ich denke, dann weiß ich, um wen es sich handelt.«

Kato bemühte sich um eine nichtssagende Miene und wusste, dass genau das sie verriet. Sie seufzte. »Die beiden sind ohnehin außerhalb jedes Zugriffs«, sagte sie leise. »Die Zeitverzerrung hätte uns dort beinahe eingesperrt. Wir haben Shenja verloren.« Ihr traten bei diesen Worten Tränen in die Augen, die sie wütend wegwischte.

Belpharion wiegte den Kopf. »Solange Meister Tiez den endlosen Korridor noch aufrechterhält, besteht noch Hoffnung. Ich weiß allerdings nicht, was das für den Verräter bedeutet.« Seine Miene verlor etwas von der sonstigen Gelassenheit. »Er muss bestraft werden, Kato. Das ist unumgänglich. Ich weiß, dass Jewgenij versuchen wird, dies zu verhindern. Aber wir können nicht zulassen, dass solch eine ruchlose Tat ungesühnt bleibt. Wenn dieser Krieg jemals zu einem glimpflichen Ausgang kommen soll, dann hat uns der Angriff auf den Zeitlosen Orden davon ein weites Stück entfernt.«

Kato schüttelte langsam den Kopf. »Ich weiß«, erwiderte sie.

»Und Grünwald … er wirkte schuldig und unschuldig zugleich. Er hat zu mir gesagt, er sei kein Verräter, aber dennoch …«

»Du zweifelst.« Belpharion schüttelte ebenfalls den Kopf, sein Mund schloss sich zu einer unerbittlichen schmalen Linie. »Er ist schuldig, Kind. Daran besteht nicht der mindeste Zweifel.«

»Der Staatsanwalt.«

Belpharion nickte. »Samuels Aussage lässt keinerlei Raum für irgendwelche Interpretationen. Josip Grünwald hat den Orden verraten. Wenn wir seiner habhaft werden, verliert er seinen Kopf.«

»Sein Bein hat er schon verloren, um uns zu helfen«, flüsterte Kato und senkte den Blick.

•••

Die Begleitung ihrer Gefährten linderte ein wenig von dem Schmerz, den sie empfand, wenn sie an Grünwald und Shenja dachte. Sie kehrten zum Ætherschiff zurück und fanden dort Katya vor, die neben einem kleineren Mann stand und mit ihm redete. Der Mann hielt sich etwas gebeugt und stützte sich auf einen Stock, sein Gesicht war abgehärmt und bleich. Kato hatte ihn noch nie zuvor gesehen, aber sie vermutete, dass es sich um den besagten Staatsanwalt Samuel Strauss handelte, dessen Aussage den ehemaligen Pater Guardianus so schwer belastet hatte.

»Kato«, rief Katya, als sie aufblickte. Sie winkte und lächelte. »Belpharion. Siehst du? Die Einarmige führt den Lahmen.«

Der Staatsanwalt lachte und Belpharion neigte lächelnd den Kopf. »Ich habe es nie bezweifelt, Katya.«

»Der Oberpani lässt sich entschuldigen, er stößt später zu uns«, erklärte Katya. Sie musterte das Schiff. »Es sieht doch beinahe wieder tauglich aus.«

»Das ist es auch.« Der Rote hing halb aus der Luke und winkte. »Major Nagy! Wie schön, dass Sie uns beehren.«

»Wirst du das Schiff befehligen?«, fragte Kato leise.

Ihre Mutter wandte den Kopf und nickte leicht. Müde Linien zeichneten ihr Gesicht.

»Ist das vernünftig?«, fragte Kato weiter. »Du bist verletzt …«

»Ich habe darum gebeten, das Kommando zu bekommen.« Katya ruckte an der Schlinge, in der sie ihren Arm trug. »Das hier brauche ich nicht, dafür werden die Milans mich begleiten.« Sie sah sich suchend um. »Wo ist Shenja?«

Kato atmete scharf ein. Sie konnte ihre Mutter nicht belügen, während Belpharion an ihrer Seite stand und sie mit dieser belustigten Miene betrachtete.

»Er ist im Laden geblieben«, sagte sie deshalb schroffer, als sie beabsichtigt hatte. »Grünwald war dort. Er hat uns geholfen, ist aber schwer verletzt worden. Shenja wollte ihn nicht allein zurücklassen.«

Katyas Augen öffneten sich weit und sie wurde noch etwas blasser. »Er ist nicht mit euch zurückgekommen?«, fragte sie heiser. »Und … Grünwald?«

»Ja.« Kato senkte den Blick. »Shenja glaubt nicht an seine Schuld.«

»Nein, natürlich nicht.« Katya lachte bitter und presste die Lippen zusammen. Sie wechselte einen Blick mit dem Staatsanwalt, der bedauernd die Schultern hob. Kato sah, dass sein Blick flackerte. Der Gedanke an den abtrünnigen Pater schien ihm körperliche Schmerzen zu bereiten.

»Gut«, sagte Katya und hob den Kopf. »Sehen wir uns das Schiff an.«

21

Der Gehilfe

Der Professor lag seit Stunden starr auf seiner Liege. Jenö hatte aufgehört, sich zu sorgen, als leise Schnarchgeräusche aus dem Mund des alten Mannes drangen und er war unter den Tisch zurückgekrochen, um ebenfalls ein wenig zu schlafen.

Er wurde wach, als vor der Tür Schlüssel klirrten und das Schloss geöffnet wurde. Stimmen drangen durch den sich verbreiternden Türspalt und ein lautes »Ruhe!«.

»Was ist denn?«, hörte Jenö Professor Tiez stöhnen. Er konnte sehen, dass der Professor seine Füße auf den Boden stellte und dann wackelig auf die Beine kam. Dann erklang das Trappeln von Füßen, der Raum begann sich zu füllen, bis all die Beine Jenö den Blick auf den Professor versperrten.

»Du wolltest einen Gehilfen, 485«, erwiderte die knurrige Stimme eines Pflegers. »Rein mit euch, Jungs. Stellt euch auf, damit der Herr euch ansehen kann.«

Jenö überlief es heiß und kalt. Brokk stieß ihn heftig an. »Stell dich dazu«, flüsterte der Gnom. »Schnell!«

Jenö schluckte und schob sich so leise wie möglich unter dem Tisch hervor. Er stand langsam auf und reihte sich in die kleine Gruppe von Jungen ein, die vor dem Tisch Aufstellung genommen hatten.

Einer von ihnen schien etwas gemerkt zu haben, er drehte den Kopf und sah über die Schulter, aber als er Jenö erblickte, der mit seiner hastig aufgezogenen Kappe nicht anders als all die anderen aussah, drehte er sich wieder um.

»So, 485«, sagte der rotgesichtige Pfleger ungeduldig. »Nun such dir schon einen Gehilfen aus.«

Jenö blickte starr geradeaus. Der Professor ging von einem Jungen zum nächsten und sah jeden so gründlich an, als ginge es darum, ein Pferd zu kaufen. Er ließ sich Fingernägel zeigen und bat darum, den Mund zu öffnen, schaute tief in Augen und fragte nach Namen, Alter und ob der Betreffende lesen konnte.

Grummelnd und kopfschüttelnd kam er schließlich zu Jenö. Der Professor sah Jenö an, als wären sie sich nie zuvor begegnet. Müde schob er den Zwicker auf der Nase zurecht und murmelte: »Noch einer. Meine Güte.« Und fügte lauter hinzu: »Schön, mein Junge. Wie heißt du? Und hast *du* wenigstens saubere Hände?«

Einige Minuten später waren Wärter und Jungen fort, das Zimmer wieder leer und Jenö und Tiez sahen sich lächelnd an. »Gut, dass du aufgepasst hast.« Der Professor klopfte ihm auf die Schulter. »Ich habe geschlafen, oder?«

»Ja, Professor.« Jenö verschwieg die seltsamen Worte, die Tiez an ihn gerichtet hatte. »Geht es Ihnen wieder besser?«, fragte er.

Tiez, der sich über eine Blaupause beugte und mit einem Stift darauf herumfuhr, blickte nicht auf. »Besser als wem?«

Jenö musste lachen und ließ es auf sich beruhen. »Jetzt kann ich mich draußen frei bewegen, das ist schön«, sagte er. Der Wärter hatte ihm einen Schlüssel gegeben und eingeschärft, immer gut hinter sich abzuschließen, wenn er das Zimmer verließ.

»Ja, das ist schön«, erwiderte Tiez zerstreut. »Geh gleich los und besorge mir diese Dinge.« Er kritzelte hastig etwas auf einen Zettel.

»Das kann ich nicht lesen«, beschwerte sich Jenö.

»Gib dir Mühe.« Tiez maß einige Tropfen einer blau glühenden Flüssigkeit aus einer kleinen Flasche ab. »Ich habe dich nicht ausgesucht, damit du dich dumm anstellst.«

Jenö schnappte nach Luft. Brokk trat ihm gegen den Knöchel.

»Lass ihn, sein Geist ist nicht ganz hier. Gib her.« Der Gnom nahm den Zettel entgegen und musterte ihn brummend und nickend.

»Kannst du lesen?«, entfuhr es Jenö. »Das wusste ich nicht. Woher …?«

»Der Professor hat es mir beigebracht«, sagte Brokk. »Gehen wir, besorgen wir ihm sein Zeug.«

•••

Es fühlte sich seltsam und beunruhigend an, sich frei durch die Gänge bewegen zu dürfen, die er bisher nur unter großer Vorsicht und mit der Angst vor Entdeckung im Nacken betreten hatte. Er trug einen ordentlichen weißen Kittel, wie ihn auch die Wärter am Leib hatten und schob erneut ein Wägelchen vor sich her. Jenö musste an sich halten, um nicht zufrieden zu pfeifen, während er den Verwalter suchte. Jetzt konnte er damit anfangen, den Rückweg für sich und den Professor zu suchen. Wenn Tiez auch noch so beteuerte, hier gut aufgehoben zu sein und nicht fortzuwollen – Tiez war hier eingeschlossen und saß fest. Daran gedachte Jenö etwas zu ändern.

Der Verwalter war ein hochaufgeschossener, magerer Mann, der nur aus Nase, Knien, Ellbogen und Adamsapfel zu bestehen schien. Er las die Liste mit gerunzelter Stirn durch und brummte dabei leise vor sich hin.

»Hrrrm«, machte er ein letztes Mal und blickte auf. »Das ist alles für den verrückten Professor, richtig?«

»Er ist nicht verrückt«, protestierte Jenö. »Na gut, ein bisschen vielleicht«, schränkte er ein, als ein skeptischer Blick ihn traf. Immerhin befanden sie sich hier in einer Anstalt für Geisteskranke …

»Ich habe fast alles da«, sagte der Verwalter. »Wartest du hier, bitte?« Er nahm die Liste und ging hinaus.

»Ich folge ihm«, flüsterte Tibillibill, die still auf Jenös Schulter gesessen hatte. Mit einem leisen Surren stieg sie auf und schoss hinter dem Verwalter her.

Jenö sah sich gelangweilt um. In den Regalen und auf dem

Tisch stapelten sich Papier, Formulare, Aktenordner, dicke, gebundene Folianten, und es standen Gläser voller Schrauben und Muttern auf den Borden, Gummiringe, Spritzen, Phiolen mit und ohne Inhalt, Gummihämmer, Gurte, Kittel und Hosen, Handschuhe, Bleistifte und Klemmbretter, Medikamentenfläschchen, Pillendosen, Rollen aus rotem und blauem Draht, Zangen und Klemmen, Messer, Pinzetten, allerlei beschriftete Fläschchen, Kästchen, Schachteln und Dosen ... Jenö fragte sich, wie irgendjemand in diesem wilden Durcheinander etwas finden konnte.

Klappern und Rattern ertönte vor der Tür, dann kehrte der Verwalter zurück und schob eins der Wägelchen vor sich her.

»Hier, quittieren bitte«, sagte er und reichte Jenö ein Klemmbrett mit einer säuberlich geschriebenen Liste.

Jenö nahm den Stift, der an dem Brett baumelte, und verglich sorgfältig Liste und Gegenstände. »Was ist das hier?«, fragte er und deutete auf ein Schraubglas, in dem ein schwammiges Etwas in grünlicher Flüssigkeit schwamm.

»Der Amorph. Punkt sechzehn«, fügte der Verwalter geduldig hinzu, als Jenö auf der Liste herumsuchte.

Alles war abgehakt, Jenö unterschrieb mit einem schwungvollen Krakel und reichte das Klemmbrett zurück.

»Zwei Posten fehlen noch, die Gummiringe und die schmalen Klemmen«, sagte der Verwalter. »Ich lasse sie vorbeibringen, sobald ich sie habe.«

Jenö dankte geistesabwesend. »Ist es üblich, dass Insassen solche Dinge erhalten?«

Der Verwalter stempelte die Liste ab und blickte fragend auf. »Üblich? Nein, der Professor ist der einzige hier. Er arbeitete für das Kriegsministerium, bevor er übergeschnappt ist, und sie beschäftigen ihn hier weiter. Er soll brillant sein. Nur eben plemplem.« Er zwinkerte Jenö zu.

Jenö schob den Wagen langsam zum Zimmer des Professors zurück. Seine Stirn war gerunzelt. Mitarbeiter des Kriegsministeriums? Professor Tiez?

Er erinnerte sich an die Gespräche, die er mit angehört hatte. Die Weiterentwicklung einer Waffe. Projekt Exterminus. Das klang alles sehr verdächtig. Konnte es wirklich sein, dass der Professor nicht nur für die Engel gearbeitet hatte, sondern auch für die Gegenseite? War er eine Art Doppelagent, eine zwielichtige Figur mit überaus fragwürdigen Motiven?

Er schob die Zweifel energisch beiseite. Er war weder ein Engel noch ein Mensch und der Zwist zwischen diesen beiden ging ihn nichts an. Mehr noch, es war ihm vollkommen gleichgültig, ob die Menschen die Engel oder umgekehrt auslöschten. Keiner von ihnen wollte etwas mit Jenö zu tun haben, warum also sollte er sich darum scheren, wer wen vernichtete und warum?

Er schob sein Wägelchen an Pflegern und Ärzten vorbei, die ihm keine Beachtung schenkten. Verstohlen musterte er die Patienten, die von Pflegern durch die Gänge geführt wurden. Sie alle wirkten verwirrt und unglücklich. Er dachte an die Zappelbehandlung, die der Professor hatte über sich ergehen lassen. Tiez behauptete, diese Folter sei zwar unangenehm, aber nicht sonderlich schmerzhaft und er könne danach schlafen wie ein Säugling – aber Jenö wollte ihm das nicht so recht glauben.

Er schloss die Tür auf und schob den Wagen hinein. »Hier ist Ihre Bestellung, Professor«, sagte er.

Tiez hatte alles Mobiliar an die Wände geschoben und kniete auf einem riesigen Plan, der aussah wie eine Landkarte. Er hinderte das Papier mit den Füßen daran, sich aufzurollen, scheiterte aber aufgrund seiner geringen Reichweite daran, die andere Seite ebenfalls flach auf den Boden zu bekommen. »Gut, dass du kommst«, sagte er. »Kannst du diese Ecken dort mit irgendetwas beschweren? Dort, der Hocker. Nein, warte, nimm besser ein Buch.«

Jenö half dem Professor, das bockige Papier zu bändigen und betrachtete flüchtig die Zeichnung darauf. Linien und Kreuzungen in Rot, Grün und Blau, einige gelbe Streifen, violette Punkte und Kreise, gestrichelte schwarze Linien und viele silberfarbene Sterne bedeckten das Papier in seiner gesamten, beachtlichen

Fläche. Jenö konnte keinerlei System darin erkennen, die Linien ergaben weder ein Bild noch so etwas wie Schriftzeichen. »Was ist das?«

»Eine Karte«, erwiderte Tiez und runzelte die Stirn. Er nahm den Zwicker ab, polierte ihn am Ärmel und klemmte ihn wieder auf seine Nase. »Reich mir den Greifzirkel und das Kurvenlineal, bitte. Und den Kompass, er müsste unter meinem Kopfkissen liegen.«

Jenö suchte die gewünschten Werkzeuge zusammen und sah dann zu, wie der Professor den Kompass sorgfältig auf dem Plan ausrichtete und dann damit begann, Strecken abzugreifen und sorgfältig einige neue Linien einzuzeichnen.

Jenö beugte sich vor und betrachtete den Kompass, der ihm ungewöhnlich erschien. In dem kugeligen Gehäuse drehten sich zwei voneinander unabhängig rotierende Nadeln um eine Achse, die zwischendurch ihre Richtung änderte, wodurch die Nadeln augenverwirrende Kurven zogen, und er zeigte deutlich mehr als nur vier Himmelsrichtungen an. Die Bezeichnungen, die er erkennen konnte, lauteten N,S,O,W, wie er sie von seiner Mutter gelernt hatte, aber dazu kamen hier noch I,A,H,V,L,R,Z,Q und ?.

Jenö legte sich auf den Bauch und verfolgte eine der dunkelgrünen Linien über den Plan, bis er sie an einem Knotenpunkt verlor und nicht wiederfand. Sie schlängelte sich in die Kreuzung hinein und verschwand dort auf eine Weise, die seine Augen tränen ließ. Überhaupt schienen die Linien und Zeichen auf der Karte sich auf überaus verwirrende Weise zu verhalten. Am Rande seines Blickfeldes war alles in Bewegung, zuckte hin und her, schlängelte sich und formte sich neu, aber sobald er eine dieser Stellen ins Auge fasste, lagen die gezeichneten Elemente starr und geradezu unschuldig unter seinem Blick.

»Was IST das?«, wiederholte er gereizt seine Frage.

Tiez ließ den Zirkel sinken und blickte auf. »Eine Karte«, wiederholte er geduldig seine Antwort. »Ich suche einen anderen Eingang und einen passenden Ort. Wir müssen den Korridor neu aufbauen, verstehst du? An der alten Stelle befinden sich nun zu viele Turbulenzen und verursachen Störungen im Zeitgewebe.« Er senkte den Blick wieder auf die Karte, murmelte Zahlen und schüttelte den Kopf.

»Professor«, nutzte Jenö den Augenblick, »stimmt es? Arbeiten Sie wirklich für das Kriegsministerium an einer Waffe?«

Tiez hob langsam den Kopf und sein scharfer Blick traf Jenö. »Warum fragst du?«

Jenö erwiderte den Blick trotzig. »Sie arbeiten doch schon für die Engel«, sagte er. »Wäre das nicht unrecht?«

Horatius Tiez hob die Brauen und blickte wieder auf seinen Plan. »Und wenn schon«, sagte er gleichgültig. »Ich trage bereits so große Schuld auf meinem Gewissen, dass es keinen Unterschied mehr macht. Darüber hinaus ist es vollkommen irrelevant, ob ich für diese oder jene Seite Waffen entwickle. Sie werden kämpfen, ob ich das nun tue oder nicht. Diese Maschine wird dabei helfen, einen unseligen Krieg zu beenden, allein darauf kommt es an.«

Jenö senkte den Kopf. Es klang logisch, aber dennoch war es falsch. »Professor«, sagte er vorsichtig, »wird eine große Schuld denn nicht dadurch größer, dass man weiteres Unrecht tut? Und … könnte die große Schuld vermindert werden, wenn man sich darum bemüht, künftig richtig zu handeln?«

»Und was ist richtig? Was ist Unrecht? Wer entscheidet das? Du?« Tiez riss den Kneifer von seiner Nase und zwickte sich aufgebracht in die Nasenwurzel.

Jenö wich nicht zurück. »Nein, nicht ich«, sagte er. »Aber Sie selbst.«

Tiez schnaufte und wandte sich wieder der Karte zu. »Räum den Tisch auf und dann geh wieder an die Spule. Konzentriere dich, sie ist ein wichtiges Bauteil«, befahl er schroff. »Wenn du sie fertig gewickelt hast, gehe gleich an die nächste, wir brauchen ein Ersatzteil.«

Jenö gehorchte schweigend. Der Professor gab immer wieder im Gespräch Bruchstücke dessen preis, was ihn so über die Maßen bedrückte, und all die Stücke ergaben mittlerweile ein Ganzes. Tiez hatte sich vor langer Zeit als Hofalchemist mit den Elementaren beschäftigt und das Geheimnis entdeckt, wie man sie beschwören und zur Arbeit zwingen konnte. Er war es auch, der die Silberkäfige erfunden hatte. Jenö schauderte, als er darüber nachdachte, wie viel Leid und welche Qualen das über die Elementare gebracht hatte. Silber brannte wie Feuer, wie Gift, wie vulkanheiße Lava und ätzende Säure. Selbst wenn ein Elementar seinen Käfig nicht berührte, so reichte allein die Nähe des bannenden Metalls aus, ihm endlose Schmerzen zu bereiten.

Und Tiez wusste das. Er hatte es nicht gewusst, als er diese offensichtlich billige und leicht zu gewinnende Quelle von Licht, Wärme und Energie für die Menschen erschloss. Er hatte die Elementare für personifizierte Kräfte der Natur gehalten, für Dämonen und Geister, Spiegelungen menschlicher Gestalt und Sprache, aber ohne eigenen Geist, ohne Verstand oder Gefühle.

Erst viel später, als bereits die gesamte Zivilisation darauf beruhte, sich die Elementarwesen nutzbar zu machen, hatte er begriffen, welch tragischem und fatalem Irrtum er erlegen war. Aber da war es zu spät gewesen, das Rad zurückzudrehen, das nun erbarmungslos und grausam weiterrollte und die missbrauchten Elementarwesen zerquetscht, zermalmt und zerfetzt hinter sich zurückließ.

Jenö blickte von seinem Kupferdraht auf und musterte den Professor, wie er da über seiner Karte brütete, hier und da den Zirkel ansetzte, abmaß, den Kopf schüttelte, auf seiner Lippe kaute und die Stirn in die Hand stützte.

Jenö wusste, dass ihm das Schicksal der Elementare nicht gleichgültig war. Keines der Wesen, das Jenö im Haus des Professors getroffen hatte, war in einen Silberkäfig gesperrt worden. Sie alle dienten dem Professor freiwillig. Hätten sie das getan, wenn sie gewusst hätten, dass er die Geißel und der Mörder ihrer Art war, dass er es war, der dieses Unheil über sie gebracht hatte?

Wahrscheinlich wussten sie es nicht, woher auch?

Und nun half der Professor dabei, Waffen zu entwickeln, unter denen andere Wesen zu leiden haben würden. Die Leukoi. Die Wesen, zu denen Jenös Mutter gehört hatte.

Jenö hielt inne und senkte nachdenklich den Kopf. War der Professor im Grunde seines Wesens doch böse? War er verrückt und gab sich nur den Anschein von geistiger Gesundheit? Vielleicht war es sogar gut, dass er hier eingesperrt war. Allerdings – das Kriegsministerium nutzte seinen Verstand und seine Erfindungsgabe immer noch.

»Hier ist der Eingang«, sagte der Professor plötzlich und Jenö schrak auf. »Jetzt brauche ich noch einen Platz …«, murmelnd versenkte Tiez sich erneut in die Karte.

Jenö folgte dem Kurvenlineal und dem Zirkel mit Blicken. »Wo sind wir?«, fragte er.

Ohne in seinem Tun innezuhalten, stach Tiez eine Nadel mit rotem Kopf in einen grünen Punkt. Er schüttelte den Kopf und verschob den Kompass, notierte Zahlen und Buchstaben auf der Karte, drehte den Kompass erneut. »Zwei Strich zurück, ein Grad nach innen, drei Schläge rechts, fünf blaue Q«, murmelte er. »Ich benötige drei Längen in der Höhe und eine Achsenminute quer.«

Er kroch auf Händen und Knien auf der Karte herum.

Jenö wechselte einen Blick mit seinen Gefährten. Glormo, dessen Ætherschicht frisch und straff glänzte, schüttelte den Kopf.

»Beratung«, flüsterte Jenö und winkte die vier in die entfernteste Ecke des Zimmers. »Finden wir den Ausgang?«, fragte er.

Kaskabel hob die Schultern und Tibillibill kratzte sich am Kinn. »Er hat ihn auf der Karte notiert«, sagte sie. »Brokk?«

Der Gnom kniff die Augen zusammen. »Ich glaube, ich kann das«, sagte er. »Wir brauchen aber das Kompassding.«

Glormo schob seine Finger in Jenös Hand. »Willst du ihn zurücklassen?«, fragte er ruhig.

Jenö senkte den Kopf. Er atmete tief ein und wieder aus. »Er arbeitet an einer schrecklichen Waffe«, flüsterte er. »Ich weiß nicht, was ich tun soll. Wenn ich hierbleibe, dann bin auch ich schuld daran, wenn noch mehr Menschen und Engel sterben. Ich habe versucht, mir einzureden, dass es mir gleichgültig ist, weil doch beide nichts von mir wissen wollen. Aber ich kann es nicht. Meine Mutter wäre …« Er brach ab und schüttelte den Kopf. »Wir müssen den Wächter holen«, sagte er. »Er wird wissen, was zu tun ist.«

»Und wenn er dem Professor hilft?«, fragte Kaskabel. »Ich glaube, er ist sein Freund.«

Jenö hob die Hand und ließ sie wieder sinken. »Ich weiß sonst nicht, was ich tun soll«, gab er zu. »Wir könnten versuchen, das stille Land zu erreichen. Aber ihr wisst, dass ich dort nicht leben kann.«

»Also holen wir den Wächter.« Brokk stemmte die Hände in die Seiten. »Ich stehle den Kompass.«

»Warte, bis er schläft«, flüsterte Jenö. »Bis dahin: Ruht euch aus!«

22

Die Kaperer

Kato kaute das trockene, dunkle Brot und trank bitteren Tee dazu. Sie sehnte sich nach weichen, weißen Brötchen mit Butter und Konfitüre, nach duftendem Kakao, nach einem Tisch, auf den die Sonne schien und Kristall, weißen Damast und zartes Porzellan zum Schimmern und Glänzen brachte, während eine laue Sommerbrise die Vorhänge bauschte. Einen Moment lang wurde die Sehnsucht nach ihrem alten Leben so übermächtig, dass es ihr wie zerbrochenes Glas durchs Herz schnitt.

»Ach«, sagte sie unwillkürlich.

Katya, ins Gespräch mit dem Staatsanwalt vertieft, blickte auf. »Ist dir nicht wohl?«, fragte sie.

Nun sah auch Samuel Strauss Kato an und lächelte. Sie wich seinem flackernden Blick aus. »Danke, Mama«, sagte sie. »Ich habe nur an zu Hause denken müssen.«

Katyas Miene wurde weich. »Ja, mein Kind«, sagte sie. »Es ist eine schwere Zeit, für uns alle.«

»Du solltest mich mitnehmen.« Kato legte die halb gegessene Scheibe Brot auf den Teller zurück. Mit einem Mal war ihr dieses Zimmer, diese ganze Unterwelt so verhasst wie das Brünnlfeld. Sie fühlte sich eingesperrt und gefangen, wenn man ihr eine dieser Jacken mit den langen Ärmeln angezogen hätte, wäre das Gefühl nicht schlimmer gewesen.

Sie sprang auf und ging zur Tür. »Ist es Tag oder Nacht?«, fragte sie. »Ich kann es nicht erkennen.«

Katya erhob sich und kam zu ihr. Sie legte ihren gesunden Arm vorsichtig um Katos Schultern. »Ich kann dich nicht mitnehmen. Wir brauchen den Platz, um den Professor und Sophie und den Kronprinzen, wenn wir sie denn finden, von dort fortbringen zu können.«

»Ich weiß.« Kato griff nach Katyas Hand und hielt sie fest. »Aber … warum du? Du bist krank, Mama.«

»Ich bin nicht krank. Ich bin in meiner Bewegung eingeschränkt, aber das beeinträchtigt nicht meinen Verstand und nur sehr begrenzt meine Fähigkeit, mich zu verteidigen.« Sie lächelte und strich Kato eine Haarsträhne aus der Stirn. »Es würde mich allerdings außerordentlich beeinträchtigen, wenn ich dich dort mit hinnehmen müsste. Du hast an diesem Ort Schreckliches durchstehen müssen …«

»Das ist vorbei«, erwiderte Kato heftig. »Ich kenne mich in der Anstalt aus. Jetzt, wo Shenja uns nicht führen kann, bin ich die einzig logische Wahl, um euch an diesen Ort zu begleiten.«

»Logisch … ja. Womöglich hast du recht, was die Vernunft betrifft. Aber ich werde meine einzige Tochter nicht in Gefahr bringen, nur weil mein Gefährte uns im Stich gelassen hat!« Katyas Augen blitzten.

»Katya«, sagte der Staatsanwalt begütigend. Er hatte eine tiefe, angenehme Stimme, deren Ruhe in einem scharfen Gegensatz zu seinem gehetzten Blick stand. »Ich kann deine Tochter gut verstehen. Sie brennt darauf, etwas zu tun und es macht sie verrückt, die Hände untätig in den Schoß legen zu müssen.« Er lachte. »Du kannst dich nicht darüber beschweren, dass sie dir so sehr gleicht.«

»Ich beschwere mich nicht.« Katya wandte sich ab. »Ich erlaube ihr nur nicht, uns zu begleiten.«

Kato stöhnte erbittert und stürmte hinaus. Sie hörte, wie Katya ihren Namen rief, aber der Zorn brodelte zu heiß, sie war zu aufgebracht, um zurückzukehren und sich mit ihrer Mutter zu versöhnen.

Nach ein paar Minuten fand sie sich am Kanalufer wieder. Ihr Atem ging stoßweise, sie schluchzte vor Wut und kreuzte die Arme vor der Brust, um ihr wild schlagendes Herz zu beruhigen.

»Kato.« Sie fuhr herum, bereit, dem Ankömmling die Stirn zu bieten.

»Schwarzer«, stieß sie hervor. »Du hast mir gerade gefehlt!«

»Das hoffe ich«, erwiderte er, ihren Tonfall mutwillig missverstehend. Sein spöttischer Blick wurde sanft, als er auf ihr erhitztes Gesicht traf. Er trat dicht hinter sie und legte seine Arme um ihre Taille. »Worüber bist du so wütend?«, raunte er in ihr Ohr.

Katos Zorn rann aus ihr heraus und ließ sie so zerschlagen zurück, als hätte sie sich wirklich vorhin mit Luca geprügelt. »Milan«, sagte sie und drehte sich in seiner Umarmung, bis sie Stirn an Stirn standen. »Wie kannst du mich zurücklassen?«

»Es ist nicht meine Entscheidung«, sagte er leise. »Ich bin nur ein gewöhnlicher Strotter, kein Oberpani und kein Prinz, kein Staatsanwalt und kein Major.« Er grinste schief. »Ich muss aber zu meiner Ehrenrettung sagen, dass ich für dich gekämpft habe.«

Sie legte ihre Hände um sein Gesicht und erwiderte seinen Blick voller Ernst. »Dafür danke ich dir. Aber nun muss ich einen Weg finden, wie ich zum Brünnlfeld komme – ohne euch.«

Der Schwarze runzelte die Stirn. »Du kommst dort nicht hinein«, gab er zu bedenken. »Das Militär sperrt das Gelände ab.«

»Ich könnte mich als Küchenmädchen ausgeben.« Kato lächelte gegen ihren Willen. »Oder als einer der Jungen, die die Reinigung vornehmen.«

Milan schüttelte den Kopf. »Das ist verrückt und das weißt du auch.« Seine Augen verengten sich. »Du führst doch was im Schilde.«

Kato trat zurück und verschränkte die Arme. »Wie kommst du darauf?«

»Weil ich dich mittlerweile gut genug kenne.« Er sah sich um, sie waren allein. »Gut, raus damit.«

Kato musterte ihn nachdenklich. »Bist du auf meiner Seite?«

»Das weißt du.«

Sie nickte und nahm ihr Herz in die Hände. »Wir entführen das Ætherschiff«, sagte sie. »Du, ich, der Rote. Meine Mutter darf nicht mitkommen ins Brünnlfeld, nicht ohne Shenja. Sie ist zu krank.«

Dem Schwarzen verschlug es die Sprache. Er drehte sich weg, starrte in den Kanal. »Du bist verrückt«, sagte er nach einer Weile, aber Kato hörte frohlockend die widerwillige Anerkennung, die in seinem Tonfall mitschwang. »Bist du sicher, dass du ein Mädchen bist?«

»Sehr sicher«, erwiderte sie und widerstand dem Impuls, sich in seinen Arm zu schmiegen. Sie kannte ihn mittlerweile gut genug: Schmeichelei und Schöntun war nicht der Weg zu seinem Herzen und schon gar nicht der zu seinem Verstand. »Milan, denk doch mal nach«, sagte sie in bewusst nüchternem Ton. »Meine Mutter ist zu krank, um bei einer solchen Unternehmung von Nutzen zu sein. Sie wäre sogar eine Belastung. Du kennst mich. Wir haben gemeinsam den Boojumfilter geholt. Du kannst dich auf mich verlassen. Ich stehe meinen Mann nicht weniger zuverlässig als du und dein Bruder.«

»Das tust du.« Milan fuhr sich mit den Fingern durchs Haar. Er senkte den Kopf. »Oberpani Kalk wird uns hinrichten lassen«, sagte er.

»Nur, wenn wir scheitern.« Kato flocht ihre Finger in seine und drückte seine Hand. »Wir werden den Professor und die Kaiserin retten«, sagte sie eindringlich. »Niemand wird uns danach für irgendetwas zur Rechenschaft ziehen.«

»Das glaubst du«, erwiderte er düster, aber Kato bemerkte, dass sein Widerstand zu wanken begann.

»Es ist vernünftig«, setzte sie nach. »Schau, meine Mutter kann eine Hand nicht benutzen. Und sie kennt sich dort nicht aus, ich hingegen schon. Ich kann schießen. Ich bin schnell und kräftig, das weißt du.«

»Ich weiß«, sagte er und zog sie an sich. Sein Kuss ließ für einige Augenblicke jeden anderen Gedanken aus ihrem Kopf verschwinden. Sie war hier und sie war glücklich.

»Gut«, sagte er atemlos, als er sie von sich schob. »Ich riskiere es. Aber es muss jetzt sofort sein, denn in einer Stunde wollten wir starten. Der Rote schraubt noch an der Navigation herum, ich hoffe, er ist fertig.«

»Dann los«, sagte Kato entschlossen. »Worauf wartest du?«

•••

Bei aller zur Schau getragenen Zuversicht war Kato so nervös wie ein frisch geschlüpfter Skorpion. Sie lief mit gesenktem Kopf hinter dem Schwarzen her, kletterte über die Leiter ins Schiff und atmete dort zum ersten Mal wieder richtig durch. Der Rote lehnte am Steuerpult und trank aus einem Becher. Er sah seinen Bruder und Kato verblüfft an. »Ist was passiert?«, fragte er und stellte den Becher ab.

»Ist alles bereit zum Start?«, fragte sein Bruder und warf seine Jacke über den Sitz des Steuermanns.

»Ja, ich hab die Kalibrierung gerade abgeschlossen.« Der Rote blickte von seinem Bruder zu Kato und runzelte die Stirn. »Ihr wollt doch nicht etwa das Schiff kapern?«

»Erraten«, sagte der Schwarze und schwang sich in den Sitz. »Du kannst noch von Bord gehen, wenn dir das zu heiß ist.«

Der Rote lachte. »Was denkst du von mir? Wenn du untergehst, gehe ich natürlich mit.«

Kato rieb sich unbehaglich über die Arme. »Ich bringe euch in Schwierigkeiten«, murmelte sie halbherzig.

»Ja, das tust du.« Der Schwarze beugte sich über die Instrumententafel, sein Haar fiel lockig in die Stirn und seine Augen blitzten. »Ich fühle mich endlich wieder wie ich selbst, nicht wie das Schoßhündchen unseres … des Königs.« Er nahm ein Klemmbrett zur Hand. »Chefingenieur?«

»Kapitän?«

»Wir gehen nur die nötigsten Prozeduren durch, beim Rest lassen wir es darauf ankommen.«

»Aye«, erwiderte der Rote munter und blinzelte Kato zu. »Darf ich um die Hilfe unseres Schiffsjungen bitten?«

»Genehmigung erteilt.« Der Schwarze begann abzuhaken.

»Luke geschlossen und gesichert?«

»Geschlossen und gesichert.«

»Segel backbord gerafft?«

Der Rote bedeutete Kato, aus der Luke zu blicken. »Gerafft«, bestätigte sie.

»Segel steuerbord gesetzt?«

»Segel gesetzt.«

»Hauptsegel inaktiv?«

»Inaktiv.«

»Ruder ausgefahren?«

»Moment«, sagte der Rote und nach einer Weile: »Ausgefahren.«

»Filter auf Grob?«

»Grob.«

So ging es eine Weile weiter, Begriffe wie »unterer Verdichter«, »Innenraumanker« und »Kanalverstärker« flogen durch die kleine Kabine und wurden entweder bestätigt oder verneint. Wenn das nur die nötigsten Prozeduren waren – wie um Himmels willen sah dann die komplette Zeremonie aus?

Kato begann mit den Fingern zu trommeln. »Wann sollte der offizielle Start stattfinden?«, quetschte sie die drängendste Frage in eine Lücke zwischen »Flavorjustierung« (aktiv) und »Farbkanone« (noch nicht angeschlossen).

Der Schwarze blickte auf und kontrollierte ein Instrument mit vielen Zeigern und Markierungen. »Wir müssen uns beeilen«, sagte er und überflog die restlichen Posten auf seiner umfangreichen Liste. »Roter, traust du der Maschine einen schnellen Start zu?«, fragte er. »Wir müssten zuerst springen und danach den Kurs festlegen.«

»Das ist riskant.« Der Rote beugte sich nun seinerseits über eine Instrumententafel und las Anzeigen ab. »Das nächste Ætherleck ist zwei Minuten entfernt. Bis dahin müssten wir wenigstens die grobe Richtung programmiert bekommen.«

»Das schaffen wir.« Der Schwarze lehnte sich zurück und sah Kato an. »Klapp den Sitz dort aus der Wand und leg die Gurte an. Halt dich an dem Griff fest. Der Start könnte ein wenig holprig werden.«

Kato folgte seinen Anweisungen. Ihr Magen grummelte.

»Verdammt«, fluchte der Rote. Er presste seine Augen gegen den gepolsterten Rand eines fernglasähnlichen Instruments. »Da kommt …«

Etwas polterte dumpf gegen die Außenhülle des Ætheroskaphs. Jemand kletterte die Leiter hinauf und klopfte fest gegen die Luke.

»… der Oberpani«, flüsterte der Rote.

Kurz darauf hatte sich die Kabine mit Menschen gefüllt. Oberpani Kalk stand vor den Milvus-Brüdern und ließ ein kräftiges Donnerwetter über sie hinabregnen.

Kato stand mit gesenktem Kopf an der Luke und warf vorsichtige Seitenblicke in das zornige Gesicht ihrer Mutter. Sie seufzte. Was sie betraf, dürfte dies das Ende der Rettungsmission bedeuten.

»Mama«, flüsterte sie. »Bitte, lass mich wenigstens mit euch kommen.«

»Wir haben darüber bereits gesprochen«, erwiderte Katya streng. »Du wirst das Schiff jetzt verlassen, Katharina. Ich erspare dir und mir eine demütigende Predigt, aber ich möchte auch keinen Widerspruch mehr hören.«

»Gehen Sie, Fräulein von Mayenburg«, fügte der Staatsanwalt hinzu, der sich den Klappsitz gesichert hatte, auf dem Kato eben noch angeschnallt gewesen war. Er fingerte nach den Gurten und begann sie zu schließen. »Es ist besser, wenn Ihre Mutter sich nicht auch noch um Ihre Sicherheit sorgen muss. Ich kenne das Terrain, seit die Staatsanwaltschaft sich mit der Unterbringung gewalttätiger Straftäter im Brünnlfeld befasst hat. Ich verspreche Ihnen, ich werde auf Katya aufpassen.«

Kato verkniff sich ein »Sie?!« und nickte widerwillig. Es blieb ihr ja ohnehin keine Wahl.

»Gut, ich bitte jetzt alle, die nicht auf diese Mission gehen, von

Bord«, ertönte die Stimme des Strotterkönigs. »Milvus-Brüder, über eure Strafe reden wir, wenn ihr das Ætherschiff heil wieder zurückgebracht habt. Und jetzt – von Bord, wer nicht zur Mannschaft gehört.«

Kato erwiderte den zornflammenden Blick des Schwarzen, sein bedauerndes Achselzucken, dann fand sie sich auf der Leiter wieder und stieg dem Boden entgegen.

Sie starrte das Schiff an. Der Oberpani verließ es als Letzter, wobei ihm einer seiner Strotter behilflich war. Er gesellte sich zu Kato und sah wie sie zum Ætheroskaph hinauf. »Es tut mir leid, Fräulein von Mayenburg«, sagte er leise. »Ich möchte Sie nicht bestrafen, aber ich lege Ihnen nahe, sich für die nächsten Tage in ihrem Quartier aufzuhalten. Sie wissen, Ihre Mutter war strikt dagegen, Sie mit auf diese Mission zu schicken.«

»Ja, das ist mir bekannt«, gab Kato zurück. »Oberpani, ich wäre Ihnen äußerst dankbar, wenn sie die Milvus-Brüder deswegen nicht bestrafen würden. Es war ganz allein meine Idee.«

Emmerich Kalk warf ihr einen amüsierten Seitenblick zu. »Und Sie haben die beiden dann mit Gewalt gezwungen, das Schiff zu kapern, richtig?«

Kato erwiderte seinen Blick stoisch. »Ja«, sagte sie knapp.

Er lächelte und legte seine Hand auf ihre Schulter. »Sie erinnern mich sehr an Luca, Baronesse.«

Kato ließ das unkommentiert. Gequält beobachtete sie, wie das Ætheroskaph zu vibrieren begann. Ein tiefes Brummen ertönte, wurde lauter und höher, entwickelte sich zu einem ohrenbetäubenden Kreischen, das in ein schrilles Heulen und danach in einen schmerzhaften Pfeifton überging, der in den Zähnen schmerzte. Dann verstummte das Geräusch, das Vibrieren wurde stärker und das Ætherschiff begann seine Farbe zu verändern. Es schimmerte rötlich, wurde dunkelorange, changierte dann hinüber in ein grelles Gelb, ein kaltes Grün, ein stechendes Blau, das sich zu einem flirrenden Violett verdunkelte, dann blitzte es auf und war verschwunden.

»Oh«, sagte Kato und blinzelte die Nachbilder fort.

»Gute Reise«, murmelte der Strotterkönig. »Und kehrt heil wieder zu uns zurück.« Seine Miene war sorgenvoll.

»Amen«, sagte Kato. »Amen, Euer Majestät.«

23

Der Rückzug

Es hatte keinen Sinn, darauf zu warten, dass auf dem Gang Ruhe einkehrte. Jenö hockte auf seinem improvisierten Lager unter dem Tisch, vollendete die letzten Wicklungen der Kupferspule und horchte. Der Professor schlief, er gab dabei kleine Schnarch- und Stöhnlaute von sich und gelegentlich murmelte er ein paar unverständliche Worte.

»Lass es uns wagen«, flüsterte Jenö. »Brokk, hast du den Kompass?«

»In meiner Hand«, erwiderte der Gnom.

»Dann auf.« Jenö umklammerte den Schlüssel, schob sich unter dem Tisch hervor und ging zur Tür. Seine Finger zitterten. Es kam ihm wie schäbiger Verrat vor, den Professor hier zurückzulassen. Aber Tiez war wahnsinnig und jemand musste ihn aufhalten. Es war auch zu seinem Besten. Ganz sicher war es das!

Der Schlüssel glitt ins Schloss und es knackte leise, als Jenö ihn herumdrehte. Dann schob er die Tür auf und ließ seine Gefährten durch, bevor er hinter sich wieder abschloss.

Er zog seine Kappe tief in die Stirn und ging los, als hätte er ein Ziel und eine Aufgabe. Brokk stapfte neben ihm her, blickte auf die sich drehenden Kompassnadeln und gab leise Anweisungen. »Rechts, nein, warte. Doch, rechts.«

Ein Wärter sah Jenö misstrauisch an, als er an einer geöffneten Tür vorbeiging. Jenö nickte ihm zu und ging weiter. Er atmete tief ein und wieder aus. »Brokk, hier waren wir vorhin schon einmal. Findest du den Weg?«

»Ja, gleich«, murmelte der Gnom und drehte den Kompass. »Es ist kompliziert.«

Jenö schielte auf die Kompassnadeln, die wild tanzten und kreiselten. »Ja, das ist es«, sagte er. »Kannst du das denn überhaupt lesen?«

Der Gnom blickte beleidigt auf. »Natürlich kann ich es lesen«, sagte er scharf. »Ich muss mir nur Mühe geben, dass ich die Nadeln nicht beeinflusse. DAS ist kompliziert!«

Jenö grinste und sah sich um. »Wir sind in der Nähe unserer Besenkammer«, sagte er. »Meinst du, wir müssen wieder durch diesen wandernden Schrank nach oben?«

Brokk hockte sich auf den Boden und schob den Kompass hin und her. Er brummelte leise vor sich hin. Dann blickte er auf und reckte den Daumen. »Hier auf dieser Ebene ist ein Einschlupf«, sagte er triumphierend. »Geradeaus den Gang hinunter. Nur ein paar Meter von hier.«

Jenö atmete erleichtert aus. »Worauf warten wir?«

Brokk führte sie zielstrebig in einen schlecht beleuchteten Gang, an dessen Ende eine glücklicherweise nicht abgeschlossene Tür den Weg zu ihrem Schlupfloch versperrte. Jenö schob sie langsam auf und rechnete jeden Moment mit der Frage, was, zum Teufel, er da treibe.

Der Ruf blieb aus, der Raum hinter der Tür war klein und dunkel. Ein Bett stand darin, ein kleiner Abstelltisch und ansonsten nichts. Die Luft roch muffig, unbewohnt.

Jenö schloss die Tür. »Wo?«, fragte er.

Brokk starrte auf den Kompass. »Dort in der Ecke«, sagte er schließlich. Jenö blickte die Ecke an, die sich in nichts von den anderen Ecken des Raumes unterschied.

»Ich fürchte …«, begann er, indem er sich zu Brokk umdrehte, und unterbrach sich. Am Rand seines Blickfeldes war ein bläuliches Glühen zu erkennen.

»Du hast recht«, flüsterte Jenö und schob sich mit abgewandtem Blick vor. »Dort ist etwas.« Er kniete sich an die Wand und griff in das schwache Glühen hinein. Sein Arm streckte sich, die

Finger tasteten umher, kein Widerstand hielt seine Hand auf. »Gehen wir hindurch«, sagte er. »Drinnen musst du uns führen, Brokk.«

Der Gnom grinste breit und hob wieder den Daumen.

»Ich gehe vor«, erklärte Jenö. »Glormo geht mit mir, dann Kaskabel und Billi, Brokk, du bildest die Nachhut. Los.«

Mit diesem Kommando duckte er sich und kroch in das blaue Glühen hinein.

Einige Augenblicke lang fehlte ihm jede Orientierung. Wo war oben, wo unten, wo war er selbst? Er kauerte im Nichts und wartete darauf, dass der Schwindel verging. Er öffnete die Augen, schloss sie sofort wieder, weil der Anblick, der sich ihm bot, ihn so verwirrte, dass ihm übel wurde, und rief nach seinen Gefährten.

Berührungen an seiner Hand, seiner Schulter und seinem Fuß beruhigten ihn. »Brokk?«, fragte er. Seine Stimme klang blechern verzerrt. »Wo lang? Du musst mich führen, ich kann die Augen nicht öffnen.«

Die feste Hand des Gnoms schloss sich um Jenös Knöchel und ergriff dann sein Hosenbein. »Geradeaus«, sagte Brokk. »Sechs Schritte.«

Jenö tappte voran. Er wagte es, durch seine Wimpern zu blinzeln. Durchdringende Bläue, schwindelerregende Formen und Bewegungen. Er fühlte festen Boden unter seinen Füßen, aber was er sah, war augenverwirrendes Chaos. Er schluckte und schloss die Augen wieder zur Gänze. Die Luft, die er atmete, erschien dickflüssig und schmeckte nach Metall. »Æther«, sagte er. »Wie lange kann ich hier drinbleiben?«

»Es ist ein Gemisch«, erwiderte die Singende, die auf seiner Schulter saß – die andere Schulter besetzte Glormo. Der kühle Griff seiner Hand um Jenös Nacken wirkte seltsam beruhigend. »Das ist ein Leck, durch das Menschenluft hier eindringt. Der Gang ist niedrig und eng.«

»Es dürfte sich um einen Teil des Korridors handeln«, rief Brokk zurück. »Ich kann Uhrenteile, Werkzeug und Geschirr dort oben in der Luft erkennen.«

Das waren gute Nachrichten. Jenö fasste Mut. Wenn sie den Korridor wiederfanden, würden sie auch den Weg in den Laden finden.

Trotz dieser Hoffnung zog sich ihr Marsch endlos dahin. Sie gingen und gingen und irgendwann stieß Brokk einen triumphierenden Laut aus. »Du kannst die Augen öffnen«, sagte er.

Jenö wagte es und atmete erleichtert aus. Es umgab sie trübes Schummerlicht und rundum waren solide Wände und ein fester Boden. Überreste von Regalen bedeckten die Wände und irritierenderweise trieb hier und da ein Möbelstück oder ein Gegenstand langsam durch die Luft trudelnd an ihnen vorbei.

»Pause«, sagte Jenö. Er rang einen Sessel nieder, der sich an ihm vorbeidrücken wollte, und ließ sich hineinfallen. »Ich kann nicht mehr.«

Die Gefährten sammelten sich um ihn und beratschlagten leise. Dann zogen Kaskabel und Brokk los, um den weiteren Verlauf ihres Weges zu erkunden. Jenö schloss die Augen und begann zu dösen.

Er schrak hoch, als Brokk ihn in die Wade kniff. »Wach auf«, sagte der Gnom. Er sah beunruhigt aus. »Wir sollten zusehen, dass wir unser Ziel erreichen. Dort vorne sind Instabilitäten, die den Kompass verrücktspielen lassen.«

Was Brokk »Instabilitäten« genannt hatte, waren Hindernisse, die das Vorankommen immer schwieriger und im Laufe ihres Weges beinahe unmöglich machten. Der Boden unter ihren Füßen schlug unvermutete Wellen, die Wände stürzten scheinbar auf sie herab, der Weg beschrieb Kurven und Verschlingungen, die dem Auge unmöglich erschienen. Brokk leitete sie unbeirrt mit seinem Kompass durch das verwirrende Labyrinth, und Jenö war froh, dass er ihm folgen konnte. Sein Magen schlug Purzelbäume, seine Augen tränten und ihm war mittlerweile so schwindelig, dass er sich am liebsten übergeben hätte.

»Ich kann nicht mehr«, stöhnte er und krümmte sich zusammen. Funken stoben vor seinen Augen und der Brechreiz brannte in seiner Kehle. »Ihr müsst alleine weitergehen. Rettet euch, lasst mich …« Er konnte den Satz nicht vollenden, denn ein kräftiger Schubs ließ ihn stolpern.

»Nur noch ein paar Schritte«, kommandierte Brokk. »Glormo, nimm den Kompass. Achte auf die grüne Nadel, sie muss auf das Fragezeichen zeigen. Jenö, ich trage dich.«

Obwohl ihm so übel und schwindelig war, musste Jenö lachen. »Wie willst du das schaffen?«

Der Gnom streckte die langen Arme aus und begann sich zu drehen wie ein Kreisel. Als er schneller wurde, zog er die Arme eng an den Körper und beschleunigte dadurch noch mehr. Schließlich rotierte er so schnell, dass er nur noch eine kompakte, zylindrische Form zu sein schien. Aus dieser rotierenden Form schlugen Wellen einer Kraft, die Jenö wie einen festen Druck an seiner Brust und seinen Beinen spüren konnte. Fasziniert beobachtete er, wie die verschwommene Erscheinung sich ihm näherte und dann verloren seine Füße den Halt und er lag mit einem Mal schräg in der Luft. »He!«, rief er, »Was ist das?«

»Nicht zappeln«, ertönte atemlos die Stimme des Gnoms aus dem rotierenden Zylinder. »Halt still, mach dich steif. Du bist verdammt groß.«

Jenö hielt den Atem an und presste die Arme an den Körper. Er schwebte wie auf einem unsichtbaren Kissen mehrere Handbreit über dem Boden dahin. Mit einem lauten Schlucken schloss er die Augen. Wenn ihm vorhin nur schlecht gewesen war, war ihm jetzt richtig kotzübel.

Der gleichzeitig holprige und leicht dahingleitende Lauf ging eine Weile voran, dann stoppte er und Jenö wurde sacht auf den Boden gelassen. Er öffnete die Augen und sah Brokk, der mit auf die Knie gestützten Händen dastand und schnaufte. Er grinste Jenö an und prustete: »Wir. Sind. Da.«

Jenö richtete sich mit wackeligen Knien auf und sah sich um. Er erkannte das Regal mit den Küchengeräten und den Bücherschrank und ließ ein erleichtertes Stöhnen hören. Noch vier oder fünf Schritte, dann hatten sie den Laden erreicht. »Wir sind da«, wiederholte er die Worte des Gnoms, während Kaskabel flirrend voranstürmte und Tibillibill ihr in sirrendem Flug folgte. »Brokk, du bist ein Held!«

•••

Das Dämmerlicht des Korridors ging in die schummrige Dunkelheit des Ladens über. Jenö spürte, wie seine Lebensgeister zurückkehrten. Er fühlte sich zerschlagen und müde und er hatte Hunger, aber die Übelkeit verflog mit jedem Schritt ein wenig mehr und die Luft, die er atmete, erschien ohne die Beimischung von Æther so bekömmlich und süß wie Nektar.

»Wo ist der Wächter?«, raunte Glormo.

Jenö blieb stehen. Der Laden erschien seltsam verändert. »Wo sind die Wände?« Alles sah viel größer und weiter entfernt aus. Die Regale verloren sich in der Weite des Raumes. Die Ladentür war nicht zu sehen. Einen Moment lang befürchtete Jenö, sie könnten an einem anderen als dem angepeilten Ort herausgekommen sein, aber dann erkannte er die alte, zerschrammte Theke, die verloren in der endlosen Weite stand.

Er räusperte sich und rief: »Wächter? Josip? Wo bist du?«

Niemand antwortete. Jenö ging ein paar Schritte auf die Theke zu. Irgendwo in der Ferne hörte er eine tiefe Männerstimme, die sang, ein so eigenartiger, wunderbarer Moment, dass Jenö innehielt und wie verzaubert lauschte.

Es war ein langsames, schwermütiges Lied, das wie das Wiegen eines Baumes im Wind klang. Jenö hörte die Worte, und Tränen traten in seine Augen, ohne dass er wusste, was ihn an einem einfachen Lied so traurig stimmte. »*Vo polje bjerjoza stojala, vo polje kudrjavaja stojala, ljuli, ljuli, stojala …*«

Leise summte er mit und rieb sich dabei über die Augen. Er kannte die Melodie und jetzt begriff er auch, warum sie ihn zum Weinen brachte. Seine Mutter hatte dieses Lied für ihn gesungen. Er hatte es vergessen. Irgendwo während seines einsamen Lebens in der Kanalisation war diese Melodie ins Dunkel gewandert, verblichen, ausgelöscht worden, und erst jetzt, da er sie von einer fremden Stimme hörte, wurde sie wieder so klar und lebendig in seiner Erinnerung, als hätte er sie erst gestern das letzte Mal gehört – die klare, hohe Stimme seiner Mutter und sein Staunen über die seltsam klingenden Wörter waren so frisch wie eine offene Wunde.

Er ging weiter auf die Stimme zu, angezogen wie von einem wunderbaren Duft. Sein tastender Fuß stieß gegen einen Gegenstand aus Blech, der laut über den Boden schepperte.

Stille. Dann raschelte es in der Dunkelheit, etwas wurde über den Boden geschoben, ein Lichtstrahl durchschnitt die Dunkelheit, erst messerdünn, dann immer breiter werdend. »Wer ist da?«, rief dieselbe tiefe Stimme, die gerade noch gesungen hatte.

»Jenö«, sagte Jenö und ging auf das Licht zu. »Ich suche den Wächter.«

Der Mann, der ihn im Licht erwartete, war riesig. Jenö blinzelte mehrmals und schluckte. Wenn der Riese ihn nicht mit einem solch sanftmütigen Blick gemustert hätte, wäre er wahrscheinlich wieder zurück ins Dunkel getaucht, aber so ging er weiter, bis er vor dem Mann stand.

»Den Wächter?«, fragte der Fremde und runzelte die Stirn. Dann lächelte er plötzlich und Jenö lächelte erleichtert zurück.

»Josip Grünwald«, sagte Jenö. »Ich nenne ihn den Wächter, weil er aufpasst. Auf den Laden, auf den seltsamen Korridor.«

»Ein guter Name.« Der große Mann nickte und streckte die Hand aus. »Du weißt gar nicht, wie gut er ist.«

Jenö ergriff die breite Pranke und erwartete einen zerquetschenden Druck, aber der blieb aus. Fest und warm schlossen sich die Finger des Mannes um seine Hand. Er sah Jenö immer noch freundlich an, aber sein Blick wurde eindringlich. »Du bist ein Engel?«, fragte er.

Jenö biss die Zähne zusammen. »Ja«, erwiderte er knapp. »Ist das schlimm?«

Der Mann lächelte breit und ließ Jenös Hand los. »Ich bin Jewgenij – Shenja«, sagte er.

»Jenö.« Er versuchte, an dem Riesen vorbei ins Innere des kleinen Raumes zu blicken, der mit Regalen und Stellwänden mitten in der weiten Leere des Ladens aufgebaut worden war.

Der Mann lachte, es klang überrascht und erfreut. »Du heißt wie ich!«, rief er.

Jenö sah ihn verblüfft an.

»Jewgenij. Jenö. Das ist der gleiche Name«, erklärte der Riese. »Eugen – nur einmal auf Russisch und einmal auf Ungarisch.« Er lachte wieder und legte seine Hand auf Jenös Kopf.

»Wer ist da?«, fragte eine brüchig klingende Stimme. »Shenja, mit wem redest du?«

Der große Mann legte einen Finger auf den Mund und nickte Jenö zu. »Wir haben Besuch, Josip«, rief er über die Schulter. »Ein Junge. Er fragt nach dir.«

»Ein Junge?« Der Sprecher hustete schwach, dann lachte er. »Jenö?«

»Wächter«, rief Jenö und drängte sich an dem Riesen vorbei. »Ich bin wieder da. Ich brauche deine Hilfe!«

Er sah den Mann auf dem schmalen Feldbett und blieb stehen. »Josip?«, fragte er erschreckt.

Der Mann stemmte sich mühsam auf die Ellbogen hoch. »Jenö«, sagte er. »Ich habe mir Sorgen um dich gemacht.«

»Wächter«, sagte Jenö erschüttert. »Ich habe gesagt, der Korridor bringt dich um.«

»Das hast du gesagt.« Josip lehnte sich gegen das Regal, das die Wand hinter seinem Bett bildete. Er hustete trocken und streckte die Hand aus. »Gib mir eine Zigarette, Shenja.«

Der Riese gehorchte.

Jenö musterte Grünwald. Er hatte seine Haare verloren, sein Schädel war kahl, sogar seine Augenbrauen und die Wimpern waren fort. Die Nase sprang scharf hervor, die Sehnen an seinem Hals glichen Drahtseilen. Seine Hand, die die Zigarette in Empfang nahm, war so dürr wie die eines Greises.

Er nahm die Zigarette zwischen die Lippen und sog daran. »Gut«, sagte er mit kräftiger werdender Stimme, »dann erzähl uns bitte, wo du gewesen bist, Jenö. Du musst wissen, dass wir hier festsitzen und vielleicht hast du einen Weg gefunden, der zumindest Shenja die Freiheit zurückgeben kann.«

»Ich gehe nicht ohne dich«, protestierte der Riese.

»Willst du wirklich warten, bis ich tot bin?« Grünwald musterte ihn mit einem ironischen Funkeln in den Augen.

Jewgenij senkte den Kopf.

Jenö betrachtete Grünwald reglos. Es war noch etwas, das an ihm verändert erschien. Etwas schwer zu Fassendes. Sein Körper hatte etwas Durchscheinendes, was Jenö zunächst der unsteten Beleuchtung zugeschrieben hatte. Aber nun brannte die Lampe hell und gleichmäßig und immer noch glitt in Abständen ein Flackern über Grünwalds Gestalt. Licht – Dunkel – Licht? Nein, eher Anwesenheit und Verschwinden. Der Körper verlor an Dichte und Körperlichkeit, wurde zu einem grünlich schimmernden Schemen, nur kurz, ein Blinzeln lang, dann war er wieder fest und solide.

Jenö schauderte. »Was geschieht mit dir, Wächter?«

Grünwald stieß eine grünliche Rauchwolke ab und verzog das Gesicht zu einem sarkastischen Lächeln. »Ich denke, ich werde absorbiert«, sagte er nüchtern. »Ich bin in eine Unschärfe geraten und die löst mich nun nach und nach auf.«

Jewgenij murmelte etwas und wandte sich ab. Jenö hielt seinen Blick auf den Wächter gerichtet. »Könnte der Professor dir helfen?«

Grünwalds Hand mit der Zigarette hielt vor seinen Lippen inne. Er neigte nachdenklich den Kopf zur Seite. »Womöglich«, sagte er langsam. »Ich bin nicht sicher, ob es zu spät ist. Aber … womöglich.«

»Wo ist der Professor?« Der Riese war herumgefahren und beugte sich zu Jenö. Seine Miene war so drohend, dass Jenö zurückwich.

»Im Brünnlfeld«, sagte Jenö. »Ich war bei ihm.«

Die beiden Männer wechselten einen Blick, der äußerste Verblüffung verriet. Dann begann Grünwald zu lachen und das Lachen ging in ein raues, schmerzhaftes Husten über. Er reichte

Jewgenij die halbgerauchte Zigarette und wischte sich mit einem Zipfel der schmuddeligen Decke übers Gesicht. »Im Brünnlfeld«, wiederholte er. »Das nenne ich Ironie.«

Jewgenij richtete sich auf. »Wir gehen zu ihm. Du führst uns, Jenö.«

»Ich wollte den Wächter holen, damit er den Professor zur Vernunft bringt.« Jenö verschränkte unbehaglich die Arme vor der Brust. »Er ist verrückt geworden. Er entwickelt eine Waffe für das Kriegsministerium, mit der die Engel vernichtet werden sollen.«

»Der Zeitmeister? Horatius Tiez?« Grünwald schüttelte ungläubig den Kopf. »Du musst dich irren, Jenö.«

»Er spricht die Wahrheit«, mischte Brokk sich ein. Er sprang auf den kleinen Tisch neben dem Feldbett, um Josip ins Gesicht blicken zu können. »Der Professor benimmt sich äußerst merkwürdig.«

»Brokk«, murmelte Grünwald. Er lächelte. »Du bist ein kluger Beobachter. Wenn du es sagst, dann werde ich wohl oder übel mit dieser Information leben müssen.«

Jenö spürte Jewgenijs verwunderten Blick. »Er redet mit einem meiner Gefährten«, erklärte er dem Riesen.

Jewgenij nickte. »Danke. Ich gehöre nicht zu den Sensitiven.«

Das hatte Jenö schon bemerkt. Jeder, der Elementare sehen konnte, gab das zu erkennen, vor allem, wenn sich vier davon gleichzeitig in einem Raum aufhielten.

»Also gut.« Josip drehte sich im Sitzen herum und stellte ein Bein auf den Boden. Nur ein Bein. Die Decke rutschte von seinem Schoß und Jenö sah, dass das andere eine Handbreit oberhalb des Knies endete. Er seufzte erschreckt.

Grünwald lächelte schwach. »Es ist weniger schlimm, als es aussieht«, sagte er und stützte sich auf, um in den Stand zu gelangen. »Gib mir meine Hose, Shenja.« Er machte zwei schlurfende Schritte vom Bett weg. Bei aller offensichtlichen Schwäche bewegte er sich doch so, als hätte er zwei gesunde Beine. Jenö wechselte einen Blick mit Brokk. Der Gnom schien nichts Ungewöhnliches zu bemerken. Auch Kaskabel, die vor dem Ausgang von einem Bein aufs andere hüpfte, ließ nicht erkennen, dass irgendetwas Ungewöhnliches vor sich ging.

»Fließer«, flüsterte Jenö, »kannst du sehen, was ich sehe?«

Glormo legte seine kühlen Finger auf Jenös Wange und flüsterte ihm ins Ohr: »Der Wächter muss mitkommen. Er ist nicht vollständig.«

›Nicht vollständig‹ war eine wirklich schwache Umschreibung für ein fehlendes Bein, das auf seltsame Weise dennoch einen Körper zu tragen vermochte. Jenö grinste und hob die Schultern.

Derweil hatte Jewgenij dem Wächter dabei geholfen, seinen Mantel überzustreifen. Er nahm Josips Arm und stützte ihn. »Du kannst keine weiten Strecken laufen«, mahnte er. Sein Blick traf Jenö. »Ist es weit?«

»Ja«, erwiderte Jenö ehrlich. »Weit und äußerst anstrengend.«

Der Wächter hob die Hand und unterbrach den Protest des Riesen. »Ich werde so weit gehen, wie ich es vermag«, sagte er. »Bringen wir den einen Schritt nach dem anderen hinter uns.« Er stützte sich mit einem dankbaren Nicken auf Jewgenijs Arm. »Ich habe kein gutes Gefühl dabei, diesen Ort zu verlassen«, sagte er leise. »Wenn der Korridor kollabiert, dann bin ich der Einzige, der auf dieser Seite versuchen kann, das Schlimmste zu verhindern.«

»Du, Josip?«, fragte Jewgenij skeptisch. »Du bist zu schwach, um ein angreifendes Kätzchen abzuwehren.«

Jenö wartete auf eine zornige Replik des Wächters, aber Grünwald lachte nur kurz und trocken auf. »Gehen wir also und hoffen, dass die Welt hinter uns nicht zusammenbricht«, sagte er. »Jenö, du führst uns?«

»Brokk führt uns«, erwiderte Jenö. »Er hat den Kompass.« Er schlug die Augen nieder und setzte hinzu: »Mir wird dort drinnen furchtbar schwindelig und übel.«

Grünwald blickte den Gnom an. »Wir vertrauen dir unser Leben an«, sagte er. »Führe uns gut.«

Brokk nickte ernst. Er reckte seine knollige Gestalt und schritt auf seinen breiten Füßen gravitätisch voran, auf den Eingang zum Korridor zu. Jewgenij und der Wächter folgte ihm.

Jenö schnaufte einmal kurz durch. Ohne Ruhepause dort wieder hinein – es fiel ihm mehr als schwer. Der Fließer tätschelte seine Schulter. »Du schaffst es«, flüsterte er. »Und wenn es gar nicht weitergeht, werde ich versuchen, mit Billi ein Nebelpferd zu schaffen.«

Er erläuterte nicht, was er damit meinte, und Jenö fühlte sich zu elend, um nachzufragen. Er nickte nur und setzte sich in Bewegung.

24

Der Ungehorsam

Kato warf die wenigen Habseligkeiten, die sie noch besaß, in einen Rucksack. Sie wusste nicht, was sie antrieb, außer einer namenlosen, dunklen Erbitterung. Wie ein Kind zurückgelassen. Unfähig, etwas zu tun, schlimmer noch als damals im Brünnlfeld. Sie war so wütend und gleichzeitig so hilflos und voller Angst …

Sie kontrollierte den kleinen Revolver, den Katya ihr geschenkt hatte, lud ihn und warf ihn ebenfalls in den Ranzen. In ihrem Quartier bleiben! Warten, bis die Ætherschiffmannschaft von ihrer Rettungsmission zurückkehrte! Und was, wenn das nicht geschah? Was, wenn die Menschen, die sie liebte, mit dem heutigen Tag aus ihrem Leben verschwunden waren und sie ganz allein auf der Welt stand?

Nein, es war nicht ihre Art, still in der Ecke zu sitzen, die Hände in den Schoß zu legen und zu warten. Sie würde sich auf den Weg zum Brünnlfeld machen und bei Gott!, sie würde einen Weg hinein finden!

Als eine Stimme ihren Namen rief, fuhr sie mit einem Fauchen herum. »Was?«

Die Prinzessin stand in der Tür und blinzelte verdutzt. »Ich störe dich gerade?«, fragte sie höflich.

»Kaiserliche Hoheit«, sagte Kato, sah das Zucken, das über Mizzis Gesicht ging, und verbesserte sich schnell: »Mizzi. Entschuldige, ich bin aufgebracht.«

»Das verstehe ich.« Die Prinzessin trat vollends ein und blickte sich um. »Darf ich?«

»Nimm Platz.« Kato schob eine Jacke von dem einzigen Stuhl im Zimmer und ließ sich selbst auf der Bettkante nieder. »Du weißt, dass sie unterwegs sind, um deine Mutter und den Professor zu befreien.«

»Ich weiß es.« Mizzis düstere Miene spiegelte Katos momentane Gemütsverfassung wider. »Ich wollte mit ihnen gehen.«

»Du auch.« Kato schnaubte. »Ich soll brav hier warten, bis sie zurück sind.«

»Ich auch.« Mizzi verzog das Gesicht zu einer komischen Grimasse. »Das liegt mir recht wenig. Ich gehöre nicht zu den geduldigsten Menschen unter der Sonne.«

Kato und sie wechselten einen verständnisinnigen Blick. Dann sah Mizzi den halbgepackten Rucksack an und lüpfte eine Braue. »Du planst einen Ausflug?«

»So ähnlich.«

Mizzi räusperte sich angelegentlich und warf einen Blick über ihre Schulter. »Könnten wir daraus eine gemeinsame Sache machen? Ich würde einen kleinen Tapetenwechsel auch sehr goutieren.«

Kato lächelte und streckte die Hand aus. »Von Herzen gerne«, sagte sie nachdrücklich. »Willst du etwas mitnehmen?«

Mizzi ergriff ihre Hand und drückte sie herzlich. »Ich reise gänzlich ohne Gepäck«, erwiderte sie ein wenig wehmütig. »Aber – wenn es dir nichts ausmacht – ich hätte noch einen Reisebegleiter für uns.«

»Wir benötigen niemanden, der uns begleitet.« Kato rollte die Jacke zusammen und stopfte sie in den Rucksack. Sie sah sich um. »Meine Gefährten sind wieder mit Belpharion unterwegs«, sagte sie seufzend. »Ich würde sie gerne mitnehmen, sie könnten uns nützlich sein, wenn wir an unserem Ziel angelangt sind.«

»Ruf sie«, sagte Mizzi. »Und sei mir nicht bös, ich möchte wirklich, dass wir zu dritt gehen. Es hat seine Gründe.«

Kato schnürte die Riemen fest und schwang den Rucksack auf ihre Schulter. »Gut, meinetwegen. Dann lass uns aber unverzüglich aufbrechen. Ich möchte nicht zu spät kommen.«

Mizzi begleitete sie zur Tür hinaus und zeigte zum inneren Hof. »Er wartet dort hinten auf uns«, sagte sie. »Ich hoffe, du wirst dich mit ihm versöhnen.«

Kato blieb stehen wie vom Blitz getroffen. »Nein«, sagte sie ungläubig und dann, laut und scharf: »Nein!«

»Kato …« Die Prinzessin hob bittend die Hand. »Er kann uns wirklich helfen. Er weiß einen Weg, wie er uns im Handumdrehen dorthin bringen kann.«

Kato verschränkte die Arme und senkte das Kinn zur Brust. »Wir werden uns nur wieder streiten«, gab sie zu bedenken. »Ich kann mich an keine Begegnung erinnern, bei der er mich nicht angefeindet und beleidigt hätte.«

Mizzi berührte ihren Arm. »Er wird sich bei dir entschuldigen«, sagte sie fest. »Und was auch immer in der Vergangenheit gewesen ist zwischen ihm und dem Schwarzen Milan – es ist vorbei.«

Kato zuckte mit den Lidern. Ja, das war der wunde Punkt. Sie räusperte sich und blickte sich um. »Ich rufe meine Elementare«, wich sie aus. »Warte bitte einen Augenblick.«

Sie schloss die Augen und sandte ein Signal, von dem sie selbst kaum sagen konnte, wie es beschaffen war. Es rief die vier, die eins waren.

Wenig später spürte sie eine geistige Berührung, dann ein kurzes, blendendes Gefühl der Hitze. Vor ihren Augen tanzte funkensprühend Calander, der Feuergeist.

»Kato«, sagte er atemlos. »Die anderen kommen. Du brauchst uns?«

»Ja, Calander«, sagte sie und flüsterte: »Ihr sollt uns helfen, ins Brünnlfeld zu gelangen.«

Der Salamander klatschte in die Hände, dass Feuergarben davon aufstoben. »Wir helfen dir, o ja, wir helfen dir, Kato!«

Kato lächelte zu ihm hinunter und blickte dann auf, als die Sylphe um ihren Kopf schwirrte und in Calanders Rufe einstimmte, wenig später gefolgt von Gnurr und Falla, die um ihre Beine strichen wie Katzen. »Ich bin so froh, dass ihr bei mir seid«, sagte sie.

Mizzi betrachtete die Elementarwesen mit einem solch traurigen und sehnsuchtsvollen Blick, dass es Kato ins Herz schnitt. Sie griff nach Mizzis Händen und drückte sie fest. »Ich vertrage mich mit Luca«, versprach sie. »Bring uns zu ihm, damit er uns führt.«

Sie folgte der Prinzessin, die sie auf verschlungenen Wegen zu einer Baracke brachte, deren Wände löchrig waren und deren Tür schief in den Angeln hing. Die Behausungen hier in der Unterwelt waren ohnehin nicht sonderlich solide gebaut, sie mussten ja weder Wind noch Wetter trotzen, sondern nur ein Gefühl von Schutz und Privatheit erzeugen, aber diese Hütte war offensichtlich schon lange nicht mehr bewohnt oder anderweitig benutzt worden.

Kato blickte die Bruchbude misstrauisch an. »Dort hinein? Das fällt uns doch über dem Kopf zusammen, wenn wir nicht aufpassen.«

Mizzi lächelte schwach. »Das Aussehen täuscht«, sagte sie. »Komm, Luca bereitet schon alles vor.«

Kato musste den Kopf einziehen, um sich nicht an dem niedrigen Türsturz zu stoßen. Sie richtete sich auf und sah verblüfft, dass ein bläuliches, unangenehmes Licht vom Boden aus einer der dunklen Ecken des Raumes drang. Vor dem Licht zeichnete sich die schmale Silhouette eines Menschen ab, an der Kato etwas störte, ohne dass sie hätte sagen können, was genau es war.

Die Silhouette bewegte sich, der Mann (es waren zumindest Männerkleider, die er trug) drehte sich um. »Mizzi«, sagte er und Kato erkannte Lucas Stimme. Wieder erschien ihr etwas falsch, grundfalsch und seltsam. Sie schüttelte den Kopf.

»Ich habe Kato mitgebracht«, sagte die Prinzessin. »Und ihre Gefährten. Sie werden uns begleiten.«

Luca schob eine Kiste vorsichtig über die Lichtquelle. Die plötzliche Dunkelheit machte Kato nervös. »Calander«, sagte sie laut, »bitte leuchte uns.«

Das Feuerwesen erschien an ihrer Seite und flammte hell auf. Luca blinzelte geblendet. Seine Miene war finster. Was immer Kato gerade an ihm irritiert hatte, war verschwunden. Er sah Kato recht unfreundlich an und erst, als sein Blick zu Mizzi wanderte, löste sich seine düstere Miene in ein Lächeln auf.

Kato verdrehte die Augen und wandte hastig den Kopf ab, damit Mizzi ihren Gesichtsausdruck nicht bemerkte.

»Gut, da bin ich also«, sagte sie nüchtern. »Luca, wir sollten Frieden schließen, wenn wir dies hier zusammen unternehmen möchten. Waffenstillstand, zumindest.«

Der junge Strotter musterte sie mit zusammengekniffenen Augen. Dann nickte er und streckte die Hand aus. »Frieden«, sagte er. »Ich bin bereit, mich bei dir zu entschuldigen, Baronesse. Mizzi bat mich darum, und ich erfülle ihr diesen Wunsch gerne.«

Kato ergriff verblüfft seine Hand und erwiderte den festen Druck. »Ich freue mich«, sagte sie und meinte es ehrlich. »Aber bitte, nenne mich bei meinem Namen. Sonst tituliere ich dich ›Prinz‹ und Mizzi wird wieder ärgerlich.«

Die Prinzessin lachte auf und breitete die Arme aus. »Das wird ein Abenteuer«, sagte sie. »Ich könnte es sogar genießen, wenn sich nicht meine Mutter und auch die deine, Kato, in solch einer prekären Lage befänden. Aber nun bin ich guten Mutes, denn wir werden sie finden und einen Weg dazu, sie zu befreien.«

»Das werden wir«, bekräftigte Luca und klatschte in die Hände. »Widmen wir uns dem Durchgang. Ich darf dir kurz erklären, was das hier ist, Kato. Mizzi weiß es bereits.« Er bückte sich und schob die Kiste beiseite, um das blaue Licht zu enthüllen. Es schmerzte in Katos Augen und verursachte ein Gefühl der Beklemmung. »Was ist das?«, fragte sie.

»Æther«, summte Dirbadisalabadon in ihr Ohr. »Dort ist Æther.« Der Luftgeist löste sich von ihrer Schulter und flog auf das Leuchten zu.

»Ein Ætherleck«, sagte Luca. Er schien die Elementare nicht zu bemerken. Mizzi allerdings blickte der Sylphe besorgt hinterher.

»Bleib hier«, rief Kato.

Luca musterte sie fragend. Kato machte eine Handbewegung. »Mein Gefährte inspiziert das Ætherleck«, erklärte sie. »Ich möchte nicht, dass er verloren geht.«

Luca hob die Brauen, dann nickte er. »Wie viele von ihnen sind hier?«, fragte er.

»Vier«, erwiderte Kato.

»Können sie sich zusammentun?« Luca ging in die Hocke und starrte das Ætherleck an.

»Inwiefern?«, fragte Mizzi interessiert.

Kato runzelte die Stirn. »Woher weißt du das?« Sie hatte gedacht, dass dies ein Geheimnis der Engel wäre.

»Wir wissen eine Menge hier unten, von dem ihr Oberweltler keine Ahnung habt«, behauptete Luca. Seine herablassende Antwort machte Kato wütend, aber sie hielt sich zurück.

»Ja, sie können es«, sagte sie spitz. »Sie haben damit das Ordenshaus gerettet.«

Lucas Augen öffneten sich weit. »Ah«, sagte er, sichtlich beeindruckt. »Ich habe davon gehört. Das waren deine Elementare?« Er blickte sich suchend um. »Schade, dass ich sie nicht sehen kann«, sagte er.

»Wenn sie sich zusammentun, kann sie jeder sehen«, erwiderte Kato nicht ohne Stolz. Sie hob die Hand und streichelte Falla. Die Undine schmiegte sich an ihren Hals und schnurrte leise wie eine Katze. »Was könnten wir dort drinnen denn brauchen?« Sie dachte schaudernd an die schrecklichen, todbringenden Geschöpfe, zu denen ihre Elementarwesen sich vereinigt hatten, als sie das Ordenshaus gegen die Soldaten verteidigen mussten.

»Pferde«, antwortete Luca zu ihrer Verblüffung. »Ein Flügelpferd. Und … ich habe vergessen, was das andere war.«

Kato blickte Calander an, der still neben ihr stand und den jungen Strotter aufmerksam anblickte. »Geht das?«

»Ich glaube, ja«, erwiderte der Salamander langsam. »Falla und Dirbadisalabadon haben es schon einmal geschafft, stimmt's, Sala? Das Nebelpferd?«

Die Undine gluckste und die Sylphe flog sirrend empor. »Das war schön«, sang der Luftgeist. »Fliegendes Pferd. Sehr schön!«

»Darauf könnten wir reiten«, begriff Kato.

»Aber nicht alle drei«, warf Gnurr besorgt ein. Die Gnomin

trat von einem Fuß auf den anderen und ruckte mit den Schultern. Ihre dunkelbraunen Augen schimmerten aufgeregt. »Aber einer von euch. Und die beiden anderen reiten auf dem Horntier.«

»Das Horntier!«, rief Calander und sprühte Funken. »Gnurr und ich, das Horntier! Wir sind stark, Kato. Du und deine Freundin, euch tragen wir leicht!«

Kato lachte und übersetzte für Luca, was die Elementare gesagt hatten. »Gehen wir also hinein«, sagte sie. »Wie finden wir den Weg, wenn wir einmal dort sind?«

Luca hob die Schultern. »Das wird sich ergeben«, sagte er. »Ich weiß es nicht, ich bin noch nie durch ein solches Leck gegangen.« Er grinste schief. »Achtet darauf, dass ihr komplett durch die Öffnung geht. Lasst keine Körperteile zurück.«

Kato schauderte und nickte. »Ich gehe voraus«, sagte sie. »Dann meine Gefährten.«

Luca gab schweigend die Öffnung frei und nahm Mizzis Hand. Die Prinzessin war blass, aber ihre Augen funkelten und sie hatte das Kinn energisch vorgereckt. »Auf«, sagte sie. »Verlieren wir keine Zeit mehr.«

Kato atmete tief ein und wieder aus. Sie umklammerte ihren Rucksack und maß mit den Blicken die Umrisse des Ætherlecks. Es war eng, aber wenn sie Acht gab, würde sie ohne anzustoßen hindurchpassen. Noch ein Atemzug. Sie hielt die Luft an, zwang sich, die Augen nicht zu schließen und sprang mit gestreckten Beinen und an den Körper gepressten Armen in das blau glühende Licht.

Abteilung IV

25

Die Passage

Verwirrung. Wenn ein Wort seine erneute Passage durch den Korridor beschreiben konnte, in dem alles zusammengefasst wurde, was seinen Körper und seinen Geist dabei gepackt hielt, dann war es wohl das. Verwirrung.

Jenö schluckte und kniff die Augenlider fest zu. In seinen Ohren sang der Schwindel. Er spürte den beruhigenden Druck von Brokks großer Hand an seinem Bein, der ihm zumindest ein wenig Halt in der schwindelerregenden Umgebung gab.

»Kannst du weiter?«, fragte der große Mann, Jewgenij. Er klang besorgt. Jenö konnte nicht antworten. Jewgenij hatte auf dem ersten Stück des Wegs Grünwald getragen, bis dieser protestierte und sich wieder auf seinen eigenen Beinen – seinem eigenen Bein – und ohne Stütze weiterquälte. Jenö hatte schroff jedes Angebot des Riesen ausgeschlagen, nun stattdessen ihn zu tragen. Wieso verwirrte der Korridor Jewgenij nicht? Er schien überhaupt nicht zu bemerken, dass sie sich durch wirbelndes Chaos bewegten, sondern stapfte unbeirrt voran wie durch ebenes Gelände oder einen lichten Wald.

Grünwald berührte seine Schulter, es prickelte wie eine Entladung. Jenö kniff die Augen noch fester zusammen. Die körperliche Verwandlung des Wächters anzusehen trug zurzeit in nicht unerheblichem Maße zu seiner Verwirrung bei.

»Du als Engel solltest eigentlich keine Schwierigkeiten haben«, sagte Josip. »Genauso wenig wie Shenja, der ein Mensch ist und deshalb nur das sieht, was er sehen will. Oder kann.« Er nahm Jenös Gesicht zwischen seine Hände. »Ich fühle ähnliches Chaos wie du«, fuhr er fort. »Ich bin nur noch teilweise menschlich.« Er atmete scharf ein. »Natürlich«, sagte er dann. »Ich vergaß. Du bist ein Halbengel.«

Jewgenij stieß einen Laut aus, der an ein röhrendes Untier denken ließ, und Jenö riss erschreckt die Augen auf. Sein Blick begegnete dem des großen Mannes, der ihn anstarrte, als wären sie sich nie zuvor begegnet. Jenö blinzelte und schluckte. Es war auszuhalten, wenn er nur Jewgenij ansah, aber dennoch tanzten am Rande seines Sichtfeldes all die Phänomene, die ihn in den Wahnsinn zu treiben drohten.

»Shenja«, sagte der Wächter, »du trägst den Jungen. Nein, ich akzeptiere keinen Widerspruch, Jenö. Wir kommen sonst nicht schnell genug voran und ich spüre, dass die Zeit drängt.«

Jenö war mittlerweile zu elend, um sich noch ernsthaft sträuben zu können. Er ergab sich in die demütigende Lage, ließ zu, dass der Riese seine Arme unter seine Kniekehlen und seine Schultern schob und ihn aufhob, als wöge er nicht mehr als ein Wickelkind.

Eine Weile ging es nun so voran, und Jenö genoss es zu seiner eigenen Überraschung, gehalten und getragen zu werden. Er war es so sehr gewöhnt, für sich allein handeln und entscheiden zu müssen, auf seinen eigenen Beinen zu stehen und niemanden zu haben, an den er auch nur für einen kurzen Moment einmal alle Verantwortung abgeben konnte, dass dieses Gefühl ihn gleichzeitig anrührte und zutiefst erschreckte. Er wollte und wollte nicht, dass der Mann ihn trug. Alles sträubte sich dagegen und gleichzeitig war es ihm so angenehm und lieb, als hielte seine Mutter ihn umarmt.

Jewgenijs Muskeln bewegten sich wie große, stille Tiere in seinen langen Gliedmaßen. Er trug Jenö geduldig und sanft wie ein Pferd mit sich.

»Dein Vater oder deine Mutter?«, fragte er. Jenö schrak zusammen. Die tiefe Stimme vibrierte in Jewgenijs Brustkorb und schien nicht nur als Klang bei Jenö anzukommen, sondern auch als Berührung.

»Was meinst du?«, fragte er zurück.

»Der Engel in deiner Familie«, erwiderte Jewgenij.

»Meine Mutter«, sagte Jenö widerstrebend. Ihr Gesicht stand auf einmal so deutlich vor seinem inneren Auge wie schon seit Langem nicht mehr.

»Halt«, hörte er Grünwald ausrufen. »Wir müssen einen anderen Weg nehmen. Brokk?«

Jenö öffnete die Augen und blinzelte. Es war dunkel, die verwirrenden Phänomene schienen sich an diesem Ort freigenommen zu haben. »Lass mich bitte runter«, bat er. »Was ist, Wächter? Warum können wir nicht … ah.«

Sie standen vor einer undurchdringlichen Wand, die sich nach allen Seiten scheinbar ins Unendliche erstreckte. Sie war glatt wie polierter Stein, aber Kaskabels Licht spiegelte sich nicht darin. Jenö trat vor, hob die Hand und berührte die Wand, ehe der Wächter einen Warnruf ausstoßen konnte. Seine Finger glitten ohne Widerstand in die Wand hinein, er spürte nichts dabei. Es war, als existierte sie überhaupt nicht. Aber seine Finger verschwanden in der dunklen Materie, die keine war.

Jenö riss die Hand hastig zurück. Seine Finger glitten augenscheinlich unversehrt aus der seltsamen Wand heraus. Er schloss sie zur Faust und streckte sie und schnaufte erleichtert. »Das war dumm von mir.«

»Ja«, erwiderte Grünwald grimmig. »Du hast nicht miterlebt, wie mein Bein verschlungen wurde. Das Gleiche hätte jetzt auch dir passieren können.«

Brokk räusperte sich. »Wenn es dir recht ist, Jenö, und dir, Wächter, würde ich vorschlagen, ich wage mich dort hinein und finde heraus, wie dick das Hindernis ist und wie es dahinter weitergeht. Falls es ein »Dahinter« gibt. Ich habe den Kompass und kann damit meinen Rückweg berechnen.«

Jenö kniete sich neben den Gnom. »Das ist gefährlich«, sagte er leise. »Wir wissen nicht, was dort drinnen womöglich auf dich lauert. Oder ob es bei längerem Verweilen doch etwas mit dir anstellt, das dich verletzen oder töten kann.«

Brokk hob die Schultern. Seine knollige Nase zuckte. »Ich sehe keine andere Möglichkeit. Dort müssen wir entlang. Jede andere Richtung würde uns unrettbar ins Nichts führen.«

Jenö hob den Kopf und sah die beiden Männer an. »Ich gehe mit ihm«, sagte er entschlossen. »Er ist mein Gefährte, ich will ihn nicht alleinelassen.«

Jewgenij streckte die Hand aus, als wollte er ihn zurückhalten. »Nein«, sagte er.

»Ich werde mit ihm gehen.« Grünwald starrte die Wand an. »Das ist meine Aufgabe. Ich kann die Veränderung spüren, die hier mit mir passiert. Ich hätte viel früher in den Korridor gehen sollen, das hätte mich wahrscheinlich geheilt. Shenja, du wartest mit Jenö hier. Ich leine mich an und du hältst mich.« Er verzog das Gesicht zu einem schmerzlichen Lächeln. »Aber pass auf, wenn etwas aus dieser Wand kommt, das dich fressen will.«

Jewgenij war blass geworden und sein Kiefer mahlte. Aber zu Jenös Erstaunen gehorchte er ohne Widerspruch. Er ließ den Tornister von seinen Schultern gleiten und entnahm eine Seilrolle, deren Ende er sorgfältig um Josips Hüften band. Dann beugte er sich vor und legte dem Wächter beide Hände auf die Schultern. »Kehr gesund zu uns zurück«, sagte er eindringlich. »Im Namen der Ewigkeit, der du dienst.«

Der Wächter nickte knapp und drehte sich um. Er betrachtete die Wand, schien sich zu sammeln. Eine grünlich schimmernde Aureole umgab seinen Körper. Erneut schien Grünwalds Gestalt zu flackern wie ein unstetes Licht. Er neigte den Kopf und nickte Brokk zu. »Geh voran, tapferer Gnom.«

Brokk reckte sich stolz, hob den Kompass, richtete ihn aus und deutete dann schräg voraus. »Dort entlang, Wächter«, sagte er und trat in die Barriere, die ihn spurlos verschluckte.

•••

Das Ætheroskaph holperte, rüttelte und schwankte durch das eigenartige Zwielicht des Ætherraums. Katya hielt sich an den Lederschlaufen fest und dankte den Gurten um ihre Schultern und Hüften, die sie an ihrem Sitz fixierten. Sie war zu schwach und fühlte sich zu zerschlagen, um die Schaukel- und Schlingerbewegungen ihrer Fahrt abfedern zu können. Jeder Sprung und jedes seitliche Ausbrechen ihres Gefährts schleuderte sie haltlos in ihre Gurte und schon nach wenigen Minuten war sie von Striemen und blauen Flecken übersät. Sie unterdrückte das Stöhnen, das über ihre Lippen dringen wollte, und konzentrierte sich darauf, die Milvus-Zwillinge bei ihrem Tun zu beobachten.

Es war ihr nicht völlig klar, wie die Milans das Ætherschiff an ihr Ziel navigieren konnten, aber offensichtlich bereitete dies den Zwillingen keine Schwierigkeiten.

Katya unterdrückte einen Schmerzenslaut, als ihr Arm und der Teil des Rückens, der ebenfalls bereits transformiert war, scharfe und unangenehme Signale durch den Rest ihres Körpers jagten. Sie wusste, was das bedeutete: die Veränderung schritt weiter voran. Sie spürte das Prickeln, mit dem ein weiteres Stück ihrer Wirbelsäule sich verwandelte. Noch konnte sie stehen, gehen, sich bewegen, atmen und denken. Wie lange noch?

Sie zwang ihre Gedanken von diesem schmerzhaften Punkt weg und lenkte sie auf Gregor Felsenstein. Sie hatte den Sekretär gebeten, sich durch die Kanalisation zum Brünnlfeld durchzuschlagen und dann oberirdisch einen Weg in die Anstalt zu finden. Felsenstein war ein gerissener und mit allen Wassern gewaschener Agent. Er hatte ihr einmal das Leben gerettet und sie zweimal aus brenzligen Situationen befreit und sie war zuversichtlich, dass er auch dieses Mal eine Möglichkeit finden würde, ein streng bewachtes Gelände zu betreten. Sie wollte ihn dort drinnen wissen, denn dann würde es auch einen Weg hinaus geben, falls irgendetwas mit dem Ætheroskaph passierte. Man musste immer einen zweiten Plan in der Rückhand haben, das hatte sie auf schmerzhafte Weise lernen müssen.

Wieder schlingerte das Schiff und schleuderte sie schwer in ihre Gurte. Dieses Mal konnte sie das Stöhnen nicht hinunterschlucken. Sie schloss die Augen und atmete tief und langsam. Es tat weh. Die Transformation begann ihre Lunge zu verwandeln und das hieß, dass normale Atemluft ihr wie mit Messern und Glasscherben durch die Brust schnitt. Über kurz oder lang würde sie hinübergehen müssen, weil sie nur noch Æther atmen konnte. Und dann? Was kam dann?

Belpharion hatte versucht, sie zu beruhigen. Auch er konnte nicht vorhersagen, was mit ihr geschah und was aus ihr werden würde, wenn die Verwandlung vollendet war. Er hatte seiner Hoffnung Ausdruck gegeben, dass sie danach im stillen Land würde leben können, als wäre sie eins der Elementarwesen. Katya hegte an dieser optimistischen Sicht ihre Zweifel. Je weiter die Transformation fortschritt, desto stärker wurde ihre Gewissheit, dass sie dies nicht überleben würde.

Sie öffnete die Augen und zwang sich, den neben ihr sitzenden Samuel Strauss anzulächeln. Er runzelte die Stirn und um seinen Mund erschienen tiefe Kerben, die seiner Miene etwas Verkniffenes gaben. So hatte er dreingeschaut, kurz nachdem seine Frau bei einem Überfall der Engel auf Pressburg getötet worden war. Das war nun beinahe fünfzehn Jahre her, aber er hatte es noch immer nicht vollkommen verwunden. Er sprach nie über Margarete, aber Katya wusste, dass er sie immer noch schmerzlich vermisste.

Sie streckte ihre gesunde Hand aus und drückte seinen Arm. »Es wird alles gut«, sagte sie wider besseres Wissen. »Du wirst sehen, Samuel. Alles wird gut.«

Er nickte und wandte den Blick ab.

»Major?«, rief der Rote Milan über seine Schulter. Er zerrte an der Leine, die das untere Seitenruder justierte. »Wir landen bald. Sind Sie gut gesichert? Und der Herr Staatsanwalt auch?«

Katya überprüfte ihre Gurte, zog einen Riemen etwas enger und hob den Daumen. »Hier hinten ist alles gesichert«, schrie sie gegen das plötzlich einsetzende Heulen des Boojumfilters an. Das Schiff knarrte und knackte, die Außenwand schien enormen Belastungen ausgesetzt zu sein, so laut knirschten die Verstrebungen und Nieten. Das Geheul des Filters wurde von einem Pfeifton aus einem der Antriebsaggregate abgelöst. Es roch nach verschmortem Gummi.

Die Zwillinge gerieten in kontrollierte Hektik. Finger flogen über Armaturen und Tasten, drückten Knöpfe, zogen Hebel, dazu kam der stetige Strom an Flüchen, Beschimpfungen und wütenden Ausrufen, die Katya schon bei ihrer ersten Fahrt mit den Brüdern kennengelernt hatte. Sie lächelte schwach und schüttelte beruhigend den Kopf in Richtung des nervös auf seinem Sitz herumrutschenden Staatsanwalts. »Das ist normal«, sagte sie. »So hört es sich immer an, wenn die beiden konzentriert arbeiten. Keine Sorge, sie werden uns heil ans Ziel bringen.«

Samuel lächelte ein wenig zittrig, er war blass um die Nase geworden. Er nickte und schloss die Augen.

Die nächsten Minuten waren ein Chaos aus Geräuschen, Licht und Bewegungen. Stimmen, das Kreischen strapazierten Metalls, donnernde Schläge gegen die Hülle des Schiffes, die Zwillinge, die sich brüllend und keuchend gegen das Ruder und in die Riemen des Schiffes warfen, endlich ein ohrenbetäubendes Rumpeln und Schleifen und ein abschließender harter Ruck, der Katya erst in ihre Halteriemen und dann zurück gegen die Kabinenwand schleuderte. Ihr Kopf prallte gegen das Metall und sie verlor das Bewusstsein.

•••

Das blaue Glühen umgab sie auf allen Seiten. Es brannte in ihren Augen, kratzte in ihrem Hals und stach in ihrer Lunge. Kato hustete und hielt den Ärmel vor Mund und Nase. Ihre Augen begannen zu tränen. Sie blinzelte und sah schemenhaft neben sich Mizzi und Luca auftauchen. Beide schienen ähnliche Probleme zu haben, Mizzi presste ihre Hand vor den Mund und riss die Augen auf, aus denen dicke Tränen rollten, und Luca hustete und wischte sich übers Gesicht.

»Das halten wir nicht lange aus«, keuchte Kato. »Hier können wir nicht bleiben.«

Luca nickte und zeigte voraus. Kato strengte sich an, durch den Tränenschleier etwas zu erkennen. Luca hatte recht, ein paar Schritte vor ihnen erstreckte sich ein dunkles Areal, das auf sie so anziehend wirkte wie eine Oase in der Wüste auf einen Verdurstenden. Lass es keine Fata Morgana sein, flehte sie stumm und lief los.

Schemenhaft konnte sie ihre Gefährten sehen, die an ihrer Seite liefen. Die vier schienen im Laufen miteinander zu beratschlagen, aber Kato konnte nicht hören, was sie sagten, so laut rauschte das Blut in ihren Ohren.

Sie erreichte das dunkle Areal als Erste, dicht gefolgt von Luca, der Mizzi mit sich zog. Als sie die Grenze überschritten, ließ das Brennen ein wenig nach und Kato konnte wieder denken. Sie hockte sich hin und sagte »Beratung«.

Die vier kamen zum Kreis zusammen und reichten sich die Hände. »Was könnt ihr für uns tun?«, fragte Kato.

Calander sah sie ernst an. »Wir haben erst die vierte Stufe gemeistert«, sagte er. »Du weißt, dass ich die fünfte und letzte Stufe nicht erreichen kann, bevor nicht alle von mir aus den Silberkäfigen, Lampen und Maschinen befreit sind.«

Kato nickte bedrückt. »Ich wünsche so sehr, dass es uns gelingen wird«, sagte sie. »Meister Tiez …« Sie seufzte. »Wir werden ihn finden und er wird uns dabei helfen«, sagte sie fest. »Nun, wir sind hier und ihr habt vier der fünf Stufen meistern können. Wie könnt ihr uns jetzt zum Brünnlfeld bringen?«

Dirbadisalabadon, der in solchen Fällen immer für die vier sprach, hob den Kopf. »Wir können euch tragen«, sagte er. »Das wird unser Fortkommen beschleunigen. Was ich nicht weiß und auch die vier nicht …«, er sah die anderen an, die ihre Köpfe schüttelten, »das ist der Weg. Dies hier ist uns fremdes Gelände, Kato. Wir kennen das stille Land, aber nur den Teil, der lebt. Dies hier ist … tot.«

Kato sah sich um. Ja, sie konnte es fühlen. Tot, so tot wie ein mumifizierter Leichnam, in dem noch nicht einmal mehr Würmer wimmelten. »Ist das eine Folge des Krieges?«, fragte sie, aber die vier wussten darauf keine Antwort.

»Wir müssen also umherirren und hoffen, dass wir per Zufall an unser Ziel gelangen?«, fragte Mizzi, die sich neben Kato gekniet hatte und ihrem Gespräch mit den Elementaren stumm lauschte.

Kato nickte bedrückt.

Luca hatte sich ein wenig abseits gehalten und musterte die Umgebung. »Wir sollten es dennoch versuchen«, sagte er. »Es bleibt uns nicht viel anderes übrig. Oder wisst ihr noch, wo wir hergekommen sind?«

Die Mädchen blickten sich um. Kato spürte, wie eiskalte Angst ihr Herz ergriff, und kämpfte sie schnell nieder. Angst war ein schlechter Führer und Ratgeber.

»Verwandelt euch«, sagte sie entschlossen. »Wir werden den Weg finden.«

Die Elementare postierten sich ein wenig abseits. Kato war zum ersten Mal Zeugin einer ihrer Verwandlungen und sie beobachtete gebannt, wie Sylphe und Undine sich umarmten und ihre Gestalten zu einer nebelhaft hell glühenden Wolke verschmolzen. Gleichzeitig packten der Salamander und der Gnom sich bei den Armen, pressten ihre Stirnen aneinander und formten einen dunklen, feurigen Klumpen, aus dem winzige Blitze brachen.

Mizzi atmete scharf ein. »Was für ein Schauspiel«, flüsterte sie.

Kato nickte. »Dies könnte ein Drache werden«, antwortete sie und zeigte auf das pulsierende, blitzende Etwas. »Aber ich glaube, sie werden uns etwas anderes präsentieren. Oder möchtest du auf einem Drachen reiten?«

»O ja, nur zu gerne!«, rief die Prinzessin mit blitzenden Augen.

Kato lachte und suchte Lucas Blick. Der Strotterprinz staunte mit weit offenen Augen und sein Gesicht war so weich und sanft, wie sie es noch nie an ihm gesehen hatte. Sie konnte den Blick kaum von ihm wenden, so fremd erschien er ihr mit einem Mal.

Die helle Wolke, die sich ausgedehnt hatte, bis sie so dünn und durchscheinend war wie ein Nebelhauch, begann sich wieder zu verdichten. Sie zog sich zusammen, wurde körperlich, formte ein kleines, stämmiges Pferd mit hellbraunem Fell und weißer Mähne, aus dessen Schultern und Fesseln Flügel wuchsen. Es wandte den Kopf und sah Kato mit großen, dunklen Samtaugen an.

»Wie wunderschön es ist«, flüsterte Mizzi. Sie ging auf das Flügelpferd zu und begann, seinen Hals zu tätscheln und seine Nase zu streicheln.

Kato beobachtete derweil die dunkle Masse, die immer noch zuckend und funkensprühend über den Boden wallte. Sie wuchs langsam in die Höhe, breitete sich aus wie zäher Sirup, formte Beine, einen Rumpf, Hals und Kopf. Dunkel wie die Nacht, in der Sterne blitzten. Ein Auge öffnete sich, hell wie Mondschein. Atem hob die Brust. Der Kopf pulsierte und ein langes, mondhelles Horn schob sich aus seiner dunklen Stirn.

»Einhorn«, flüsterte Kato ergriffen. Der Kopf senkte sich grüßend.

»Ich habe so etwas noch nie gesehen«, sagte Luca laut. »Wie ist das entstanden? Sind das etwa deine unsichtbaren Gefährten, Baronesse?«

Kato lachte und drehte sich im Kreis. »Das sind sie, Prinz«, erwiderte sie übermütig. »Das sind sie, allerdings. Und sie werden uns tragen!«

•••

Jewgenij ragte neben ihm auf wie ein menschlicher Berg. Er stand breitbeinig da, die Füße fest auf den Boden gestemmt, und sicherte die Leine, die sich vor ihm abrollte und in der nebelhaften Barriere verschwand.

Jenö leckte sich über die trocken gewordenen Lippen. Er hielt den schweren Armeerevolver des Wächters mit beiden Händen fest und wartete auf ein Anzeichen, dass etwas aus dieser Wand kommen und sie verschlingen würde.

Kaskabel und die Singende patrouillierten an der Barriere und Glormo hatte sich wie ein Schal fest um seinen Nacken gelegt und atmete leise glucksend in Jenös Ohr.

»Erzähl mir von deinen Eltern«, sagte Jewgenij unvermittelt. »Wo sind sie jetzt? Bist du ihnen weggelaufen?«

Jenö verneinte kurz und sah den Mann nicht an. Er wollte sich nicht unterhalten, nicht an diesem unheimlichen Ort und schon gar nicht über seine Eltern.

»Wer ist dein Vater?«, fragte Jewgenij hartnäckig weiter.

Jenö biss die Zähne fest aufeinander. Er schluckte und antwortete dann: »Ein Mensch.«

»Du kennst seinen Namen nicht?« Die Stimme klang sanft, mitfühlend und freundlich, aber in ihr schwang auch Hartnäckigkeit mit. Jewgenij würde nicht aufhören, ihn zu befragen, nur weil Jenö abweisend auf seine Fragen antwortete.

»Woher kennst du den Wächter?«, versuchte Jenö den Spieß umzudrehen.

Jewgenij lachte und Jenö musste an sich halten, das Lachen nicht überaus sympathisch zu finden. Es kam aus der Mitte der Brust, rollte wie Donner und tiefe Glocken und erzeugte ein Echo an der Barriere, die sacht mit ihm zu schwingen schien. »Er war Wärter im Brünnlfeld«, antwortete der riesige Mann heiter, »und ich sein Schützling. Er hat mir mehr als einmal Leben und Verstand gerettet.«

Seine Worte trafen Jenö wie ein schweres Gewicht. Es lag so viel Offenheit und so viel heitere Resignation in ihnen und gleichzeitig so viel Liebe, dass es Jenö den Atem verschlug. Er räusperte sich und umfasste den Revolver fester, der ihm beinahe aus den Fingern geglitten wäre. »Als Patient?«, fragte er und dachte an die Insassen der Anstalt, die er durch die Gänge hatte schlurfen sehen – in Jacken, die fest um ihren Leib geschnürt waren, von kräftigen Wärtern geschoben und gezerrt, auf Liegen geschnallt, an einen dieser albtraumhaften Apparate angeschlossen, zuckend und schreiend und sich in Krämpfen windend, während blaues Licht aus ihren Augen und ihrem Mund brach … Er schauderte und sah den großen Mann zum ersten Mal an, als wäre er kein Feind, kein Mensch, niemand, der ihm wehtun wollte oder ihn schlagen, fortjagen oder irgendwo einsperren.

»Ich kenne meinen Vater nicht«, sagte er. »Meine Mutter hat von ihm erzählt, aber ich wollte es nicht hören.« Er senkte den Blick. »Du weißt, wie Engelmischlinge entstehen«, sagte er rau.

Jewgenij atmete scharf ein. »Nicht alle Kinder von Engeln und Menschen sind mit Gewalt gezeugt worden«, sagte er leise. »Es gibt andere. Nicht viele, aber dennoch …« Er packte die Leine fester, die in seinen Händen ruckte, als hätte ein großer Fisch angebissen. »Sie kommen zurück«, murmelte er.

»Das ist eine Lüge«, erwiderte Jenö hart. »Keine Leuka würde sich freiwillig mit einem Menschenmann abgeben. Sie würde ausgestoßen.«

»Wie alt bist du?«, fragte Jewgenij. Der unvermittelte Themenwechsel verwirrte Jenö und deshalb antwortete er, ohne nachzudenken: »Fünfzehn.«

Jewgenij wickelte schweigend die Leine auf. »Fünfzehn«, sagte er und seine Stimme klang brüchig. »Deine Mutter … wo ist sie?«

»Tot«, knurrte Jenö. »Glaubst du, sie hätte mich sonst allein gelassen?«

Sie schwiegen und beobachteten die Wand. Sie wellte sich wie eine Wasseroberfläche, unter der sich ein großer Fisch bewegt.

»Wie hieß deine Mutter?«, fragte Jewgenij, als die Leine sich wieder lockerte. »Ich … ich kannte einmal eine Leuka, die Malkadias hieß …«

Jenö zuckte so heftig zusammen, dass er beinahe den Abzug des Revolvers betätigt hätte. Seine Brust wurde eng und Blitze flammten vor seinen Augen auf.

Ehe er antworten oder eine Frage stellen konnte, geschah etwas in der Barriere. Die Bewegung hörte auf, nur noch ein leichtes Kräuseln verriet, dass dahinter jemand oder etwas herannahte. Das Sicherungsseil lag ruhig zu Jewgenijs Füßen und hing zwischen seinen Händen und der Wand ein wenig durch.

Aber dort kam etwas näher. Jenö spürte es wie einen heranziehenden Sturm, einen Druck, der seine Ohren knacken ließ und ihm den Atem nahm. Etwas Gewaltiges, etwas übermächtig Starkes und Riesiges. Er wich unwillkürlich zurück und seine Hände, mit denen er den Revolver auf die Barriere richtete und das, was unsichtbar dort nahte, zitterten. Er warf einen hastigen Blick zu Jewgenij und sah, dass der kreidebleich geworden war und die Zähne bleckte, als wollte er fauchen oder zubeißen. Aber er hielt immer noch die Leine umklammert und sorgte dafür, dass sie straff blieb.

»Was ist das?«, wisperte Jenö. »Ist es das Ding, das den Wächter angegriffen hat?«

Jewgenij schüttelte den Kopf. »Ich weiß es nicht, ich war nicht dabei.« Er wand sich die Leine um den Unterarm und streckte die freie Hand aus. »Gib mir den Revolver, Jenö.«

Jenö sträubte sich kurz, dann nickte er und ließ die Waffe in Jewgenijs Hand fallen.

Im gleichen Augenblick beulte sich die Wand von oben bis unten aus und eine riesenhafte, dunkel glühende Gestalt zeichnete sich darin ab, die langsam näher kam und dabei doch mit der Barriere verbunden blieb. Jenö war starr vor Schreck, wartete darauf, dass Jewgenij auf das Ungeheuer schoss, aber der zögerte. Er ließ langsam den Revolver sinken und ging sogar einen Schritt auf das Wesen zu.

Während er das tat, schien die Gestalt sich zusammenzuziehen. Es war, als beobachtete man jemanden, der sich sehr schnell entfernt, obwohl das Wesen auf der Stelle verharrte. Jenö keuchte: »Schieß doch endlich«, aber Jewgenij hob abwehrend die Hand. Er ging noch einen Schritt auf die Erscheinung zu, die ihn mittlerweile nur noch knapp um Haupteslänge überragte und immer noch schrumpfte. Das dunkle Glühen verblasste, Einzelheiten schälten sich aus der formlosen Gestalt, sie nahm Farbe und Kontur an und endlich, als sie nur noch menschengroß war, riss die Verbindung zur Barriere auf und der Wächter trat heraus. Hinter ihm stapfte Brokk durch die entstandene Öffnung, die sich hinter dem Gnom rasch schloss. Die ausgestülpte Materie glitt zurück in die Barriere und wieder erschien die Wand glatt und vollkommen unberührt.

»Ich hätte dich beinahe erschossen«, sagte Jewgenij. Er ließ die Leine fallen, sicherte den Revolver und fuhr sich mit bebender Hand über Mund und Augen. »Herrje, Josip. Warum hast du nicht wenigstens gerufen?«

Der Wächter starrte ins Leere, während seine Hände das Seil aufknoteten, als wären sie kleine Tiere mit einem eigenen Verstand und eigenem Leben. Er gab mit keinem Zeichen zu erkennen, dass er Jewgenijs Worte gehört hatte oder sonst wie Notiz von ihm oder Jenö nahm.

Brokk stapfte zu Jenö und ließ sich ihm zu Füßen zu Boden plumpsen. Sein Atem ging schwer und er umklammerte den kostbaren Kompass mit beiden Händen. »Wie lange waren wir fort?«, fragte er.

Jenö sah ihn ratlos an. »Nicht sonderlich lang«, sagte er zögernd. »Es hat vielleicht zehn Minuten gedauert, bis die Leine vollständig abgerollt war, dann seid ihr zurückgekehrt, aber schneller als auf dem Hinweg.«

Brokk nickte erschöpft. Er lehnte sich gegen Jenös Bein und schlief unvermittelt ein. Jenö nahm ihm behutsam den Kompass aus den Händen, bettete ihn bequemer und sah wieder zu Jewgenij und Grünwald, die beide immer noch reglos dastanden.

Jewgenij musterte den Freund mit steigendem Staunen und wachsender Beunruhigung. Jenö folgte seinem Blick und eine Gänsehaut kroch über seine Arme.

So ausgezehrt, wie Grünwald in die Barriere hineingegangen war, so offensichtlich kräftig und von jeder Schwäche genesen war er zurückgekehrt. Sein Mantel hatte ihm um den Leib geschlottert, nun saß er wieder auf kräftigen Muskeln und breiten Schultern. Er war immer noch bar jeglichen Haares im Gesicht und auf dem Kopf, aber seine Züge hatten das Eingefallene, Totenähnliche verloren und erneut das markante, kraftvolle Aussehen angenommen, mit dem der Wächter Jenö bei ihrem ersten Treffen beeindruckt hatte.

»Josip, was ist dir dort drinnen begegnet?«, fragte Jewgenij leise, so behutsam, als hätte er Angst, einen Schlafwandler aus seinem Traum zu reißen.

Grünwald hob den Blick. Er streckte beide Hände aus, schweigend, und Jewgenij ergriff sie. Ein tiefer Atemzug hob Grünwalds Brust.

»Die Zeit ist mir begegnet«, sagte er, und auch seine Stimme klang so voll und kräftig wie früher. »Shenja, ich werde uns nun führen. Der kleine, tapfere Elementar soll sich ausruhen. Ich benötige keinen Kompass.« Er lächelte, und das Strahlen, das von seinem Lachen ausging, schien die düstere Umgebung zu erhellen. »Ich bin froh, dass wir den Weg hierher gefunden haben«, fügte er hinzu. »Dort im Laden wäre ich hingeschwunden ohne Aussicht auf Rettung. Aber die große Mutter Zeit, die ihre Kinder beschützt, hat ihre Hand nicht von mir genommen, wie es scheint. Auch wenn ich das gefürchtet hatte.« Ein Schatten glitt über sein Gesicht und ließ das Lächeln verschwinden, aber immer noch war ein grünlich schimmernder Glanz in seinen Augen und verlieh ihnen ein gespenstisches Leuchten.

Jewgenij musterte den Wächter mit sorgenvoller, wenn auch etwas beruhigter Miene. »Es geht dir gut?«, fragte er.

Der andere drückte seine Hände und ließ sie los. »Es geht mir ausgezeichnet«, bekräftigte er. Er bückte sich und hob die Seilrolle auf, um sie in den Tornister zu werfen. Er schwang ihn auf seinen Rücken und wandte sich um. »Brechen wir auf«, befahl er. »Jenö, schaffst du es alleine?«

Jenö nickte stumm. Aller Schwindel und jede Übelkeit war wie von Geisterhand weggezaubert. Er hob den schlafenden Brokk auf und hielt ihn in seiner Armbeuge wie einen Säugling. »Der Kompass?«, fragte er.

Der Wächter nahm ihn entgegen und steckte ihn in die Manteltasche. Sein Blick strich suchend an der Barriere entlang. Wieder glaubte Jenö, eine grünlich leuchtende Aureole um seine Gestalt zu erkennen. Er brannte vor Neugier zu erfahren, was dort drinnen mit dem Wächter geschehen war, aber es war deutlich, dass Grünwald jetzt nicht der Sinn danach stand, davon zu berichten. Also übte sich Jenö in Geduld und vergaß dabei über dem neuen Rätsel vollkommen, dass Jewgenij ihm kurz zuvor schon ein solches aufgegeben hatte.

•••

Katya wusste, dass sie für einige Augenblicke ohnmächtig gewesen sein musste, denn als sie die Augen öffnete, stand das Ætheroskaph still. Der Lärm hatte aufgehört, die Zwillinge standen vor ihren Instrumenten, stritten leise und legen Schalter und Hebel um, wobei Anzeigen dunkel wurden, Lampen erloschen und Maschinengeräusche verstummten.

Katya wandte ein wenig mühsam den Kopf und sah den Staatsanwalt an, der gerade seine verkrampften Finger von den Halteschlaufen löste. Er schenkte ihr ein verzerrtes Lächeln. »Offenbar sind wir angekommen«, sagte er. »Wo auch immer. Aber wir sind an einem Stück, das ist schon mal positiv.«

»Du sagst es, Samuel«, erwiderte Katya matt und öffnete die Schnallen ihrer Gurte. Sie streckte den Arm aus und ließ sich von ihm aufhelfen.

»Milan Milvus«, sagte sie laut, »Rapport.«

Der Schwarze drehte sich zu ihr um und salutierte. »Wir sind am Ziel, Major«, sagte er. »Wenn ich dort die Luke öffne, sollten wir direkt ins Brünnlfeld hineinspazieren können.« Er grinste. »Ich empfehle also, Schusswaffen bereit zu halten.«

Katya schüttelte mahnend den Kopf. »Wir sollten vermeiden, gleich in bewaffnete Wachen hineinzurennen«, sagte sie. »Dann hätten wir ebenso gut einen Sturmangriff von außen starten können.«

Der Schwarze hob die Schultern. »Ich habe uns so gut wie möglich navigiert, aber ich kann nicht garantieren, dass wir auf des Professors Schoß gelandet sind, Major. Also ist es der Vorsicht halber anzuraten, dass wir uns wappnen.«

»Gut, das werden wir tun«, sagte Katya scharf. »Aber ich möchte dennoch wissen, ob wir zuvor einen Blick in das Gelände tun können, auf das wir uns wagen.«

»Einen Blick …«, murmelte der Schwarze. Er wandte sich an seinen Bruder: »Roter, kannst du das Exoskop auf kurze Distanz kalibrieren?«

Der Rote beugte sich über ein Okular, das scheinbar sinnlos mitten in der Wand angebracht war, und murmelte Zahlen, während er an einem Rad herumdrehte. Dann hob er den Kopf und seufzte. »Es ist nicht sehr aussagekräftig«, sagte er. »Aber immerhin so viel: Dort sind Menschen, aber wir werden wohl nicht gleich auf jemanden treffen, wenn wir die Luke öffnen.«

»Das ist gut«, sagte Katya erleichtert. Sie entsicherte ihre Pistole. »Samuel, du hast hoffentlich ebenfalls eine Waffe mitgebracht.«

Der Staatsanwalt zog stumm einen Revolver hervor und entsicherte ihn ebenfalls.

»Gut, dann … öffnet die Luke.«

•••

Katos Erfahrung, was Pferde und Reiten betraf, beschränkte sich auf ein behäbiges Pony, das sie als kleines Mädchen auf dem Landgut ihres Vaters geritten hatte, und auf die Kutschpferde, die zum Reiten nicht taugten, wie der Kutscher stets streng betont hatte.

Sie sah deshalb nicht ohne Bewunderung, wie Mizzi sich auf den Rücken des dunklen Einhorns zog und sich herunterbeugte, um Luca ebenfalls hinaufzuhelfen.

Währenddessen hatte sich Kato dem Flügelpferd genähert und ließ es an seiner Hand schnuppern. Das Flügelpferd schnaubte sanft und senkte den Kopf. Es stupste Kato sacht mit der Nase an und schnaubte wieder.

Kato lachte und griff nach der Mähne des Pferdes, wie sie es bei Mizzi gesehen hatte. Geschickt zog sie sich auf den Rücken und rutschte hinter die Flügel. Sie blickte zu Luca und Mizzi, die ihre Arme fest um Lucas Hüfte gelegt hatte.

Kato fuhr zusammen, denn an der Seite ihres Pferdes war eine stille, hell glänzende Gestalt erschienen. Schimmernd weißes Haar floss über die Schultern der Gestalt und rann wie Wasser ihren Rücken hinunter. Das weiße, seidig glänzende Gewand schimmerte in einem Licht, das von nirgendwo kam, als würde es von innen beleuchtet. Kato blickte in das Gesicht des Engels und lächelte unwillkürlich. »Belpharion«, sagte sie. »Bist du gekommen, um uns wieder nach Hause zu schicken?«

Der Leukos neigte ernst den Kopf und legte eine schmale, langgliedrige Hand auf den Nacken des Einhorns. »Ich bin gekommen, damit ihr einen Wegfinder habt«, sagte er.

»Meine Mutter wird dir diesen Dienst nicht danken«, gab Kato zu bedenken.

Belpharion lächelte. »Ganz im Gegenteil«, erwiderte er und kraulte die Mähne des Flügelpferds. »Kannst du mich ebenfalls tragen, Geschöpf des Windes?«, fragte er.

Das Pferd hob stolz den Kopf und warf ihm einen beinahe verächtlichen Blick zu. Der Leukos nickte still und schwang sich mit einer anmutigen Bewegung hinter Kato. Sein Atem blies über ihren Hals, als er sich vorbeugte und seine Hand ausstreckte. »Dort entlang«, sagte Belpharion. »Es ist nicht weit.«

26

Die Mädchen

Die wunderbaren Pferde trugen sie wie im Flug durch eine albtraumhafte Welt. Der Æther brannte in Augen und Lungen und Mizzi rang schon bald wieder nach Luft, die ihr knapper und knapper wurde. Ein eiserner Reif legte sich um ihre Brust und feurige Sterne tanzten vor ihren Augen. Sie bettete ihr Gesicht an Lucas Rücken und schloss die Augen. Seine Gegenwart, der stete Rhythmus des Galopps und die Bewegung der starken Muskeln unter ihr waren die einzigen Elemente, die sie vor Angst und Verzweiflung bewahrten. Das tote Land, das sie durchquerten, bestand aus schroffem Stein und düsteren Farben, der Himmel über ihr glich einer schweren Decke, grob und farblos grau. Es gab kein Sonnenlicht und keine anderen Farben als trostlose Grau- und Braunschattierungen. Kein Leben. Nichts, was atmete oder sich bewegte. Wenn dies das stille Land war, das Land der Leukoi und Elementare, dann waren diese Wesen zutiefst zu bedauern.

Sie hustete und fühlte, wie die Atemnot ihr die Sinne zu rauben drohte. »Wie weit noch?«, keuchte sie.

»Wir sind bald da«, tönte die Stimme des Engels aus der Ferne. »Haltet durch, Kaiserliche Hoheit!«

»Du schaffst es«, hörte sie Luca heiser flüstern. »Wir schaffen es. Halt dich nur gut an mir fest, Mizzi.«

»Und wer hält dich?«, fragte sie.

»Du«, erwiderte er und klang gleichzeitig erstaunt und heiter. »Du bist mein Halt, meine Prinzessin.«

Die Antwort wärmte ihr Herz und ließ sie für einige Augenblicke die Qual dieses Rittes vergessen. Sie wandte den Kopf und sah Kato, die sich weit vornübergebeugt auf den Nacken des Flügelpferdes stützte. Sie schien halb besinnungslos zu sein. Belpharion hielt sie mit einer Hand und winkte mit der anderem dem Einhorn, das ein wenig vom Kurs abgewichen war. »Zu mir«, zerflatterte sein Ruf in der toten Atmosphäre.

Luca gab dem Einhorn einen Klaps auf die rechte Schulter. »Dort entlang, freundliches Wesen«, sagte er.

Mizzi seufzte und legte den Kopf wieder auf seine Schulter. »Luca«, murmelte sie, »wie auch immer dieses Abenteuer ausgeht – wir können nicht zusammen sein, das weißt du.«

Zu ihrer Überraschung lachte er, ein helles Lachen wie das eines Mädchens. »Ich weiß es«, sagte er erstaunlich unbeschwert. »Ich weiß dies besser noch als du, Prinzessin.«

Sie war einen Moment lang gekränkt, dann siegte ihr praktischer Verstand und sie nickte. »Du bist ein wahrer Sohn deines Vaters.«

»Weniger, als du denkst, Mizzi.« Seine Hand tastete nach ihr und berührte ihre Wange. »Weit weniger, als du denkst.«

Er erklärte nicht, was er damit meinte, und Mizzi fühlte sich zu schwach, um ihn zu fragen. Sie schloss die Augen und sehnte das Ende des Rittes herbei.

Sie sank in einen betäubten Zustand, in dem sich all ihr Wollen und Trachten darauf beschränkte, sich festzuhalten, nicht ohnmächtig zu werden und nicht vom Rücken des Pferdes zu fallen.

Der leise Ruf des Leukos ließ sie aus dem Halbdämmer aufschrecken. Die Pferde kamen zum Stehen und schnaubten leise. Mizzi bemerkte, dass die Flanken ihres Einhorns bebten und sein Rücken schweißbedeckt war. »Sie sind müde«, sagte sie.

»Wir sind beinahe da«, erwiderte der Engel. Er war bereits abgestiegen und sah sich aufmerksam um. »Dort müssen wir hinein.« Er zeigte auf eine Stelle zwischen zwei felsähnlichen Gebilden, die steil und spitz in die Höhe ragten. »Der Durchschlupf ist eng, aber passierbar.«

Mizzi ließ sich vom Rücken des Einhorns gleiten und kam mit wackeligen Knien zum Stehen. Luca sprang ebenfalls auf den Boden und legte wortlos stützend seinen Arm um ihre Taille.

Belpharion reichte Kato eine Hand und half ihr zu Boden. Er musterte die Reiter und ihre Pferde. »Ihr Mädchen wartet hier«, sagte er. »Ich gehe mit den Gefährten dort hinein, damit ich weiß, wo wir herauskommen. Habt ein wenig Geduld, wir werden uns beeilen.«

Mizzi sah fragend zu Luca hin, der die Lippen zusammenpresste und aus schmalen Augen den Engel ansah. »Luca geht auch mit dir, Belpharion?«, fragte sie ratlos.

Belpharion sprach leise zu dem Flügelpferd, das bereits begann, sich in eine neblige Wolke aufzulösen. Er blickte auf und hob die Brauen. »Nein, ich sagte doch, ihr wartet hier auf uns.«

Mizzi öffnete den Mund und schloss ihn wieder. Sie nickte müde und sah zu, wie die beiden Reittiere wieder zu Elementaren wurden, die sich um den Engel versammelten.

Kato gesellte sich zu Mizzi und Luca und beobachtete mit ihnen gemeinsam, wie Belpharion mit seinen Begleitern im tiefen Schatten zwischen den Felsnadeln verschwand.

»Es war ein toller Ritt«, sagte sie nach einer Weile und hustete. »Aber ich brauche eine Atempause, wenn wir endlich diese Welt verlassen haben.«

»Wie können sie hier leben?«, fragte Mizzi schaudernd. »Dies ist doch das Land, aus dem deine Gefährten kommen, oder?«

Kato seufzte tief. »Das hier ist das tote Land«, sagte sie. »Es breitet sich immer weiter aus, seit die Menschen die Elementarwesen versklaven. Hier kannst du sehen, was wir den Engeln antun, Mizzi.« Sie lächelte, in Erinnerung versunken. »Einst muss es hier so grün und lieblich gewesen sein wie im stillen Land.«

Mizzi sah sich um, betrachtete die öde, traurige Landschaft und schauderte. »Wie schrecklich«, sagte sie. »Wenn wir meine Mutter befreit haben, werden sie und ich auf den Kaiser einwirken, dass eine Lösung gefunden wird. Wir dürfen die Versklavung der Elementarwesen nicht so weiter betreiben wie bisher. Und nun schon gar nicht mehr, seit ich dies hier gesehen habe.«

Luca schwieg und starrte in die Ferne. Sein Gesicht war starr wie eine Maske. Mizzi fragte sich, was er wohl denken mochte. »Was hast du?«, fragte sie leise.

Er schüttelte stumm den Kopf.

Weitere Fragen waren vergessen, als Schritte die Rückkehr des Engels ankündigten. Er tauchte hell im tiefen Schatten auf und winkte ihnen. »Kommt«, hörte Mizzi ihn rufen. »Der Durchgang ist gesichert.«

•••

Kato atmete tief ein und wieder aus und hustete den Rest des stechenden Æthers aus ihrer Brust. Sie rieb sich fest übers Gesicht und beobachtete Mizzi, die mit besorgter Miene vor Luca stand und mit ihm flüsterte.

Kato war zu benebelt gewesen, um auf Belpharions seltsames Verhalten im toten Land eingehen zu können, aber jetzt wandte sie sich zu ihm und fragte leise: »Warum hast du Luca so vor den Kopf gestoßen?«

Der Engel musterte sie mit offensichtlicher Verblüffung. »Habe ich das?«

»Ja, du hast ihn ignoriert«, sagte Kato nicht minder erstaunt. »Du hast uns Mädchen angesprochen und ihn vollkommen links liegen lassen.«

Der Ausdruck der Verblüffung wich nicht aus Belpharions Miene. »*Ihn*?«, fragte er. »Ich glaube, ich verstehe gerade etwas nicht.«

Kato erwiderte seinen Blick und zuckte schließlich mit den Schultern. »Klären wir das später«, sagte sie. »Wir haben schließlich eine Befreiungsaktion vor uns.«

Sie fühlte sich erholt genug, um sich nun zum ersten Mal gründlich umzusehen. Belpharion und die Gefährten hatten sie in einen stockdunklen Tunnel geführt, an dessen Ende sie einen heftigen Schwindel verspürt hatte, den sie inzwischen schon kannte. Dort hatte eine Zeitverschiebung stattgefunden. Sie war vorwärts getaumelt und hatte sich in einem kleinen Krankenzimmer wiedergefunden, das offensichtlich schon länger nicht mehr benutzt worden war. Schaudernd erkannte sie den Anstrich der Wände, das schmale Eisenbett mit seinen Riemen, den Geruch nach Desinfektionsmitteln und Angst. »Brünnlfeld«, flüsterte sie, horchte und setzte hinzu: »Abteilung D«. Das charakteristische leise Rauschen, mit dem Luft durch die Schlitze hoch oben unter der Decke wisperte, hörte sie auch jetzt noch manchmal in ihren Träumen, in denen sie regungslos und starr auf einem solchen Bett lag und darauf wartete, dass man sie an einen dieser schrecklichen Apparate anschloss.

Sie atmete tief ein und fasste sich. »Wir sind am Ziel«, flüsterte sie Mizzi und Luca zu. »Jetzt müssen wir auf die Suche gehen. Ich kenne mich hier von uns am besten aus, deshalb lasst mich den ersten Vorstoß machen.«

»Es ist besser, wenn wir zusammenbleiben«, erwiderte Mizzi energisch. »Du würdest doch meine Mutter gar nicht erkennen, oder?«

Kato runzelte die Stirn. »Doch«, widersprach sie. »Oder nicht?« Sie dachte an die Kaiserin, die sie zweimal aus der Ferne zu Gesicht bekommen hatte. Natürlich hatte sie Bildnisse gesehen, aber ob das ausreichte, um Kaiserin Sophie hier in dieser Umgebung zweifelsfrei wiederzuerkennen?

»Geht alle«, sagte Belpharion. »Ich warte auf der anderen Seite auf euch und werde dafür sorgen, dass der Rückweg offen bleibt.« Er legte die Finger an die Lippen und beugte sich tief hinunter, um durch das Ætherleck zu verschwinden.

Kato hockte sich zu ihren Gefährten und bat: »Geht hinaus, aber seid vorsichtig, hier sind viele Sensitive. Schaut euch um. Ich möchte wissen, in welchem Teil des Untergeschosses wir herausgekommen sind.« Sie zeichnete eine grobe Skizze in den Staub auf dem Fliesenboden. »Dort sind die Behandlungsräume«, sagte sie und machte ein Kreuz. »Hier ungefähr war der Schneewittchensarg, wo ich euch gefunden habe. In diesem Trakt war das Zimmer, aus dem Shenja uns befreit hat.« Sie überlegte kurz und malte ein kleines Kreuz mit einem Fragezeichen. »Dort war der Gang, durch den wir in die Kanalisation geflohen sind. Der Ausweg ist versperrt.« Sie blickte auf und musterte ihre Gefährten. »Ich brauche von euch eine Ortung, wo wir uns jetzt aufhalten. Dann kann ich mir überlegen, wo wir zu suchen beginnen. Achtet auf die Pfleger. Vielleicht verrät euch auch irgendetwas schon den Aufenthaltsort der Gefangenen. Haltet Augen und Ohren offen.« Sie legte jedem der Elementare eine Hand auf die Schulter oder den Kopf. »Seid vorsichtig.«

Die vier nickten und warteten, bis Kato ihnen die Tür öffnete, dann wischten sie hinaus.

Kato wandte sich zu den anderen und nickte erschöpft. »Wir sollten uns jetzt ausruhen.«

27

Der Rettungsversuch

Es war, als wäre er nie fortgewesen. Jenö schob das ratternde Wägelchen vor sich her und warf dabei gelegentlich einen Blick über die Schulter. Er hatte sich nicht davon abbringen lassen, Grünwald und Jewgenij zum Professor zu führen, obwohl die beiden Männer ihn gebeten hatten, ihnen einfach nur den Schlüssel zu geben und sich dann in Sicherheit zu bringen.

Es war ihnen allen klar, dass sie in allerhöchster Gefahr schwebten, solange sie offen durch diese Korridore gingen. Grünwald hatte jahrelang als Wärter hier gearbeitet und Jewgenij war einige Monate Insasse der Anstalt gewesen. Jetzt waren sie wieder hier und zumindest Jewgenij fühlte sich offensichtlich äußerst unwohl.

»Um die nächste Ecke, drei Stufen hinunter, nach links, dann die dritte Tür rechts«, murmelte Jenö. Grünwald räusperte sich zum Zeichen, dass er ihn gehört hatte. Er trug Wärterkleidung und schob Jewgenij vor sich her, der mit tief gesenktem Kopf unter einer mit seltsamen Verdrahtungen gespickten Kapuze und mit schlurfenden Füßen dahintappte. Sie konnten nur darauf hoffen, niemandem auf ihrem Weg zu begegnen, der sie erkannte.

Schritte hallten durch den Gang. Jenö sah sich verzweifelt um, aber die kahlen Wände boten keinerlei Möglichkeiten, sich zu verstecken. Grünwald, der seine Panik bemerkte, machte eine besänftigende Bewegung mit der Hand. »Bleib ruhig«, sagte er. »Ich kümmere mich darum.«

Sie erreichten den Knick und standen dem Weißhaarigen, dem Leiter der Anstalt gegenüber. Professor Charcot – der Arzt – blinzelte erstaunt.

Grünwald trat zwei Schritte vor und Jenö glaubte, einen kurzen, schwindelerregenden Ruck zu spüren, wie ihn eine Zeitverzerrung hervorrief. Der Arzt blinzelte wieder, dann lächelte er und nickte dem Wächter zu. »Grünwald«, sagte er, »wie gut, dass ich Sie sehe. Geben Sie bitte Anweisung, dass ich in einer Stunde Operationssaal zwei vorbereitet finde.« Er sah Jewgenij an, der zu zittern begann. »Ist das der Proband für Dr. Rados?« Er verrückte den Kneifer auf seiner Nase. »Ah, 329. Bereit für die nächste Modifikation? Schön, schön.« Er nickte väterlich.

Jenö warf Jewgenij einen Seitenblick zu, der riesige Mann war kreidebleich geworden und schwitzte vor Angst.

»OP zwei in einer Stunde«, sagte Grünwald. »Ich kümmere mich darum, Herr Professor.« Er nahm Jewgenijs Arm und zog ihn weiter. Jenö senkte den Kopf und schob den Wagen hinter ihnen her. Sein Herz schlug ihm bis in den Hals und das Blut donnerte in seinen Ohren. Was bedeutete das alles? Wieso sprach der Arzt mit Grünwald wie mit einem Vertrauten?

Er blickte auf, als Professor Charcot vorüber war, und sah in das fassungslose Gesicht der Frau, der er einmal bei Tiez begegnet war. Sie stand mit einem kleineren Mann an ihrer Seite in einer Tür am Ende des Ganges und starrte Grünwald und Jewgenij an wie Gespenster. Ehe Jenö etwas sagen konnte, hob der Mann einen Revolver und zielte auf Grünwald. Er sagte etwas zu der Frau, die abwehrend den Kopf schüttelte und nach seinem Arm griff, aber im gleichen Moment ertönte ein gedämpfter Knall und Jenö sah das Mündungsfeuer. Grünwald, dessen Aufmerksamkeit für einen Augenblick abgelenkt gewesen war, weil er leise mit Jewgenij sprach, riss den Kopf hoch und sah dem Mann und der Frau ins Gesicht. Er öffnete den Mund …

Die Kugel schlug in seine Brust ein und ließ ihn einen Schritt nach hinten taumeln. Er hob die Hand zur Brust und stieß einen scharfen, unartikulierten Laut aus. Dann ließ er die Hand wieder sinken, schüttelte den Kopf, als hätte er einen Kinnhaken bekommen und atmete lange und seufzend aus.

Das Projektil klimperte hinter ihm zu Boden und rollte ein paar Schritte weit. Jewgenij stöhnte und machte einen hastigen Schritt auf ihn zu.

Jenö erwartete, Blut auf Grünwalds Fingern und seiner Brust zu sehen, aber als der Wächter seine Hand sinken ließ, war dort nichts. »Nicht getroffen«, sagte Grünwald leise, beruhigend. Er ging auf die Frau und den Mann mit der Pistole zu, hob die Hand und streckte sie ihnen entgegen. »Katya«, sagte er, wieder so ruhig und leise, als müsste er eine fauchende Katze besänftigen. »Samuel. Ihr solltet nicht hier sein.«

Jewgenij löste sich aus seiner Erstarrung und lief auf die beiden zu. Er riss die Frau in seine Arme und vergrub sein Gesicht in ihrem Haar. »Wir müssen weiter«, mahnte der Wächter. Er drehte sich geschmeidig um, und wieder flackerte das Licht um seine Gestalt – ein kurzer, blendend grüner Blitz, so schnell vorüber, dass Jenö ihn für eine Täuschung hielt. Dann erlosch die grünliche Aureole um Grünwalds Gestalt oder wurde zumindest so schwach, dass Jenö sie nicht mehr erkennen konnte. »Wo seid ihr, Milvus-Zwillinge?«, fragte der Wächter. »Ich höre euch atmen.«

Die Tür öffnete sich ganz und die beiden Milans schoben sich an der Frau und Jewgenij vorbei in den Gang. Sie trugen ein Gerät zwischen sich, das leise Pling- und Pieptöne hören ließ.

»Josip«, sagte der Schwarze und lachte breit und erleichtert. »Du siehst großartig aus. Geht es dir wieder gut?«

»Sehr gut, junger Milvus«, erwiderte der Wächter und lächelte. »Aber nun sollten wir sehen, dass wir diesen Ort verlassen, ehe man uns aufstöbert. Katya?« Sein Blick streifte den kleinen Mann mit dem verkniffenen Gesicht, der auf ihn geschossen hatte. »Samuel. Du hast offensichtlich das Attentat überlebt.«

»Das entspricht nicht ganz deinen Plänen, Pater Guardianus, habe ich recht?« Der Mann verzog das Gesicht zu einer Grimasse, in der sich Hass und ohnmächtige Wut spiegelten. »Wir haben ja sehen können, auf welch vertrautem Fuß du mit der Marionette des Kriegsministers stehst. Du hast uns alle verraten, Josip Grünwald!«

»Nicht hier und nicht jetzt«, sagte scharf die Frau, die sich aus Jewgenijs Umarmung löste. Spuren von Tränen glänzten auf ihren Wangen. »Ich bin froh, dass du ihn verfehlt hast, Samuel. Wenn er schuldig ist, wird er seine Strafe erhalten, aber nicht auf diese Weise! Milvus-Brüder, wie geht es nun weiter?«

Der rote und der schwarze Kopf neigten sich über den Apparat, den sie trugen. »Meister Tiez müsste in dieser Richtung …«, begann der Rote, aber Grünwald unterbrach ihn.

»Dort entlang zum Zeitmeister«, sagte er und zeigte auf die kurze Treppe. »Jenö besitzt den Schlüssel zu seinem Zimmer.«

Die Frau sah den Jungen mit aufkeimendem Erkennen an. »Der Engeljunge«, sagte sie. »Bring uns zu ihm.«

Jenö nickte und sah unsicher von ihr zu Jewgenij. Der Riese wirkte besorgt, aber nicht mehr so voller Angst. Die Frau schien ihm Kraft zu geben. Er nickte Jenö zu und legte seine Pranke schwer auf seine Schulter. »Geh weiter«, sagte er.

•••

Professor Tiez stand vor der schrankhohen Apparatur in seinem Zimmer. Eine Klappe an der Seite war geöffnet und Tiez schraubte im Inneren der Maschine herum, die Lippen gespitzt und die Brauen zusammengezogen.

Jenö ließ die anderen eintreten und schloss hinter ihnen wieder ab. Die Zwillinge stellten ihre piepsende Kiste auf den Boden und grinsten breit. »Professor«, sagte der Schwarze laut und erleichtert. »Sie leben!«

Jenö sah die Frau an, jetzt fiel ihm endlich ein, wie sie hieß: Nagy. Major Nagy. Sie und Jewgenij hielten sich fest an der Hand. Sie sah krank aus, beinahe so krank wie der Wächter vor ihrer Abreise.

Der kleine Mann, den sie Samuel genannt hatte, lehnte neben der Tür. Er schien auf die Geräusche von draußen zu lauschen.

Und der Wächter stand groß und breit in der Mitte des Zimmers, die Beine gespreizt, die Arme entspannt an seinen Seiten, und lächelte mit einem wehmütigen Ausdruck auf den Zeitmeister hinab. »Horatius, da bin ich«, sagte er.

Tiez räusperte sich und zog die Hand aus dem Inneren der Maschine. Sein Blick flackerte von den Zwillingen zu Katya, zu Jenö und dem Mann an der Tür und blieb schließlich wieder auf den Zwillingen haften. »Meine Jungen«, sagte er mit beinahe kindlichem Erstaunen. Er rieb sich über die Nasenwurzel und sah den Wächter an. »Josip. Du hast es geschafft.« Ein Lächeln erhellte seine Züge. »Du hast es wahrhaftig geschafft, ich kann es sehen. Oh, wie bin ich froh, große Mutter Zeit. Ich bin so müde.«

»Horatius, wir müssen Sie hier rausbringen«, sagte Katya, die Jewgenijs Hand losließ. »Kaiserin Sophie wird ebenfalls irgendwo in der Anstalt festgehalten. Wissen Sie zufällig darüber Bescheid?«

Der Professor schüttelte bedauernd den Kopf. »Ich habe dieses Zimmer nie verlassen«, sagte er. »Das Kriegsministerium ist sehr erpicht darauf, dass ich meine Waffe fertigstelle.« Er wandte sich wieder der Klappe zu, griff hinein und zog die Kupferspule heraus. Er sah sie verwirrt an, dann drückte er sie Jenö in die Hand und zwinkerte ihm zu. »Verwahr das für mich, mein Junge.« Er schob die Klappe zu und kniete sich auf den Boden.

Jenö blickte hinab: Ja, sie standen alle auf dem riesigen Plan, den der Professor dort ausgebreitet hatte. Mittlerweile lag allerlei Zeug darauf, ein Apfelrest, Drahtstücke, Werkzeug, ein Paar abgetretene Pantoffeln. Tiez kehrte das alles mit einer ungeduldigen Handbewegung beiseite und zupfte an Grünwalds Hosenbein. »Hier«, sagte er energisch. »Josip, schau. Hier müssen wir den neuen Korridor verankern. Und wenn wir den Apparat dort aufstellen können, dann wäre er sicher vor Zeitverwerfungen. Wenn wir ihn dann aktivieren …«

»Was bewirkt die Maschine?«, fragte Samuel. Er beugte sich gespannt vor. »Ist dies die Waffe?«

Der Professor tätschelte die Apparatur und nickte geistesabwesend. »Das ist meine Maschine, ja«, sagte er. »Sie wird unsere Welt verändern, Samuel.«

Jenö warf dem Wächter einen Blick zu. Er musste eingreifen, der Professor musste unbedingt daran gehindert werden, diesen Apparat dem Kriegsministerium auszuliefern.

Aber Grünwald blickte nachdenklich auf den Plan nieder. Er nickte und kniete sich hin, um eine Kreuzung von Linien und Markierungen genauer zu betrachten. »Dieser Knoten hier?«, fragte er. Er fuhr mit der Hand über den Plan und nickte. »Wir befinden uns hier, richtig?« Er zeigte auf einen grün markierten Punkt. Dann zog er eine Linie mit dem Daumen über den Plan und sagte: »Ungefähr hier ankert das Schiff. Wir könnten einen Ausgang hierher legen, dann würde uns das den Weg durch die Anstalt ersparen.«

Der Professor beugte sich zu ihm und die beiden begannen leise zu diskutieren.

Jenö drehte die Kupferspule in der Hand, die Tiez ihm gegeben hatte. Warum hatte er das getan? Offensichtlich funktionierte die Waffe nicht ohne diese Spule, denn in dem Augenblick, als der Professor sie aus dem Inneren der Maschine entfernt hatte, waren die Kontrollleuchten erloschen und auch das leise Summen des Æthers war verstummt. Er hatte sie gewickelt, Windung um Windung, er kannte diese Spule wie seine eigene Hand. Wenn er sie festhielt, konnte er jede Wicklung des Drahtes spüren. Die Spule schien in seiner Handfläche zu atmen wie ein kleines Tier.

Niemand beachtete ihn. Jenö ging zu der Klappe und blickte in den Apparat hinein. Er erkannte auf einen Blick den Anschluss, auf den die Spule gesteckt werden musste. Warum hatte der Professor ihn genau dieses Teil bauen lassen und es ihm jetzt anvertraut? Was erwartete er von Jenö?

28

Die Kaiserin

Das kurze Ausruhen hatte Kato erfrischt. Als ihre Elementare von dem Erkundungsgang zurückkehrten, kniete sie sich mit ihnen erneut über den in den Staub gezeichneten Plan und ließ sich zeigen, an welcher Stelle sich das Ætherleck befand, durch das sie die Station betreten hatten.

»Die Anstalt ist so löchrig wie ein Sieb«, sagte sie nachdenklich, als Calander von zwei weiteren Ætherdurchgängen berichtete, an denen sie bei ihrem Streifzug vorbeigekommen waren. »Woran mag das liegen? Als ich noch hier eingesperrt war, gab es kein einziges dieser Lecks.«

»Womöglich ist der Professor daran beteiligt«, mutmaßte Gnurr.

»Oder das Gefüge der Zeit wird löchrig und der Æther leckt überall in eure Welt hinein«, sagte Dirbadisalabadon. »Seit der Korridor zusammengebrochen ist, sind schließlich überall Zeitverwerfungen aufgetaucht.«

Kato nickte unbehaglich. »Wir müssen uns wirklich beeilen«, sagte sie.

Mizzi, die ihrer Unterhaltung gelauscht und sie im Flüsterton an Luca weitergeben hatte, erhob sich und ging zur Tür. »Worauf warten wir?«

Kato lächelte sie an und klopfte sich die Knie ab, während sie aufstand. »Wir müssten im zweiten Hauptgang sein, und zwar am nördlichen Ende. Wenn wir uns hier Richtung Westen bewegen, gelangen wir in den Trakt, der hauptsächlich die Zimmer der Insassen beherbergt. Ich denke, dass sie deine Mutter dort untergebracht haben, und zwar in der Abteilung, die von uns aus gesehen am äußersten Ende gelegen ist. Dort kann man einzelne Zimmer vom Wärterraum aus gut im Auge behalten.« Sie schnitt eine Grimasse. »Es wird nicht ganz leicht sein, dorthin zu gelangen, ohne dass man uns aufgreift, aber trotzdem hatten wir Glück, denn wir müssen nicht den gesamten Komplex dafür durchqueren.«

Mizzi blickte mit in die Seite gestützten Armen auf die provisorische Skizze nieder. »Und wenn sie nicht dort ist? Wenn sie gar nicht in diesem Teil der Anstalt festgehalten wird, sondern in einem der anderen Geschosse?«

Kato dachte eine Weile nach, dann schüttelte sie energisch den Kopf. »Sie ist immerhin die Kaiserin«, sagte sie. »Glaubst du, dass sie in einer der offenen Abteilungen herumläuft und mit den Insassen Kaffee trinkt?«

Mizzi lächelte gequält. »Gut, fangen wir dort an. Und sehen wir zu, dass man uns nicht erwischt.« Sie griff nach Lucas Hand. Luca nickte stumm und erwiderte Katos besorgten Blick. Sie legte den Finger auf die Lippen und öffnete die Tür.

Das Glück schien auf ihrer Seite zu sein. Kato führte die kleine Gruppe an, Luca sicherte nach hinten und die Elementarwesen hielten an den gefährlichen Kreuzungen nach allen Seiten Ausschau, ehe die Gruppe ihren Weg fortsetzte. Einige Male waren sie gezwungen, sich in ein Zimmer zu flüchten, um Wärtern oder Ärzten auszuweichen, aber jedes Mal war ein leerer Raum mit offener Tür in Reichweite.

Sie erreichten die Abteilung, in der Kato die Kaiserin vermutete. Wieder fanden sie ein leer stehendes Zimmer und versammelten sich zu einer letzten, geflüsterten Besprechung. Dann brachen die Elementare mit der Anweisung auf, sich Zimmer für Zimmer anzusehen und damit einzuengen, wo sich jemand aufhielt oder eingesperrt war.

»Drei der Zimmer kommen in die engste Auswahl«, flüsterte

Kato. »Das direkt gegenüber vom Wärterraum, das links daneben und das kleine, von dem aus man direkt in den Raum mit dem Schneewittchensarg kommt. Fangt da an.«

Sie hockten neben der Tür, lehnten sich aneinander und schwiegen. Luca hockte in der Mitte und legte nach kurzem Zögern seinen Arm nicht nur um Mizzis Taille, sondern auch um Katos Schultern. Sie wich nicht zurück, ließ die Berührung zu, lehnte sich an ihn. Es war ein schreckliches Gefühl, wieder in der Anstalt zu sein. Sie konnte die Nerven fühlen, die unter ihrer Haut zuckten, als wanderten Ameisen über ihren Körper. »Ich wollte niemals mehr hierher zurückkehren«, sagte sie.

Der Druck des Armes um ihre Schultern verstärkte sich tröstend. »Es muss schrecklich gewesen sein«, sagte Luca. Sie hörten einen Schrei aus der Ferne und schwiegen.

»Schrecklich«, bestätigte Kato. »Ich habe nicht mehr gewusst, ob ich verrückt bin oder nicht.«

Die Prinzessin richtete sich auf. »Hört«, sagte sie.

Etwas tappte gegen die Tür, eine Stimme wisperte Katos Namen. Mizzi griff nach der Klinke und öffnete die Tür einen winzigen Spalt breit. Calander quetschte sich herein und winkte aufgeregt. »Wir haben sie gefunden«, sagte er. »Die anderen passen draußen auf. Es ist niemand im Wärterzimmer, weil irgendwo auf der anderen Seite jemand angefangen hat zu schreien.«

»Los«, rief Kato und riss die Tür auf. »Wir müssen rennen!« Sie spurteten über den Gang und Kato rief Anweisungen. »Mizzi, du schaust dir die drei Zimmer an. Es sind Fenster in den Türen. Luca, wir beide suchen im Wärterzimmer nach Schlüsseln. Die vier sichern den Gang nach beiden Seiten!«

Das Wärterzimmer war leer. Auf dem Tisch stand eine verlassene Teetasse, daneben lag ein angebissenes Butterbrot auf seinem Einwickelpapier. Ein Stuhl stand quer im Raum und ein Aktenordner hatte seine Blätter über den Boden verteilt.

Kato sah sich hastig um. »Das Schlüsselbrett neben der Tür«, sagte sie. »Ich übernehme den Schreibtisch.« Sie riss die erste Schublade auf, während Luca das Schlüsselbrett inspizierte. Dort hingen einzelne, mit runden Metallanhängern versehene Schlüssel.

»Wie sind die Türen nummeriert?«, fragte er. »Ich habe keine Bezeichnungen gesehen.«

Kato öffnete die nächste Lade und wühlte sich durch Gummiringe, Papier, Stempel und all das, was sich in Schubladen über Jahre hinweg wie Sediment ablagert. »Ich glaube, sie zählen pro Etage immer vom Nordende aus«, sagte sie, schloss die Lade und zog die letzte auf. »Nimm alle, wir probieren sie durch.«

Mizzi schoss durch die Tür. »Ich habe sie gesehen«, sagte sie atemlos. »Das linke Zimmer.«

Kato blickte alarmiert auf, denn die Stimme der Prinzessin klang gepresst und rau. In Mizzis Augen standen Tränen.

»Die Kaiserin und dein Bruder?«, fragte sie.

Mizzi schüttelte den Kopf. »Es ist nur die Mama.« Sie schluckte schwer.

Kato schloss die Schublade. »Probieren wir die Schlüssel«, sagte sie.

Der Lärm, der sie bisher begleitet hatte, die Schreie und die tiefen Stimmen der Wärter, wurde gedämpfter und verstummte. Katos Schläfen wurden feucht, ihre Finger rutschten von den Schlüsseln ab. Sie hatten noch längst nicht alle durch, aber ihre Zeit lief ab.

Gnurr kam herbeigeeilt. »Sie kommen«, sagte sie ruhig. »Kato, lass es mich versuchen.« Sie blickte an der Tür hoch. »Heb mich zum Schloss.«

Kato griff um die Hüften der Gnomin und hob sie auf, bis Gnurr ihre Hände auf den Türrahmen neben dem Schloss legen konnte. Sie schloss die Augen und eine Zeitlang passierte nichts. Dann knackte es hörbar. Gnurr lächelte und presste ihre Finger in den entstehenden Spalt. Sie zog und zerrte und mit einem lauten Knirschen sprang das Schloss auf.

Kato zischte: »Hinein.«

Sie sammelten in rasender Eile die Schlüssel vom Boden auf, schoben sich durch die Tür und drückten sie hinter sich wieder zu.

In der entferntesten Ecke des Zimmers stand eine kahl geschorene Frau in Anstaltskleidung, die Hände abwehrbereit vor der Brust, allerhöchste Wachsamkeit in ihrer Haltung. Ihr misstrauischer Blick glitt über die Eindringlinge, verharrte bei Kato und ihrer Männerkleidung, fiel dann auf Mizzi.

»Was?«, sagte sie und ließ die Hände sinken. »Wie bist du hierher…?« Sie machte einen hastigen Schritt auf ihre Tochter zu und griff nach deren Schultern. »Kind, lauf weg. Sie dürfen dich nicht auch noch in ihre Hände bekommen!«

»Mama«, sagte Mizzi erstickt und umarmte sie. »Wir sind hier, um dich zu befreien.«

Kato stand an der Tür und blickte durch das kleine Sichtfenster. »Luca, sie werden das Fehlen der Schlüssel bemerken«, sagte sie ruhig. »Wenn alle in dem Raum sind, schleiche ich hin und versperre die Tür. Begleite Ihre Majestät, so schnell du kannst, zurück zu unserem Durchschlupf. Belpharion soll sie und Mizzi in Sicherheit bringen. Ich lenke die Wächter mit meinen Gefährten ab.« Sie legte eine Hand auf die Klinke.

»Einen Moment«, sagte die Kaiserin. Ihre Stimme, die gerade noch brüchig und voller Angst gewesen war, hatte nun einen metallischen, befehlsgewohnten Ton. Sie richtete sich auf und fixierte Kato mit Augen, die Mizzis verblüffend ähnelten. »Du bist Katyas Tochter, richtig? Katharina von Mayenburg?«

Kato verbeugte sich. »Sehr richtig, Eure Kaiserliche Majestät. Entschuldigen Sie die Formlosigkeit unseres Eindringens, aber es ist vonnöten, dass wir uns schleunigst von hier empfehlen.«

Die Kaiserin lächelte schwach. »Gut gesprochen, Kind. Aber ich lasse nicht zu, dass du die Handlanger des Bösen auf dich ziehst, um uns zu retten. Deine Mutter würde es mir niemals verzeihen.«

»Mama«, mischte Mizzi sich ein, die sich ebenfalls wieder gefangen hatte, »weißt du, wo sie Franz Leopold festhalten?«

Kato runzelte die Stirn. Den Kronprinzen hatte sie über all dem vollkommen vergessen. »Mist!«, flüsterte sie. Und lauter: »Wir müssen zuerst von hier weg. Dann kümmern wir uns um den Kronprinzen.«

Ein leiser, scharfer Laut ließ sie herumfahren. Die Kaiserin stand abgewandt, eine Hand vor dem Gesicht. »Gehen wir«, sagte sie erstickt. »Franz Leopold befindet sich jenseits jedes Rettungsversuches. Ich will nicht, dass sie Marie-Louise ebenfalls an ihre Maschinen anschließen. Gehen wir, *schnell*!«

Kato schluckte und wandte sich zur Tür. Sie warf einen schnellen Blick durch das Sichtfenster. »Können Sie laufen, Majestät?«, fragte sie. »Ein kurzes Stück, aber schnell?«

»Ich werde mein Bestes geben«, erwiderte die Kaiserin knapp.

»Dann auf mein Zeichen. Ich gehe vor.« Kato öffnete die Tür und huschte zum Wärterzimmer. Sie flüsterte mit Gnurr, hob die Gnomin zum Türschloss und wartete, bis Calander sich an ihr hochgehangelt hatte und die Hände auf das Schloss legte. Es gab einen scharfen Knall, einen Blitz und Kato rief: »Jetzt!«

Hinter ihr schlug die Tür auf und Luca rannte, die Kaiserin halb tragend, halb mit sich ziehend, durch den Gang, dicht gefolgt von Mizzi.

Kato lehnte an der Tür zum Wächterzimmer und hörte das Gebrüll und die schweren Schritte, die von drinnen kamen. Jemand begann an der Türklinke zu rappeln, das Türblatt erzitterte unter einem Körper, der sich dagegenwarf.

»Könnt ihr euch auf Zuruf verwandeln?«, flüsterte Kato. »Ich denke an eure Verteidigung der Ordensburg.«

Calander grinste breit. »Das ist einfach«, sagte er. »Das war die erste Stufe.«

Kato erwiderte das Grinsen. »Dann haltet euch bereit für mein Kommando.«

•••

Sie gelangten ohne Probleme bis zu ihrer vorigen Zuflucht. Mizzi schloss die Tür hinter sich und lehnte sich prustend dagegen. Sie beobachtete, wie Luca die Kaiserin zu der nackten Liege begleitete und ihr half, sich dort hinzusetzen.

Es war erschreckend, wie sehr ihre Mutter sich in den Wochen ihrer Gefangenschaft verändert hatte. Sie war nie füllig gewesen, aber jetzt war sie mager und schien um Jahre gealtert zu sein. Ihr schmaler, kahl geschorener Kopf weckte in Mizzi den Drang, sie in ihre Arme zu nehmen wie ein Kind, um sie vor allem zu beschützen. Ihre starke, unerschütterliche Mutter!

Mizzi ließ die Türklinke los und ging zur Kaiserin. Sie hockte sich neben sie und nahm ihre Hände. »Mama«, sagte sie, und ein Kloß saß ihr im Hals, »ich habe mich so sehr um dich gesorgt.«

Kaiserin Sophie neigte den Kopf und lächelte erschöpft. Mizzi sah die seltsamen dunklen Verfärbungen auf ihren Schläfen und die bläulichen Striemen um ihre Handgelenke und schauderte. »Was haben sie mit dir gemacht?«

Die Kaiserin zuckte die Achseln. »Unwichtig«, sagte sie scharf. »Wie steht es um das Reich? Wie hat die Bevölkerung von Wien den Militärputsch hingenommen?«

Mizzi starrte sie sprachlos an. »Welchen … wovon redest du?«

Die Kaiserin erwiderte ihren Blick nicht minder verwirrt. »Reichskriegsminister von Windesberg«, sagte sie, als müsste sie einer Schwachsinnigen erklären, was das Wort ›Militär‹ bedeute-te. »Er hat den Kaiser ermorden lassen.«

Mizzi wurde schwindelig. »Er hat – was?«, stieß sie hervor. »Mama, das ist nicht wahr. Der Kaiser regiert nach wie vor. Er hat Kriegsrecht ausrufen lassen, aber er ist der oberste Befehlshaber …«

»Kind«, unterbrach sie die Kaiserin. Sie rieb sich müde übers Gesicht. »Ich habe unwiderlegbare Beweise für den Tod Seiner Majestät. Wahrscheinlich halten sie es geheim, damit es keinen Aufstand gibt.«

Mizzi sank zurück auf ihre Fersen und atmete tief und langsam, um den Schock zu verdauen. »Beweise?«, fragte sie heiser.

»Katyas Maulwurf im Kriegsministerium hat sie mir zugespielt.« Die unerbittliche Linie ihres Mundes zeigte, dass auch die Kaiserin um Fassung rang. »Kurz darauf haben sie Franz Leopold abgeholt und ich habe ihn nicht wiedergesehen.«

»Poldi«, flüsterte Mizzi und verbarg das Gesicht in den Händen. Sie hatte ihrem Bruder früher recht nahegestanden, was nach dem Attentat auf ihn nicht mehr der Fall gewesen war. Dennoch, er war ihr Bruder und ein kluger und sanftmütiger Mensch gewesen, bevor die Kugel des Attentäters ihm den Verstand geraubt hatte.

»Kaiserliche Majestät, wir sollten aufbrechen, sobald Sie sich etwas erholt haben«, sagte Luca, der still im Winkel gestanden hatte.

Die Kaiserin blickte auf und sah ihn zum ersten Mal richtig an. »Ich glaube, wir hatten noch nicht das Vergnügen …?«, fragte sie.

»Mama, das ist Prinz Luca«, sagte Mizzi beherzt.

»Prinz?« Die Augenbrauen der Kaiserin schossen in die Höhe. »Ich wüsste nicht …«

»Oberpani Emmerich Kalk ist mein Vater«, erwiderte Luca und richtete sich stolz auf.

Die Kaiserin riss einen winzigen Moment lang die Augen weit auf, dann lächelte sie zu Mizzis Erleichterung und reichte dem jungen Strotter die Hand. »Oberpani Kalk ist mir natürlich bekannt«, sagte sie. »Ich bedauere, dass ich nie das Vergnügen hatte, ihm persönlich zu begegnen. Aber ich denke, das wird sich in Kürze ändern. Oder?«

Luca verneigte sich. »Ich gehe davon aus, Euer Majestät.«

Er wandte sich zur Tür, seine Schultern waren angespannt. Mizzi warf ihrer Mutter einen Blick zu. Die Kaiserin betrachtete den Strotterprinzen versonnen. Dann blickte sie ihre Tochter an und lächelte wehmütig. »Alles ist im Wandel«, sagte sie leise. »Wir werden verändert aus diesem Krieg hervorgehen, Marie-Louise. Wer weiß …«

Mizzi hob die Schultern. »Gehen wir weiter«, sagte sie schroff.

29

Der Verräter

So froh und erleichtert Katya darüber auch war, Jewgenij heil und gesund wieder in die Arme schließen zu können, so besorgt und unruhig war sie über die gesamte Situation.

Sie saßen jetzt alle hier in einem Raum im Brünnlfeld fest, vor der Entdeckung und Ergreifung nur dadurch notdürftig geschützt, dass Samuel an der Tür Wache hielt – also im Prinzip gar nicht.

Sie sah sich um. Samuel hielt die Tür im Blick und wandte dabei immer den Kopf, um Josip Grünwald zu beobachten, der neben dem Professor auf diesem riesigen Plan kniete und leise mit ihm sprach.

Katya fing seinen Blick auf und hob die Schultern. Josip war ihr ein Rätsel, größer als alle anderen. Er sah verändert aus, was sicherlich auch an seinem vollkommen haarlosen Schädel lag – aber da war noch etwas anderes. Er wirkte kräftiger als früher, anwesender, und gleichzeitig auf seltsame Art fragil und beinahe ohne Substanz. Es war, als würde er flackern oder changieren, in einem Moment so stabil und massiv wie ein Berg, im nächsten verblasst zu einem grünlichen Leuchten, als wäre er nur ein Geist.

Katya riss den Blick von seinem strengen, konzentrierten Gesicht und ließ ihn zu Horatius Tiez wandern. Wie gut sie diese beiden zu kennen geglaubt hatte und wie fremd sie ihr nun beide erschienen! Der Professor war so geistesabwesend, wie sie es von ihm gewöhnt war, aber jetzt hatte seine Zerstreutheit den Geschmack von Wahnsinn angenommen. Er verhielt sich, als lebte er in fröhlicher Sicherheit in seinem verschlungenen Haus und hätte nichts weiter zu tun, als seinen Tee zu trinken und an irgendeiner Apparatur zu basteln. Er redete und handelte in völliger Verkennung des Umstands, in einer Irrenanstalt gefangen zu sein, um dort eine Vernichtungswaffe schrecklichsten Ausmaßes zu konstruieren.

Katya seufzte und sah die beiden Milans an, die vergnügt und neugierig um die Apparatur – die Waffe! – des Professors herumwieselten und sich gegenseitig auf Details der Konstruktion aufmerksam machten. Sie musste sich darum kümmern, dass diese Maschine zerstört wurde, ehe sie in Betrieb genommen werden konnte. Shenja würde ihr dabei helfen müssen, denn sie fühlte sich so schwach, dass sie kaum noch stehen konnte.

Der Engeljunge, Jenö, hockte auf der Kante des schmalen Metallbettes und starrte auf seine Hände. Er wirkte verloren, wie er da saß, und Katya verspürte den Impuls, ihn in den Arm zu nehmen und ihm zu versichern, dass alles gut werden würde.

Sie biss sich auf die Lippe und sah Jewgenij an. Er stand auf der anderen Seite der Tür, die Arme verschränkt und mit derart gefasster Miene, dass sie darin seine Angst lesen konnte. Er litt sichtlich darunter, wieder hier in dieser Anstalt zu sein. Sein Kiefer war gespannt, in seiner Schläfe zuckte ein nervöser Tic.

Katya suchte seinen Blick und nickte ihm zu. *Wir kommen hier wieder raus, ich lasse dich nicht hier!*

Er senkte die Lider zu einem bestätigenden Nicken, dann drehte er den Kopf und beobachtete Grünwald. Seine Miene war ausdruckslos. Katya fragte sich, was er wohl dachte. Sie wusste, wie sehr er sich mit seinem ehemaligen Wärter verbunden fühlte. Das Verhältnis der beiden Männer war von einer Intimität, die sie verwirrte. Shenja hatte einmal zu ihr gesagt, Josip Grünwald sei das Einzige, was zwischen ihm und seinem Zorn stünde, und dass er es nicht wagte, ihn zu verlassen. Das hatte sie zutiefst erschreckt und tat es immer noch. Jewgenij hatte sich gefangen, er war beinahe wieder gesund. Aber immer noch waren da die »schlechten Tage«, an denen er sich zurückzog und sie mit so fremdem Blick ansah, dass es sie schauderte.

Sie atmete tief ein und spürte dem eisigen Griff der Verletzung nach, die ihren Körper durchwucherte wie ein Geschwür. Ihr Herz schlug angstvoll gegen ihre Rippen und sie besänftigte es mit einigen tiefen Atemzügen. Dann stand sie auf und ging zu den beiden Männern, die immer noch selbstvergessen ins Gespräch vertieft auf dem Plan knieten. Sie legte dem Professor eine Hand auf die Schulter und sagte leise: »Horatius, darf ich Sie kurz sprechen?«

Beide Männer hoben den Kopf und Josips Blick verhakte sich mit dem ihren, bohrte sich in ihr Inneres und legte ihre Seele bloß. Katya verhärtete ihr Herz und panzerte ihren Verstand gegen diesen Blick. »Josip«, sagte sie mit flacher Stimme, »ich weiß nicht, was und warum du es getan hast. Wir werden darüber zu richten haben, aber nicht jetzt und hier.«

Sein Blick verharrte, erstaunlich mitfühlend, offen und klar. »Ich bin nicht schuldig, Katya«, sagte er und senkte den Kopf wieder auf den Plan. »Geh nur, Horatius. Ich werde das Ætheroskaph derweil hier andocken.«

Katya reichte dem verwirrt dreinblickenden Professor die Hand und half ihm auf die Beine. »Katalin«, sagte er und sah sich suchend um. »Ja. Wir können dort – Junge, rück ein Stückchen – komm, setzen Sie sich zu mir.« Er schob Katya auf die Bettkante und ließ sich neben ihr nieder. Der Engel rückte ans Ende des Bettes, immer noch mit gesenktem Kopf, und gab mit keinem Zeichen zu erkennen, dass er ihre Anwesenheit überhaupt wahrnahm.

»Was ist mit ihm?«, fragte Katya.

Tiez streifte den Jungen mit einem Blick. »Der Sohn einer alten Freundin«, sagte er. »Lassen Sie ihn. Er kann alles hören, was wir zu besprechen haben. Oder?« Mit einem Mal wirkte er erstaunlich wach und anwesend.

Katya nickte zweifelnd und beugte sich vor. »Horatius«, sagte sie langsam, »Sie wissen, was Sie hier tun?«

Der Professor imitierte unbewusst ihre Körperhaltung, als er sich ebenfalls nach vorne neigte. »Ich arbeite an einer Apparatur, die den Krieg beenden wird«, antwortete er klar und deutlich und so laut, dass alle im Zimmer einen Moment innehielten und ihn ansahen. Er lächelte vage und sank in sich zusammen. »Es ist wichtig«, sagte er. »Der Krieg muss aufhören. Zu viele Tote, zu viel Leid, zu viel Schmerz und Zerstörung. All die Jahrhunderte …« Er nickte mehrmals bekräftigend. Ein Schleier legte sich vor seine Augen.

Katya griff nach seinem Arm und umfasste ihn fest. »Horatius«, sagte sie eindringlich, »Sie arbeiten also wirklich dem Kriegsministerium in die Hände?«

Er neigte den Kopf und spitzte die Lippen. »Man hat mir unmissverständlich zu verstehen gegeben, dass ich keine Alternative habe«, erwiderte er nach einer Weile. »Es waren schlagkräftige und sehr überzeugende Argumente.« Mit einer unwillkürlich wirkenden Bewegung berührte er seine Schläfe und seine Stirn und rieb sich über die Augen.

Katya biss die Zähne zusammen. »Die haben Sie gefoltert?«

»Sie haben ihre Methoden«, gab er sanft zurück.

Katya atmete ihren Zorn fort. Einen alten Mann zu foltern, bis er nahezu seinen Verstand verloren hatte – was waren das für Ungeheuer, die so etwas taten? Sie kannte Professor Charcot, der ein jovialer, umgänglicher, freundlicher Arzt zu sein schien, bis man in seine Augen blickte, die kalt und vollkommen unmenschlich waren.

Katya entspannte ihre verkrampften Muskeln. »Horatius, Sie dürfen diesen Apparat nicht in deren Hände geben«, sagte sie leise. »Vernichten Sie ihn. Tun Sie es jetzt.«

»Aber das kann ich nicht tun«, erwiderte er mit sanftem Unverständnis. »Es hat so lange gedauert, ihn zu konstruieren und ich war ganz allein.« Er beugte sich zu ihr und murmelte: »Mein Apparat ist nicht das, was Sie alle denken. Lassen Sie mich weitermachen, Katalin. Und behalten Sie den Verräter im Blick. Er könnte alles noch zum Scheitern bringen. Seien Sie wachsam.« Er deutete mit dem Kopf auf jemanden hinter Katya. Sie warf einen schnellen Blick über die Schulter, während Tiez seinen Arm aus ihrem Klammergriff löste. Jewgenij und Grünwald standen Seite an Seite und sprachen leise miteinander, während sie der Staatsanwalt wachsam beobachtete. Katya seufzte. Grünwald. Sogar der Professor misstraute inzwischen seinem ältesten Schüler. Josips halbherzige Versicherung, er sei kein Verräter, hatte sie nicht überzeugen können und ganz offensichtlich glaubte auch Tiez ihm nicht.

»Es wird alles gut, Katalin«, sagte Tiez laut und riss sie aus ihren düsteren Überlegungen. Er sah sie eindringlich an, als wollte er ihr auf telepathischem Wege etwas vermitteln, während er laut weitersprach: »Ich werde nun die Apparatur fertigstellen und dem Leiter dieser Anstalt übergeben, damit er sie ihrer Bestimmung zuführt. Wir alle werden morgen oder übermorgen in einer neuen Welt erwachen. Freut euch darauf. Der Krieg ist für uns alle bald vorüber.«

•••

Jenö beobachtete die Menschen, mit denen das Schicksal ihn zusammengeworfen hatte. Er kauerte auf dem Bett, umklammerte die Spule und flüsterte: »Beratung.«

Die vier versammelten sich um ihn, als wollten sie ihn vor all dem beschützen.

»Er will die Engel vernichten«, flüsterte Jenö.

Die vier drückten sich an seine Beine und seine Flanke. »Ich glaube es nicht«, murmelte Brokk. Er strahlte beruhigende Wärme aus.

»Aber er sagt es selbst«, erwiderte Jenö heftig. »Hör ihn doch an!«

Die Gefährten schwiegen und blickten auf Tiez, der nun mit den Milan-Zwillingen wieder vor der Apparatur stand. Er sprach zu den beiden jungen Männern, die skeptisch dreinschauten, aber gelegentlich nickten.

Jenö senkte den Blick auf die Spule. »Warum hat er mir das gegeben?«, fragte er.

»Wahrscheinlich, damit du den Apparat anschalten kannst«, erwiderte Kaskabel praktisch.

»Ich?« Die Antwort verschlug Jenö die Sprache. Er liebte die Engel genauso wenig wie die Menschen, aber konnte er dabei helfen, sie zu vernichten? Niemals. Und das war etwas, was der Professor genauso gut wusste wie Jenö selbst.

Ein tiefes Summen, gefolgt von einem unangenehm scharfen Sirrton schreckte ihn aus seinen Gedanken. Einen Augenblick lang schien das Zimmer zu beben, dann war alles wieder wie zuvor.

Der Wächter stand auf und streckte sich. Seine Gestalt verschwamm zu einem grünlichen Nebel und verfestigte sich wieder. »Wir haben jetzt Zeit«, sagte er mit seiner tiefen Stimme. »Horatius, wie lange hält die Phase?«

Der Professor blickte mit zerstreuter Miene auf die Uhr, die er aus seiner Tasche gezogen hatte. Er schüttelte sie, runzelte die Stirn und steckte sie wieder ein. »Läuft natürlich nicht«, murmelte er.

Grünwald lächelte. »Wie auch immer«, sagte er. »Nutzen wir die Atempause. Ich denke, dass bald jemand kommen und nach der Waffe fragen wird. Richtig, Horatius?«

Der Professor nickte und schraubte eine Dichtung fest.

»Also müssen wir uns jetzt zwar nicht beeilen, denn der Professor hat mir geholfen, die Zeit anzuhalten, aber wir sollten auch nicht trödeln. Milan Milvus?«

Die Zwillinge blickten alarmiert auf. »Wächter?«, fragte der Schwarze höflich.

»Das Ætheroskaph liegt jetzt dort angedockt.« Josip deutete auf die Wand neben dem Bett. »Würdest du bitte die Luke synchronisieren, damit alle einsteigen können?«

»Wird sofort gemacht«, erwiderte der Schwarze und begann, Regler an dem Kasten zu betätigen, den er und sein Bruder mit sich geschleppt hatten.

Jenö beobachtete fasziniert die Wand, auf der sich bläulich glänzend ein runder Umriss abzuzeichnen begann. Die Umrisslinie wurde heller und schärfer, begann dann, ihr Leuchten zu verlieren und verfestigte sich zu einer Luke mit Scharnieren und einem großen Ventilrad.

Der Rote Milan griff nach dem Rad und drehte es. Mit einem lauten Scharren öffnete sich der Eingang zum Inneren des Ætherschiffs.

»Geht, bringt euch in Sicherheit«, befahl Grünwald.

Jenö blickte von ihm zu Tiez und dann zu Major Nagy. Sie stand zwischen den beiden Männern an der Tür, die beide unschlüssig auf die Frau blickten.

»Josip«, sagte sie, »wir sind hergekommen, um den Professor und Kaiserin Sophie zu befreien. Wenn wir jetzt dort einsteigen, ist unsere Mission gescheitert.«

»Wenn ihr bleibt, werdet ihr festgenommen oder auf der Stelle erschossen«, sagte Grünwald. »Ich kann die Wellen spüren, die das Nahen der Männer ankündigt. Wenn die Zeit weiterläuft, wird es keine Minute dauern, bis sie vor dieser Tür stehen. Sie wollen den Apparat abholen und daran können wir sie nicht hindern.«

»Aber wir können ihn vorher zerstören«, sagte Major Nagy. Sie warf Jewgenij einen Blick zu. »Shenja. Zerleg das Ding in seine Einzelteile.«

Der Riese machte einen Schritt auf den Apparat zu, aber zwei Dinge, die gleichzeitig geschahen, ließen ihn zögern. Horatius Tiez erwachte aus seiner Geistesabwesenheit und warf sich mit erstaunlicher Schnelligkeit mit ausgebreiteten Armen vor die Apparatur. Im selben Moment hob der kleinere Mann, Samuel, seine Waffe und richtete sie auf Jewgenij. Er verzog das Gesicht, als hätte er Schmerzen und sagte: »Bleib von der Maschine weg, Jewgenij. Bitte. Ich will nicht auf dich schießen.«

Alle schienen die Luft anzuhalten. Die beiden Milans flüsterten miteinander, der Wächter sah den Mann beinahe belustigt an. »Samuel«, sagte er begütigend, »du musst niemanden bedrohen. Shenja, ich verbiete dir, den Apparat anzurühren.«

Jewgenij senkte den Kopf und zog sich in seine Ausgangsposition zurück. Er vermied es, dem anklagenden Blick der Frau zu begegnen, sondern starrte auf seine Fußspitzen.

»Noch einmal«, klang die tiefe Stimme des Wächters durch den Raum. »Steigt in das Ætherschiff. Bringt euch in Sicherheit. Ich werde bleiben und mich um alles Weitere kümmern.« Er beugte sich zu Tiez und sagte leiser: »Horatius, geh mit ihnen. Es ist nicht mehr deine Aufgabe, zu wachen. Du hast getan, was du tun musstest, nun bin ich an der Reihe. Die Zeit entlässt dich aus ihrem Dienst.« Er berührte die Stirn des Professors und zeichnete die Lemniskate darauf.

Tiez seufzte tief und ließ die Schultern hängen. »Danke«, flüsterte er. »Danke, mein Junge.«

»Halt!«, die Stimme der Frau peitschte durch die Luft. »Alle bleiben, wo sie sind.« Sie streckte die Hand aus. »Samuel, gib mir deine Waffe.«

Der kleine Mann wich zurück, bis er mit dem Rücken an der Tür stand. »Nein«, sagte er mit bebender Stimme. »Katya, du verstehst das nicht. Dieser Apparat muss in Betrieb genommen werden. Unser aller Überleben hängt davon ab!« Er atmete schnell und auf seinen Wangen glänzte Feuchtigkeit. »Sie haben uns alles genommen und jetzt stehen sie vor Wien, um uns auszulöschen. Wir dürfen das nicht zulassen. Katya!«

Die Frau ließ langsam und kontrolliert ihre Hand sinken. »Wovon redest du, Samuel?«, sagte sie sanft und freundlich.

»Die Engelsbrut!«, stieß der Mann heraus und seine Augen funkelten hasserfüllt. Sein Blick zuckte zu Jenö und richtete sich wieder auf die Frau.

Jenö schauderte und krampfte seine Hand um die Spule. Warum sollte er sie verwahren? Damit die Maschine nicht funktionierte?

»Du bist Ratsmitglied des Zeitlosen Ordens«, sagte die Frau sehr langsam und betont ruhig. »Unser Ziel war immer ein Frieden zwischen Leukoi und Menschen. Belpharion …«

»Er soll in der Hölle schmoren und all seine Mordgesellen mit ihm!«, kreischte der Mann. Sein Revolver zuckte in die Höhe und die Mündung beschrieb kleine Achten in der Luft. »Die Welt muss vom Engelgeschmeiß befreit werden, damit sie wieder atmen kann. Diese Mörder, diese elenden Mörder!« Die Tränen rollten nun wie an einer Perlenschnur aufgezogen über seine Wangen.

Die Frau ließ kleine, sanfte Laute hören und bewegte sich langsam auf ihn zu. Samuel knurrte wie ein großer Hund und richtete die Waffe gegen Josip Grünwald. »Du Verräter. Du verdienst tausendfachen Tod!«

Der Knall war ohrenbetäubend. Das Projektil schlug in den Bauch des Wächters ein und trat in seinem Rücken wieder aus. Es traf die Seitenwand des Apparats und pfiff heulend querab, um mit einem ekligen Geräusch aufzutreffen. Tiez gab ein erstauntes Glucksen von sich und taumelte rückwärts, bis er neben Jenö auf dem Bett saß. Er tastete nach seiner Brust und befühlte das Blut, das an seinen Fingern klebte. »Oh«, sagte er und sank langsam auf den Rücken. Jewgenij stürzte sich mit einem dumpfen Brüllen auf Samuel, es gab ein kurzes Handgemenge, dann ein Knacken, als würde ein morscher Ast brechen. Die Frau schrie Jewgenijs Namen. Etwas fiel schwer zu Boden.

»Der Professor ist getroffen«, rief Jenö und ließ beinahe die Spule fallen, als er sich über Tiez beugte.

Der alte Mann hob die Hand und berührte Jenös Wange. Klebrige Flüssigkeit blieb daran haften. »Jetzt«, sagte er leise, aber deutlich. »Jetzt – aktiviere – die Waffe.«

»Ins Schiff«, übertönte Grünwalds Stimme das Getümmel. »Sofort ins Schiff. Die Zeit läuft weiter!«

Jenö achtete nicht darauf. Er beugte sich tief über den Professor, der ihn mit klaren Augen und einem Lächeln ansah. »Wird es die Engel töten?«, fragte er.

Tiez lächelte ihn weiter an. Seine Augen schlossen sich langsam.

Auf dem Gang brüllte jemand ein lautes Kommando, dann erzitterte die Tür unter einem wuchtigen Schlag.

»Sie sind da«, sagte der Wächter ruhig. »Ins Schiff mit euch allen. Ich werde sie aufhalten.«

Jenö stand mit wackeligen Beinen auf und ging zu der Apparatur. Er sah, wie Jewgenij die protestierende Frau einfach hochhob, sie über die Schulter warf und zur Luke des Schiffes stapfte. An der Tür, die erneut unter einem Aufprall bebte, lag der Attentäter, offensichtlich mit gebrochenem Genick. Die Milans hatten ihre Kiste gepackt und trugen sie ebenfalls zum Schiff, dem Roten liefen dabei Tränen über die Wangen. Der Wächter stand breitbeinig da und starrte die Tür an. Seine Miene war starr und zornig. Er hielt Samuels Revolver in der einen und seine eigene Waffe in der anderen Hand – und während Jenö ihn anblickte, verschwanden beide Fäuste in einem grellen grünen Glanz. Jewgenij kehrte zu ihm zurück – ohne die Frau, aber mit einem Revolver – und stellte sich neben ihn.

»Jenö«, flüsterte Tiez. Jenö schrak zusammen. Er hatte den Professor für tot gehalten.

Die Tür explodierte nach innen, Soldaten drängten hinein. Revolverschüsse knallten, es roch nach Pulver.

»Zu spät«, hauchte der Professor. Sein Körper zuckte und wurde schlaff. Sein Kopf sank zur Seite. Er atmete nicht mehr.

30

Die Waffe

»Wo entlang?«, fragte die Kaiserin.

Kato deutete in die Richtung, aus der sie gekommen waren. »Notgedrungen dort entlang«, sagte sie. »Ich habe kein gutes Gefühl, aber dort liegt unser Ausstieg und dort wartet Belpharion auf uns.«

»Belpharion«, wiederholte die Kaiserin und ein Lächeln erhellte ihre strengen Züge. »Der Engel aus dem Rat der Zeitlosen.«

Sie teilten sich so auf, dass die Kaiserin von allen Seiten beschützt wurde. Kato ging mit Dirbadisalabadon und Falla voraus, Mizzi blieb an der Seite ihrer Mutter, Luca fiel etwas hinter sie zurück und die Nachhut bildeten Gnurr und Calander. Kato hielt die Ohren und Augen weit offen, um jeder möglichen Begegnung rechtzeitig ausweichen zu können. Ihre Nerven waren zum Zerreißen gespannt. Sie hasste es, hier zu sein. Sie hasste jeden Zentimeter der eitergrün gestrichenen Wände, sie hasste das kalte Licht der Merkurlampen an der Decke.

Ein Stück entfernt hörte sie das Geräusch von knallenden Stiefelabsätzen. Kato wurde langsamer, hielt an. Sie winkte den Luftgeist zu sich und wisperte: »Sieh nach, was das ist und wie wir daran vorbeikommen.«

Die Sylphe flatterte davon. Kato drehte sich zu Mizzi und der Kaiserin um und wollte etwas sagen, als ein Ruck durch sie hindurchging. Alles verlangsamte sich und hielt an. Mizzi starrte blicklos an ihr vorbei, die Kaiserin hatte fragend die Hand erhoben und schien nicht mehr zu atmen, Luca stand wie zu einem schnellen Sprung geduckt da. Die einzige Bewegung, die noch stattfand, war die der Elementare. Kato kämpfte gegen das Gefühl, urplötzlich in zähen Sirup gebettet zu sein. Jeder Wimpernschlag, jeder Atemzug war eine Qual, sie musste darum kämpfen, das Bewusstsein nicht zu verlieren. Ihr Herz schlug langsam, dröhnend, ihr Atem stockte und drängte schwerfällig über ihre Lippen.

»Was ...«, brachte sie unter Mühen heraus, »ist ... das ...?«

»Zei...t«, schlug es hart und splittrig an ihr Ohr. Abgehackt, wie ein zu schnell tickendes Metronom. »Zeit...t...t...«

Kato zwang sich, weiterzugehen. Es war schlimmer als in einem Albtraum, in dem man lief und lief, durch zähen Schlamm oder hüfthohes Wasser. Jeder Schritt war ein Kampf gegen die Zeit selbst.

Dann, mit einem ebensolchen Ruck, war es vorbei und die Zeit lief wieder normal voran. Jetzt waren Stimmen zu hören, Schreie, lautes Donnern, Schüsse.

Dirbadisalabadon kehrte tief über dem Boden fliegend zurück und keuchte: »Soldaten. Sie haben eine Tür eingerammt. Dahinter ist deine Mutter, fürchte ich.«

Ohne darüber nachzudenken rannte Kato los, auf den Lärm zu. »Vier zu mir«, schrie sie. »Bereit!«

Während sie rannte, spürte sie in ihrem Rücken den heiß fauchenden Luftzug, mit dem der Basilisk und der Phönix entstanden, und vernahm das Kratzen von Klauen und den Knall, mit dem das Gefieder des riesigen Vogels sich entzündete. Sie lief schneller, aber jetzt überholten sie die beiden Geschöpfe und Kato bewunderte ihre Schönheit und fürchtete sich gleichzeitig, denn der Schrecken, den diese Kreaturen verbreiteten, war tief und stark.

»Tötet sie nicht«, rief Kato und bemühte sich, den Anschluss nicht zu verlieren. Der Phönix, funkelnd wie ein Juwel, das farbige Gefieder lodernd bis zur Decke und den Wänden des Korridors, warf ihr einen strahlenden Blick zu und senkte die Nickhäute. Der Basilisk mied ihren Blick, aber sie konnte das tödliche blaue Glühen sehen, das von seinen Augen ausging.

Sie hörte, wie die beiden Geschöpfe ihr Ziel erreichten, denn die Schüsse hörten auf und Schreie setzten ein. Donnerndes Feuer brandete gegen die Mauern. Die Schreie wurden lauter, dann begannen sie zu verstummen. Menschen rannten um ihr Leben, sparten ihren Atem für die Flucht.

Als Kato den umkämpften Raum erreichte, war der Gang rundum rußschwarz und knackte, während er abkühlte. Die Geschöpfe waren fort, aber aus dem Zimmer hörte Kato die aufgeregten Stimmen ihrer Elementare, die jemandem erzählten, was sie gerade geleistet und erlebt hatten.

Kato verlangsamte ihre Schritte und wartete darauf, dass Luca, Mizzi und die Kaiserin zu ihr aufschlossen. Mizzi war blass, aber ihre Augen strahlten und Luca blickte sich fasziniert in dem geschwärzten Korridor um. »Das war wunderbar«, sagte die Kaiserin atemlos. »Mithilfe dieser Wesen könnten wir wahrhaftig in die Freiheit gelangen.«

»Warte, bis du auf ihnen reiten kannst«, sagte Mizzi und drückte die Hand ihrer Mutter.

Kato legte den Finger auf die Lippen. Sie wussten nicht, wer oder was sie in dem Zimmer erwartete. Allerdings war ihre Sorge gering, denn ihre Gefährten hatten sie nicht davor gewarnt, dort einzutreten.

»Grünwald«, rief sie und blieb erstaunt in der Tür stehen. »Grünwald, du bist geheilt?«

Der Wächter blickte zu ihr auf und lächelte müde. An seinem Knie lehnte Gnurr, Falla hatte sich um seinen Arm gewunden und Dirbadisalabadon und Calander schwirrten um seinen Kopf. »Sie sind wunderbare, mutige Geschöpfe, deine Gefährten«, sagte er.

Kato nahm jetzt erst die anderen Personen im Raum wahr: Jewgenij, der verwirrt und traurig aussah, aber lächelte, als er sie erblickte; den jungen Engel, der neben einer großen Apparatur stand und unschlüssig etwas in den Händen drehte, Meister Tiez, auf dem Bett ausgestreckt, schlafend … ein Loch in der Wand, durch das sie die Milan-Zwillinge mit großen Augen ansahen.

Dann drängte hinter ihr Luca ins Zimmer und zog Mizzi und die erschöpft taumelnde Kaiserin mit sich.

Ein leiser Ausruf ließ Kato herumfahren. Durch das Loch in der Wand, das seltsamerweise in das Innere des Ætheroskaphs zu führen schien, drängte sich an den Milans vorbei ihre Mutter. Sie streckte die Hände aus und ihre Augen glänzten. »Kato«, sagte sie und dann, tiefer, voller Rührung: »Sophie!«

Die Kaiserin seufzte und umarmte Katya. Beide standen und hielten sich fest und flüsterten miteinander.

»Ehe sie wiederkommen, sollten wir fort sein«, sagte Grünwald laut. »Wir haben alles erreicht, was wir erreichen wollten. Ich muss mich darum kümmern, den Korridor neu zu verankern und ich muss es alleine schaffen. Oder auch nicht …« Sein grüblerischer Blick fiel auf Kato.

Kato beachtete seine Worte nicht. Sie sah den Professor an, der sich nicht regte. Furcht umklammerte ihr Herz. »Was ist mit ihm?«, fragte sie. »Was ist mit Meister Tiez?« Sie sah sich um, fragend, aber Jewgenij wich ihrem Blick aus und auch Katya schien um eine Antwort verlegen zu sein.

»Alle ins Schiff«, rief Grünwald. »Wie viele Passagiere könnt ihr transportieren, Milan Milvus?«

Der Rote zählte mit besorgter Miene die Anwesenden. »Die Frauen«, gab er knapp zurück. »Ihre Majestät und Ihre Hoheit. Major Nagy. Kato. Mehr geht nicht, ich traue den Stabilisatoren nicht.«

»Ich bleibe hier«, sagte Kato. »Meine Gefährten und ich kehren auf dem Weg zurück, auf dem wir gekommen sind. Belpharion wartet dort auf uns.« Sie sah sich um. Da lag eine Leiche neben der Tür? Kato riss ihre Aufmerksamkeit von dem toten Mann los, der ihr bekannt vorkam, und richtete sie auf Grünwald. »Lass Jenö mitreisen«, sagte sie. »Luca kommt mit mir.«

»Sehr gut«, übertönte Grünwalds tiefe Stimme Katyas Protest. »Ich kann hier ohnehin noch Hilfe brauchen.«

»Was ist mit dem Professor?«, fragte der Rote. »Wir können ihn doch nicht hierlassen.«

Schweigen antwortete ihm. Dann sagte Jewgenij leise: »Er ist tot, Milan.«

»Los jetzt«, rief Grünwald laut. »Ins Schiff. Ablegen! Ich weiß nicht, wie lange wir …«

Eine heftige Explosion übertönte seine Worte. Der Boden unter ihren Füßen bebte.

»Sie kommen«, rief Jewgenij und entsicherte seinen Revolver. »Wir halten die Tür, bis das Ætherschiff in Sicherheit ist!«

Ein Flüstern, das so leise war wie ein Lüftchen und so durchdringend wie der Schrei eines Todesboten ließ Kato zusammenfahren. Sie sah sich um, aber niemand außer ihr schien die Worte gehört zu haben. *Jenö. Die Maschine.* »Jenö?«, sagte sie unsicher. »Die Maschine?«

Der junge Engel riss den Kopf hoch und starrte sie mit einem wilden Ausdruck in den Augen an, der sie beinahe so sehr erschreckte wie die geisterhafte Stimme. Er schluckte und krampfte seine Hand um ein rötlich schimmerndes Gebilde. Dann wandte er sich heftig um und steckte die Hand in das Innere des Apparates.

»Nein«, rief einer der Milans. »Tu das nicht, Jenö!«

Der Junge achtete nicht darauf. Er drehte mit konzentrierter Miene etwas fest, zog die Hand wieder zurück und schloss die Klappe des Apparats.

Anzeigen erwachten zum Leben. Æther zischte durch Leitungen. Die Maschine brummte tief und begann zu vibrieren. Jenö beugte sich vor, wie von einer fremden Hand geführt, ließ seine Finger über die Bedienelemente gleiten, zögerte kurz und drückte dann einen Hebel hinab.

Eine Druckwelle erschütterte das Zimmer, das Haus, die ganze Welt. Einen Augenblick lang war Kato orientierungslos, geblendet und betäubt von dem lautlosen schwarzen Blitz. Etwas fiel scheppernd zu Boden, jemand schrie.

Dann hörte sie das unerwartetste Geräusch von allen: Calander lachte. Laut, triumphierend, glücklich.

Ein geisterhaftes Seufzen erklang dicht an ihrem Ohr.

Und dann erloschen die Merkurlampen und sie standen in lichtloser Schwärze.

•••

»Luke dicht«, hörte sie. Etwas scharrte, schepperte, dann rumpelte es und Putz bröckelte von den Wänden.

»Das Schiff hat abgelegt«, ertönte beruhigend Grünwalds Stimme. »Kato, Jenö: Bittet eure Elementare um Licht.« Er lachte, und sein Lachen klang so erleichtert, dass alle Angst aus Kato wich.

»Ihr müsst sie bitten«, fügte er hinzu. »Ab jetzt müssen wir alle sie um ihre Hilfe bitten.«

Kato verstand nicht, was er damit sagen wollte, aber sie lächelte unwillkürlich. »Calander?«, fragte sie.

Der Salamander glühte strahlend hell auf. Sie sah in seine großen, dunklen Augen und den glücklich verzogenen Mund. Der Feuergeist war größer geworden – oder bildete sie sich das ein?

»Kato«, sagte er und sprang hoch in die Luft. »Ich bin vollständig.«

Sie verstand nicht, aber konnte nicht fragen, was er meinte, denn jetzt dröhnte erneut eine Explosion von draußen.

»Sie öffnen den Zugang mit Gewalt«, sagte Jewgenij. »Wie kommen wir hier aus der Falle?«

»Ich brauche Hilfe«, erwiderte Grünwald knapp. »Ich muss zuallererst den Korridor neu verankern und dafür müsst ihr mir den Rücken freihalten. Shenja, Luca: Haltet die Tür. Jenö und Kato: Ihr helft mir. Danach öffne ich uns einen Weg.«

Kato sah Grünwald erwartungsvoll an. Jenö fragte: »Was können wir tun, Wächter?« Sein Blick streifte Kato und sie konnte darin lesen: Was kann dieses Menschenmädchen schon tun?

Grünwald verschränkte die Arme. Das Leuchten, das seine Gestalt umgab, verstärkte sich, bis es beinahe so hell strahlte wie Calanders Licht. Gleichzeitig verschwammen seine Konturen.

»Ich muss es ohne die Hilfe des Professors schaffen«, sagte er wie zu sich selbst. »Wie es aussieht, bin ich jetzt der Zeitmeister.« Er seufzte leise. »Keine Aufgabe, um die ich den Professor je beneidet hätte.« Er blickte auf und nickte Kato und dem Engeljungen zu. »Ihr beide seid meine Gehilfen«, sagte er. »Kato, deine Elementare haben mir verraten, dass es dich nicht beeinflusst hat, als die Zeit angehalten wurde.«

Kato runzelte die Stirn. »Doch, es hat mich ordentlich beeinflusst«, widersprach sie. »Ich konnte kaum atmen und jede Bewegung war eine Qual.«

Grünwald lachte und legte seine Hand schwer auf ihre Schulter. Die Berührung prickelte. »Das meinte ich«, sagte er. »Ich brauche euch beide jetzt. Jenö, du hast an dieser Maschine mitgearbeitet. Du musst eins tun: die Spule, die du gerade eingesetzt hast, wieder entfernen und umpolen, bevor du sie wieder einsetzt. Kannst du das?«

Jenö dachte nach. Dann nickte er.

»Was geschieht, wenn er die Maschine ausschaltet?«, fragte Kato. Sie dachte kurz nach und setzte hinzu: »Was ist überhaupt geschehen? Ich kann nicht glauben, dass dieser Apparat wirklich alle Engel getötet hat.«

»Das hat er nicht«, versicherte Grünwald und beobachtete Jenö, der erneut den Hebel umlegte, die Klappe öffnete, die Spule herausschraubte und damit zum Tisch ging, wo er sie in eine komplizierte Vorrichtung spannte. »Shenja, Lagebericht?«

Jewgenij steckte den Kopf durch die Tür. »Sie sind so gut wie durch«, sagte er. »Sie haben die Mauer neben dem Aufzug durchbrochen und schieben Leitern herunter.«

»Jenö, kannst du dich beeilen?« Grünwald begann die Wände abzugehen und klopfte hier und da dagegen. »Irgendwo hier ist ein Ankerpunkt«, sagte er. Er blieb stehen, legte den Kopf an die Wand und schloss die Augen. Seine Hand, die flach gegen den Putz drückte, verschwamm und sank langsam in das Mauerwerk. »Kato, komm zu mir. Ich brauche jemanden, der die Verbindung hält.«

Kato stellte sich neben ihn und beobachtete mit gelindem Grausen, wie sein Arm bis zum Ellbogen in der Wand verschwand. Grünwald tippte ihr ungeduldig auf die Schulter und schnippte mit den Fingern. Kato ergriff seine freie Hand und spürte einen kräftigen Ruck. »Halten«, sagte Grünwald. »Schick die Energie durch deine andere Hand dort drüben in die Wand.« Er deutete mit dem Kinn auf eine Stelle knapp unterhalb ihrer Schulter. Kato legte die Hand vorsichtig dorthin. Sie hatte Sorge, ebenfalls in der Mauer zu versinken, aber die Wand lag fest und solide unter ihrer Berührung.

»Spür die Verbindung«, sagte Grünwald. Er hatte die Augen geschlossen und Schweiß glänzte auf seinen Schläfen.

Kato gab sich alle Mühe, irgendetwas zu spüren, aber es gelang ihr nicht. Sie hielt sich eisern an der Wand fest und hoffte, dass diese Bemühung ausreichte.

Wieder bebte der Boden. »Sie kommen«, rief Jewgenij. Ein tiefes Knurren folgte seinen Worten. »Sie werden sich wundern!«

»Kommt her, schiebt den Æthertank vor die Tür.« Grünwald atmete schwer, aber er lächelte. Als er die Augen öffnete, strahlte blaues Licht heraus, das sich langsam abschwächte, bis seine Augen wieder den gewohnten grüngrauen Farbton zeigten. Er zog die Hand aus der Mauer, als bestünde diese aus Pudding, und drehte sich um. »Der Korridor ist verankert«, sagte er. »Ich kann uns jetzt von hier fortbringen.«

Hinter ihnen kratzte der schwere Æthertank über den Boden. Jewgenij stemmte sich gegen seine Seite, die Adern in seinen Schläfen schwollen an. Grünwald sprang ihm zu Hilfe und gemeinsam schafften sie es, den Tank vor die Türöffnung zu wuchten. »Das hält sie eine Weile auf«, murmelte Grünwald. »Wenn sie versuchen, ihn wegzusprengen, werden sie ihr blaues Wunder erleben. Jenö?«

Der Junge hob den Kopf und lächelte breit. Er hielt die Spule empor.

»Gut, in die Maschine damit. Dann stell sie an.«

Kato beobachtete gebannt, wie Jenö tat, was Grünwald ihn geheißen hatte. Die Apparatur erwachte erneut zum Leben, Æther sang durch ihre Eingeweide, dann legte Jenö den Hebel um und es gab ein Geräusch, als würde ein Korken aus einer Flasche gezogen und die Maschine war verschwunden.

Der Æthertank erzitterte unter wuchtigen Stößen. Grünwald, der mit einem Mal zu Tode erschöpft wirkte, stieß einen leisen Fluch aus und ging zum Bett, um den schlaffen Körper des Professors aufzuheben. Er nickte zur Wand. »Jetzt«, sagte er.

An der Stelle, in der vorhin noch sein Arm gesteckt hatte, bildete sich eine wabernde Öffnung, deren Ränder sich wie ein gähnender Mund weiteten und endlich erstarrten. Ein diffuses bläuliches Licht schimmerte durch die Öffnung und Kato konnte die öde Landschaft des toten Landes erkennen. Sie atmete tief ein. »Wir müssen uns beeilen«, sagte sie. »Keiner von uns kann dort lange durchhalten. Und wir haben nur zwei Reittiere für uns alle …«

Grünwald, mit dem Professor in den Armen, sah sich besorgt zur Tür um. Der Æthertank begann sich in den Raum zu schieben und der Spalt wurde größer. Fackellicht schien herein und Stimmen waren zu hören. »Geht hindurch und wartet auf mich. Wir werden das tote Land nicht durchqueren, ich schaffe einen zweiten Durchgang.«

Kato spürte, wie Luca ihren Ellbogen ergriff. Er war in der letzten Stunde sehr still gewesen und hatte sich kaum bemerkbar gemacht. »Glaubst du, das Schiff hat sie heil zurückgebracht?«, flüsterte er.

Kato sah ihn an, mit einem Mal voller Sympathie für den jungen Strotter. »Ganz sicher«, erwiderte sie. »Die Zwillinge sind mit dem Ætheroskaph geradezu verwachsen.«

Er lächelte, wie sie beabsichtigt hatte.

Sie lächelte zurück, griff nach seinem Handgelenk und zog ihn durch das Ætherleck.

Hinter ihnen brachen Soldaten durch die Barrikade.

•••

Kato kauerte neben dem Ætherleck und rang nach Luft. Sie half Jewgenij hindurch, der den Körper des Professors über der Schulter trug und einen verbissenen Gesichtsausdruck zeigte, der Kato in jeder anderen Situation zum Lachen gereizt hätte.

Jewgenij fluchte und ging in die Knie, um den Leichnam behutsam abzulegen. Er steckte den Kopf und einen Arm durch das Leck, griff nach etwas und zerrte daran.

Grünwald umklammerte Jewgenijs Handgelenk und flutschte durch die Öffnung wie ein Aal. Er warf sich herum und legte die Hände auf die Ränder des Lecks. »Deckung«, rief er. »Sie schießen.«

Das Loch schloss sich unter seinen Händen, aber zu langsam. Ein Soldat hatte die Öffnung erreicht und begann sich hindurchzuzwängen. Jewgenij schlug ihn nieder und Grünwald blockierte den Durchgang mit seinem Körper, der wie eine Merkurlampe grellgrün aufleuchtete.

Neben Kato, die starr vor Schreck und nach Luft ringend am Boden kauerte, strahlte hell eine Gestalt auf. Mit zwei langen Schritten war der Engel an Grünwalds Seite und half ihm, das Loch zu schließen. Ein Arm griff durch die sich verengende Öffnung, dann hörte Kato einen schrillen Schrei und das abgetrennte Glied fiel auf den Boden. Das Leck war geschlossen.

Grünwald sank langsam in die Knie und senkte den Kopf. Seine Brust arbeitete wie ein Blasebalg.

Der Engel – Belpharion – drehte sich zu ihnen um. »Ihr habt einen anderen Ausgang gewählt«, sagte er mit leisem Vorwurf. »Ich wäre beinahe zu spät gekommen.«

Sein Blick fiel auf den leblosen Körper des Professors und seine Beherrschung bekam einen Riss. »Was ist geschehen?«, fragte er und kniete neben dem Körper nieder.

Grünwald atmete wieder gleichmäßig. »Er hat einen Querschläger abbekommen.«

Belpharion sah ihn ungläubig an. »Eine Pistolenkugel? Was soll die bewirkt haben?«

»Ich glaube, er war einfach nur müde.« Grünwald sank in die Hocke und wischte sich über die Augen. »Ich kann es langsam nachvollziehen.«

»Du bist sein Nachfolger?« Belpharion hob die Brauen. »Eine gute Wahl. Nein, die einzig mögliche. Mein herzliches Beileid.« Er lächelte und hob den Professor auf, als wöge er nicht mehr als ein Bündel Kleider. »Dann werden wir unserem verehrten Meister Tiez endlich seine verdiente Ruhe gönnen. Ich denke, er hat lange genug Buße getan.« Sein Blick glitt über die anderen hinweg und landete bei Kato. »Du bist die neue Schülerin? Weiß Katya es schon?« Er wartete die Antwort nicht ab. »Ruft euch Pferde«, sagte er. »Sie haben nun alle einen freien Willen.« Mit diesen Worten begann seine Gestalt zu verblassen und er verschwand.

Kato erlebte das alles wie einen Traum. Es war ein Traum. Nichts davon geschah wirklich. Der Æther ließ sie Dinge sehen und hören, die nur in ihrem Kopf stattfanden. Sie seufzte und senkte den Kopf auf die Brust. Vage nahm sie wahr, dass einige Pferde herannahten und jemand sie auf den Rücken eines Einhorns hob. Sie ließ ihren Kopf auf seinen Widerrist sinken und schlief ein.

31

Die Heimkehr

Katya stand neben dem Ætheroskaph und rieb ihren Arm, sie sah erschöpft und traurig aus. Mizzi half ihrer Mutter, sich auf einen Geröllhaufen zu setzen und sah sich um. »Wieso ist es hier so still?«, fragte sie.

Die Milans kletterten aus dem Schiff, der Schwarze zog seine Schutzbrille ab und rieb sich übers Gesicht. »Horch«, sagte er. »Irgendetwas ist geschehen, ich kann es fühlen. Du auch, Roter?«

Sein Bruder stand hinter ihm, den Mund lauschend geöffnet. »Siehst du sie?«, fragte er. »Hörst du sie?«

Beide starrten blicklos ins Leere. Dann begann der Rote zu lachen und zu jubeln. »Sie sind frei«, rief er und schlug seinem Bruder auf den Rücken. »Schwarzer, der Professor hat es geschafft!«

Mizzi wollte sie fragen, was sie damit meinten, aber im gleichen Moment zupfte etwas an ihrem Rock. Sie senkte den Blick und sah einen Gnom, der bittend zu ihr aufsah. »Wir sind vier«, sagte er mit klangvoller Stimme.

Eine Sylphe schwirrte singend um ihren Kopf. »Vier«, wiederholte sie, und »Vier«, rief ein Salamander und ließ ein wahres Feuerwerk dabei explodieren. Glucksend schob sich ein Wasserelementar auf Mizzi zu und sah sie mit feuchten, goldenen Augen an.

»Wir sind vier«, hörte Mizzi einen zweiten Gnom rufen. Er sprang vor den Milans von einem Fuß auf den anderen, tanzte und hüpfte und klatschte in die Hände. Die Milans waren beide auf die Knie gesunken und streichelten ihn, gaben ihm kleine Kopfnüsse, lachten und weinten. Am Arm des einen zog sich eine Nymphe hoch, ein Feuergeist sprühte Funken, eine Sylphe pfiff und tanzte in der Luft über ihnen.

Mizzi atmete tief ein und wieder aus. »Der Professor hat die Elementare befreit«, sagte sie. »Wie wunderbar das ist.« Ihr kam ein anderer Gedanke und sie fröstelte. »Wie schrecklich. Oben in der Stadt ist nun alles zusammengebrochen. Dunkel, kalt, ohne Energie.«

»Der Krieg ist vorüber, ein neuer beginnt«, sagte ihre Mutter, die müde den Kopf in die Hand stützte. »Jetzt müssen wir lernen, ohne dies alles zu leben.«

Katya richtete sich auf. »Ihr könnt sie sehen«, sagte sie mit Sehnsucht in der Stimme. »Ich beneide euch darum.« Sie deutete auf das Zentrum der Unterburg. »Lasst uns den Oberpani aufsuchen. Wir warten auf die anderen und dann …« Sie lächelte der Kaiserin zu. »Horatius hatte Pläne für die Zeit nach der Befreiung«, sagte sie. »Wir werden nicht lange in Dunkelheit und Kälte leben müssen, Sophie.«

»Der Professor ist tot«, sagte die Kaiserin tonlos.

Das Lächeln schwand aus Katyas Miene. »Er ist tot. Und ich trauere um ihn mehr, als du denkst. Er war ein Freund.« Sie schwieg und rieb über ihren Arm. Ihr Blick suchte etwas in der Ferne. »Und er war meine letzte Hoffnung.«

•••

Kato erwachte, während jemand sie durch eine Tür trug und auf ihr Bett legte. »Shenja?«, fragte sie benommen. Einen Moment lang wusste sie nicht, wo sie war. Im Brünnlfeld? Zu Hause?

Zwei Gesichter neigten sich über sie, lächelnd. Dann schob sich ein drittes zwischen die beiden.

»Mama«, murmelte sie. »Shenja.« Und, leise: »Milan.« Während sie seinen Blick erwiderte, sanken ihre Lider erneut hinab.

Sie erwachte, als jemand sacht an ihrer Schulter rüttelte. Es war Luca, der neben ihrem Bett hockte. »Sei nicht böse«, sagte er. »Ich habe dir Kaffee mitgebracht. Richtigen Kaffee. Und ein Butterbrot.« Er hielt ihr einen Becher und ein in Papier gewickeltes Brot hin. »Der Oberpani will euch alle sehen. Deine Mutter ist schon seit Stunden bei ihm, mit der Kaiserin und Belpharion. Sie haben Mizzi eine Pause vergönnt, damit sie etwas ausruhen kann, und ich sollte dich wecken.«

Kato richtete sich stöhnend auf und nahm den Becher entgegen. Sie nippte daran und stöhnte wieder. »Als hätte mich wer verprügelt«, sagte sie und reckte die Schultern, drehte den Hals.

Luca hockte auf seinen Fersen und sah sie mit schief gelegtem Kopf an. »Wir sind alle so zerschlagen«, sagte er. »Aber wir haben es geschafft, Baronesse.« Er grinste breit und begann sich eine Zigarette zu drehen. »Mein Vater ist vollkommen in seinem Element. Er berät mit der Kaiserin und Belpharion, wie sie mit Hilfe der Engel den Thron sichern kann. In der Oberstadt muss die Hölle los sein.« Er zündete die Zigarette an und atmete stöhnend aus. »Ich habe gehört, dass das Brünnlfeld evakuiert wird«, sagte er undeutlich. »Die Anstalt brennt. Jewgenij ist mit zwei Männern – diesem Pejić und Felsenstein – losgezogen, um sich Charcot und seinen Helfershelfer zu schnappen.« Sein Gesicht verzog sich zu einer zornigen Grimasse. »Ich wollte mit ihnen gehen, aber mein Vater hat es nicht erlaubt.«

Kato nahm einen Bissen von dem Brot und reichte Luca den Becher. »Trink auch etwas«, sagte sie mit vollem Mund, »das beruhigt.« Sie schluckte. »Wo ist Grünwald?«

»Noch nicht zurückgekehrt«, sagte Luca und stand auf. »Aber wie es scheint, ist er wirklich rehabilitiert worden. Pejić hat es bestätigt: Der Staatsanwalt war der Verräter, diese miese Ratte.« Er zog an seiner Zigarette und deutete zur Tür. »Lassen wir den Oberpani nicht länger warten.«

•••

Der Bericht, den Kato, Luca, Mizzi und die beiden Milans ablieferten, dauerte eine Stunde oder länger. Oberpani Kalk wollte über jedes Detail ihrer Rettungsaktion informiert werden.

Endlich waren sie entlassen und standen ein wenig verloren zwischen den Feuern der Unterburg. Mizzi lehnte an Lucas Schulter und gähnte herzzerreißend.

»Wo ist meine Mutter?«, fragte Kato. Mit bleischwerer Trauer dachte sie an Katya und daran, dass nun jede Hoffnung für eine Heilung dahin war.

»Ich glaube, sie spricht immer noch mit Belpharion«, erwiderte der Schwarze. Er hatte Katos Hand ergriffen und rieb mit dem Daumen über ihre Fingerknöchel. Kato nickte stumm und senkte den Kopf. Die beiden gingen Hand in Hand davon, auf den Kanal zu.

Mizzi sah Luca an. »Gehen wir auch ein Stück?«, fragte sie gähnend. »Ich bin schrecklich müde, aber zu aufgedreht, um schlafen zu können.«

Der Rote winkte ihnen zu und trollte sich. Luca griff nach Mizzis Hand und lenkte sie ebenfalls zum Kanal. Dort war es immer sehr viel ruhiger als mitten im Trubel des Flüchtlingslagers.

Sie spazierten eine Weile schweigend nebeneinander her. »Wie geht es jetzt weiter?«, fragte Luca nach einer Weile.

»Oben?« Mizzi zuckte die Achseln. »Ich denke, wenn meine Mutter sich ein wenig erholt hat, wird sie für Ordnung sorgen. Ich glaube nicht, dass irgendjemand ihr den Thron streitig machen wird. Sie ist fest entschlossen – und sie hat eine ganze Reihe von Getreuen, die ihr Beistand leisten werden.«

»Dein Vater ist wirklich tot?«

Mizzi verzog das Gesicht. »Diese Nachricht scheint der Wahrheit zu entsprechen«, sagte sie schroff. »Vielleicht ist es besser so. Er hat sich vom Militär zur Marionette machen lassen.«

Luca sah sie fragend an. »Tut es dir nicht leid?«

Mizzi sah beiseite. »Ja und nein«, sagte sie. »Er war der Kaiser. Und er war mein Vater. Aber ich habe ihn kaum gekannt. Dass mein Bruder wahrscheinlich dort im Brünnlfeld gestorben ist, das schmerzt mich mehr.«

Luca legte stumm seinen Arm um ihre Schultern. »Und wir?«, fragte er nach einer langen Weile tastend. Sie hatten mittlerweile den Kanal erreicht und blieben an seinem Rand stehen. Ein Stück entfernt fischten einige Strotter mit Netzen und von Flößen nach Kadavern und allem, was sonst noch in den Maschen hängen blieb.

»Wir«, wiederholte Mizzi. Sie seufzte. »Luca, das weißt du doch. Selbst unter anderen Umständen gäbe es kein ›Wir‹.«

»Nein. Wahrscheinlich nicht.« Luca trat nach einem Stein, der platschend im Wasser versank. »Selbst wenn ich zu euch da oben gehören würde.«

»Selbst dann.« Mizzi sah ihn lange an. »Du spielst das Spiel nicht freiwillig, oder?«

Luca wandte sich ab und fuhr mit der Hand durch seine Locken. »Anfangs nicht«, gab er zu. »Mein Bruder ist tot und ich bin das einzige Kind meines Vaters. Die Familien lauern doch nur darauf, dass er Schwäche zeigt. Dass er aufgibt. Aber er hat ja immer noch mich.«

»Aber mit dir stirbt die Linie«, sagte Mizzi weich. »Du kannst schließlich nicht … es wird keine Nachkommen geben, die den Thron erben könnten.«

Luca lachte bitter. »Wen stört das? Mein Großvater war auch nicht der leibliche Vater meines Vaters. Er hat ihn als Sohn angenommen, weil er keine eigenen Kinder bekommen konnte. Ich könnte das ganz genauso handhaben, wenn es soweit ist.«

»Bist du glücklich damit?«

Luca sah sie wild an. »Ja«, sagte er grob. »Ich habe eine Aufgabe. Bist *du* glücklich damit, eines Tages den Thron zu erben?«

Mizzi neigte den Kopf. Sie blickte nachdenklich ins Wasser. Fackellicht spiegelte sich gelblich und rötlich darin. »Diese Aussicht bestand bisher nie«, sagte sie langsam. »Es wird einige Zeit dauern, bis ich mich an den Gedanken gewöhnt habe. Und noch ist es nicht sicher, dass meine Mutter das auch durchbekommen wird.« Sie lächelte und drückte Lucas Hand. »Du hattest immerhin ein paar Jahre Zeit, dich an den Gedanken zu gewöhnen.«

Luca verzog das Gesicht. »Ich wäre gar nicht so glücklich in diesen Kleidern«, sagte er und zupfte an Mizzis Rock. »Es ist außerordentlich bequem so.«

Mizzi musterte skeptisch die zu große Hose und das geflickte Hemd. »Ja, mag sein. Immerhin, Kato mag auch nichts anderes mehr anziehen. Aber ich glaube, sie würde deshalb trotzdem nicht aufhören, eine Frau sein zu wollen.«

»Ich hatte nie die Wahl«, erwiderte Luca bitter. Dann lächelte er auf einmal breit und fröhlich und legte seine Hand auf Mizzis Wange. »Und wenn ich ehrlich sein soll: Ich hätte dich doch sonst niemals … nun, auch wenn es keine Zukunft hat, ich bedauere es nicht. Die wenigen Tage mit dir waren es wert.«

Mizzi erwiderte das Lächeln und die Geste. »Meine Mutter hat dich gesehen und erkannt«, sagte sie versonnen. »Und sie war nicht im Mindesten empört darüber.«

»Ich mag deine Mutter«, erwiderte Luca ernsthaft und beugte sich vor, um Mizzi zu küssen.

Mizzi lachte, mit einem Mal glücklich und vollkommen frei von drückenden Sorgen. »Ich werde noch lange nicht darüber nachdenken müssen, wie der Thron sich anfühlt«, sagte sie. »Genau wie du, Luca. Und ich werde dich nicht aufgeben. Die Zeiten wandeln sich – vielleicht ist sogar Platz für uns darin.«

»Ich liebe dich, Prinzessin.«

»Und ich liebe dich, Prinzessin«, erwiderte Mizzi und erwiderte den Kuss.

Nachspiel

32

Der Anfang

Kato erwachte mit einem Seufzen aus einem Albtraum, in dem sie sich durch zähes Harz vorankämpfte, das immer dichter und fester wurde, bis sie wie ein Insekt in Bernstein eingeschlossen war, lebend, aber starr und vollkommen hilflos.

Sie fuhr hoch und sog heftig die abgestandene Luft ein. Sie hatte an Katyas Lager wachen wollen, aber der Schlaf war mit Macht über sie gekommen. Besorgt lauschte sie den schwachen Atemzügen ihrer Mutter, die im Bett nebenan schlief. Noch war sie hier, aber seit einigen Stunden dämmerte sie nur noch dahin. Die Umwandlung hatte nach ihrer Rückkehr an Geschwindigkeit zugenommen und Kato fürchtete, dass Jewgenij nicht mehr rechtzeitig zurück sein würde, um Katya noch bei Bewusstsein anzutreffen.

Kato ließ behutsam die Füße auf den kalten Boden gleiten. Sie hatte angezogen geschlafen, deshalb musste sie nur in ihre Schuhe schlüpfen und die Jacke überwerfen, bevor sie ins Freie trat.

Die Unruhe, die das Lager noch kurz zuvor erfasst hatte, hatte sich gelegt. Einzelne Feuer brannten, zwischen denen dunkle Gestalten umherliefen. Die Gerüchte vom Zusammenbruch der Oberwelt hatten die Unterburg erschüttert, aber da sich hier unten dadurch nichts geändert hatte, ging das Leben weiter seinen alltäglichen Trott.

Kato stand fröstelnd vor dem Eingang zu ihrem Quartier. Sie blickte auf, als schnelle Schritte sich näherten, und lächelte den Engel an. »Belpharion«, sagte sie. »Meine Mutter schläft.«

Der Leukos nickte und blieb vor ihr stehen. »Ich wollte ohnehin zu dir.«

Kato sah ihn fragend an. Belpharion erwiderte ihren Blick sehr ernst. »Deine Gefährten sollten uns begleiten«, sagte er.

Kato fragte nicht, was er von ihnen wollte. Sie war immer noch bis in die letzte Faser erschöpft von all dem, was hinter ihnen lag, und wollte eigentlich nur noch schlafen, und das am liebsten in ihrem eigenen, so weit entfernten Bett. »Vier zu mir«, sagte sie halblaut.

Wie immer war es Dirbadisalabadon, der sich als Erster bei ihr einfand. Die anderen drei folgten der Sylphe auf dem Fuß und schwatzten dabei laut durcheinander. Belpharion musterte sie lächelnd. »Wir sollten nun die letzte Stufe erklimmen«, sagte er und die Elementare verstummten. Kato blickte in das erwartungsvolle Gesicht ihrer Gnomin und lächelte ebenfalls. »Ich wünsche euch viel Erfolg«, sagte sie.

Der Engel reichte ihr die Hand. »Du wirst uns begleiten«, sagte er und mit einem heftigen Ruck stand Kato bis zu den Knöcheln in violettem Gras. In der Ferne sah sie eine hohe Bergkette, die in allen Farben des Sonnenuntergangs schimmerte. Dunkelblau blühende Bäume warfen ihren Schatten über das in allen Farben von Sonnengelb bis Maigrün und Violett wachsende Gras, und in der Nähe gluckste Wasser. Überall huschte und schwirrte es in geschäftigem Treiben. Eine Sylphe sang und ein Chor von Luftgeistern antwortete ihr. Zu Katos Füßen wuselten Gnomenkinder durch Gras und Gebüsch.

Kato sprangen Tränen in die Augen. »Das stille Land«, sagte sie. »Oh, wie sehr habe ich es vermisst!« Sie schluckte einen Kloß hinunter. »Ich darf Mama nicht alleinlassen«, sagte sie heftig. »Es geht zu Ende, Belpharion!«

»Deshalb sind wir hier«, erwiderte der Engel. Er reichte ihr die Hand und zog sie mit sich zum Fluss.

Dort saß eine menschliche Gestalt auf einem bemoosten Stein und fuhr mit mechanisch anmutenden Bewegungen mit der Hand über das Gras, berührte das Laub des neben ihr wachsenden Baumes, beugte sich vor und ließ die Finger durch das schnell fließende Wasser gleiten. Kato schauderte. Die Gestalt war größtenteils menschlich und ähnelte in ihrer Erscheinung Katya. Aber wo ihre Mutter ein Gesicht hatte, hatte dieses Wesen einen Spiegel, der in schnellem Wechsel weit entfernte Dinge abbildete: einen Sternenhimmel und Gewitterwolken, die Borke eines Baumes, rötliches Fell und kleine, wasserumspülte Kiesel, Gras, die Schuppenhaut einer Schlange, menschliche Hände, die sich ineinander verschränkten, glattes Metall …

Kato wandte den Blick ab. Belpharion musterte sie ernst. »Es geht jetzt schnell«, sagte er. »Wir wissen nicht, ob sie hier überleben kann, Kato. Deshalb wollen wir etwas probieren.« Er blickte an Kato vorbei und nickte jemandem zu, der leise von hinten herankam.

Kato fuhr herum und breitete die Arme aus. »Grünwald«, sagte sie erleichtert. »Geht es dir gut?«

Der Wächter nickte ernst, aber seine Augen lächelten. Er trug die weite, fließende Kleidung der Engel und sah mit seinem strengen Gesicht und der straffen Haltung wie ein mittelalterlicher Ritter aus. Er streckte die Hände aus und legte sie auf Katos Schultern. »Lehrling«, sagte er sanft.

Kato riss die Augen auf. »Was meinst du damit?«

Belpharion hüstelte. »Wir sollten uns zuerst um Katya kümmern«, warf er ein. »Wo hast du Horatius gelassen?«

Kato schluckte und sah von ihm zu Grünwald. Der Wächter betrachtete die menschliche Gestalt auf dem Stein. Er antwortete nicht, sondern kniete sich neben sie und ergriff behutsam die rastlos umhertastende Hand. Sie verschränkte die Finger mit den seinen. »Kümmere dich um die vier«, sagte Grünwald, ohne aufzublicken. »Kato, komm zu mir. Berühre sie an einer der Stellen, die schon hier sind.«

Kato gehorchte, obwohl alles in ihr dem widerstrebte. Das Ding auf dem Stein war nicht ihre Mutter, es war das Ungeheuer, das ihre Mutter stückweise verschlang. Sie biss die Zähne zusammen und legte ihre Hand auf den Oberschenkel, in dem die Muskeln zitterten wie kleine Tiere. Unter ihrer Berührung beruhigte sich das Zittern und hörte auf. Kato spürte die weiche Haut, die Wärme des Körpers, das Pulsieren des Blutes und schluckte wieder. »Mama«, sagte sie leise.

Der Wächter reichte ihr seine freie Hand und Kato schloss ihre Finger darum. Ein kleiner, scharfer Impuls zuckte durch ihren Körper und Grünwald lächelte.

Belpharion, der sie beobachtet hatte, lachte leise. »Wir scheinen uns nicht geirrt zu haben, Zeitmeister«, sagte er. »Aber ohne Horatius möchte ich nicht beginnen. Er hat so lange und schwer für diesen Moment gearbeitet, er hat so sehr für seine Taten gebüßt – ich will, dass er beim ersten Mal nach so langer Zeit dabei ist, wenn es geschieht.«

»Da kommt er«, sagte Grünwald.

Kato wollte fragen, was die beiden da redeten, aber ehe sie den Mund öffnen konnte, näherte sich eine wahre Wolke von Elementarwesen dem Flussufer. Kato hatte noch niemals so viele Elementare auf einmal zu Gesicht bekommen. Ein Schwarm Sylphen flatterte mit schimmernden, funkelnden Flügeln durch die klare Luft, und ihre Stimmen sangen durcheinander. Salamander setzten die trockene Gräser in Brand, Undinen glitten hinter ihnen her und löschten die winzigen Brände wieder, Gnome gruben sich durch den Boden und stapften über ihn dahin, alle schwatzten und lachten, gestikulierten und hüpften und inmitten all dieses Gewusels spazierte ein kleiner, alter Mann daher und redete, gestikulierte mit seinem Zwicker, lachte und hob winkend die Hand, als er Kato erblickte.

»Meister Tiez«, rief sie und ließ das Wesen los, löste ihre Finger aus Grünwalds Hand, rannte auf den alten Mann zu. »Meister Tiez! Sie sind nicht tot!«

Er breitete die Arme aus und lachte und die Elementare stimmten in sein Lachen ein. »Wie könnte ich tot sein?«, fragte er. »Ich bin ein Diener der Zeit, sie erlaubt es mir nicht, mich auszuruhen.« Er drehte sich im Kreis. »Es ist so schön hier, ich bleibe noch eine Weile.«

Kato glaubte zu träumen. »Ich habe gesehen, wie der Staatsanwalt Sie erschossen hat«, sagte sie vorwurfsvoll.

Tiez sah sie fragend an. »Hat er das? Das war nicht freundlich von ihm.« Er betrachtete die Gestalt am Ufer. »Es ist wohl bald so weit.«

»Bald«, bestätigte Belpharion. »Deshalb sind wir hier.«

»Ich habe gesehen, wie der Staatsanwalt ihn erschossen hat«, wandte sich Kato anklagend an die Bäume.

»Du hast auch gesehen, wie er mich erschossen hat«, erwiderte Grünwald sanft.

Kato starrte ihn an. Es stimmte, die Kugel war durch Grünwald hindurchgezischt und gegen die Maschine geprallt. Wieso hatte sie das vergessen?

»Niemand tötet den Zeitmeister«, erklärte Belpharion mit einem kurzen Lachen. »So etwas Einfaches wie eine Pistolenkugel kann uns nicht dauerhaft aus der Zeit befördern. Dazu müsste man schon selbst ein Zeitmeister sein.«

»Ich war doch nur so schrecklich müde«, murmelte Tiez und rieb sich erinnernd die Augen. »So schrecklich müde. Ich habe wochenlang nur geschlafen, wenn sie mich an den Zappelapparat angeschlossen haben. Und das ist kein schöner Schlaf. Ich habe nicht gegessen und nicht geruht und all die Zeit hatte ich Sorge, dass kein Engel kommen würde, der mir hilft, die Maschine zu vollenden.« Er begann zu lächeln. »Jenö war es«, sagte er. »Er hat die Spule gebaut. Und nun ist die Maschine im Korridor verankert und kann dafür sorgen, dass es Licht und Wärme für alle gibt, ohne dass eins dieser armen Wesen dafür leiden muss.«

Kato sank langsam in die Hocke. »Mama wird so froh sein«, sagte sie aus tiefstem Herzen. »Sie hat so sehr um Sie geweint, Meister Tiez.«

Der alte Mann wirkte betrübt. »Es tut mir leid. Aber ich hatte doch immer noch so viel zu tun.« Er blickte auf und nickte Belpharion zu. »Wir sollten beginnen«, sagte er. »Sie ist jeden Augenblick hier und dann müssen wir probieren, ob alles so funktioniert, wie wir hoffen.« Er blieb neben der menschlichen Gestalt am Ufer stehen und sah sie prüfend an. »Das Gesicht formt sich«, sagte er halblaut.

Kato wandte schaudernd den Blick ab. Sie konnte nicht mit ansehen, wie sich ihre Mutter aus diesem Albtraum schälte. Wenn Katya ganz und gar hier herüberwechselte, würde sie Æther atmen müssen und daran womöglich ersticken.

Kato riss die Augen auf. »Ich atme ja Æther!«, rief sie.

Grünwald lachte und Belpharion schmunzelte verhalten. »Du bist ein Lehrling der Zeit, mein Kind. Du atmest zurzeit gar nicht. Du hast deine eigene Zeit angehalten.«

Kato schnappte vergeblich nach Luft und stellte fest, dass der Engel recht zu haben schien. »Meine Güte«, sagte sie und schwieg.

»Beginnen wir also mit der letzten Stufe«, sagte Belpharion laut und klatschte in die Hände. Die Elementarwesen wichen beiseite und ließen einen Platz frei, in dem Katos Gefährten sich versammelten. Sie wirkten eingeschüchtert und hielten einander an den Händen.

»Habt keine Angst«, sagte der Leukos ruhig. »Ihr seid die ersten seit Langem, die die letzte Stufe meistern. Wir alle sind bei euch und wünschen euch eine erfolgreiche Transformation. Ihr wisst, was ihr zu tun habt. Fangt an.«

Die vier sahen Kato an. »Wir freuen uns«, sagte Calander laut. »Kato, sorge dich nicht. Es wird alles gut.« Gnurr streckte ihre langen Arme aus und umarmte die anderen drei. Calander flammte hell auf, so hell, dass Kato geblendet die Augen schließen musste. Sie blinzelte durch ihre Wimpern und sah die Feuersäule hoch in den Himmel schießen. Dann sank das Feuer zur Erde zurück, wurde dunkler, kühlte ab. Eine dunkle Form schälte sich aus der blendenden Glut, verfestigte sich, entwickelte menschenähnliche Konturen. Kato konnte einen Kopf erkennen, Arme, einen Rumpf, Beine. Ein Mensch? Die letzte Stufe war ein Mensch?

Das Feuer erlosch, die Gestalt kühlte knackend ab. Rote Glut und schwarze Asche wurde zu heller Haut. Rußflöckchen stäubten herab, Haar entstand. Weißes Haar. Augen öffneten sich, golden wie der Sonnenuntergang. Ein Mund lächelte. Hände streckten sich aus. Belpharion stieß den Atem aus und hüllte das Wesen in den leichten Umhang, den er über dem Arm getragen hatte. »Willkommen«, sagte er. »Willkommen, du Erster nach so langer Zeit.«

Kato hielt es nicht mehr an ihrem Platz. Sie sprang auf und ging zu dem Wesen, das sich ihr langsam zuwandte. Sie erwiderte den Blick des Engels. »Du bist ein Leukos«, sagte sie staunend. »Ihr seid – du bist das, was meine Gefährten werden sollten?«

»Wir sind deine Gefährten«, erwiderte der Engel mit einer Stimme, in der Kato die Stimmen ihrer Elementare erkennen konnte. Der Engel blinzelte langsam und berührte ihre Hand. »Danke, dass wir deine Freunde sein durften«, sagte er. »Du hast uns hierher gebracht. Wir sind … ich bin glücklich.«

Belpharion legte seine Hände auf den Kopf des neugeborenen Engels. »Willkommen«, sagte er wieder und seine Stimme war rau. »Sei willkommen in der Gemeinschaft, junger Engel. Du wirst deinen Namen erhalten, sobald du gereinigt wurdest.«

Der junge Engel blickte an sich herab und in seinem Lächeln erkannte Kato Calander. »Ich bin ganz voller Asche«, sagte er. »Und ich glaube, ich habe Hunger.«

Kato verarbeitete immer noch, was geschehen war. »Das haben wir euch also in unserer Blindheit genommen?«, fragte sie. »Die Elementare sind eure Kinder?«

Belpharion schüttelte den Kopf. »Keine Kinder, wie ihr Menschen sie kennt«, sagte er. »Sie sind Teile von uns, die sich finden müssen, um zu einem Ganzen zu werden. Aber in gewisser Weise hast du auch recht, denn nur so können wir Leukoi unsere Art erhalten. Wir sind zwar in der Lage, uns mit euch Menschen zu vermischen, um Kinder wie Jenö zu zeugen, aber um einen Leukos zu schaffen, benötigt es vier Elementare, die die fünf Stufen meistern.« Er hob die Hand, um weitere Fragen zu unterbinden. »Still jetzt, es ist so weit«, sagte er scharf.

Grünwald war aufgestanden und hielt die Gestalt, bei der er gewacht hatte, auf den Armen. »Wir müssen uns beeilen«, sagte er. »Sie stirbt.«

Kato schrie auf. Was Grünwald da in den Armen hielt, war ihre Mutter. Blass, ohne Anzeichen von Leben.

Tiez, der mit feuchten Augen in die Betrachtung des jungen Engels vertieft gewesen war, fuhr herum und griff nach Katyas Handgelenk. »Sie wird leben«, sagte er scharf. Er hob ihre Hand und legte eine der Kupferspulen hinein, die Jenö hergestellt hatte. »Kato, nimm ihre Hand.«

Kato griff nach Katyas Hand und umschloss sie mitsamt der Spule mit beiden Händen.

»Gib ihrer Zeit einen Schubs«, sagte der Wächter zu ihr. Das grüne Leuchten, das seinen Körper erneut umgab, wurde stärker und umschloss nun auch Katyas reglosen Leib.

»Wie?«, fragte Kato und tat, ohne zu wissen, was sie tat, was Grünwald ihr befohlen hatte. Als schöbe sie das Pendel einer Uhr an, ruckte sie an Katyas stillstehender Zeit und fühlte, wie ein Uhrwerk zu ticken begann.

Ein Atemzug hob Katyas Brust, ihre Augenlider zitterten. Sie atmete tief ein und begann zu husten.

»Schnell, bring sie nach Hause«, rief Belpharion. »Ehe sie hier erstickt.«

Das grüne Leuchten verstärkte sich, umfing Katya und den Wächter, hüllte sie in eine dichte Wolke aus Licht. Der junge Engel trat zurück. »Wie schön«, sagte er und gähnte. »Ich bin müde, Vater.«

Belpharion legte seinen Arm um den Engel und lächelte. Ein Blinzeln, und die beiden waren fort.

Kato stand neben Meister Tiez und fühlte sich verloren und verwirrt. Der alte Mann berührte sie sacht an der Hand. »Gehen wir?«, fragte er. »Ich möchte sehen, wie es Katya geht.«

Ein Blinzeln, und Kato stand in der Dunkelheit der Unterburg. »Jewgenij, du bist rechtzeitig zurückgekehrt«, sagte Grünwald gerade. »Wie lange waren wir drüben?«

Kato drängte sich an Jewgenij vorbei, der starr wie ein Standbild neben dem Bett stand und auf Katya niederblickte, als könnte er nicht fassen, was er sah.

Katos Mutter hustete und richtete sich auf. »Was habt ihr mit mir gemacht?«, sagte sie mit schnell kräftiger werdender Stimme. »Meine Hand schmerzt wie Feuer und meine Kehle fühlt sich an, als hätte ich mit Glassplittern gegurgelt.«

»Mama«, rief Kato und fiel ihr um den Hals. Jewgenij sank neben ihr auf die Knie und begann vor Freude zu weinen.

Katya hustete wieder und streichelte Jewgenijs Arm. Sie lachte und küsste die Wange ihrer Tochter. »Ich bin wieder ganz«, sagte sie und blickte ihre Tochter und die drei Männer an. »Und habe ich geträumt? Horatius, Sie leben?«

»Ich habe keine andere Wahl«, erwiderte der alte Mann. Er seufzte und ließ sich auf einem Hocker nieder. »Schön, dass es funktioniert hat«, murmelte er. »Ganz und gar sicher war ich mir nicht, wie ich gestehen muss, aber das Herzstück der Maschine in Verbindung mit einem kräftigen Zeitschub, angewandt auf eine Transformation wie die deine, Katya, sollte meinen Berechnungen nach den Prozess umkehren. Es würde mich allerdings interessieren, was dabei aus der Spule geworden ist.«

Kato musterte die Hand ihrer Mutter. Die Handfläche war stark gerötet und zeigte Spuren von Drahtwicklungen. »Sie scheint sie absorbiert zu haben. Oder fallen gelassen«, flüsterte sie.

Und während der alte und der neue Zeitmeister Katya von all dem Wunderbaren erzählten, das geschehen war, lehnte Kato sich an ihre Mutter und schloss die Augen. Endlich zu Hause, dachte sie. Endlich.

•••

Emmerich Kalk richtete ein großes Freudenfest aus – um das Ende des Krieges zu feiern, das Ende der Versklavung der Elementare, den Beginn einer neuen Zeit. Sie alle erwarteten nun voller Spannung die Rückkehr des Zeitlosen Ordens, der momentan noch in seiner Zeitverschiebung gefangen war. Grünwald wollte die von Tiez entwickelte Maschine dazu benutzen, das Zeitgefälle auszugleichen und sobald die Zeit der Ordensburg wieder synchron mit der restlichen Welt lief, konnten die Mönche bei der Versorgung der Oberwelt mit der neu entwickelten Energieform helfen. Vor allem ihre Erfahrungen in der Handhabung von Zeitgefällen würden dabei von größtem Nutzen sein.

Kaiserin Sophie und ihre Tochter saßen neben dem König der Strotter und seinen Söhnen am ersten Tisch neben dem riesigen Feuer. Die Milan-Zwillinge waren in Ehren erneut in die Familie des Königs aufgenommen worden, was alle glücklich zu stimmen schien.

Am selben Tisch, etwas weiter unten, saßen Kato, ihre Mutter und Jewgenij neben Gregor Felsenstein und Drago Pejić, der alte und der neue Zeitmeister und Belpharion mit seinem Sohn, der alles mit der frischen Neugier eines sehr jungen Wesens betrachtete. Jenö, der sich anfangs gesträubt hatte, die Kanalisation erneut zu betreten, betrachtete den jungen Engel voller Staunen. »Solch ein Engel wird auch aus meinen Gefährten, wenn sie die Stufen gemeistert haben?«, hatte er Belpharion gefragt. Der Engel hatte eine Hand auf seinen Scheitel gelegt und genickt. »Sie wird deine Schwester sein«, sagte er und Jenö hatte geschluckt.

Kato hatte kurz zuvor gehört, wie Belpharion sich bei seinem Neffen entschuldigte. »Ich habe es dir übel genommen, dass meine geliebte Schwester sterben musste«, hatte er zu dem Jungen gesagt. »Dass du noch viel mehr darunter gelitten hast als ich, habe ich nicht bedacht. Vergib mir meine harten Worte.«

Jenö hatte den Kopf gesenkt und dann hatte er Belpharion stumm die Hand gereicht. Nun saßen die beiden nebeneinander und unterhielten sich leise und so konzentriert, als säßen sie alleine am Tisch.

Kato lächelte bei diesem Anblick. Sie musterte Shenja, der den Jungen mit so großer Wehmut im Blick betrachtete, dass ihre Hochstimmung verflog.

Sie unterbrach ihr Gespräch mit Grünwald, der streng und fremd neben ihr aufragte und sichtlich wenig Geduld mit der Feier aufbrachte. Kato wusste, dass es ihn zu seiner Arbeit zog – die Energiemaschine musste mit Verbindungen in die Welt der

Menschen versehen werden und dazu brauchte es jede Hand, die eine Spule wickeln und verdrahten konnte. Meister Tiez hatte eine Apparatur entwickelt, in der sie mithilfe der ersten von Jenö gewickelten Spulen mit Energie aufgeladen werden konnten, und deshalb stand einer Massenproduktion nichts mehr im Wege.

»Was hast du?«, fragte sie und berührte Shenjas Hand.

Er wandte den Kopf und seufzte. »Erinnerungen«, sagte er leise. »Jenö … Er erinnert mich an jemanden.«

»Shenja«, sagte Katya leise, »nun sag es ihm schon. Wovor fürchtest du dich?«

»Davor, dass er mir ins Gesicht spuckt«, erwiderte der große Mann und hob die Schultern. Er schüttelte den Kopf. »Ich war nie sonderlich ängstlich, aber im Moment zittern mir die Knie.« Mit diesen Worten schob er energisch seinen Stuhl zurück, ging zu Jenö und beugte sich zu ihm. Er sagte leise etwas zu dem Jungen, der verblüfft zu ihm aufblickte. Jenö erhob sich, nickte Belpharion entschuldigend zu und ging ein paar Schritte mit Jewgenij beiseite.

Kato warf ihrer Mutter einen fragenden Blick zu. Katya lächelte schmerzlich. »Malkadias«, sagte sie, »Jenös Mutter. Sie war Shenjas Frau. Die beiden lebten in Pressburg, als der erste Engelangriff auf die Provinz erfolgte. Jewgenij hat die beiden in den Wirren des Angriffs und der darauf folgenden Flucht verloren und niemals wiedergefunden.« Sie seufzte leise. »Er hatte immer geglaubt, dass Malkadias ins Land der Leukoi zurückgekehrt ist und Jenö mitgenommen hat. Sie fürchtete so sehr um das Leben ihres Sohnes. Dass sie so schrecklich sterben musste und Jenö all die Jahre hier in der Kanalisation gelebt hat, hat ihn sehr getroffen.«

Kato nahm die Hand ihrer Mutter und beide sahen Jewgenij und seinen wiedergefundenen Sohn an. »Aber jetzt wird doch alles gut«, flüsterte Kato.

Das Fest war laut und turbulent, es wurde getanzt und musiziert, gelacht und getrunken. Aber überall waren kleine Inseln der

Ruhe, in denen Menschen miteinander sprachen, in denen geweint wurde und man sich umarmte.

Kato wanderte umher und beobachtete, wie Shenja und sein Sohn vorsichtig wie Igel miteinander sprachen. Der Junge hatte all seine Feindseligkeit abgelegt und saugte mit weit offenen Augen den Anblick des großen Mannes in sich ein. Jewgenij sah traurig und glücklich zugleich aus, er fragte und antwortete und seine große Hand lag auf Jenös Schulter.

Kato ging weiter. Sie war glücklich, denn Katya war vollkommen genesen. Und sie war zufrieden, denn ihre Mutter hatte keinerlei Einwände dagegen erhoben, dass Kato bei Meister Tiez und dem neuen Zeitmeister in die Lehre ging. Das wiederum bedeutete, dass sie täglich mit dem Schwarzen zusammen sein durfte, der sich entschieden hatte, ebenfalls als Lehrling im neu verankerten endlosen Korridor zu bleiben.

Es war das erste Mal, dass die Zwillinge sich uneins waren und beide schienen das Gefühl mit einiger Verblüffung zu genießen. Der Rote wollte bei den Strottern bleiben. Er hatte genug von der Oberwelt gesehen, sagte er. Und er wollte dem König helfen, das Strottergebiet zu einem geeinten Reich zu machen.

Kaiserin Sophie und Emmerich Kalk hatten einander begutachtet und sich gegenseitig für würdig befunden, ein freundschaftliches Verhältnis unter Amtskollegen zu pflegen. Die Strotter und die Oberwelt sollten künftig zum beiderseitigen Nutzen diplomatische Beziehungen pflegen, hatten sie beschlossen. Der erste Schritt dieser Zusammenarbeit war schon getan: Eine Truppe gut ausgerüsteter Strotter war unter Drago Pejićs Leitung nach oben gegangen und hatte Reichskriegsminister von Windesberg und seine rechte Hand, Oberst Pelikan, gefangen gesetzt. Die beiden warteten nun in der Gonzagabastei auf ihr Urteil. Mizzi hatte Kato erzählt, dass sie nicht vor ein Erschießungskommando gestellt werden sollten, sondern ihrer Auslieferung an die Archonten der Leukoi entgegensahen. Ein diplomatischer Schachzug, den Kaiserin Sophie und Oberpani Kalk gemeinsam mit Katya entwickelt hatten und über den sich alle sehr zu amüsieren schienen.

Kato grinste. Nicht ganz so diplomatisch entwickelte sich die Beziehung der beiden Thronfolger. Mizzi und Luca waren unzertrennlich und hatten ihrem jeweiligen Elternteil unmissverständlich zu verstehen gegeben, dass eine neue Zeit auch neue Regeln mit sich brachte und dass sie eher weglaufen und ein Leben in Amerika anfangen würden als sich wieder voneinander trennen zu lassen.

»Recht so«, sagte Kato laut und winkte dem jungen Engel zu, der den Namen »Phosphoros« erhalten hatte. Lichtbringer.

Phosphoros winkte zurück und kam auf sie zu. »Schau, Kato«, sagte er atemlos, »glaubst du, ich mag das essen?« Er hielt ihr eine gebackene Kartoffel hin.

»Das wird dir ganz sicher sehr gut schmecken«, sagte sie und legte ihren Arm um seine Schultern. »Gibst du mir etwas davon ab?«

Sie pustete auf die heiße Kartoffel und sah sich um. »Es ist alles gut«, sagte sie zufrieden.

»Sehr gut«, bestätigte der Engel mit vollem Mund und Kato legte den Kopf in den Nacken und lachte.

Zitat aus »Le Bateau Ivre«

Kapitel »Die Flucht«

(Seite 109/110 in diesem Buch)

»Comme je descendais des Fleuves impassibles,
Je ne me sentis plus guidé par les haleurs:
Des Peaux-Rouges criards les avaient pris pour cibles,
Les ayant cloués nus aux poteaux de couleurs.

J'étais insoucieux de tous les équipages,
Porteur de blés flamands ou de cotons anglais.
Quand avec mes haleurs ont fini ces tapages,
Les Fleuves m'ont laissé descendre où je voulais.«

Die zitierte Strophe in der Übersetzung von Paul Celan:

Hinab glitt ich die Flüsse, von träger Flut getragen,
da fühlte ich: es zogen die Treidler mich nicht mehr.
Sie waren, von Indianern ans Marterholz geschlagen,
ein Ziel an buntem Pfahle, Gejohle um sich her.

Ich scherte mich den Teufel um Männer und um Frachten;
wars flämisch Korn, wars Wolle, mir war es einerlei.
Vorbei war der Spektakel, den sie am Ufer machten,
hinunter gings die Flüsse, wohin, das stand mir frei.

Arthur Rimbaud: Das trunkene Schiff / Le Bateau ivre.
Mit einem Nachw. hrsg. v. Joachim Seng. Französ.–Dtsch.
Übertr. v. Paul Celan, Insel-Verlag 2008